Das Buch

Ohne den alten Geschichtenerzähler Chilmi unter dem Zitronenbaum wäre alles anders gekommen. Aber nun sitzt Uri, Soldat einer israelischen Patrouille, in der Arrestzelle, weil er einem Vorgesetzten das Mittagessen über die Hose gekippt hat wegen dessen Verhalten bei einer Razzia in einem arabischen Dorf. Chilmi, das ist ein fast blinder, arabischer Geschichtenerzähler, der wie in Tausendundeiner Nacht alles um ihn her in seine Märchen und Legenden einfließen läßt: das Leben im arabischen Dorf, die Frauen, mit denen er zwangsverheiratet wurde, die Ölbäume, die Ziegen, die rücksichtslosen israelischen Besatzer. Uri sitzt stundenlang bei ihm und hört zu, und jedesmal hat er den Eindruck, als erführe er aus Chilmis Geschichten mehr über die Widersprüche und Ungereimtheiten, mit denen er in der Armee, in seiner Ehe mit Schosch und in seiner Seele zu kämpfen hat, als aus all den »Wahrheiten« der Vorgesetzten, der Freunde und seiner Frau. Natürlich wird er zur Rede gestellt, aus dem Streit mit seinem Vorgesetzten und Freund Katzman wird ein regelrechter Kampf. »Was Grossmans Radikalität in der Selbstbefragung besonders auszeichnet«, schreibt Susanne Ledanff in der ›Süddeutschen Zeitung‹, »ist eine in diesem Roman begonnene, fast psychoanalytische Bearbeitung der Verdrängungsleistungen innerhalb der Geschichte des

Der Autor

David Grossman wurde 1954 in Jerusalem geboren und arbeitet als Redakteur beim Rundfunk. 1979 veröffentlichte er erste Kurzgeschichten. 1984 wurde ihm der Preis für hebräische Literatur verliehen. Werke u. a.: ›Der gelbe Wind‹ (dt. 1988); ›Stichwort: Liebe‹ (dt. 1991).

David Grossman:
Das Lächeln des Lammes
Roman

Deutsch von Judith Brüll

Deutscher
Taschenbuch
Verlag

Ungekürzte Ausgabe
September 1990
Deutscher Taschenbuch Verlag GmbH & Co. KG,
München
© 1988 Carl Hanser Verlag, München · Wien
ISBN 3-446-14595-8
Die Originalausgabe erschien unter dem Titel
›Siman Kri'a‹ 1983 in Tel Aviv
Umschlaggestaltung: Celestino Piatti
Gesamtherstellung: C. H. Beck'sche Buchdruckerei,
Nördlingen
Printed in Germany · ISBN 3-423-11246-8

1 Nein. Nein. Ich habe sie alle erfunden. Ich will, daß du mir glaubst, Chilmi. Auf diese Weise wird es für uns beide leichter sein. Schosch, die ich geliebt habe und die ich vor drei Tagen verließ, und Katzman, der weit weg in Italien blieb, und auch den Jungen, der vor Liebe starb und dessen Namen ich nicht einmal kannte. Alle. Sogar dich, Chilmi. Glaub mir, es ist besser für dich, nur mein Traumbild zu sein. Bei mir ist es ruhig und sicher, und die Dinge sind genau das, was sie zu sein scheinen. Es gibt keine Überraschungen. Natürlich würde ich nie von dir verlangen, Teil meines Lebens zu sein. Dieses Lebens, das man irrtümlich »Realität« nennt. Es ist furchtbar gefährlich und hinterhältig dort, und nichts ist so, wie es scheint. Aber als Geschichte, Chilmi, als kan-ja-ma-kan?

Wenn du damit einverstanden bist, so laß uns anfangen. Wir fangen am besten gleich an, bevor ich dein Dorf erreiche und dir das erzählen werde, was ich so sehr zu erzählen fürchte. Es ist für uns beide besser, wenn wir uns verstecken, uns aneinanderschmiegen und die Decke über den Kopf ziehen. Also, Chilmi, kan-ja-ma-kan, es-war-oder-war-nicht, wie alle deine Geschichten beginnen, während wir nur sagen: es war einmal, vor langer langer Zeit, in einem fernen Land...

Und ich dachte immer, solche Dinge seien nur neben deinem Zitronenbaum möglich. In der Dunkelheit deiner Höhle, zwischen den kleinen Hebeln und Zahnrädern, den Vorhängen aus Spinnweben. Zwischen den Töpfen aus Ton, die du eines Tages mit besonders leichter Luft füllen wirst, und mit denen du versuchst, wieder an einen anderen Ort zu fliegen. Das ist es, was ich immer gedacht habe, aber jetzt stellt sich heraus, daß ich mich geirrt habe; es scheint, als könne es kan-ja-ma-kan auch in Tel Aviv geben, im gleißenden Licht der Sonne, im grellen Neonschein, in sauberen, weißgestrichenen Zimmern, an Orten, wo jedes Wort, das man sagt, auf Tonband aufgenommen und aufgeschrieben wird. Auch dort kann es das geben.

Also – kan-ja-ma-kan, Chilmi; ich muß es so sagen wie du, den Kopf nach hinten lehnen an den Stamm des Zitronenbaumes, die Augen schließen, tief Luft holen und sie mit einem Summen wieder ausatmen, wie jemand, der einen langen Faden aus seinem Bauch zieht, und da kommt es schon, kan-ja-ma-kan, es war einmal ein Mädchen, das war so klein, daß es mir kaum bis zur Schulter reichte, und es hatte ein frisches, offenes Gesicht, und es trug eine Brille, rund und klar, und sein Name war Schosch.

Es war einmal ein gutherziges Mädchen, das sich selbst im Wald besuchen ging und sich dabei verirrte, und es verstreute – hör gut zu, Chilmi – Kerne der Liebe, damit es den Weg zu sich selbst wiederfände, und um zu sich selbst zurückzukehren, grub es Tunnel in die härtesten und schwierigsten Menschen und kroch in der Ringform durch sie hindurch, so nannte es das, kan-ja-ma-kan.

Genug. Ich spiele Komödie. Ich habe keine Kraft für diese Geschichte. Ich habe keine Kraft, zu Chilmi zu fahren und ihm zu erzählen, was geschehen ist. Hier sollte ich das Auto, das ich Katzman gestohlen habe, wenden, direkt nach Tel Aviv fahren und in ihre Geschichte einsteigen. Denn allein wird sie es nicht schaffen, das hat auch Katzman gesagt, der flehte mich an, geh zu ihr, Uri, du bist der einzige, der jetzt den Schaden wiedergutmachen kann.

Aber ich werde es nicht tun. Ich werde es nicht tun. Ich brauche jetzt all meine Kraft, um zu zerstören. Um alles zu tilgen, was ich mit ihr hatte – die Dinge, die wir uns sagten, und die Träume, die wir träumten; doch scheinbar ist es nicht so leicht, wie es sich anhört, denn schon seit drei Tagen, seit ich sie verlassen habe, versuche ich es. Ich kämpfe und zerstöre, verhöhne die Geheimnisse, die wir miteinander hatten, die kleinen Versprechen, die wir einander gaben, ich trete gegen die Möbel, die ich für uns gebaut habe, lösche mit all meiner Kraft die-so-erstaunlich-einfachen-Worte, wie sie es nannte, aber es klappt nicht, und ich verstehe das nicht, denn man könnte doch annehmen, daß diese Dinge, die Träumereien und Lügen, auf wackligen Beinen stehen und es genügt, mit dem Finger auf sie zu zeigen, um sie zum Einsturz zu bringen. Aber es ist nicht so. Und wenn ich versuche, sie aus mir herauszuziehen, kann ich genau fühlen, wo die Wurzeln sich in meinem Inneren spannen, und ich sehe, daß es einer oder zwei Lügen gelungen ist, sich als mein eigener privater Schmerz zu verkleiden, als Worte, für die es außerhalb meines Körpers keine Übersetzung gibt, und ich weiß nicht, was von mir übrigbleiben wird, nachdem all das Zerstören und Tilgen zu Ende ist.

Kan-ja-ma-kan, es war einmal – und gibt noch heute – Dörfer, die an beiden Seiten der schmalen Straße erwachen, und Prinzessinnen aus fernen Zeiten in prachtvoll bestickten Kleidern, die in der Dunkelheit hinausgehen und Mist sammeln, um die tabuns zum Brotbacken anzuzünden, und Rauch, der allmählich aufsteigt, und Felder, die noch völlig grau sind, aber in wenigen Augenblicken, wenn die Sonne aufgeht, schrecklich brennen werden.

Hier ist es wie in der italienischen Provinz. Vielleicht zieht es mich deshalb so sehr in diese Gegend. Vielleicht verspürte ich deshalb plötzlich Sehnsucht nach mir selbst. Hier ist es wie in meinem Santa Anarella, das nach einem weiteren nächtlichen Erdbeben wieder zum Leben erwacht; und die Olivenbäume mit den blaugrauen Blättern strecken sich auch hier und gähnen aus den Löchern in ihren Stämmen. Nur daß dort die Katastrophe kurz und schnell war, während sie hier schon fünf Jahre anhält und vor sich hin dämmert. Die Zeit – so sagt Avner – drang hier durch die Poren des Unrechts ein wie ein Gift, das den Körper lähmt und die Korpuskeln der Vernunft zersetzt.

Da ist ein Esel. Hallo Esel. Du bist noch ein junges Tier. Haben sie dir nicht gesagt, daß du dich vor Autos fürchten sollst? Daß du von der Straße herunter mußt, wenn du eines kommen siehst? Na gut. Ich werde warten, bis du mir aus dem Weg gehst. Sie haben dir wohl die Beine zusammengebunden, was? Aha, ich sehe, daß ich dich interessiere. Nein? Warum schaust du mich dann so an? Du hast eine kleine Mähne, die naß ist vom Tau. Lauf nach Haus zu deiner Mutter, sie wird sie dir trockenlecken. Und nun muß ich weiter. Nein, nein, beweg dich nicht. Es fällt dir schwer, deine Beine zu rühren. Ich werde um dich herumfahren, so vorsichtig wie möglich. Wie nett von dir, zu kommen und meine Geschichte ein wenig zu verschönern. Ach, kleiner Esel, ich sah deinen toten Bruder aufgeschlitzt und verfault in der Gasse des Elsa'adije-Viertels liegen, und darum fällt es mir etwas schwer, vor dir zu sitzen und Gesichter zu ziehen, weil ich plötzlich durch dich hindurch in dein Inneres sehen kann, und verzeih mir, wirklich, aber irgend etwas in mir scheint schiefgegangen zu sein. Ich wußte nicht, daß man auch hinter die Dinge sehen muß.

Wohin fahre ich? Chilmi selbst ist doch nur kan-ja-ma-kan.

Nur ein Märchen, das Märchen erfindet. Wie kann ich seinem ganzen Unsinn glauben. Hirngespinste eines Irrsinnigen. Alle seine Geschichten über Darios, seinen Erlöser und Wohltäter, und über den Jäger, der Löwen in den Sand malte, und sogar Chilmis toten Sohn Jasdi, der arme Idiot, auch er ist ein Märchen, ich schwör's, ein unverständliches Märchen.

Nichts ist verständlich. Schosch sagte, daß die Dinge, die wir zu verstehen fähig sind, die gegebenen Tatsachen, die zurückgebliebenen Tiere in einer imaginären Herde seien. »Das darwinsche Gesetz des Bewußtseins« nannte sie das. Auf diese Weise schützen sich die anderen Tiere in der Herde vor der tödlichen Berührung mit unserem Verstand. Was uns betrifft, so sind wir gezwungen – erklärte sie –, von der schlechtesten Nahrung zu leben, und das Jagen macht keine Freude.

Es war auf unserer Reise ins Ausland, als sie plötzlich begann, vom Jagen zu sprechen und an Begriffen herumzufeilen, und ich begriff nicht, was sie mir sagte. Warum sie das Jagen überhaupt aufbrachte. Wir waren doch Bauern, die das eigene Feld bearbeiteten, Schulter an Schulter, so hatten wir es einander stets versprochen, Glückseligkeit wie Kartoffelsuppe, wie ein kleiner Faden, der in die doppelte Decke gewebt war; und wie wurden wir plötzlich zu Jägern, und wen würden wir jagen?

Kan-ja-ma-kan, der Tod ist schrecklich nah gekommen. Der Tod von Chilmis Sohn Jasdi, und der Kadaver des Esels in der Gasse, und der Junge von Schosch. Wie abgebrannte Zündhölzer sind sie alle, aber wenn ich sie zusammenbringe, wird eine Flamme auflodern, und durch ihr Licht werde ich mich selbst erkennen und wissen, was mit mir geschehen ist. Vor drei Tagen schaltete ich das Tonband auf Schoschs Schreibtisch ein und hörte, was sie dem Jungen sagte: Du weißt nicht, was du bist und was in deinem Inneren ist, Mordi, und erst wenn die Dinge zum Vorschein kommen, in Form eines Gedichts oder eines Aufschreis, oder wenn sie in Gestalt eines schönen Bildes herausströmen, erst dann wirst du dich selbst durch sie erkennen. Und ich habe bereits Angst davor, was jetzt bei mir zum Vorschein kommen wird.

Doch genug. Ich habe sie schon gelöscht. Ich gehöre ihr nicht mehr. Ich gehöre jetzt hierher. Zu dem schmalen, verschlungenen Weg, zu den braunen Hühnern, die sich unter die Räder des

Autos flüchten; ich fahre in einem ganz weichen Nebel, der sich sanft bis zu den Hügeln hinzieht, zu den Olivenbäumen, den Mauern aus Schlamm, den schmutzigen Straßen und den in Staub gezeichneten Pfaden, denn dies ist Santa Anarella, es erwacht aus der nächtlichen Katastrophe, die kurz und schnell war, weshalb auch die Genesung schnell sein wird, und die Menschen hier werden lächeln wie das schmutzige italienische Baby, das Katzman auf seine Schultern hob und mit dem er rund um die Feldküche galoppierte, und ich fahre immer dorthin, zu den weißen Zelten mit den roten Kreuzen und zu der verwundeten Erde und den nachts schwer atmenden Feldern, und obwohl ich nur zwei Wochen meines Lebens dort verbracht habe, ist es der Ort, zu dem ich zurückkehren werde, zu dem, was dort geduldig auf mich wartet, zu meiner ersten Liebe zu mir selbst, denn es war dort, daß ich mich – nach dem, was aus mir hervorging – erkannte.

Halt an, Uri. Kehr um, kehr um. Niemand hat von dir verlangt, nach Andal zu fahren und Chilmi zu erzählen, daß sein Sohn Jasdi tot ist. Es ist die Katastrophe, die dich anzieht, sie ist es, zu der es dich zieht. Du bist ein Bote, den niemand gesandt hat, du wirst nur hingezogen oder hingedrängt, das war schon immer so. Kehr um, Uri, du wirrer Irrer, das ist kein Job für dich.

Die letzte Nacht war zu lang. Und auch die Nächte davor waren schwer für mich wegen der Gedanken und des Hungers. Es war fast, als hätte jemand in mir wieder einmal einen Hungerstreik ausgerufen, wie damals im Internat, im Grünen Dorf, und auch diesmal hatte ich herrliche Gründe, in Hungerstreik zu treten: wegen allem, was Schosch mir angetan hatte, wegen allem, was sie dem Jungen angetan hatte, aber das ist nicht der Grund, weswegen ich hungrig bin, der Grund ist, daß mein Magen von dem Moment an blockiert war, als Schosch die Beine übereinanderschlug und ihre Finger zu zittern begannen und sie sagte, es sei an der Zeit, ein offenes und grundsätzliches Gespräch zu führen. Und seitdem kann ich einfach nichts mehr essen.

Und die letzte Nacht war die schwerste, weil in Dschuni gekämpft wurde, und am frühen Morgen kehrten die Soldaten ins Hauptquartier zurück, und ich hörte, wie der Gasofen in der Küche zu brummen begann, und der Geruch von Kaffee und die

Stimmen leise, zu leise sprechender Menschen kamen mir entgegen, und ich bekam ein wenig Angst, denn vorher hatte ich auch einen Hubschrauber abheben hören, und ein Hubschrauber bedeutet nie Gutes. So lag ich also in der Haftzelle, die man für mich hergerichtet hatte, und betrachtete die Fenstergitter. Ich konnte die ganze Zeit den Kadaver riechen, aber das war nur Einbildung, denn die Gasse liegt weit vom Hauptquartier entfernt. Und obwohl ich das wußte, roch ich ihn immer noch, und ich dachte schon, ich fange an durchzudrehen vor lauter Hunger und Gedanken.

Da hörte ich, wie Katzman die Treppe herunterkam, und atmete erleichtert auf. Bei diesen Schritten kann man sich nicht irren. So hatte ich ihn zum ersten Mal in Santa Anarella gesehen. Er ging wie ein krankes Tier, mitten auf der Straße, als würde er ständig gegen Wände stoßen, obwohl sie alle eingestürzt waren. Aber jetzt hatte er eine Maschinenpistole bei sich. Alles ist irgendwie in die Brüche gegangen. Alles, was wir miteinander hatten.

Und er kam und fummelte mit den Schlüsseln und schloß die Tür auf. Dann stand er über mir und sagte ohne Zorn, hör auf, dich wie ein Kind aufzuführen, Uri, und mach die Augen auf. Ich weiß, daß du nicht schläfst. Also machte ich die Augen auf und sah ihn an. So dünn. Seine gelähmte Oberlippe hing traurig über seinen Mund. Ich fragte, ob es Verletzte gebe.

Er sagte: »Nur auf ihrer Seite. Drei.«

»Und der Hubschrauber?«

»Ist vom Oberst. Er war die ganze Nacht über hier. Es war eine miese Sache, Uri.«

Er setzte sich aufs Bett und legte den Kopf zwischen die Hände. Sein schütteres Haar war dreckig und zerzaust und er stank nach Schweiß, und alles in allem tat er mir leid, denn er würde mich noch heute loswerden müssen, und wirklich, nach all dem, was ich ihm angetan hatte, konnte er nicht zulassen, daß ich länger in Dschuni blieb.

»Willst du Kaffee, Uri?«

Und da hätte ich ihm alles erzählen sollen. Du sollst wissen, Katzman, daß ich schon seit drei Tagen, genauer gesagt: seit über sechzig Stunden jegliche Nahrung verweigere, wie man in solchen Fällen zu sagen pflegt, und ich werde damit fortfahren, bis du den Kadaver aus der Gasse wegräumst. Aber es ist natürlich nicht wegen des toten Esels, daß ich nicht einen Krümel Nahrung zu mir nehmen kann, sondern aus einem ganz anderen Grund – aber ich sagte nur, soviel ich wüßte, seien Häftlinge nur zu einer lauwarmen Tasse Tee am Morgen berechtigt, und er sagte leise und ohne Zorn, du kannst mich mal am Arsch lecken, Uri, du weißt genau, warum du hier bist. Und damit hatte er recht.

Und dann: »Uri –«
»Was?«
»Einer von dreien, die letzte Nacht getötet wurden –«
»Ja?«
»Der Sohn deines Freundes.«
»Welcher Freund?«
»Der Alte. Der aus Andal.«

O Mann, wie ich zusammenzuckte. Einen Augenblick lang konnte ich hören, wie Chilmi mir sagte, so deutlich, als wäre er mit uns im Zimmer: »Jasdi, das Kind, ist ein Idiot«, und gleich danach sah ich Chilmi an unserem letzten gemeinsamen Abend vor mir, wie er in der Höhle saß und mir mit einer seltsamen, sehnsüchtigen Glückseligkeit zulächelte und leise, wie ein schüchterner Verführer, sagte, daß auch ich, wenn ich nur damit einverstanden wäre, ein herrlicher Idiot sein könnte; und an was erinnerte ich mich noch in diesem Moment – ich erinnerte mich an Schosch, deren Gesicht hart und entschlossen wurde und an deren Hals kranke, blaue Venen anschwollen, als sie zu mir sagte, du hast keine Ahnung, Uri, wie schnell eine Lüge sich mit Schichten lebender Haut zudeckt.

Ich sagte im Flüsterton zu Katzman: Jasdi war ein Idiot, ein zurückgebliebener Junge, der von der Fatach ausgenutzt wurde. Chilmi hat Jasdis Mutter für Geld bekommen, für ein Bündel feuchter Geldscheine, das erzählt er immer. Ihr Vater brachte sie zu Chilmis Höhle, als sie selbst nicht mehr als ein verängstigtes, schwangeres Mädchen war. Katzman rieb sich die Augen und sah noch blasser und erbärmlicher aus als sonst, und ich hob verzweifelt die Augen, und da sah ich, daß der Schlüssel im Schloß steckte.

Jemand hat sie geschwängert, hörst du, Katzman, einer aus dem Nachbardorf, es passiert öfter als man denkt, und sie töten das Mädchen nicht immer gleich, um die Familienehre zu retten, wie die Leute glauben, sie versuchen, es stillschweigend zu regeln, und ihr Vater brachte sie zu Chilmi, damit er sie heiratete und die Schande verschleiert würde – Mensch, war ich nervös, und mein Kopf arbeitete wie verrückt, denn ich sah, daß ein einziger schneller Sprung genügen würde, um die Tür zu erreichen, und ich redete weiter, das eine auf meinen Lippen, etwas anderes in meinem Herzen (ich habe ja doch etwas gelernt in den letzten Tagen) – denn sie verheirateten alle Mädchen, die in Schwierigkeiten geraten waren, mit ihm, und sie verhöhnten ihn dafür, daß er sich bereit erklärte, es zu tun, und sie, Jasdis Mutter, stand dünn und angeschwollen da und sah aus wie eine Schnur mit einem Knoten in der Mitte, und er ließ sie in dem Glauben, daß sie ihn hintergingen, denn nicht mit ihnen führte er Krieg, hörst du, Katzman, es ist etwas kompliziert, das jetzt zu erklären, man muß ihn kennen – und mit einem Satz sprang der Wolf direkt vor Rotkäppchen aus dem Bett, wobei er nicht vergaß, nach dem Militärhemd auf dem Stuhl zu greifen, und dann war er draußen in seinen Unterhosen und schloß die Tür ab, ja, ja, eine ungeheuer große Überraschung, als er sie abschloß und davonlief, schrecklich frei.

Und so schnell ich kann, ziehe ich draußen im Korridor mein Hemd an, fummele an Knöpfen und Knopflöchern, erlaube Schosch, meinen Kragen im Nacken in Ordnung zu bringen, während ich still vor mich hin lache, öffne eine Tür im zweiten Stock, taste im Dunkeln, ergreife ein fremdes Paar Hosen und einen Khaki-Pullover, und schon bin ich draußen. Ich probiere die Hose an, sie ist zu groß. Macht nichts. Ich renne schnell am Speisesaal der Offiziere vorbei, höre Schaffer über den gestrigen Kampf reden. Ein richtiger Bär, dieser Schaffer. Gestern wäre er fast über mich hergefallen. Auf dem Boden, neben den Toiletten, liegt ein Funkgerät. Jemand ist dort drin, er pinkelt und pfeift dabei vor sich hin, und inzwischen ist sein Funkgerät weg. Du mußt besser aufpassen, mein Freund. Ich renne weiter. Im Hinterhof stehen die Fahrzeuge. Die Motoren dampfen noch. Ich entscheide mich für Katzmans Carmel, mit dem ich mich am besten auskenne. Die Schlüssel stecken noch im Zündschloß. Der Wachtposten öffnet irritiert ein Auge, und ich hupe ihn ohne Probleme aus dem Weg.

Danach öffnet sich alles.

Aber davor: bevor ich mich auf den Weg mache, bevor ich hinausfahre in den weiten Raum, zu den bemalten Dörfern und zu Chilmi, kehre ich noch einmal zum Esel zurück, rase durch die Gassen, die aus dem Markt herausführen, an den verschlossenen Eisengittern der Läden vorbei, flüstere den Kanarienvögeln und Stieglitzen, die noch in ihren Käfigen schlafen, guten Morgen zu, fahre um das runde Podest von Abu Marwan, Dschunis feschestem Polizisten, herum, streife den alten Wasserbrunnen, spritze Schlamm aus der vertrauten Pfütze vor der Moschee, erreiche die Gasse und halte an.

In der klaren Morgendämmerung scheint selbst der Gestank erstarrt zu sein. Auf dem aufgeplatzten und aufgeblähten Kadaver stehen jetzt einige Vögel, die sich bei Tage nicht herangewagt hatten. Auch zwei auf dem Bauch liegende Hunde mit tückischem Ausdruck in den Augen starren mich hinter dem Rücken des Esels mißtrauisch an. Aber nur für einen Moment. Dann machen sie sich wieder an die Arbeit. Und in der absoluten Stille höre ich die Geräusche. In Santa Anarella machten uns die Hunde nachts wahnsinnig, als sie die Toten aus den Ruinen oder Massengräbern herauszerrten und auffraßen, und wir hatten nicht mehr genug Kraft, sie fortzujagen. Und jetzt, hier – hier höre ich geräuschvolles Saugen und Nagen und knirschende Zähne. Ich sehe genauer hin: die Vögel stolzieren zierlich auf den bloßen Rippen entlang. Sehr dicht an den Zähnen der Hunde vorbei. Aber sie haben nicht die geringste Angst. Beide Seiten wollen, daß die Sache ruhig verläuft. Wofür habe ich das nötig. Warum bin ich hierhergekommen. Aber es ist gut so. Ich bin gekommen, um vom Esel Abschied zu nehmen. Um zu sehen, wie er im Staub der Gasse und in den Hunden und Vögeln aufgeht. Jetzt beginne ich zu begreifen.

Langsam lasse ich den Motor an, wende, fahre an einem mit Kisten voller Trauben beladenen Dreirad vorbei, an Häusern, die ihre Nachttöpfe und Nachtmenschen ausspeien, und die ganze Zeit über erinnere ich mich, prüfe die einzelnen Punkte, die wichtigsten Worte. Meine Gedanken kommen nicht einen Augenblick zur Ruhe. Aber es macht keinen Sinn, denn Chilmi, zum Beispiel, erzählt sich Geschichten, um sie in Erinnerung zu behalten, wiederholt sie sich immer wieder, und ich erzähle meine, um sie zu vergessen, sie bis ins kleinste auseinanderzunehmen und sie auf diese Weise loszuwerden, um alles loszuwerden, was mich in den letzten Jahren eingesponnen hat – Schoschs wachsender Erfolg am Institut, die problematischen Jungen, die sie knackte, als handelte es sich um Nüsse, und auch die verrückten Fahrten entlang der Biegung bei der Militärverwaltung zur Gasse und wieder zurück, die Beschwerden der Bewohner von Dschuni über die Festnahmen und Beschlagnahmen und Erniedrigungen, ihre müden, klagenden Stimmen, und auch Katzman und Schaffer, die mich von beiden Seiten packen und mich, während ich trete und schreie, zur Haftzelle zerren – es gibt so viel, von dem man sich erbarmungslos befreien muß. Auch von Sussia mit seinem riesigen Körper, der immer nach Frauenparfums riecht, uns von den geheimen Skizzen in seinem Zimmer, den Entwürfen der Drachen-für-den-Massenverbrauch, die er anfertigt, und auch von Avner und den herrlichen Nächten, die wir bei der Bürgerwehr verbringen, wenn wir durch die stillen Straßen gehen und nicht aufhören können zu reden, und von Lea, Schoschs Mutter, und ihrem starken Gesicht und von der Klugheit, mit der sie Avners Willen bezwingt.

Ich vertreibe sie, und sie kommen zurück. Und ich vertreibe sie von neuem. Am Ende werden sie aufgeben und nicht mehr zurückkehren. Ich darf nicht sentimental werden. Die Zeit mit Schosch hat mich weich gemacht, hat mich zu sehr entblößt. Vorher wäre mir das nicht passiert. Zu schnell habe ich mich alldem hingegeben, was ich in ihrem Haus, im Haus von Avner und Lea, vorfand, und ich hatte es schrecklich eilig, alles, was ich vorher war, zu vergessen, und ich hüllte mich in die Familie ein, die sie mir anboten, in ihre so-einfache-Liebe, und ich vergaß, vorsichtig zu sein.

Und darum ist es besser, nicht mehr an sie zu denken. Besser, zur Armee zurückzufahren, zu der Verzweiflung, die mich dort Tag für Tag ausgesaugt hat, zu den Monaten nach der Trennung von Ruthi, dem Mädchen, das ich gar nicht kannte und das ich schrecklich liebte und durch kindische Forderungen tötete. Und noch weiter zurück, zum landwirtschaftlichen Internat, dem Grünen Dorf, und zu den Radieschen und Erdbeeren, die einem beim Pflücken den Rücken brachen, und zu den Spöttern, zu dem du-darfst-nicht-mitspielen-aber-du-kannst-die-Punkte-aufschreiben-Uri, und zu meinen Tauben, die sie schlachteten, und zu Sinder, dem Lehrer, der sagte, daß ich Talent zum Schreiben hätte, wenn ich nur durchhielte, aber wer hatte schon Kraft durchzuhalten, und ich bahne mir meinen Weg durch die klebrigen Klumpen der Erinnerungen, der guten Erinnerungen und der schlechten, und schon ist Chilmis Dorf am Horizont zu sehen, und ein Stück davor mein flüsternder, durchsichtiger Großvater, und nun, im Morgennebel, kann ich mir auch in einem fernen Hof eine hohe Hundehütte mit einer runden Öffnung ausmalen, in der ein rotäugiger Hund mit Schlappohren und einem warmen Körper und großen Wunden auf dem Rücken voller Liebe auf mich wartet. Und wie mein Großvater Amram im Unabhängigkeitskrieg, als ich vier Jahre alt war, ein Gebetbuch und ein bißchen Zwieback nahm und sich damit unter sein Bett legte. Er war damals auf dem Höhepunkt seiner Kraft und auch auf dem Höhepunkt seiner Angst; er lehrte mich, Fremden nicht die Tür zu öffnen und die Melodie eines Bußgebets zu pfeifen, sobald sich die Militärpolizei dem Haus näherte. Seine Söhne, mein Vater und mein Onkel Mosche, wurden von den Jordaniern gefangengenommen, und nur mein Vater kehrte zurück. Er nannte meinen Großvater einen Feigling und Deserteur und schwor sich, nie mehr am selben Tisch mit ihm zu sitzen. Er war ein hartnäckiger, nervöser Mensch, und in der Gefangenschaft drehte er, glaube ich, ein bißchen durch. Er dachte sich ein Gebet aus, damit die Araber schnell und unter großen Schmerzen stürben, und wir mußten es ihm jeden Tag nach dem Morgengebet nachsprechen, aber das reichte ihm noch nicht. Er begann, sein ganzes Geld für den Druck eines besonderen Gebetbuchs auszugeben, das verschiedene von ihm verfaßte Gebete und eine Zahlenmystik enthielt, die er in bezug auf die Araber erfunden hatte, und er pflegte Leute auf der Straße anzuhalten und zu versuchen, sie zu bekehren. In unserem Garten stand ein Schuppen voller Trödel, und er vertrieb meinen Großvater dorthin, und innerhalb weniger Tage, vielleicht sogar Stunden, begann mein Großvater zu altern. Ich habe so etwas noch nie gesehen: er fing an, arabisch zu reden und war sicher, daß er sich im Irak befand, und seine Haut hing in ausgetrockneten Falten an ihm herunter, ich glaube sie raschelte sogar ein bißchen, wenn er sich bewegte. Aber er bewegte sich kaum. In den Ritzen zwischen den Fußbodenplatten des Schuppens gab es rote Ameisen, deren Zukunft er zu prophezeien pflegte, und er erzählte mir wahre Geschichten über sie. Er wurde schrecklich dünn und durchsichtig, lag im Dunkeln auf seinem Bett und halluzinierte im Flüsterton über seine Kindheit, gab mir seltsame Namen, steckte kleine Zettel in seine Matratze und verriet mir Dinge über mich selbst, die ich nicht kannte, da sie mir nie widerfahren waren.

Und mit meinem kindlichen Verstand entschlüsselte ich den verrückten Kode seiner Halluzinationen, kan-ja-ma-kan, es war einmal, es war einmal ein Mann, der lebte in Israel zur Zeit des Unabhängigkeitskrieges, in Zeiten glorreicher Heldentaten, und er legte seinen Mund an eine andere Brust und saugte mit leidenschaftlicher Hingabe an der Angst. Es war einmal ein kleiner Junge, der haßte seine Eltern und die Schule und die Spötter, die dort waren, und das hier-kommt-Laniado-junior-der-Sohn-des-Verfassers-von-Die-Schuld-von-Samaria, und der Junge pflegte den Unterricht zu schwänzen und zu einem Hof nicht weit von zu Hause zu gehen und dort fast jeden Morgen in der Hundehütte, im Geruch zerdrückten Strohs, neben der großen, warmen Hündin zu liegen und Bücher zu lesen, die er sich aus der Bücherei des Allgemeinen Arbeiterverbandes auslieh, und er erblindete fast vom schwachen Licht, das durch die Ritzen der Hundehütte fiel, und als er heraustrat, war er Michel Strogoff oder David Copperfield oder Ben-Hur und war so glücklich, daß er, wie immer, vergaß, vorsichtig zu sein, und schon kamen die Kinder, die von der Schule nach Hause gingen, legten ihre Ranzen auf den Boden und begannen, im Kreis um ihn herumzugehen.

Fahr weiter. Alles ist Schwindel. Der Platz, zum Beispiel, an dem du jetzt vorbeifährst, mit dem riesigen Eisengerüst einer großen Maschine, die sicher aus der Zeit der Türken stammt, auch dieser Platz und die Dinge, die hier angeblich geschehen sind, und Chilmi, der über ihn hinwegflog wie ein stiller Vogel aus uralten Zeiten, man kann das alles unmöglich glauben, und auch andere Dinge, die an anderen Orten geschahen, kann man unmöglich glauben. Katzmans Vater, der seine eigenen Erinnerungen dem Gedächtnis Katzmans einprägte, und Schosch, die es gelernt hat, die Struktur von der Haut der Lügen so schön aufzusagen, man kann keinem von ihnen glauben, und nicht nur Sussia ist eine Art unergründlicher Held, wie Avner von ihm sagt, den man so lassen muß, wie er ist, und den man nicht zu weit in Richtung Logik drängen darf, wir sind alle nur kan-ja-ma-kan, erfundene Helden aus erfundenen Geschichten, und das einzig Wahre an uns ist der Schmerz, den wir zufügen.

Und da steht Ajesch auf dem Platz vor dem Café aus Blech, mitten im Gähnen erstarrt beim Anblick des Carmels oder vielleicht auch beim Anblick meines Gesichts, aber ich habe jetzt keine Zeit für ihn. Ich halte mitten auf der Straße, vor Chilmis Hügel, renne den Kiesweg hinauf, falle hin, stehe wieder auf, mir ist plötzlich ganz kalt vor Angst, bloß nicht daran denken, was ich ihm zu erzählen habe, nur noch diese schrecklichen Worte aus mir herausspucken, und da ist schon die Wegbiegung vor mir und die Weinlaube am Eingang der Höhle, und neben dem Eingang, auf dem Kalkhang des Hügels, die Aufschrift, die mir in Arabisch, in hellgrüner und unpassender Farbe, »Chaen«, »Verräter«, entgegenschreit, und da ist er, da ist Chilmi, sitzt auf seinem Schemel, sein Kopf ist an den Stamm des Zitronenbaumes gelehnt, und das Radio, das mit einem Strick um seinen Hals gebunden ist, trällert im Flüsterton vor sich hin, und jetzt hat er mich gesehen.

Und von einer gewaltsamen physischen Erkenntnis getrieben, fliegen wir aufeinander zu. Chilmi fragt mit ängstlichem Flehen: Jasdi? Und ich nicke mit dem Kopf, weil ich nicht sprechen kann. Und ich sehe, daß eines seiner Augen, das sehende, fast aus der Augenhöhle tritt. Die dicke blaue Ader, die sich über dem anderen Auge schlängelt, atmet schwer. Er sagt: Gestern morgen war er hier. Und ich bat ihn, es nicht zu tun. Und befremdet fügt er hinzu: Warum hat er nicht auf mich gehört, warum.

Er tastet seinen Weg zurück, bis sein Fuß gegen den Schemel stößt und er kraftlos niedersinkt. In seinem griechischen Mantel aus Seide, mit seinem kleinen festen Buckel und der schwarzen Baskenmütze auf der Stirn und vor allem mit seinem zerfurchten, beinah gelben Gesicht, schaut er mich wie das Gehäuse eines großen bunten Käfers an, der in der Sonne ausgetrocknet ist.

Und er stöhnt. Zerteilt mich mit einem Messer präzise in der Mitte meines Körpers. Nein, das ist kein Stöhnen. Das ist ein blindes Bohren. Eine verwirrte und verzweifelte Suche nach der Öffnung im Fleisch, durch die der Schmerz endlich heraus kann.

2

Katzmans Zornausbruch war äußerst kurz. Fast in demselben Augenblick, als die Tür von außen abgeschlossen wurde, löste sich etwas in seinem Körper, erleichtert, dankbar. Sehr schnell löschte er jeglichen Gedanken an Uri und das, was er getan hatte. Dachte nicht einmal über seine eigene peinliche Situation nach. Er legte sich aufs Bett, rollte sich seitlich zusammen und gab sich mit aller Kraft dem unerklärlichen Gefühl der Erleichterung hin.

Es war schon lange her, seit er in sich hineingehorcht hatte. In den letzten Monaten war er dem beinah ausgewichen. Und jetzt – jetzt war er eher von innen als von außen gefangen. Aber er empfand keinerlei Bedrohung. Im Gegenteil: auf einem fernen, tiefen Grund zu liegen, als verstecke er sich vor seinen Verfolgern – das war doch ein Zustand, nach dem er sich stets gesehnt hatte. Er zog die rauhe Wolldecke über den Kopf. Möglicherweise schlief er ein paar Minuten ein. Dann zuckte sein Körper vor Schreck zusammen. Er lauschte.

Noch hatte man sein Verschwinden nicht bemerkt. Er trommelte mit dem Finger auf die Eisenkante des Bettes und stellte überrascht fest, daß es womöglich innerhalb der Einsamkeit, die er gewohnt war, noch eine Einsamkeit gab. Diese Entdeckung tat ihm einige Augenblicke lang wohl. Dann befiel ihn Unruhe. Die Decke war sehr verstaubt. Uris Körperwärme im Bett war greifbar und sprach mit lauter Stimme. Katzman dachte an Schosch. Schon war seine eine Einsamkeit von seiner anderen Einsamkeit abgelöst. Schon stieg er schnell aus dem Augenblick der Gnade auf.

Er streckte sich im Liegen, ließ den wohltuenden Schauder mit Vernunft langsam von den Füßen bis zum Nacken laufen. Er war sehr müde von der anstrengenden Nacht und von den zwei Nächten zuvor. Er hatte dunkelblaue Ringe unter den Augen.

Jetzt galt es nachzudenken.

Mit neununddreißig Jahren täuschte Katzman noch immer jeden, der den jungenhaften Körper und das alterslose Gesicht betrachtete. In Wirklichkeit war sein Körper nicht jungenhaft, sondern sehr schmächtig und erweckte den Eindruck von Schwächlichkeit. Sein Gesicht war schmal und etwas länglich und seine Wangen so hohl, daß es schien, als saugte er sie in seinen Mund hinein. Schosch, die sich gewöhnlich den kindlichen Zügen im Gesicht eines Erwachsenen zuwandte, der sich ihr nicht so leicht entschlüsselte – eine Art instinktive Taktik von ihr –, gelang es nicht, sich ihn als kleinen Jungen vorzustellen. Es schien, als hätten die Unklarheiten, die sich auf der schmalen Fläche seines Gesichts angesammelt hatten, nicht einmal dem Echo kindlicher Unschuld Platz gelassen. Auch sein magerer Körper sah wie die widersprüchliche Zusammensetzung einander feindlich gesonnener Glieder aus.

Er wußte das. Noch als Junge, als Waisenkind, das nach dem großen Krieg von Europa in einen kleinen Kibbuz im Zentrum des Landes geraten war, um sich dort möglichst schnell von einem versiegelten Rätsel (das darauf beharrte, Polnisch zu sprechen und wie ein verwundetes Tier jeden Versuch, in sein Gebiet einzudringen, mit bitterem Mut bekämpfte) in einen Sabre, einen waschechten Israeli zu verwandeln, in dessen Muskeln die Sonne strömte – schon damals begriff er die Verlegenheit, die er bei anderen auslöste.

Die Blicke derer, die sich mit ihm unterhielten, pflegten flüchtige und staunende Diagonalen auf ihm zu zeichnen, während sie von den stark abstehenden Ohren zu den Abgründen der Wangen wanderten; von den blutleeren Lippen – die obere war gelähmt – zu den Augen: schon damals sehr sensibel und sinnlich, von dichten schwarzen Wimpern umrahmt, seltsam weit voneinander entfernt, sozusagen weit über die Breite des Gesichts hinaus. Verlegen schreckten die Blicke vor der spitzen, gebogenen Nase zurück, die so leicht rot wurde, und fielen auf ein enttäuschendes Kinn, formlos und ein wenig nach hinten eingesunken, das dem Betrachter den Weg zu der schmächtigen Brust und den schmerzhaft mageren Schultern wies.

In jenen Tagen im Kibbuz pflegte sich Katzman mit der Überheblichkeit des Ausgestoßenen zu rühmen, daß er für seine Umwelt unfaßbar war und in ein Geheimnis gehüllt blieb, aber diese offensichtliche Verlegenheit sickerte mit den kühlen Strahlen der Wahrheit und Bedrückung in ihn ein. Er begann, eine Selbstgenügsamkeit, die hart war wie ein angespannter Muskel, eine Art wilden und bitteren Mut, der an Selbstverachtung grenzte, und die Fähigkeit zur haarfeinen und distanzierten Beobachtung von Menschen in sein Inneres einzuflechten.

Eingesperrt in das schmale Zimmer versuchte Katzman, die Lage abzuschätzen. Er wußte, wohin Uri sich flüchten würde. Im Geiste konnte er sehen, wie er dem Alten in Andal um den Hals fallen und mit ihm restlos in seinen Kummer versinken würde. Vielleicht sogar seinen eigenen Schmerz vergessen würde. Er erinnerte sich amüsiert an seinen Besuch in Andal vor ungefähr zwei Monaten. Dort hatte anscheinend alles angefangen. Uri, der sein Amt mit besorgniserregender Begeisterung angetreten hatte, machte das Dorf bei einer seiner intensiven Erkundungsfahrten durch die Gegend ausfindig und hatte ihn, Katzman, gezwungen, mit ihm dorthin zu fahren. Er hoffte, die Militärverwaltung würde ihm ein phantastisches Budget für die Entwicklung des Dorfes genehmigen und erzählte Katzman den ganzen Weg über von dem blühenden Park, den er im Herzen der Stadt anlegen würde. Man hätte meinen können, Uri fahre bereits auf gepflasterten Straßen und pflücke Rosen in den Gärten. Das naive, törichte Lächeln, das Lächeln des Lammes, wie Schosch es wütend zu nennen pflegte, strahlte auf seinem Gesicht.

Auch die Dorfbewohner, die sie empfingen, lächelte er auf diese Weise an. Sein Gesicht war verzerrt und seine Hände zappelten aufgeregt. Sie verbargen ihr Lächeln hinter der keffije. Alle Dorfbewohner hatten sich eingefunden, auch die fünf Sippenhäupter und der Muchtar. Uri hielt eine kurze und enthusiastische Ansprache in einem überraschend guten Arabisch. Man nickte zustimmend. Der junge Muchtar, aalglatt im Aussehen und sehr verschwitzt, antwortete mit einer stilisierten Rede. Katzman verfolgte gelangweilt seine kunstvoll ausweichenden Formulierungen. In den sechs Monaten seiner Amtszeit in Dschuni hatte er nicht nur die Grundsätze der Sprache, sondern vor allem die Gedankenwindungen der Einwohner erlernt. Die Dinge, die hinter den Worten stehen. In dieser Hinsicht fiel es ihm leicht, sich mit den Bewohnern zu verständigen, und er machte es besser als Uri, obwohl Uri Arabisch wie ein Einheimischer sprach. Der Muchtar bat um Geld. Das war der Kern seiner Worte. Viel Geld und – das Recht, es nach Ermessen des Dorfrates zu verteilen. Katzman kannte die Worte und den Ton von zahllosen Zusammentreffen mit den Muchtars, die in seinem Büro in Dschuni stattgefunden hatten. Uri war etwas verlegen. Eine solche Antwort hatte er nicht erwartet. Er sah Katzman erstaunt und um Hilfe bittend an. Katzman verschloß sein Gesicht. Mit heimlicher Schadenfreude verfolgte er Uris Bedrängnis; die sich windende Spur der Worte, der er zu folgen hatte. Mit einer Daumenbewegung zogen die Sippenhäupter ihre keffije über den Mund. Der Muchtar schwitzte stark, obwohl es noch früh am Morgen war, und wischte sich das Gesicht alle Augenblicke mit einem vergilbten Taschentuch ab. Er wollte Uri gerade antworten und Katzman sah bereits verstohlen auf die Uhr, als ein alter Mann mit krähender Stimme zu schreien und mit den Händen zu fuchteln und Uri und Katzman und die Sippenhäupter freigiebig zu verfluchen begann, und auch den Muchtar verschonte er nicht mit seiner bösen Zunge.

Katzman erinnerte sich an die Spannung, die ihn damals ergriffen hatte. Der gekrümmte, bucklige Alte verströmte eine Feindseligkeit, die wie eine Fackel in der Luft schwebte und nach der Windrichtung tastete. Einen Augenblick lang schlossen sich unsichtbare Kreise um Katzman und Uri. Aber dann gab der Muchtar ein hastiges Zeichen, und ein paar Jugendliche gingen auf den Alten zu und jagten ihn fort. Katzman glaubte, der kleine Zwischenfall hätte sich erledigt, und wandte seinen Blick wieder dem Muchtar zu, Uri jedoch ging mit einem schmerzhaft naiven Gesichtsausdruck, wie ein Kind, das einem Schmetterling nachtaumelt, auf den schreienden Alten zu, blieb vor ihm stehen und berührte verwundert seine Hand.

Plötzlich packte Katzman die Wut. Er stand auf und trat ans vergitterte Fenster. Die Morgendämmerung deutete sich bereits an. Der neue Tag erblickte im Fenster ein sehr schmales, weißes, mit Bartstoppeln bedecktes Gesicht. Katzman sah aus wie einer, der sein Leben lang im Dunkeln gelebt hat. Ein leichter Wind wehte in die Nebelschwaden, die sich draußen vor dem Gebäude gebildet hatten, und für einen Moment schien es, als sei ein Vorhang beiseite geschoben worden. Einen Augenblick lang konnte Katzman die Leute sehen: eine kleine Gruppe von Häftlingsfamilien, die zum wöchentlichen Besuch ins Gefängnis der Militärverwaltung gekommen waren. Sie standen still da, rieben sich die Hände, um sich ein wenig aufzuwärmen, und stießen warmen Atemdunst aus. Kinder schliefen zusammengerollt zwischen den randvollen Eßkörben. Von seiner Zelle im

Kellergeschoß aus erschien ihm das Bild wie aus einem Theaterstück, das auf einer Bühne hoch über ihm aufgeführt wurde. Er schaute neugierig zu. Der Nebel verdichtete sich wieder. Noch einen Augenblick war das bunte Kleid einer Frau zu sehen, die schwarze Wollmütze eines Mannes, das hübsche und wache Gesicht eines Mädchens. Dann verschwand alles. Katzman wandte sich vom Fenster ab. Die zarte, intime Erinnerung daran, wie Uri vor den Augen des ganzen Dorfes die Hand des Alten berührt hatte, machte ihn erneut verlegen. Wie der Alte plötzlich verstummt war. Als hätte Uri mit einem Schlag dessen ganze Bitterkeit in sich aufgesogen. Katzman wurde unruhig. Rüttelte energisch an der Türklinke und ließ sie wieder los. Er beschloß, noch ein wenig zu warten. Die Augenblicke seines Verschwindens auszunutzen, auch wenn er sie jetzt nicht mehr genießen konnte. Die ganze Zeit stiegen in seinem Inneren kleine Schimmer ferner Bilder, deutlicher Erinnerungen auf. Sein nervöses Aufundabgehen in dem engen Raum war eine genaue Wiederholung der Route der Freiheit, die sich seinem Gedächtnis eingeprägt hatte. Er bewegte sich hier genau so, wie sein Vater sich dort bewegt hatte. Von der »Bibliothek« bis zur Wolldecke, auf der seine Mutter dahinsiechte. Selbst die Bewegung der scharfen, entschiedenen Wendung wurde jetzt wieder lebendig. Wenn sein Vater sich auf diese Weise umdrehte, pflegte sein schönes weißes Haar einen Augenblick lang wie Wellenschaum in der Luft zu schweben. Der Vater war ein gutaussehender Mann mit einem zarten Körperbau gewesen, und Katzman ahnte, daß die Frauen ihn geliebt hatten. Nach einer Weile waren ihm nach und nach die Haare ausgefallen. Das war während des Weltkrieges gewesen, als die drei sich in einem Loch in der Erde Polens versteckt hatten. Am Ende des Krieges war die Mutter nicht mehr bei ihnen, und Katzmans Vater hatte nicht mehr genug Verstand, um zu begreifen, daß sie gerettet waren. Katzman trug das Loch sein Leben lang in sich. So wie er dort gelernt hatte, die Welt über ihm nur anhand von schwachen Hinweisen zu erraten – einem plötzlichen Luftzug, einem unvorsichtigen Lichtstrahl, einem ängstlichen Zucken in der Wange seines Vaters –, so verfolgte er nun aufmerksam jeden Hinweis, der sich ihm andeutete. Er registrierte mikroskopisch kleine Geschehnisse, als seien es Ausbrüche von Naturkräften. Vor Schosch rühmte er sich, eine Art Fachmann für menschliche Vorgänge zu sein. Sie merkte, wie das Wort »Vorgänge« ihn anzog, begriff jedoch nach einiger Zeit, daß er nicht von Vorgängen, sondern nur vom Abklingen sprach. Von der Abnutzung des menschlichen Mechanismus in allen seinen Aspekten. Darin war er tatsächlich ein Fachmann.

Die Erinnerung an das Loch war nicht mehr nur ein lästiges Gefühl in einem Winkel seines Bewußtseins. Katzman zwang sich, auf der Bettkante Platz zu nehmen und sich auf diese Belästigung zu konzentrieren. In Santa Anarella, während er Uri die Geschichte seiner Jahre im Loch erzählte, hatte er etwas begriffen, das ihn deprimierte. Daß, seitdem er dort herausgekommen und ein Mann geworden war, seine Aufmerksamkeit stets auf jene gerichtet war, die vielleicht unten, unter ihm lebten, und sich in der Tiefe der Erde oder der Gedanken versteckten. Er würde stets zu ihnen gehören. Das waren keine Menschen, sondern, allerhöchstens, angedeutete Beklemmungen, unterdrückte Wünsche, Geheimnisse, zwischen denen und dem tödlichen Sonnenlicht er die einzige Schranke war. Als er sich darüber klarwurde, noch während er mit Uri sprach, begann es ihn zu bedrücken, als sei es eine Verurteilung zu ewigem Exil. Irgendwo an einer der dunkelsten Wände in den Korridoren seines Gehirns erhellte sich einen Augenblick lang ein Bild: der Anblick eines doppelten Katzman, sich selbst entgegengesetzt, wie die Figuren auf den Spielkarten.

Er sah auf die Uhr. Viertel nach sechs. Dann erinnerte er sich und sank mit theatralisch ausgebreiteten Armen aufs Bett. Zusätzlich zu den ganzen nächtlichen Plagen und dem Ärger, der ihn in den nächsten Stunden noch erwarten würde, hatte er heute Geburtstag. Katzman reichte sich die Hand und drückte sie feierlich. Es ist so: ein Geburtstag ist ein Wegzeichen, und ein Wegzeichen weist auf Beständigkeit hin, auf die Wiederholung und Verwirklichung irgendeiner Symmetrie, die im Wesen aller Dinge steckt.

Katzman war ein begeisterter Erforscher dieser Symmetrie, da sie ihm angst machte. Es war ihm bisher nicht einmal gelungen, sie zu definieren. Er konnte Schosch nur vage Dinge über sie sagen, zum Beispiel, daß sie eine Art letzte und endgültig ausgeglichene Abrechnung mit allen Dingen sei. Aber diese

Erklärung genügte nicht. Um jene magische Symmetrie kennenzulernen, war ein besonderes Gespür nötig: eine Art feiner innerer Fühler. Katzman stellte sich die Symmetrie als eine große Ruhe vor und gleichzeitig als Ausdruck einer grausamen Strafe, die ihn erwartete. Den Widerspruch, der darin lag, vermochte er nicht zu lösen. Er suchte die Symmetrie in jedem Ereignis, stellte endlose kleine Experimente an, um sie in seinem eigenen Leben aufzuspüren. Es war ihm noch nie gelungen. Wenn sich tatsächlich irgendeine versteckte Logik in der Natur der Dinge verbarg – Katzman hatte sie nie enthüllt. Er mußte feststellen, daß er Menschen, die er mochte, Leid zufügte. Daß gerade alltägliche Gebrauchsgegenstände, daß konkrete Einzelheiten der Wirklichkeit eine Bedrohung für ihn bargen, die nicht abzunehmen schien.

Er wußte, daß eine gewaltige Sammelarbeit nötig war, um den Faden der schlüpfrigen Logik ausfindig zu machen, ihn einen Augenblick zu berühren, um vielleicht – ein wenig erlöst zu werden. Vielleicht verbrauchte er daher derart fieberhaft, beinah gewaltsam die wenigen Menschen, mit denen er Kontakt hatte. Jeder von ihnen war ein Hinweis. Eine Gedankenrichtung. Aber er brauchte mehr als das: er brauchte die Kenntnis aller Einzelheiten, aller Teile des Mosaiks; einen Blick, der mit einem Mal alles Lebende streifen und ihm dadurch wenigstens die symmetrische Logik erhellen würde, die im Wesen des Lebens eines Menschen liegt. Er war vernünftig genug, nicht die Hoffnung zu haben, mit diesem Blick sich selbst zu erkennen. Manchmal meinte er, daß Uri dafür geeignet sein könnte. Uri war voraussehbar und ohne Launen. Aber auch er entschlüpfte ihm jedes Mal, wenn er meinte, ihn verstanden zu haben.

Als er Uri zum ersten Mal in Santa Anarella begegnete, kam er ihm vor wie einer dieser Idioten Gottes, wie das verwöhnte Kind einer zu satten Welt, das mit seinem Leben und mit dem Leben von anderen spielt. Aber sehr schnell erkannte er seinen Irrtum. Er begann aufzuhorchen. Begriff, daß ihn Uri, ohne es zu wollen, etwas lehrte. Uri war unvorsichtig, da er die Welt in sein Inneres einsickern ließ, und Katzman sah erstaunt, wie es einer entblößten Seele gelang, auch in Phasen der schweren Katastrophen zu überleben.

Katzman war in Santa Anarella nicht so erregt wie Uri. Er hatte schon oft genug in seinem Leben Grauen und Tod gesehen, um sich darüber noch aufzuregen. Katastrophen waren in seinen Augen nur eine Beschleunigung aller Routinevorgänge, wie ein Kinofilm, der durchgedreht war. Es war nichts Besonderes an den einfachen Komponenten der Katastrophe. Die Erde bebte stets unter Katzmans Füßen, und ständig töteten die Menschen um ihn herum einander, nur daß sich die Dinge gewöhnlich sehr langsam und behutsam ereigneten und nur wenige es spürten wie er.

Es war mehr die Berührung mit dem erregten Uri als mit der bebenden Erde, es war Uri, der Katzman aufmerksam werden ließ. In dem großen Flüchtlingslager in Sichem hatte Katzman einmal das gleiche süße Gefühl gespürt, das Uri in Italien hatte, aber jetzt war er nicht mehr fähig, es noch einmal zu fühlen, obwohl er sich danach sehnte. Dunkel begriff er, daß er Uri als Vermittler zwischen sich und jenem Gefühl brauchte. Seitdem hörte Uri nicht auf, für ihn zu vermitteln.

Zwischen den beiden verwirklichte sich ein einfaches physikalisch-menschliches Gesetz: Energie strömte von einem kondensierten Volumen in ein anderes ein, in dem der Druck geringer war. Katzman war ein angespannter Muskel, Uri offen für alle Welt. Wie ein kleines Kunstwerk war die Strömung zwischen ihnen, wie ein zweistimmiges Lied, auch wenn die beiden Stimmen auf völlig verschiedenen Tonleitern sangen. Katzmans Bedrückung wuchs und pochte in ihm. Langsam ließ er sie aus seinem Inneren sickern, um sich in Uri zu läutern. Er gab ihm einzelne Hinweise, zum Beispiel, daß die einzige Sache, an die er glauben könne, der wilde und schmerzliche Drang sei, die Existenz um jeden Preis, auf jede Art und Weise zu wahren, und daß man diesen Drang nur erkennen könne, wenn man im Zentrum einer großen Gefahr sei.

Er fühlte sich erleichtert, nachdem solche Dinge gesagt waren. Daher erzählte er Uri auch seine größten Geheimnisse. Erzählte von den Frauen, die in sein Leben geraten waren, von den Gefahren, von seiner kurzen Ehe und daß er keine Kinder haben wolle. Er schüttete Uri sein Herz aus mit einer Heftigkeit, die er nicht in sich gekannt hatte; Nacht für Nacht, neben dem erlöschenden Feuer, inmitten von Feldern voller Schlafender, erzählte er von den Tagen seiner Kindheit und von der Legende des Ariost, sagte, daß ihm allzu offene Plätze angst machten, daß alles, was übertriebene Weite habe – das Meer, flache Ebenen, eine große Wüste – und jeder Überfluß, ob in der Natur oder im Charakter eines Menschen, ihm einen seelischen Krampf verursachten. Er gestand sogar, ohne daß er danach gefragt wurde, und nur weil er unbedingt alles sagen mußte, daß der einzige Ort, an dem er sich für wenige Augenblicke zu Hause fühle, der Körper einer Frau sei.

Und Uri hörte ihm sehr aufmerksam zu. Seine Zunge berührte die ganze Zeit seinen kaputten Vorderzahn, und seine Augen waren weit aufgerissen. So konkret war sein Zuhören, daß es Katzman schien, als seien seine Worte ein lebendiger Geist, den er dem Fleisch und Blut dieses Zuhörens einhauchte. Vielleicht verwandelten sich deshalb die Dinge, die er sagte, sofort in lebendige und blühende Geschöpfe. Wie gemeinsame Kinder. Und schon konnten Uri und er sich nicht mehr voneinander trennen, wenn auch nur wegen der Verantwortung für diese zarten Geschöpfe.

Das Geräusch von Eisentüren, die mit Wucht durch die Schiene geschoben wurden, ließ Katzman hochfahren. Von weitem erhob sich Lärm. Der Besuch bei den Häftlingen hatte begonnen. Die Familien wurden über den Hof zu den Haftzellen geführt. Katzman eilte ans Fenster. Tief gebückt konnte er den östlichen Wachtposten auf dem Dach des Gebäudes sehen. Der Wächter nippte an einem Getränk, von dem Dampf aufstieg. Katzman erinnerte sich, daß auch er jetzt ein Gefangener war. Aber gerade hier fand er verstreute Inseln der Ruhe.

Natürlich steckte auch eine Symmetrie in dem, was Uri gestern getan hatte. Eine grobe und künstliche Symmetrie: zwei einheimische Frauen, Mutter und Tochter, waren in Uris Büro gekommen, um sich über ein paar Soldaten zu beschweren, die bei ihnen eine Haussuchung gemacht hatten. Die Familie war gerade beim Mittagessen, als die Soldaten kamen, gewaltsam den Tisch umstießen und die Speisen zertrampelten. Uri rief Katzman über das Haustelefon an und erkundigte sich, wer für die Haussuchung verantwortlich sei. Uris Tonfall war zu entnehmen, daß Ärger geben würde, aber Katzman hatte keine Zeit hinunterzugehen.

Uri nahm die beiden Frauen mit in den Speisesaal der Offiziere. Schaffer aß dort sein Mittagessen und erzählte Katzman nachher, was sich ereignet hatte: Uri ging auf ihn zu und blieb vor ihm stehen, und »mit totaler Gleichgültigkeit« – (die Worte des entsetzten Schaffer; Katzman konnte sich Uris Gesichtsausdruck ausmalen: die großen, nach hinten gespannten Ohren, der spärliche, borstige Bart, der beängstigende Zorn, der die dicken Brillengläser mit kreisrunden Augen füllte) – »warf er mir den Tisch um! Kochend heiße Suppe, Salate, Kaffee, alles auf mich rauf!« Dann sagte Uri etwas, das Schaffer nicht verstand, eine Art Drohung, und ging mit verschlossenem Gesicht an den zwei verängstigten Frauen vorbei aus dem Speisesaal, und bestimmt ging er so weiter, aufrecht und steif vor Angst, bis Schaffer ihn einholte und ihn wie eine junge Katze am Kragen zu Katzmans Büro schleifte.

Aber natürlich war das nicht die Symmetrie, auf die Katzman lauerte. Seine Symmetrie war eine andere. Eine, die langsam entstand, die im Dunkeln Form annahm. Fügte er jemandem Schmerzen zu, so wußte er, daß er Schmerzen zu erwarten hatte, die man ihm zufügen würde. Bestimmte Orte, an denen er auf seinem Weg von Tel Aviv nach Dschuni vorbeifuhr, machten ihm Freude, und er spürte sofort, daß gerade dort die Katastrophe über ihn hereinbrechen würde. Und jedes Mal, wenn er etwas Ersehntes erreicht hatte, wußte er, daß er etwas anderes, etwas Wichtigeres vielleicht, verloren hatte. Und so war es, als er sich gestattete, für Uri Freundschaft zu empfinden und Vertrauen zu ihm zu haben. Damals ging ihm jene harte und unantastbare Einsamkeit verloren. Manchmal fragte er sich, ob er sie je wiederfinden würde. Wieder ging er nervös in seinem Gefängnis auf und ab, mit seinen Schritten die erwachenden Häupter aller ungelösten Fragen zertretend. Er war sehr müde und wußte, daß er nicht eher würde schlafen können, bis er Uri gefunden hatte. In den letzten drei Tagen, seit Schosch mit Uri gesprochen hatte, benahm sich dieser auf eine unerträgliche Art und Weise. Katzman sprudelten heftige und peinliche Gefühle entgegen. Die meiste Zeit war Uri aggressiv und warf mit Beleidigungen um sich. Und manchmal war er weich und bat um Schutz. Er weigerte sich zu erzählen, was Schosch ihm wirklich gesagt und was sich zwischen den beiden abgespielt hatte.

Gestern hatte er Katzman seine Wohnungsschlüssel gegeben und ihn gebeten, ihm ein paar Bücher und Kleidungsstücke zu holen. Sagte, er habe nicht vor, weiter mit Schosch zusammenzuleben. Jedenfalls nicht in der nächsten Zeit. Erklärte, daß er beabsichtige, von jetzt an seiner Aufgabe, für die Katzman ihn nach Dschuni gebracht habe, einen Inhalt zu geben, selbst wenn das Katzman nicht passe. Als er sich etwas beruhigt hatte, erzählte er, daß er entdeckt habe, daß Schosch ihn die ganzen letzten Monate über belogen hätte. Katzman richtete sich gespannt auf seinem Stuhl auf. Es hat etwas mit dem Hillman-Institut zu tun, erklärte Uri. Katzman sah auf seine Fingerspitzen. Er war wütend auf Schosch, und gleichzeitig bemitleidete er sie. Er hatte geglaubt, daß sie aus härterem Stoff gemacht sei; daß sie nicht so leicht zusammenbrechen und ihm in einem Augenblick die Wahrheit sagen würde, in dem die Wahrheit nicht sehr hilfreich war.

Noch immer gefangen in seiner Wut und in seinen Ängsten, die um ihn herum aufstiegen, und beinah ohne über das, was er tat, nachzudenken, lud Katzman seine Waffe, entsicherte sie, lehnte sich leicht an die Wand und schoß eine Kugel mitten durchs Schloß. Der Schuß entlud sich mit einem unerträglichen Krachen in dem kleinen Zimmer, die Tür öffnete sich wie zum Hohn mit aller Gemächlichkeit, und Katzman ging hinaus.

3 Ein sehr weiches Licht. Warme und kalte Windstöße winden sich nun wie Schlangen ineinander. Verschlingen sich und prallen zurück. Es ist die Zeit der Morgendämmerung. Die eine Gnadenstunde, in der die Welt uns nicht so sehr verachtet und ich sie in mich eindringen und mich beschnüffeln lassen kann.

Unten im Dorf schlafen noch alle. Auf dem Dach von Ajeschs Café weht der hochmütige Hahnenkamm – das riesengroße rote Coca-Cola-Schild. Aber die braunen Häuser sind immer noch nicht vom purpurroten Schrei des amerikanischen Gockels erwacht, und die Lehmwände lehnen noch dicht aneinander, lassen einen leichten Morgendunst aufsteigen, einen Dunst wie den Atemhauch von Pferden, die zusammen schlafen.

Und ich schlafe nicht. Schon viele Jahre habe ich nachts kein Auge zugemacht. Zwar glaubt es mir meine Enkelin Nadschach, das heimliche Mädchen, nicht, wenn ich es ihr erzähle, und bricht in ein feines, unscheinbares Lachen aus, aber der Himmel ist Zeuge, und Zeuge ist auch der Mond.

Vielleicht ein Nickerchen von Zeit zu Zeit. Der weise alte Kürbiskopf sinkt kurz auf die Brust und baumelt am Ende des fadendünnen Halses ein wenig hin und her. Einen Augenblick lang habe ich meine Ruhe. Dann beginnen die bösen Geister auf dem Lid meines leeren Auges zu tanzen, des Auges, das sich nach innen gekehrt hat, als ich über das Dorf, über den Platz der Helden flog wie ein Vogel wider Willen; und sie, die Geister, verwirren mit ihren zappelnden Füßen, die Blitzen gleichen, meine Erinnerung und wirbeln im Hohlraum meines Kürbiskopfes Glitzer auf; nicht so haben sich die Dinge ereignet, singen sie mir, das und das hast du dir in deinem Herzen nur ersonnen, und dies und jenes, nicht dir ist es passiert, sondern, vielleicht, dem Schukri Ibn Labib, der in die großen Städte zog, und aus seinem Munde hast du es vernommen; und dieser Kummer, es ist nicht deiner, sondern Nuri Elnawar, der Zigeuner, hat ihn dir verkauft mitsamt dem Seidenmantel aus Zypern, den Straußenfedern und dem englischen Korkhut.

Und ich wache erschrocken auf und drücke auf das Lid meines weißen Auges und wische die Spuren der Geisterfüße fort, und ohne zu klagen beginne ich wieder die Fäden zu verknüpfen, die sich mir aufgetrennt haben – da ist das pockennarbige

Gesicht meines ältesten, finstern Bruders Nimer, wenn er mir das Essen in den hintersten Teil des Hofes bringt; mein Vater, Schafik Abu Scha'aban, nach einem-Sohn-der-nicht-seiner-war benannt, und das Bild seines mächtigen Bauches, er wandert betrübt von Zimmer zu Zimmer, zwängt sich mit der Schulter zuerst durch die Türeingänge, und seine aalglatte, elefantenhafte Hand baumelt wie ein riesiger Gummischlauch neben ihm; die gekochten Bohnen, die Darios, mein Erlöser und Wohltäter, mir zwischen die Zehen steckt, um sie von den eitrigen Wunden zu heilen, und der Anblick seiner kleinen runden Glatze, die mir dabei in den Blick kommt. Es gibt die ganze Zeit sehr viel zu erinnern. Die Bilder fallen ab und sterben, und man muß ihnen jeden Augenblick neues Leben einhauchen. Sich den wachen Funken in ihnen einprägen und mit seiner Hilfe für einen Augenblick das dunkle Gedächtnis erhellen. Ein Kampf ist das, ein hartnäckiger und listiger Kampf, und ich muß auf der Hut sein und wissen, welche meine Soldaten und welche die Spione sind, wen ich zur Täuschung als Wachtposten weit weg vom Eingang meiner Höhle stelle, und wer meine Wunden in ihren Felsspalten verbindet.

Und gestern kam Jasdi. Der jüngste meiner Bastarde. Der einzige, den ich nicht mit meinem Atemhauch tötete, als er das Knabenalter erreichte. Ich hauchte ihm jeden Augenblick neues Leben ein und prägte mir das lebendige Zeichen ein, das wie ein Brandmal der Wahrheit in ihn eingebrannt war, und trotz allem kehrte er gestern als ein Fremder mit steifem Körper zurück, und er war wie eine abgestreifte Haut der Liebe. Er kam vor Morgengrauen, in einer Stunde wie dieser, eine große Spannung in seinen Gliedern, und der Tod nistete schon in seinem kindlichen Gesicht, an dem ein fremder Schnurrbart haftete. Er kam, ohne daß ich ihn erwartet hatte. Verwirklichte sich plötzlich aus meinen Gedanken. Ein Jahr lang hatte ich ihn nicht gesehen. Ein Jahr war es her, seit er der wandernden Schauspieltruppe, den Männern der deklamierenden Organisationen gefolgt war, und in den ersten drei Monaten wußte ich nicht, ob er tot war oder lebte. Wie ein berstender Ofen war damals mein Leib. Und weinend und zähneknirschend ging ich umher und schlug mir auf Kopf und Brust wie einer der klagenden Blinden, und ich schlief in den Feldern, zu Füßen des Pistazienbaumes unten im Wadi, und in meinem Mund war nur sein Name, Jasdi, Jasdi.

Und nach drei Monaten kamen die ersten Briefe von ihm. Seine Botschaften und Wünsche wurden vom Wind in die Spalte des Pistazienbaumes gelegt, dort, wo Darios, mein Erlöser und Wohltäter, mich gefunden hatte, und wohin ich Jasdi mitgenommen hatte, um ihm die Sprache beizubringen, in der wir miteinander reden würden. Und ich weiß nicht, wie der Wind die Spalte im Baum fand, und ich entdeckte keine Menschenspuren um den Stamm. Und ich pflegte meine ausgetrockneten Füße bis zum Wadi zu schleppen und meine Hand in die schmale Ritze zu stecken und dort im Verborgenen zu stöbern, und meistens zog ich Halme oder ein Gewimmel von schwarzen Käfern heraus, aber mitunter berührte ich auch einen Brief, und dann stockte mein Herz.

Die Briefe, die er mir schickte, waren nicht aus Papier. Er konnte nicht schreiben, und ich kenne die Buchstaben nicht. Aber die Sprache der Pflanzen kannte er, denn ich hatte sie ihm beigebracht, und daher sandte er mir durch seinen unsichtbaren Boten zerdrückte Blätter oder geknickte Stengel, oder einen abgebrochenen Dorn, und mit zitternden Händen pflegte ich den Inhalt des feuchten, dichten Bündels auszubreiten und ihn nach seinen Botschaften und seinem Kummer zu sortieren und darin zu lesen, hier ist die trockene Frucht der karsawa, die die Sehnsucht aus dem Herzen vertreibt, und das hier sind die zerdrückten gelben Blüten des geizum, der bittersten aller Pflanzen, und ich legte eine dieser Blüten auf meine Zunge und las mit meinem Speichel die Stimme meines Sohnes, die sagte, die Trennung sei noch bitterer als der geizum, und von Zeit zu Zeit fand ich in der feuchten Masse auch die gezähnten Blätter der chaschischat-el-nachal, welche die Eigenschaft haben, die Traurigkeit zu heilen.

Und fieberhaft pflegte ich in den Pflanzen die Worte meines Sohnes zu entschlüsseln, seine Liebe und seine Sorge und seine Sehnsucht, und ich war stolz auf ihn, daß er auch in der Fremde die Lehre der Pflanzen nicht vergaß, die ich ihm beigebracht hatte, nur war mein Stolz getrübt, und meine Hand zerdrückte seine grünen Briefe, denn es war nicht gut, daß Jasdi diesen Männern folgte, daß er sie zwischen uns und in unsere Mitte kommen ließ, es wäre besser für ihn gewesen, wenn er die Blätter der chaschischat-el-nachal gekocht und die Flüssigkeit auf seine Stirn gestrichen und seine Schläfen damit gerieben hätte, denn diese Pflanze heilt nicht nur die Traurigkeit, sondern auch den Leichtsinn.

Aber Jasdi hörte meine Gedanken nicht und kehrte nicht zurück. Dann steckten andere Pflanzen in der Ritze des Baumes, und meine Finger erstarrten, wenn ich sie berührte. Ich wollte sie nicht ans Licht der Sonne holen. Nur zu gut kannte ich die harten, brüchigen Blätter des asak, des weinenden Baumes, der Harztränen vergießt, wenn man ihn nur berührt. Mein Sohn gab mir Rätsel auf. Auch deutliche Dinge sagte er mir: die Blätter des schakik-el-na'aman, die Wunden des toten Na'aman, der immer wieder aufersteht, fand ich dort in den Frühlingsmonaten. Jasdi flüsterte meinen Fingern etwas zu von einem neuen Erwachen. Von einem Krieg gegen die Tyrannei, die sich um uns gewickelt hatte. Sprach von Schmach, die aus einer Träne gegossen wurde.

Und eines Tages fand ich in der Spalte des Pistazienbaumes ein Stück Papier, und schon wußte ich, daß ich ihn verloren hatte. Dicke, grobe Buchstaben hatte er hingemalt, und im Geiste sah ich seine Zunge, die sich vor Anstrengung aus dem Mund schob, während er schrieb. Seine seltsamen Augenbrauen, die über dem Bleistift zuckten. Besser, er hätte nicht geschrieben.

Da war ich gezwungen, mich zur Höhle des Schukri Ibn Labib zu begeben und draußen zu warten, bis er die Koran-Stunde für die Dorfkinder beendet hatte, und so summten seine gelben Bienen über meinem Kopf und versuchten, Honig aus den gemalten Blumen auf meinem Seidenmantel zu saugen, und ich schlug mit meiner Mütze nach ihnen und schrie und fluchte, und ihr Gesumme und die Stimmen der Kinder, die im Chor die Worte Schukris nachsprachen, schwirrten mir in den Ohren, und Jasdis krumme, grobe Striche krochen in meiner Hand und brannten wie die Feuerstöcke zu Ostern.

Dann zogen die Kinder ihre Schuhe an, nahmen die rote laffa vom Kopf, küßten die Hand ihres Lehrers und zwinkerten einander zu, gingen hinaus ans Licht und begannen sofort, nach allen Seiten mit Steinen zu werfen, und auch mich verfehlten sie nicht.

Und in der Kühle der Höhle wusch sich Schukri die Hände in seiner Wanne aus Blech und stellte gemächlich seine drei Koran-

Bücher in den kleinen Holzschrank zurück, und erst dann wandte er sich mir zu, seine Lippen wie stets verkniffen und seine Hand ausgestreckt. Und er rollte das Papier auf und besah es sich und schüttelte erstaunt seinen mächtigen, pferdehaften Kopf und knurrte zornig: Tote Striche sind das, Chilmi, Tinte auf Papier vergossen, und ihre Verschmelzung wird noch einen Tod gebären.

Schukri ist beinah mein einziger Freund unter den Leuten im Dorf und auf alle Fälle der einzige, dessen Jahre zahlreicher sind als meine. Und ich kann mich noch erinnern, wie er selbst in den kutab, in die Schule des Scheiches Fachr, ging und mit den anderen lachenden Jungen am Hof vorbeikam, wo ich an einen der Bäume gebunden war, und seine Späße mit mir trieb, meinen Fuß an den Esel band und dem Tier eine brennende Zigarette in den Hintern steckte, oder mir den Mund mit lebenden Heuschrecken vollstopfte, oder mich zwang, eine ganze Flasche Hundeurin zu trinken. Nun macht er keine solchen Späße mehr, und selbst das Lächeln und das Grinsen und das Lachen ist ihm verboten, denn als er noch ein Junge war, ging er zur sa'awije des Scheiches Salach Chamis, zum Zelt des wunderbarsten aller Derwische von El Kuds, der den Koran aus dem Munde einer alten Scheichin erlernt hatte, und dort, in der sa'awije, in einer Ecke der Moschee, verordnete sich Schukri Ibn Labib verschiedene Fastenzeiten und Kasteiungen, die niemandem Nutzen bringen, verordnete sich zum Beispiel, daß er dem Lachen und sogar dem Lächeln entsagen werde, doch er nahm nicht nur unsinnige Ideen von dort mit, er brachte auch viel Weisheit, und er ist der einzige unter den Einwohnern Andals, den ich um Rat zu fragen mich nicht schäme.

Harte Worte formte mir Schukri mit seinen Lippen aus den häßlichen Linien. Blut und Heiliger Krieg und Volksaufstand. Voller Begeisterung sind Jasdis Worte auf dem Papier, und er sieht nicht, wessen Blut mit der Tinte vergossen wird, und Schukri sucht weitere Worte heraus, organisierter Aufstand, Sabotage- und Zerstörungsakte, und das Aufrichten des gedemütigten Hauptes und die Wiedererlangung der verletzten Ehre. Und ich ziehe mich zusammen, erstaunt, gequält. Wie hatte mich die Welt geschlagen. Wie hatte sie mich überlistet und mir meinen einzigen Sohn gestohlen, den freundlichen Idioten, den ich mir zum Lieben gerettet hatte. Wie war die Welt in meinen Traum gesickert.

Und einmal kam ein Bild. Eine zerknitterte, zerkratzte Fotografie. Da war Jasdi, mein Sohn, dem nie ein Haar auf seinem länglichen Schädel gewachsen war, in Zirkuskleidern, in gefleckter Militäruniform, mit einem Papiergewehr in seiner Hand, und über seiner Lippe schlängelte sich ein Schnurrbart.

Nur er selbst war auf dem Bild zu sehen, und an beiden Seiten seines Körpers war das Papier mit einer Schere abgeschnitten, damit ich seine Freunde, die neben ihm standen, nicht sehen könnte, aber ein abgetrennter Arm blieb freundschaftlich auf seiner Schulter liegen. Als ich ihn so sah, eine schwarze Brille über das halbe Gesicht gezogen und das kindliche Kinn nach vorn gereckt, und als ich mit meinem Finger über die abgeschnittenen Seiten seines Körpers fuhr, da spürte ich bereits die unendliche Einsamkeit von dem, der vom Leben abgeschnitten und dem nur die Hülle seines Körpers geblieben war, eine Hülle voller Wattestückchen aus Worten, die fremde Leute in sie hineingestopft hatten, und mein Sohn war in diesem Augenblick in meinen Augen wie eines von den ausgestopften Tieren, die im Zelt des Scha'aban Ibn Scha'aban, des bittersten aller Jäger, am Schwanz von der Decke hängen.

So stolz und töricht war er, als er sich aus meinen Gedanken und von der Hügelwand losriß und kam und vor mir stand, ein Mann, so sah er sich selbst, ja ba, sagte er zu mir mit einer Stimme, die so dünn war wie die eines Kindes, ja ba, hier bin ich, und er trat vor mich hin, um mir die Hand zu küssen, und ich entzog sie seinem Mund, denn das konnte ich noch nie ertragen, ich hatte ihm nicht beigebracht, die Hand eines Menschen zu lecken, und Jasdi wurde verlegen und richtete sich auf und steckte seinen Kopf zwischen meine schmalen Arme und sagte piepsend, noch immer bist du so, ja ba, und ich erwiderte ihm: ein Siebzigjähriger wird nicht noch einmal in den kutab gehen, du kennst mich doch.

Er sagte: Ja ba, bist noch böse auf mich.

Ich sagte: Ich bin böse, aber wir wollen nicht darüber sprechen. Es ist sinnlos, darüber zu reden, so sinnlos wie ein Muezzin, der in Malta zum Gebet ruft, wo es keine Moslems gibt.

Er sagte: Und meine Briefe hast du bekommen?

Und ich antwortete: Ich habe sie bekommen. Und wer war es, der dich so schön schreiben gelehrt hat?

Er sagte: Sie lehren uns alles dort. Ich habe auch Freunde.

Und ich erinnerte mich plötzlich an den abgeschnittenen Arm, der auf seiner Schulter lag, und ich betrachtete ihn und sah, daß er selbst schon an beiden Seiten abgeschnitten war, daß das Morgenlicht schon sehr scharf war rings um ihn und das Hellblau ein wenig vor ihm zurückwich. Er sah meinen Blick, denn er sagte mir zornig, mit einem Stottern, das ihn immer, wenn er verlegen war, befiel, was hätte ich machen sollen, ja ba, in Andal bleiben und verfaulen?

Da ergriff ich seine Hand und führte ihn in die Höhle und setzte ihn auf die Matte. Und ich nahm die Kaffeebohnen aus der Büchse, die Nuri Elnawar mir gegeben hatte, und begann sie zu mahlen, und während der ganzen Zeit wandte ich kein Auge von ihm. Schukri Ibn Labib hatte mir das Geheimnis beigebracht: so wie die Buchstaben nur tote Striche sind, leblos, wenn sie allein stehen, aber Freude oder Leid gebären, wenn sie einander berühren, so sind auch wir, so sind auch die Menschen und die Hunde und die Koran-Bücher und die Weintrauben und die Bienen, die in den zersprungenen Krügen leben, und so sind die Soldaten und der Muchtar und der Pistazienbaum und der Zigeuner und der Jäger und mein Darios, auch er ist so, und ich sage, auch meine Enkelin Nadschach und der verwirrte israelische Soldat, der kam und meine Hand berührte und dann fünf Tage lang bei mir wohnte und mein Herz in Liebe zu ihm verwandelte, und auch die heilenden Pflanzen und die giftigen Pflanzen und die Hochzeitslieder und die Klagelieder und die Raben und die Geier und die Schattenspiele meiner Finger auf dem Kalkfelsen, was sind sie alle, nur tote Buchstaben. Nur die Schrift einer verborgenen Hand, nur Botschaften und Herzenswünsche, die in die Spalte zwischen Himmel und Erde gesteckt werden, nur ein Brief sind wir, lehrt mich Schukri, und die weißen Haare auf seinen Nasenflügeln flattern leicht im Wind wie die Mähne eines Pferdes, nur tote Buchstaben, und nie werden wir den Schmerz und die Freude, die wir einander gebären, restlos verstehen. Der Verrückte, so erklärte er mir und hatte seine Augen wie bei einer Verwünschung geschlossen, wird vielleicht diese unsere Kinder verstehen, die uns ohne

Freude geboren werden. Nur der Stumme wird sich vielleicht mit ihnen plagen, sich an ihnen laben, sie wie Glasscherben in seinen Eingeweiden spüren können; vielleicht wird der Blinde sie mit den sieben Schattierungen in seinen Augen lesen.

Und all das konnte ich ihm nicht sagen, dem Jungen, der mir gegenübersaß, an seinem spärlichen Bart zupfte und vor sich hin grinste. Und da ich schwieg, fing er zu reden an. Er erzählte von seinen Freunden. Von der Stadt Beirut, in der er lebte. Von Trainingscamps. Von Puppen aus Papier, auf die er schoß. Von seinen heldenhaften Kommandanten sprach er. Und ich lauschte und staunte. Woher hatte er die Worte? War er doch bis zu seinem zwölften Lebensjahr wie ein Stummer, und nur mit mir konnte er in unserer Babysprache reden.

Und aus Verwunderung und mit Flehen begann ich, ohne Worte zu ihm zu sprechen. Nur mit meinem leeren Auge. Erinnerte ihn an kleine Dinge. Wie ich ihn, als er gerade erst geboren war, den Händen der Frauen entriß und eigenhändig sein Fleisch salzte und nicht zuließ, daß die daja, die Hebamme, ihn anblickte und ihren abgenutzten Segen murmelte, denn er würde anders sein als alle Kinder. Und dann stickte ich ihm mit meinen krummen Händen den tob und die takija und flocht Amulette ein, die Schukri Ibn Labib mir gegeben hatte, und bunte Steine, die Nuri Elnawar einem Händler aus Akaba abgekauft hatte, und ich salbte sein Körperchen mit dem Saft der richaan-Pflanze, denn er würde anders sein als alle Kinder.

Und ich erzählte ihm, wie ich ihn mit einem Schlauch aus Ziegenhaut stillte und ihn stundenlang in der großen Holzwiege schaukelte, als würde ich Butter schlagen. Und wie ich ihn in einem alten, gelben Korsett, das Nuri mir einst aus El Kuds gebracht hatte, wie ein Pferd auf dem Rücken trug und mit ihm im ganzen Hof herumlief und ihm dabei allerlei zuflüsterte. Denn er würde anders sein als alle Kinder.

Und ich sprach zu ihm ohne Worte, mit blitzendem Auge und flatterndem Herzen, von unserem Dorf, das wir uns mit so viel Mühe in den kurzen Jahren unserer Liebe errichtet hatten, und wie wir mit großer Vorsicht alles, was wir in der Umgebung fanden, hineintaten, Männer und Frauen, Pflüge und Sattel, Schakale und Tabak, Peitschenhiebe und Babygeschrei und die Bewegung der Milch im Euter und den latun, in dem man den

Kalk brennt, und die dicken karami, mit denen man die Öfen einheizt, und jeder Sache gaben wir einen Namen oder ein Schluchzen oder ein Stöhnen, und ein Wunder war es in unseren Augen, daß wir einander so gut verstanden, daß ich sein dünnes Stammeln zu deuten wußte, daß es ihm gelang, meine Worte zusammenzufügen in seinem Gehirn, das so klein war wie ein Wiedehopfei, und in unser Spieldorf taten wir auch die Klänge der rababa und die Lieder der Müller, und das Summen der Männergespräche im mik'ad, und das Funkeln der Amulette der Frauen, und das scharfe Aufblitzen der Barbiermesser, die das Blut zum Fließen bringen, alle Buchstaben, alle. Es war wie ein Spiel für uns. Eines von vielen: unser heimliches Dorf. In seiner Form glich es Andal, vielleicht, weil wir keine anderen Dörfer kannten, aber alles darin gehörte uns allein. Und wir gaben ihm Leben, während wir in den Dornen im Feld oder unten im Wadi auf dem Rücken lagen und uns in der Sonne wärmten wie die Agamen und ohne Worte sagten: vielleicht tun wir auch den alten Nafi hinein und sagen von ihm, er sei so ein Geizhals, daß er, wenn man Namen für Geld kaufen müßte, seine Söhne »Kot« und »Schlamm« nennen würde, nur damit er die Namen billig bekäme. Und Nuri El'az, den Ölwurm, der Muchtar wurde, können wir in unser Dorf stellen, und wenn wir nicht wollen – dann eben nicht. Und vielleicht tun wir die alte Dehejscha hinein, und sie wird allen die Zukunft prophezeien anhand der Nagelkuppen, und wir holen auch Schukri Ibn Labib, und er wird durch die Gassen gehen, und Nadeln werden in seinen Lippen und Fingern stecken, damit er gottbehüte nicht zu lachen anfängt, und alte Männer und junge Mädchen tun wir hinein, wie wir sie in Andal sahen, nur sind sie bei uns weicher und matter, wie aus feinem Rauch, wie durch eine Träne gesehen, und können nicht mit lauter Stimme lachen und dabei ihre Zähne zeigen.

Ein Kind war Jasdi damals! Ein Kind ohne Haare, mit spitzem, glänzendem Schädel, und seine Augen hingen weit aufgerissen an meinen Lippen, und ein dünner Speichelfaden rann aus seinen Mundwinkeln. Ich flüchtete mich mit ihm vor dem Spott der Frauen und Männer in die Felder. Ins Wadi und zu den Höhlen der Schakale. Dort meißelten wir in Luft und behauten den Wind. Seufzten einander die tiefsten aller Wörter zu, wimmerten wie Welpen, so wie ich in meiner Kindheit zu seufzen pflegte, als die Welt in mir noch nicht zu Buchstaben und Menschen erkaltet und geronnen war und sich wie eine Welle bunter Glasscherben überschlug.

Wie wenig wir sprachen. Vielleicht drei Geschichten habe ich ihm in all den Jahren unserer Liebe erzählt. Vielleicht vier. Und ich glaube nicht, daß es mehr als hundert Wörter zwischen uns gab. Aber diese hundert waren die schönsten, die ersehntesten aller Wörter, und in jeder ihrer Falten regte sich das Leben. Und nun – nun haben wir so viele Wörter, und wir sagen nichts.

Du, Vater, sagt er, du träumst mit offenen Augen. Jetzt gilt es zu handeln. Kämpfen muß man.

Sie sind sehr stark, entgegne ich ihm, und es gibt keinen Weg, sie mit Gewalt zu schlagen.

Womit sonst? Mit Schweigen? Mit Träumen in Fässern?

Wie er sprach. Wie abscheulich sich das Wort »Fässer« in seinem Mund anhörte.

Nicht schweigen. Leichter als eine Feder sein, zerbrechlicher als ein Ei.

Das wird nichts nützen, ja ba. Sie verstehen nur die Sprache der Gewalt.

Dies wird ein anderer Krieg sein. Ein langer und harter Krieg. Und die Waffen werden die Hartnäckigkeit und die Geduld und die unendliche Schwäche sein. Sie werden nicht standhalten.

Er schüttelt den Kopf. Seine seltsamen, dichten Augenbrauen bewegen sich wie zwei haarige, ängstliche Tiere. Er kennt meine Gedanken und verachtet sie. Ich werde ihn nicht wiedersehen. Das weiß ich schon. So zahlreich sind die jungen Menschen, die in diesen Tagen in den Tod gehen, und ein alter Mann wie ich bleibt hier. Wäre es mir nur gelungen, ihn als Idioten zu behalten.

Und was ist hier, ja ba, wie ist's im Dorf?

Ich schweige. Was soll ich ihm sagen. Daß ich, seitdem er weggegangen ist, fast niemanden habe, mit dem ich reden kann, außer Nadschach, die stumm ist? Daß ich schon wochenlang nicht mehr im Dorf gewesen bin und mich nur nicht zurückhalten konnte, als der Militärgouverneur und der junge Soldat kamen, und ich mich lächerlich machte?

Was soll ich einem Fremden sagen. Daß ich nur in Stunden

allzu schweren Kummers meine alten Knochen wieder zum
Wadi schleppe, zu den Tagen meiner Kindheit, zu Chilmi-
Malun-Allah, zu Chilmi, den Gott verflucht hat, und zu Chilmi-ruch-min-hon, und nehmt-ihn-weg-und-ertränkt-ihn-im-Brunnen-oder-tut-ihn-ins-Nest-des-Kuckucks-zurück-der-ihn-heimtückisch-in-meinen-Bauch-gelegt-hat, was soll ich einem
Fremden sagen.

Und ich schweige. Diese und schlimmere Dinge wird er bestimmt von seiner Mutter, die unten im Dorf lebt, erfahren, wenn er sie besuchen wird. Sie, die eines Morgens heraufkam, um meine Nadschach an den Haaren von mir wegzuzerren, und als ich den Kopf aus meinem Faß steckte und sie fragte, worüber sie so zürne, einen Augenblick Nadschachs Haare losließ, mich entsetzt ansah und sagte: Ha, noch erinnert er sich, wie man spricht, und davonlief.

Und wie ein Zeichen waren mir die Worte dieser törichten Frau, so daß ich wieder zurückkehre, zum vierten oder fünften Mal in meinem Leben auf demselben öden Weg zu den Tagen meiner Kindheit zurückkehre, zusammenschrumpfe und aufgesaugt werde von meinem Buckel, von dem Schmerz, der dort in der Dunkelheit flackert und mir auf diese Weise, im Licht der Dämmerung, alles, was mein blindes Auge sah, erhellt, die Weinenden und die Geschlagenen und die Ausgestoßenen und sogar meinen Vater, Schafik Abu Scha'aban, der eines Abends bitter weinend zum Pistazienbaum unten im Wadi kam und mich dort gefesselt liegen sah, und auch er mir mit großer Verwunderung sagte: Du kannst ja sprechen, Chilmi, du sprichst.

Ich kann ihm das alles nicht mehr erzählen. Lange bin ich auf der Welt, und schon zu oft habe ich gesehen, wie sich das Rad der Dinge immer wieder auf seiner Achse drehte. Die Gesichter der Alten verwandeln sich in die Gesichter der Babys, und die Babys, auch sie sind alt. Keiner von ihnen entkommt je dem Hohn des Fleisches. Ich liebte es, in die Gesichter der Neugeborenen zu blicken, als sei ich ein Weib. Stets war der Hof voll von Kindern-die-nicht-meine-waren; den Kindern der unglücklichen Frauen, die mitten in der Nacht hierher auf den Hügel gebracht und für ein aus einer verborgenen Tasche gezogenes Bündel feuchter Geldscheine verkauft wurden. Und ich setzte das Gesicht eines Narren auf, war blind gegen ihre anschwellenden Bäuche, taub gegen die Spottnamen, die man mir im Dorf gab – Chilmi Abu Sid, Chilmi Abu Sa'ad, Chilmi Abu Chamdan, die Namen des jeweils Neugeborenen auf meinem Hof, genau so wie sie meinen Vater »Abu Scha'aban« nannten, nach dem Sohn, den meine Mutter dem Jäger gebar.

Aber ich, ich liebte die Gesichter der Babys, und ich stahl mich zu den Frauen, wenn sie stillten, und schaute in ihre Arme, um mich in das kleine, gierige Gesicht zu vertiefen, um in den Augen und der Stirn und den Wangen zu forschen. Und die Frauen vertrieben mich mit einer wütenden Handbewegung und stießen einen Fluch aus, oder sie riefen ihre Söhne zu Hilfe, meine älteren Bastarde, die mich mit Zweigen wie einen Esel über den Hof jagten und mich mit spitzen Steinen bewarfen, wie es die Knaben seit eh und je mit mir machten.

Nur, der Zauber würde schon nach ein paar Monaten vergehen. Das Leben gerann auf den Gesichtern der Babys und verwandelte sich in tote Buchstaben. In leblose Briefe, mit nachlässiger Hand geschickt. Keiner von ihnen entkam, und der lebendige Gedanke, den ich zuerst in ihnen gesehen hatte, und der lebendige Gedanke, der sie geboren hatte, verblaßte schnell und verschwand, sobald sie ihre ersten Worte lernten.

Und nur mein Jasdi, kan-ja-ma-kan, nur mein jüngster Bastard, die letzte Traube an der Weinrebe, die süßeste von allen, gab mir das Geschenk der Gnade, als ich die Suche schon aufgegeben hatte.

Denn er war das schmächtige Kind mit dem riesigen Schädel, dessen Gesicht nicht das Licht verlor, auch als er schon fünf Jahre und zehn Jahre alt war. Und er war das grinsende, speicheltropfende Kind, das mich in den Armen seiner Mutter mit ganzer Liebe anstrahlte, und ich faßte Mut und stahl ihn ihr und der ganzen Frauensippe und versteckte ihn in meinem Schoß, und ich zeigte ihnen die Zähne und verfluchte sie und schwor, ihre Schande vor allen aufzudecken, sollten sie wagen, ihn mir wegzunehmen, und ich schlief mit einem großen Eisenmesser, das ich in meinen Kleidern verbarg, und sie stellten sich vor mich hin, krähten zornig und nannten mich Um Chilmi, Mutter Chilmi, und bewarfen mich und ihn mit faulen Eiern, doch mit der Zeit hatten sie genug von uns und ließen uns in Frieden.

Und seit er ein Kind von einem Tag war, mit geschlossenen Augen und schreiend, trug ich ihn mit mir herum. Und ich selbst tauchte ihn in die Wanne mit Salzwasser und salbte seine Haut mit Olivenöl und band Stoffwindeln um seine Arme und Beine, um ihn vor Bewegungen zu schützen, deren Zeit noch nicht gekommen war, und alle sieben Tage öffnete ich seine Windeln, wie es Sitte ist, und rieb seinen roten Körper mit neuem Öl ein, bis er vierzig Tage alt war.

Glücklich war ich und verschämt. Ich zählte seine Atemstöße, und mit meinem Atemhauch zeichnete ich Träume auf die Blättchen seiner Augenlider. Trug ihn auf meinem Rücken in dem gelben Korsett, brachte ihn zu meinen Plätzen, flüsterte ihm Dinge ins Ohr, die sich ereignet hatten, die sich hätten ereignen können, und jeden Augenblick kehrte ich sein Gesicht zu mir, um darin den gepeitschten Glanz zu finden, die Wahrheit, die unverkennbar ist, und er grinste mich an, und die beiden Würmer über den Augen pflegten aufgeregt zu zappeln.

Wie froh war ich, ja rab, welche Freude erfüllte mich, als ich merkte, daß er nicht wie die anderen war. Daß er anders sein würde als alle Kinder. Daß er ein Idiot war, sein Hirn nicht größer als ein Wiedehopfei. Kein einziges Haar wuchs auf seinem Schädel, und seine Augen waren stets verwundert aufgerissen, und seine Arme und Beine schlugen aneinander, und seine Stimme war so dünn wie die Stimme des Stieglitz.

Und er grinste mich an und strich mit seinen kleinen Händchen über mein Gesicht, legte seine staunenden Finger auf den Deckel meines leeren Auges und ließ ihn über das Gewirr der roten Fasern fahren, und dann tauchten die Bilder auf, die dort schlummerten, rissen sich aus den Tiefen meines Lebens heraus und wanderten auf seine Handbewegungen zu, wie die Nägel, die es zu dem Stück Magnet im Laden von Nuri Elnawar zieht.

Kan-ja-ma-kan. Er war der einzige all meiner Bastarde, den ich nicht mit meinem Atemhauch tötete, den ich nicht aus meinem Herzen tilgte, nachdem er von seiner Mutter Brust entwöhnt worden war, und ich pflegte in der Babysprache mit ihm zu reden, die ich nie vergessen habe, da ich, bis ich fünfzehn Jahre alt war, nicht in der Sprache der Menschen gesprochen hatte und die Welt in mir wie ein Haufen bunter Glasscherben war, eine große und unerklärliche Freude, und Jasdi und ich –

ho, ich werde es noch tausend Mal erzählen –, wir lagen in den Gräsern und Dornen, brüllend und keuchend, aneinander stoßend, und die Schmetterlinge kamen und verfingen sich in unseren Händen, damit wir in den Spuren des farbigen Staubes, den sie zurückließen, die Traurigkeit der vergänglichen Schönheit lasen, und so lernten wir die andere Zeit kennen, die Zeit des langsam reifenden Schmerzes, die Zeit zwischen dem Abbrennen der Blätter der awarwad-Pflanze an der Zigarettenspitze und dem Zittern, das die ganze Pflanze erfaßt; zwischen ihrem Herzen, das sich plötzlich verkrampft, und dem Absterben ihrer Blätter, die sie verlassen und auf die Erde fallen. Und alle diese Dinge konnte ich ihm nicht mehr erzählen, als er im Morgengrauen kam, in seinen Zirkuskleidern, und die Worte sagte, die ihm die deklamierenden Schauspieler in den Mund gelegt hatten, tuta tuta, chelset elchaduta, tuta tuta, das ist das Ende der Geschichte.

4 Vier Uhr nachmittags. Im langen, mit Teppichboden ausgelegten Flur fallen die Türen weich ins Schloß. Junge Männer und Frauen schließen ein-, zweimal ab, scherzen leise miteinander, entfernen sich mit verhallenden Schritten. Danach, wenn alle verschwunden sind, wird noch jemand – ich weiß nicht, ob Mann oder Frau – vorübergehen und leise einen Satz aus einem Flötenkonzert vor sich hin pfeifen. Das ist immer so, wenn er oder sie um vier Uhr weggeht, die Pfiffe kommen scharf und hüpfend aus dem Mund; ich habe mir so ein dummes Spiel ausgedacht: ich gehe nicht eher aus dem Zimmer, bis die Pfiffe nicht aus meinem Flur verschwunden sind, bis der Pfeifende sich nicht unter die zum Ausgang strömenden Leute gemischt hat.

Doch heute hatte das Pfeifen keinen Reiz, es klang gezwungen und ein wenig überstürzt, als habe der Pfeifende versucht, die ganze Melodie in einen Atemzug zu zwängen. Wie die gellende Sirene nach einer langen und berstenden Anstrengung.

Und ich bin in meinem Zimmer, um vier Uhr nachmittags, und niemand ist vor mir und niemand ist hinter mir, und ich mache mich auf die Suche. Den Jungen hat der Pfleger vor zehn Minuten abgeholt. Mit der Dumpfheit einer Anfängerin habe ich alle Augenblicke der Gnade versäumt, die mir beim Erstgespräch mit ihm gegeben wurden. Als wäre ich zu den fernen, den nahen Tagen zurückgekehrt, als ich gerade erst im Institut zu arbeiten begonnen hatte und während des Erstgesprächs noch verängstigter war als der Patient, vor den zufälligen Augenblicken der Nähe zurückschreckte und mit meinem gezwungenen Geschwätz alles verdarb.

Wie ruhig es jetzt auf der Abteilung ist. Der Korridor atmet zwischen den Teppichen, und ich warte nicht ohne Angst auf die Stille, die gleich erwachen und zu mir kommen wird, um mich mit ihrer Zunge zu lecken. Und derweilen sitze ich hier, eingesunken in den bequemen Ledersessel, der sich leise auf seinen Rädern rollen läßt – Professor Hillman besorgt seinen Leuten die beste Ausrüstung –, und warte auf den ersten Windstoß, der in mir aufwirbeln wird. Und wie gut, denke ich, daß ich heute den neuen Jungen verpaßt habe, dem wie durch ein Wunder meine geübte, meine so wirksame Hilfe erspart blieb, wer wird ihn in Zukunft vor mir schützen? In der dicken Glasplatte des

Tisches sehe ich: das blasse Gesicht einer jungen Frau, das spitze Kinn, das von den Schläfen schmerzhaft straff nach hinten gebundene Haar. Auch in dem Glanz der kleinen Brille, in dem Funkeln des feinen Goldrahmens ist keine Ruhe. Aber niemand wird sich wundern, nehme ich an, niemand wird behaupten, daß es hier irgendeine Unstimmigkeit gibt, wenn er sieht, daß die Handflächen dieser jungen Frau in einer verkrampften Entschlossenheit aneinandergepreßt auf der Glasplatte liegen; daß die Schultern etwas hochgezogen sind in einer allzu perfekten Haltung, die von den Ballettstunden aus der Kinderzeit herrührt; daß ihre Beine unter dem Schottenrock akurat aneinanderliegen.

Und niemand wird erstaunt die Augenbrauen hochziehen, wenn er sie jetzt betrachtet, während sie die Papiere von der Tischplatte nimmt, sie mit einem dicken Gummi umspannt und in einem Aktenordner aus Karton abheftet, auf dem der Stern des Hillman-Instituts strahlt, über dem Namen »Mordi. Akte Nr. 3«. Jetzt legt sie die Akte neben ihren rechten Ärmel. Schön. Der Tisch ist nun in Rechtecke und Kreise eingeteilt; die Akte berührt den schweren runden Aschenbecher aus Glas, das schwarze Tonbandgerät lehnt an dem Schälchen mit den sauren Bonbons; die Blumenvase stößt an einen Haufen Kassetten. Nur eine Sache stört den aufgeräumten Anblick: eine glänzende, rhombusförmige Spiegelung, die auf den Tisch fällt, wenn die Sonnenstrahlen das Porträt von Viktor Frankl an der Wand treffen. Nur sie scheint mit ihrer Bewegung die markierten Linien zu durchbrechen, immer tiefer in sie einzudringen und hinter dem, was dem Auge sichtbar ist, zu flackern. Jetzt gleich. Und die, die hier sitzt, wird gleich ihre Kräfte sammeln. Sich als ein klares Sonett schreiben, vierzehn Zeilen und ein regelmäßiger Reim, und Todeskälte schwebt über den Worten. Und inzwischen – die Pfleger, die ihren Tagdienst beendet haben, legen jetzt ihre feinkarierten grauen Kittel ab, tauschen Informationen und Witze mit denen aus, die den Nachtdienst antreten. In den Umkleideräumen werden Blechschränke verschlossen. Die Pfleger stecken einander die silberfarbenen Namensschilder an: Der Pfleger Schabtai. Der Pfleger Daniel. Der Pfleger Micky. Fast wie Klosterbrüder sehen sie aus, nur daß hier jeder Bruder ein kurzes, glänzendes Metallröhrchen in der Tasche hat, das eine kleine und gemeine Menge von unerschütterlichem Tränengas enthält, wie einmal unser geliebter Direktor Hillman, Professor, Berater (und noch ein paar Titel), fast entschuldigend scherzte. Langsam werden alle zum Ausgangstor strömen, sich von Jankele, dem alten Wächter, verabschieden, noch einen Augenblick beisammen stehen, die Therapeutinnen, die Forscher, die Beraterinnen, die kräftigen, lächelnden Pfleger, sie werden alle auf einmal in ihre Taschen greifen, ein wenig mit den Schlüsseln rasseln, dann werden alle gleichzeitig alle Motoren anlassen, und es ist Ruhe.

Ich kenne alle diese Kleinigkeiten schon auswendig. Als ich zusammen mit den anderen wegzugehen pflegte, fiel es mir nicht so auf, spürte ich nicht, wie sehr wir alle auf dieselbe weiche Melodie eingestimmt sind, auch nachdem wir die Korridore verlassen haben, in denen es nicht einen einzigen geraden Winkel gibt, aber jetzt – jetzt schärfe ich mir schon seit drei Tagen die von draußen kommenden Stimmen ein, wie ein kleines Mädchen, das die Worte ihres Vaters zu Ende spricht, der ihm ein vertrautes Märchen erzählt, bevor die gefürchtete Dunkelheit hereinbricht. Bevor ich wieder in das Unverständliche und Zerfahrene eintauche, in die Akten und die Tonbänder und die getippten Berichte, in die Gutachten und in das in dünnes Papier gewickelte, hinter zwei Büchern auf dem Regal versteckte Paket. Und schon jetzt, noch bevor ich wieder beginne, in den Hunderten von Seiten mit meiner Handschrift, im auf und ab der mir vertrauten Buchstabenketten zu blättern, schon jetzt weiß ich, daß ich nichts Neues entdecken werde. A wird zu B führen und B' zu C, und am Ende des Weges wird, wie die Schlußfolgerungen eines Wahnsinnigen, Mordis Tod auf mich warten, und ich nehme an, ich weiß es sicher, daß es mir auch an diesem Abend nicht gelingen wird, die scheinbar durchsichtige Entfernung zu überbrücken, die zwischen mir und dieser Schlußfolgerung liegt, die mit schmerzhafter Deutlichkeit in allen ihren Einzelheiten sichtbar und trotzdem unfaßbar ist, wie der Kuß eines Liebespaares, das durch eine Glaswand getrennt ist.

Und Avner würde hier sagen: Versuch doch, es wie eine Geschichte zu betrachten, Schosch. Ein paar Figuren, ein paar Leidenschaften und Hoffnungen, die im menschlichen Körper verbraucht wurden und Wärme und Spannung erzeugten, während sie ihn durchliefen, und wenn du es so siehst, wirst du mir sicherlich zustimmen, daß wir einen klugen Erzähler brauchen, der uns alle miteinander verflechtet und die löbliche Seite in uns findet und möglicherweise auch eine Spur von Logik: einen Erzähler, dessen Geschichte alle Verwunderungen und alle Gegensätze und die wahnsinnigen Schlußfolgerungen enthält.

Avner wird sich einen klugen Erzähler wünschen. Aber auch er weiß, daß das eine unerfüllbare Forderung ist. Die Enden werden spitz und verletzend bleiben wie Knochen, die aus dem Fleisch ragen, und die Hohlräume werden weiterhin voller Sehnsucht sein, und weil ich keine andere Wahl habe, werde ich heute statt dessen den törichten, fast blinden Erzähler zu Hilfe nehmen, dessen eines Auge nur einen Spaltbreit geöffnet ist, und anstatt wieder die Zusammenfassungen der unaufrichtigen Gespräche zu lesen und die vertrauten Türen mit den abgenutzten Schlüsseln zu öffnen, werde ich die kleine, listige, gläserne Klappe des schwarzen Sony öffnen, rechter Hand eine Kassette von dem Stapel nehmen, sie in die dafür vorgesehene Kammer einlegen und auf die Aufnahmetaste drücken.

Und bitte, Schosch, erstarre jetzt nicht vor Angst, kichere jetzt nicht vor Verlegenheit. Alles wird aufgenommen. Plötzlich kommt es dir so vor, als sei ein schnüffelnder Scheinwerfer auf dich gerichtet, er wird nicht von dir weichen, bis du das tust, wozu du dich hier in den letzten Tagen jeden Abend eingeschlossen hast, seit dich der Ermittlungsbeamte in das Büro von Professor Hillman gebeten und dir die Untersuchungsergebnisse mitgeteilt hat, seit du nach Hause gekommen bist und Uri erzählt hast, was ihn von dir entfernt hat, als hättest du eine Krankheit; und rede, sag etwas, wie zum Beispiel, daß die Kassette, die ich eingelegt habe, von der Marke »Opus« ist und mir auf englisch »sechzig Minuten bester Qualität« verspricht; und wenn das wirklich so ist: wenn mir wirklich diese Zeit von so erlesener Qualität zur Verfügung steht und der geduldigste Zuhörer, der weder mit dem Erzähler schimpfen noch ihn tadeln kann und nur das Magnetraster meiner Worte erfaßt; wenn es jetzt wirklich Nachmittag ist und ich – ah, endlich beginnst du laut zu reden – allein im Zimmer auf der leeren lila Abteilung bin und gegenüber, durch die großen Fenster, die das Licht dämpfen, eine Gruppe von Patienten von der grünen Abteilung erkennen kann, die auf dem Platz Nummer drei Basketball spielen; und wenn ich – zur Vervollkommnung des hübschen Anblicks – am Rande des Bildes unseren philosophischen Gärtner Samuel sehe, und auch Sigmund, den bösen Gänserich, dem sogar die Rohlinge aus der braunen Abteilung nichts zuleide tun; und wenn in alldem auch nur eine Spur von Wirklichkeit ist, dann muß ich doch endlich anfangen, über mich selbst zu reden, meine Worte in die listige Falle gehen zu lassen, die ich mir auf dem Tisch gestellt habe, dann muß ich hoffen, daß irgend jemand irgendwo hinter der kleinen Tür ein kleines Wunder für mich bereit hält, daß jemand die Wurzeln der Ereignisse miteinander verbindet und für alles einen einzigen, verständlichen Trost hat, denn so geht es nicht mehr weiter.

Es geht nicht. Ich war ein lebendiger Mensch. Vor vielen, vielen Jahren. Ich – das war einmal Schosch Avidan, die Tochter von Avner und Lea, die mit der ganzen Lebenskraft des feinsten aller Blättchen aus dem sie umklammernden Erdklumpen hervorkeimte: ›Man sieht sofort, daß sie die Tochter der Avidans ist‹, und ›Der Apfel fiel direkt in die Spalte im Baumstamm‹, und ›Ihr habt ja bestimmt in der Parteizeitung den Aufsatz gelesen, den sie noch als kleines Mädchen in der 8. Klasse geschrieben hat, über die Sehnsucht der Jugend nach Werten‹, und ›Bei uns wird geraunt, daß unser Avner in seinem Haus heimlich eine wahre Nachfolgerin großzieht, und er sagt selbst, daß sie ihn in allem in den Schatten stellen wird, sowohl in ihrem Scharfsinn als auch in ihrer Kompromißlosigkeit, und vielleicht ist es Avners größte Leistung, daß es ihm gelungen ist, seine Tochter nach seinem Ebenbild zu formen‹, und ›Wir haben ja schon von großen Erziehern gehört, die eine ganze Generation erzogen haben, aber in ihrem eigenen Haus völlig gescheitert sind‹. Und unter all dem Geschwätz bahnte sich das feine Blättchen seinen Weg und wurde auf allen Fotos ein kleines bebrilltes Mädchen mit einer Zahnspange, das einen müden, schweren Sussia hinter sich her zog, und dann: eine sehr dünne Neunjährige, ganz und gar aus zerbrechlichen Gelenkstangen gemacht, aber auf Ausflügen wird sie den schweren Rucksack nicht ablegen und von dem begeisterten, angestrengten Singen nicht ablassen, auch wenn ihr keine Luft zum Atmen bleibt. Ihre Tochter, Frau Avidan, hat eine Ausdauer wie die kräftigsten Burschen, und: Wem erzählen Sie das? Sie ist ja genau wie ich, ich war auf Ausflügen genauso; und aus dem langsamen und dichten Strom der Zeit, aus den ernsten Gesprächen mit den-allerbesten-Freundinnen, die dich nie ganz verstehen, und aus den wenigen Augenblicken, in denen du dich so empfindest, wie du bist (das sind nicht unbedingt Augenblicke des Sieges und Erfolges), und aus einem leichten Brennen, das die Zeilen aus den Gedichten eines schwärmerisch verehrten Dichters in dir verursachen, sammelt und formt sich – wie ein feiner Krug, der unter den Händen des Töpfers aus dem flüssigen Ton entsteht – eine vernünftige und nachdenkliche Fünfzehnjährige, die dermaßen ernst ist, daß sie ihre Freunde und die Erwachsenen in Verlegenheit bringt, die versuchen, sie mit törichten Spitzfindigkeiten zu gewinnen, aber unter ihrem tödlichen Blick verstummen, und während der ganzen Zeit wird sie aus ihrem Inneren herausgebohrt, unter kreisenden, krampfartigen Geburtswehen neuer Geheimnisse und einem scharfen und weichen Träufeln und einem uralten Schmerz, den keiner der unbeholfenen Jungen, die sich über ihrem Körper abzappeln, zu lindern vermag.

Ah, wie ich mich nach jenem Mädchen sehne. Ich fühle, daß ich immer, in jedem Jahr meines Lebens, mein wahres Alter verfehlt habe. Ich war entweder zu jung, oder zu erwachsen. Immer mir fremd. Und ausgerechnet mit fünfzehn, verwirrt und verloren, war ich genau in meinem Alter, hatte ich mich meiner Schale erstaunlich gut angepaßt. Wie ich mich sehne. Wenn ich diesem Mädchen aus meinem geheimen Versteck heraus nur eine beruhigende Hand reichen und ihr sagen könnte: Sei nicht so ängstlich! Die Rätsel, die dir in deinem Inneren zugeflüstert werden, haben enttäuschend-einfache Lösungen. Versuch dich selbst zu mögen. Versuch zu verzeihen. Fliehe nicht.

Es nützt nichts. Sie floh, und ich fliehe. Wer kein scharfes Auge hat, wird meinen, es seien alles sichere und entschlossene Schritte gewesen, aber wer mein Gesicht sieht, der weiß die Wahrheit, und daher weiß es auch die dicke Glasplatte auf dem Tisch, denn sie hat das Gesicht der fremden Frau gesehen, der erregten Dame aus dem Kartenspiel, die sich hier, in diesem

Zimmer, in meine Gesichtszüge eingenistet hat, und sie ist es, die mich jetzt sieht. Schau mich an. Hefte deine Augen auf mich.

Und immer prüfende Augen. Immer ist es Schosch, die sich spiegelt. Avners Augen, und Leas Augen, und Uris Augen, und alle Erdklumpen, die dich umklammern, und das erstickende Gefühl, das du nicht fassen kannst, alle wollen doch nur dein Bestes, alle lieben dich so, und sei nicht so undankbar, und versuche nicht den Angstschrei zu verstehen, der immer in dir zu gellen scheint, sondern benutze seine Kraft, die sich in dir anstaut, um dich weiter, immer weiter zu stoßen in kreisenden Bewegungen, durch Taten und Menschen hindurch, bis du den Geschmack der letzten Lust oder des Leids, die ganz dir gehörten, vergißt, und dein kleines Gesicht immer deutlicher wird, erstaunlich symmetrisch und klar, und eine Art puppenhafte Reinheit sich wie Wachs auf die Gesichtszüge legt. Doch die Rätsel hören nicht auf, dir mit ihrer gärenden Fäule zuzuflüstern, daß hier irgend etwas nicht mit rechten Dingen zugeht, und auch wenn die Mosaikteile sich zu einem vertrauten Bild zusammenfügen, entsteht auf der Rückseite ein anderes Bild, aber man hat keine Zeit, sich damit aufzuhalten und darüber nachzudenken, nie hat man Zeit – –

Aber du nimmst das Ende schon zu sehr vorweg, und, schlimmer noch, du weichst aus. Schon seit drei Monaten, seitdem Mordi tot ist, erlaubst du dir nicht, über das, was geschehen ist, nachzudenken. Und auch davor hast du nie innegehalten, um nachzudenken. Und nun, nun schließt du dich schon seit drei Tagen in diesem durchsichtigen Glasturm ein, jeden Tag nach den Therapien, von vier Uhr nachmittags bis um Mitternacht, nur um festzustellen, daß du auch hier nicht einen Augenblick vom Laufen ablassen kannst, von den scharfen, listigen Wendungen, von den täuschenden Fährten, die du dir selbst auslegst und die in jeder deiner Bewegungen, in jedem Gedanken, möge er noch so einfach sein, bereits angelegt sind – soll das etwa bedeuten, daß du keine Hoffnung mehr hast?

Sitz still. Beruhige dich. Du bist so angespannt. Es scheint, als sei die Spannung das einzige Gefühl, das in allen deinen Körperzellen auf einmal zu spüren ist. Vielleicht willst du deswegen keinen einzigen Augenblick auf sie verzichten. Aber heute wirst du sie bis in ihre kleinsten Korpuskeln zerlegen und aus ihren starken Klauen die Reste der anderen, der lebendigen Gefühle befreien müssen, die ihr als Nahrung gedient haben. Erst dann kannst du wieder aufleben. Es ist ein Krieg, Schosch, und der Eindringling nistet schon in dir. Halte dich nicht damit auf.

Also anfangen, wie dumm, wie dumm und gefährlich. Ich spüre es an dem leichten Sträuben des Nackens. Da, hier ist Schosch. Vielleicht wäre es wünschenswert, auch für die Behandelnde, die zur Behandelten wird, einen Namen zu finden. Nein, natürlich nicht. Ich stelle nur deinen Humor auf die Probe, Schosch. Also: Ich bin Schosch. Ein so kurzer und einfallsloser Name. Schosch, Schoschana: die Rose. Uri sagte: die stolze Rose des Kleinen Prinzen, und Katzman sagte, Uri selbst sei der Kleine Prinz, der immer Fragen stellt, der die ganze Zeit Fragen stellt.

Und Frau Laniado im Mund des unverschämten jungen Polizeibeamten, der mich am Anfang verhörte, bis ich darum bat, ihn auszuwechseln, und Frau Avidan-Laniado im Mund des müden, alten Ermittlungsbeamten, der vor drei Tagen die Untersuchung mit so einfachen Worten zusammenfaßte: »Ein direkter Zusammenhang zwischen der Therapie des Jungen und seinem Selbstmord wurde nicht festgestellt.« Und Maljutka, das Püppchen, im Mund meines Sussias, und Frau Schoschi im Mund des alten Hillman, als er mir erfreut die Hand drückte und von mir verlangte, nun mit doppeltem Eifer an die Arbeit zu gehen.

Schon jetzt weiß ich: dieses gleichmäßige Rauschen wird mich um den Verstand bringen. Ohne zu urteilen, ohne weh zu tun sammelt sich das Magnetband in seinem Käfig. Man kann zu diesem Band schreckliche Worte sagen. Man kann zu ihm »Verrat« und auch »Selbstmord« sagen; man kann ihm in einem Atemzug »Uri und Katzman« hinwerfen und sogar »ohne Anzeichen von Gewalt«: es sammelt alles auf, wie ein stoischer Gärtner, der Blätter zusammenkehrt. Hör mir jetzt zu: Was geschehen ist, ist geschehen, erklärte mir Hillman mit für ihn untypischem Nachdruck, und jetzt, Frau Schoschi, müssen Sie sich aufraffen und zu sich selbst und zu uns zurückkehren und diesen tragischen Vorfall, so nannte er es, zu Ihrem eigenen Nutzen und zum beruflichen Nutzen verwenden. Ihn als moralisches

Leuchtfeuer in Erinnerung behalten, das dazu bestimmt ist, vor der verdammten Überheblichkeit, die einige von uns an den Tag legen, zu warnen; Mordis Tod ist ein Rätsel und man beläßt es besser dabei, und Sie sollen sich jetzt bitte nicht mehr quälen.

Beruhige dich. Mach es dir bequem. Du bist so verkrampft. Jetzt bist du doch unsere Patientin und hast daher das volle Recht auf den Schutz, den dir dieses mit einem Teppichboden ausgelegte und zahlreichen Büchern gefüllte Zimmer geben kann. Hier leidest du und stehst im Brennpunkt des Interesses und der Sorge. Und alle anderen haben nur Bedeutung im Verhältnis zu der Bedeutung, die du in unseren, in deinen Augen hast, und auch wenn die anderen mehr Recht haben als du, werden wir dich nicht quälen, daher kannst du ruhig den Druck der aneinandergepreßten Daumen lockern, sieh mal, wie weiß deine Nagelbette sind, es fällt dir so schwer lockerzulassen, die Dinge von alleine, ohne deine Angespanntheit, ohne dein wachsames Auge geschehen zu lassen, da, du kannst beide Daumen auf deine Augäpfel legen, so wie Sussia es vor Jahren immer mit dir tat, als er dich jeden Sabbatmorgen in den »Boxer« mitnahm, um dort ein schäumendes Bier vom Faß zu trinken und es vor Mama-Papa geheimzuhalten, um eine kleine Falte im Gedächtnis zu machen – das ist die wahre Bedeutung eines Geheimnisses – und um von Zeit zu Zeit das leichte, warme Moos zu spüren, das in dieser Gegend wächst, und das anscheinend mit der Sehnsucht zu tun hat. Siehst du? Die Erinnerungen beginnen in dir zu fließen. Das ist fast angenehm. Katzman sagte, der Mensch sei ein Rätsel, das mehr als eine Lösung habe, und du erwidertest ihm, das sei richtig, aber der Mensch benutze meistens, aus Faulheit und Gewohnheit, auf seinem Weg zu sich selbst nur einen, oder allerhöchstens mehrere einander sehr ähnliche Schlüssel, und er werde es immer so machen, bis er einmal irrtümlich eine verbotene Tür öffne; und Katzman regte sich darüber auf und sagte: daß, und du entgegnetest: weil, und Uri versöhnte mit einem Witz, und so, zwischen den Diskussionen und den Sticheleien, den Versuchen und dem guten Willen, ging Mordi in die Küche seiner Abteilung, schloß alle Fenster, öffnete den Gashahn und starb ohne Anzeichen von Gewalt an seinem Körper.

Und das Institut, Frau Schoschi, wird Ihnen selbstverständlich jede nur mögliche Unterstützung geben, wir sind doch darauf spezialisiert, Unterstützung zu geben, und, oh, wie gut ich den dichten weißen Flaum unter meiner Nase bewegen kann, was für ein nachsichtiger und fairer Weihnachtsmann ich bin, und ich flehe Sie an, Frau Schoschi, ich verlange von Ihnen – aufgrund der Freundschaft und Achtung, die zwischen uns bestehen –, daß Sie mit Ihren Untersuchungen und Ihrer besonderen Arbeitsmethode fortfahren, die Polizei hat Sie ja von jeglichem Verdacht befreit, auf Ihnen lastet nur das, was Sie sich selbst aufbürden wollen, jawohl, und vergessen Sie nicht, daß der arme Mordi ein sehr seltsamer, ein äußerst seltsamer Junge war und der Tod immer in ihm gehaust hat, Sie kennen doch seine Lebensgeschichte besser als ich, jawohl, die Gefahren, in die er sich zu begeben pflegte, und wie er stets den Tod provozierte, und, Frau Schoschi, Sie sollten sich bitte nicht darum kümmern, was einige Leute in dieser Teamsitzung gesagt haben, noch sollten Sie sich die schmähliche Schmiererei zu Herzen nehmen, die in der Toilette der braunen Abteilung gefunden wurde, das alles hat nur mit Ignoranz und Neid zu tun, ich bitte Sie, Ihre Kräfte zu konzentrieren, denn wir alle wollen doch nur Ihr Bestes, jawohl.

Unbegreiflich. So real und trotzdem unbegreiflich. Schritt für Schritt ließ ich ihn in sein Inneres gehen. Sacht und sorgsam baute ich ihn von neuem auf, zumindest versuchte ich es. Und als er seinem Leben so nahe war, als von ihm so wenig verlangt wurde, um von sich selbst abzuweichen, da ging er und tötete sich. Natürlich ereigneten sich die Dinge nicht so, aber die Wahrheit ist völlig unwichtig in dieser privaten Ermittlung. Hier suchen wir nur die dichterische Gerechtigkeit. Und sie ist die seltenste, die ersehnteste Art von Gerechtigkeit. Sie ist das augenblickliche Erbarmen und Vergeben. Nicht mehr, und mehr ist auch nicht nötig. Nur einen Moment wissen, daß ich irgendwo in meinem Inneren völlig unschuldig bin, nicht kraft einer listigen Abmachung oder dank eines Freispruchs aus Mangel an Beweisen; und das ist vielleicht das herausfordernde, hartnäckige Ziel der Reise, die ich in den letzten drei Tagen gemacht habe, und wenn ich nur gewußt hätte, was ich tun sollte, um mir selbst einen Augenblick lang zu entrinnen, unserer Schosch, die keine Gedichte schreiben, aber ihr Leben mit

Vernunft führen wird, so wäre ich vielleicht imstande gewesen, endlich in den hohlen Tunnel zu fallen, der in mir lauert, und auf diese Weise, in dem sanften und süßen Fall, meinen anderen, mir eingebrannten Namen kennenzulernen, den letzten Kern.

Halt einen Augenblick an. Spul das Band ein wenig zurück. Hör zu:

Hörst du? Achte auf die abgenutzten Worte: ›dichterische Gerechtigkeit‹, ›deinen eingebrannten Namen‹; ah, verdammt noch mal, Schosch, du spielst ja hier eine so reizende Rolle, du bist ja wieder die Schosch, die mit beiden Füßen auf der Erde steht, und du führst so hübsche Gewissensbisse vor, Leiden mit beschränkter Haftung, und wie schön ist die Sprache in deinem Mund, so recht wie das beste hebräische Kind, und man sieht tatsächlich, daß du dir gemerkt hast, was Lea dir einmal sagte, daß es auch in einer Zeit großen Leids nicht nötig sei, zum Tier zu werden, aber man muß doch schreien, diesen Betrug ausschreien, der solche Menschen wie dich, solche anständigen Menschen wie dich hervorbringt, Menschen, die dazu ausgebildet sind, eine Art hohlen Doppelagenten als ihr Ebenbild in die Welt zu schicken, und es stellt sich heraus, daß niemand es merkt, denn vielleicht machen es alle so, und darum, Schosch, verlange ich gerade heute abend von dir, daß du zum Tier wirst, darin läßt sich vielleicht eine Lösung oder Erleichterung finden, und nur in diesem Zusammenhang wirst du das Recht haben, jenen zynischen Ausdruck der dichterischen Gerechtigkeit zu verwenden, der solange nur eine bestimmte Art von ästhetischer Bestechung deiner selbst ist, und jetzt schalte das Tonband wieder ein und fang endlich an zu reden.

Haben Sie mir zugelächelt, Professor Frankl an der Wand? Habe ich ein leichtes Zucken hinter Ihren Brillengläsern vorbeihuschen sehen? Mir scheint nämlich, Sie empfinden Sympathie für mich. Nirgendwo auf der Welt haben Sie so eine Schülerin wie mich, die Ihre Lehre so getreu ausgeführt hat wie ich. Die das Innere des Mitmenschen auf solch einem Weg der Liebe kennengelernt hat. Sie schweigen. Sie sind so vorsichtig. Der Mensch – so sagen Sie immer – ist auf der Suche nach Sinn, gestaltet sich Spielzeuge auf dem glatten Regal seines Lebens. Bläst einen Luftballon auf und fliegt mit ihm davon. Avner, mein Vater, sagt dagegen – der Mensch ist auf der Suche nach Worten. Was bleibt uns anderes übrig, sagt er, als gebührend zu beschreiben, was wir nicht ebensogut tun können. Worte, auf die wir einen müden Fuß setzen können. Worte wie Steine in einem reißenden Strom.

Und auch er lügt, wissen Sie. Auch er betrügt sich selbst. Denn ›Sinn‹ sagt er zornig, sehnsüchtig, wenn er vor seinen Pfadfindern vorträgt; es ist nicht die Zeit für Reden, faucht er sie auf den Versammlungen des engsten Führungskreises bei uns zu Hause an, sondern die Zeit für Taten-die-stärker-sind-als-schöne-Worte; und mit der ganzen Lebenskraft, die in ihm steckt, zwängt er jenen Sinn, an den er scheinbar nicht glaubt, in die abgedroschensten Worte, die hier bereits durch jedermanns Mund abgenutzt worden sind, die leeren und lächerlichen Parolen. Und wie ein rasender Spürhund wühlt er in der ›Erde des nationalen Mythos‹, wie er es nennt, um noch mehr Vorbilder und historische Parallelen und namhafte Männer auszugraben, denen es gelungen ist, dieses wilde Tier, den Sinn, zu zähmen und ihrem Leben zu unterwerfen.

Und dieses leichte Rauschen. Das geduldige Band wickelt sich um meine Wunde wie ein sauberer Verband. Die Sonne, die jetzt untergeht, scheint mir direkt in die Augen, schmerzt aber nicht, weil die Fensterscheiben getönt sind, weil all ihre Kraft für das üppige und grausame Bemalen der Wolken mit roter Farbe verschwendet wird, weil ich jetzt eine große Erregung und Angst verspüre, und vielleicht ist es jetzt Zeit, aufzustehen und wegzugehen, das schwarze Tonband auszuschalten, das gegen meinen Willen derart pathetische und gekünstelte Ausbrüche aus mir herauspreßt, in denen ich mich gar nicht wiedererkenne, und die drei Akten von Mordi und das in Papier gewickelte Paket, das hinter zwei Büchern auf dem Regal liegt, zu vernichten, und mir einzuschärfen, daß es möglich ist, zu leiden ohne zum Tier zu werden, und die heroische Verschlossenheit zu Hilfe zu rufen, an die sich Avner derart klammert, aber was ist das, was ist jetzt mit Samuel, dem alten philosophischen Gärtner, los, den Hillman aus der Londoner Zweigstelle des Instituts hierhergebracht hat? Was ist geschehen, daß er plötzlich wie verrückt über den herrlichen Rasen rennt und springt, den Rücken leicht gebeugt, den Kopf zwischen den Schultern? Vielleicht geschieht hier etwas, das ich sofort auf dem Magnetband festhalten sollte? Vielleicht ein Unglück, oder der Augenblick einer gewaltigen Entdeckung, den ich jetzt für die Forscher und für die Geschichte verewigen sollte? Also: Hier werden die spindeldürren, vor Kälte blauen Beine in den Dreiviertelhosen mit wilder Bewegung hochgeworfen, jetzt schnappt er sich etwas – ich kann von hier aus nicht sehen, was – ah! seinen schwarzen Pullover! Er nimmt ihn von einem der Büsche und rennt um sein Leben, und auf einmal wird das ganze Bild gedämpft, ein kurzer, böser Schlag, der sich in meine Augen ergießt – nein: er wird von den großen, freundlichen Fenstern gebremst –, und dann rinnen große Wassertropfen draußen am dunklen Glas herunter, und Samuel, weit weg und verschwommen, steht schon schnaubend und belustigt da und beobachtet mit der Genugtuung eines Heerführers seine Regimenter von Rasensprengern, und tatsächlich, sie funktionieren alle, schießen mit der äußersten Zerstörungskraft, deren sie fähig sind, das Wasser hervor.

Jetzt sind sie alle in Betrieb. Durchsichtige Wasserstrahlen ergießen sich lautlos auf mich. Feuchte Peitschenhiebe kreuzen sich, und ich bin in einem U-Boot, bin im Bauch eines Schiffes, blicke durch die runde Luke auf die Wellen und erkenne von Zeit zu Zeit den Bruchteil eines Bildes: der lila-faulfarbene Himmel, Samuel, der sich den Pullover überstreift, sich bückt, um seine langen Strümpfe hochzuziehen und sie über die breiten grauen Gummibänder zu schlagen, und jetzt – jetzt dreht er sich um und geht, groß und steif, und am Rande des Bildes, unten rechts, verfolgt ihn der Gänserich Sigmund mit listigem, aber respektvollem Blick.

Hops! Mit einem Flip und Flop und einem unterdrückten Stöhnen sind die sechzig Minuten erlesener Qualität, die mir die Firma ›Opus‹ gewährt hat, zu Ende. Schön. Jetzt werden wir uns ein wenig räuspern und die Papiere ordnen. Auch dieses Gespräch mit dir hat keine Frucht getragen, Frau Avidan-Laniado-Schoschi, du hast wieder jene Methoden des Ausweichens, der Irreführung und der scheinbaren Hingabe angewandt. Aber wir werden nicht über dich richten, meine Dame, und die Zeit drängt nicht. Denn auch in dieser Nacht, wie in jeder der letzten Nächte, wirst du bis Mitternacht hier sitzen, um nicht nach Hause gehen zu müssen zu Vater und Mutter, die sich Sorgen machen, aber nichts zu sagen wagen, Uris Namen überhaupt nicht erwähnen und sich natürlich nicht in dein Privatleben einmischen wollen, aus Respekt vor deinem Schweigen, verdammt, und deinem Schmerz, und auch wir werden dich natürlich nicht drängen, da du nun freiwillig auf ein Nebengleis der Zeit verlegt worden bist, ein Gleis, das außer Betrieb ist, und hier kannst du dich beliebig vorwärts und rückwärts bewegen und dich in den großen, sanften Werkstätten austoben, und hier ist die mit der Uhr gemessene Zeit völlig wertlos, die Zeit von der guten Qualität der Firma ›Opus‹, in der nur jeweils ein Wort dem nächsten folgen kann auf dem schmalen Pfad des Magnetbandes, weil hier eine andere Zeit entsteht, eine Zeit, in der Mordis Tod aus der Liebe erwächst, die du ihm eingepflanzt hast, auf einem Wege, den die Polizeibeamten nie verstehen werden, auf dem Uri und Katzman ihren richtigen Platz innerhalb deiner verschiedenen Teile finden werden, und, vor allem, auf dem du diese Bedrückung enträtseln kannst, vor der sich dir ständig die Haare sträuben, und die dir zuraunt, daß es vielleicht einen Ort und eine Zeit gibt, wo du mit den Fingern deine Lüge berühren und sie ›ich‹ nennen kannst, und wo du spürst, daß dir verziehen wird.

Und plötzlich – ein Surren. Ein winziges, aufgeregtes Lämpchen leuchtet auf dem Telefon auf. Anitschka, die für den Speisesaal der braunen Abteilung verantwortlich ist, ruft mich an wie jeden Abend. Nein, Anja, ich bin nicht hungrig. Dein Sandwich am Mittag hat mir gereicht. Es war ausgezeichnet, Anitschka. Nein, ich komme nicht zum Abendbrot in den Speisesaal. Aber es ist wirklich nicht nö –, na gut. Wie kann man dir widerstehen, Anja. Aber nur mit Quark. Nein, dräng mich nicht. Ich bin doch schon seit drei Monaten Vegetarierin. Ich kann seitdem überhaupt kein Fleisch mehr sehen. Ja. Ja. Ich werde hier warten. Wo soll ich denn hingehen? Bis gleich, Anitschka.

Machen wir eine Pause. Eine Kassette wird herausgenommen und eine andere eingelegt. Der Glaskäfig schließt sich. Ich werde jetzt auf Anitschka warten. Alle sind so gut hier.

5 So. Jetzt weiß er's. Die Welt ist in seine Eierschale eingedrungen; und ich verstehe nicht, warum ich plötzlich wütend auf ihn bin. Vielleicht, weil er überhaupt nicht bereit ist, den Schmerz, den ich ihm übergeben habe, anzunehmen. Vielleicht, weil ich schon jetzt an seiner steifen Sitzhaltung, an seiner zerdrückten Baskenmütze, welche die Hälfte seines Gesichts verdeckt, erraten kann, daß er sich die ganze Geschichte auf eine andere Weise erzählt. Daß die scharfen Verdauungssäfte des kan-ja-ma-kan seinen toten Jungen bereits wirksam in Farbflecken und Erinnerungspunkte zerlegen und er gleich anfangen wird, sie wieder zusammenzusetzen, aber auf eine andere und schmerzlose Weise, denn Jasdi ist nicht tot, es gibt gar keinen Tod, sondern ein Märchen wird plötzlich verschwommener als die anderen Märchen.

Und noch einmal sagt er zu mir: Er war gestern hier. Kam, um Abschied zu nehmen. Ich habe es durch ihn erraten; und dann ein langes Schweigen, und sein Kopf fällt ihm beinah auf die Brust, und plötzlich erwacht er und schaut mich an, ohne mich zu sehen und sagt: Ich erzählte ihm von dir, Uri. Ich sagte ihm, daß du einige Tage lang hier gewohnt hast. Daß ich dich nicht mehr hassen kann. Er konnte auch die Aufschrift dort lesen, und so wußte ich, daß ich ihn verloren hatte. Und Chilmi zeigt müde mit dem Kopf in die Richtung des Höhleneingangs. Dort, auf dem Abhang des Hügels, hatte jemand in roten, tropfenden Buchstaben »Verräter« hingeschrieben. Das war in der Zeit, als ich bei ihm in der Höhle wohnte. Eines Morgens wachten wir auf und sahen, daß irgendeiner das in der Nacht hingeschmiert hatte. Chilmi bat mich, ihm vorzulesen, was dort geschrieben stand. Ich sagte: »Chajen« – Verräter. Er sagte nichts. Am Abend, als ich von den Besuchen und Messungen im Dorf zurückkam, sah ich schon unten vom Pfad aus, daß die Aufschrift ganz grün geworden war. Chilmi saß wie immer neben dem Zitronenbaum; seine Hände waren grün verschmiert, und er versuchte, gleichgültig zu wirken. Na gut, ich fragte ihn, was er gemacht habe und warum er die Aufschrift nicht vollständig entfernt, sondern sie nur mit einer anderen Farbe überschrieben habe. Er sah mich völlig überrascht an. Enttäuscht. Die Buchstaben könne er ja doch nicht lesen und daher habe er nur die Dummheit und den Haß mit der roten Farbe verdeckt, und nun sei es sogar ein angenehmer Anblick. Wie eine Verzierung, und warum ich das nicht verstände.

Aber Jasdi sah das Wort und konnte es lesen. Und in Chilmis Gesicht stehen jetzt Verzweiflung und großer Schmerz geschrieben. Ich frage ihn vorsichtig, was Jasdi gesagt habe, als er von mir erfuhr. Chilmi schweigt. Er überlegt, sucht: Verlegen war er, mein Jasdi. Gekränkt war er. Ich dachte zuerst, er zürne, weil du ein Feind bist. Aber dann fragte er wieder und wieder, was ich dir erzählt hätte. Ob du aus meinem Munde von Darios und von Scha'abans Festessen und von dem heimlichen Dorf und von ihm selbst gehört hättest. Als ich sagte, daß ich dir ein wenig von den Dingen erzählte, regte er sich sehr auf, und sein Gesicht wurde rot und schwoll an und seine seltsamen Augenbrauen bebten. Für einen Augenblick blieben ihm die Worte weg, die ihm die umherziehenden Truppen in den Mund gelegt hatten. Dann wimmerte er plötzlich in der Babysprache, und wir erschraken beide sehr, und er verstummte sofort. Aber was er mir gesagt hatte, das hatte ich verstanden: er war eifersüchtig auf dich, Uri.

Und wenn Chilmi mir das so sagt mit seiner brüchigen Stimme, mit seiner uralten Kindlichkeit, hört meine ganze Wut auf. Welches Recht habe ich überhaupt, wütend auf ihn zu sein. Er geht mit seinem Kummer auf die eine Weise um, die er kennt. Ich wünschte, ich hätte solch einen Weg. Alles ist schiefgegangen, sage ich ihm, ich wollte Andal in einen Ort verwandeln, an dem man angenehm leben kann. Ich hatte Pläne. Eine Neuverteilung der Wasserquote für die Felder – erinnerst du dich? Hier, unter dem Baum, habe ich mit einem Stock die Tabakparzellen und die kleine Quelle hingezeichnet – und ich wollte eine kleine Poliklinik einrichten und Straßen bauen und die Mädchen im Dorf zu einer Hebammenausbildung schicken, damit bei euch nicht so viele Babys sterben müßten wegen der Pfuscherei der alten Dehejscha, und vor allem wollte ich dich besiegen, deinen Spott und deine Ungläubigkeit über das Gelingen meines Plans; deinen festen Beschluß, daß ihr euch vor uns verschließen müßt. Wie oft haben wir damals diskutiert. Ganze Nächte lang pflegten wir uns anzuschreien.

Oh, Chilmi, sage ich zu ihm und nehme die Brille ab, um ihn nicht sehen zu müssen, ich kann nicht aufhören, an die Dinge, die du mir gesagt hast, zu denken, und als ich zu ihnen zurückkehrte, fühlte ich mich schon wie ein Verräter. Wie ein Lügner. Ich lebe mit ihnen und diskutiere mit dir. Und nehme dich überall mit. Auch in meine Wohnung in Tel Aviv, auch zu meinen Streitereien mit Schosch, und irgend etwas in meinem Inneren – so kommt es mir vor – nahm auf einmal Form an und Worte und Sicherheit, als ich dir endlich neben dem Eselkadaver in der Gasse nachgab, und da begann ich, dir anders zuzuhören, wie ein Gebrochener, und ein bißchen wie ein Verliebter, und ich kam nicht zu dir, Chilmi, sondern ich floh.

Er sitzt ganz gebeugt da. Schrecklich verkrampft. Sein Hals ähnelt jetzt dem Hals einer Schildkröte. Es ist als lasse er ein Rascheln in den Falten, die in ihm sind, ertönen. Nur seine Arme sind staunend ausgestreckt, die rosigen Handflächen nach außen gekehrt, als habe er vergessen sie einzuziehen: »Aber sag mir, wie ist mein Sohn gestorben?«

Ich erzählte ihm das, was Katzman mir erzählt hat. Nur verriet ich ihm nicht, daß auch Katzman sich an der Stürmung des Hauses beteiligt hatte, denn wie konnte ich ihm das erzählen.

Chilmi begegnete Katzman bei unserem ersten Besuch im Dorf. Er sah ihn nicht länger als eine halbe Stunde, aber das genügte ihm, um ihn zu erkennen. Und einmal, während eines unserer nächtlichen Gespräche, die gar keinen Sinn ergaben, als ich ihm sagte, Katzman sei mein einziger Freund, da meinte Chilmi, Katzman brauche mich sehr, viel mehr als ich ihn brauchte. Wie ich erschrak, als er mir das sagte. Schosch dachte ja genauso, und als ich ihr sagte, daß sie sich irre, blieb sie hartnäckig und antwortete, er brauche mich als Blitzableiter, so nannte sie es, um die Beklemmung und die Angst und die Grausamkeit an mich abzuleiten.

Und es war schon Morgen. Mindestens halb neun. Chilmi schwieg, und auch ich redete nicht. Was konnte man schon sagen. Plötzlich kam mir der etwas verrückte Gedanke, daß die israelische Armee eigentlich nach Paragraph 119 der Notstandsverordnung aus der Zeit der Engländer die Häuser der Terroristenfamilien sprengte und es gut möglich war, daß sich ein Trupp des Pionierkorps in diesem Augenblick schon auf dem Weg hierher befand.

Wie – – – sogar zum Lächeln hatte ich keine Kraft. Sie werden

Chilmis Höhle sprengen? Und vielleicht sogar die Spalte des Baumes im Wadi, wo sein wahres Zuhause war während der Zeit, als Jasdi sich im Libanon aufhielt? Und was ist mit dem großen Wasserfaß, das hier steht, dem göttlichen Teich, in dem er jeden Morgen liegt, tief im Wasser versunken, und nachdenkt? Wo ist überhaupt Zuhause? Avner wird bestimmt sagen, sein Zuhause sei an dem Ort zwischen der Federspitze und dem Papier. Und Katzman wird sagen, er habe kein Zuhause, und wenn ich ihn ein bißchen dränge, wird er vielleicht sagen, der Körper einer Frau sei ein vorübergehendes Zuhause. Und ich, was werde ich sagen? Der Schuppen meines Großvaters Amram? Oder die kleine Wohnung von Schosch und mir, oder das Haus ihrer Eltern, das Haus von Avner und Lea? Was von all dem kann man sprengen, ohne daß es mir besonders weh tun wird, aber was träume ich da für einen Unsinn vor mich hin, man muß ein bißchen praktisch sein.

Aber Chilmi sagt: Du bist müde, Uri, vielleicht schläfst du ein wenig?

Und wirklich, schon seit drei Nächten schlafe ich keinen Augenblick. Wer hätte das von mir gedacht. Ich, der immer wie ein Vogel einschlief, dessen Schlafdauer Schosch für eine an sie gerichtete Provokation hielt. Chilmi steht mühsam auf und nimmt mich an der Hand. Er hat vergessen, daß er meine Hand nicht berühren darf. Wie klein er neben mir ist, ganz runzlig und gelb. Sein Geruch wird jetzt schrecklich scharf. Gleich wird er ein paar Blätter vom Zitronenbaum pflücken und beginnen, sich mit langen, langsamen Bewegungen einzureiben. Der Arzt in Naffa hörte sich meine Beschreibung des Gestanks an und meinte, Chilmi leide an einer Drüsenkrankheit, die mit dem Alter zusammenhänge, aber Chilmi behauptet, er habe bereits bei seiner Geburt derart gestunken, daß die Hebamme ihn fallen ließ.

Und er führt mich in seine Höhle. Ins Kühle und Halbdunkle. Geht mit mir bis zur Strohmatratze. Schlaf jetzt, sagt er mir sanft, schlaf. Und ich gebe nach und falle auf das duftende Stroh, so roch auch die Matratze meines Großvaters. Er pflegte Zettelchen hineinzustecken und mich dabei listig anzusehen, als teilte ich seine Geheimnisse mit ihm. Als er starb, verbrannten sie sofort all seine Sachen, auch die Matratze, und ich schaffte es nicht mehr herauszufinden, was er auf die Zettel geschrieben hatte.

Und hier ist es sehr ruhig. Ich öffne ein Auge. Chilmi steht noch immer neben mir. Ich kann seine dünnen nackten Beine in den zerrissenen Turnschuhen sehen. Jetzt geht er langsam weg. Ich kann kaum die hellen Felswände sehen, den Holzständer, auf dem der Milchschlauch hängt. Etwas tiefer in der Höhle ahne ich den riesigen Haufen Schrott, den Chilmi sein Leben lang gekauft und gesammelt hat, die Petroleumkocher und die Blasebalge und die Gasbrenner und die kleinen Hebel und die Eisenketten und die Zahnräder und die ganzen verschlossenen Lederschläuche und Krüge und Schüsseln aus Ton, die er mit warmem Dunst füllen wollte, er hatte da so einen Plan; und jetzt bin ich ganz ruhig. Ohne jede Angst vor dem, was ich heute morgen getan habe. Wegen Katzman, den ich so überlistet habe, wegen aller Ausrufezeichen, die sich jetzt in Konferenzräumen und in amtlichen Unterlagen gegen mich anhäufen. Mir ist das egal.

Denn den Geruch von zerdrücktem Stroh gab es zum Beispiel auch im Zwinger der Hündin mit den roten Augen, und auch meine Augen wurden dort rot und tränten vor Anstrengung beim Lesen im Dunkeln. Und die Hündin hatte keinen Namen, weil ich ihr keinen gab. Sie pflegte sich an mich heranzupressen, und wenn ich ihre feinen langen Ohren gegen die dünnen Lichtritzen hielt, konnte ich die schönen Äderchen, die den Fasern eines Blattes glichen, sehen. Ich glaube, sie sah einen übergroßen und etwas seltsamen Welpen in mir. Eines Tages sah einer der Nachbarn, wie ich in die Hundehütte kroch und holte meinen Vater. Und siehe da, auch mein Vater dachte, ich könnte einen herrlichen Idioten abgeben, aber er war nicht gerade froh darüber. Er verbannte mich in ein landwirtschaftliches Internat und erlaubte mir nur dreimal im Jahr nach Hause zu kommen: zu Rosch Haschana, zu Jom Kippur und zum Unabhängigkeitstag. Er hatte beschlossen, daß jeder Mensch lernen müsse, sich nur auf sich selbst zu verlassen und von niemand anderem abhängig zu sein. Es gab noch drei Kinder zu Hause: er verstreute alle und kam gleich danach bei einem Verkehrsunfall ums Leben. Ich mochte ihn nicht, wegen der Dinge, die er meinem Großvater angetan hatte.

Ich kann nicht einschlafen. Wenn ich versuche, mich aufzusetzen oder mich an die Wand zu lehnen, dreht sich mir der Kopf. Wenn ich liege, kommen die Gedanken, und dann geht es mir schlecht. Ich – ich habe in den letzten drei Tagen alles getan, um mich verhaßt zu machen. Aber niemand machte mit. Sogar Schaffer schlug mich nicht richtig, sondern holte mich nur schnell ein und schleifte mich zu Katzman. Ich glaube, Katzman hat alle gewarnt, mich nicht zu beachten und anzurühren. Der arme Katzman – was ich ihm nicht alles angetan habe. Ich stürzte mitten in Sitzungen in sein Zimmer und schrie ihn an und beleidigte ihn rücksichtslos und fuhr die lästige Windung zwischen der Militärverwaltung und dem Elsa'adije-Viertel entlang und kam dreimal am Tag zu ihm und erstattete ihm genau Bericht über die Entwicklung der Fäulnis dort, und ich sprach voller Verachtung und Haß zu ihm, und vielleicht galt das gar nicht ihm. Und er hörte mich geduldig an, schlug mir vor, Urlaub zu nehmen, riet mir, nichts Überstürztes zu tun. Plötzlich war er wirklich ganz feinfühlig. Sagte, er verstehe nicht, wie ich Schosch in einem so schweren Augenblick verlassen könne. Sie braucht dich jetzt, geh schon, geh. Es gibt niemand anderen, der ihr jetzt helfen wird. Geh zu ihr, Uri.

Und ich raste mit seinen Worten die lästige Windung entlang, überfuhr beinah Hühner und schwarze Nonnen und Kinder mit Kaffeetabletts auf dem Kopf, spritzte Schlamm aus den Pfützen direkt auf die schmucke Uniform von Abu Meruan und erreichte die Gasse wie ein abgebrannter Feuerwerkskörper.

Die Einwohner kannten mich schon und beachteten mich nicht mehr. Nur die Kinder kamen noch und standen lachend um meinen Jeep herum. Nur daß ich diesmal keine Angst vor diesem Lachen hatte. Nur Mitleid. Wie sagt Chilmi: nicht mit ihnen führte ich Krieg. Und ich pflegte das Kinn auf das Lenkrad zu legen und richtig begierig den Gestank einzuatmen und durch meine Brille zu beobachten, wie sich die nackten Rippen des Kadavers in der Windschutzscheibe des Jeeps spiegelten, und plötzlich, ohne eine Erklärung, entbrannte ich, zerriß ich, und die Reifen kreischten mit mir, und die Kinder wichen mir mit Geschrei und Gelächter aus, und ich raste die sich windende Linie entlang, das Lenkrad scharf herumreißend, stürzte ins Gebäude der Militärverwaltung, wo ist Katzman, brüllte ich schon im Korridor, wo bist du, du verdammter Lügner, der mich hierher gebracht hat, um auf dich aufzupassen, damit du nicht solche Sachen machst, wer hat es dir erlaubt, wer –

Alles ist kaputt, Schosch. Ich liege in einer Höhle in einem Dorf, das kaum einen Namen hat, so klein ist es. Und du? Was ist mit dir? Du bleibst scheinbar in unserer Wohnung, arbeitest scheinbar am Institut weiter. Alles scheinbar. Und nur ich weiß, wie verloren du bist. Und ich habe kein Mitleid mit dir. So viel hast du mir genommen. Mit jedem deiner Worte in dem ernsten und aufrichtigen Gespräch hast du mir einen dünnen Faden abgeschnitten und drei andere um mich gebunden. Und mir fällt es schwer zu wissen, was meins ist und was sich in mich hineingeschlichen und gelernt hat, mit meiner Stimme zu sprechen.

Versuch, es mir geduldig zu erklären, Schosch. Du weißt, ich bin ein bißchen langsam in solchen Sachen. Aber so, in Ruhe und ohne Aufregung, kannst du mir vielleicht erklären, wie es dazu kam, daß die Lügen einander berührten. Wie aus abgebrannten Zündhölzern solch ein Feuer entstehen konnte und du und ich in dieses Licht sahen und sagten – wir.

Ohne Wut und ohne Groll, Schosch. Auch ich werde mich bemühen. Sprich leise zu mir, als wäre ich einer deiner Patienten. Ich kann für diese Sache die Erinnerung aufrufen, die ich an deine Stimme habe und an das, was du mir sagtest, als du mich auf die Abiturprüfung in Mathematik vorbereitet hast. Schritt für Schritt, Ur. Sicher – es gibt Leute, die können in Sprüngen denken; auf bestimmte Phasen eines Prozesses verzichten. Aber wir haben es nicht eilig, Ur. Wir konkurrieren ja mit keinem. A führt zu B und B zu C. Auf diese Weise gibt es zwischen ihnen keinen Platz für Rätsel. Es gibt keine Hohlräume, in denen Dinge verschwinden, oder – noch schlimmer – eine andere Form annehmen können.

Und darum gehe ich jetzt mit Vorsicht vor. Schritt für Schritt. Und es gibt keine Hohlräume zwischen ihnen. Du und ich. Liebe. Ehe. Ach – – sieh mal, wie viele Hohlräume. Sogar in einem einzigen Wort gibt es eine Menge von ihnen. Und wenn ich weiter darüber nachdenke, werde ich womöglich noch ganz zu reden aufhören wollen.

Liebe, zum Beispiel. Was ist damit genau gemeint? Meine verschämte Liebe, als ich ein elender und nachlässiger Reservist unter zweitausend gleich aussehenden Zwillingen in einem Durchbruchsmanöver im Sinai war? Oder vielleicht deine plötzlich entbrannte Liebe, die dich regelrecht zwang, mich dort mit sanfter Gewalt inmitten all derer herauszuziehen. Oder vielleicht – deine Liebe zu dem Jungen, der jetzt tot ist, Schosch, der kurze und präzise Strahl, mit dessen Hilfe du ihn getötet hast?

Siehst du? Die Rätsel verbergen sich zwischen jedem Buchstaben. In den einfachsten Worten. Und man muß äußerst scharfe Augen haben, um zu begreifen, wo es geschieht, wo die Absichten durcheinandergehen und wo Geflüster zwischen die Buchstaben gerät. Und ich bin jetzt bereit, mit dir diesen Versuch zu machen, denn als du mir diese Woche deine Wahrheit erzählt hast, als du mir mit einem Schlag alle Verbände abgerissen hast, konnte ich dir nicht richtig antworten, du weißt ja, daß ich Zeit brauche, mich zu sammeln und auszudrücken und das alles, aber jetzt, in diesem seltsamen Traum, zusammengekauert in der Höhle mit dem Gesicht zur Wand, bin ich bereit anzufangen.

Liebe, sagten wir. L-i-e-b-e.

Weißt du, man kann versuchen, es so zu sehen: fünf Buchstaben auf fünf kleinen, dünnen Holzquadraten. Wie bei dem Kreuzwortspiel bei euch zu Hause, dem »Scrabble«. Und das könnte gerade ein gutes Beispiel sein, denn die Holzquadrate liegen dicht nebeneinander. Und da ist nichts Dunkles zwischen ihnen. Im Gegenteil – da ist es angenehm. Da ist Freitag abend im Haus von Avner und Lea, und ihr drei, Kopf an Kopf über das Spielbrett gebeugt, vor euch hin summend, miteinander witzelnd, und der Duft von Avners Pfeife, und Leas Pfefferminzbonbons, und Sussia, der mit offenem Mund vor dem Fernseher eingeschlafen ist.

Wie gut es mir bei euch geht. Wie gut es ist, dich anzuschauen und zu sehen wie glatt dein Gesicht ist. Wie es mich anlächelt. Wie leicht es ist, dich schon jetzt in den präzisen und sicheren Gesichtszügen Leas zu lieben.

Schön, wir haben also ›Liebe‹. Diesem Wort kann man weitere Wörter hinzufügen, die, natürlich, auch erstaunlich einfach sind. Man kann schreiben: ein plötzlicher Blick mit einem kleinen Lächeln. Und auch – unsere parallele Entwicklung, in scheinbar weit voneinander entfernten Linien, und siehe da, schon bilden sich die Sätze von selbst, strömen schnell, wir zwei werden uns selbst beibringen, nicht zuviel anzustreben und ein sinnreiches Leben zu führen und zuerst das Existierende zu verstehen, nur mit den Buchstaben, die in unserer Hand sind, zu spielen. Das haben wir gesagt, richtig? Richtig. Und daher, Schosch, kann ich jetzt, in diesem Nebel vor mir, auf das Spielbrett ganz vorsichtig das Wort ›Glück‹ senkrecht an das Wort ›Liebe‹ legen und von diesem Wort die stille Sicherheit nehmen, die Bauernliebe, die kleinen und so ernsten Prinzipien, die wir hatten – wir werden nicht einen Pfennig von deinen Eltern nehmen und uns alle Möbel selbst bauen, auch wenn wir zehn Jahre dafür brauchen, und bei uns wird kein einziges Buch im Regal stehen, das wir nicht auch wirklich gelesen haben, und nie, so versprachen wir einander, nie werden wir im Streit schlafen gehen. Wir werden immer reden.

Weißt du – in Italien habe ich Katzman über uns, über dich und mich erzählt, und da hat er mich gefragt, ob Gott es nicht satt habe, jedes Mal von neuem die gleiche Geschichte zu inszenieren. Ich war ziemlich wütend auf ihn. Ich wollte ihm etwas Schmerzhaftes, Treffendes sagen. Aber mir fiel nichts ein. Einige Tage später gab er selbst die Antwort, als er sagte, jeder Mensch sei einmalig, und das sei eine Verantwortung, mit der die meisten Menschen nicht fertig würden. Er sagte sogar, es sei ein Verbrechen seitens der Verwaltung, ihnen eine solche Verantwortung aufzubürden. Aber als er das sagte, war es schon zu spät, ihn an das, was er über uns gesagt hatte, zu erinnern und plötzlich darüber zu diskutieren. Überhaupt – mit dem, was ich von euch dreien, von dir und von Avner und von Katzman, in dieser kurzen Zeit gehört und gelernt habe, kann ich in meinem Inneren mein Leben lang Gespräche und Diskussionen führen. Vielleicht verstehst du gar nicht, wovon ich spreche. Sag mal, kannst du verstehen, daß alle Argumente und Gegenargumente, die ganzen furchtbaren Widersprüche und Fehler und Mißverständnisse und die verkehrten Strömungen, die zwischen euch allen fließen, all jene Dinge, die ihr erbarmungslos in mich eingepflanzt habt, mich sehr glücklich und gleichzeitig auch sehr unglücklich gemacht haben? Mich in einen anderen Menschen verwandelt haben?

Aber wir sind ein wenig von der Hauptsache abgekommen,

Schosch, denn von uns will ich jetzt sprechen. Von der Begeisterung; von den zwei runden Flecken, die auf deinen Wangen erröten. Ein Flecken für mich und ein Flecken für dich. Mit ihr werde ich es können; mit ihm wird es möglich sein. Gemeinsam wird es bei uns, wie soll man das sagen, blühen. Tagsüber, während des Manövers in Ksejme, gingst du an mir vorbei, als wärst du eine Fremde. Kanntest mich gar nicht. Klein und ordentlich und sauber auch in dem ganzen Sand und Schweiß. Und du warst angeblich nur die Sekretärin des Regimentskommandanten, aber es stellte sich sogleich heraus, daß du diejenige warst, die die Kommandantur und das ganze Manöver mit ernstem und leidenschaftlichem Einsatz leitete, die uns über Funk zurechtwies, wenn wir ein paar rohe Witze machten oder das Manöver aufhielten, und wir, Schosch, das habe ich dir schon erzählt, die erschöpften Reservisten, gehorchten dir ergeben, spotteten ein bißchen über deine Strenge und wußten genau, was du über uns dachtest und wie wir durch deine runde Brille aussahen.

Und mich packte die Angst angesichts deiner gekünstelten Fremdheit. Vielleicht bildete ich mir wieder alles ein. Einmal hatte ich ja schon ein erfundenes Mädchen geliebt. Und ich wollte nicht glauben, daß ich wieder: daß ich dich, und die vorige Nacht, die voller Geflüster und schrecklich vorsichtigen Worten war, und dein Feldbett, auf dem ich zum ersten Mal in meinem Leben – – –

Du sprachst. Wie groß die Ähnlichkeit ist, sagtest du. Und – Menschen unserer Art, sagtest du. Und auch: wie klug ich sei, daß ich dich hinter dir selbst zu finden wußte. Und du erzähltest mir von deinen Eltern und von Sussia und von deinen Schulfreunden, und so führtest du mich wie unter Hypnose in eine Familie und in ein Leben hinein, wie ich es nie gekannt hatte. Und ich fühlte mich nicht fremd.

Du sprachst. Ich saß schweigend da und brannte. Denn ich darf nicht reden; denn ich würde ja alles verderben. Es kann nicht sein, daß mir so etwas passiert. Sie irrt sich bestimmt. Verwechselt mich mit einem anderen. Wie sie so wahre Dinge über mich sagen kann, wo sie mich doch kaum reden gehört hat. Und wenn auch nicht alles richtig war, dann würde ich mich eben bemühen, so einer zu werden. Für sie. Für ihre Begeisterung und die kugelrunden Flecken auf ihren Wangen. Und ich schweige ganz fest. Aber in der nächsten Nacht werde ich dir wieder einen Brief bringen, in dem ich dir fast alles sage, und dein Finger wird über die Buchstaben wandern, und du wirst deine Augen zu mir heben, und ein erster Schmerz wird in ihnen liegen, und ich werde davon erschüttert sein, und du, und ich.

Was führt zu was. Am Schluß dieser einfachen Folge, zwischen A und B und C, bin ich zum Ende des Weges gelangt. Zu dieser Wand vor mir. Zu Katzman, der mich betrogen hat. Und Schritt für Schritt werde ich zurückgehen, um herauszufinden, wie uns das alles geschehen konnte, und ich werde mir auf dem Wege der Zerstörung und Austilgung ein neues Leben aufbauen. Ich kenne nicht alle wichtigen Einzelheiten. Erst vor drei Tagen, Montag nachmittag, als du vom Institut zurückkamst, von der Unterredung mit dem Ermittlungsbeamten, hast du mich in dein Arbeitszimmer gerufen, die Beine übereinandergeschlagen, und dein Gesicht wurde plötzlich hart, und du hast begonnen, mir alles zu erzählen.

Aber ich bin sicher, daß du nicht alles gesagt hast. Daß ich weiter auf alle Minen treten werde, die du nicht die Kraft hattest zu sprengen. Aber in der einfachen Sprache, die wir uns nur für uns beide ausgedacht haben, gibt es jetzt auch die Hohlräume, die du hineingeschmuggelt hast, Buchstaben voller Bedeutung. Und vielleicht, wenn ich hier herauskomme, wenn ich genug Kraft haben werde, dem, was ich in Dschuni getan habe, ins Auge zu sehen, und vor allem – wenn ich genug Kraft haben werde, Katzman alles zu sagen, was ich ihm sagen muß, vielleicht werde ich dann auch die leeren Buchstaben lesen können, die du zwischen uns gestellt hast, und die weißen Wörter und die verborgenen Sätze und die ganze Geschichte hinter der Geschichte.

6 Langsam, die Zehen um die Holzringe des Fasses geklammert, bewege ich mich, drehe ich mich um meine Achse in dem netzartigen Wassergewebe über meinen Augen. Die letzten Zweige der Weinrebe fallen vom Dach der Laube auf die Wasserfläche. Auch die saakuk, die stechenden Fliegen, kommen herangeflogen, um über mir in goldenem Grün zu schwirren; es ist ihr Morgentanz, bevor sie sich aufmachen, die Ochsen auf dem Feld zu stechen und sie um den Verstand zu bringen.

Und ich – bin im Faß. Bewege mich langsam im Kreis wie eine große Spinne mit gespreizten Beinen, labe mich an meiner weichen, teigigen Haut, die Furche um Furche geflügt wird, die ihren Gestank im Wasser verdünnt. Schon sind beide Augen des Morgens geöffnet, und Uri schläft noch. Ich habe es nicht eilig, ihn zu wecken. So müde und zerschlagen kam er hierher, und was stört es mich, wenn er noch ein wenig Reis mit den Engeln ißt.

Ich liebe Uri, der wie mein Sohn ist. Schon als er zum ersten Mal mit dem Militärgouverneur hierherkam, ging mein Herz zu ihm aus. Denn er war der lebendige Junge, in dessen Gesicht das Licht war, der hierherkam durch den Tunnel meiner verborgenen Gedanken, und als Nuri El'az, der Muchtar, versuchte, das Öl seiner Zunge in sein Ohr zu träufeln und vom gegenseitigen-Nutzen-den-die-Juden-und-die-Araber-voneinander-ziehen-würden sprach, da begann ich zu schreien, das ist eine Lüge, denn ihr habt in unserem Dorf nichts zu suchen, geht fort von hier und zieht in euer Land und in eure Häuser, und schließt die Tür hinter euch und legt euch dorthin, um eure Sünden zu lecken.

Da rötete sich Nuris Gesicht, als sei er vor den Augen der Frauen vom Esel gefallen, und zischte – hus, und ich erschrak nicht vor ihm, denn nicht von ihm würde ich lernen, wie man mit den Menschen redet, denn nachdem mich mein Jasdi verlassen hatte und wie unter Zwang den umherziehenden Truppen gefolgt war, gab es nichts mehr, wovor ich mich zu fürchten brauchte, und so schrie ich Uri und den Gouverneur weiter an, daß sie keinen Platz in unserer Mitte hätten, daß wir weder ihre Küsse noch ihre Bisse wollten, und ich spuckte weiter Wörter wie Melonenkerne aus, aber ich war schon wie gefangen von seinen verträumten Augen und von seinem etwas schiefen Lächeln, und ich wachte nur für einen letzten Augenblick auf, als mich zwei von den Welpen des Hundes Nuri packten und mich wegzerren wollten und mir ins Ohr flüsterten: Ejb ja gid, ejb, Schande, Alter.

Aber Uri, asisi, kam rasch auf uns zu, seine Augen verträumt auf mich gerichtet, und nahm mühelos die Hände der Jungen von mir und schaute mit einem seltsamen Blick in mein Gesicht und sagte in einem weichen, fernen Arabisch, sprich, ja schejch, ich höre. Und er stand da und lächelte mich an, und ich verstummte, und ich war wie einer der zersprungenen Krüge, in denen Schukri Ibn Labib seine bösen Bienen hielt, und wie ein summender Bienenschwarm war mein ganzer Körper, und meine Haut sträubte sich stark, als der Junge seine Hand ausstreckte und mir über mein Gesicht strich. Und ich, ich fand in seiner weichen Hand das Raunen, auf das mein Ohr stets horchte, die Berührung der uralten Hände von Darios, meinem Erlöser und Wohltäter Darios, der mich lehrte, daß das Böse tausend Gesichter habe und eine Fülle von trügenden Bildern und Gerüchen, aber daß man sich bei der Berührung mit dem Guten nicht irren könne.

Langsam. Mit den umklammernden Zehen, mit dem langen Kreisen. Gleich werde ich aus dem Faß steigen und eine Tat vollbringen müssen. Es scheint, als gebe es diesmal keinen Weg, sich davor zu drücken. Mein Leben lang habe ich gehofft, daß dieser Augenblick mich übergehen würde. Daß ich wie alle, die hier im Dorf leben, sein würde. Ich floh weit fort vor diesem Augenblick, doch er hat mich eingeholt. Tief in den Felsspalten, in denen ich mich verbarg, berührte mich die kühle, feuchte Hand. Und schon bin ich erbarmungslos angesteckt. Und schon bin ich von allem abgeschnitten.

Und ich habe es schon gestern erfahren. Als Jasdi zu mir kam, nachdem er ihn ein Jahr lang nicht gesehen hatte; als er seinen Gurt und seine Waffen ablegte und der Tod wie ein Peitschenhieb in sein Gesicht eingebrannt war. Und ich sah, wie seine Pistolen und seine Handgranaten und seine Patronenketten sich zu seinen Füßen auf dem Pfad anhäuften wie der Kothaufen eines Eisenpferdes, und bevor er ging, stahl ich eine seiner kühlen Pistolen und versteckte sie in der Höhle, und seitdem wußte ich, was sein würde.

Aber noch nicht. Ich werde mich noch ein wenig in den Kreisen des Fasses drehen, in dem ich meine Sommertage verbringe und vor allem die arbainat a-schub, die vierzig brennenden Tage, und es ist bekannt, daß die Welt während dieser Zeit nicht dafür geeignet ist, auf ihr Taten zu vollbringen.

Und gleich wird meine Enkelin Nadschach, das Kind meiner verfluchten Tochter Soher, hinaufsteigen. Auf ihren Katzenpfoten wird sie kommen, sich in den tanzenden Farben auf meiner Wasserfläche abzeichnen, und ich werde meinen Finger aufrichten und von innen ihre wäßrige, schaukelnde Stirn berühren und das Bild behutsam in Farbflecken zerplatzen lassen und mich mit Freude erheben, hoj, Nadschach, mein goldener Kelch, süßer als Feigen.

Und sie wird mit tausend Andeutungen eines Lächelns ihre fadendünnen Arme ineinanderschlingen und warten, bis ich mich aus dem Faß gezogen habe, und ihre Augen abwenden, damit ich meinen schönen Mantel anziehen kann, und erst dann wird sie mich wieder ansehen, und ihre Lippen werden sich ein Lächeln verbeißen. Dann werden wir uns setzen, Nadschach und ich, und die Morgenmahlzeit essen, die sie mir aus dem Dorf mitgebracht hat. Schafskäse und ein weichgekochtes Ei und eine Schale Grießbrei, in die ich einen Löffel von meiner Erde tue, und ich werde ihr wie jeden Tag sagen, wenn ich meine ganze Erde gegessen habe, kann ich in Ruhe sterben, und sie wird ihr weiches Lachen ausstoßen, und ihre dünnen Hände werden sich auf ihren Beinen winden, und sie wird ein Knäuel von dunkelbraunen Fäden sein, und kein Wort wird über ihre Lippen kommen, denn sie ist stumm.

Und dann wird Nadschach sich erheben und ihre Hand ausstrecken und meinen alten Freund, den Riesen-an-meinem-Hals, mein Radio, von dem abgeschnittenen Ast des Zitronenbaumes nehmen und mir den Strick, der ihn an den Kragen des Mantels bindet, zurechtlegen, damit er mir nicht mein Fleisch wundscheuert, und in der Kühle des Abends werden wir mit vollen, breiten Bäuchen einander gegenübersitzen, mein Auge in ihrem Auge, und zusammen in Erwartung lauschen, wer von unseren fernen Freunden uns heute morgen besuchen wird: Farid el-Atrasch, der sich wünscht, ja rejtni tir la tir chavalek, ein Vogel zu sein, der uns umfliegt, oder wird sich unsere alte

Mutter Um Kultum meinen Hügel hinaufbemühen, um mir und meiner Enkelin von schams el'asil zu singen, und vielleicht wird uns an diesem Morgen das Glück beschieden sein, im Radio von Kairo unseren Allerliebsten, unseren Abd Elwahab zu hören, der sein Klagelied anstimmen wird, pi elbachr lam putukum, pi elbar putuni, biltribri ma ba'atukum, bitibni ba'atuni, und ich werde die Hand an mein Ohr legen und stöhnen, und mein Auge wird sich mit Tränen füllen, denn seine Stimme ist süßer als Honig, denn er hat euch nicht einmal für Gold verkauft, und ihr – ihr habt ihn für Spreu verkauft. Und Nadschach wiegt und windet sich wie ein kleiner gemalter Derwisch, wie brauner, sich kräuselnder Rauch, schließt ihre Augen vor Wonne, summt lautlos vor sich hin, lächelt ihren Geheimnissen zu, die zum Morgen erwachen.

Ich liebe Nadschach, die wie ich ist; als ich in ihrem Alter und kleiner war als sie, war ich ein verborgenes Kind, stets hinter einem Baum oder Felsen liegend, aus dem Lärm, aus dem Gedächtnis ausgestoßen, immer auf meinen älteren Bruder wartend, er-soll-endlich-aufstehen-und-mir-Chilmi-elkas'a-den-Zwerg-aus-den-Augen-schaffen, er-soll-endlich-dieses-Bündel-den-Bucklugen-den-ausgestopften-Sack-eines-Kummers-von-hier-wegstoßen, es-soll-ihn-endlich-jemand-zu-der-wissenden-Dehejscha-bringen-damit-sie-ihm-den-chadjab-verschreibt-und-ihn-um-seinen-Finger-bindet-und-ihn-von-seiner-Blödheit-heilt, jallah-Mittwochskind-nimm-ihn-fort-von-hier, und du-bringst-ihn-am-besten-zu-Senderov-Jackobson-von-den-schönen-Goldhaarigen-er-soll-für-ihn-einen-Platz-in-einem-seiner-wohltätigen-Klöster-in-Jericho-finden, jallah!

Und daher war ich der-dem-Auge-verborgene-Chilmi, der im Schweigen lebte, in der gesegneten Dunkelheit der flatternden Lider; und ich war Chilmi, der im Abfall wühlte, um darin die trockenen Schalen der Geschichten zu finden und die Kerne der Liebe, die zerknitterten Briefe und die schmutzigen Verbände der Seelenwunden und die Wunderpflanzen, die unter den Kissen der unfruchtbaren Weiber welkten, und erschrocken schnüffelte ich an der Wäsche, die auf den Leinen hing, und lernte die Gebrechen ihrer Eigentümer und die geheimen Windungen ihres Körpers kennen und stöberte in ihren Kothaufen und hörte mir die Seelengespräche der Babys in den Wiegen an und lag wie eine Eidechse hinter den Wänden, um dem Schluchzen des Schmerzes und der Wonne zu lauschen, den Geheimnissen, die mit einer Grimasse ausgestoßen werden, und während der ganzen Zeit konnte ich die Dinge nicht beim Namen nennen, und das Pochen der Welt gerann nicht zu Worten, und es verwandelte sich in meinem Bauch zu Scherben von buntem Glas.

Und ich pflegte stundenlang in der Hitze der weißen Sonne zu liegen und mir Dunkles auszudenken, bis meine Mutter, dieses schöne und schmutzige Geschöpf, deren Körper sie schmerzhaft quälte, sich plötzlich mit Gewissensbissen an mich erinnerte, wo-ist-Chilmi-dieser-Wurm-schon-zwei-Tage-ist-er-nicht-gekommen-meine-Augen-zu-ärgern, und sie schickte meinen großen Bruder Nimer aus, mich zu suchen in den Feldern, an die silsila, den Pflug, gefesselt, oder unten im Wadi, an den Pistazienbaum gebunden, und die scherba aus Ton vor mich hinzulegen, in der Speisereste oder faules Obst waren oder Überreste von labane, aus denen man die Zukunft voraussagen kann, aber von denen man nicht satt wird, und mich plagten Hunger und Scham, bis Nimer es aufgab und mit einem Zucken seiner schmalen Schultern, mit grimmigem, pockennarbigem Gesicht fortging, und erst dann biß ich die Zähne in den Teller und zog ihn näher heran und fraß daraus wie ein Hund.

Kan-ja-ma-kan, pi kadim elsaman, usalef elasr we'alawan; es war einmal in sehr, sehr fernen Tagen, nicht zu unseren Zeiten, in den Zeiten der süßen, der bitteren Erinnerung, kan-ja-ma-kan, da stieg mein Vater, Schafik Abu Scha'aban, ins Wadi hinab, zu einer Stunde, die weder Tag noch Nacht war, schritt und stolperte, seine Umrisse waren weich und rosig im Licht der sinkenden Sonne und seine eine Hand geschwollen und schlüpfrig wie der Fuß eines Elefanten.

Und er war der schüchterne Mann mit dem runden Gesicht, der immer so aussah, als müsse er sich beherrschen, um nicht in Tränen auszubrechen, und von dem man sagte, er habe nicht genügend Manneskraft, die Wollust meiner Mutter zu stillen, und darum würde sie anderes Holz aus dem Wald in ihren Ofen werfen, um das lechzende Feuer zu nähren, und ich wußte von den Gerüchten, die nicht geflüstert wurden, und von den Geheimnissen, die sich die Spiegelbilder im Brunnen erzählten, daß meine Mutter neun Monate vor meiner Geburt meinen Vater verließ und in das Haus von Scha'aban Ibn Scha'aban zog.

Und Scha'abans Haus war nichts anderes als ein großes Zelt, das größte, das man je in Andals Umgebung gesehen hatte. Es war aus Hirschhäuten gebaut, und die Pflöcke waren Hyänenzähne und seine Teppiche waren gestreifte Felle von Wüstentigern. Denn er war der kühnste und flinkste aller Jäger Palästinas, und Expeditionen von Jägern aus der ganzen ungläubigen Welt pflegten ihren Weg zu seinem Zelt zu finden, wo auch immer er es aufstellte, und sie flehten ihn an, sie an ihrer Spitze zum Dickicht des Jordanufers zu führen, um dort den schnellen Geparden zu treffen, oder in die öde Kerak-Steppe, um dort den zornigen Strauß zu jagen, und ich selbst kann mich noch erinnern, wie in unserem Schafsdorf, in dem Café, das damals Ajeschs Vater gehörte, von Zeit zu Zeit rotnackige Deutsche oder rosahäutige Engländer und sogar kleine Chinesen saßen, die uns mit spöttisch-frostigen Blicken ansahen, und sie harrten tage- und wochenlang, tranken Bier und brannten in der Sonne und warteten, daß Scha'aban Ibn Scha'aban von seinen Reisen zurückkehrte, um ihm erneut ihre Einladungen zu überreichen.

Und er war ein Mann von mächtigem Wuchs, der stets langsam und freudlos lachte und unter den Einwohnern Andals Gold- oder Silbermünzen verteilte, mit denen man nichts kaufen konnte, und von den Regalen in den Geschäften die erlesensten Waren nahm, ohne dafür zu bezahlen, und sich unsere schönsten Frauen mit einem Augenzwinkern pflückte, und niemand schalt ihn deswegen, denn mehr als einmal, in Zeiten der Dürre, oder wenn die Tabakernte von den Zähnen der Würmer verdorben wurde, saß das gesamte Dorf an seinem reichgedeckten Tisch, und zweimal im Jahr zu den Feiertagen, zu Id-El'adcha und zu Id-El'fiter, gab er ein großes Festmahl, wie man es sich gar nicht vorstellen kann in diesen unseren glühendheißen Tagen, und die gedeckten Tische reichten von meinem Hügel bis zu dem Platz der Männer, und Scha'aban Ibn Scha'aban holte das Derwisch-Orchester mit den bunten Fähnchen aus der Stadt und die Kinder aus der Blindenschule in El Kuds, und in Bethlehem kaufte er bunte Papierlaternen, wie sie die Christen haben, und in einem Laden in Sichem kaufte er Skulpturen, die keine Skulpturen waren, sondern von unzüchtiger Hand gestal-

tete Wachskerzen, und die Tische ächzten unter der Last der
Platten mit den gebratenen Kaninchen und den Kienäpfeln und
den Schüsseln mit Safranreis, dessen Farbe wie Bernstein war,
und den Tellern mit samane aus Knoblauch, und den jungen
Gänsen, deren Bauch mit Walnüssen gefüllt war.

Fürwahr, das ist eine meiner liebsten Erinnerungen. Immer
wieder werde ich sie erzählen, damit sie mir nicht entgleitet;
damit sie nicht in ihrer Einsamkeit dahinschwindet und stirbt.
Wie Jasdi es liebte, von diesen Festessen zu hören. Wie ich es
liebte, ihm von ihnen zu erzählen. Und er konnte mit dem Glanz
seiner Augen meine Worte ergänzen und verlangte mit einem
verärgerten, hübschen Verziehen seines Mundes nach den Worten, die ich aus irgendeinem Grunde ausgelassen hatte.

Und wie Scha'aban Ibn Scha'aban mit einem Mundzucken
das Zeichen gab und beide Orchester gleichzeitig zwei verschiedene Lieder zu spielen begannen, und wie der Glanz der Kerzen
und die Flammen der Lampen in den schwarzen Brillen der
blinden Kinder funkelten und Andals Hunde den Verstand verloren wegen der heulenden Geigen, und wie Scha'aban Ibn
Scha'aban, der Wein trank wie ein Ketzer, seine schwere Hand
langsam zu dem Rhythmus anderer Klänge schwang, die niemand hörte außer ihm.

Wie sein Gesicht sich plötzlich ohne Grund verfinsterte und er
die Orchester mit einem leisen Fluch zum Schweigen brachte
und uns alle mit einer leichten Kopfbewegung aufforderte, uns
an die Tische zu setzen. Und wir – die Einwohner Andals –
warteten auf den ersten Mutigen, der sich von dem Schatten der
Häuserwände lösen und sich vorsichtig dem Tisch nähern
würde, und erst dann wagten wir, ihm zu folgen und von den
begehrten Gerüchen, aber auch von der dichten Finsterkeit des
Jägers eingehüllt zu werden.

Und meistens war es meine Mutter, die dünne, muskulöse
Frau, die als erste aus dem Schatten hervortrat und mit zigeunerhaft wiegenden Hüften auf Scha'aban zuschritt, und alle
blickten auf sie und den Jäger, und nur ich betrachtete meinen
Vater, der neben mir stand und sich vor sich selbst rechtfertigte,
wobei seine Elefantenhand hin und her schwang, und alle nur
zu gut wußten, daß keines der Kinder dieses bedrückten Mannes, meines Vaters, von seinen Lenden kam, und einige von

ihnen trugen in ihrem Gesicht die schweren Backenknochen des Jägers und seinen geheimen Namen, der ihrem Herzen eingeprägt war.

Nacheinander lösten sich die anderen Bewohner Andals aus dem Schatten der Wände und kamen an die Tische und scharrten mit den Füßen und schluckten ihren Speichel hinunter und blickten ängstlich zum Kopf des Tisches, zu dem mächtigen Mann, der mit furchtbarer Gelassenheit lachte, und warteten, bis er die Finger seiner rechten Hand in den Wasserkrug tauchen und sich ins tarbia, das ehrwürdige Sitzen mit verschränkten Beinen, niedersetzen und das erste Stück Fleisch in eine warme pita wickeln und zum Mund führen würde.

Und als er das tat, stießen die Leute einen Freudenschrei aus und stürzten sich auf die Speisen und stopften ihre Münder und füllten ihre Taschen, wühlten in den Reisschüsseln und steinigten einander mit Süßigkeiten, mit melabas, chilwa und ka'akan, und während der ganzen Zeit benahmen sie sich wie Kinder, denn die verschwenderische Fülle brachte sie um den Verstand und löste die Bänder ihrer Weisheit.

Und ich beobachtete ihn die ganze Zeit über, Scha'aban, sein Sitzen mit verschränkten Beinen, seinen immer trüber werdenden Blick. Und er nahm nichts zu sich, nur die Schande der Leute zerrieb er zwischen seinen langsam mahlenden Zähnen. Seine roten Stieraugen waren auf sie geheftet, und seine Lippen bewegten sich lautlos.

Ich werde es erzählen. Mir hat es niemand erzählt, und ich habe ihn nie mit eigenen Augen gesehen. Drei Monate bevor meine Mutter mit mir auf der Matte niederkam, starb der Jäger Scha'aban an einer Leberentzündung, und bis sein Gestank das Dorf erreichte, hatten die Hyänen schon fast seinen ganzen Körper gefressen. Niemand hat mir von ihm erzählt. Und wenn ich Schukri Ibn Labib manchmal nach Scha'aban ausfrage, nach seinen Festessen, nach dem Hund mit den traurigen Augen, der ihm als Tisch zum Kartenspielen diente, so meint er zu mir, die *rola* habe bereits mein restliches Hirn verschlungen, denn noch nie habe er von einem Mann namens Scha'aban Ibn Scha'aban gehört, und noch nie habe man in unserem Dorf gebratene Kaninchen in Kienäpfeln gegessen.

Aber immer wieder höre ich, wie seine Geschichte in den

Herbstwinden weht und zwischen den Spiegelbildern im Brunnen innehält, und ich kenne Scha'aban, als sei ich sein Bogen und sein Leid, als sei ich sein Sohn, und wir haben doch keine Hoffnung, entgegne ich Schukri, der mich verhöhnt, keine Hoffnung haben wir, wir alle, wenn wir uns nicht nach ihm sehnen, wenn wir nicht daran glauben, daß es hier einst einen solchen Mann gegeben hat, und daß hier, aus dieser steinigen Erde, unter den Menschen, die sich aus Staub gesammelt haben, einst so ein Strahl seiner trübseligen Trauer hervorgeschossen war.

Denn er war der kühne Jäger, der von den Krallen seines eigenen Mutes zerrissen wurde, der keine Freude fand an den Hunderten von Tieren, die er erlegte, und stets seinen Traum dem hinzufügte, was hinter ihm lag, zu dem Tier aller Tiere, zu dem Löwen mit der gesträubten Mähne, von dem ihm die fremden Forscher und Jäger erzählt und dessen Bilder sie ihm in ihren großen Büchern gezeigt und dessen mächtiges Brüllen er in ihrer Stimme gehört hatte, die zu einem ehrfürchtigen Flüstern erloschen war.

Und langsam trat der Löwe in sein Leben, bis er ihn nicht mehr loswerden konnte. Und er pflegte von Löwen zu träumen und den Teig seines Brotes in der Form von Löwen zu kneten, und in seinen Gang schlich sich allmählich etwas von den listigträgen Bewegungen der Mähnentiere ein.

Und er lauerte ihm in den Felsspalten der Wüste auf und in den Höhlen von Zafi, und an den Flußmündungen, die in das Tote Meer fließen. Und die Wölfe und die Steinhühner und die Schakale und die Tiger zogen an ihm vorbei, doch er bemerkte sie nicht und lud nicht sein Gewehr, denn nicht mit ihnen führte er Krieg. Und er schoß auf den roten Kopf des Löwen, der zwischen den in der Sonne glühenden Felsspitzen auftauchte und verschwand, und er warf sein Messer nach dem Schatten, der plötzlich über den Sand huschte, und sein Auge wurde röter und röter.

Es gab damals niemanden – sage ich ihm, flüstere ich ihm voller Mitleid aus meinem Versteck im Schatten der Jahre zu – es gab damals niemanden im Land, der ihm hätte verraten können, was heute sogar Nuri Elnawar, der Zigeuner, weiß, daß in diesem Teil der Erde keine Löwen leben, in diesem Entwurf, den der müde Gott gezeichnet hat, und er hatte keinen Freund, der ihm die verfluchte Wahrheit zuflüstern konnte, daß sein Messer auf seinem Schenkel erkalten würde, ohne den goldenen, muskulösen Körper zu zerteilen, und daß er bis an sein Lebensende dazu verurteilt sei, kan-ja-ma-kan, für seinen Unterhalt Füchse und Marder zu jagen und die großen Strauße aus ihren Verstecken zu scheuchen, den Löwen jedoch könne er nur mit dem Messer in den Sand zeichnen und zusehen, wie der Wind die Linien an sich reißt, und den Schwung der wilden Mähne könne er nur mit seiner Pfeilspitze in die Höhlenwände ritzen.

Kan-ja-ma-kan; wer sich einen Traum webt, wird zum Sklaven. Wer sich von der Hoffnung verlocken läßt, ist bereits verloren. Nur in der Vorsicht liegt die absolute Freiheit. Nur in dem Auge, das sich nach innen kehrt. Aber Scha'aban war schon weit von jeglichem Ratschlag entfernt. Er sah, wie die Einwohner Andals sich vor seinen Augen um Stücke Kaninchenfleisch schlugen, sah, wie ihr Gesicht sich vor lauter Fressen grün färbte, wie sie sich in ihren Tellern erbrachen, und in seiner Brust wallte Verzweiflung auf, und seine Arme füllten sich mit heißem Blut, und einen Augenblick später schlug das dumpfe Brüllen, das aus den Tiefen seines Bauches hervorbrach, gegen die Brust der Leute und warf sie zu Boden, als seien sie nur bemalte Karten, und ich sah, wie er, rabene jesahal, so helfe uns Gott, auf den Tisch sprang und dort mächtig, mit gesträubter Mähne, auf allen vieren stand, aus der Erbärmlichkeit der ihn Betrachtenden die Wurzeln seines langgezogenen Brüllens herausriß und uns alle mit seinem Schwanz peitschte.

So lief er die Schlange von Tischen entlang, die sich von meinem Hügel bis zum Platz der Männer hinzog, der damals noch nicht so genannt wurde, und zertrat das gute Fleisch mit seinen dreckigen Jagdstiefeln, schleuderte Schüsseln mit dampfenden Bohnen in sein felsiges Gesicht, rammte mit seinen Hörnern die Platten mit den Kaninchen, und plötzlich war er geschlagen, plötzlich war er gefangen vom Ende jener Schlange, vom kühlen und klugen Nachtwind der Wüste.

Da erwachte er für einen Augenblick. Er ließ die Schultern hängen, und seine Augen wurden rund. Er wandte uns seine Mähne zu mit der langsamen und furchtbaren Bewegung eines Tieres, das keine Kraft mehr hat, vor dem Jäger zu fliehen, und sah, wie wir zu den Schatten der Häuserwände krochen, die Reste unseres kurzen Glücks erbrachen, und er stieg vom Tisch herab und taumelte kraftlos in die Dunkelheit, zu seinem Zelt, das er nie im Dorf aufschlug.

Siehe, so habe ich es stets erzählt. So hat Jasdi es aus meinem Munde vernommen, und später auch mein Uri, Honig auf Butter. Nur ist heute damit nicht genug. Wieder und wieder muß ich mein Fleisch an den spitzen Wörtern scheuern. Ich finde keine Ruhe. Meine Jasdi ist tot. Ich bin gescheitert. Als mein Jasdi ein Idiot war, konnte ich ihn beschützen. Gab ich ihm Leben. Dann berührte ihn die Welt und drückte ein Zeichen in sein Fleisch. Erzählte ihm Geschichten, die stärker waren als meine. Die vorbeiziehenden Truppen webten ihn in ihren Traum, verleiteten ihn zu ihrer Hoffnung, und schon genügten ihm meine Geschichten nicht mehr. Auch mir genügen sie nicht. Ich werde die Geschichte von Scha'aban Ibn Scha'aban nicht mehr erzählen. Ich spinne schon einen ganzen Tag lang mit kühlen Todesfäden einen Traum. Ich weiß, was mir geschehen wird, und ich kann mich nicht vor der Tat retten.

Ich werde meine Geschichten nicht mehr erzählen. Zum letzten Mal werde ich heute in die verschlungenen Felsspalten gehen. Zum letzten Mal werde ich in meinen göttlichen Teich tauchen. Ich weiß es doch. Und Uri erwartet eine Antwort von mir. In seinen Augen lese ich die Frage. Aber jetzt, während er noch im Halbdunkel meiner Höhle Reis mit den Engeln ißt, werde ich meinem fernen, einsamen Freund, dem Jäger Scha'aban, die letzte Gnade erweisen. Ich werde ihm heute weder in seinem Zelt noch durch die fletschenden Zähne der Hyänen, sondern auf eine andere, die ersehnte Weise, die Augen schließen.

Denn kan-ja-ma-kan, es war oder war nicht, es war einmal ein kühner und flinker Jäger, der mit seinen bloßen Händen mit Tigern kämpfte und sich auch nicht fürchtete, in die Höhle der Hyäne zu gehen, denn er entdeckte, daß ihm sein Schmerz auch dort keine Ruhe ließ, und er wußte, daß er sich nicht vor der Hyäne sondern vor sich selbst fürchten mußte, und in seinem Zelt hängte er die Zeichnungen von Löwen aus den Naturkundebüchern der alemannischen Forscher auf und sprach und diskutierte stöhnend und gurgelnd mit sich selbst und kaufte von dem Rest seines Geldes Löwenhäute und Löwenschädel, die ihm jene Forscher aus ihren Ländern mitbrachten, und er pflegte auf seinem Bett zu liegen und staunend am kurzen, borstigen Fell zu schnuppern und ließ seine Finger an den Windungen der schweren Schädel entlanggleiten, vielleicht haftete an ihnen das Geheimnis seiner Fährte, die sich durch die Berge schlängelte.

Kan-ja-ma-kan, er war der rastlose, der wimmernde Mann, der eines Tages überraschend in Abu Ajeschs Café erschien und den sechs rosahäutigen Engländern, die dort saßen, mitteilte, daß es ihm endlich gelungen sei, die Prankenspur des Tieres aller Tiere aufzuspüren, und daß er sie noch in derselben Nacht dorthin führen werde, und sein Mund schäumte. Und sie zögerten nicht und griffen nach ihren Waffen und Feldflaschen und Korkhüten – ein Hut, den sie in der Hast des Aufbruchs vergessen hatten, gelangte in Nuri Elnawars Hände und ich kaufte ihn –, und sie eilten Scha'aban nach.

Drei Tage gingen sie. Er führte sie im Kreis herum und drehte sie um ihre eigenen Spuren, bis sie nicht mehr wußten, ob sie kamen oder gingen, bis der Verdacht sich in ihr Herz stahl, daß er sie irreführte; daß er sich aus irgendeinem unvorstellbaren Grund an ihnen rächen wollte. Und in den drei Tagen und drei Nächten nahm Scha'aban keine Nahrung zu sich, und die Engländer sprachen nicht mit ihm, denn sie sahen den furchtbaren Glanz in seinen Augen, das Peitschen seines eingebildeten Schwanzes gegen die Felsen, die Spuren seiner harten gebogenen Krallen auf seinem Rücken und seinen Schultern.

Und in der Mitternachtsstunde der dritten Nacht brachte er sie zu einem der Dickichte am Ufer des Jordans und bat sie, gut zu speisen und ihre Gewehre vom Staub zu reinigen und sie mit neuer Munition zu laden. Dann führte er sie auf einem schmalen Pfad zum Fluß hinunter, stellte sie in einer Reihe auf und maß mit seinen Schritten den Abstand zwischen ihnen und erklärte, sobald der Mond hinter den schwarzen Rabenwolken verschwunden sei, würde der Löwe vom Berg hinabsteigen, um seinen Durst zu stillen, wie es seine Gewohnheit war in den sieben Nächten, in denen er ihn beobachtet hatte, bevor er sie hierher gebracht hatte.

Und sie saßen im Dunkeln, in ihre Decken und Schals gewikkelt, rieben ihre Hände vor Kälte und verfluchten sich, daß sie sich hatten verlocken lassen, dem Wahnsinnigen in diesen feindlichen Winkel der Erde zu folgen, in das von Stimmen und Geflüster raunende Dickicht, zu den zornigen Schlangen, die ihnen über die Füße glitten, zu den verrückten Vögeln, die ihnen plötzlich geradewegs in die Augen segelten. Und von Osten zogen Federwolken auf und danach die Schafswolken und schließlich – die Rabenwolken, und diese verschluckten die Sichel des Mondes.

Und im spärlichen Licht, gegenüber der Wasserstelle, die silbrig schimmerte, erstarrten die sechs Jäger plötzlich, und ihnen stockte das Herz, denn mit weichem und herrlichem Schritt näherte sich ihnen das Tier aller Tiere. Das weiche Fell, das zwischen den Büschen verschwand, der muskulöse Körper, der sich bewegte, wie nur ein Löwe sich bewegen konnte. Da blitzten die sechs Gewehrläufe auf, und im selben Augenblick ertönte das Todes- und Freudengebrüll des erbärmlichsten, des glücklichsten seiner Art, desjenigen, der seinen Traum getötet hatte, in gekaufte und von Kugeln durchlöcherte Felle gewickelt, dessen Sieg seinem Körper eingebrannt war.

Kan-ja-ma-kan. Drei Monate vor meiner Geburt war das geschehen, und neun Monate bevor ich auf die Welt und in die Hände Dehejschas, der Hebamme, kam, erhob sich meine Mutter und wurde von ihrem Körper zum Zelt des Jägers getrieben, um ihm dort eine goldene Löwin zu sein und sich in der trügerischen Hoffnung des Weibes zu wiegen, das diejenige sein würde, die ihm die trübe Hülle von den Augen nehmen würde. Nur einige Wochen blieb sie bei ihm in seinem fürstlichen Zelt, bis er genug von ihr hatte und begann, sie mit Tritten von sich wegzustoßen und sie anzufauchen, als sei sie ein Schaf, und ich las ihr ganzes Leben mit ihm, wie es im Spiel von Licht und Schatten in ihren Augen geschrieben stand, wie es der Staubabdruck des Leids in ihrem Stöhnen und in den kurzen Momenten ihres zähnezeigenden Hasses hinterlassen hatte; und ich sehe sie, wie sie damals war, ein junges Weib, eine Wölfin, die sich barfuß auf seinen Teppichen räkelte, in die weiche Haut von ungeborenen Hirschkälbern gewickelt, deren Mütter er gefangen hatte, und auf von Kugeln durchlöcherten Teppichen aus Tigerhäuten schritt. Und er pflegte sich Spiele für sie auszudenken, er bemalte zum Beispiel ein riesiges Straußenei mit sieben Farben und schmetterte es auf den Boden und ließ sie die Scherben zusammenkleben; oder er brachte ihr bei, eine verborgene Sprungfeder zwischen die schweren Kinnladen der Schädel von Hyänen, die er gefangen hatte, zu stecken, damit sich der Mund der Hyäne bei einer leichten Berührung ihrer Nase zu einem furchtbaren, lautlosen Lachen öffnete, und das habe ich gesehen.

Die ganze Geschichte war jedem einzelnen Haar ihrer Kopfhaare eingeprägt, die rot an den Spitzen und silbern an den Wurzeln waren. Und auf ihrem welkenden Kinn standen diese Dinge in jener unverkennbaren Handschrift geschrieben – wie sie auf einem Lager aus Gepardenhäuten zu liegen und in Liebe zu stöhnen pflegte vor den gelben Augen des ausgestopften Karakal, der am Schwanz von der Zeltdecke herabhing; wie Scha'aban und sie nächtelang mit gemalten Karten spielten, wie man sie heute – und vielleicht waren es diese – im Laden des Zigeuners Nuri finden kann, und der Tisch, auf dem sie spielten, war nichts anderes als ein riesiger Schäferhund mit traurigen Augen, den Scha'aban Ibn Scha'aban von einem der rotnackigen Forscher bekommen hatte, und in den Nächten erhellten sie die Dunkelheit des Zeltes mit Kerzen, die von unzüchtigen Händen gestaltet waren und die Scha'aban in einem verborgenen Laden in Sichem gekauft hatte. Tuta tuta, chelset elchaduta.

7 An seinem neununddreißigsten Geburtstag fuhr Katzman um acht Uhr morgens mit dem Militärjeep von Dschuni nach Tel Aviv. Er war müde und gereizt. Schaffer war der erste, der die Haftzelle erreichte, nachdem er das Schloß zerschossen hatte, und in seinen Augen las Katzman den Zorn darüber, daß Uri ihn überlistet hatte und geflüchtet war. Dies war Katzmans zweiter Fehler in dieser Nacht gewesen. Der erste, während des Einsatzes, hatte ihn beinah das Leben gekostet, wäre Schaffer nicht flinker gewesen als der Junge, der sich hinter dem Vorhang versteckt und von dort aus zu schießen versucht hatte. Katzman ignorierte Schaffers stummen, zornigen Tadel. Er betraute ihn mit der Erledigung der laufenden Angelegenheiten und sagte, er werde in drei Stunden wieder in Dschuni sein. Schaffer war erstaunt, daß Katzman in einer solchen Stunde die Stadt verließ, die sich nach den nächtlichen Ereignissen in Aufruhr befand. Katzman wiederholte mit verschlossenem Gesicht seine Worte. In drei Stunden bin ich wieder da, Schaffer. Schaffer antwortete »Zu Befehl«, wie es seine Art war, wenn er es aufgab, Katzman zu begreifen, und von Wut gegen ihn erfüllt war.

Es war völlig unlogisch, daß Katzman Dschuni verließ. Schon in den erwachenden Straßen konnte er die Wogen der Unruhe spüren. Für zwölf Uhr mittags war sein Treffen mit dem Bürgermeister festgesetzt, und infolge des Kampfes würde es womöglich wichtige Besuche geben. Der General hatte gestern schon bemerkt, daß die Stadt nicht mehr so ruhig war wie früher. Katzman sah darin einen Tadel und eine Warnung. Er wußte nicht, was er tun sollte, um den Teufelskreis der Gewalttaten zu durchbrechen, die seit seinem Amtsantritt zugenommen hatten. Er konnte nur die Last der Verordnungen und Verbote noch mehr erschweren, wußte jedoch, daß es damit nicht getan war. Etwas anderes war nötig: eine raffinierte und kühne Wendung seiner Einstellung. Doch dazu war er nicht mehr fähig. Vielleicht hatte sein heimlicher Kampf mit Uri das bewirkt.

Katzman raste mit dem störrischen und klapprigen Jeep, der nicht seiner war, durch Samaria, geriet in der Küstenebene in einen Verkehrsstau und kroch unendlich lange in einer Schlange von nagelneuen Autos an Plantagen und Hochhäusern vorbei, an Menschen, von denen bei jedem Umblättern ihrer

Zeitung auf dem Lenkrad an Ampeln der Geruch des Zivillebens ausging; dann fuhr er an langen, schmalen Kohlfeldern vorbei, auf denen jene arbeiteten, zu denen er plötzlich und für ihn überraschend eine stärkere Bindung empfand, da er in ihrer Mitte lebte, Männer und Frauen in sehr bunten, abgetragenen Kleidern, mit zerdrückten Strohhüten auf den Köpfen.

Die Mietwohnung von Schosch und Uri lag im Tel Aviver Stadtviertel Ramat-Aviv. Katzman lächelte beklommen angesichts des Kupferschildes, das Uri angefertigt und an der Tür angebracht hatte: »Schosch und Uri«. Wie die banalen Namen aus einem Buch mit Rechenaufgaben für kleine Kinder. Katzman erinnerte sich, daß Schosch jedesmal, wenn sie aus dem Haus ging, mechanisch gegen die beiden losen Nägel drückte, mit denen das Schild an der Tür befestigt war. Sie befürchtete stets, daß es hinunterfallen könnte. Und daher drückte auch er jetzt gegen die Nägel, wie einer, der eine zeremonielle Pflicht anstelle der verhinderten Eigentümer erfüllte.

Er zögerte noch einen Augenblick, bevor er die Tür öffnete: Vorgestern, als Uri ihn gebeten hatte, ihm ein paar Kleidungsstücke und Bücher zu holen, hatte er ihm auch seinen Schlüssel gegeben. Aber Katzman besaß auch einen Schlüssel von Schosch, von dem Uri nichts wußte. Katzman überlegte kurz – man kann dieselbe Tür mit scheinbar identischen und doch so verschiedenen Schlüsseln öffnen. Der Schlüssel, den er wählt, wird also bestimmen, welche Wirklichkeit sich ihm hinter der Tür erschließen wird. Er öffnete mit Uris Schlüssel und wartete einen Augenblick mit theatralischer Würde, um den Bühnenarbeitern Zeit zu geben, rasch die Kulisse auszuwechseln.

Und tatsächlich, jetzt war es Uris Wohnung. In der Küche hatten Uri und er sich kleine Gerichte gekocht, diskutiert und sich einander anvertraut, sich kennengelernt. Danach waren sie verlegen, zurückhaltend, warteten, daß Schosch vom Institut zurückkäme und die schwere Beklemmung der Nähe, die zwischen ihnen entstanden war, ein wenig milderte. Katzman hustete. Die geschlossenen Fenster machten die Luft im Zimmer dichter. Es schien, als habe Schosch diese Nacht nicht hier geschlafen. Er sah sich nach möglichen Spuren dessen um, was sich hier ereignet hatte, als Schosch Uri erzählte, was sie ihm die ganze Zeit verheimlicht hatte.

Er wußte noch immer nicht genau, was sie ihm erzählt hatte. Uri war erregt und verwirrt gewesen, als er Montag abend in Katzmans Büro kam und fieberhaft zu reden begann. Es fiel Katzman immer schwer, Uris Denkart und Redeweise zu folgen. Uri hatte eine ärgerliche Neigung zum unlogischen Argumentieren, zu emotionsgeladenen Schlüssen. Katzman war sehr angespannt, als Uri auf dem Stuhl ihm gegenüber zappelte und die Worte erschreckt aus seinem Mund strömen ließ. Wie sie ihn hintergangen habe, sagte er erstaunt. Noch könne er Katzman nicht alles erzählen. Noch brauche er Zeit, es zu verdauen. Aber es habe sich herausgestellt, daß er in den letzten Monaten in einer Art Narrenkappe gelebt habe. Daß er betrogen worden sei. Nein. Nein. Es falle ihm zu schwer, es zu erzählen. Und du, Katzman – – – nein. Er müsse nachdenken. Dränge mich jetzt nicht, Katzman, nicht du, denn sie hat mir zum ersten Mal die Wahrheit erzählt, und ich weiß nicht mehr, was das ist – Wahrheit.

Aber in der Wohnung waren keinerlei Spuren sichtbar von dem, was sich in ihr abgespielt hatte. Keine Zerstörung, keine Trümmer. Eine Wahrheit war durch eine andere Wahrheit ausgetauscht worden, als handelte es sich um ein defektes Teil in einem elektrischen Gerät. Aber die tödlichen Zerstörungen sind doch gerade die, die keine Zeichen von Gewalt hinterlassen. Katzman betrat das Schlafzimmer. Gespannt prüfte er sich. Das breite Bett, das Holzbett, das Uri gebaut hatte, rief in ihm nicht jene leichte Erregung hervor, die in der Erinnerung steckte, wie jener schwache Hauch von Schoschs Parfum, der in der Luft eingefangen war.

Er wandte seinen Blick vom Bett ab. Starrte seine Gestalt im Spiegel an. Jetzt wußte er, warum er Dschuni auf der Stelle, in solcher Eile hatte verlassen müssen. Seitdem Uri ihm von dem Gespräch mit Schosch erzählt hatte, fühlte er sich heftig zu diesem Haus hingezogen. Hier, in der von Helden leeren Umgebung, würde es ihm vielleicht gelingen, eine Verbindung zwischen den wirren Ereignissen der letzten Monate herzustellen. Würde es ihm gelingen, über seine Handlungen nachzudenken. Ohne es sich klarzumachen, hoffte er, daß ihm irgendeine wahre Berührung mit allen jenen Vorgängen und Menschen und Gefühlen vergönnt sein würde, die sich um ihn schlangen und sich in letzter Zeit so unabhängig voneinander gemacht hatten und entsetzlich frei geworden waren.

Aber von dem Augenblick, als er die Wohnung betrat, wußte er, daß er hier keine Erklärung finden würde. Im Gegenteil: die Bedrückung wurde in Worte gegossen. Schosch hatte einen unverzeihlichen Fehler begangen: sie hatte Uri die Wahrheit gesagt, als es nicht notwendig war, sie zu sagen. Uri hatte ihn überlistet und war nach Andal geflüchtet, einem Ort, wo sein Schmerz und die Trauer des Alten sich zu einer stürmischen und bedrohlichen Welle vereinten. Es schien, als seien Uri und Schosch vor den Folgen ihrer Taten geflohen und hätten ihn überrascht und unvorbereitet mit der plötzlich aufgedeckten Wahrheit allein gelassen.

So war das: Uri war geflohen, und nun war es Katzman auferlegt, ihn zurückzubringen. Ihn zu beschützen. Aber er mußte doch nur vor Katzman selbst beschützt werden. Denn dieser war sein Unglück. Wie geschahen solche Dinge. Katzman sagte mit leiser Stimme: »Knäuel«, und wiederholte es wie einen Fluch. Das Knäuel der Taten. Das Knäuel der Menschen. Und er verspürte ständig den unwiderstehlichen Drang, dieses Knäuel so weit wie möglich zu verwirren. Den Faden dermaßen um sich selbst zu wickeln und zu verflechten, bis es nicht mehr möglich war, die Verwirrung aufzulösen. Und dann wollte er das Knäuel jemandem hart und wütend ins Gesicht schleudern; dem, der uns dieses Leben angetan hatte: Nimm. Jetzt entwirr es selber. Jetzt erklär.

Nur daß er schon in sehr frühem Alter herausgefunden hatte, daß auch das eine Illusion war. Daß sich die Fäden, die der menschliche Mechanismus bei seiner Tätigkeit und Bewegung in der Welt ausschied, endlos ineinander verwickeln konnten. Katzman hatte weder eine Erleichterung noch eine Erklärung zu erwarten. Zwar ereigneten sich im Laufe der Verwirrung von Zeit zu Zeit Erschütterungen und Explosionen: Bleiniederschläge ins Herz der Bedrückung; flüchtige Lichtblicke; zufällige Berührungen mit dem Gefühl der Wahrheit. Aber sie tauchten nie an der richtigen Stelle auf. Noch nie war er für Dinge bestraft worden, die er als Sünde oder Unrecht ansah, und umgekehrt – immer wurde er geschlagen, wenn er es nicht verdient hatte; auch die wenigen Prämien, die er gewonnen hatte, zum Beispiel Uris Auftauchen in seinem Leben, waren ihm in einer äußerst liederlichen und geizigen Lotterie verliehen worden. Mit neununddreißig Jahren war er von der Entdeckung seiner Symmetrie genauso weit entfernt wie in dem Augenblick seiner Geburt.

Auf einem hohen Regal im Schrank fand Katzman den grünen Rucksack. Noch immer war das orangefarbene Kärtchen mit dem Stempel des Roten Kreuzes und dem Abzeichen des Flughafens Fiumicino mit einem Faden daran festgebunden. Uri war sehr stolz und emotional in bezug auf alles, was mit seiner Zeit in Süditalien zusammenhing. Einmal zeigte er Katzman eine Sammlung von Gegenständen, die er sich von dort aufgehoben hatte: einen Passierschein der italienischen Armee für das Notstandsgebiet: ein Medaillon, das ihm eine alte Frau gegeben hatte, die er sterbend in den Trümmern einer Kirche gefunden hatte; eine von den Malariatabletten, die man dort ausgeteilt hatte. Katzman griff nach dem Faden und zerriß ihn. Dann zerknüllte er das orangefarbene Kärtchen und steckte es in die Tasche. Hastig stopfte er ein paar Hemden und Unterhosen in den Rucksack. Die Turnschuhe fand er in der untersten Schublade. Die Luft im Zimmer war unerträglich geworden. Katzman richtete sich auf und blickte hilflos auf das Bett. Überall wo er sich hinwandte, zerriß er verborgene Fäden. Überall vibrierten Gegenstände. Schrien. Hofften auf seinen Blick und seine Erinnerung.

Uri hatte um Bücher gebeten. Katzman legte den Rucksack aufs Bett und ging in Schoschs Arbeitszimmer. Er sah das große, wuchtige Tonband und die Hefte, in die sie nach den Gesprächen mit den Jungen ihre Eintragungen machte. Einen Augenblick war ihm, als sei er von einem listigen Jäger in die Falle gelockt worden. Sein Kopf dröhnte. Schnell vermischten sich alle Hinweise, die für ihn verstreut worden waren. Zögernd streckte er die Hand aus und drückte auf die Einschalttaste. Schoschs Stimme sagte ihm sogleich: »Du weißt nicht, was in deinem Inneren steckt, Mordi. Erst wenn die Dinge aus dir herauskommen, wirst du dich durch sie erkennen. Verstehst du mich?« Katzman erschrak. Drückte rasch auf die Taste und hielt den Lauf des versteckten Bandes an. Er selbst hatte das zu Uri in Santa Anarella und später zu Schosch in einem ganz anderen

Zusammenhang gesagt. Mit demselben Schlüssel hatte er zwei ganz verschiedene Türen geöffnet, die ihm zu Anfang sehr ähnlich erschienen waren. In beiden Fällen erschrak er vor dem, was zum Vorschein kam. Und er verlor sich doch immer wieder durch die Dinge, die aus seinem Inneren hervorkamen. Er hatte in ihnen weder eine Verbindung zu sich selbst gefunden, noch irgendeinen dauerhaften Hinweis auf die Dinge, die ihm vorangegangen waren.

Schnell blätterte er die Hefte durch. Satzfetzen peitschten seine Augen. Als er ihr zum ersten Mal begegnet war, wurde sie auf einer Welle von Erfolg und ungebrochenem Glück getragen. Das allein hatte Katzmans Aufmerksamkeit geweckt. Sie stellte ganze Legionen von Tätigkeit und gutem Willen und dem, was er »positive Energie« nannte, auf dem Gelände ihres Lebens auf. Als er sie vor einem Jahr kennenlernte, war sie gänzlich darin vertieft, zwei schwererziehbare Jungen nach einer experimentellen Methode zu behandeln, die sie zusammen mit ihrem Professor ausgearbeitet hatte. Katzman war verwirrt gewesen von den entgegengesetzten Strömungen in ihr. Nicht immer ließen sich ihre Mosaikteile miteinander vereinbaren. Ihre Hartnäckigkeit; ihre geübte Liebenswürdigkeit, die strengen Forderungen, die sie ununterbrochen an sich stellte, die entschiedene Wirksamkeit, mit der sie die Kerne der Liebe in ihren Jungen knackte. Einmal entwickelte sich zwischen ihnen eine Diskussion darüber. Es fing damit an, daß Katzman bemerkte, daß der Zynismus in ihrer Methode ihm gefalle. Schosch war entsetzt. Sie betonte beherrscht, daß es bei ihr nichts Zynisches gäbe. Weder im Institut noch in irgendeinem anderen Bereich ihres Lebens; daß im Zynismus ein Nihilismus steckte, der ihr verhaßt war, der auf eine tiefe Fäulnis an den Wurzeln hindeutete. Sie ließ Katzman gar nicht erklären, was er damit gemeint hatte. Wenn sie sich sehr erregte, pflegten sich ihre Worte in einem unaufhaltsamen Strom zu ergießen, als zitierte sie jemanden. Ein Wort folgte dem anderen ohne Pause. Katzman konnte die offensichtliche Tatsache nicht abstreiten, daß die beiden von ihr behandelten Jungen deutliche Zeichen des Fortschritts und des Wunsches nach Rehabilitation zeigten. Die Aggressivität, die in ihnen steckte, nahm zusehends ab, und parallel dazu entwickelte sich ein starker Sozialisierungsdrang. Katzman wollte sie sticheln und fragte, was sie tun würde, wenn sie auf einen Jungen stieße, in dem sie nicht »die erste Liebeserfahrung« ausfindig machen könnte, nach der sie stets auf der Suche war, und Schosch – Uri zitierend, der wahrscheinlich irgend etwas anderes damit gemeint hatte – erwiderte mit schrecklichem, pedantischem Ernst, daß sich in jedem Menschen ein unteilbarer Kern der Liebe befinde und man nur wissen müsse, wie man ihn zur Verwirklichung bringe.

In jenen Tagen fand ein unausgesprochener Krieg zwischen ihnen statt, bei dem beide fürchteten, zu weit zu gehen, und dessen Existenz Schosch nicht einmal sich selbst eingestand. Katzman bezeichnete sich selbst als Beispiel für einen Menschen, in dem Schosch keinen solchen Kern der Liebe finden könnte, da er noch nie wirklich geliebt hätte. Aber das stimmte nicht. Er hatte seinen Vater geliebt und seinen Pflegevater im Kibbuz und diese oder jene Frau für kurze Zeit, und er liebte Uri; doch Schosch war schon in Wut entbrannt. Sie mochte weder seinen bitteren Humor noch seine tödlichen Wortspielereien oder seine leichte Verachtung für alles, was in ihren Augen wichtig war, und die wie ein Hauch Parfum von ihm ausströmte. Trotzdem gab sie die heimliche, provozierende Diskussion zwischen ihnen nicht auf und schien damit zu signalisieren, daß sie doch einen Sinn in dem Versuch sah, Katzman von sich selbst zu erlösen. Manchmal spürte er, daß er dazu getrieben wurde, sie noch und noch – viel mehr als er wollte – zu reizen, nur um sie dazu zu bringen, ihre jesuitenhafte Geduld und Liebenswürdigkeit ihm gegenüber zu verlieren.

Aber sie ging nicht darauf ein. Und führte seine Gedanken behutsam weiter, besänftigte und verzieh. Beide waren um die Beziehung zwischen Katzman und Uri besorgt und trugen ihn behutsam wie ein schlafendes Baby zwischen sich. Es durfte nicht zu einer Krise kommen, von der es kein Zurück mehr geben würde. Katzman begann, der Abende überdrüssig zu werden, an denen er, noch bevor Uri von der Abendschule heimgekehrt war, aus Dschuni kam und mit Schosch allein sein mußte. Mit Groll bemerkte er, wieviel er von seiner Unabhängigkeit verloren hatte, seitdem er es zuließ, Freundschaft für Uri zu empfinden. Eines Abends konnte er sich nicht zurückhalten und sagte Schosch seine Meinung. Daß er spüre, wie sie mit ihrer ganzen Kraft versuchte, ihn einzunehmen; daß sie ihm verzeihe, weil sie ihm nicht zu glauben wagte. Daß er ihrer gezwungenen Fröhlichkeit nicht glaube.

Er sprach hitzig, zornig; dabei spürte er, wie sie sich zusehends verhärtete und ihre Augen starr wurden. Eine leichte Angst ergriff ihn, doch er redete weiter. Sagte, daß es ihr nicht gelingen würde, sich selbst noch länger irrezuführen. Daß irgend etwas aus ihrem Inneren nach außen strebe. Sie zitterte stark. Ihre Lippen waren nur ein dünner weißer Faden, der ihr Gesicht zerschnitt. Er sagte ihr unbarmherzig – mehr ahnend als wissend – es werde ihr nicht mehr lange gelingen, Katzman selbst und sogar sein Spiegelbild, das sie in ihrem Inneren hatte, zu vereinnahmen. Er bildete sich ein, die feine Explosion, die sich in ihr ereignete, zu spüren. Er haßte sich dafür, daß er nicht schweigen konnte. Weinte über seine Freundschaft mit Uri; seine Vertreibung aus diesem Haus, das er liebte, trotz allem. Und Schosch sagte mit dumpfer, zerbrochener Stimme: Du bist ein sehr sehr unglücklicher Mann, und ich will dich so sehr. Und ihre Hand flatterte plötzlich auf ihrem Mund.

Das Klingeln des Telefons schlug die Zeit in Scherben. Splitter wirbelten in seinem Kopf. Ein starker kalter Strom ergoß sich in ihn. Jemand rief Schosch an. Hätte er genug Kraft gehabt, so hätte er den Hörer abgenommen und irgend etwas hineingeschrien. Zu seiner Überraschung steckte in dem zarten Fleisch seiner Erinnerung ein spitzer Splitter von den Dingen, die er am Morgen wahrgenommen hatte: die Arbeiter, die er auf den Kohlfeldern in Ramat-Hascharon gesehen hatte. Er rekonstruierte das Bild: es gab keine Anzeichen von Gewalt. Sie trugen Strohhüte und sahen wie Baumwollpflücker in amerikanischen Filmen über das vorige Jahrhundert aus. Einen Augenblick lang hatte er beinah den Verdacht, daß sie das aus feiner Ironie taten. Er dachte: Anhand der Dinge, die aus uns hervorgegangen sind, werden wir uns erkennen. Dieses Beugen des Rückens zu den Wurzeln des Kohls ist das, was hervorgegangen ist. Und jener Idiot von einem Alten, der, den wir gestern getötet haben. Das Telefon schnitt noch immer grausam die Luft auf, die wieder gerinnen wollte. Dann verstummte es. Sein letztes Klingeln zog sich verbittert zurück und ließ den unsichtbaren Staub in der Luft erzittern. Katzman spürte keine Erleichterung, doch war er nicht enttäuscht. Er hatte keine Erwartungen.

Schosch war für ihn eine Art Kollegin, die sich seiner Betreuung und Anleitung widmete. In ihrem Bereich waren die Gefahren bekannt. Es war wie in der Welt der Geheimagenten, die ihn in Büchern und Filmen so faszinierte. Eine erbarmungslose Welt, deren Bewohner mit den elementaren und äußerst harten Grundlagen des Menschlichen in Berührung kamen; eine Welt, die kühn und listig Gebrauch machte von der offenen, voraussehbaren Welt, von der erstaunlich einfachen Sprache der Menschen. Von ihren vereinbarten Zeichen, von ihren Gewohnheiten, von Gegenständen, denen sie blindlings vertrauten.

Schosch wußte, was sie auf sich nahm, als sie ihn in ihrem Inneren widerhallen ließ; als sie ihn aufforderte, es zu tun. Mit ihr schritt er wieder müde und bedrückt in dieses Labyrinth der Tiefen ein, das ihm bis zum Überdruß vertraut war. Instinktiv wußte er – auch dieses Mal würde er heil und ganz herauskommen; würde sich selbst verabscheuen und für seine Taten verachten, aber ganz bleiben. Und er würde sich auch für den Selbstschutzmechanismus hassen, der ihn nie enttäuschte; die Katze, die immer auf die Füße fällt.

Aber Schosch scheiterte. Durch das, was aus ihr hervorkam, erkannte sie sich. In kreisenden Bewegungen kroch sie durch die Jungen und durch ihn, um sich zu vergewissern, wer sie war. Welche Kunst in ihr steckte. Aber als sie zurückblickte auf die Strecke, die sie zurückgelegt hatte – erschrak sie. Verstieß gegen die erste Spielregel der verborgenen Welt, indem sie die Innenseite der Dinge ans Licht kehrte und sie dadurch tötete.

Und Katzman saß jetzt an ihrem Tisch und wollte nichts entscheiden. Er hoffte nur, weiterhin in jener Gefühlsdumpfheit ihr gegenüber zu bleiben, die ihn von dem Augenblick an eingehüllt hatte, als er erfuhr, daß sie derart zerbrach. Er hatte sich gehütet, ihr gegenüber Bedauern oder Reue zu empfinden. Er hatte ihr stets klargemacht, daß sie von ihm weder Liebe noch Mitleid erwarten durfte. Auch er verlangte keine Liebe von ihr. Was war es also? Warum hatte er Uri das angetan? Warum hatte er Uri dazu verlockt, mit ihm nach Dschuni zu kommen? An welcher Stelle des tödlichen Wirbels, in dem er sich ständig befand, würde er endlich gebremst werden, bevor er ein Unglück verursachte?

Er ließ seine Augen über das Bücherregal wandern. Einige

Bücher, die dort standen, hatte er für Uri und Schosch gekauft. Katzman konsumierte Bücher begierig und wahllos. Schosch war oft über seinen Geschmack entsetzt, manchmal war sie von seinen subtilen Unterscheidungen bewegt. Seine Bereitschaft, sich von Romanfiguren verletzen zu lassen.

Katzman berührte die Einbände einiger Bücher mit den Fingerspitzen. In seinem wackligen, allen Eindrücken ausgesetzten Zustand erschreckten ihn die erstaunlich kurzen Titel, als seien sie boshafte Schreie, die ihm ins Gesicht geschleudert wurden: ›Der Fremde‹, ›Der Fuchs‹, ›Der Knecht‹; schließlich wählte er ›Die Pest‹ von Camus, den er liebte. Er blätterte hastig das Buch durch, erinnerte sich an Sätze, die ihn noch vor wenigen Jahren sehr berührt hatten. Sehnsucht nach dem gegen die Pest ankämpfenden Tarrou ergriff ihn. Er las: »Es ist sehr anstrengend, pestkrank zu sein. Aber es ist noch anstrengender, es nicht sein zu wollen. Deshalb sind alle Leute so müde...« Er lächelte still. Stellte das Buch wieder an seinen Platz und ordnete sorgfältig die Bücher an beiden Seiten. Niemand sollte merken, daß es von seinem Platz genommen worden war. ›Der Fremde‹ barg weniger Gefahr. Katzman bog mit seinem Finger die erste Seite um und las: »Meinem geliebten Fremden, der mir von allen am nächsten ist«. Und darunter Schoschs Initialen als Unterschrift.

Plötzlich hüllte ihn die Niederlage ein. Zusammengekauert, mit gesenktem Kopf, saß er da und horchte auf die Kummertropfen, die langsam in seinen Körper fielen. Einen Augenblick lang wurde ihm etwas klar: Auf eine stets geheime Art, die von den allgemeingültigen Wegzeichen listig Gebrauch machte, schien Schosch für ihn noch ein Verbindungsfaden zu Uri zu sein. Daher wurde er jetzt anscheinend von einem Verlustgefühl ergriffen, nicht Schosch sondern Uri gegenüber.

Katzman erwachte. Eilte durch die Spinnweben hindurch, die sich um ihn gewickelt hatten. In der Küche trank er schnell zwei Glas Wasser. Er legte das Glas an seine Stirn. Es kann nicht sein, daß sich diese Dinge tatsächlich ereignen. Ein Mädchen und ein Junge, die sich an den Händen hielten, lächelten ihn vom Einband des Notizheftes von Schosch und Uri an. Es war ein Brauch, den sie aus ihrem Elternhaus mitgebracht hatte: Avner und Lea lasen am Purimfest aus ihrem Notizheft vor. Die Anleitungen und Anweisungen, die sie einander schrieben, waren so geistreich. Katzman öffnete das Heft und las etwas, das er kannte:

> Der Mensch ist ein Rätsel, das Rätsel löst,
> das sind des Dichters Worte.
> Löst du das Rätsel des schmutzigen Geschirrs,
> so erwartet dich im Kühlschrank eine Torte.

Aber der Kühlschrank war gähnend leer. Katzman sah erschrocken auf die Uhr. Eilte ins Schlafzimmer und steckte das dünne Buch in den Rucksack. Er war erstaunt, daß jenseits der geronnenen Sinnlosigkeit seiner Gefühle für Schosch noch immer die nackte Anziehungskraft ihres Körpers und Geruchs hartnäckig flackerte. Er schob sie von sich; verschloß sich vor den kleinen Gegenständen neben ihrem Bett; deutete nicht, was ihm der kleine runde Spiegel über der Kommode zuflüsterte. An der Decke war ein gewundener und bedeutungsvoller Riß, den sie einander immer mit den Fingern auf ihren Körpern nachgezeichnet hatten, und von dem hängenden Blumentopf rankte sich eine Kletterpflanze, deren Blätter sie derart verschlungen hatte, daß es von ihrem Bett aus wie die kindliche Form eines Herzens aussah. Katzman stellte überrascht fest, daß es innerhalb ihrer seltsamen, hastigen und unsanften Beziehung dennoch kleine Inseln der Nähe und der Barmherzigkeit gab.

Er beeilte sich. Enträtselte nicht ihre geheimnisvollen Fläschchen, stieß die Eindrücke ihrer scharfen Bewegungen, die noch in der Luft hingen, mit einem Atemhauch von sich, beugte sich über den Rucksack und schnallte ihn zu. Dreh dich um, ich mach's dir zu. Er verabscheute sich, vergab sich, ging hinaus, drückte die beiden Nägel mit ihrer Handbewegung gegen das Türschild, schloß mit ihrem Schlüssel ab. Jene feine Symmetrie.

8 Sechzig Minuten. Hier ist die Einteilung der Zeit, und da sind die runden Wassertropfen auf dem Fenster. Anitschka ist gegangen und hat mir ein Tablett mit belegten Broten, mit einem in dünnes Papier gewickelten Ei und einer Tasse Tee zurückgelassen und mich dabei mit einem Blick voller Kummer, der mich nicht betrifft, angesehen und gesagt, dein Gesicht sieht nicht gut aus, Schoschkele, es ist nicht gesund, sich so anzustrengen; und ich habe gesehen, daß sie sich weitere Fragen verbiß.

Und ich bin wieder allein. In solchen Stunden habe ich sonst Mordi behandelt. Besondere Stunden für eine besondere Behandlung. Der Pfleger brachte ihn aus seinem Zimmer und machte die Tür hinter uns zu, setz dich dort hin, Mordi, sage ich zu ihm und sehe ihn bekümmert an, und die Angst beginnt wieder in mir herumzuwirbeln, wie jeden Tag, wenn ich mich an das erinnere, was ich ihm antue, und an das, was Katzman mir sagte – daß ich bis zu Mordis letztem Blutstropfen kämpfen werde. Und dann stürze ich mich auf meine Akten und flöße mir Hoffnung ein, denn ich darf nicht lockerlassen an meinem Mut, dem Mut, der Uri solche angst macht, und ich blättere schnell in der Akte Nummer drei und stelle mit einem Seufzer der Erleichterung fest, daß alles in Ordnung ist, daß sich auf jener Seite der Wirklichkeit die Spinnweben im Dickicht der Dunkelheit weiter bilden und im Licht ihrer Lampen, die an den Mauern tanzen, sehe ich meinen erdachten Mordi, der sich in seiner Schale streckt, nach meinen Lichtstrahlen tastet, den Mordi, der den Worten, die ich ihm einpräge, frischen Glauben schenkt, und langsam bricht er aus der Hornhaut hervor, die ihn und sogar seine Augen einhüllt, und lernt sein erstes Lächeln und spricht meinen Namen mit solch einer Sanftheit aus: Schosch? staunt er, Schosch?

Und er – wer hätte das gedacht – bittet mich verschämt, ihm Lesen und Schreiben beizubringen, fragt eines Tages: »Was ist ein Museum?« und legt mir einen Bleistift in die Hand: »Zeichne mir einen Vogel.« »Wofür, Mordi?« »Überraschung.« Aber ich errate es: Er wird mir die Zeichnung in eine Kupferplatte ritzen. Ein Geschenk wird er mir machen. Richtig geraten, Schosch! Wie begeistert du bei der Zusammenfassung des nächstes Gespräches bist. Hillman, der die Akte durchsah, schrieb mit einer Spur von Tadel: »wahre Poesie!« Aber auch er war bewegt, als du ihm den Kupferstich zeigtest, den unbeholfenen Vogel, den Mordi in die glatte Tafel geritzt hatte, sein trüber Blick, der in die Ferne irrte, und seine Hand in deiner starken Hand.

Es gibt keine Erklärung und es gibt keine Antworten. Die Illusion baut man aus den einfachsten Bausteinen der Wirklichkeit auf. Aus einer Tafel Schokolade; einem behaglichen Zimmer; dem dichten weißen Flaum unter Hillmans Nase; dem Spiderman auf dem Hemd des Jungen; aus ein paar unschuldigen Worten, die einen alltäglichen Satz bilden; und in der Zwischenzeit stellt sich heraus, daß die Bedeutung eines jeden Dinges und eines jeden Menschen nur nach ihren zeitweiligen, unsicheren Standorten bestimmt wird, in dem Bild, das ewig ist wie Wellenschaum.

Und so saß Mordi in diesem Zimmer und blickte verstohlen auf mich und die Tafel Schokolade, die mit berechneter List auf den Tisch gelegt worden war, und natürlich bittet er nicht um mehr, nur seine Zunge zerschellt an den spitzen kleinen Riffen seiner Zähne, und sein braunes Haar fällt ihm über die Augen, und in der dicken Glasplatte des Tisches spiegelt sich die fremde, erregte Frau wider, die rote Spielkartendame, und sie ist es, die sich von mir losreißt und aufsteht und lustlos um den Tisch geht und ihre papierenen Hände auf die dünnen, hochfahrenden Schultern des Jungen legt. Und es gibt keine Erklärung. Der Weg von der Wahrheit zur Lüge ist der staubige Weg, den man jeden Tag geht. Und jeder Stein dieses Weges hat einen Namen. Sogar die Disteln grüßen dich schon lächelnd. Es scheint, als könntest du mit geschlossenen Augen jeden Schritt darauf rekonstruieren. Aber versuche, in umgekehrter Richtung zu gehen, und du wirst erstaunt entdecken, daß es nie einen Weg gegeben hat. Daß du eines Morgens auf der Insel der wahnsinnigen Schlußfolgerungen aufgewacht bist und um dich herum war nur Wellenschaum.

Und allein auf der Insel. Hinter der kleinen Glastür eingeschlossen, in einer riesigen Glasglocke eingesperrt, warte ich schon so lange auf einen Stoß von Leben, der die transparente Masse durchbrechen wird, die sich auf mir gebildet hat, und ich schließe die Augen und drücke mit Sussias Daumen ganz fest darauf und sehe, wie das Glitzern in den dunklen Himmel der Augenhöhle schießt.

Und alles im stillen. Ohne einen Laut. Zwar werden immer Worte ausgesprochen, aber sie sind nie mit der Glut der Wahrheit geladen, sie sind eher wie gesichtslose Wachtposten, die meinen Weg zu ihr versperren, und daher verfehle ich auch jetzt, in den Augenblicken scheinbarer Gnade, wieder den Kern der Dinge, und muß man es ausdrücklich unter Schmerzen sagen, daß das dünne Band, das sich im Kreis um mich windet, als sei es der Lichtstrahl des Leuchtturms auf meiner wahnsinnigen Insel, noch immer nicht versteht, was ich schon so viele Jahre nicht laut zu sagen wage, daß ich Liebe – da, jetzt läßt es sich endlich sagen – daß ich Liebe brauche, wie erbärmlich, wie selbstverständlich: Ich, die Hohepriesterin der Liebe, die ihr Gebrechen in einen so präzisen und tödlichen Beruf verwandelte; wie ist es mir in all den Jahren gelungen, mich selbst irrezuführen. Und ich hätte doch eine wahre Expertin der Liebe sein müssen. Denn ich wurde in einem Haus der Liebe geboren, mit liebenden Eltern und einem liebenden und barmherzigen Sussia, und ich war ständig von Liebe umgeben, und ich hätte nur an sie glauben müssen, und was war mit der Liebe der allerbesten Freundinnen, und mit der Begierde der Jungen und den zaghaften ersten Lieben und dem Flirten der Offiziere beim Militär, oh, was für ein gewaltiges Inventar von Schattierungen, und Uri, der mich mit einer Art kindlicher, stets Reue erweckender Freude liebte, und Katzman, der mich versengte wie ein dünner, giftiger Laserstrahl, und Mordi, den ich behandelte. Und noch immer fehlt etwas.

Es ist immer so. Eine Glaswand trennt mich von den Lippen der mich Liebenden. Eine Glaswand zerschneidet mich in der Mitte, verwandelt mich in ein Labor, legt eine von Bakterien der Begierde wimmelnde Züchtung auf ein dünnes, durchsichtiges Plättchen und läßt sie einander zerfleischen. Ein deutlicher und dichter Vorhang trennt mich von den erregten Händen, die mich kneten, den Händen derer, die lange und flüchtige Linien auf mir gezeichnet haben, als wollten sie mich mit Gewalt flach machen, und den Händen derer, die blinde und einfallslose Kreise auf mir zogen, und derer, die mich zu erdrücken versuchten, um aus der widerspenstigen, prallen Frucht den Tropfen ihres Geheimnisses zu pressen, und »laß dir von mir gesagt sein, Kleine«, wenn sie mir von ihrer unendlichen Weisheit zukommen lassen, »daß du deinen Körper nichts empfinden läßt, als ob du dich gegen die ganze Sache wehrtest«; oder beleidigte und beleidigende Vorwürfe, die sie mir an den Kopf werfen, wie zum Beispiel: du treibst ein gemeines Spiel, und ich hab schon eine Menge Frauen gehabt, aber noch nie bin ich einer wie dir begegnet, die mich zuerst völlig schamlos öffnete und dann dahin brachte, mich vor mir selbst zu ekeln, ich versteh gar nicht warum, und für wen hältst du dich eigentlich, Sergeant, du bist so etwas wie vorgefertigte Begierde und Haß auf dich selbst, komm, laß uns schön auf Wiedersehen sagen und einander vergessen, he?

Eine durchsichtige Wand ist zwischen all jenen und dem Knäuel, das in der Dunkelheit der letzten Spalte in mir flüstert, das in den zähflüssigen Säften der Erwartung fault, und wer wird kommen, wer wird bis ans Ende dieser Höhle tauchen und das, was sich auf ihrem Grund befindet und dort wimmelt, berühren und die ganze Lebenskraft, die dort gefangen ist, entfachen.

Keiner der Männer, die ich gekannt habe. Weder die Begierde der Schuljungen, noch das Flirten der Offiziere, weder Uris Freude an meinem Körper, noch Katzmans versengender Strahl; ein anderer, ein ganz unerwarteter war die Lösung des Knäuels von Rätseln in meinem Körper, und die Splitter der zerbrochenen Glaswand sitzen tief in jeder meiner Zellen, und daher wage ich nicht mehr, mich zu bewegen.

Halt jetzt an. Spul das Band zurück. Hör zu: »Klarer Himmel.« »Lichtstrahl des Leuchtturms.« »Die Hohepriesterin.« Begreifst du? So wenig Worte überleben, nur ein oder zwei Wörter brechen das anhaltende Schweigen. Und das sind gerade die weniger wichtigen Wörter. Jene literarischen Anker, mit denen du dich an die Welt klammerst. Mit denen – sagte Katzman – du die Welt belügst und ein totes Gebiet zwischen dir und ihr zurückläßt, zwischen dir und ganzen Bereichen deines Inneren. Aber heute abend ist das nicht so schlimm. Denn plötzlich redest du. Plötzlich bist du erregt. Auch wenn alles schweigend geschieht. Du weißt doch, daß ein Schweigen nicht dem anderen gleicht, wie auch ein Schatten nicht wie der andere ist. Im

Dunklen und im Schweigen liegt viel Glückseligkeit, und vielleicht wirst du heute abend ein wenig Helligkeit hineinbringen. Schon seit einigen Minuten verstellst du dich nicht. Trink den Tee; er wird kalt. Jetzt erzähl von Mordi, wie du ihn geschrieben hast.

Nein. Noch nicht. Noch bist du nicht soweit. Erzähl nur von der Wonne, die du damals empfunden hast. Als du wie ein trunkener Astronaut warst, in deinem Zimmer eingeschlossen, mit dem Nabel an den Kugelschreiber gebunden, der auf dem Papier tanzt, während Uri und Katzman im anderen Zimmer miteinander reden, einander liebgewinnen, und du die zwei, euch drei, hintergehst, dir in euer Lügengewebe einen geheimen Tunnel bohrst, in den du fällst und der in dich hineinfällt, und du kannst ihn in jedem Nerv deiner Nerven spüren, weil ein umschlingender und dorniger Faden sich wie eine hüpfende Sprungfeder aus deinem Inneren zu schälen beginnt und du aus seiner Kraft die einfachsten Worte schreibst, in einer wilden und neuen Sprache, die sich selbst erfindet und dich aufsaugt und dich schreibt, und zweifellos würde Lea sie mit einem tadelnden Zungenschlag ablehnen, man kann die gleichen Dinge auch in einer verständlicheren und richtigeren Sprache sagen, meine Liebe, und das bist nicht du, das ist eher eine mißlungene Nachahmung von Steinbeck oder Tennessee Williams, deren Bücher du früher sehr gern gelesen hast, und ich kenne dich doch in- und auswendig, mich kannst du nicht täuschen, nein; und auch der alte Hillman zog eine seiner buschigen Augenbrauen hoch, als er mit dem Ermittlungsbeamten die Akten durchging und bemerkte, er habe nicht gewußt, wie begabt Frau Schoschi für eine so bewegte und malerische Sprache sei, und es wäre sicherlich angebracht, ihre Begabung zum Beispiel für das Bulletin des Instituts zu nutzen; und ich sage dir jetzt, Schosch, ich bitte dich jetzt, dich an diesem ruhigen und besonderen Abend wieder der verbrecherischen Unvorsichtigkeit hinzugeben, jene Dunkelheiten schnell in der kreisenden Bewegung durch dich hindurchzuziehen und dich aushöhlen zu lassen und mit ihnen an jene Stelle zu fallen, wo Wahrheit und Lüge nur zwei verschiedene Namen für ein und dieselbe Sache sind, und dort wirst du dich durch das erkennen, was in dein Inneres strömt, und aus dem neuen Schmerz, den du dann erfährst, wird

vielleicht zum ersten Mal eine Art neuer Freundschaft zu dir
selbst aufkeimen, zu den zaghaften Trümmern, die sich unter
deinem Namen zu vereinen versuchen, und vielleicht wird es dir
endlich gelingen zu erkennen, wer das ist, der ich sagt und dabei
nicht so sehr lügt. Und vielleicht wirst du lernen, dir selbst zu
verzeihen.

Bist du einverstanden? Willst du? Es war leichter, als du deine
Jungen behandelt hast. Entspanne dich, rück ein bißchen näher
ans Tonband heran, damit das Mikrophon dein Schweigen aufnehmen kann. Deine Angst, deinen sich sträubenden Nacken.
Schön. Jetzt hör gut zu. So viele Dinge gehen lautlos im Zimmer
vor sich. Leere deinen Kopf von allen Knäueln der Anspannung,
die in ihm auf- und abrollen, die Funken sprühen, sobald sie
einander berühren, warte geduldig, um zu sehen, welches von
ihnen als erstes auftauchen wird. Wer würde nicht in dem langsamen Taumel der Gedanken versinken wollen, und sieh sie dir
an, während sie um dich kreisen, auf- und absteigen, sich leicht
verneigen, wie hölzerne Karussellpferde mit traurigen Augen,
Katzman mit hängendem Kopf und Avner, aus dessen Hufen
sich Menschenfinger strecken, wie komisch, und Uri, der sich
dem Vergnügen des Galopps hingibt, und hinter ihnen schäumt
Sussia, wie ein unbeholfener Zentaur, mit breiten Schultern und
schweren Oberschenkeln, und ich, werte Geschworene, möchte
gerade mit ihm anfangen, mit dem unergründlichen Helden,
der sich schwerfällig durch die schmalen Korridore unserer Geschichte schlägt, und es spielt doch gar keine Rolle, an welcher
Stelle ich endlich zum Herzen der Handlung vordringen werde,
zum blinden Welpen des Geheimnisses, der in ihr winselt, und
wer sich, wie ich, anmaßt, sich mit dem Knacken menschlicher
Kodes zu befassen, für den macht es keinen Unterschied, ob er
in dem verschlüsselten menschlichen Telegramm zuerst ein ge-
wichtiges Wort oder ein einfaches Bindewort dechiffriert, denn
in jedem einzelnen ist der Kern des ganzen Geheimnisses enthalten, und die Hauptsache ist, den irreführenden Kreis an
irgendeinem Punkt zu durchdringen, denn dann wird die ganze
Handlung zusammenbrechen und sich von dir erobern lassen.

Und daher – Sussia.

Und er ist ein großer und schwerer Mann mit einem felsigen
Gesicht, und obwohl er schon gealtert ist, hat seine Haut noch

immer eine tiefe Bräune, und er ist kaum runzelig, und seine Augen sind grün, und sein Haar unter der schwarzen Pelzmütze ist dicht und kraus und silbern. Sussia – so erzählt Avner – war einer von den Kämpfern der jüdisch-litauischen Division, die im Ariol-Gebiet (»Auriol« wird Sussia entschuldigend korrigieren) gegen die Deutschen kämpfte, und da er an der Universität Chemie studiert hatte, wurde er bei den Partisanen Ausbilder für chemische Kampfmittel. Avner erzählte das sehr oft in den ersten Jahren, in denen Sussia bei uns wohnte. Heute erzählt er es nicht mehr, und niemand fragt ihn danach. Und für mich, die drei Jahre alt war, als Sussia zu uns kam, war Sussia ein Riese, der aus einem Märchen verbannt worden war, und ich konnte mich nicht satt hören an all den Geschichten seiner Wanderungen und seiner Kämpfe, die Avner über ihn erzählte. Und Avner pflegte meinem Bitten nachzugeben und mir und Sussia die Geschichten zu erzählen. Er führte neue Figuren ein, die es in der vergangenen Nacht noch nicht in der Geschichte gegeben hatte, schilderte mir und Sussia die Folklore des Regiments, die Kämpfer, die hübsche Funkerin Susi, den Jungen Ignasch, der sich selbst auf den Eisenbahnschienen in die Luft jagte, und Sussia lauschte staunend und bewegte seinen Kopf hin und her, als höre er diese Dinge zum ersten Mal, und wer weiß, vielleicht hörte er sie tatsächlich zum ersten Mal, vielleicht machte es Avner insgeheim Spaß, Geschichten zu erfinden und unseren unergründlichen Helden in sie hineinzuweben, und was spielte das eigentlich für eine Rolle, die Hauptsache war, daß Sussias Augen sich zusehends beruhigten und ihren erschrockenen Funken verloren.

Und nach dem Krieg wanderte Sussia noch lange herum und zog mit schleppenden Füßen durch Europa und sank in einen tiefen Schlaf in einem norwegischen Dorf am Ufer eines blauen Fjords und arbeitete dann dort beim Abladen von Fischen von den Polarschiffen und lernte wie ein norwegischer Matrose zu trinken, und seine Seele, so verriet Avner mir, versank und verwickelte sich im Dickicht der Algen in seinem Innern.

Und am Ende wurde er nach Israel geschwemmt. Ohne Traum und ohne Vision. Wie eine verkorkte und blinde Meeresflasche wurde er von den umfassenden Wellen des Meeres mitgerissen, eingeengt in einem Schiff zwischen Hunderten von aufgeregten, schwitzenden Juden, bis er an unser Ufer gelangte, und noch in derselben Nacht wurde er vom Schiff abgeladen, in eine zu kleine Militäruniform gesteckt, mit Waffen ausgerüstet, die er nicht zu bedienen wußte, ihm wurde freundschaftlich auf die Schulter geklopft, er wurde registriert, numeriert, zugewiesen, vergessen, auf ein Fahrzeug geladen und zu irgendeinem Schlachtfeld vor einer feuerspeienden Polizeistation geschickt, und dort starb er.

Er starb dort. Avner bestimmt das mit einer Sicherheit, die meinen Zorn weckt. Wie kann man einen Menschen einfach mit einem Atemhauch töten, selbst wenn es als Überraschungseffekt für Freunde und neue Zuhörer geschieht. Mein Vater war der junge, verängstigte Kommandant der Kompanie, der Sussia zugewiesen worden war. Und in den zwei Stunden vor Kampfbeginn lagen sie zusammen im Schützengraben und unterhielten sich auf russisch. Und siehe da – diese kurze Zeitspanne ist die einzige Informationsquelle, die wir von unserem geliebten Sussia haben, und von dem, was ein Mensch in zwei solchen Stunden über seinen Mitmenschen lernt – so sagt Avner –, kann er allen anderen Tagen, über die er nichts weiß, Leben einhauchen.

Und ich weiß nicht, was dort wirklich geschehen ist. Es gab einen Kampf, in dem viele umkamen. Fast alle kamen dort um. Auch wenn Avner trinkt und geschwätzig wird, verrät er jenes Geheimnis nicht. Jedenfalls: Sussia blieb tot zurück, und Avner kam mit heiler Haut davon. Und zwei Jahre nach dem Krieg, als Avner bereits stellvertretender Redakteur der Zeitung der Arbeiterpartei war, tauchte Sussia bei ihm auf, und seitdem haben sie sich nicht getrennt.

Halt an. Sag das noch einmal: »und seitdem haben sie sich nicht getrennt«. So viel liegt zwischen diesen Worten, diesen erstaunlich einfachen Worten. Schatten fällt auf Schatten; Avner hätte sicher für Sussia einen Platz zum Wohnen finden können; eine Familie vielleicht, die ihn betreuen würde. Aber er brachte ihn zu uns und ließ ihn nicht mehr gehen und hielt mit erstaunlicher Hartnäckigkeit den zornigen und schroffen Widersetzungen Leas stand, die glaubte, er habe den Verstand verloren, weil er bereit war, »›den da‹ in ein Haus zu bringen, in dem es ein kleines Kind gibt«. »Der da« war damals gänzlich stumm und konnte nur seinen Namen sagen und wiederholte ihn tausendmal in demselben dumpfen Tonfall, Sussia, Sussia, als sei es der Zettel, der in der verkorkten Meeresflasche steckte.

»Und seitdem haben sie sich nicht getrennt.« Ich weiß nicht, warum ihn Avner damals zu uns brachte, und warum er seitdem so auf ihn horchte. Es muß etwas geben, das augenscheinlich nicht mit unseren Handlungen und unseren Charakterzügen und unserer inneren Logik in Einklang steht. Der Fremde wird kurz hinsehen und sagen: Das ist ja ein wildes Gewächs, das plötzlich aus den gesunden Zellen herausgebrochen ist.

Wer aber schon jahrelang lauert, der kleine Entschlüßler der Kodes, wird ahnen, daß Avner Sussia und seinesgleichen meinte, als er einmal über die geheimen, kindlichen Abmachungen schrieb, mit deren Hilfe er sein Leben überlistete und es lebte, ohne wirklich erkannt zu werden, und ich denke, Sussia ist seiner Ansicht nach jener »Schatten in der Hand des letzten Terroristen / der in die großen Strahlen des Lichts geträufelt wird«, und Avner ist derjenige, der immer sagt, daß die Wirklichkeit, Schoschik, nicht fähig ist, der Wirklichkeit standzuhalten. Einfach nicht dazu fähig ist. Auch die Logik ist nicht fähig, die nach ihr benannten Prüfungen erfolgreich zu bestehen. So oft habe ich das in einem leicht scherzhaften Ton aus deinem Munde gehört und habe doch nie begriffen, daß es eine Parole ist; ein Signal, durch das du mich – mit der versteckten Handbewegung eines alten Weinhändlers – aufforderst, dir leise in deine verborgenen Weinkeller zu folgen, in denen der Wein aufbewahrt wird, der nur für Gourmets bestimmt ist. Wie konnte ich das wissen, Avner. Wie konnte ich verstehen, welche von deinen Worten Finten und welche die Spuren deiner Angstkrallen in der Erde sind.

Und sieh mal, Avner, wie gut ich dich nachgeahmt habe; wie ich die Kunst der Dinge hinter den Dingen vervollkommnet habe, daß ich mir selbst nicht mehr sicher bin, wer ich bin. Bin ich Schosch, die das Klassenbündnis brach und der Mathematiklehrerin von der gestohlenen Prüfung erzählte und mit seltsamem Vergnügen, mit hochmütiger Begierde den Haß ihrer Klassenkameraden in sich aufsaugte; bin ich das vierzehnjährige Mädchen Sch. A., deren Aufsatz über das Thema »Die Sehnsucht der Jugend nach Werten« in die Parteizeitung kam und dort Wellen der Begeisterung auslöste und neue Hoffnungen weckte? Oder bin ich vielleicht Schosch Laniado, die Katzman das Fleisch mit einer Begierde vom Rücken reißt, die nie gestillt werden kann, da niemand die Begierden, die von Geburt an in ihm sind, am Körper eines anderen stillen kann; oder vielleicht Schosch vom Hillman-Institut, die Spielkartendame, die fremde, erregte Frau? Wie werde ich das je wissen? Wie werde ich mich von innen erkennen?

Und nun, Avner, glaube ich, daß du deinen Aufsatz über Chagai Sturzer, der sich das Leben nahm, doch an mich gerichtet hast. Vielleicht meintest du nur mich, als du wieder und wieder das Wort Risse aufs Papier geschmettert hast. Als du klagtest, daß auch Verlegenheit sich in eine tödliche Waffe verwandeln kann, wenn sie zu bedrängend ist. Aber ich bin verdorben, Avner, und daher wartet auf mich keine Gefahr wie die, die Chagai getötet hat, der ein sensibler Junge war und nicht wußte, daß die Wirklichkeit nicht fähig ist, der Wirklichkeit standzuhalten, und der nicht die versteckte Handbewegung des alten Weinhändlers sah.

Was ist das? Ein flatterndes Surren im Zimmer. Das blaue Telefon ruft mich. Welch ein Wunder: es ist Sussia. Er brummt mir einen schrecklich verlegenen Gruß zu. Bestimmt benutzt Lea ihn jetzt ohne sein Wissen. »Was ist das, Sussia«, hat sie zu ihm gesagt: »Schosch wundert sich sehr, daß du sie nicht mehr anrufst. Gestern fragte sie mich, ob sie dich vielleicht verletzt habe, oder ob du ihr wegen irgend etwas böse seist – – –?« Und sein Gesicht verfinstert sich sofort, er ist den Tränen nahe, bebt am ganzen Körper, blättert in dem Telefonbüchlein, das Avner ihm gekauft hat und in dem nur drei bis vier Namen stehen, und wählt flehend meine Nummer.

Aber jetzt, da er mich erreicht hat, was soll er jetzt sagen? Daß er sich nach mir sehnt oder nach dem Mädchen, das ich für ihn einst war? Daß Uri ihm fehlt und er daher von mir eine umgehende und umfassende Erklärung für sein Verschwinden fordert? Oder wird er energisch zu wissen verlangen, worum der Streit zwischen mir und Uri gegangen ist, und mich auffordern aufzuhören, mit meinem Schweigen die ganze Familie zu quälen?

Nein. Er schlägt seine Zunge gegen die Zähne, als klopfe er einen großen, schwammartigen Teppich aus. Nennt mich »Maljutka« und kichert hilflos. Wir sehr warten auf dich, erklärt er mir schließlich, Leo besonders hat Angst für dich, gibt er sie jetzt in seiner Naivität preis: ein hastig geflüsterter, glühend-kühler Befehl von ihr bringt ihn völlig durcheinander. Ich kann mir vorstellen, wie sie in einer gewissen Entfernung von ihm steht, sagen wir, im Eingang zur Küche, nicht zu nah, um gottbehüte nicht die Intimität des von ihr begonnenen Gesprächs mit mir zu verletzen, an den Kühlschrank gelehnt, ein trauriges Geschirrhandtuch in ihren kräftigen Händen wringend, und jetzt legt sich ein dunkelroter Schleier des Zorns über ihren von Falten zerfurchten Hals; und Sussia, der ihr aus den Augenwinkeln ängstliche Blicke zuwirft, bereit, den Hörer fallen zu lassen und sich in sein Zimmer zu flüchten, verwickelt sich in undeutliches Gestammel, bricht in herzhaftes Husten aus, und plötzlich ist er gerettet, denn er erinnert sich, warum er mich eigentlich angerufen hat, denn heute ist endlich mit der Post der stattliche Band eingetroffen, den Avner von einem holländischen Verlag für ihn angefordert hat, jenes teure Buch mit den zahlreichen Fotografien, das die heutigen metereologischen Verwendungen von Papierdrachen beschreibt, Maljutka, und jetzt geht Sussia schon auf vertrauten Wörtern: Drachen von sechzehn Metern, stell dir vor, und die Stangen sind aus einem besonderen Nickel, und schon morgen gehen wir mit Avner in die Fabrik, wo man Möbel aus Nickel macht, und holen dort ein paar Stangen, und dann machen wir ein kleines Modell, und genau darüber wollte ich mit dir reden, darum habe ich angerufen, und jetzt – auf Wiedersehn. Was? Moment! Sicher, richtig. Richtig. Ich wollte auch wissen, ob du heute abend mit uns ißt. Ja. Ich bin sehr interessiert, das zu wissen. Denn gestern bist du schrecklich spät gekommen. Na?

Und wie ist es möglich, sie nicht ein wenig zu quälen. Sie in ihrer Besorgtheit zu fangen, die sie niemals zugeben wird, denn die-Tatsache-daß-wir-dich-zur-Welt-gebracht-haben, meine Liebe, gibt-uns-keinerlei-Recht-auf-dich; aber das wütende Lippenbeißen, das Geflüster-das-sich-zu-verstecken-beeilt, wenn ich das Zimmer betrete, und die Anweisungen, die stets in-einem-scheinbar-anderen-Zusammenhang gegeben werden, zum Beispiel, daß es auch in Zeiten großen Schmerzes nicht nötig sei, zum Tier zu werden, und auch, daß ein Kuchen, in den so gute Zutaten hineingegeben wurden, nicht mißlingen kann; all das hat das Recht der Herrschaft über mich, gegen das anzukämpfen es keinerlei Möglichkeit gibt, denn: all diese Dinge, die du aufgezählt hast, gibt es gar nicht, nur in deiner Phantasie vielleicht, meine Liebe, und anstatt dich zu freuen, daß du so jugendliche und fortschrittliche Eltern hast – dein Vater und ich hatten nicht solche Eltern –, suchst du dir bei jedem Thema Vorwände-zum-Streiten, aber ich werde mich nicht dazu verleiten lassen, dir mit einer Diskussion in die Hände zu arbeiten über etwas, das es gar nicht gibt.

Und daher: wie ist es möglich, sich nicht einen kleinen Augenblick über sie lustig zu machen, ihr keine Rätsel aufzugeben? Und ich, Sussia, werde nach Hause kommen, wenn Birnhams Wald auf Dunsinan anrückt. Ja. Ja. Du hast richtig gehört. Und jetzt sprich mir nach: wenn-Birnhams-Wald, sehr schön. Genug. Sie hat bereits verstanden, eine kluge Frau wie sie. Eine so gebildete Frau. Schon leckt eine zornige Flamme Sussias Nakken. Das leidgeprüfte Handtuch wird gegen die Stuhllehne geschlagen. Jetzt: mit zwei erhobenen Daumen streichen ihre Hände mit einer herrischen Bewegung über die Oberschenkel; als bügelte sie mit ihrer Bewegung den dünnen Stoff ihres engen Kleides, das in einer einzigen strikten Linie von der Schulter bis zu den Fersen fällt – wo sind meine Zigaretten? –, und mit verletztem Stolz steigt sie erhobenen Hauptes von der Bühne unseres kleinen Schauspiels herab, und ihre hastigen Schritte in der Enge ihres Kleides erinnern an die Bewegung der ägyptischen Figuren, die auf den Zeichnungen abgebildet sind.

Und auf Wiedersehn, Sussia, mein Süßer, du bist sehr lieb, und sorg dich nicht um mich, denn auch heute werde ich spät wiederkommen. Und er hängt zögernd ein, behält seine schwere, von Frauenparfum durchdrungene Hand noch einen Augenblick auf dem Hörer, dann dreht er sich um, ratlos und bereit, sich mit einem Blick aus Leas Augen tadeln zu lassen, die nicht mehr da sind, Lea, die schon in ihrem Zimmer ist, die gebügelte Wäsche auf ihren Platz in den Regalen wirft oder auf der großen, feinkarierten Tafel für die Arbeitseinteilung zwei Quadrate aus farbiger Pappe, auf denen zwei von unseren Namen stehen, auswechselt, oder voller Tatendrang einen kaputten Stecker repariert, denn wenn-ich-es-nicht-mache-dann-machtes-doch-keiner; und Avner-hat-zwei-linke-Hände-wer-hätte-das-gedacht, und dabei schnell und nicht im Takt von Mir-bringt-jede-Welle-die-Erinnerung-zurück, das alte, bekanntlich letzte schöne Lied, das auf hebräisch geschrieben wurde, vor sich hin summt, und was geht sie Sussia an, der noch immer in der Küche steht und sich fragt, wo er seinen großen, schwerfälligen Körper verstecken soll.

Halt einen Moment an. Du bist plötzlich zu begeistert. Es ist Lea, die diese Begeisterung in dir entfacht, doch du gehst auf sie in einem Maße ein, das den Verdacht erweckt, Lea sei eine allzu einfache Lösung, die du dir suchst. Einer jener abgenutzten Schlüssel, die vertraute Türen öffnen, und darum laß sie jetzt sein und kehre zu Sussia zurück, mit dem du begonnen hast, und versuch dich bitte zu erinnern, ob du ihn geliebt hast und wie, und was diese kleinen Wirbel sind, die sein Name in dir weckt.

Das Wort Liebe ist hier fehl am Platz. Ich mochte ihn sehr. Wir hatten viele Geheimnisse miteinander und tiefe Gespräche in einer eigenen Sprache, und er pflegte mich auf seinem Fahrrad herumzufahren und mich in den ›Boxer‹ mitzunehmen, kurzum: ich hatte eine Art treues und bequemes Haustier, über das man sich nicht allzu viele Gedanken macht. Nein. Das Wort Liebe ist fehl am Platz, und überhaupt, mir scheint, daß ich ein zu mißtrauisches Kind war, um lieben zu können. Man kann das sehr gut auf den Fotos sehen, ein anmutsloses Mädchen, sehr dünn, stets in unschönen Kleidern – Schosch-ist-wie-ich-in-diesen-Dingen-und-Festkleider-mag-sie-nicht – eine Zahnspange auf den Zähnen und der angestrengte Blick, der den Eindruck von Überheblichkeit und Distanz macht und sieh-mich-bitte-nicht-mit-diesem-ironischen-Blick-an! Bis eine Kinderärztin ihr erklärte, daß es keine ironischen Kinder gebe, daß Ironie ausschließlich eine Krankheit der Erwachsenen sei und es nur kurzsichtige Kinder gebe, und seit damals hat sich alles wieder eingerenkt, das heißt: auf den Fotos ist von nun an ein anmutsloses, zurückhaltendes, bebrilltes Mädchen zu sehen.

Aber jetzt zu Sussia; vor zwölf Jahren kam er zu uns. Langsam webte er sich in unsere Mitte ein, wurde auf seine Art nützlich, lernte Kochen und Waschen und kleine Arbeiten zu verrichten. Mir scheint, ich kann mich noch von damals an ihn erinnern:

lange starre Blicke, schwerfällige, verschämte Bewegungen, vor sich hin murmelnd. Aus einem Zimmer wurden die Bücher fortgeräumt, um es ihm zu geben. Avner ging mit ihm neue Kleidung kaufen. Allmählich beruhigte sich Sussia. Der erschrockene Funke in seinen Augen wurde schwächer. Manchmal murmelte er bereits einen ganzen Satz auf russisch vor sich hin. Begegnete auf der Straße einem Freund von dort und bat um Erlaubnis, ihn auf ein Gläschen nach Hause zu bringen. Nannte mich Maljutka – Püppchen – und zeigte mir Zaubertricks, die er durch das Falten von Papier machen konnte; Pfiffe, die er erzeugte, indem er in seine enormen Handflächen blies. Als ich lesen lernte, lernte er Hebräisch zu sprechen. Er bat Avner, ihn in die russische Bücherei einzuschreiben. Eines Morgens erzählte Lea, er habe ihr verschämt gesagt: Heute ist mein Geburtstag.

Er geschah uns, ohne daß wir an ihn dachten. Er flocht sich von selbst in uns hinein. Lea litt anfangs darunter: ihre Menschenliebe wurde auf eine unerträgliche Probe gestellt. Sie überlegte fast, das Haus zu verlassen, spürte jedoch voller Angst, daß Avner diesmal nicht nachgeben würde. Dann wurde sie weich. Begann, mit Sussia zu reden. Ihm beizubringen, wie man dies und jenes macht, plötzlich entdeckte sie, daß auch er irgendeine Herausforderung sein könnte und stürzte sich mit Wohlwollen auf ihn. Ich erinnere mich nicht so deutlich an jene Tage – ich kann sie nur anhand von Anspielungen und aus den Echos vergangener Diskussionen vermuten. Nach sehr kurzer Zeit gab sie nach, fügte sich der Bequemlichkeit, die Sussia in unser Leben brachte. Sie schenkte ihm sogar Fahrstunden, und seitdem fährt er uns alle herum. Und es gibt so etwas wie ein stilles Einverständnis zwischen uns allen, daß Sussia einfach ein guter Freund ist, der Gutes mit Gutem vergilt, und alle sind zufrieden.

Aber er ist nicht zu enträtseln. Eine kleine, zarte Freundschaft besteht zwischen ihm und Avner. Sie trinken zusammen und schweigen bedrängend und hartnäckig. Ich glaube, Avner mag Sussia mehr als die meisten Menschen um ihn herum. Er sagt, Sussia habe den Charme Dostojewskischen Leidens, erklärt es aber nicht. Und schon seit über zwanzig Jahren gehen sie zusammen daher, als trügen sie eine gemeinsame unsichtbare

Last, und sie haben sich damit abgefunden und drücken sich nicht vor dem Gewicht, denn nur zu zweit können sie es tragen. Und ich frage nicht, was diese Last ist, denn es gerinnt nicht nur der eine Mensch durch sein Geheimnis, sondern auch alle anderen erstarren durch dieses Geheimnis und lehren sich Vorsicht und Vergessen.

Und vor sieben Jahren verschaffte Avner Sussia eine Arbeit; er erinnerte sich, daß unser Sussia in seiner Jugend Chemiker war, und er fand für ihn eine Stelle in einer Kosmetikfabrik, und dort wird er gebraucht, wenn auch nicht als Chemiker, und sein Gehalt – so hat er selbst beschlossen – bringt er Lea, und sie zieht ihm für seine bescheidenen Bedürfnisse ein Taschengeld ab, und unser Haus ist immer in den Duft von Frauenparfums gehüllt, auch wenn Lea nie auch nur einen Tropfen Parfum auf ihren Körper tut, und auch ihre Meinung darüber ist allgemein bekannt, und von Sussia selbst, von seinem Schweigen, seinen geschwollenen Händen, strömen immer zarte Düfte aus und glätten ein wenig den felsigen Eindruck, den sein Gesicht erweckt.

Und ich mochte ihn. Er pflegte mich auf seinem Rücken durchs Haus zu tragen und meine zerrupften Puppen geduldig und behutsam zu flicken und mir Geschichten auf russisch zu erzählen und mit tiefer, warmer Stimme Wanderlieder für mich zu singen, und die Fotos zeigen uns stets zusammen: ein Baby führt einen Elefanten an einer Leine der Liebe. Und am Sabbat nahm mich Sussia ganz früh am Morgen mit in den ›Boxer‹, eine gemütliche und anständige Schenke, die nur an Samstagen einer kleinen Anzahl von Freunden heimlich ihre Tore öffnete, und meine ersten, meine widersprüchlichsten Erinnerungen haben dort ihren Ursprung, im Halbdunkel, unter schweren Männern, die schäumendes, aus einem Faß spritzendes Bier hinuntergossen, zu Liedern, die mit der Axt geschrieben waren, und mit tiefen und heiseren Stimmen gesungen wurden, und die Luft war immer stickig von Rauch und Rülpsen und von einer süßen Traurigkeit, die in mich einsickerte, und ich erinnere mich auch an den Geschmack von Zwiebelwurst, wie ich sie nie wieder *gegessen* habe; an das Flüstern, dem ein wildes Gelächter der Herumsitzenden folgte, und an einen Mann mit amputiertem Bein, dessen nackter Stumpf rosig auf dem Stuhl lag.

Und wenn wir die Schenke verließen, bückte sich Sussia, um mir das Kleidchen und die langen Strümpfe in Ordnung zu bringen, und er feuchtete seine Fingerspitzen mit Spucke an, um mich geschwind zu kämmen, und, oh, was für ein reizendes Kind Sie haben, mein Herr, und gleich danach pflegte er mir mit seinen zwei Daumen auf die Augäpfel zu drücken und ein Glitzern hervorzurufen: ein kurzes Drücken – und genug. Vielleicht ist das irgend so ein russischer Aberglaube. Vielleicht wollte er auf diese Weise alles, was ich gesehen hatte, auslöschen. Und wir gingen schweigend und schnellen Schrittes Hand in Hand nach Hause. Und ihnen erzählte ich nichts.

Und das ist mein Sussia. Ein großer Mann, der schnell vergeht; der nur wirklich ist, wenn er vor Augen steht, und ansonsten nur ein dichtes und farbloses Wesen ist, das zwischen uns anschwillt und abnimmt, das alle überschüssigen Gefühle, die im Hause ausgestoßen werden, in sich aufsaugt, das uns nur in seltenen Fällen mit kleinen funkensprühenden Ausbrüchen kleinkindlicher Freude, verzeihlicher Launen, reuigem Zorn in Verlegenheit bringt. Und ich empfand in all den Jahren ihm gegenüber eine große Verantwortung und Vorsicht, und daher reichte ich ihn mit einer gewissen Erleichterung an Uri weiter, als er bei uns auftauchte.

Und es gibt etwas, das hier erwähnt werden sollte: mein Sussia zeigte nie irgendeine Spur von Sympathie oder Abneigung meinen Verehrern gegenüber. Und wann immer ich einen jener Jungen mit nach Hause brachte, floh Sussia sofort auf sein Zimmer oder suchte in einer seiner kleinen häuslichen Aufgaben Zuflucht, »ging in der Figur des Dieners auf« (Lea), und erst, als Sussia Uri begegnete, taute er auf, und sein Gesicht wurde weicher, fiel vor Erleichterung regelrecht ein, und er drückte Uris Hände mit einer erregten und peinlichen Geste zwischen seinen Händen.

Und vielleicht wurde Uri auf diese Weise zu einem Teil unserer Familie. »Wenn Sussia es genehmigt hat«, lachte Avner, »werden wir es doch nicht ablehnen!« Und tatsächlich – Uri und Sussia adoptierten einander sofort. Eine seltsame Wende trat in unserem Leben ein: Mit der Begeisterung der Schweigsamen stürzten die beiden das Haus in einen Wirbel von Renovierungen und Erneuerungen: sie verwandelten den vernachlässigten Hinterhof in einen herrlichen Garten und legten Gemüsebeete an; dann rissen sie die Wand im Wohnzimmer ein – nach Leas Entwurf – und machten aus unserem Gästezimmer ein breites und beklemmendes Fußballfeld, und plötzlich verschwanden sie gänzlich aus unserem Leben, tauchten im Keller unter und bauten dort wochenlang in mühsamer und geheimer Arbeit einen wunderschönen Schreibtisch für Avner.

Warte einen Augenblick. Halt das Band an. Öffne die kleine Glastür. Sieh nach, ob noch genug Qualitätszeit geblieben ist, um von Sussias Papierdrachen zu erzählen. Hat das überhaupt einen Sinn? Und warum verschwende ich hier meine kostbare, erlesene Zeit mit Geschichten über einen Sussia, der gar nicht wichtig ist, der mir wahrscheinlich keine logische Erklärung für das geben kann, was wie ein bösartiger Tumor aus mir hervorbrach, für die bittere Gabe, von der ich nicht weiß, von wem ich sie geerbt habe, mein Leben mit Uri in Ruhe zu führen und gleichzeitig, ohne mich allzu schuldig zu fühlen, schmerzhaft nach Katzman zu verlangen und nicht seinen Körper, sondern sein Bedürfnis nach meinem Körper zu begehren; und was ist das in mir, frage ich jetzt, das so verdorben ist, daß ich alle belügen kann, ich, die nie zu lügen nötig hatte, und am allerschlimmsten: daß ich es mit einer so natürlichen Geschicklichkeit mache, bis es scheint, als brauche man nur leicht mein Gesicht anzuhauchen, damit die darauf gezeichneten Linien verschwinden und meine wahre Geheimschrift sichtbar wird; was verging in mir, möchte ich jetzt von meinem anonymen, geduldigen Zuhörer wissen, was war es, das alle guten Absichten, dir mir eingeprägt wurden, alle Parolen, die in mein Inneres gegossen wurden, wegfegte und mir beibrachte, ohne allzu große Qualen zu leben, auch nachdem ich Mordi getötet hatte.

Nein, nein. Benutz nicht dieses Wort! Es wurde doch kein direkter Zusammenhang festgestellt, und wir versuchen hier, eine logische Erklärung zu finden, und kindische Vorwürfe nützen nichts. Und es gibt Wörter, die besser unausgesprochen bleiben sollten. Durch die sich die Zusammensetzung der Luft verändert, sobald sie aus dem Mund stürzen, und sie stecken alle unschuldigen Wörter an. Und jetzt erzähl uns von etwas anderem, zum Beispiel von den Drachen hast du nicht erzählt. Trink deinen Tee. Er ist bestimmt schon ganz kalt.

Die Drachen. Ja. Sogar das erscheint logischer und verständlicher als alles andere; selbst seine Versessenheit auf diese Papierfledermäuse mit den langen Schwänzen, rhombusförmige, bunte Vögel, mit Bambus und Nickel gekreuzt; selbst diese wunderbare Schwäche, für die er sein ganzes bescheidenes Taschengeld ausgibt, weil er jedes Buch, das sich mit seinem heißgeliebten Thema befaßt, in Buchhandlungen kauft und von Verlagen auf der ganzen Welt anfordert und ehrfürchtig darin blättert, in all den höflichen Riesen, die auf englisch geschrieben sind und auf Glanzpapier gedruckt, streicht mit schmachtenden Fingern über die Chrombilder und die komplizierten Skizzen, und dann kehren sich seine Augen nach innen, und er wird vom Wind getragen.

Ich erinnere mich, wie ihn die Papierdrachen zum ersten Mal ansprachen: Ich war damals zehn Jahre alt, und an einem Sabbatnachmittag machten wir uns alle auf, mit einer von Avners Pfadfindergruppen Drachen steigen zu lassen. Und es war hinter dem Jarkon-Fluß, an einem herbstlichen und stark bewölkten Tag, und einer der Jungen drückte mir ein um zwei Stäbe gewickeltes Fadenknäuel in die Hand, über dem der bunte Drachen sich krümmte und kringelte, abwechselnd auf- und abstieg, bis er plötzlich von einem Windstoß erfaßt wurde und mir beinah die Hand abriß, und er würgte und stieg in die Luft, wand sich glückselig am grauen Himmel wie ein Elender, dem ein Augenblick der Gnade gegönnt wurde, und mitten im Gewirr der Freuden- und Warnrufe, und im Wind, der den kratzigen Kragen des Wollmantels gegen das Kinn schlug, und im schallenden Gelächter um mich her, mittendrin lief Sussia plötzlich neben mir her, schrie mir vom Wind verwehte Worte zu, bat mit seinen Händen um etwas, den Drachen, Maljutka, den Bomaznej Smej, und da, Sussia, nimm den gespannten Faden, paß auf! Jetzt, sehr schön, lauf, lauf; jetzt seine Beine, die unbedingt in die Luft steigen wollen, und sein Hals, der ganz energisch nickt, und seine nach oben gerissenen Augen, und er klammert sich mit beiden Händen an den Faden, springt schwerfällig auf der Stelle wie der zu schwere Korb eines an den Himmel gemalten Fesselballons, bis der Erdhügel eines Maulwurfs dem Jubel ein Ende bereitet und wir erschrocken zu ihm hineilen, und da lag Sussia und lachte wild, wie er noch nie gelacht hatte.

Und seitdem ist er nicht geheilt. Er fing an, sich seltsame Drachenmodelle zu bauen und sie zu vervollkommnen und mühte sich tagelang mit ihnen ab, und sein Zimmer füllte sich mit besonderem, fast durchsichtigem und raschelndem Papier, das den Wind herbeisehnte, der Leben in seine Falten blasen würde, und an Sussias Bügeln hingen papiergelockte, gekräuselte Schwänze, und auf seinen Fingern bildeten sich weiße Krusten stark riechenden Leims, die ich ihm abschälen durfte, und in seinem Gesicht sah ich bereits die tiefreichende Vergrabung eines Geheimnisses.

Und nicht nur das: Wir erfuhren, daß es in Haifa einen Klub für Drachenbastler gab, und Avner half Sussia, Kontakt mit ihnen aufzunehmen, und jeden Monat fuhr Sussia dorthin und rannte auf dem Bergrücken des Carmel im starken Wind herum, gemeinsam mit alten Einwanderern aus Deutschland in Wollhosen und Gamaschen, und einmal, vor fünf oder sechs Jahren, fuhren wir alle mit ihm nach Haifa zu einem Vortrag, den er vor seinen Freunden hielt – wie ängstlich und angespannt er war und wie stolz –, über die Funktionen des Drachens in der Schlacht bei Hastings-oder-so, und wie man das Problem der Windstille gelöst hat in jener englischen – oder französischen – Bucht.

Aber in den letzten Jahren hat er damit aufgehört. Er fährt nicht mehr nach Haifa, und an seinen Fingern klebt kein verkrusteter Leim, und es stecken keine kleinen Messingnägel zwischen seinen Zähnen, wenn ich sein Zimmer betrete. Die Vergrabung des Geheimnisses wühlt sich weiter tief in ihn hinein, und er versinkt darin. Er bittet Avner, ihm Physikbücher auf russisch zu kaufen, und einmal verabredete er – in einer überraschenden Geste von Mut und Dringlichkeit – ein Treffen mit einem aus Rußland eingewanderten Professor, der auf Aerodynamik spezialisiert war, und wir wissen nicht, wovon er träumt, und bei uns belästigt ihn natürlich niemand mit Fragen, denn jeder Mensch hat das Recht auf Eigenheiten und Geheimnisse, so sagt Avner immer und fügt hinzu, solange Sussia unser Haus nicht an einen Riesendüsendrachen bindet und mit ihm in die Luft steigt, ist es mir egal, was er aushecht.

Aber mir ist es nicht egal. Denn Sussia entfernt sich immer mehr von uns. Schwebt zwischen Traumfetzen, schleicht sich wieder zu den Tagen seines Stummseins zurück. Ich bin jetzt darin geübt, Menschen wie ihn zu erkennen: seine verstohlenen, verbergenden Blicke; sein zusammengekniffener Mund, der sich fast bis zur Nase verschließt, wenn man ihn durch ein Gespräch stört; das Zögern, das seine Hand zittrig macht, wenn er Gästen Kaffee einschenken soll. Etwas in ihm hat sich seiner Bedrücktheit gebeugt und ergeben. Und er trinkt viel.

Er trinkt mit Avner. So – jetzt hab ich es gesagt. Es ist das bestgehütete Staatsgeheimnis, und die Kassette wird sich in zehn Sekunden von selbst vernichten: Schon am frühen Morgen, bevor Sussia zur Arbeit geht, leeren sie eine Flasche, und danach, wenn es dämmert, wird wieder ein Glas nach dem anderen gekippt. Und es gibt ganze Nächte des Murmelns und Flüsterns und Glasklirrens in Sussias Zimmer, und Avner, der stolpernd herausstürzt, um Käsestückchen oder Oliven zu holen, geht blind, mit geradezu heroischer Verschlossenheit, an den Messerfallen von Leas Augen vorbei und kehrt in die Höhle zurück, und die Haut seines zu braun gebrannten Halses hängt herab wie der Kropf eines Huhns.

Und darüber wird bei uns natürlich nicht gesprochen. Die Sache ist nicht so ernst, und Avner betrinkt sich nicht richtig, nur soweit wie nötig, damit seine Augen glänzen und sein Verstand sich schärft. Und er trinkt mit Freunden, und er trinkt mit denen, die kommen, um sich mit ihm über aktuelle Fragen und über die Erziehung der neuen Generation zu beraten, und er trinkt während der ermüdend langen Besprechungen über das neue Vorbild, das jetzt zwischen die Anführungsstriche, die sich vom Zionismus befreit haben, gesetzt werden muß, und die ganze Zeit gießt er beiläufig Gläschen hinunter, und Lea verkneift den Mund, und Lea beißt sich auf die Lippen und versucht listig, die Flasche vom Tisch zu entfernen, und na, jetzt ist genug, genug, lächelt sie freundlich, und Avner ergreift ihre Hand und lächelt liebevoll zurück, nie würden sie sich anschreien, was ist denn, Leale, empört er sich wie amüsiert, welche Freuden bleiben einem Mann in meinem Alter noch, und womit werden wir die Ungeheuer sättigen, und seine Fingerkuppen auf ihrem Handgelenk werden ganz weiß.

Und je mehr er trinkt, desto klarer wird er, und seine Sprache wird hell und scharf, und unter seiner Feder werden in ihrem

Glanz blendende Zeilen geboren, eindringliche Aufsätze und Essays, die sich wie ein Messer in die Illusion und die Lüge und die Anmaßung bohren, und gerade die Gedichte, Schoschik, muß ich in völliger Nüchternheit schreiben, wie erklärst du dir das; aber die Dinge, die er durch den Brandy hindurch schreibt, seine komplizierten Gedanken über den Kampf zwischen Wirklichkeit und Traum und über die Wichtigkeit des Symbols und des Vorbilds als Bausteine des Alltags, diese und andere Dinge sind immer richtig und grausam und mit einer inneren Wahrheit geladen, die sogar Zyniker anspricht, und alles, was er mit dem Stempel seiner Begeisterung prägt, taucht sofort in die Wurzeln der Menschen und der Erde und der Häuser, die auf ihr stehen, ein und angelt von dort – hinter den trüben Strömen und den verworrenen Algen der Gewohnheit und der Müdigkeit und der Skepsis – den festen, eisernen Kern hervor, den Kern der Wahrheit, der – nach seinen Worten – in jeder Illusion versunken ist und sich mit harten Saiten an sie klammert, damit er nicht taumelnd verlorengehe.

Nur daß ich ihm und dem Schmerz in seinen Worten nicht mehr glauben kann. Denn ich weiß bereits sehr gut, daß der menschliche Täuschungsmechanismus jede Sache auf der Welt zu seinem Sendboten macht, und daher kann die Liebe als Mordinstrument dienen und die Begierde, die für jemanden bestimmt ist, in den Körper eines anderen übertragen werden, und es stellt sich sehr schnell heraus, daß es nichts auf der Welt gibt, das an und für sich ist, und wir sind eigentlich nur leere Buchstaben, und wenn in uns irgendeine Bedeutung liegt, werden wir sie durch unseren zeitweiligen Standort in dem Wort erkennen, das sich auslöscht, sobald es geschrieben wird, und daher kann Avner – der nun schon vier Jahre lang an nichts mehr glaubt – allen predigen, an alles zu glauben; und mit gewaltiger Kraft steuert er die Stürme, die in ihm toben, in die allerfeinsten Fasern seiner phantastischen Formulierungen und seiner treffenden Parolen, und seine Windstöße der Verzweiflung benutzt er als mächtigen Blasebalg, um damit die schlummernde Glut der Hoffnung im Herzen der anderen zu wecken, und er ist ganz und gar wie ein begeisterter Roboter, der allen vorauseilt, und seine entschlossenen Bewegungen werden von allen gesehen, doch niemand sieht sein verzerrtes, rußiges Gesicht, und nur ich, in deren Zimmer er vor vier Jahren kam, zitternd und gehetzt, mit einem Klagelied in der Hand, das er nach Chagais Tod geschrieben hatte, nur ich, die damals nicht zuließ, daß er endlich erlöst würde und ins Herz seiner Lüge fiele, nur ich weiß, daß seither all sein Reden und Tun, seine hitzigen Worte und seine mitreißende Energie nur die letzten Eisenfäden sind, mit denen er die Fetzen zusammennäht, die seine Welt zertrennen.

9 Liegenbleiben. Der Weg ist schrecklich lang. Eine Menge Sachen, die ich langsam machen muß. Alle Verbindungen, die Knoten der Erinnerung lösen und die Sprengkörper in den gefährlichen Worten entschärfen. Und ich stehe nicht auf. Ich rühre mich nicht. Öffne nur vorsichtig einen Spaltbreit die Augen. Damit das Licht nicht kommt und seinen Fuß hineinsetzt. Und von hier kann ich die leise und beruhigende Stimme hören. Das Wasser berührt die Wand des Fasses. Chilmi badet und denkt nach und singt mir ein wäßriges Wiegenlied.

Ich hätte schon längst aufstehen und mich entscheiden müssen. Vielleicht kann ich das Unglück noch verhüten. Irgendeine plausible Ausrede finden für das, was ich in Dschuni getan habe, mich in aller Stille verziehen, alles auslöschen. Und vielleicht hätte ich wirklich gleich nach Tel Aviv fahren sollen, zu ihr. Du mußt entscheiden, wie du mit allem, was ich dir erzählt habe, fertig wirst, sagte sie zu mir. Du kannst mich bestrafen oder du kannst mir helfen. Aber ich bin wie ein feiges Kind weggelaufen. Na gut, was sollte ich tun, als sie begann, mir all diese Dinge zu erzählen. Noch vor einer Woche hätte ich ihr helfen können. Das heißt: als ich ihr noch glaubte. Mehr noch: ich hatte, ohne ihr ein Wort zu sagen, schon vor langer Zeit beschlossen, daß sie mir eine ewig-glückliche Frau sein würde. Eine Art lebenslängliche Aufgabe hatte ich auf mich genommen. Es kann nicht so schwer sein, dachte ich damals, nur einen Menschen glücklich zu machen. Aber jetzt, wo ich weiß, was wirklich geschehen ist, erscheint es mir, als sei jemand gekommen und habe mit einem Schlag dieses Seil zerschnitten, an dem ich so angestrengt, so fest entschlossen gezogen habe. Und ich begreife plötzlich, daß auch diese einfache Aufgabe, die ich auf mich genommen habe, zu schwer war.

Und darum rühre ich mich nicht von der Stelle. Hier geht es mir gut. In der Höhle, im duftenden Stroh; hier gehöre ich her. Das war immer so. Ein durchsichtiger alter Mann und eine Weinlaube. Ein Platz, an dem man schweigen darf; in Dschuni erwarten mich Menschen und Worte, und viel Wut und Rechtfertigungen.

Weißt du, Schosch, vielleicht ist das der Augenblick, wo das Bremsen anfängt. Du hast immer darauf gelauert. Du warst wütend über meinen »unheilbaren Optimismus«. Mir scheint, du hast geglaubt, daß ich dich verspotte, wenn ich dir versprach, daß alles gut werde. Daß wir es gut haben werden. Daß nur ein Schatten über uns hinweghuscht, und daß wir im Guten zusammenbleiben werden, denn anders geht es nicht.

Verdammte Scheiße. Wie sehr ich die ganze Zeit versucht habe zu glauben. Wie ich mich selbst überreden konnte. Ich sagte: nur vorübergehende Krisen. Und auch: Nicht immer muß die Entwicklung eines Paares sich in parallelen Linien vollziehen. Ich werde dich nicht drängen. Ich habe die Wahrheit schon erkannt, wir sind einfach dazu geboren zusammenzuleben. Du wirst noch ein wenig zögern. Wirst dich manchmal in plötzlicher Liebe auf mich stürzen, manchmal wirst du dich verzweifelt zurückziehen. »Das kann nicht klappen mit uns, Uri. Wir sind viel zu verschieden.«

Und trotzdem – drei Jahre lang waren wir zusammen. Du bestimmst den Rahmen, und ich stehle dich aus ihm heraus. Und es ist großartig, wenn du bereit bist, dich stehlen zu lassen und für einen Augenblick die »Verantwortung für uns beide« und die »versteckte Inszenierung« zu vergessen. Ehrlich! Was stört es mich? Was stört es mich, dich solchen komplizierten Unsinn glauben zu lassen? Am Ende wirst du doch weich werden und mir nachgeben. Nur mußt du dich noch ein bißchen quälen, mit dir selbst kämpfen, denn du bist trotz allem Avners Tochter. So dachte ich. So liebte ich dich geduldig. Noch nie hatte ich so eine Frau wie dich. So klug, und verliert nie den Kopf, und immer mit einem Lächeln, und diese strenge Aufrichtigkeit, und die Sicherheit –

Vielleicht habe ich dich zu sehr verfolgt. Ich wollte jede deiner Bewegungen lernen. Deiner würdig sein. Und ich vergaß, daß jeder ein paar dunkle Ecken und Schatten braucht, aber wie immer war ich zu versessen und hingerissen und übersprang in meiner Dummheit alle Zwischenstufen und wollte, daß wir beide ganz und gar vermischt seien und daß alle wichtigen Dinge gesagt sein sollten.

Bis du dich wachrüttelst und mir einfach sagst, daß es manchmal überraschend sei, wieviel Aggression in den scheinbar sanften Menschen stecke. Oder mich mit irgendeiner Stichelei, manchmal mit ziemlich grausamen Bemerkungen verletzt, wenn ich deinem Schweigen zu nahe komme, und dann führst du mit einem Lächeln – immer mit einem Lächeln – das »Immunitätsgesetz für die Träume und Phantasien« ein, oder du entbrennst grundlos in Wut und sagst, ich versengte dich mit meinem Atem.

Hier, Schosch. Nimm das Geschenk dieses Augenblicks von mir an. Beleidigt und verletzt entferne ich mich von dir. Es gibt einen Augenblick, sagtest du mir mit Schadenfreude, mit einer eigenartigen Selbstschadenfreude (wenn es so etwas überhaupt gibt), es kommt ein Augenblick, wo sich plötzlich herausstellt, daß die Charakterzüge und die Dinge, die sich bei einem ereignet haben, und eine gewisse momentane Zerstreutheit, und vor allem, sagtest du, die Müdigkeit, die sich in den Adern sammelt, daß sie alle dich mit energischer Sanftheit, wie eine Betäubungsspritze, in eine Sackgasse führen, in einen vermoderten Hinterhof, und dort, in der Dunkelheit, im Gestank, wirst sogar du, Uri, dich haßerfüllt und zähnefletschend auf dich selbst stürzen und zum Fremden werden.

Und mir scheint, jetzt ist der Augenblick gekommen. Ich speie noch ein bißchen Feuer, aber es ist schon kalt. Auf meinem Grund liegen jetzt die Scherben von Argumenten und die Schalen alter Gefühle. Bist du jetzt zufrieden mit mir? Mich hat immer dieser Widerspruch in dir erstaunt: das Leben, das mit Vernunft, mit präziser Planung geführt wird, und nichtsdestoweniger die Gewißheit, daß alles eines Tages platzen wird. Und manchmal kam es mir vor, als würdest du – wie soll ich sagen – sehr auf diese Explosion warten, damit du endlich an alles, was vor ihr war, glauben kannst. Ehrlich, ich glaube, ich verstehe dich plötzlich.

Dieses Rad kehrte sich langsam um. Du sagtest, daß ich dich in meinen lächelnden Traum einsperrte. Und siehe da, jetzt stellt sich heraus, daß gerade ich in deinem Traum eine Rolle spielte. Es war so eine Art Spiel, Schosch, und ich nahm daran teil, ohne es überhaupt zu wissen. Lügenfangen heißt es, und die Regeln sind ganz einfach, ein richtiges Kinderspiel: wenn die Lüge dich berührt, wirst du zum Verfolger. Zum Verfolgten. Gibst die Berührung an die anderen Teilnehmer weiter. So entstehen immer größere Kreise der Lüge. Dann werden sie blasser und schwächer: Kreise eines Fehlers, eines Mißverständnisses. Der Fremdheit. Danach Kreise der Verzweiflung, über die man nicht sprechen darf. Diese Bakterien haben sehr viele Formen. Und sehr viele Wege der Täuschung und des Ausweichens. Ein Weg ist, einen Jungen zu lieben, den du nicht liebst, und ihn in aller Ruhe sterben zu lassen, wenn du es satt hast, dein kleines Spiel mit ihm zu spielen; ein anderer Weg ist zu glauben, daß wir gar nicht hier leben, mit dem Arsch an diese vergiftete Erde gebunden sind, sondern, sagen wir, schmerzlos auf der gezeichneten Karte leben, die in Chilmis Traum existiert, die ständig von vier Jungen über die vier Ecken der Welt gerollt wird. Und ein Weg ist zuzulassen, daß der Kadaver des Esels alle Unschuldigen, die in jener Gasse wohnen, erstickt, und ein anderer Weg ist zu lernen, den Gestank nicht zu riechen.

Jetzt habe ich Worte, Schosch. Von dem Augenblick, da ich nach Andal gekommen bin, werde ich mir selbst klarer. Der Dampf, der in mir war und von dem du sagtest, er versenge dich, kühlt hier in der Höhle ab und verwandelt sich in kleine Worte. Klare Worte. Und jetzt, Schosch, kann ich sagen, daß ich nicht nur hierherkam, um Chilmi mitzuteilen, daß Jasdi tot ist, sondern um seine Weisheit zu erlernen, die Kunst, wie man die Lüge selbst belügt. Wirklich.

Denn das ist klar: weder seine Höhle, noch der Zitronenbaum, noch die Weinlaube. Nur die Lügen. Nur der blaue Tunnel auf seinem rechten Augenlid, durch den die Dinge, die nicht so sind wie sie waren, in seinen Kopf strömen. Kan-ja-makan. Die Leute in Andal sagen, Chilmi ist ein Idiot. Vielleicht ist er es wirklich, und vielleicht bin ich es auch, weil ich mit ihm diskutiere. Diese Diskussionen bringen nichts, sie sind genau so wie meine Diskussionen mit Katzman. Wie zwei Würmer, die sich gegenseitig auf einem fallenden Stein fressen. Und wenn ich mit Katzman über die Besetzung diskutiere, antworte ich ihm mit Chilmi, und Chilmi gegenüber führe ich Katzmans überzeugende Argumente an. Und ich selbst flüchte mich auf diese Weise zwischen diese beiden Arten von Gerechtigkeit.

Und ich flüchtete mich zu Chilmi. Zu Chilmi, den du gar nicht kennst. Denn als ich ihn traf, warst du schon sehr weit weg von mir. Aber vielleicht kenne auch ich ihn nicht, denn ich weiß nur das, was er mir von sich erzählt hat und was ich im Dorf über ihn hörte. Und wie kann man wissen, ob er tatsächlich viele

Frauen heiratete, die nie wirklich seine waren; und ob tatsächlich jahrelang kein Wort aus seinem Munde kam, und er sich nur mit Vögeln und Ameisen und Pflanzen zusammentat und erst zu sprechen begann, als ihn sein Bruder Nimer an dem Abend fand, an dem seine große Schwester Na'ima sich verlobte, während er unter dem Baum im Wadi lag? War seine Mutter wirklich die schönste aller Frauen, die je in Andal gelebt hat, und gebar sie wirklich jedes Mal jenem Jäger, dessen Namen ich immer vergesse, ein Kind, oder war sie einfach verrückt und häßlich wie rola, wie ein Monster, denn das ist es, was man sich in Andal immer erzählt?

War es wirklich so? Wirklich? Was für eine Rolle spielt das schon. Warum soll man sich für diese oder jene Wahrheit entscheiden. Ehrlich – man hätte bestimmen sollen, daß wir uns nach den fairen Gesetzen der Unterwelt zu richten haben. Daß wir gar nicht so tun sollten, als würden wir die Wahrheit sagen, daß wir uns nicht anmaßen sollen, einander zu glauben, und so wäre es leichter, ein ehrlicher Mensch zu sein.

Und trotzdem, und in diesem ganzen Durcheinander, Schosch, gibt es für mich ein Wunder, das kein Ende nimmt, und auf das ich noch nicht zu verzichten bereit bin – deine Eltern. Avner und Lea. Und ich habe es dir und Katzman schon gesagt: Wenn ich an Vater-Mutter denke, dann denke ich zuerst an deine Eltern und dann erst an meine. Und das ist mir nicht einmal unangenehm.

Denn sie haben mich ganz einfach in Liebe in ihr Haus aufgenommen, als hätten sie mich mit fünfzig Jahren von neuem geboren. Ehrlich – wärst du nicht so dagegen gewesen, ich hätte sie Vater und Mutter genannt.

Du kannst das nicht verstehen. Du wurdest in dieses Haus hineingeboren. Aber ich höre nicht auf zu staunen: Eltern, mit denen man so offen reden kann, sogar über die intimsten Dinge. Sogar über Sex. Ein Vater, den man mit Vornamen anreden darf wie einen Freund, und eine so gebildete, starke Mutter. Und auch das: die Ruhe. Die Probleme, die durch Sprechen gelöst werden, ohne Flüche und ohne Geschrei. Alles mit Logik und aus einem Grundgefühl von Respekt heraus. Ich glaube nicht, daß es viele solche Paare gibt, Schosch. Die absolute Aufrichtigkeit zwischen ihnen; die eine und entschiedene Reaktion auf alles, was unfair und unmoralisch ist, und wie schön sagte das Avner, als wir einmal, in einer Nacht bei der Bürgerwehr, darüber sprachen, daß die beiden zu dieser Eintracht nicht auf dem Wege gegenseitiger Selbstverleugnung gelangt seien, sondern vielmehr durch hartnäckige Anstrengung und mit vielen Schöpfungsqualen, indem jeder von ihnen von der anderen Seite der menschlichen Landkarte auf den anderen zustrebte. Sagte Avner.

Du wirst bestimmt sagen, daß ich mich von meiner Begeisterung mitreißen lasse und wo es mir paßt ein Auge zudrücke. Aber das ist nicht so, und du mußt das verstehen. Ich merke alles. Ich weiß, daß Avner voller Leid ist und daß es für Lea nicht immer leicht ist, mit ihm zusammenzuleben. Ich bin geübt genug, um zu verstehen, wann sie einander auf faire und elegante Weise unter die Gürtellinie schlagen. Ich sehe auch Sussia, der wie eine riesige fremde Leiche im Haus herumwandelt, und ich spüre, was Lea von ihm denkt. Aber ich glaube auch, daß das, was sie gemeinsam aufgebaut haben, stark und beständig ist und alles ertragen kann. Sogar Sussia. Sogar Avners Trinken.

Du wirst sagen, du habest gesagt, daß ich wie immer übertreibe. Daß es leicht sei, sich von außen zu freuen, und es schwer sei, damit zu leben. Du wirst sagen, und du hast ja schon gesagt, daß ihr »In-Ordnung-Sein« und die bedingungslose Unterstützung, die sie jedem geben, der ihrem engen Kreis angehört, dich ersticke; und der Satz »Ein Gericht unserer Küche ist ein Zeichen von Qualität«, den Lea schon so achtlos dahersagt, hört sich aus deinem Mund wie ein Spucken an. Wie das Fazit deiner Anklageschrift gegen die beiden. Und du wirst sagen und hast gesagt, die gut getarnte Engstirnigkeit. Und die versteckte Überheblichkeit, mit der sie sich an »die alte Welt«, an ihre Freunde aus dem Palmach und an die Lieder aus der Pionierzeit klammern, und die Erregung, mit der sie über jemanden sagen: »Der gehört noch zum schönen Israel«, und ihm damit bereits ihren Segen gegeben haben. Deine Eltern, sagst du, starben bei der Geburt des Staates.

Vielleicht hast auch du ein bißchen schuld. Vielleicht hättest du offen mit ihnen kämpfen sollen. Katzman hätte gesagt, daß du dich ein wenig vor der Verantwortung des einmaligen Menschen gedrückt hast. Erst vor drei Tagen, als du plötzlich aus deiner Ruhe ausbrachst wie ein panisches Feuer, hast du auch sie mit grenzenlosem Haß angegriffen. Hast gesagt, daß alles, was sie dir beigebracht haben, eine Illusion sei. Daß sie dich nur auf ein Leben in einem Treibhaus vorbereitet hätten. Daß sie dich wie einen dressierten Puffer zwischen sich gestellt hätten.

Du weißt ja, Schosch, daß ich nicht einer von denen bin, die hinterher sagen: »Ich hab's dir ja gesagt!«, aber ich muß sagen, daß es mir manchmal so vorkam, als ob ich bei dir etwas Unechtes spürte. Etwas Unklares. Nur ein flüchtiges, aber doch hartnäckiges Gefühl. So war es, zum Beispiel, in Rom. Vor dem großen Streit, der mich regelrecht nach Santa Anarella warf. Erinnerst du dich? Der Gitarrist im unterirdischen Tunnel?

Ich werde dich daran erinnern. Wir haben ja viel Zeit. Ich bin dort auf die Toilette gegangen, und du hast draußen auf mich gewartet, wo ein bärtiger Junge saß, der Gitarre und Mundharmonika spielte und sang. Alles gleichzeitig. Als wir von dort weggingen, bist du plötzlich stehengeblieben. Hast dich umgedreht. Wie eine Aufziehpuppe warst du in diesem Augenblick. »Einen Moment«, hast du gesagt und bist zurückgegangen. Ich sah, wie du ihm eine Münze hinwarfst. Und noch eine. Und deine Lippen waren nach hinten gezogen. Und ausgerechnet das ist mir in Erinnerung geblieben: deine nach hinten gezogenen Lippen. Dann bist du mit den gleichen diktierten Bewegungen zurückgekommen, und ich lachte und fragte, was los sei.

Ein bißchen dumm, das alles jetzt zu wiederholen. Aber Vorfälle wie diese sind wie ein kleiner Stein im Schuh, wie ein unverständlicher Knoten im Taschentuch. Und ich bin schon mehrmals im Kopf zu jenem Streit zurückgekehrt. Du hast mir erklärt, daß du gezwungen warst, ihm Geld zu geben, da du dich einige Minuten lang seiner Musik erfreut hättest; na gut, sagte ich fast lachend, aber warum warst du dann so wütend auf ihn? – Weil er mir im Grunde genommen dieses Vergnügen aufgezwungen hat; dann hättest du ihn nicht bezahlen dürfen und Schluß, das ist doch Berufsrisiko, oder? – Du nervst, Uri, hast du gesagt und deine Schritte beschleunigt, aber nur damit du verstehst: wenn noch jemand in jenen Minuten vorbeigekommen wäre, hätte ich mich weniger verpflichtet gefühlt. Aber so hatte ich keine Wahl, und jetzt haben wir genug darüber geredet, und warum muß ich dir überhaupt über alles Rechenschaft ablegen, und wenn es die Verschwendung ist, die dich stört, so erlaube mir, dich daran zu erinnern, wer von uns beiden das Geld für diese Reise verdient hat, und wenn es um das Prinzip geht, dann versuch zu verstehen, daß es mir wichtig ist, in Ordnung zu sein. Nicht nach irgendwelchen fremden Maßstäben: nur vor mir selbst in Ordnung zu sein, ja?

Und dann habe ich den zweiten Fehler begangen und leise den Satz vor mich hin gesagt, den Avner immer sagt, wenn Lea zum tausendsten Mal die Geschichte von der gestohlenen Matheprüfung, die du zurückgabst, erzählt – man muß sofort De Amicis anrufen, damit er sie noch vor dem Druck der Neuauflage in ›Das Herz‹ bringen kann. Und ich sagte auch noch, daß wir eh in Italien seien und es nur ein billiges Inlandsgespräch wäre; und da hast du mich so angeschrien, daß es tatsächlich ein Glück war, daß wir uns in Italien befanden und man sich dort nicht über so ein Theater auf der Straße aufregt.

Vielleicht hast auch du ein bißchen schuld. Irgend etwas in dir begann in den letzten Monaten im stillen zu brennen. Ich spürte es und wollte es nicht sehen. Aber es war überall. Ich pflegte verständnislos dein Gesicht zu betrachten, das sich verändert hatte. Du hast ja immer Lea schrecklich ähnlich gesehen. Die kleine Stupsnase, das Haar, die freie Stirn. Ich liebte es, euch anzusehen, wenn ihr nebeneinander saßt. Dann erwachte eine seltsame Lust in mir, dich schon jetzt zu lieben, aber als reife Frau. Wenn deine Kämpfe mit dir selbst ein Ende hätten.

Und siehe da, in den Gesichtszügen deiner Mutter fand ich dich und liebte dich. Aber in deinem Gesicht verlor ich dich. Wie ist das zu verstehen: dieselben Züge ergaben nun einen ganz anderen Gesichtsausdruck. Irgend etwas Hohles und Hartes hat sich in dich eingeschlichen. Und ich wußte aus Verzweiflung und Dummheit überhaupt nicht, was ich tun sollte. Wo ich es falsch machte. Ich wußte nicht, wer mein Feind war. Und ich drehte meinen Kopf weg und sah nicht hin. Und ich suchte dich nur an der Stelle, wo du nicht mehr warst, von der du dich vertrieben hattest – in Leas Gesicht.

Und jetzt werde ich dir noch etwas sagen, Schosch. Noch eine Kapitelüberschrift in diesem fieberhaften Brief, der nicht an dich geschrieben ist: Als Sepharde habe ich mich nie unwohl gefühlt in deinem russisch-polnischen Haus. Das weißt du. Du kennst mich gut: man kann mich in dieser Sache sehr leicht in Verlegenheit bringen. Aber bei Avner und Lea war das ganz natürlich und unproblematisch und mit so großer Offenheit, daß es mir manchmal sogar zuviel wurde.

Und ich glaube ihnen, Schosch. Wenn dein Vater sagt, es tue ihm leid, daß er nicht als Sepharde geboren worden sei; wenn er nicht aufhört, mir und auch anderen zu sagen und vorzutragen und überall zu schreiben, daß das ethnische Problem unsere größte Gefahr sei; gut, solche Sätze höre ich mit sehr sensiblen Verstärkern. Die kleinste Fälschung wird registriert. Ich glaube deinem Vater. Nicht dir. Wieviel Bosheit lag in deiner Stimme, als du sagtest, daß er, wie immer, nur mit Parolen um sich werfe. Daß er nie wirklich versucht habe, die Sepharden näherzubringen oder sie in der Partei zu fördern. Daß es ihm sehr bequem sei, mich als Alibi-Sepharden vorzuzeigen. Und du sagtest noch andere Dinge, und nichts von alldem glaube ich dir.

Denn ich, Schosch, war in den letzten Tagen gezwungen, auf sehr viele Dinge zu verzichten, aber deine Eltern möchte ich weiter für mich behalten. Weißt du – manchmal dachte ich mir, daß ich, auch wenn ich aufhören würde, dich zu lieben, dich nicht mit einer anderen Frau betrügen könnte, nur weil ich Avner und Lea dann nicht in die Augen sehen könnte. Wie kindisch und wie wahr. Und jetzt kann ich ihnen wegen der Dinge nicht in die Augen sehen, die du getan hast. Als sei ich schuld. Als seien sie schuld. Wie – – – wie konntest du nur. Wir waren so stolz auf dich und hatten so großes Vertrauen zu dir.

Und ich möchte sie für mich behalten. Nicht für lange Zeit. Vielleicht werde ich, wenn ich hier rauskomme, stark genug sein, um auch auf sie verzichten zu können. Aber noch fällt es mir schwer. Ich mache jetzt eine Art umgekehrter Konversion durch. Ich lerne, ein ungläubiger Mensch zu sein. Und darum werde ich mich noch ein wenig an ihnen festhalten wie an einem Idol, das der Götzendiener unter seinem Gewand versteckt, während der Missionar ihn tauft.

Was ist das? Das kommt nicht von mir. Das ist nur ein Trick der Ohren. So eine Art Widerspiegelung von Gedanken. Das ist jemand anderes, der in mir weint wie ein Tier, das keine Kraft mehr hat zu fliehen. Das ist Chilmi, draußen, in seinem göttlichen Teich, das ist Chilmi, der endlich den richtigen Spalt zu dem Tränenteich in seinem Inneren gefunden hat. Er ist es, der so weint, ohne sich zu schämen, ohne sich meiner zu erbarmen, wie soll man das aushalten, wie.

Jetzt ist die Zeit aufzustehen. Zu ihm hinzugehen und ihn zu berühren. Denn er hat eine Antwort. Ich weiß, daß er eine hat. Wenn er nur einverstanden ist, mich mitzunehmen. Mich – ich werde mich nicht wehren – in sein durchsichtiges Gewebe einzuflechten. Gerade er, der nichts über mein Leben außerhalb dieses kleinen Dorfes weiß, er, der in Dunkelheiten lebt, im kanja-ma-kan, er wird mir den Weg zeigen. Und ich, das weißt du ja, ich mag diese schleierhaften Erklärungen nicht. Nur an das, was man sehen und anfassen kann, bin ich bereit zu glauben. Aber in der letzten Zeit, Schosch, hat das, was man sehen und anfassen kann, gar keinen Nutzen, und vielleicht sogar im Gegenteil.

Denn was hat es für einen Zweck, mit mir selbst zu kämpfen und mich zu betrügen? Es war Chilmi, der mir damals, als ich bei ihm wohnte, erklärte, was ich mit meinem Leben mache. Warum ich so kämpfe, was mich nach Andal gebracht hat. Von ihm lernte ich Dinge, an die ich anfangs nicht glauben wollte, bis sie mich zwangen, an sie zu glauben: wessen Handschrift ich bin auf dem Blatt Papier, was ich schreibe und was ich verberge, und was den Druck meiner Hand auf dem Papier verstärkt, wenn ich die einfachsten Wörter schreibe.

Und darum werde ich jetzt ein israelischer Soldat sein, der in der Phantasie eines verrückten alten Arabers gefangen ist, und er ist es, der mir sagen wird, was ich tun muß, um die Lüge zu hintergehen, und schon jetzt, da er sich aus dem Faß zieht, sich wie ein nasser Hund schüttelt und, in seinen schrecklichen Mantel gewickelt, zu mir kommt, an seinem Hals das an eine Schnur gebundene Radio, schon jetzt errate ich im Dunkeln die Antwort, die in seinem toten Auge funkelt, und ich weiß sie von allein und sehne mich schon seit langem nach ihr. Er soll sie nur sagen.

10 Zwölf Jahre war er mein. Was sind schon zwölf Jahre. Aber mit jedem Pulsschlag waren wir beide wie tisejn pi libas, wie zwei Hinterbacken in einer Hose. Meine Wange lag an seiner Wange, mein Mund an seinem Ohr, daß man hätte denken können, er sei in meinem Leib gekeimt, ich hätte ihn im Inneren meines Buckels getragen.

Denn er war das schönste Kind von allen Bastarden, die sich auf meinem Hof herumtrieben, und weder hatte die Dummheit sein Gesicht gebissen noch die Bosheit es zerkratzt, und seine Stimme war jung und frisch geblieben und seine Augen rein und unwissend, und sein Kopf hatte sich nicht mit Haar bedeckt. Ein Mondkind war er, und seine Seele schien stets neben seinem Körper zu schweben, und er pflegte den Windstoß ihrer Flügel zu spüren und sich mit erstauntem und suchendem Lächeln umzudrehen, und er sehnte sich immer und wußte nicht, nach was er sich sehnte. Und er war barmherzig und schnell zum Weinen zu bringen und leicht zufriedenzustellen, und er war dünn. So dünn und durchsichtig.

Kan-ja-ma-kan, zweiundzwanzig Bastarde, Jungen und Mädchen, lebten in jenen Tagen auf meinem Hof, und auch drei oder vier Frauen, die ständig kamen und gingen, und nie forderte ich ihre Nächte für mich, und nie strich ich mit meinen Fingern über ihre Haut, denn wie die bärtige, stinkende rola mit dem krummen Mund waren sie alle in meinen Augen, wenn ich der Frau aller Frauen gedachte, der schönen und goldenen und dreckigen Leila Salach, die mich mit einem Wimmern in sich aufnahm, als ich noch ein blinder, spitzer Pfeil war, der sich in ihr Fleisch bohrte und für immer in den Lügen ihres Körpers gefangenblieb. Und auch die Kinder, die zweiundzwanzig Bastarde, wußten kaum, daß ich nach dem Gesetz ihr Vater war, daß ich ihre schwangeren Mütter erworben und sie von der Schande befreit hatte, und sie pflegten mir Fluch- und Schimpfwörter nachzurufen und mich mit Stöcken zu bewerfen, und die Frecheren unter ihnen jagten mir mit spitzen Stöcken auf dem Hof nach, oder sie kamen heimlich und zogen den Zapfen aus meinem Faß, während ich darin badete und mir angenehme Dinge ausdachte.

Und bis mein Jasdi kam, Honig auf Butter, rügte ich sie nicht und ertrug schweigend ihre Beleidigungen, leckte meine Wunden nach ihrem Fortgehen; und so verhielt ich mich auch, als mein Vater mich mit seinem gewaltigen Bauch an die Wand drückte und mir mit seiner Hand, die zäh wie Leder war, ins Gesicht schlug, und genauso verhielt ich mich, als ich schon im Mannesalter war und ein bejahrter Vater seine einfältige, hochschwangere Tochter leiderfüllt zu meiner Höhle zerrte und mir ein Bündel feuchter Geldscheine, das er die ganzen Jahre über in einem Geldbeutel vor der Brust versteckt hatte, in die Hand drückte und mich anflehte – nimm sie zur Frau, und sie wird dich lieben und dir Söhne gebären. Und ich fragte nichts, sondern sagte ihm nur – sie ist schon mein.

Und das machte ich noch immer, als es schon sechs oder sieben Frauen auf meinem Hof gab, und auch nachdem mich vier Frauen verlassen hatten und mitten in der Nacht oder am hellichten Tag geflohen waren und zwei sich von mir nach dem din hachale geschieden hatten und eine noch mehr tat und mich an den Haaren zum Richter von Dschuni zerrte, damit er unsere Ehe auflöse, da doch alle wüßten – so sagte sie –, daß ich kein Mann wie andere Männer sei. Und die Bewohner Andals genießen diese Dinge und nennen mich Chilmi-el-tartur, Chilmi die Clownmütze, und ich setze das Gesicht eines Narren auf und trinke durstig ihren Spott und weiß, daß nicht sie die Schuldigen sind, daß es einen gibt, der seinen Haß auf ihre Körper schreibt und ganze Legionen des Schmerzes durch sie in die Welt sendet, und ich überliste ihn nach dem Gebot von Darios, von Darios, meinem Erlöser und Wohltäter, und Abgründe in meinem Inneren tat ich auf, damit die Soldaten hineinfielen und seine Kraft etwas nachließe und es uns vielleicht ein wenig Erleichterung bringen würde.

Und ich hütete Jasdi mit List vor ihnen. Mit der Vernunft des Besorgten. Ich lehrte ihn, seine Hosen vor den Frauen herunterzulassen, damit sie mit Geschrei und Gelächter vor ihm flohen, und ich wies ihn an, den Speichel aus Mund und Nase rinnen zu lassen, wenn sie mit ihm zu sprechen versuchten, und ich erzog ihn dazu, während der Mahlzeiten in die Hose zu machen, kurzum – ich brachte ihm alles bei, was ihn vor den Menschen bewahren und mir näherbringen würde. Und obwohl wir noch miteinander in der Babysprache redeten, wagte ich es, ihm ab und zu Wörter aus der Sprache der Menschen beizubringen, und liebevoll wählte ich ein sanftes Wort, das frei von jeglicher Bosheit war, reichte es ihm vorsichtig wie einem jungen, blinden Hund zum Spiel, da, nimm Sehnsucht, nimm Streicheln, es gab nur sehr wenige Wörter, denen ich vertrauen konnte, daß sie nicht in seine zögernd ausgestreckte Hand beißen würden.

Und vor allem lehrte ich ihn, nicht zu lachen. Denn mein Leben lang fürchtete ich diejenigen, die ihre Zähne zeigten, die vor Freude ächzten, die sich auf den Bauch klopften und in Brüllen ausbrachen, während der Hieb in ihren Händen bereits Form annahm. Und deshalb brachte ich ihn immer zu meinem Feind in der Jugend und meinem Freund im Alter, zu Schukri Ibn Labib, dem Bienenzüchter, damit er sich an ihm ein Beispiel nehme. Denn Schukri Ibn Labib war einer von den Leuten des Scheichs Salach Chamis, des Derwischs vom Orden, der den Einwohnern von El Kuds die Geschichten des Volkshelden Antar Ben Schaddad erzählte, und als Schukri aus der Stadt hierher zurückkehrte, verkündete er allen, daß von nun an bis zu seinem Tode kein Lächeln mehr über seine Lippen käme, und als Vorbild würde er sich stets Hassan el-Basri von der Bacha'un-Sekte vor Augen halten, der Derwische, die ihr Leben lang aus Angst vor dem Tag des Gerichts schluchzten, und Hassan el-Basri sei der größte von ihnen, da er ganze dreißig Jahre lang seinen Mund kein einziges Mal zu einem Lächeln verzogen habe.

Und am Anfang sagte man bei uns in Andal, daß die Katze aus Schukris Augen luge und er seinen Verstand in den Gassen von El Kuds bei den tanzenden Derwischen verloren habe, doch allmählich gewöhnten sie sich an ihn und seine Verschrobenheit, und nun sind bereits siebenundzwanzig Jahre vergangen, seitdem er zu uns zurückgekehrt ist, und noch immer hat kein Lächeln die Spinnweben zerrissen, die sich um seine Mundwinkel gebildet haben, und so geht er in unseren Straßen einher, schwerfällig, mager wie ein Skelett, seinen riesigen Pferdeschädel mühsam auf dem Hals tragend, und er ist immer derart finster und vorsichtig, daß sogar ich, mögen die Raben mein schwarzes Herz fressen, kaum ein Lächeln zurückhalten kann, wenn ich sehe, wie angestrengt und ernst er dreinschaut und wie er das Lachen mit lachenerweckenden Taktiken überlistet, zum Beispiel mit Nadeln, die er stets in der Hand hält, um sie sich ins

Fleisch zu stechen, sobald er den Drang zum Lachen verspürt, oder auch durch seinen kehligen, heiseren Atem, den er sich andressiert hat und durch den er ganze Ströme seines gestohlenen Lachens in die trockenen Kanäle des Ächzens und Stöhnens leitet.

Und derart seltsam und abscheulich sind die Töne, die aus Schukris Brust kommen, wenn er sich auf diese Art und Weise zurückhält, daß wir hier bei sterbenden Kühen und kranken Mauleseln fragen, ob sie schon den »Sot Schukri«, den Laut Schukris, ausgestoßen haben, das heißt, ob sie ihre Seele mit einem Ächzen ausgehaucht haben. Und man erzählt sich auch, daß Sajnat, die Frau von Dschachfar, sieben Jahre lang Fehlgeburten hatte, und daß weder die Beschwörungen der alten Dehejscha halfen noch die Zeichen, die Nedschib Abu el-Samawal ihr ins Fleisch brannte, und erst als ihr Mann und sie zu Verstand kamen und in ein anderes Haus zogen, weit weg von Schukris Höhle, gelang es Sajnat, die wieder ein Kind unter dem Herzen trug, ihre Schwangerschaft auszutragen, ohne daß Schukris Ächzen sie entsetzte und die Geburtswehen zu früh einsetzten.

So meißelte ich in Wasser, so behaute ich den Stein. Wir lebten in einer Nische in der Höhle, am Rande der Weinlaube, in der Ritze des Pistazienbaumes, und wir stammelten in der Vogelsprache und ließen mit unseren Fingern Schatten über die weißen Felsen tanzen. So wuchs er unter meinen Händen heran, und das Zeichen verschwand nicht aus seinem Gesicht, und es erschien und zeigte sich mir, wann immer ich es dort sehen wollte, wie ein Art Lichtschimmer, wie der Biß der Wahrheit in sein junges Fleisch.

Und allmählich wurden wir in Ruhe gelassen, und man pflegte zu sagen – dieser Chilmi, er wollte einen eigenen Sohn, und so legte er einen Sattel auf einen Hund und nannte ihn Pferd. Aber was kümmerte es mich, ich hatte ein Kind, das wie ein neugeborener Säugling war und nackt und rein herumlief, dessen Speichel aus Mund und Nase rann, der sich triumphierend entleerte und durstig die spärliche Weisheit aus meinem Munde trank, all das, was mich die Jahre des Schweigens in den Feldern, die Arbeit am Pflug und das Wühlen in den Kothaufen gelehrt hatten, und wir pflegten wie umgedrehte Schildkröten auf dem Rücken im Feld zu liegen und mit unseren Lieblingssängern, die aus dem Radio auf meiner Brust ertönten, die Liebeslieder und die Lieder der Traubenpflücker und die Lieder der Diebe in den Weinbergen mitzusummen und uns mit dem Trommeln der rababa in unseren Ohren wie unter Ameisenstichen zu winden und beim Spiel des kanun Fäden des Kummers aus unseren Herzen zu ziehen, und was brauchten wir einander noch zu sagen, wenn doch die Sonne uns zu Ehren versank und der Himmel über uns zusammenschrumpfte wie von Feuer verzehrtes Papier, und nur die süße Melodie auf meiner Brust und seine Hand in meiner, und es war gut.

Kan-ja-ma-kan, es-war-oder-war-nicht, und da war Uri. Und er war der letzte Bastard, der mir mitten in der Nacht, dem geschwollenen Bauch meines Herzenskummers verborgen, in den Hof gebracht und vor den Eingang der Höhle gelegt wurde wie ein toter Fetus der Liebe, einer alten Hoffnung, und ich wußte nichts über ihn.

Fünf Tage lebte er mit mir in der Höhle. Er träumte davon, wie er in Andal eine Straße bauen, uns Strom beschaffen und eine kleine Klinik errichten würde. Jeden Tag saß er in Ajeschs Café, um die Atmosphäre des Ortes zu atmen – wie er sagte – und um die Menschen zu spüren – wie er sagte –, und wie ein Mittwochskind säte er überall, wo er sich hinwandte, Verlegenheit und Mißtrauen, mischte sich in die Gespräche der Alten ein, lächelte den Mädchen zu und sagte Dinge, die man in der Öffentlichkeit nicht sagen durfte, wie zum Beispiel – daß die Besetzung das Leben beider Völker vergifte und auch, daß es ihnen, den Israelis, gelungen sei, diese ständige Lüge, unsere Dörfer und Städte, zu vergessen, und daß wir sie nicht darin unterstützen dürften. Und er sagte noch mehr Dinge, die Angst und Gefahr in sich bargen, und unsere Leute schauten einander erstaunt und zornig an, und nur das Blubbern der nargile war zu hören, und alle waren sicher, daß er nichts anderes sei als ein neuer Spion, dem ich Deckung gab.

Fünf Tage war er bei mir. Am Anfang diskutierten wir, dann verstummten wir, dann lernte ich, daß ich ihn liebte. Er war so sanft wie der Junge, der mir gestohlen worden war, und sein Lächeln war dünn und brüchig. Einmal nannte ich ihn Jasdi, und er sah mich an, und einen Moment lang blitzten seine Augen, und auch das lebendige Zeichen leuchtete auf.

Und ich begann, ihm meine Geschichten zu erzählen. Kan-ja-ma-kan. Eine Geschichte in einer Geschichte und ein Märchen im Märchen. Ein Schmerzensknäuel rumorte in meinem Bauch, und ich zog Fäden von Geschichten aus ihm heraus, denn siehe da, ein ganzes Jahr lang hatte ich nicht solche Augen vor mir gehabt, in die ich tauchen konnte, und schon seit vielen Jahren hatte ich keinen lebenden Jungen in die verschlungenen Felsspalten geführt. Und ich erzählte ihm von Darios, meinem Erlöser und Wohltäter, und von den Fuchsfallen, zu denen er sich in den Nächten schlich, um die verängstigten Tiere, die dort gefangen waren, zu befreien, und von der alten Arissa erzählte ich ihm, die in den Tagen der Heuschreckenschwärme zu Beginn des Jahrhunderts Säcke mit diesen Tieren füllte und deren Flügel mit Honig an ihren Körper klebte, um von einem der Bäume aus davonzufliegen; und von Nuri, dem Zigeuner aus dem Lande Hedschas, erzählte ich ihm, der sich vor dreißig Jahren hierher verirrte, und der einen echten Affen auf seiner Schulter trug, bis der Affe starb, aber Nuri blieb; und ich erzählte ihm auch von Nafi, dem alten Geizhals, der ein großes Tabakfeld besaß, auf das er unser gesamtes Quellwasser leitete, und der solch ein verbissener Knauser war, daß wir von ihm sagten, er habe Angst zu essen, weil er sich dann entleeren müsse, und ich erzählte von Mamduch el-Saharani, der glaubte, in Andal Öl finden zu können und letzten Endes alle Männer Andals mit sich in den Staub zog, und der mich wie ein himmlischer Engel über das Dorf, über die Hügelketten, die traurig zum Horizont führten, direkt in das warme, wüste Bett der Leila Salach, der schönsten und dreckigsten und gierigsten aller Frauen warf, tuta tuta, chelset el chaduta.

So wuchs er unter meinen Händen heran. Anfangs versuchte er sich zu wehren. Zu diskutieren. Genauso wie Jasdi sagte er mir, daß Geschichten nicht genügten. Daß man etwas tun müsse. Ich verstehe nicht, warum alle gerade von mir verlangen, etwas zu tun. Und er flehte mich an, ihm zuzuhören, und er sprach von einer verantwortungsbewußten Bürgervereinigung und von einer mutigen Führung, der die Israelis ein Ohr würden leihen müssen. Gewalttätigkeit führt zu keiner Lösung, sagte er, deklamierte er, aber ihr seid diejenigen, die uns aus dem vergifteten Schlaf rütteln müssen, in den wir versunken sind. Redet zu uns, sagte er, schrie er, am Ende wird euch jemand hören.

Er kämpfte mit mir. Seine Augen hinter den dicken Brillengläsern wurden groß und rund, und seine Lippen verzogen sich schmerzlich. Und ich sah, was in seinem Gesicht geschrieben stand. Das Leid, das Stücke von ihm riß. Er wird immer der Verfolgte sein. Und einmal sprach er mit mir über Jasdi und strich sich dabei mit der Hand über das schüttere, unordentliche Haar, sagte, er empfinde eine seltsame Nähe zu ihm; er blickte bedrückt auf das Haar, das sich in seinen Fingern verfangen hatte; es ist nutzlos, sagte er, am Haar kauend, es ist ein verlorener Krieg, und er schaute auf und erinnerte mich daran, daß ich ihm einmal, gestern oder vorgestern, gesagt hätte, er könne ein herrlicher Idiot sein; er ließ das Haar auf die Erde fallen, und sein Blick verlor sich in der Ferne: ein Idiot ist der, der kämpft, und ein Idiot ist der, der etwas zu verändern versucht, nur daß ich, Chilmi, nicht anders kann.

Und dann hörte er auf, mit mir zu kämpfen. Ein seltsames Spiel, sagte er mir erschöpft, ein seltsames Spiel treibst du mit mir; und ich lächelte ihn liebevoll an und führte ihn an der Hand in den weißen Nebel hinein, zu den Plätzen, an denen sich die großen Dinge im Menschen zutragen, und ich erzählte ihm weiter von unserem heimlichen Dorf, zu dem wir aus irgendeinem Grund schon seit vielen Jahren nicht mehr gegangen waren, und ich erzählte ihm von der zu reifen Frucht, die eines Abends am Zweig des Pistazienbaumes über meinem Kopf hing, während im Dorf die Schüsse zu Ehren der Verlobungsfeier meiner Schwester Na'ima abgefeuert wurden, und wie ich die Frucht wie eine Münze hochwirbelte in das Wirrwarr der kreisartigen Linien in meinem weißen Auge, und so saßen wir jeden Abend in der Weinlaube oder in der Dunkelheit der Höhle, ein jeder in sich versunken, er mit besiegtem Schweigen, nicht wissend, was er machen sollte, vielleicht würde er für immer hierbleiben, da er nicht die Kraft hatte, in sein Land zurückzukehren, und ich verwundert und geheimnisvoll, und kan-ja-ma-kan, es-war-oder-war-nicht, und so keimte aus seinem Leid und meinem Erbarmen, aus meiner Sehnsucht und aus dem lebendigen Zeichen auf seiner Haut die Erinnerung an den Jungen Jasdi, an sein Lächeln und an seine Stimme und an seinen Mund, der wie Salbei roch, und die kleine Öllampe knisterte und flackerte vor unseren Augen, und mit dem aufsteigenden

Rauch und mit dem kan-ja-ma-kan tauchten wir in jene Felsspalten, in die Dinge, die nicht so waren, wie sie aussahen, in jene schmalen Plätze, in die nur das Geheimnis seinen dünnen Körper stecken konnte, und weder die Worte, die deklamiert wurden, konnten dies, noch die gezähnten Blätter der chaschischat-el-nachal-Pflanze, noch die grob abgeschnittenen Kanten zerknitterter Fotografien, noch die Sonnenbrillen, die das lebendige Zeichen dämpfen, und auch nicht die höflichen und müden Armeeoffiziere, und nicht die Kolonnen gestohlener Jungen, die an die Wand gelehnt vor ihren Eltern standen, und nicht der einschmeichelnde Glanz in den Augen des Muchtars, und nicht die dreieckigen Militärstempel auf den in fremder Sprache bedruckten Papieren, und nicht die so unschuldigen Jungen, die mit einer Taschenlampe ins Auto leuchteten, nur ich und Jasdi und Uri, und das war gut.

11 Es ist schon Abend, und auf dem Platz Nummer drei sind noch ein paar Scheinwerfer eingeschaltet worden. Dort spielen jetzt die Jungen von der grünen Abteilung, reagieren die ganze Energie ab, die sich im Laufe des Tages in den Klassenzimmern, den Bastelräumen, den Werkstätten angestaut hat. Das sind die Jungen, die Sigmunds Käfig am nächsten sind, so bezeichnet sie Professor Hillman mit trockenem Humor, weil sich dieser Käfig – der immer leer ist – sehr nahe am Ausgangstor des Instituts befindet, und das gleiche auch für die Jungen von der grünen Abteilung gilt: sie brauchen nur noch einige anstrengende Wochen der Erziehung und des Anpassungstrainings, um uns zu verlassen; und wir sind hier erfahren genug, um zu wissen, daß diese Wochen für sie die härtesten und gefährlichsten sind. Die nahende Freiheit fällt ihnen schwer.

Jetzt vergnügen sie sich auf dem Spielfeld. Traben wie eine Herde von Pferden vorbei, nur daß sie keinen Staub aufwirbeln, denn es gibt keinen Staub in unserem Institut, und sie lassen auch keinen Ton verlauten, denn die dicken Fensterscheiben dämpfen jeglichen Schrei, und ich kann die vier Pfleger sehen, die das Spiel von jeder Ecke des Feldes aus beaufsichtigen. Einer von ihnen, kleiner und stämmiger als der Rest, wirkt selbst von hier aus offensichtlich nervös. Seine Hand flattert die ganze Zeit auf der Tasche seines feinkarierten Kittels. Auf dem glänzenden Röhrchen, das darin liegt. Er ist bestimmt neu hier. Ist es überhaupt nötig zu sagen, daß die Jungen den Ball ausgerechnet in die Ecke des Spielfeldes schießen, in der er steht?

Und ich lege eine dritte Kassette in die Tonbandhöhle und schließe die kleine Glastür.

Vielleicht ist jetzt die Zeit, mir eine Frage zu stellen, deren Antwort von vornherein feststeht, aber bei einer so ernsten und langen Untersuchung, wie wir sie heute abend anstellen, geht es nicht ohne sie: Wem erzählst du eigentlich alle deine Geschichten, Schosch, an wen richtest du deine Worte, denn es liegt doch eine Spur von Theatralik darin, daß du hier sitzt und redest, und es ist anzunehmen, daß du wie ein erfahrener Bühnenschauspieler irgendwo in deinem Kopf die Gestalt des idealen Zuschauers mit dir herumträgst, an den du dich mit deinen Worten, deinen Scharfsinnigkeiten wendest, und sag mir jetzt nicht wieder mit der Naivität einer Lolita, daß du dich an den blinden Erzähler wendest, an den Magnetglanz seines einen Auges, und weiche mir nicht mit irgendeiner geistreichen Beschwerde aus, wie zum Beispiel, daß ich dich nicht am laufenden Band drängen soll, sondern versuch zu erklären, warum du bereits seit mehr als einer Stunde, und fast ohne es zu merken, ausgerechnet über Avner sprichst.

Ich werde es erklären. Das ist gar nicht schwierig. Man kann damit anfangen, daß Avner im Grunde der Erzähler ist. Wenn ich an irgendeinen Erzähler denke, der die Wurzeln der Dinge miteinander verbinden kann, so ist Avner der Mann. Und er kann mit seinem abwechselnd aufflackernden und erlöschenden Blick die kühlsten Kohlen zum Glühen und sie in eine Form bringen, die mir am besten paßt, die sich in die Teiche meiner Seele übersetzen läßt, und so führt er mich auch heimlich durch die Sonetten.

Und man kann es auch damit erklären, daß gerade Avner auf seine Art am weitesten von mir entfernt ist, weil es in meiner Hand liegt zu bestimmen, wie nahe ich den Gefahrenzonen, die in mir flüstern, kommen will. Und das ist kein Distanzieren aus Fremdheit, sondern aus Vorsicht. Aus Respekt, den wir beide für die Dunkelheit und das Schweigen hegen.

Und Avner wird das alles nicht ahnen. Er liebt in mir, verlangt von mir die stille Logik und die frostige Vernunft. Ich weiß das genau und verstelle mich. Und ich weiß auch: wenn er – ein Fisch der Tiefen, der verhalten in den Spalten pocht – einmal gezwungen sein wird, aus seinem verborgenen Aufenthalt hervorzustoßen, wenn er von Angst und Wahn erfüllt sein wird, dann wird er mit der ganzen Kraft seiner Flossen nur zu mir aufsteigen.

So war es, als Chagai Sturzer, der Sohn von Awischai und Rota aus Nahalal, sich umbrachte. Chagai diente in der Infanterieeinheit ›Golani‹, und vor seiner Einberufung zum Militärdienst war er Avners Schützling in der Leitung der Pfadfinderbewegung, und bei einer Aktion im Libanon tötete er ein kleines Kind, in dessen Zimmer sich ein Terrorist versteckt hatte; und eine Woche später, als er nach Nahalal auf Urlaub kam, nahm er sich das Leben. Und da wurde Avner aus seinem Versteck herausgeschossen und zersprengte mit seinem Sprung die eiserne Schicht seines wunderbar formulierten Glaubensbekenntnisses und kam bis in mein Zimmer gesegelt und bat mich wortlos, ihn zu retten.

Und daher ist auch hier ein Betrug: Ich gehe auf dich ein, Avner, und spiele dir vor, was du sehen willst; aber meine dunkle Seite fühlt dich, und alle Spuren auf der geheimen Landkarte deiner Wunden sind in der Schale meines Kerns eingebrannt, und ich sage, Avner, daß sich schon seit einigen Jahren jenes bedrückende und sensible Element zwischen uns beiden zusehends spannt, das vielleicht zwischen zwei Blinden entsteht, die mit dem Stock klopfend aneinander vorbeigehen.

Und ich werde zu dir sprechen, und du wirst mir antworten oder, wie immer, schweigen können, hinter einer gräulichen Wolke von Pfeifenrauch verschwinden, das ganze Zimmer in jene Gespanntheit versetzen, die ein konzentriertes, fieberndes Hirn wie deines im Raum schafft, da, schon befällt Unruhe die verlegenen Staubkörnchen in der Luft, schon erzittern die großen Möbelstücke auf der Stelle, und mit einem gewaltigen Staunen reißen sie sich los, segeln auf ihren Beinen durch die Luft und schrumpfen in ihrer Bewegung zu einer Gesamtheit von Staubspänen zusammen, die in einem Lichtstrahl direkt zu dem erhitzten Faden getrieben werden, der in dir gespannt ist, und wenn es mit den Möbeln so ist, dann ist es mit den Menschen sicher genauso.

Ich sehe dich. Ich beobachte dich schon seit vielen Jahren. Da sitzt du zusammengekauert in einer Ecke des Wohnzimmers, starrst ohne zu sehen, lauschst ohne zu hören deinen Freunden, die nicht deine Freunde sind, die kommen, um die Bedrückung an deinem Körper abzureiben, die du unter ihnen auslöst; und so ist es auch mit den Redakteuren der Parteizeitung, für die du, ihrer Meinung nach, viel zu selten schreibst, oder mit den Parlamentsmitgliedern der Partei und ihren Public-Relations-Leuten und ihren Intellektuellen, mit all jenen und den anderen, die schon seit Jahren versuchen, dich aus dem politischen Exil, das du dir auferlegt hast, herauszuholen und dich zu einer regen Aktivität an der Spitze einer neuen ideologischen Kraft, wie sie es nennen, zurückzubringen, und es ist richtig, Avner, daß die Erziehung der Jugend und die Sorge um unseren ideologischen Nachwuchs eine äußerst wichtige Aufgabe ist, die du schon seit über fünfzehn Jahren mit einer solchen Hingabe erfüllst, aber Wurzeln haben immer eine eigene Lebenskraft, die stärker ist als die Wurzeln selbst, der Stamm hingegen – vielleicht hast du das nicht gemerkt –, der Stamm, Avner, fault dahin und braucht dich sehr.

Ich werde über dich sprechen. Erschrick nicht: träufle keinen Schatten in den Lichtstrahl. Ich sehe dich auch in der Gesellschaft, die dir am liebsten ist, unter deinen Jugendlichen, vor ihnen auf einer Bühne bei irgendeiner Versammlung, oder auf einem Feld, an einem Lagerfeuer, mit langen verschränkten Beinen sitzend; da sinkt dein Kopf ein wenig zwischen deine Schultern, da windet sich deine Oberlippe mit einer Art von Staunen vor dem Sprechen, mit einem gewissen Unwillen, dich vor einem derart begeisterten und anspruchsvollen Publikum zu entblößen, und von irgendwo wird deine stets überraschende, in ihrem leisen Bariton beinah tierische Stimme hervorbrechen, deine Stimme, die manchmal unter der Last der schweren Worte in ein Flüstern zerbricht. Und es sind erstaunlich einfache Worte über dieses Land und seine Leute, über das Pfand, das deine Generation nun an die Zuhörer weitergibt, an jene Jugendlichen, die hypnotisiert sind von deinem Anblick, ein Mann der Rätsel, eingehüllt in seinen unbekannten Schmerz, denn sie wissen ja nicht, wie sehr dich die Lüge quält, in die du sie hineinwebst, und du sagst ihnen die banalsten Dinge, Avner, aber dir glauben sie, vielleicht weil alle wissen, daß du von ihnen nichts verlangst, was du nicht selbst in deinem Leben und in deiner Familie erfüllst, die bis zur Askese einfache Lebensweise und die Abscheu vor allem Materiellen, und die Aufrichtigkeit, die deinen Alltag bestimmt, und die grausame Selbstkritik und auch – und hier gestattest du dir dein seltsames, schiefes Lächeln – den einzigen Luxus, den du dir erlaubst, die gewisse Blindheit, die ›heroische Verschlossenheit‹, um es so zu nennen, gegen das, was zur Zeit nicht zu ändern ist.

Über dich werde ich sprechen. Da bist du. Stets bewegungslos. Ewig groß und schlank klebst du auf einem Stuhl, ein Bein über das andere geschlagen, und bringst mich in Verlegenheit mit deinem allzu intellektuellen, deinem hochmütigen Gesicht, mit dicken und isolierenden Brillengläsern und einem dünnen und egozentrischen Mund, dem überraschend Wörter wie »zusammen« und »gemeinsame Anstrengung« mit einer inneren Überzeugung entströmen, in der niemand auch nur eine Spur von Lüge finden wird. Da bist du, mit spitzem, energischem Kinn, mit einer sehr spärlichen Haarlocke, einem schwachen Abglanz dessen, was einmal war, und diese Locke hängt über deiner Stirn und wird jeden Augenblick mit einer vorsichtigen, nachdenklichen, herzensruhigen Geste aus dem Gesicht gestrichen.

Wenn du wüßtest, was ich dir hier antue, wärest du bestürzt. Definitionen jeglicher Art verursachen dir Klaustrophobie. Du erstickst an ihnen. Definitionen, sagst du, muß man mit einem intensiven Leben, mit der Liebe zu Lea und mir bekämpfen; heute wirst du bestimmt hinzufügen: mit dem Trinken. Dem freundschaftlichen Anstoßen mit Sussia. Mit dem Träufeln von Schatten. Und du kennst mich nicht wirklich. Das ist ein Satz, der dir Kummer bereiten würde. Denn wir sind ja so sehr Familie, wir drei, und Sussia natürlich und jetzt auch Uri, und immer zusammen, man muß Dinge nicht einmal laut aussprechen, denn die Gedanken haben sich uns allen bereits eingeprägt wie eine leise Melodie, und was ist mit dem Vertrauen, das wir alle zueinander haben, wirst du fragen, und was ist mit der Achtung, die ich für dich hege, die du sehr gut kennst.

Beruhige dich. Du kennst mich nicht. Die Ähnlichkeit zwischen uns beiden verhindert die Möglichkeit der Nähe. Mit Lea, zum Beispiel, ist es viel leichter. Sowohl die Liebe als auch die Streitereien zwischen uns sind abgemachte Zeichen einer direkten Verbindung. Man kann mit ihr ringen und man kann sie einige Augenblicke lang verabscheuen. Man kann sie verspotten und man kann sie täuschen: ihre Einschalttasten sind gänzlich entblößt; ich höre ihr jetzt oft mit Uris Ohren zu, mit dem sie wieder ihr ganzes Repertoire einstudiert – ihre geliebten Parolen, die üblichen Vorwürfe, den aggressiven Eifer, der sich mit der gleichen Heftigkeit auf einen Fehler im Hebräischen wie auf die landesweite Blutspendeaktion stürzt; und-glaubt-mir-es-besteht-eine-Verbindung-zwischen-diesen-Dingen-auch-eine-Zange-wird-mit-einer-Zange-gemacht.

Und trotz allem bin ich imstande, sie manchmal zu mögen. Denn es steckt eine sisyphushafte Beständigkeit in all ihrem Tun: in der stets-ursprünglichen-Begeisterung, mit der sie aus ihrem Inneren eine Idee schöpft, die Gutes birgt; mit der sie sich an jeden neuen Menschen wendet, von dem sie meint, er werde sich sofort ganz und gar ihren Plänen und der Fülle ihrer guten Absichten hingeben, und danach mit ihrer leisen, gequälten Enttäuschung, die zu aggressiven Vorwürfen gerinnt. Es liegt etwas beinah Beruhigendes in ihren gezwungenen Zeremonien, in dem unaufhörlichen Gerede, das sie wie Körner für ihre Küken um sich streut. Sie ist nicht imstande, wirklich zu überraschen, und von ihren Lügen kann man stets den Weg zurück zur Wahrheit finden. Jetzt ist es mir möglich, sie in staunender Ruhe zu betrachten: die Besorgtheit, mit der sie dich pflegt; die boshafte Härte, mit der sie Sussia behandelt; die Gnaden, die sie dem Volk, das in Zion sitzt, erweist – die Organisation von Freiwilligen, die den Blinden vorlesen, und die Ausflüge für Senioren, und die Spielzeuge für Kinder in Krankenhäusern, und die einmaligen Aktionen für die Kinder, die bei der Explosion verletzt worden sind, und für das Ehepaar, dessen Haus abbrannte, was für eine unerschöpfliche Kreativität, was für ein sprühender Einsatz positiver Energie. Und ich denke manchmal: Wenn sie eine enge Freundin hätte, wenn sie auch nur eine ihr wirklich nahestehende Seele hätte, würde sie sich vielleicht ein wenig beruhigen.

Und die ganze Zeit – du ähnelst mir, du ähnelst mir, sagt sie, du bist so standhaft, so nüchtern, und du verstehst es, auf dem zu bestehen, was dir zukommt, wie ich, und glaub mir, meine Liebe, daß viel Ruhe und Klugheit nötig sind, sich um Avner zu kümmern und auf ihn aufzupassen, ohne daß er es merkt, und du weißt sehr gut, ohne mich hätten wir nicht einmal das bißchen erreicht, das wir erreicht haben, und dann folgen natürlich in unweigerlicher Reihenfolge alle Paragraphen deiner Schuld, die Fahrtkostenerstattung, die du nicht verlangst, trotz deiner vielen Fahrten zu den Parteibezirken, und der Posten als Kulturattaché in England, den du abgelehnt hast, und Sussia, den du ins Haus gebracht hast, und nur das Trinken erwähnt sie nicht.

Und immer wieder werde ich staunen: habe ich doch stets gemeint, daß wir die banalsten und daher die glücklichsten Bausteine sind, die es gibt. Beinah wie ein Nachteil war es für den, der sich, wie ich, mit dem Bereich der Psychologie befaßt. Ich empfand beinahe Scham bei den Seminaren an der Universität und in den kleinen Diskussionsgruppen, wenn alle die langen Listen ihres persönlichen Leids hervorholten. Und ich kann in meiner, in unserer Lebensgeschichte kaum einen richtigen Gefühlsausbruch finden. Weder großen Zorn noch aufwallende Begierde oder tierisches Leid. So eine normale Familie, also wirklich. Und ich, ich konnte mich bei euch noch nicht einmal des natürlichen Rechts eines jeden jungen Mädchens erfreuen: ein bißchen gegen euch zu rebellieren, vor euch zu explodieren, mich wie meine Freundinnen darüber zu erbittern, daß ihr meine Freiheit, meine Meinungen einschränkt; mich kritisiert, mich verurteilt; wie waren überhaupt Streitereien darüber möglich, was ich anziehen sollte und mit wem ich mich treffen durfte, und ihr seid doch so tolerant und aufgeklärt und so fortschrittlich, vielleicht ein klein wenig zu fortschrittlich für mich, denn sieh da, jeder hat das Recht, seine Fehler zu machen und den Wahnsinn, den Gott ihm auferlegt hat, auszuschöpfen, und wir glauben nicht an Zwangserziehung, sondern daß man mit gutem Beispiel vorangehen muß, antwortest du mir mit einem toleranten Lächeln, wenn ich dir trotzige Absichten andeute; mach, was du willst, Schosch, lächelt mich Lea an, als ich in deinem Alter war, bin ich von zu Hause weggelaufen und habe mich der Palmach angeschlossen, wie kann ich dir also jetzt vorschreiben, um zehn zu Hause zu sein?

Und daher, Avner, mußte ich immer sofort die Krümel der Mikrofilme, die aufbegehrende Gedanken in euren Mundwinkeln hinterließen, erraten und fotografieren, entziffern und vergrößern, bevor sie hastig verschluckt wurden, bevor ihr euch erinnern würdet, euch selbst mit Befriedigung darauf hinzuweisen, daß ich ein genauso freier Mensch sei wie ihr, auch wenn ich jünger bin als ihr, und daß ihr daher gar kein Recht habt, mir Befehle zu erteilen, und bevor der Mensch nicht ans Ende der menschlichen Geschichte gelangt ist, kann man ja überhaupt nicht wissen, was gut und was schlecht ist, außer ein paar ewig gültiger Werte natürlich, und wir werden uns nicht einmischen, Schosch, denn in diesem Haus sind die Gefühle eines Menschen sein Privateigentum, wie du weißt, und daher, zum Teufel mit der Aufgeklärtheit, mischt ihr euch schon seit drei Tagen nicht in meine Gefühle ein und quält mich nicht mit Fragen und gebt euch damit zufrieden, daß ich euch vorsichtig gebeten habe, bei euch bleiben zu dürfen, bis sich einige Dinge zwischen mir und Uri geklärt hätten, und das kann ich euch nicht verzeihen, besonders dir nicht, großer und vorsichtiger Fisch, der du bist, denn du, du mochtest ihn, über das ganze peinliche Theater der Väterlichkeit ihm gegenüber hinaus, und ich habe bei dir noch nie eine so umfassende Abweichung von dir selbst zu jemand anderem hin erlebt, und mit Staunen sah ich dich mit ihm reden, Avner, reden, nicht die-richtigen-Fragen-stellen, nicht die-Kollegen-auf-brillante-Weise-interviewen, sondern reden, und vor allem – zuhören, entspannen, und du hast dich durch eine seltene Geste der Hilflosigkeit verraten, als deine Finger plötzlich an die Unterlippe griffen und sie ein wenig öffneten; und du hast gelacht – ehrlich –, und du hast erfreut, erleichtert gelacht, bis es dir einfiel, deine Lippen mit jenem derart geizigen und widerlichen Zusammenkneifen zu schließen.

Ich muß zugeben, ihr habt mich überrascht, du und Lea: ihr habt ihn mit einer Leichtigkeit in eure Mitte aufgenommen, die ich nicht an euch kannte. Auch wenn er keine einzige eurer wortlosen Prüfungen bestehen konnte. Aber gerade deshalb, gerade weil ich hoffte, daß ihr ihn sofort ablehnen würdet, beeilte ich mich, ihn mit nach Hause zu bringen, denn allein hätte ich mich nicht entscheiden können; ich wollte ihn, und ich wußte genau, daß es keine Chance auf eine immerwährende Liebe zwischen uns gab, aber es war vor allem die Angst, die in mir das Bedürfnis nach ihm weckte, nach seiner resoluten Sanftheit, nach der leisen Stimme, die in seinem Kopf zu ihm spricht und ihn nicht mit Vernunft und Logik füllt, sondern ihn einfach von sich selbst zu den anderen führt, ohne zu sündigen; und es war diese Angst und dieses Verlangen, die mich hilflos und ratlos zurückließen, und darum legte ich ihn vor die Schwelle eures Hauses und wartete, daß ihr euch für mich entscheidet – natürlich ohne mir ein Wort zu sagen.

Und ihr habt überrascht. Uri hatte keine Chance, und er hatte trotzdem Erfolg bei euch. Achtlos, unbeschwert vor sich hin pfeifend, mit den Händen in den Hosentaschen, schritt er unter allen Hürden eurer gespannten Fäden hindurch, und ihr wart scheinbar erleichtert. Schnell habt ihr neue, seinen Maßen angepaßte Hürden für ihn aufgestellt: Er wird dir ein wunderbarer Mann sein, meine Liebe, er ist so gut und feinfühlig und wissensdurstig. (›Wissensdurstig‹ löste das Wort ›gebildet‹ ab, das in den alten Ansprüchen vorkam.) Und innerhalb sehr kurzer Zeit, einiger Wochen vielleicht, drücktet ihr ihm schon den Stempel des Familienadels auf, der besagt, »ein Gericht unserer Küche ist ein Zeichen von Qualität«.

Wer hätte das gedacht, Avner: ihr habt ihn mit Wohlwollen, mit Neugier beobachtet, als böte er euch einen anderen, einen versöhnlicheren Weg an, auf dem ihr ihm folgen könntet. Und vielleicht nicht nur aus Neugier, sondern aus dem gleichen verwirrenden Verlangen, das er auch in mir weckte, durch das ich wie eine Mondsüchtige von ihm angezogen wurde, bis ich erkannte, daß ich bereits die Fähigkeit verloren hatte, an das, was er mir anbot, zu glauben. Aber ich konnte noch immer diese Erregung definieren, die in euch geweckt worden war; die Liebe, die zwischen euch zögert.

Und ihr wartet treu auf ihn, bis er aus der Abendschule kommt, damit wir gemeinsam essen können, und geduldig hört ihr auch seine ermüdend ausführlichen Geschichten über den Unterricht an, über die Freunde, über die neue Kommode, die er und Sussia im Badezimmer bauen wollen; und ihr werdet von seinem Enthusiasmus angesteckt, wenn er die Genauigkeit und die Schönheit und die Farbkombination, die er gewählt hat, beschreibt, und die Breite ihrer Schubladen von hier bis hi-hopp, Entschuldigung! Und rasch, böswillig werfe ich Lea einen Blick zu, um in ihren Augen das kurze, wohlbekannte Aufflakkern der Wut über die unbeholfene Handbewegung, mit der Uri das Glas zu Boden geworfen hat, aufzufangen, aber da ist gar keine Wut, im Gegenteil, da ist setz-dich-Uri-ich-werde-die-Scherben-schon-wegkehren-das-war-ja-eh-ein-altes-Glas; und Lea ist es, die jeden freien Augenblick mit ihm über der Abiturvorbereitung in Grammatik sitzt; und das Gelächter-bis-einem-die-Tränen-kommen, wenn er euch beiden, sobald ihm danach zumute ist, einen Witz nach dem anderen erzählt, selbst wenn er es schafft, jeden Witz zu verderben, selbst wenn in unserem Haus jeder, der Witze erzählt, sich bekanntlich sofort diskreditiert, und so verändert ihr euch für mich in seiner Gegenwart, ohne es zu merken, werdet ein wenig weicher, und Lea erzählte mir heimlich, mit einem Kichern, uns geschieht etwas Wunderbares und Seltsames, Schosch, und es ist, als würden wir wieder junge aufgeregte Eltern, und diesmal natürlich Eltern von zweien, und jetzt lieben wir einander sogar mehr, und wir verstehen das nicht genau.

Hör jetzt zu: ich werde dir beschreiben, wie du ihn geliebt hast; mit Grausamkeit werde ich es beschreiben: einfach so zu lieben, dazu bist du nicht fähig. Man muß deiner Liebe würdig sein und deine versteckten Prüfungen jeden Augenblick bestehen und niemals irgendeinen Unsinn von sich geben, kurzum – man muß die ganze Zeit wach und auf der Lauer sein, denn das Leben mit mir, Schoschik, ist ein ständiger Kampf, und deine Mutter weiß das sehr gut, und weil sie mich zu bekämpfen versteht, respektiere ich sie; aber Uri hat dich sozusagen überlistet, Avner, und mit seiner naiven Logik, mit seiner Leichtigkeit schmilzt das ganze eiserne Gitterwerk deiner Ansichten und deines gut-gezügelten Hasses und deines gesträubten Argwohns und deiner Menschenverachtung, all dieser Dinge, deren Existenz in dir niemand erraten wird.

Niemand wird es erraten und Uri schon gar nicht. Er betet dich an, wußtest du das? Er denkt, du seist ein Humanist, stell dir vor. Ein Mann mit menschlichen Werten, die Achtung erwecken. Du mußt ihm verzeihen. Er ist nicht wie wir. Er sieht nicht die beiläufige Handbewegung des alten Weinhändlers. Noch kann er nicht hinter die Dinge sehen. Erst in den letzten Tagen beginnt er, sich mit dieser Kunst vertraut zu machen. Mehr als einmal hat er mir gesagt, er wollte, er wäre wie du. Wäre sich seines Weges so sicher wie du. Stets nachsichtig und wohlwollend gegenüber jeder menschlichen Schwäche. Er wäre gar nicht imstande, mir zu glauben, wenn ich ihm die Wahrheit sagte: Wer den Menschen so gut kennt wie du, wer so genaue Dinge über ihn zu sagen weiß, als ein dichtes Sonett getarnt, vierzehn Zeilen und Todeskühle über den Worten, der kann ihn nicht lieben und ist unfähig, ihm zu vergeben. Hör zu: Uri meint auch, du seist sehr mutig. Ich weiß nicht, was du ihm erzählst, während ihr beide Wache haltet, aber er kehrt immer voller Bewunderung für dich zurück, und ich muß mir immer wieder Geschichten über dich, über deine Aussprüche, deine Prophezeiungen anhören, nur bewundere ich sie jetzt nicht mehr, denn ich weiß: sie sind nur die Eisenfäden, die sich in dir lösen; nur die Oberfläche des Mosaiks, und auf der Rückseite – Fetzen um

Fetzen und Hohlräume und dunkles Grauen, Avner, und Abscheu vor allem, mein mutiger Humanist, und vielleicht ist das der Abscheu vor dir selbst und die Angst vor der Macht deiner Worte und vor ihrem Einfluß auf Menschen wie Uri, und jetzt kommt mir der Gedanke: wer weiß, welchen Anteil diese leeren Worte an Uris Beschluß, nach Dschuni in den harten Kampf zu gehen, haben.

Und du hast ihn geliebt. Mit Verwunderung, mit Gespanntheit, wie einer, der Beobachtungen über ein ganz seltenes Tier anstellt, oder noch besser: wie einer, der einen Verbrecher verhört, dessen Verstellung zu perfekt ist. Und so ein Tier gibt es nicht, hast du mir gleich am Anfang gesagt, als du ihm gerade erst begegnet warst, und dieser Satz, dieser verdammte Satz, kehrte wieder und legte sich mir auf die Zunge bei unserem großen Streit in Rom, nach dem Uri mich verließ und nach Santa Anarella flog, und manchmal kommt es mir vor, als sei er von dort nie zurückgekehrt.

Und das Spiel ist aus. Die Jungen von der grünen Abteilung räumen jetzt das Feld, streifen im Gehen die verschwitzten Unterhemden ab. Stoßen sich gegenseitig an, schlingen die Arme um ihre nackten Körper, die in dem kühlen Wind dampfen. Schatten bilden sich und verschwinden unter ihren schönen Muskeln. Die Pfleger folgen ihnen von weitem. Verkleinern ihre Anwesenheit. Das sind die Anweisungen unseres großzügigen Hillman, nur der neue Pfleger merkt nicht, daß er der flüsternden Gefahr zu nahe kommt. Aber alles verläuft friedlich: Sie gehen in den vergitterten Gang hinein, der zu den Umkleideräumen führt. Hat mein geduldiger Zuhörer das Geräusch der geschwungenen Peitsche des unsichtbaren Dompteurs aufgenommen? Hat er den Seufzer der Erleichterung des ängstlichen Publikums gehört? Ich werde ihm erzählen, was er in seiner bedauerlichen Blindheit nicht registrieren kann: Irgendwo macht jetzt jemand ein kleines Zeichen auf eines der Quadrate; die und die Gruppe hat eine Stunde lang Basketball gespielt. In der braunen Abteilung treibt man die Jungen schon in die Umkleideräume. Durch die leisen Lautsprecher werden Pfleger Gabi und Pfleger Rafael gesucht. Die Gruppe der »Braunen« wird von sechs Pflegern beaufsichtigt.

Über Uri sprach ich. Über so-ein-Tier-gibt-es-nicht, wie du

sagtest, und du hast ihn weiter beobachtet, auf den ersten falschen Schritt gelauert, durch den sein wahres Gesicht zum Vorschein kommen würde, oder auf seinen unvermeidlichen Fehler, und je mehr du ihn in dich hast einsickern lassen, in deine mißtrauisch zusammengekniffenen Augen, ist dir geschehen, was uns allen geschehen ist – Katzman, als er ihn kennenlernte, und mir, als ich mich auf ihn warf, ohne ihm Zeit zum Nachdenken zu lassen –, und zum ersten Mal seit langer Zeit wolltest du, daß Uri mehr Recht hätte als du und es möglich wäre, daran zu glauben, daß solch ein verträumter und Vertrauen schenkender Mensch wie er in der Welt umhergehe, sanft, so sanft, der in dir die Hoffnung weckte, daß auch dir in seiner Gegenwart ein wenig verziehen würde, denn dann würde dich eine Welle von unlogischer Fröhlichkeit wie das letzte lebendige Zucken eines Sterbenden durchströmen.

Und er schlüpfte in unsere Mitte hinein, als hätten wir auf ihn gewartet. Als wäre er die letzte Zeile, die der Geschichte einen neuen Sinn verleiht. Lea sagt: Wir haben tatsächlich einen Sohn gewonnen, und lacht, es hat sich gelohnt, dich all die Jahre zu ertragen, Schosch, damit du uns schließlich so einen herrlichen Uri bringst, und in ihrer Stimme höre ich, was sie nicht sagt, daß sie zum ersten Mal die Freuden kennenlernt, die ein Kind seinen Eltern bereitet, denn Uri ist wie ein Baby, das euch sehr spät geboren wurde, und jetzt liegt weder Spott noch Eifersucht in meiner Stimme, denn es gibt Menschen, die ihren Eltern Kinder sein können, und es gibt Menschen, die es nicht können, und Uri selbst war seinen eigenen Eltern nie ein Kind gewesen, und mit euch ist es ihm besser gelungen, und so ist er imstande, Lea mit einem Blick voller Liebe in die Knie zu zwingen, oder mit kleinen Geschenken, die er ihr kauft, ganz im Gegensatz zu dem, was sie dir und mir anerzogen hat, damit wir drei nicht in die Falle gegenseitigen Beschenkens geraten, und nur mir – sagt sie –, nur mir ist es erlaubt, gegen diese Abmachung zu verstoßen, denn euch Geschenke zu kaufen, Schosch, bereitet mir einfach Freude; und auch: wenn er am Freitag abend nach dem Essen das Geschirr in der Küche spült und dabei schrecklich falsch singt, und wir drei von der heiligen wöchentlichen Zeremonie des ›Scrabble‹-Spielens hingerissen sind, Holzbuchstaben aneinanderlegen und uns gegenseitig mit abgedroschenen

Sticheleien necken und Sussia mit offenem Mund schnarchend vor dem Fernseher liegt und plötzlich Uris Stimme zu uns durchdringt, Uri, der singt, der begeistert in der Küche jubelt, und in unseren Augen ein Lächeln aufleuchtet und wir für einen Augenblick endlich eine Familie sind.

Und jetzt, mein liebes Tonband, mein geliebtes Tagebuch, mein Vater, der verstohlen hinter der kleinen Glastür kauert, jetzt mußt du fragen, das ist doch eine Frage, die sich von selbst stellt, und man muß sie hastig in den Raum werfen: Lea liebte ihn, und Avner liebte ihn und sogar Sussia. Und ich – was war mit mir?

Es ist nicht nötig, darauf zu antworten. Die Dinge klären sich mir jetzt von selbst. Und auch in einer leichten Unklarheit gibt es eine Erklärung und eine Bedeutung. Die Frage ist jetzt auch nicht wichtig. Die Hauptsache ist nur, sich zu vergewissern, ob es in Uri eine logische Antwort gibt für das, was mir geschehen ist, und Uri ist nicht die Antwort.

Auch Katzman ist nicht die Antwort. Er ist nicht einmal der, für den ich ihn hielt – derjenige, der mich in eine mir fremde Sprache übersetzte, sondern er war höchstens nur ein Atemhauch, der eine Geheimschrift aufdeckte, die lange auf dem Papier geschrieben stand. Du kennst ihn nicht. Du bist ihm nur einmal begegnet und hast danach gesagt, jemand müsse ihm erklären, daß zwanghafter Sarkasmus nicht unbedingt Scharfsinn sei. Und mir tat leid, daß es ihm nicht gelungen ist, die Verlegenheit zu überwinden, die die Begegnung mit dir in ihm hervorrief, und er dir in seiner Nervosität, in seiner rohen Aggressivität nur die schlechtesten Kapitelüberschriften seiner selbst vorsetzte. Sonst hättest du womöglich gemerkt, daß nicht so verschieden voneinander seid. Nur daß Katzman von Anfang an besiegt war. Die Niederlage, sagt er, ist der natürliche Aggregatzustand und daher kenne er nichts, für das sich zu kämpfen lohne. Deshalb erwecke dein Drang zu kämpfen ein mitleidiges Lächeln in ihm. Stell dir vor: er sagte nicht von dir, »so ein Tier gibt es nicht«, er meinte nur, daß er in dir ein mißlungenes Einsperren einander feindlich gesinnter Tiere spüre. Und dabei kennt er dich doch kaum, und ich habe ihm nicht viel von dir erzählt.

Und er ist sehr egoistisch. Ich verabscheue ihn deswegen, du bist so egoistisch, pflegte ich ihm in jenem Tonfall zu sagen, der im Hause Avidan auch für die verschiedenen Drückeberger und die Auswanderer aus Israel und die, die-ihre-eigenen-Interessen-wahren, bestimmt ist, nur daß in ihm, Avner, ein anderer Egoismus ist, gegen den man sehr schwer etwas vorbringen kann, denn er ist ja Offizier beim Militär und erklärte sich bereit, beim Militär zu bleiben und in Dschuni zu dienen und auf sein Studium an der Universität zu verzichten, und im letzten Krieg nahm er an den schwersten Kämpfen teil, und er hat nicht einmal eine eigene Wohnung und wohnt in einer Mietwohnung, die ihm das Militär zur Verfügung stellt; aber er ist egoistisch in dem Sinne, daß er sich in sich selbst zurückzieht und nicht bereit ist, irgend etwas von sich selbst preiszugeben und nicht an die Möglichkeit einer Veränderung in sich und in denen, die ihn umgeben, glaubt, und er ist ein hohler Mann und nicht für die Liebe geschaffen, denn er wird sich nie dem Schmerz hingeben. Du würdest von ihm sagen, daß er ein Feigling ist, aber auch du würdest spüren, daß du damit nicht die Verlegenheit gelöst hast, die er in dir hervorrief.

Er ließ mich ihn nicht lieben. Als er mir das erste Mal sagte, er habe noch nie geliebt, glaubte ich ihm nicht. Ich hätte schon damals begreifen müssen, daß jenes Etwas, das mich mit einer herrischen Macht zu ihm hinzog, nur imstande war, mich hungrig in sein Inneres zu saugen, mich gierig zu konsumieren und mich versengt zurückzulassen und ihn – ungesättigt. Er ließ mich ihn nicht lieben. Ich erniedrigte mich, um seinem Inneren einzelne Tropfen der Nähe abzuringen. Aber er verwandelte uns beide in Ringkämpfer und tauchte uns in seine Bitterkeit, und ich begreife nicht, warum du mir das antust, sagte ich ihm, und geh, verschwinde aus meinem Leben, flehte ich, doch er glaubte mir nicht und sagte nur: Bald wirst du es leichter haben, wenn du nur begreifst, daß du nicht mehr erwarten kannst als das, was du zu bekommen bereit bist, wenn du aufhörst, dich auch vor mir zu verstellen, und dort, wo wir uns beide befinden, im Herzen der Lüge, dürfen wir uns doch der Gnade der Aufrichtigkeit und der Vergebung für alles, was wir sind, erfreuen, verstehst du, Avner? Er deutete an, daß auch ich nicht für die Liebe geschaffen sei und pflegte mich mit grausamen Anspielungen zu beschuldigen, daß ich nicht einmal für die Begierde geschaffen sei, daß äußerstes Vergnügen mir angst mache, als sei es eine Qual, und er pflegte zu sagen, solange ich mich nicht gehörig vertieren könne, gebe es keine Hoffnung für mich, das wirklich Menschliche kennenzulernen, und ich ertrug schweigend seine Beleidigungen und drückte ihn an mich, weil er meine Lüge war, und verspottete mich selbst dabei, daß, siehe da, wenn ich schon in eine Liebesaffäre hineingerate, keine Liebe in ihr ist, und selbst der verstohlene, der ersehnte Beischlaf nichts anderes sei als eine in Körpern realisierte Diskussion, und ist es ein Wunder, Avner, daß sich in mir ein dunkler und faulender Zorn ansammelte, eine Masse von Begierde und Reue, die so stark war, daß sie einen Jungen tötete.

Und Katzman ist nicht die Antwort. Nur ein schwacher Schmerzstich ist von ihm in mir übriggeblieben, wie eine kleine Welle von Asche-der-Begierde auf sauberem Meeressand. Und ich weiß mit Bestimmtheit, daß ich wieder zu ihm zurückkehren werde. Immer wieder mit ihm schlafen werde, ohne Lust und ohne aufhören zu können. Bist du jetzt erstaunt? Verachtest du mich und wunderst dich, von wem ich diese Schändlichkeit geerbt habe? Es ist sehr wichtig für mich zu wissen, Avner: Ist es mir nur gelungen, dich bis zu einem leichten, kaum merklichen Zucken deines rechten Nasenflügels zu erschüttern, oder hast du mich für einen einzigen Augenblick als die erkannt, die ich bin? Werde ich es möglicherweise sein, an die du denken wirst, Avner, wenn du dir das nächste Mal gereimte Geheimnisse zuflüstern willst und in deinem Gedicht Zeilen schreibst, die sagen, daß die Stärke und das Ausmaß des Hasses und der Begierde und der Liebe, die in jedem Menschen von Natur aus festgelegt sind, sozusagen dazu bestimmt sind, auf die Naturkräfte einzuwirken, auf die Ozeane und die Taifune, und daß wegen irgendeines Fehlers in der Planung sogar der Selbsthaß, der in einem Menschen steckt, ausreicht, um die Erde von einem Pol zum anderen aufzubrechen.

Jetzt bist du erstaunt. Bist verlegen wegen der schrecklichen Drohung, die für dich in meinen Worten, in meinen merkwürdigen Andeutungen verborgen liegt: Ist das meine Schosch, die keine Gedichte schreiben wird? Ist dies das klare, geschliffene Sonett, das ich geschrieben habe? Oder ist es vielleicht nur ein böser, quälender Traum, und was ist mein Anteil an all dem, und die Gefühle eines Menschen sind doch ausschließlich sein Privateigentum, und warum quält sie mich so und zwingt mich, immer wieder auf die klaffende Wunde in ihr zu sehen.

Aber dein Schmerz und dein Leid interessieren mich jetzt nicht, Avner. Meine Aufmerksamkeit war ständig auf sie gerichtet, obwohl ich ein äußerst scharfes Auge brauchte, um sie zu erkennen. Du wirst jetzt sagen – ich tat alles, um dir den Schmerz, der in der Begegnung mit ihnen liegt, zu ersparen, und erst als sie schwerer wurden als ich, scheiterte ich und brachte sie zu dir.

Aber du mußt wissen, Avner, daß ich sie schon lange, bevor du unter ihrer Last gescheitert bist, in mir trug. Und das war immer so, Avner, auch an jenem fernen Tag, an dem ihr, Lea und du, mich in dein Zimmer rieft und eure Gesichter stolz und von einem Geheimnis versiegelt waren und dein Zimmer schrecklich aufgeräumt war und sogar eine weiße Tischdecke auf dem Tisch lag, und das war im Winter, an dem Tag, als ich fünfzehn Jahre alt wurde, und ich erinnere mich an geruchlose Narzissen in einer Vase, und ihr habt gekichert und gesagt, es gibt da ein Geheimnis, das wir bis jetzt vor dir bewahrt haben, meine Liebe, und du wirst uns bestimmt nicht böse sein, und seit damals, Avner, wer kann sich die Menge von Energie vorstellen, die ich verbrauchte, um nicht an dein Leid zu denken, und wer kann die Anspannungskraft der neuen Lügenmuskeln ermessen, die sich in mir entwickelten und nur dazu bestimmt waren, mich immer vor dem zu verschließen, was du und Lea mit einem glücklichen und stolzen Lächeln und ohne Vorwarnung in mich hineingelegt haben.

Und daher, Avner, wirst du jetzt irgendeinen Preis zahlen und dir alle Echos der Echos anhören müssen, die mit so großer Anstrengung vor dir versteckt worden sind, und du, der Tausenden aus der Verwirrung hilft und für Zehntausende den Weg bahnt, wirst dieses Mal gezwungen sein, das zu tun, was dir am schwersten fällt, einen Augenblick lang einem anderen Menschen gegenüberzustehen und alles, was in ihm vorgeht, wirklich zu verstehen; und ich spreche nicht von einem Menschen als Verwirklichung einer Idee, Avner, und auch nicht von einem Menschen als einer Kreuzung von Adjektiven, sondern vondeiner einzigen, deiner einmaligen Tochter, die die ganzen Jahre über das stillschweigende Übereinkommen zwischen euch wahrte und nie von dir verlangte, diese schwere Prüfung zu bestehen, da sie klar und deutlich alle deine versteckten Rufe und Signale an sie entschlüsselte und dir das offene Geständnis deiner Hilflosigkeit und deiner Unbegabtheit dafür ersparte, weil sie dich liebte und sich deiner erbarmte und dich beschützte als seist du ihr Kind.

Hör mir jetzt zu, hör zu: Ich erwache allmählich aus einer Zeit anhaltender Bewußtlosigkeit und entdecke, daß ich in meiner Abwesenheit als Schlachtfeld gedient habe; und jetzt, anhand der Wunden, die in mir sind, anhand eines Verbands, der sich an einen Stachel klammert, oder eines glänzenden Symbols, das zwischen den Felsen rollt, versuche ich zu erkennen, wer die Unbekannten waren, die in meinem Inneren gekämpft haben und nun verschwunden sind. Hilf mir, Avner.

Hilf. Nur du wirst es können, und nur dich bitte ich, mir zu vergeben. Halt jetzt an. Hör gut zu: Nein. Noch immer kannst du es nicht sehr gut sagen. Noch immer sabotieren Reste deines Stolzes deine Bitte. Noch hast du ein Stück Weg zu gehen, bis du ihm erklären kannst, warum es auch für ihn – wenn er dir vergibt – viel leichter sein wird. Schon spürst du etwas, aber man muß die Dinge sich entschlüsseln lassen. Nun drück auf die Aufnahmetaste des Tonbands. Erzähl ihm eine Geschichte. Etwas über Uri. Es hört gerne über ihn. Erzähl, Scheherezade.

Über Uri erzähl. Über das Kind, das in unsere Mitte schlüpfte. Und wie ein Kind hört er nicht auf, zu überraschen; überraschend sind die Dinge, auf die er achtet, und überraschend die Dinge, die ihm Schmerz bereiten können, und völlig unwichtig sind so viele Dinge, in die er plötzlich seine ganze Energie zu stecken bereit ist. Sogar seine Sprache ist überraschend, die blumigen Ausdrücke, die plötzlich aus ihm sprudeln, oder abgrundtiefe, schmerzliche Sätze, die mit Gewalt aus ihm hervorbrechen, wie Eiter, der aus einer Wunde schießt. Du sehnst dich. Erzähl, weich nicht aus.

Vom Jungen Uri soll nun erzählt werden, von unserem Uri, der sich auf seine sanfte und nachsichtige Art nicht erbarmen kann, da er dazu verurteilt ist, nur irgendeiner leisen und klaren Stimme zu gehorchen, die in seinem Kopf spricht, und diese Stimme kann man weder zum Schweigen bringen noch irreführen, und ihr Urteil kann man nicht beeinflußen, und er erzählte mir einmal, willst du das wirklich hören, wirst du irgendwo, hinter der Glastür, unter dem Haufen von Rauch, die Enden aller Fäden verbinden können, die ich in diesen so fieberhaften Stunden aus meinem Inneren schäle?

Hör zu: Er erzählte mir von den Tauben, die er im Internat hatte. Du kannst dir vorstellen, daß sie keine verantwortungsvolle Aufgabe fanden, die sie ihm geben konnten, und daher vertraute man ihm den Taubenschlag an. Er hatte zwanzig Tauben, und er liebte sie. Verzeihung, ich irre mich: nicht er hat es mir erzählt. Von Katzman habe ich alles gehört. Heimliche Liebhaber reden viel von dem Betrogenen, als würden sie ihn dadurch ihrem Geheimnis näherbringen und auch ihn zwingen, die Last der Lüge zu tragen. Katzman hat es mir erzählt: Am Ende des Schuljahres beschloß Uris Klasse, für das Lagerfeuer einige von den Tauben zu braten. Uris Widerstand nützte nichts. Sie waren zahlreicher und stärker als er und nahmen ihm die meisten seiner Tauben weg. Uri war sehr unglücklich. Er kann solche Taten überhaupt nicht deuten. Vor ein paar Wochen, zum Beispiel, hat ihn jener Offizier in der Militärverwaltung in Dschuni angegriffen und geschlagen; sie hassen ihn dort, du kannst dir denken warum. Aber der Offizier erzählte Katzman nachher, daß Uri gar nicht versucht habe, sich gegen ihn zu wehren. Und das ist doch ganz Uri: trotz allem, was ihm in seinem Leben widerfahren ist, kann er sich nicht vorstellen, daß jemand ihm Böses antun will.

Aber über die Tauben möchte ich jetzt sprechen, und ich drücke mich ein wenig davor, denn wieder sehe ich den kleinen Schatten des Schmerzes, der sich unter Katzmans Augen zusammenzog, als er es mir erzählte. »Geh und versteh ihn«, sagte er, während er nackt und weiß mir gegenübersaß. »Er rief einen Hungerstreik aus, nur daß er ihn gar nicht ausrief, begreifst du?«

Nein. So wie du es nicht begreifen wirst. Denn wir beide sind so anders als er. Hör gut zu: Uri flüsterte sich einen Hungerstreik zu. Eigentlich hätte ich sagen sollen: die leise Stimme in seinem Kopf befahl ihm, es zu tun. Und du wirst mich erstaunt fragen, weil du die Antwort fürchtest, warum er das tat; und warum tat er das, fragte ich Katzman, und genau das hatte

Katzman Uri gefragt. »Denn es war zu persönlich«, erklärte ihm Uri entsetzlich unlogisch, mit einer so herzergreifenden Idiotie, und er aß vier Tage lang nichts und trank nur Wasser, und da sich niemand für ihn interessierte, merkten sie nicht, was los war, bis er mitten in der Turnstunde bewußtlos wurde, so erzählte mir Katzman, und ich mußte plötzlich schrecklich weinen, wie jetzt.

Da erinnerte ich mich an die Geschichte von dem Mädchen Ruthi, das Uri beim Militär hatte, und ich fühlte, daß alle diese Dinge miteinander verbunden waren, und ich dachte, daß vielleicht gerade wir diejenigen sind, die ständig über alle durchsichtigen Fäden stolpern, die Uri in der Welt spannt, während er sich in ihr bewegt, und Katzman fuhr fort und sagte etwas über sich selbst, darüber, daß er nur ein einziges Mal in seinem Leben einer leisen und deutlichen Stimme gefolgt sei, als er in Kalkilja Mosche Dajan bat, ihm zu gestatten, nach Sichem zu gehen und dort das Flüchtlingslager zu organisieren, und ich hörte nicht mehr alles, was er sagte, sondern mir war, als würden in meinem Inneren bei der Berührung eines bösen und verfluchten Geistes nacheinander alle verborgenen Teiche der Sehnsüchte und Hoffnungen, die vergeblich dort warteten, zerdrückt werden, und ich saß Katzman zusammengekauert gegenüber auf Uris und meinem Bett, flehte das Weinen an, es solle kommen und mich wie ein brutaler und ersehnter Liebhaber nehmen, und von den Füßen bis zum Hals befiel mich ein starkes und erschöpfendes Zittern, und es gelang mir nicht zu weinen, und es war, als könnte ich mich nicht erinnern, an welcher Stelle das Weinen aus dem Körper hervorbrechen muß, und ich floh vor Katzmans schmalem schneeweißen Gesicht und steckte meinen Kopf in seine Achselhöhle und versuchte, mich an Uris scharfen, besonderen Geruch zu erinnern und fand ihn nicht, und ich begriff einen Augenblick lang, wie sehr ich ihn verloren hatte und wie sehr ich mich selbst verloren hatte, und ich hörte Katzman von weitem sagen, he, laß keine Tränenspuren auf mir zurück, daß meine Frau sie nicht sieht.

Ich bin in Ordnung, Avner. Ich bin ruhig und Herrin der Lage. Sie wird keine Gedichte schreiben, aber ihr Leben wird sie mit Vernunft führen, so hast du einmal zu Lea gesagt, und ich habe es gehört. Und auch jetzt, das ist dir und mir klar, werde ich mein Leben mit Vernunft führen. Ich werde mich sehr hüten, Mordis Unglück in eine erbauliche Erfahrung verwandeln, wenn ich den beliebten Ausdruck unseres Hillman benutzen darf, und meine Verbindung mit mir selbst festigen. Amen. Sela!

Und jetzt werde ich einen Moment aufhören. Das Licht der kleinen Tischlampe anzünden, aufstehen und an die großen Fenster treten. Auf dem Feld Nummer drei spielen bereits die »Braunen«. Gleich werden schwache Stimmen vom Speisesaal der beiden Abteilungen, der grünen und der braunen, zu mir aufsteigen. Draußen ist schon kühle Septembernacht, und ich ziehe die schweren Vorhänge hinter mir her wie ein Hirte seine Elefanten und lasse zwischen ihnen einen Spalt frei, um dem Mond Platz zu machen, sollte er aufgehen wollen.

Das ist ein stiller und schöner Augenblick. Man läßt den inneren Staubsturm sinken.

Es ist wichtig, daß es schön ist. Daß die Linien ineinanderfließen; daß der Schatten der Lampe sich mit dem runden Glasaschenbecher vereint und in ihn eine Lichtsichel meißelt. Nur runde Winkel will ich hier haben. Katzman meint, ich entwickelte eine ästhetische Neurose, in der viel Aggression stecke. Gerade er hätte verstehen müssen. Er horcht doch sein Leben lang auf ganz feine Hinweise und auf leise Stimmen: denn nicht auf die Schönheit achte ich, sondern auf die Dinge, die sich lautlos ereignen. Auf die Wunder der Gleichzeitigkeit. Ungesehene Ströme ändern ihre Richtung, wenn sie in das Magnetfeld unserer Gedanken geraten. Scheinbar vergessene Informationen lauern geduldig in unserem Inneren. Irgend jemand muß für alle diese Kleinen verantwortlich sein. Auch Sie, verehrter Herr Frankl, suchen einen Sinn. Und die Vernachlässigung kann tödlich sein. Und hier, zum Beispiel: die Funken, die Ihre Brillengläser aussenden, Viktor Frankl, vereinigen sich jetzt in dem leuchtenden Stern des Instituts, der auf der Akte Nummer drei gezeichnet ist; und auch so: das in feines braunes Papier gewickelte Paket, das seit zweieinhalb Monaten hinter den Büchern auf dem Regal liegt; und auch: Uri und Katzman, mit denen in diesem Augenblick in Dschuni irgend etwas geschieht. Alle müssen gelebt werden. Verstand Uri die Dinge, die ich ihm sagte? Hörte er sie überhaupt? Seine Augen waren bereits nach innen gekehrt, als ich ihm das Gift einträufelte, das im letzten Jahr in mir gefangen war. Sein Kopf bewegte sich in mechanischer Verneinung, in wachsender Not hin und her, und vielleicht hätte ich mit mehr Zurückhaltung und Vorsicht vorgehen sollen, vielleicht hätte ich warten sollen, bis er wieder zu sich kommt, aber ich war bereits ganz und gar in eine brennende Wolke des Zorns gehüllt, auf ihn, auf die friedlichen Felder, in denen er weidet, und ich konnte nicht mehr lockerlassen; und er, registrierte er auch nur ein Wort von dem, was ich ihm sagte? Seine Lippen wurden sehr weiß, und seine Hand fuhr immer wieder, wie ein Zucken, über seinen Kopf, fegte spärliche Haarbüschel weg, glitt hinunter, um den lustigen Bart zu kämmen, und wie jämmerlich mein Mann war, wie sehr ich ihn brauchte, aber er lief davon, er stand auf und ging aus dem Haus und machte nicht einmal die Tür zu, und ich sehe ihn vor mir, wie er erstaunt und ohne irgend etwas zu sehen davongeht, und in meinem Inneren sammelt sich Frost.

12 Ich glaube, mein Appetit ist das beste Zeichen. Das ist immer so bei mir. Und jetzt kann ich wieder essen. Chilmi dagegen hat keinen Appetit. Er schiebt mir die zwei warmen Pitas zu und sieht mich mit einem seltsamen Blick an. Nadschach war eben noch hier, aber als sie mich sah, lief sie weg. Schade. Als ich damals hier war, hatte sie sich fast an mich gewöhnt. Jetzt muß man alles von vorne anfangen. Chilmi kostet den Brei, den sie ihm gebracht hat. Tut einen Löffel Erde aus seinem Hof hinein. Rührt gut um. Mich bewegt das, die Sache mit der Erde. Er ißt lustlos. Seine Gedanken sind woanders. Und ich frage ihn nichts. Obwohl ich spüre, daß er schon für uns beide entschieden hat. Es macht mir Spaß, mich selbst ein bißchen auf die Folter zu spannen.

Wie angenehm mir jetzt zumute ist. Mit dem Appetit beginnt mein ganzer Körper zu erwachen. Jetzt weiß ich, daß alles gut sein wird. Daß es einfach gut sein muß. Vom Dorf steigen Frauenstimmen und das Wiehern eines Esels zu uns auf. Und die Sonne ist klar und der Himmel blau. Vergangenes Jahr um diese Zeit regnete es schon. Und jetzt ist Hochsommer. Chilmi schweigt weiter. Nur das Radio an seinem Hals singt. Ich versuche:

»Das ist Fairus, die da singt, stimmt's?«

»Stimmt.«

Er stellt das Radio etwas lauter. Ah, Fairus aus Libanon. Wie mein Großvater Amram es liebte, dich zu hören. Wie er mit dir trällerte. Chilmi sagt:

»Ich liebe nur ihre Musik. Hörst du, was sie singt?«

Ich höre zu. Saharat elmada'ejn, singt sie: die Bergblume. Eljaras wa'elawda falatukra! Ich sehe Chilmi an und lächle: »Glocken der Heimkehr, läuten sollt ihr.« Chilmi beugt seinen Kopf auf die Brust und lauscht. Am Ende jedes Satzes hebt er den Kopf, und seine Lippen wiederholen die Worte: »Ich werde dich nicht vergessen, Palästina; und mein Herz fließt vor Kummer über. In deinen Schatten bin ich wie ein Adler. Ich bin deine Blume, die Rose.«

Er sagt: »Die Männer der umherziehenden Truppen beten sie an. Von ihr lernen sie, wie Dichter zu deklamieren. Diese schöne Stimme, Uri, hat bereits Hunderte von Jungen in den Tod geschickt. Als Abd-el-Nasser Präsident von Ägypten war, sang sie ihm: ›Bitte uns um einen Fedajin, ja Nasser, und du wirst dreißig Millionen Fedajin erhalten‹«, und Chilmi schaltet mit einer geübten Kinnbewegung das Radio aus. Dann schiebt er seinen Teller beiseite, der noch voll von Brei ist. Er lehnt sich an den Zitronenbaum.

»Uri?«

»Ja?«

»Ich habe ein wenig nachgedacht.«

Mann, was für eine Feierlichkeit und Erregung ich plötzlich empfand, wie vor einer Zeremonie. Ich weiß nicht warum. Vielleicht wegen seiner Stimme. Vielleicht wegen seiner Hände, die sich verschlangen. Er senkte den Kopf und sah mich nicht an. Die blaue Ader auf seinem rechten Auge, dem blinden, begann plötzlich anzuschwellen. Als er noch ein Junge war, hatte es eine Explosion in Andal gegeben. Auf dem Platz der Männer. Chilmi erzählt immer, daß alle Männer, die damals im Dorf lebten, umkamen, und nur er am Leben blieb und wegen des Rückpralls wie ein Vogel über das Dorf flog. Ich liebe diese Geschichte mehr als alle anderen Geschichten. Er sagt, damals, als er flog, habe er die wahre Rosenluft geatmet, den Wind seiner Freiheit. Als er mir das zum ersten Mal erzählte und »Rosenluft« sagte, fielen mir natürlich die Geschichten von Katzmans Vater ein. Die Legende von Ariost. Dort gab es einen Narren, der zum Mond geschickt wurde, um den verlorenen Verstand des Helden wiederzufinden, und auch er atmete die Rosenluft der Sterne. Chilmi erzählt, während des Fluges sei alles, was er in seinem Leben gesehen hatte, aus seinem rechten Auge gelöscht worden und die Pupille wurde mit einem Mal von seinem Schädel oder vielleicht von seinem Buckel verschluckt, und er fühlt sie dort und benutzt sie noch immer. Ehrlich, wenn ich seine Phantasie hätte, würde ich Märchen für Kinder schreiben, denn Talent habe ich. Sinder vom Grünen Dorf sagte mir, wenn ich auf diesem Gebiet durchhielte, hätte ich eine Chance, es zu schaffen. Und Schosch war sehr erregt über die Briefe, die ich ihr schrieb. Warum fällt mir jetzt dieser ganze Unsinn ein. Plötzlich bin ich froh.

Chilmis Gesicht kann ich nicht mehr sehen. Sein Kopf steckt zwischen den Schultern, und die Baskenmütze verdeckt alles. Nur seine Hände bewegen sich die ganze Zeit rastlos. Als würden sie Wörter auf der Erde suchen. Alt sind seine Hände und voll von langen Rissen, und ihre Farbe ist wie die Farbe von Staub. Nur die Finger sind weich und innen hell wie bei einem Baby. Er verriet mir, daß ihn ein Schauder überlief, als ich zum ersten Mal hierherkam und seine Hand berührte. Da habe er gewußt, daß er schon sehr lange auf mich gewartet hatte. Er sagte, ich hätte mich für ihn verwirklicht wie durchsichtiger Dampf zu Wasser wird. Immer pflegte er irgendeine wichtige Information jenseits von mir zu suchen. Hinter den Dingen, die ich sagte. Und jetzt wieder, nach zwei Stunden mit ihm, bekomme ich genau jenes merkwürdige Gefühl, als hätte ich selbst, Uri Laniado, gar nichts Wirkliches an mir, und wirklich seien nur die Kräfte, die mich hierhergebracht haben, zu ihm, und nur die Absichten, die es von weitem und in der Zukunft auf mich abgesehen haben; als ich voriges Mal hier war, mochte ich dieses Gefühl nicht. Es löste Verlegenheit in mir aus, und ich verstand es nicht, genau wie jetzt. Was hat er, das mich so auflöst? Schosch wird bestimmt sagen: Er zieht dir bunte Bänder aus den Ohren und du stehst da und lächelst. Und ich denke jetzt nur: wie herrlich Chilmi ist. Wenn man mir erzählt hätte, daß es bei ihnen so einen Menschen gibt, hätte ich es nicht geglaubt. Wirklich, wie wenig wir sie kennen. Und wie wir sie unter unserer Verachtung begraben haben.

Er sagt: »Ich habe lange darüber nachgedacht, Uri. Nicht seit heute, nein. Vielleicht seit dem Tag, als Jasdi mir gestohlen wurde. Aber jetzt ist alles dringender geworden. Ja.«

Ich sagte »Ja«, auch wenn ich nicht genau verstand, wovon er sprach. Ein Stück Blech auf einem der Hügel blendete mich schrecklich, aber ich wollte meine Augen nicht abschirmen. Es war mir wichtig, Chilmi zu sehen.

Er sagte: »Ich bin ein sehr alter Mann. Man kann sagen, daß ich schon weit über mein Leben hinaus bin. Auch über die Scham oder die Unverschämtheit hinaus. Sehr weit.«

Und noch immer verstand ich nichts. Er streckte seine Hand aus, pflückte ein paar Blätter vom Zitronenbaum und zerdrückte sie. Ein Rabe flog tief an uns vorbei und krähte, und Chilmi sagte schnell, wie immer, wenn ein Rabe kam, »kasab, kasab, kasab« – Lügner, Lügner, Lügner. Dann fuhr er fort: »– und daher darf ich mir von der Welt alles, was ich will, erbitten.

Selbst wenn ich weiß, daß es eine unmögliche Bitte ist.« Von einem Augenblick zum anderen spürte ich, daß ich ihn in allen diesen Rätseln verlor. Jetzt hörte er sich genau so an wie die Geschichten aus Ariosts Legende. Auch dort gab es Bitten, die unmöglich durchzuführen waren und sich am Ende trotzdem irgendwie erfüllten. So gelang es zum Beispiel Don Quijote einmal, die Windmühlen zu besiegen. Aber davon konnte ich Chilmi nicht erzählen.

»Ich habe eine Idee«, sagte Chilmi. Nun fing er an, seine Hand heftig von oben nach unten zu reiben. Ein frischer Zitronenduft durchdrang plötzlich die Luft. Ich sagte, ich verstehe nicht, was er mir da sage. Er hörte auf, sich zu reiben und sah mich ganz überrascht an. Als hätte ich von dem, was er mir gesagt hatte, schon alles verstehen müssen. Genauso hatte er mich angesehen, als ich ihn fragte, warum er die Aufschrift grün angemalt hätte. Plötzlich sah ich, daß sein rechtes Augenlid zu zittern begann. Chilmi schob die Baskenmütze ein wenig aus der Stirn und sagte rasch, mit dumpfer und formeller Stimme: »Nicht böse sein, Uri. Ich bitte nur darum, daß bis morgen bei Sonnenaufgang alle eure Streitkräfte unseren Boden, den sie im Krieg erobert haben, verlassen.« Und er senkte den Kopf und rieb sich wieder mit einer solchen Gewalt, daß ich dachte, er verbrenne vor lauter Scheuern.

Ich rückte etwas näher an ihn heran und bemühte mich sehr, ein Lächeln zu verbergen, um ihn nicht zu verletzen. Ich sagte mit so ernster Stimme wie möglich: »Und was passiert, wenn sie es nicht tun?«

»Dann werde ich dich töten.«

Wir verstummten. Er schaltete mit einer nervösen Kinnbewegung das Radio ein, und Fairus kehrte zurück. Sofort schaltete er aus. Ich empfand eine gewaltige Überraschung. Keine Angst. Nicht einmal Empörung darüber, daß er so etwas mit mir machen wollte. Im Gegenteil. Ich kann es schwer erklären. Ich freute mich beinah. Schosch sagt immer, daß ich eine Gefühlsdyslexie hätte, das heißt, daß es eine Unstimmigkeit gibt zwischen dem, was ich fühle, und der Situation. Vielleicht.

Ich fragte ihn mit seelenruhiger Stimme, ob er überhaupt eine Waffe habe.

Er sagte: »Ja. Gestern habe ich eine von Jasdis Pistolen genommen.«

»Und weißt du, wie man sie bedient, Chilmi?«

»Ja, ich sah den Jäger Scha'aban schießen.«

Da tat es mir ein wenig leid um ihn. Bis er den Jäger erwähnte, hatte ich das verrückte Gefühl, als biete er mir tatsächlich irgendeine Lösung an. So sehr wollte ich glauben, daß er eine Antwort für mich hat. Aber Scha'aban war nur ein Märchen. Und auch die Pistole ist ein Märchen. Und es kam eine große Traurigkeit über mich. Als hätten wir beide die große Chance verpaßt. Was war los mit mir?

Chilmi fragte: »Bist du vielleicht bereit, sie mir zu holen?«

Ich fragte ihn, wie man ein Kind nach seinem verborgenen Goldschatz fragt: »Und wo hast du sie versteckt, Chilmi?«

»Sie liegt in der taka. Neben meiner Matratze.«

Ich erhob mich langsam und ging ohne Eile in die Höhle. Sie war dunkel und kühl, und in dem Augenblick, als ich mich in ihrem Schatten befand, spürte ich, wie sich etwas in mir verschloß. Als hätte ich mich von jemandem getrennt. Und eine Art Ruhe kam über mich, aber sie war von einem schweren Gefühl der Leere und Müdigkeit begleitet. Ganz viele Dinge veränderten sich in einem einzigen Augenblick in mir, und das Merkwürdige daran war, daß ich alle zusammen und auch jedes für sich spüren konnte. Ich suchte in der Nische neben seiner Matratze. Dort lagen stinkende Strümpfe und eine zusammengerollte abaje, und alles war schrecklich feucht; ich berührte auch eine Gebetskette, eine masbacha, die ich nie zwischen Chilmis Fingern rollen sah, und ich dachte mir, warum, verdammt nochmal, hätte ich nicht einem einfacheren und weniger seltsamen Menschen als ihm begegnen können, warum gerate ich immer in Schwierigkeiten, aber dann bereute ich es, denn ich liebe ihn. Ich wühlte in dem zusammengerollten Haufen, und ich gebe zu, es war auch eine gewaltige Erwartung in mir. Daß sie sich, selbst wenn dort keine Pistole war, einfach aus all den Sehnsüchten, die sich in meinen Fingerspitzen konzentrierten, verwirklichen müsse. Aber da war eine Pistole. Ich berührte kühles Metall, und einen Augenblick erschrak ich. Avner sagte einmal, im Herzen eines jeden Märchens sei ein eiserner Kern, den man nicht entfernen könne. Die Wahrheit-die-unverkennbar-ist. Ich zog eine kleine schwarze Pistole hervor. So eine, wie es sie auch in Katzmans Zimmer in der Ausstellung erbeuteter Waffen gibt.

Ich wog sie in der Hand. Ich dachte an andere Dinge. Vor allem dachte ich an Enttäuschungen. An Schoschs Jungen zum Beispiel, den die Enttäuschung so verletzbar machte, daß er es vorzog zu sterben. Oder Katzman, der mir sagte, er hege nie Hoffnungen, wie es heißt, und werde daher auch nie enttäuscht. Und sieh da, Chilmi selbst glaubte immer an einen Kampf ohne Gewalt und Waffen, und jetzt hat er es aufgegeben. All diese Gedanken machten mich traurig und gänzlich kraftlos. Ich habe an Chilmi geglaubt, und ich habe an Katzman geglaubt und auch an Schosch. Ich habe an alle geglaubt. Jetzt ist Schluß, hör auf, die ganze Zeit daran zu denken. Geh schon raus.

Ich gab ihm die Pistole. Er sah mich nicht an. Der Zitronengeruch war jetzt sehr stark und leuchtete auf seinem Körper. Mir fiel auf, daß die Farben und Gerüche plötzlich stark und klar waren. Ich setzte mich neben ihn. Er strich ganz langsam mit einem Finger über den Griff der Pistole. Jetzt konnte ich sogar die feinen Zeichnungen der winzigen Fältchen auf den Fingerbeeten sehen. Alles wurde groß und betont. Chilmi warf mir einen Blick zu. Chilmi sieht einem nie direkt in die Augen. Er schickt nur sein Auge in die Luft. Aber manchmal heftet er seinen Blick auf einen, und der ist wie der Blitz einer Kamera. Oder wie ein starker Peitschenhieb.

Er sagte: »Ich meine es ernst, Uri.«

Ich sagte: »Und mich wirst du töten? Mich?«

Er überlegte. Leckte mit seiner rosigen Zunge die trockenen Lippen, die wie die Spalte in seinem Baum aussehen, und sagte dann: »Nicht mit dir führe ich Krieg, aber dich werde ich töten. Verzeih mir, Uri.« Ich sagte: »Aber du weißt doch, daß ich, daß Menschen wie ich – es ist die einzige Chance, daß sich hier einmal irgend etwas verändern wird.« »Du bist nur ein Vorwand, Uri.« Plötzlich wurde seine Stimme laut und bebend: »Du bist nur eine Schlafpflanze für die anderen.« Er drückte seine Finger fest zusammen, ließ aber die Pistole nicht einen Augenblick los: »Du bist gefährlich für mich, Uri, denn du störst das Anwachsen der Lüge.«

»Ich dachte, das sei eine gute Sache, oder? Das hast du selbst gesagt, damals.«

»Ich habe mich geirrt. Jetzt begreife ich. Die Lüge benutzt dich, Uri. Menschen benutzen dich. Man darf diese Lüge nicht stören und man darf sie nicht anhalten. Sie muß groß anwachsen. Bei uns sagt man: Drei Dinge kann man nicht verbergen: Liebe, Schwangerschaft und einen Toten. Aber die Lüge ist die größte Expertin im Verbergen. Und damit alle sie sehen können, muß man ihr erlauben zu wachsen. Bis sie sich überall befindet, wo auch immer das Auge sich hinflüchtet. Verstehst du jetzt?«

Das Stück Blech auf dem gegenüberliegenden Hügel blendete mich stark und füllte meine Augen mit Tränen, aber ich sah Chilmi weiter an. Die Dinge, die er gesagt hatte, erinnerten mich sehr an etwas anderes, und mir fiel nicht ein, an was. Aber von einem Augenblick zum anderen spürte ich, wie mir die Kraft wie Blut aus meinem Inneren rann. Plötzlich wußte ich, daß ich keine Chance hatte. Und in diesem Moment hatte ich eine Idee, wie immer mit Verspätung: Ich hätte den Kadaver an den Jeep binden und zur Militärverwaltung schleifen sollen. Den Geruch hätte Katzman sofort verstanden. Auch Gestank, zum Beispiel, kann man nicht verbergen.

Ich sagte zu Chilmi: »Niemand wird ernst nehmen, was du sagst.« Ich wollte nicht »deine Drohung« oder »das Ultimatum« sagen, denn das hätte die ganze Sache noch komplizierter gemacht als sie schon war. Da peitschte er mich mit seinem Auge und sagte: »Aber du wirst sie überzeugen, Uri, das wirst du tun, nicht wahr?«

Ich antwortete ihm nicht. Er ist einfach verrückt geworden. Was denkt er sich, daß ich für seine Ideen sterben muß? Aber in meiner Wut hörte ich trotzdem etwas: ein schwaches Klopfen an die Innenseite meiner Eierschale, die, von der Katzman einmal gesprochen hatte. Irgend etwas schien sich dort einen Weg zu hauen. Ich schloß fest die Augen und versuchte, es nicht zu hören. Denn ich hatte schreckliche Angst vor dieser Stimme. Aber sie bettelte weiter. Da sagte ich mit übertrieben lauter Stimme: »Du wirst etwas anderes verlangen müssen, Chilmi, sonst wird dir niemand zuhören.«

Chilmi sagte: »Ich habe ein wenig darüber nachgedacht. Aber vielleicht gibt es keine andere Wahl. Natürlich will ich nicht, daß du stirbst, natürlich nicht.« Er schaute mir in die Augen, um zu sehen, ob ich ihm glaubte. »Um Himmels willen, du weißt doch, daß du wie mein Sohn bist. Nicht daß du stirbst, aber daß einmal jemand einen Aufschrei hier aus diesem Schafsdorf hört.«

»Wer soll es hören?«

»Das ist unwichtig. Unwichtig. Meine Leute und deine Leute.« Sein Augenlid zitterte jetzt wie ein Blatt im Wind. Er sagte: »Ich bitte vielleicht um etwas, das nicht machbar ist. Aber das ist nicht wichtig. Bitte, versuch mich nicht zu überreden, Uri.« Einen Augenblick verstummte er. Dann lächelte er listig: »Außerdem – ich habe dich in meiner Hand, und sie werden dich nicht einfach im Stich lassen.«

Da lachte ich: »Im Gegenteil. Es gibt viele, die mich gern los sein würden.« Meine Stimme hörte sich mir höher an als sonst. Nur einen Augenblick lang glaubte ich, daß die Lösung, die Chilmi anbot, für diese verrückte Situation die passendste sei. Dann wurde ich logisch: »Das wird nicht gehen, Chilmi. Solche Sachen macht man nicht auf diese Weise. Sie werden denken, du seist verrückt. Sogar ich fange schon an zu glauben, daß du verrückt bist. Du mußt dir eine realistischere Forderung überlegen, sagen wir – vielleicht bittest du um ein Treffen mit irgend jemandem, mit einem Reporter oder einem israelischen Offizier, oder – –« Meine Stimme hörte sich so wenig überzeugend an, daß ich verstummte.

Chilmi antwortete mir überhaupt nicht. Er sah jetzt genau so aus wie an jenem Morgen, als ich ihm die Nachricht über Jasdi brachte: dieselbe enorme und konzentrierte Anstrengung und die blaue Ader, die schnell auf dem Augenlid atmete. Ich wollte ihn schütteln, denn es war mir wichtig, daß er mich hörte, aber dann begriff ich und erschrak. Denn jetzt war er mit mir beschäftigt. Ich bin es, den er jetzt rasch in Farbflecke und Erinnerungspunkte zerlegt. Es ist Uri Laniado, der jetzt in den scharfen Verdauungssäften des kan-ja-ma-kan zergeht.

Verdammt. Nur einen Augenblick lang verspürte ich Angst und den Wunsch, mich zu wehren und zu fliehen. Doch im nächsten Augenblick kitzelte mich schon von innen eine kleine und verräterische Freude, jene Sehnsucht, die ich vorhin empfunden hatte, als ich die Pistole suchte, und schon hatte ich keine Angst mehr, sondern war nur gespannt, und so hatte ich mich noch nie gefühlt, und als Chilmi plötzlich stark erschauderte und sich dann wieder beruhigte und mir erstaunt sagte, als fange er erst jetzt an zu begreifen: »Ich werde dich töten müssen, Uri«, in diesem Augenblick begriff ich, daß er recht hatte und er es wirklich tun mußte und daß diese Idee schon lange in meinem Inneren war, und ich habe es bis jetzt nicht gemerkt, nur deswegen bin ich heute morgen hierhergekommen, und so wie ich nach Santa Anarella geworfen wurde, gleich einem Vogel wider Willen, bin ich auch hierhergelangt, wegen der gleichen Sache, die Chilmi stets hinter mir sucht.

Katzman, dachte ich müde, ich werde Katzman davon erzählen. So einen Augenblick und so ein Gefühl werden ihn bestimmt interessieren, denn er jagt nach Veränderungen. Nach Augenblicken, in denen eine Wirklichkeit in die andere fließt. Wie ermüdend es ist, immer so scharfäugig zu sein. Da hat man keinen Augenblick Ruhe. Da ist kein einziger Augenblick, in dem man sich selbst »ich« nennen kann. Und plötzlich kamen mir die Worte und die Ideen und das süße Gefühl. Jetzt begann ich zu begreifen: Ich bin mit geschlossenen Augen, oder vielleicht – mit zu weit aufgerissenen Augen, wie man sagt, durch die Welt gegangen. Ich sah nur, was ich sehen wollte. Und auch das ist eine Kunst der Lüge. So habe ich Schosch geliebt, und so habe ich Katzman geglaubt, und deswegen bin ich mit ihm nach Dschuni gegangen. Tatsächlich: auch ich habe die ganze Zeit gelogen, ohne es zu merken. Aber das ist nicht das gleiche wie das, was mir hier mit Chilmi geschieht. Denn dort haben alle mich angelogen, und hier, wie soll ich sagen, gibt es eine Lüge, an die zwei Menschen glauben, und dann ist es keine richtige Lüge mehr, sondern eine Art von Wahrheit, die geduldiger ist. Die nachsichtiger ist. Denn die Lüge, an die nur der eine glaubt und der andere nicht, ist eine grausame und tödliche Lüge, aber im kan-ja-ma-kan, Chilmis und meinem, steckt eine Menge Kraft und Vitalität, und es hat schon die Hautschichten des Lebens und der Umgebung um sich gelegt, und es hat schon den starken Zitronengeruch und die Farbe der Erde angenommen und Risse wie in Chilmis Händen, welche die Pistole halten, und es ist so deutlich und lebendig, daß ich bereits beginne, mich daneben ein bißchen matt und blaß zu fühlen, und das ist gerade angenehm und das beruhigt. Man kann sich einen Augenblick lang ausruhen und es die Arbeit machen lassen.

Wirklich – plötzlich kamen mir die Worte. Etwas in meinem

Inneren begann vorsichtig zu wachsen. Vielleicht ist das der Anfang meiner Genesung. Die ganze Zeit spürte ich in meinem Inneren winzige Stiche einer wahren Erkenntnis und eines schwachen Bebens der Freude und Erregung. Und inzwischen muß ich Kräfte sammeln. Kraft saugen von den Blättern und der Feuchtigkeit in der Luft und von der Erde und von den Rissen in seinen Händen, und ich muß auch schnell vergessen; es gibt Menschen, die ihre Erinnerungen benutzen können, um sich zu stärken, aber ich darf nicht an das denken, was war, nur wirksam tilgen, mich ganz schnell auseinandernehmen.

Und da seufzt Chilmi mit einer solchen Traurigkeit, und ich erschaudere fürchterlich, und schon wechsle ich die Farbe. Schon ist jene kurze Freude verschwunden. Was ist los mit mir? Was ist los mit dir, Chilmi, ich muß dich ermutigen und dir helfen und dir sagen, daß wir beide das schönste kan-ja-ma-kan sind, das je in Andal erzählt worden ist, und ich bin nicht wütend auf dich, weil du das mit mir machen willst, überhaupt nicht. Es ist keine Wut. Es ist vielleicht eine leichte und vorübergehende Traurigkeit. So ein Stechen im Herzen. Und ich würde schrecklich gern wieder deine Hand berühren, aber das wird bestimmt schwer sein für dich, und denk daran, Chilmi, daß wir gar nicht schuld sind an dem, was geschehen wird, weder du noch ich, weil wir eigentlich – hör zu – wie, sagen wir, zwei eng befreundete Sklaven sind, die man zwingt, einander im Kolosseum von Rom zu töten, vor den Augen eines wilden und grausamen Mob, wie in »Ben-Hur«, und wir drücken einander liebevoll die Hand, bevor der unvermeidliche Kampf beginnt, und bemitleiden sogar ein wenig jene Barbaren, die um uns herum schreien und Blut sehen wollen, aber ich werde dich nicht berühren, Chilmi. Ich nicht.

Einen Augenblick sahen wir einander an. Dann drückte er schmerzvoll seine Augenlider zu. Genauso war es mit Katzman. Warum bekämpfen mich immer die Menschen, die ich liebe. Katzman sagte einmal, wir beide seien wie zwei unbeholfene Taucher, die auf dem Meeresgrund miteinander kämpfen. Es sei erlaubt, auf jede Art und Weise zu töten, nur dürfe man dem anderen nicht den Sauerstoffschlauch abschneiden. Denn solch eine Tat wäre noch grausamer als Mord. Und Katzmans und mein Sauerstoffschlauch – und auch Chilmis, scheint mir – sind, vielleicht, diese Liebe, die wir zueinander haben.

Und da erinnerte ich mich an Schosch und an das, was sie mir erzählt hatte, und ich dachte, selbst wenn Chilmi auf mich schießen würde, wäre es weniger grausam für mich als das, was mir schon geschehen ist. Denn mein Schlauch wurde von Schosch vor drei Tagen zerrissen, und im Grunde schon vor sehr langer Zeit, und wie soll man das verstehen, daß ich während dieser ganzen langen Zeit nichts gemerkt und weiter Lügenblasen geatmet habe.

Chilmi legte seine Pistole auf die Erde, zwischen uns. Ich hatte keine Kraft, meine Hand nach ihr auszustrecken. Ich wollte es eigentlich. Denn Chilmi durfte ich nicht anfassen, während die Pistole wie ein neues Kind war, das uns geboren wurde. Aber ich rührte mich nicht. Ein paar große rote Ameisen kamen gelaufen und kletterten auf die Pistole. Chilmis Hand lag ruhig neben ihr. Zerknitterte Zitronenblätter sahen unter dem Griff hervor. Das alles war schon Teil meines Lebens.

Dann sagte ich: »Ich muß zum Auto runter, um das Funkgerät zu holen.«

Chilmi sah mich lange an. Sehr viel Schwäche war jetzt in seinem Gesicht. Er sagte mit gebrochener Stimme: »Warum? Warum gehst du jetzt?«

Ich sagte: »Man muß jemandem mitteilen, daß ich in deinen Händen bin.«

Er sagte: »Warum müssen wir sie überhaupt in diese Sache hineinziehen?«

Ich verstand wohl, was er meinte, aber ich blieb hartnäckig. Denn sonst hätte die ganze Sache keinen Sinn. Ich sagte: »Nein. Nein. Man muß ihnen dein – – dein Ultimatum mitteilen.« Jetzt konnte ich dieses Wort schon sagen.

Chilmi hob den Kopf: »Und du wirst hierher zurückkommen? Du wirst zurückkommen?«

Ich sagte: »Du mußt mir glauben, Chilmi. Wer glaubt mir sonst, wenn nicht du?« Und ich erinnerte mich dunkel an etwas, das Katzman mir einmal in einem anderen Zusammenhang gesagt hatte, daß wir dort, wo wir uns befinden, in der Lüge selbst, wenigstens ein Recht hätten, uns der Gnade der absoluten Aufrichtigkeit und des absoluten Vertrauens zu erfreuen, denn dort sei kein Platz für Theater.

Chilmi überlegte kurz. Dann nickte er energisch mit dem Kopf.

»Komm schnell zurück«, sagte er, »ich werde auf dich warten.«

13 Um zwölf Uhr mittags war Katzman wieder in seinem Büro, tadelte den Bürgermeister von Dschuni und zählte ihm ohne großen Eifer die Verbrechen der Stadt auf: die Demonstration der Schülerinnen in der vergangenen Woche; das Steinewerfen auf eine Patrouille im Elsa'adije-Viertel und schließlich die Ereignisse der gestrigen Nacht. Zwei der Jungen, die getötet worden waren, als das Militär das Haus stürmte, stammten aus Dschuni, und die Atmosphäre in der Stadt war äußerst gespannt. In Katzman war ein empfindlicher Seismograph zur Messung von Gewalt an Orten, an denen er sich aufhielt. Im Ausland konnte er – schon wenige Minuten nachdem er in einer Stadt ankam – den Grad der angestauten Gewalt in ihr spüren. Rom war für ihn in dieser Hinsicht unerträglich gewesen. In Santa Anarella, wo die Erde aufbrach und Häuser einstürzten und Hunderte von Menschen umkamen, hatte Katzman die aggressive Spannung überhaupt nicht gespürt. Heute, auf dem Rückweg von Tel Aviv, als er durch die wegen der Sperre leeren Straßen von Dschuni fuhr, kam es ihm vor, als drohe der versteckte Zeiger seiner Sensibilität aus seinem Körper auszubrechen.

Katzman haßte solche Situationen: Der Bürgermeister gehörte der alten Generation von Führern in den besetzten Gebieten an. Ein Mann von massivem Körperbau, gänzlich niedergedrückt und abgestumpft von dem Druck, der von allen Seiten auf ihn ausgeübt wurde. In ihm war keine Würde mehr, und seine Worte waren matt und schwach. Vor einem Monat war eine seiner Töchter von einem Schuß getötet worden, den ein Soldat bei einer Demonstration von Schülerinnen abgefeuert hatte. Der Vorfall machte ihn in den Augen der Einwohner zu einem Helden wider Willen. Seine Augen, die hinter geschwollenen bläulichen Tränensäcken eingesunken waren, schienen leblos.

Katzman sagte: »Die Jungen haben sich gestern den ganzen Tag lang in Dschuni versteckt. Bis wir nicht herausfinden, wer ihnen Unterschlupf gegeben hat, heben wir die Sperre nicht auf.«

Der Bürgermeister breitete hilflos die Arme aus: »Sie haben doch die ganze Nacht die Familien verhört. Niemand hat sie versteckt. Sie kamen aus einem der Dörfer hierher.«

Katzman antwortete: »Was die Familien anbelangt, so kennen Sie das Gesetz so gut wie ich. Das Haus der Familie Elkadimi reißen wir nieder. Das Haus der anderen Familie machen wir dicht. Dort ist es zu eng für eine starke Sprengung.« Wie barmherzig wir sind, dachte er spöttisch, wie aufgeklärt. Das konnte er bei Diskussionen mit Uri in einem hohen Maß von Gerechtigkeit und Selbstüberzeugung behaupten, aber immer, wenn er vor der Entscheidung stand, eine so schwere Strafe wie diese zu verhängen, fand er keinen Trost darin, daß er recht hatte.

Der Bürgermeister sprach immer schneller. Seine Stimme war so schwach, daß Katzman sich vorbeugen mußte, um ihn zu verstehen. Der Mann flehte um die Häuser. Die Familien hätten schon genug gelitten, als sie ihre Söhne verloren. Haben Sie keine Kinder? fragte er Katzman plötzlich, wartete aber nicht auf eine Antwort: Sie können sich nicht vorstellen, wie schrecklich es für sie ist. Jene zwei Jungen waren die begabtesten ihrer Klasse, einer von ihnen wollte gerade sein Studium an der Universität von Oman beginnen. Jetzt sind sie tot. Natürlich wisse er, warum sie tot sind. Aber es sei genug mit dem, was geschehen ist. Wie könne man ihr noch mehr Leid zufügen? Eine Familie, der solch ein Unglück geschehen ist, verliert den zusammenhaltenden Leim, und man dürfe ihr nicht noch mehr antun.

Nun zitterte sein großes, schlaffes Gesicht. Katzman wußte, daß der Mann über sich selbst und über seinen eigenen Schmerz sprach, den er bisher nie in ihren Gesprächen erwähnt hatte. Immer sagten sie einander die gleichen Dinge im gleichen Tonfall. Sie waren wie zwei Türme auf einem leeren Schachbrett. Es war ihnen ausschließlich erlaubt, sich auf einer geraden Linie zu bewegen. Nie würden sie einander fangen. Aber in Katzman war auch ein Springer versteckt.

Er haßte solche Situationen. Er haßte alles, was mit seinem Amt als Gouverneur der staubigen Stadt zusammenhing, die von feindlichen Gassen durchkreuzt war, die so tat, als sei sie bewußtlos unter einer Schicht von Staub. In seiner ganzen Militärzeit hatte er kein so widerwärtiges Amt wie dieses ausgeübt. Eigentlich hätte er vor einem Jahr in den Ruhestand treten sollen. Er schrieb sich an der Universität zum Magister in Arabisch ein und versuchte, sich selbst davon zu überzeugen, wie angenehm sein Leben als Zivilist sein würde. Seit er achtzehn war, wußte er nicht mehr, was Zivilleben bedeutete, ausgenommen kurzer Pausen, in denen er studierte oder Urlaub machte. In der letzten Zeit hatte Schosch gestichelt und behauptet, nur aus Angst habe er das Militär nicht verlassen. Er entgegnete ihr, ohne davon überzeugt zu sein, in dem Augenblick, in dem man die Grundforderungen des Militärrahmens auf sich nehme, genieße man innerhalb dieses Rahmens viel Freiheit. Sie meinte, er nehme es nicht sehr genau mit den Worten. Daß er »Anonymität« meinte und statt dessen »Freiheit« sagte. Sie erriet nur zu gut, daß es gerade die Freiheit war, die Angst in ihm erweckte. Sogar sich selbst gestand Katzman nicht ein, daß Uri derjenige war, der ihm auf seine sorglose und neugierige Art den besonderen Reiz des Zivillebens zeigte. Ein geebneter Weg in die Freiheit des Lebens. Nur war er Uri erst begegnet, als er schon tief in seiner Niederlage in Dschuni steckte.

Der Bürgermeister starrte ihn an, und Katzman merkte, daß er eine Antwort von ihm erwartete. Ohne nachzudenken antwortete er mit einem Nein. Der Alte rang die Hände. An seinem Finger steckte ein großer Ring mit einem schweren schwarzen Stein. Der Ring stammte offensichtlich aus vergangenen ruhmreichen Tagen. Jetzt mußte er jeden Augenblick den Ring fest auf seinen zusammengeschrumpften Finger schieben. Katzman empfand eine flüchtige Sympathie für ihn. Er sagte schnell: »Ich werde Anweisung geben, die Ausgangssperre zur Mittagszeit für zwei Stunden aufzuheben, damit Sie Lebensmittel einkaufen können.« Zu seiner Überraschung sah er nicht das erwartete, widerwärtige Aufleuchten von Dankbarkeit in den Augen des Mannes. Denn der Bürgermeister weinte.

Katzman lehnte sich in seinem Sessel zurück und betrachtete seine Finger. Er hörte das schwere, hohle Schluchzen und wagte nicht hinzusehen. Jetzt hätte er in der Cafeteria oder in der Fachbereichsbibliothek sitzen können. In farbenfroher Kleidung durch die Straßen einer sorglosen und freien Stadt spazieren oder auf ein weites Meer blicken können. Einen trügerischen Augenblick lang erschien ihm diese Möglichkeit überaus verlockend. Er hätte nicht einwilligen dürfen, hierherzukommen. Einer Gewalt ausgesetzt zu sein wie der, die der Bürgermeister jetzt gegen ihn richtete. Vor einem Jahr und zwei Monaten war es gewesen: der ehemalige Gouverneur von Dschuni wurde infolge eines Herzinfarkts vom Militär befreit; irgend jemand in der Bezirkskommandantur erinnerte sich, wie Katzman nach dem Krieg die Flüchtlingskolonne aus Kalkilja gehandhabt hatte, und er wurde zu einem Gespräch gebeten. Am Anfang lehnte er ab. Dann stellte er Bedingungen, von denen er nicht glaubte, daß man sie akzeptieren würde. Dann ließ er sich verlocken. Er empfand beinahe Erleichterung, als sich herausstellte, daß er seine Befreiung vom Militärdienst um ein Jahr verschieben müsse.

Das war Anfang Juli vergangenen Jahres gewesen. Für den Monat August hatte Katzman eine Reise durch Europa vorgesehen, und er beschloß, nicht auf sie zu verzichten. Während der vier Wochen, die ihm bis zur Abreise blieben, saß er in einem kleinen Büro im Hauptquartier von Judäa und Samaria, lernte die Grundregeln der Administration und machte sich Gedanken über den Charakter, den er seinem Amt in Dschuni geben wollte.

Katzman hatte nie ausgesprochen politische Ansichten gehabt. In seinen Augen glich die Politik einem Theaterstück, das nie direkt Kontakt mit dem Leben der Menschen hatte und dessen Hauptziel es seiner Meinung nach war, den einen unmöglichen Weg zu ebnen, den so wenig Menschen wie möglich gehen konnten. Er verabscheute jeden, dessen Tätigkeit ihn der Politik nahebrachte, und für Schoschs Vater empfand er Verachtung. Doch er schätzte Dajan, seinen Außenminister, und neigte dazu, sich dessen Ansichten über die besetzten Gebiete zu eigen zu machen. Dajan war in seinen Augen kein Politiker, sondern vor allem ein Mann des Militärs, wie er. Aber nicht nur das: nachdem Katzman im Krieg an der Zerstörung Kalkiljas teilgenommen hatte, bat ihn der Minister zu einer klärenden Unterredung zu sich, die sich für Katzman schnell in eine einseitige, fast aggressive Beichte verwandelte, die aber auf Gegenseitigkeit beruhte und hinsichtlich der scharfen, Funken sprühenden Strömungen zwischen den beiden stark war. Am Ende jenes Gesprächs wurde Katzman das Kommando über das Lager für Flüchtlinge, die von Kalkilja nach Sichem strömten, übergeben. Und im Laufe des Gesprächs schien es Katzman, daß es ihm gelungen war, Dajans ausweichende Charakterzüge in einer

Definition einzufangen, in der eine große Ähnlichkeit zu Katzman selbst lag.

Katzman hegte ein Gefühl der Dankbarkeit für den Minister, der ihm jenes Flüchtlingslager übergeben hatte. Während er in dem engen Büro im Hauptquartier von Judäa und Samaria saß, pochte in ihm ständig die Erinnerung an das angenehme Gefühl der Ganzheit, das er damals in Sichem hatte. Dort waren Wohlwollen und aufrichtige Liebe aus seinem Inneren geströmt, ohne daß er sich betrogen oder verraten fühlte und ohne daß er sich bemühte, sich davor in acht zu nehmen. Er war sicher, daß der Sicherheitsminister auch bei seiner gegenwärtigen Ernennung zum Militärgouverneur von Dschuni die Hand im Spiel hatte. Die Zusammensetzung all dieser Faktoren schien das gleiche Resultat zu sprechen. Nur lag in jeder Versprechung auch eine Drohung: ein Zustand, der Katzman Freude bereitete, mußte einen Schmerz bergen, wenn er sich zum zweiten Mal ereignete. Daher verbot er sich, zu hoffen.

Und trotzdem hielt er in sich eine neue Begeisterung zurück. In jenen vier Wochen war Katzman gezwungen, etwas zu tun, was Militärpersonen und den meisten Israelis in der Regel versagt bleibt – aufmerksam und aufrichtig über seine Haltung zu den besetzten Gebieten nachzudenken. Schnell stellte er fest, daß er immer wieder zu demselben Schluß gelangte: Er haßte die Araber nicht, die an seiner Seite lebten. Aber er liebte sie auch nicht. Er wollte nicht Besatzer bleiben, aber ein unabhängiger palästinensischer Staat, dessen einziger Brennstoff der Haß auf Israel wäre, machte ihm angst. Katzman sah sich Begriffe verwenden, die er bis dahin nur in den Zeitungen gelesen hatte. Das gab ihm ein Gefühl von Banalität, erweckte aber auch seine Neugier. Alsbald kam er zu dem in Verzweiflung versetzenden Schluß, daß es keinen Ausweg aus dieser Situation gab, in die zwei Völker miteinander verflochten waren. Die Erinnerung an die unverkennbare Wahrheit, die er in Sichem gespürt hatte, brachte ihn dazu, ein wenig gegen seinen ständigen, deklarierten Pessimismus zu rebellieren: vielleicht könnte er doch versuchen, etwas zu tun. »Seine« Stadt in ein neuartiges Experiment zu verwandeln. Menschlichkeit innerhalb der Besetzung. Die Gnade der Aufrichtigkeit und des Vertrauens – gerade dort.

Er erwachte erst, als er nach Dschuni kam. Er verabscheute

die Stadt vom ersten Augenblick an, als er in Uniform eingetroffen war. Es war seltsam: bei seinen Vorbereitungsbesuchen hatte er keinen Feind in ihr gesehen. Vom Panzerkorps brachte Katzman drei Offiziere mit, mit denen er vertraut war, und Schaffer, den er mochte, und diese vier pflegten zwischen ihm und dem Personal der Militärverwaltung zu vermitteln. Die Pflichten seines Amtes nahm er mit Eifer auf sich, wie einen festen Schutzhandschuh zwischen sich und den Einwohnern. Alle Versprechen, die er sich gegeben hatte, lösten sich in dem Augenblick auf, als er den Stempel mit seinem Namen und seinem neuen Titel auf den ersten Sprengungsbefehl drückte. Er versperrte sich gegen jegliche Erinnerung an die bescheidenen Erwartungen, die er vor seiner Ankunft in der Stadt gehegt hatte. Die symmetrische Bedrohung konkretisierte sich auf grausame Weise in ihm: nicht nur, daß die Berührung mit Not und Unrecht nicht jenes ersehnte Gefühl des Guten aus seinem Inneren befreite – sie höhlte ihn auch mit Beständigkeit aus. Die Einwohner Dschunis' kannten ihn kaum. Er verließ nur selten das Gebäude. Sogar der Stadtrat und die Vorsitzenden der Dorfräte, mit denen er jede Woche völlig belanglose Sitzungen abhielt, wußten nicht, wie sie ihn beurteilen sollten. Schaffer, der ihn gut kannte, spürte, wie sehr er von sich selbst gejagt war, und er begriff nicht, warum. Katzman wurde in seinem Inneren von Schuldgefühlen und Groll geplagt. Überrascht begriff er, daß er sich einem gefährlichen Scheideweg in seinem Leben näherte. Daß Dschuni ihm eine Geschichte erzählte, die er sich anhören mußte. Die widersprüchlichen Gefühle zerrütteten ihn. Er versuchte, sie zu verdrängen, indem er sich sagte, erst wenn er von hier weg sei, werde er versuchen, das, was in ihm vorgehe, zu verdauen. Ein kindisches, weinerliches Gefühl lag in ihm unter den Haufen von Ausreden und logischen Begründungen versunken, wie jene Erbse unter Dutzenden von Matratzen: daß es keine Gerechtigkeit gebe. Daß es sie unmöglich geben könne. Daß sie nur ein hinterhältiger und boshafter Begriff sei. Er wußte das schon immer, doch jetzt fühlte er sich wie jemand, der dazu verurteilt ist, sich an einem grausamen Experiment zu beteiligen, das dazu bestimmt ist, diese Hypothese zu bestätigen. Er herrschte über fünfundzwanzigtausend Menschen, die ihn von Anfang an nicht wollten. Gerade dadurch, daß er sich bemühte, ihren gewohnten Lebensrahmen zu wahren, daß er der Stadt eine neue Buslinie gab, daß er die Löcher in den Straßen reparieren ließ, daß er den Fußballspielern der Ortsjugend einheitliche Kleidung besorgte – gerade durch all diese Dinge trug er zu weiterem Unrecht bei. Band es mit einem weiteren Knoten am Boden der Wirklichkeit fest. Und darum war er ein wenig verwirrt und zerschlagen und verabscheute sich wegen seiner Tat und bat Uri, seinen neuen Freund, dem er auf jener elenden Reise durch Europa begegnet war, mit ihm nach Dschuni zu kommen. Bis jetzt verstand er nicht, warum er das eigentlich getan hatte. Auch das war etwas, das er einmal würde verdauen müssen. Vielleicht, wenn er endlich hier herauskäme.

Der Bürgermeister schneuzte sich geräuschvoll die Nase. Seine Augen waren ein Dickicht roter Äderchen. Katzman stellte überrascht fest, daß sein Gesicht den früheren niedergeschlagenen Ausdruck verloren hatte. Es war dem Bürgermeister anzusehen, daß das Weinen ihm auf irgendeine Weise seine Würde wiederhergestellt hatte. Ihm vielleicht sogar eine gewisse Überlegenheit gegenüber Katzman gab, der nicht fähig war zu weinen. Er bat um die Erlaubnis zu gehen. Er wäre sicher überrascht gewesen, hätte er gewußt, wie nahe er sich am Brennpunkt von Katzmans Sympathie befand. Katzman wollte zum Abschluß noch ein paar warnende Worte sagen, aber da trat ein junger Leutnant ins Zimmer und flüsterte Katzman etwas ins Ohr. Der Bürgermeister beobachtete Katzmans Hände, die sich plötzlich verkrampften. Er wartete ängstlich, als sei sein Leben zwischen den beiden mageren, aber starken Händen gefangen. Katzman sagte zu ihm: »Es ist etwas Dringendes eingetreten. Unser Gespräch ist beendet.« Er wollte noch eine ernste Bemerkung über die Verschlimmerung des Zustands in der Stadt hinzufügen, beschloß aber zu warten, bis die Dinge klarer geworden wären. Dann eilte er aus dem Zimmer und ließ den überraschten Mann zurück, der ängstlich auf den schwarzen Sessel des Militärgouverneurs blickte.

Als er die Treppe hinunterging, stieß er auf Schaffer. Dieser wußte bereits Bescheid. Schaffer sagte: »Dieser Idiot mußte uns alle in Schwierigkeiten bringen.« Und Katzman spürte Schaffers Schadenfreude. Schaffer mochte keine Komplikationen. Seine Welt war mit grellen, deutlichen Farben gemalt. Katzman war etwas Unklares, Unerwartetes in seinem Leben, und da Schaffer ihn nicht hassen konnte, war er gezwungen, sich ihm gegenüber abwechselnd mit anhaltender frustrierender Verlegenheit oder gönnerhafter Nachsicht zu begnügen.

Katzman fragte: »Wer hat die Nachricht durchgegeben?« »Der Blödmann selbst«, antwortete Schaffer klipp und klar, »durch Funkgerät 10, das er heute morgen von Juval geklaut hat. Amos war der diensthabende Funker und nahm seine Mitteilung entgegen. Hier ist sie.« Schaffer wühlte in den Taschen seiner riesigen Hosen. Er fischte Verbandszeug, ein Fahrtenbuch und Benzingutscheine heraus; Katzman dörrte aus vor Nervosität. Mit dem Ausdruck großen Staunens zog Schaffer außerdem ein Schlüsselbund heraus, an dem eine durchlöcherte Patronenhülse herabhing. Und ferner: eine Erkennungsmarke in einem kleinen Lederfutteral, einen zerknitterten Lottoschein und sogar ein steinhartes bräunliches Dreieck – ein Stück alte Pita. Dann fand er, was er suchte. Er reichte Katzman einen zerknüllten Zettel, der aussah, als hätte er schon jahrelang in seiner Tasche gesteckt.

Katzman las. Instinktiv schaute er auf die Uhr. Es waren noch sechzehn Stunden bis zum nächsten Sonnenaufgang. Einen Augenblick lang starrte er in die Luft. Die Situation zeigte die Möglichkeiten und Gefahren, die sie in sich barg, wie eine Bäuerin, die ihre bunten Stoffrollen auf dem Marktplatz ausbreitet. Ein Räuspern war zu hören. Der Bürgermeister stieg die Treppe hinunter. Sie traten beiseite und ließen ihn vorbeigehen. Er versuchte, seinen Kopf zu heben. Seine Augen waren noch immer gerötet. Sie warteten, bis seine Schritte im unteren Gang verhallt waren. Dann sagte Katzman: »Fahr sofort hin. Nimm einen Trupp von der Bereitschaftskompanie mit – nein, nimm die ganze Kompanie. Mach das ganze Dorf hermetisch dicht. Ich will nicht, daß etwas herauskommt. Tu's in aller Stille.« Wie bequem die Militärsprache in solchen Situationen war. Manchmal empfand Katzman sie als seine Muttersprache, nachdem er die polnische Sprache verloren und die hebräische nicht erobert hatte.

Schaffer fragte: »Sollen wir das Haus stürmen?«

»Bist du verrückt geworden?« Katzmans künstlerischer Sinn für die Realität und ihre Konflikte war sichtlich verletzt. Schaffer schrumpfte ein wenig unter seinem Blick zusammen. »Hat dir das Stürmen von gestern nicht gereicht?« fragte Katzman mit einer gewissen Undankbarkeit. Sie hatten sich bisher nicht mitgeteilt, was ihnen im Haus geschehen war. Sie hatten eine Tradition des Schweigens, die ihren Anfang im Sechstagekrieg hatte.

Sie gingen in die kleine Befehlszentrale hinunter und suchten Andal auf der Landkarte. Schaffers dicker Finger neben Katzmans Vogelkralle. Da war es. Katzman sagte: »Verteil die Leute unten am östlichen Hügel. Der Alte wohnt direkt auf dem Hügel. Warst du schon mal dort?«

»Nein.«

»Hm. Wenn du hinkommst, wirst du schon sehen, wovon die Rede ist. Der Alte, Chilmi ist sein Name, hat eine Höhle, das heißt – er wohnt in einer Höhle am Rande des Hügels, ganz oben. Der Hügel beherrscht das Dorf. Es gibt einen unasphaltierten Weg bis nach Andal – – –« Katzman rekonstruierte schnell das Dorf; den felsigen Platz, das seltsame Eisengerüst, das dort stand, das aus Blechstücken errichtete Café. Andal sah aus wie alle Dörfer, die er im letzten Jahr besucht hatte.

»Wie viele Leute sind deiner Meinung nach dort oben?«

Katzman zuckte die Achseln. In Uris Mitteilung hieß es, »Man hält mich als Geisel«. »Man« deutete auf mehrere Leute hin. Einen Augenblick lang erinnerte sich Katzman an den buckligen, krächzenden Alten während der Empfangszeremonie. Er erschien damals recht ausgeschlossen und verhaßt zu sein. Aber man konnte nie wissen. Mitten in dieser Überlegung geschah es Katzman: Zum ersten Mal, seit er die Mitteilung erhalten hatte, durchfuhr ihn die Erkenntnis, daß es kein Hirngespinst war. Daß dieser Vorfall sich tatsächlich ereignet hatte und er und Uri tief darin verwickelt waren. Eine Stimme in seinem Inneren sagte: Endlich ist es geschehen.

Aber noch erlaubte er sich nicht zu verstehen, was sich in ihm andeutete. Er sagte: »Vielleicht sind etliche Leute oben. Wir dürfen kein Risiko eingehen. Versamme die Männer im Dorf zum Verhör. Nimm Joni mit.« Joni war der Nachrichtenoffizier der Militärverwaltung, und Katzman verließ sich darauf, daß er Schaffers hitziges Temperament bremsen würde. Dann kam ihm ein Gedanke: »Der junge Mann, der heute nacht getötet wurde, war Chilmis Sohn.« Amüsiert beobachtete er Schaffers Staunen angesichts der Kenntnis, die er vom Leben des Alten hatte. »Und daher besteht nur eine geringe Wahrscheinlichkeit, daß das Haus – das heißt die Höhle – den Jungen, die getötet wurden, oder ihren Freunden als Waffenlager gedient hat. Es sehr gut möglich, daß sie direkt von dort nach Dschuni gekommen sind. Sei vorsichtig, Schaffer.« Schaffer verkniff seinen Mund mit einer mechanischen Geste der Ablehnung. Einen Augenblick sah er wie ein störrisches Kind aus. »Vorsichtig« war fast eine Beleidigung für ihn. Er fragte: »Wann kommst du?« Er war erstaunt, daß Katzman sich nicht sofort aufmachte, um Uri zu retten.

Katzman überlegte. Er brauchte sehr viel Kraft, den Drang zu unterdrücken, sofort nach Andal zu eilen. Gleichzeitig wußte er, daß er sich zurückhalten mußte. Daß er warten mußte, bis sich die Wirbel ein wenig gelegt hätten, damit ihre Grundlagen deutlich zum Vorschein kämen. »Ich komme später«, antwortete er, »mach du dich schon auf den Weg.«

Und nachdem Schaffer schon aus dem Zimmer gegangen war, rief Katzman ihn zurück: »Ohne Schießen und ohne Stürmen, Schaffer. Nur ich gebe den Befehl zum Stürmen. Klar?«

»Klar«, antwortete Schaffer und ging.

Katzman wandte sich von der Landkarte ab. Rief den diensthabenden Offizier und teilte ihm die Aufhebung der Sperre in Dschuni ab zwei Uhr mittags mit und begab sich dann in sein Zimmer im zweiten Stock. Er setzte sich an den Tisch und überlegte. Er mußte seine Vorgesetzten von den Geschehnissen in Kenntnis setzen. Es gab eine vorgeschriebene Prozedur für solche Fälle. Katzman streckte seine Hand nach dem Telefonhörer aus und nahm sie wieder zurück. Denn gleich zu Anfang war in ihm der Entschluß gereift, den Fall ausschließlich mit eigener Kraft zu behandeln. Es war vor allem eine persönliche Angelegenheit zwischen ihm und Uri.

Eine viertel Stunde später hörte Katzman, wie die Kompanie auszog. Diese gewohnten Geräusche beruhigten ihn stets, aber jetzt hatten sie einen stärkeren und schrilleren Klang als sonst. Irgend etwas würde geschehen. Er legte sich auf sein Bett und ließ alle Fetzen der letzten Tage wie Federn um sich kreisen.

Am Anfang dachte er, es sei die Aufregung, aber es war die

Angst. Sie durchströmte ihn, als sei er ein hohles Rohr. Katzman zog schnell die Beine an den Bauch, als wollte er versuchen, den direkten Fluß aufzuhalten. Der Augenblick der Entscheidung nahte. Und das bedeutete, daß etwas sich unwiderruflich verändern würde. Eine Art unbefruchtetes Ei des Versagens riß sich mit einem schmerzhaften Stechen von einer Wand seines Körpers los und begann seine tastende Reise, um den Samen des Wissens zu erreichen. Katzmans Augen waren halb geöffnet, seine leicht geschwollenen Lider bewegten sich nicht. Er wartete. Er war schon immer ein Jäger der Veränderungen gewesen. In ihnen offenbarte sich für einen gesegneten Augenblick die ganze Vergangenheit und etwas von der Zukunft, eine Art pulsierender und sehr lebendiger Treffpunkt, der den Menschen durch seine Berührung einmalig macht.

Aber jetzt war er traurig, denn er erriet seinen unweigerlichen Abschied von Uri. Er irrte sich nie in seinen Gefühlen. Schon am Morgen wußte er, daß er Uri aus Dschuni wegholen mußte, aber nun wurde ihm klar, daß es eine noch grausamere Trennung werden würde. Wie immer mußte Katzman überrascht feststellen, wie verletzbar und völlig schutzlos er trotz allem war: obwohl er meinte, zu niemandem eine wahre Bindung zu haben, erlitt er doch hin und wieder den Schock eines erneuten Verlusts.

14

»Müde, Uri?«
»Nein, nein. Ich denke nur.«
»An was denkst du?«
»An Italien.«
»Was ist Italien?«
»Was ist – –? Italien ist ein Land. In Europa.«
»Warst du dort?«
»Wegen der Dinge, die dort geschehen sind, bin ich hierhergekommen. Daran denke ich jetzt.«
»Was war dort?«
»Ein Erdbeben.«
»Wenn die Erde von ihrem Beben erschüttert wird – –«
»Was ist das?«
»Das ist aus dem Koran. Dort gibt es eine Sure, die von einem Erdbeben erzählt. Was ist dir dort passiert?«
»Ich habe jetzt keine Lust, darüber zu reden.«
»Gut.«

Er wuchs unter meinen Händen auf. Ich kochte ihm die Speisen, die er mochte, und atmete den Duft seines Körpers, der wie Jasmin war, und er blökte ja ba, ja ba und zerrte an den letzten Haaren auf meinem Kopf und trommelte auf dem Kasten, den ich auf meiner Schulter trage, und ich war ihm wie eine sorgende Mutter, die sanfteste aller Mütter war ich, und daher pflegte man mich in Andal Um Jasdi, die Mutter Jasdis zu nennen.

Und als er heranwuchs, sah ich, daß ich mich nicht in ihm getäuscht hatte. Daß er tatsächlich ein mir gesandtes Zeichen war, und ich war sehr darauf bedacht, ihn weiter alles zu lehren, was für ihn notwendig war, denn viel Weisheit braucht der Mensch, um beständig zu sein und ein Idiot zu bleiben, um seine Welt mit einem Zwinkern aus seinen Augen zu löschen und dort für Augenblicke eine neue Welt zu schaffen und alles anzugrinsen.

Kan-ja-ma-kan, zwölf Jahre war er alt, als der Krieg kam. Der schönste aller Bastarde, die sich je auf meinem Hof herumgetrieben haben, und er ging mit seitlich geneigtem Körper daher, auf Zehenspitzen, und zwitscherte vor sich hin, und löste sich aus dem Schatten der Zäune, dünner als Weintraubenranken.

Aus was war er gemacht? Aus dem Stoff von Gedanken. Kein wildes Kind; ein heimliches Kind. Ganz und gar mein. Mein.

Kan-ja-ma-kan. Es war Krieg. Flugzeuge flogen über uns hinweg, und Jasdi verstopfte sich mit seinen Fingern die Ohren und kam schreiend zu mir gerannt und versteckte sich in meinem Mantel, und in seinen Augen stieg die Angst auf. Und danach kamen Soldaten in grüner Uniform. Sie fuhren in unserem Dorf herum und blickten hierhin und dahin und sprachen mit keinem von uns. Und in den Nächten versammelten sich die Männer in Ajeschs Café und schrien vor Angst und Schmach, und auch ich war bei ihnen, und Ajesch schrie mit uns vor Angst und Schmach, aber als wir ihm den Kaffee und die nargile bezahlten, gab er uns das Wechselgeld in kleinen rosa Scheinen heraus, und an Na'efs Auto brachten sie ein Nummernschild in hellblauer Farbe an, und er schämte sich, damit durchs Dorf zu fahren, und wenn Nuri Elnawar auf seinem mit Säcken beladenen Esel schaukelnd aus El Kuds zurückkehrte, brachte er uns nicht wie sonst Samoware, deren Metalldeckel die Form eines Hahnes hatten, und stumme Spieldosen, und runde rote Kaugummis, oder Kugelschreiber, in denen man, wenn man sie umdreht, eine wirklich nackte Frau sehen konnte; jetzt waren in seinen Säcken große Radioapparate mit vielen Knöpfen und verschiedene Duftwasser, die nach Öl rochen, und Wunderpulver, aus denen man, wenn man kochendes Wasser darauf goß, Suppen machen konnte, und bunte Seifen, die nach frischer Farbe rochen, und Wundertropfen gegen Schnupfen und gegen die verfluchte Körnerkrankheit, und grünen Brei, mit dem man das Geschirr saubermachen konnte, ohne auch nur ein Körnchen Sand zu benutzen, und wundersame Spielzeuge wie israelische Panzer, die von alleine fuhren, und Traumpuppen mit goldenem Haar, die, wenn man sie bewegte, »Ima« sagten, so nennen die jüdischen Puppen ihre Mütter. Und bei seiner Ankunft zog Nuri-das-Affengesicht zwischen den Säcken auf seinem Esel schaukelnd durchs Dorf und las aufmerksam in den Zeitungen von El Kuds, und ihre Überschriften schrien in Rot, und obwohl ich nicht lesen konnte, wußte ich, was in ihnen geschrieben stand.

»Uri?«
»Was?«
»Wie alt bist du, Uri?«
»Fast achtundzwanzig.«
»Jasdi war siebzehn.«
»Schade, daß ich ihn nicht gekannt habe.«
»Er war ein schöner Junge. Er war ein Idiot.«
»Das hast du mir erzählt.«
»Einmal sagte Schukri Ibn Labib zu mir, ich sollte ihn zum Arzt in Dschuni bringen. Ich war nicht einverstanden.«
»Du hast einmal gesagt, daß ich ein wunderbarer Idiot sein könnte.«
»Du bist schon einer.«

Kan-ja-ma-kan. Es-war-oder-war-nicht. Neue Farben und neue Stimmen. Und der Glanz der Sonnenbrillen in den Augen der Offiziere und die weiche Sprache in ihrem Mund. Buchstaben gleiten zu uns hinüber. Und die Kühle, mit der sie uns behandeln. Nicht Haß. Nicht Angst: Kühle. Kein Körper berührt den anderen. Kein Auge sieht ins andere. Selbst wenn eine kleine Gruppe von Soldaten ins Dorf kommt, um die Felder auszumessen oder die Einwohner zu zählen, wollen sie nicht mit uns sprechen, und alles, was sie sagen können, ist ruach-min-hon und jallah etla – weg von hier, verschwindet –, besonders zu unseren Kindern, die sie umzingeln; und auch wenn sie einmal in Ajeschs Café kommen, um sich dort auszuruhen, sich auf den kleinen Stühlen zu entspannen, sich die schönen Bilder an den Wänden anzusehen, auch dann begegnen sich ihre und unsere Blicke nur auf den Kupfertabletts in Ajeschs Hand und auf dem glänzenden Mundstück der nargile und auf den grün gestrichenen Wänden aus Blech, und kein Auge sieht ins andere, und kein Körper berührt den anderen.

Und sie sind sehr vorsichtig, und wir werden von Angst und Verdacht davor erfüllt, was sie in ihrem Hochmut ersinnen. Denn wie kommt es, daß sie darauf achten, Ajesch jede Tasse Kaffee, die sie trinken, und jede baklawa, die sie bei ihm essen, zu bezahlen, und was ist die Beschaffenheit dieser Besatzungsmacht, die bisher unsere Frauen nicht begehrte und keinen einzigen Muchtar und auch keinen einzigen von den Männern der wandernden Truppen hinrichten ließ, und warum verachten sie uns so sehr, daß sie einzeln oder zu zweit im Dorf umhergehen und kaum Waffen tragen, und was ist uns geschehen, daß diese Verachtung uns zu Boden drückt und diese hochmütige Kühle sich wie höhnische und klebrige Spinnweben um uns legt und wir alle wie unter einem Zwang umhergehen und unsere Bewegungen vor ihnen wie die von Aufziehpuppen sind; und allmählich hören wir auf, miteinander zu diskutieren, und allmählich hören wir auf, von siassa, von Politik zu reden, ein wenig aus Angst und ein wenig, weil es über unseren Verstand geht, wie das alles passieren konnte und was mit uns geschieht, daß dreißigjährige Männer zu Greisen werden, und allmählich verlassen uns die Soldaten und sammeln sich in den großen Städten, in Dschuni und Nablus und Elchalil, und wir sehen sie kaum mehr, und nur ab und zu sehen wir einen grünen Jeep auf dem Weg in die Stadt oder hören das Knattern des Metallvogels, der sich in den Nächten auf seine Beute stürzt.

Und was geschieht mit meinem Jasdi? In mir hat sich der Schrecken schon gelegt. Ich war hier zur Zeit der Türken und zur Zeit der Engländer, und ich sah auch Emir Abdallah und König Talal und König Hussein, dessen Soldaten uns erbarmungslos niedermetzelten, und ich wußte, was ich jetzt zu tun hatte. Und ich hörte auf, zu Ajesch zu gehen, und auch das Zelt, in dem die Männer zusammensaßen und wie Mädchen schwatzten, betrat ich nicht mehr, und ich kehrte zu meiner Höhle zurück, in der kaum noch Frauen und Bastarde waren, und tauchte wieder in meinen göttlichen Teich, der ein wenig verfault war zwischen den Reifen, hinab zu den halbdunklen Spalten; was keine Gestalt hat, das rühren die Fremden nicht an. Wer einen Traum hat, dessen Lösung nur in seinem eigenen Körper ist, wird niemals enttäuscht werden. Von meinem Darios habe ich das gelernt. Und mein Land, das ich mir ersonnen habe, wird nie ein Fremder erobern, komm mit mir, Jasdi, laß uns wieder in die Wolke des Geheimnisses und der Lust zurückkehren, zu dem weichen Kern, der im Dunkeln verborgen liegt, zu jenem – – Jasdi?

»Hast du mich gerufen, Chilmi?«

»Was? Nein. Nein.«

Schweigen. Und dann:

»Uri?«

»Ja?«

»Ich habe ihm von dir erzählt. Und er hat plötzlich gewimmert. Er hat in der Babysprache zu mir gesprochen.«

»Hast du schon gesagt.«

»Ich vergesse jetzt schnell. Er haßte dich. Er sagte, ich arbeite mit euch zusammen.«

»Er weiß doch, was du wirklich denkst, oder?«

»Er weiß. Aber sie haben ihn dort in einen falschen Idioten verwandelt. Das ist das schlimmste. Uri?«

»Was?«

»Hat er sehr gelitten? Ist er in Qualen gestorben?«

»Ich – – nein. Er hat überhaupt nicht gelitten. Nein.«

Er wuchs unter meinen Händen auf, und einmal sah ich in meine Hände und fand ihn dort nicht. Da tauchte ich erschrocken in mich hinein und grub mit Händen und Füßen und rief seinen Namen, wie eine Fledermaus lief ich in den gewundenen Spalten herum und schlug meinen Kopf gegen die Felsen, aber die Funken, die ich sah, fügten sich nicht zu dem Zeichen zusammen, an das ich mich in seinem Gesicht erinnerte.

Und in der Nacht kehrte er plötzlich zurück, begeistert flammenden Blickes, und begann mir eine Geschichte zu erzählen. Er sei zum ersten Mal im mak'ad gewesen, als er bereits das Mannesalter erreicht hatte und es ihm erlaubt war, mit den Männern zusammenzusitzen und ihnen Kaffee zu reichen und die rauchende Kohle für sie zu schüren, und er erzählte mir von den Dingen, über die sie dort sprachen, und von den Liedern und wie Jussuf el-Makawi auf seiner rababa spielte, wie er zuerst mit einem mit Seife beschmierten Stück Holz über die Saiten strich und wie ihm gegenüber Samich Hudhud – dessen weiße Haarlocke seinem Namen, Wiedehopf, Ehre macht – seine darbka aus Ton hervorholte, und wie plötzlich ein erwartungsvolles Schweigen eintrat, und wie sich aus der Stille, aus dem mächtigen und drückenden Verlangen, das ich hier und hier und hier spürte, plötzlich ein dicker Faden des Schweigens zog, der sich allmählich in ein dünnes Summen verwandelte, und unser herrlicher Jussuf seinen Mund öffnete und sang.

Und er sang von den Propheten, von Noah und Mussa, und er sang von unserem geliebten Hiob, der von Allah wieder und wieder geschlagen wurde und sich dennoch nicht von ihm abwandte, und darum ist er derjenige, der uns den Weg des hartnäckigen Leidens weist, den arabischen Sumud, der bedeutet, daß wir hier sind kraft unseres geduldigen Leidens, und alle klatschten im Takt des Liedes, und auch ich, ja ba, auch ich war unter ihnen, und warum hast du mir nie jene schönen Geschichten erzählt, und wer ist dieser Allah, dessen Namen ich nie aus deinem Munde vernommen habe, und was ist der Sumud, das geduldige Leiden, das Seufzer der Zustimmung und der Trauer aus allen Herzen zieht, und warum sitzt du nie mit den Männern im mak'ad und lauschst den Protestgeschichten deines Jugendfreundes Schukri Ibn Labib über den Helden Antar und seine Geliebte Abla und über die achtundzwanzig Mondstationen, an denen unglaubliche Dinge geschahen, und wie sehr ich auch ihren Worten lausche, ja ba, ich hörte sie nicht deinen Darios, deinen Erlöser und Wohltäter, erwähnen, und auch nicht Scha'aban Ibn Scha'aban und auch nicht Mamduch el-Saharani, der hier Öl finden wollte, und sogar dich, ja ba, erwähnte keiner der Anwesenden, und Angst befiel mich, daß auch du nie gewesen seist, und daher eilte ich zu dir, und gelobt sei Allah, daß du da bist. Jetzt bist du böse mit mir, ja-ba.

»Chilmi – –«

»Ja?«

»Auch mich haben sie einmal beschuldigt, daß ich mit euch zusammenarbeite. Jemand hat mich deshalb geschlagen.«

»Mich hat man schon mehrmals geschlagen. Vor allem die Jungen. Die Gewalt bricht schneller bei den Besiegten aus.«

»Auch bei uns.«

»Ihr seid doch auch Besiegte.«

»Komm, sprechen wir nicht über uns. Erzähl mir mehr. Es ist gut, wenn du sprichst. Erzähl mir von deinen Lieben.«

»Mich liebte Darios.«

»Dein Erlöser und Wohltäter.«

»Und Leila Salach natürlich. Du lächelst.«

»Wie lange warst du mit Darios zusammen?«

»Sieben Jahre.«

»Vielleicht eine Woche, Chilmi? Vielleicht einen Augenblick?«

»Warum sagst du das?«

»Ich habe mit den Leuten im Dorf gesprochen. Sie erinnern

sich nicht an ihn. Sogar die ganz Alten erinnerten sich nicht. Sie sagten mir, daß du zu sprechen begannst, als man dich an jenem Abend unter dem Baum fand. Man sagt, sogar Darios hättest du erfunden.«

»So wie ich Jasdi erfunden habe?«

»Vielleicht.«

»Wie ich diesen Tag erfunden habe, das, was der nächste Morgen uns beiden bringen wird?«

»Ich weiß nicht.«

»Wer hat dir gesagt, daß ich alles erfunden habe?«

»Der dünne alte Bienenzüchter.«

»Ibn Labib? Glaub ihm nicht. Er ist ein Derwisch.«

»Er kennt dich seit deiner Kindheit. Er weiß alles über dich.«

»Das Gedächtnis ist ein Lügner. Nicht so waren die Dinge. Ganz anders waren sie. Mach es dir bequem, Uri. Ich werde es dir erzählen.«

Kan-ja-ma-kan. Und in all der Zeit brachte mein Vater keinen Mut auf, eine Waffe in die Hand zu nehmen und den Jäger und die Ehebrecherin zu töten, denn Scha'aban Ibn Scha'aban war der Mann, und die schönsten Frauen im Dorf wurden ihm mit abgewendetem Auge gegeben, und mein Vater erklärte allen, die bereit waren, ihn anzuhören, daß meine Mutter nicht schuld sei, daß ein ewiges Feuer in ihrem Leib lodere und er sie trotzdem liebe, und wenn sie von ihrem Wahnsinn geheilt sei, er sie wieder als die Frau seines Herzens aufnehmen werde, und nach drei Monaten verjagte Scha'aban Ibn Scha'aban meine Mutter, so wie er sie auch in den vergangenen Jahren, in denen sie für ihn entbrannt war, verjagt hatte, und innerhalb einer Nacht packte er sein Zelt zusammen, seine ausgestopften Tiere, seine Flaschen, in denen er das Pulver von zermahlenen Hyänenhoden, ein Mittel für seine Manneskraft, bewahrte, und die mit Rabenblut und Schakalkrallen gefüllten Tiegel und machte sich auf den Weg zum Berge Libanon, um dort den syrischen Bär zu töten, und meine Mutter kehrte schweren Leibes und ohne Scham nach Hause zurück und gebar im Hause meines Vaters meinen Bruder, dem sie zum Trotz den Namen Scha'aban gab, oder vielleicht meine Schwester Widad, oder meine Schwester Na'ima oder vielleicht mich selbst, kan-ja-ma-kan, und mein Vater schlug sie nicht, sondern trug die Schmach in seinem Herzen, und der Kummer ließ seinen Körper anschwellen, bis er kaum noch auf seinen kleinen Füßen gehen konnte, und obwohl er kaum etwas zu sich nahm, versank sein Gesicht in dem glänzenden Fett unendlicher Traurigkeit, und dann, als in seinem Körper kein Platz mehr war, begann die Traurigkeit seine rechte Hand zu füllen, bis sie dem Fuß eines Elefanten glich.

Er pflegte mich mit dieser Hand zu schlagen. Mich an die Wand zu drücken, sich mit seinem ganzen Gewicht gegen mich zu lehnen und mit unbändigem Haß auf mich einzudreschen. Sein Gesicht wurde dabei noch breiter, und in seinen Augen sammelten sich große, runde Tränen des Zorns. Nur mich quälte er so, denn alle anderen gingen an ihm vorbei, als gäbe es ihn nicht, und sahen durch ihn hindurch und bliesen ihm den Rauch ihrer Zigarette ins Gesicht, und Nimer, mein ältester Bruder, wurde Familienhaupt, als mein Vater noch lebte.

Und ich, obwohl ich schon ein großer Junge war und dem Hieb seiner Hand ausweichen konnte, mich unter seinem gewaltigen Bauch ducken, sein Gesäß zwicken und davonlaufen konnte, so wie es einige der Jüngeren taten, wenn er sich auf sie stürzte, ich schloß die Augen, um ihn nicht sehen zu müssen, wenn er kam und seinen Körper seitlich durch den Türeingang preßte, und ich ließ ihn mit schweren, listigen Atemstößen herankommen und mich mit einem abgebrochenen Siegesgebrüll überraschen, und dann biß ich auf meine Lippen, während er mich an die Wand drückte und schlug und schnaubte und schwitzte, und ich gab keinen Laut von mir und lief nicht davon, bis er sich plötzlich aufrichtete und mich mit einem Blick ansah, der weiß wie die Farbe von Wachs war, und zurückschreckte wie einer, der aus einem bösen Traum erwacht, und sich wie ein geprügelter Hund verzog.

Kan-ja-ma-kan, er war der aus Teig gemachte Wal, der sich eines Abends seinen Weg auf dem felsigen Festland bahnte, indem er mit der Flosse seiner einen kleinen Hand schlug und mit der anderen gegen die Winde focht, bis er schäumend und atemlos meinen Pistazienbaum erreichte, und große Tränen blendeten seine Augen.

Er merkte nicht, daß ich gefesselt und zusammengerollt dort

lag; mein Bruder Nimer hatte mich in den frühen Morgenstunden zum Baum gebracht, damit die Augen der Gesandtschaft des Bräutigams, die nach Andal gekommen war, um um die Hand meiner Schwester Na'ima anzuhalten, mich nicht erblickten. Im Dorf war scheinbar schon der Verlobungsvertrag unterschrieben worden – ich hörte das Freudengeheul der Frauen und roch das gebratene Fleisch – und ich verstand nicht, warum mein Vater nicht unter den Feiernden war.

Doch er sah, hörte und roch nichts. Er war mit irgend etwas beschäftigt, das ich nicht verstand: er band sich eine Art Krawatte aus einem Strick um und machte sie mühsam an einem der Äste des Pistazienbaumes fest. Nur daran erinnere ich mich: ich spürte damals keine Gefahr in ihm. Ich wußte, er würde mich nicht schlagen. Auf irgendeine Weise war ihm ein wenig von seiner Jämmerlichkeit genommen worden. Plötzlich bemerkte er mich, aber er erschrak nicht. Er war sehr fern von mir. Er sagte nur: Ha, du bist es. Dann wandte er sich wieder dem Strick zu, und ich sah erstaunt, wie er kleine, lächerliche Sprünge machte und Seufzer der Verzweiflung ausstieß, und mir schien, als versuchte er angestrengt, seinen Kopf durch den hohen Krawattenstrick zu stecken, und vielleicht war es ein Spiel.

Dann hörte er mit dem Spiel auf und begann, hin und her zu gehen und einen großen Stein zu suchen, auf den er sich stellen konnte, und er drehte sich um mich herum, wühlte in der Erde, stolperte und richtete sich wieder auf, und die ganze Zeit über knurrte er in wimmerndem Zorn, bis er kam und neben mir zu Boden sank und mich beinah berührte, ohne mir weh zu tun, und mit lauter, gebrochener Stimme schamlos zu weinen begann, Chilmi, Chilmi, sogar sterben kann ich nicht.

Und erst da begriff ich, und eine scharfe Flamme durchbohrte meinen Magen, und ich schrie auf. Da wirbelten alle bunten Glasscherben in mir auf, und ich spürte einen Geschmack in meinem Mund, der seltsam war und süßer als Blut. Und ich berührte mit meiner Zungenspitze das neue luftige Wesen, das plötzlich dort geronnen war, weiche, welpenhafte Buchstaben, und schon in jenem Augenblick war die Lust in mir wie Schimmel an einem Apfel und breitete sich rasch in meinem Körper und in meiner Seele aus, und schon wurde eine neue und sehr starke Bosheit in mir geboren; Blut schoß mir in die Augen und zeichnete Anblicke, schwächer als Rauch: da war seine gegen mich erhobene Elefantenhand, und Nimer, der mich mit finsterer Miene zum Pistazienbaum führte, um mich anzubinden, als sei ich ein Lamm, und danach begannen in meinen Augen fremde Funken zu toben, die gegabelten Beine der bösen Geister, meine Mutter, die vor den Augen des Karakal auf allen vieren kniet, und die Schüsse der glänzenden Gewehre im Dickicht des Jordans, und das Tier aller Tiere, das ins silbrige Wasser entschlüpft, und die Bosheit der Kinder, die meinen Mund mit lebenden Heuschrecken füllen, und die Grausamkeit der Mädchen, die mich nicht an den Brunnen heranlassen und mir meinen Eimer über den Kopf stülpen und mit Stöcken daraufschlagen –

Da öffnete ich den Mund, und ich hörte meine Stimme, die zum ersten Mal sprach. Ich sagte: Ja ba, weine nicht. Und mein ganzer Körper schmerzte, denn aus meinem Mund und meinem Bauch zogen die Wörter einen langen und dornigen Faden, der in mir aufgewickelt war und an dessen Ende ich bis heute nicht gelangt bin. Und mein Vater hob seine Augen, und sein Blick war schon weiß wie Wachs, und er sagte: Du sprichst ja, Junge, du sprichst ja, und wir wußten es nicht. Und er lachte und sah mich wieder an: Wieso wußten wir das nicht. Wir dachten – du seist wie die Hunde.

Er streckte seine gesunde Hand aus und berührte mein Kinn mit großer Freude und sah mir erstaunt in die Augen. Da zogen sich plötzlich seine großen Ohren nach hinten und seine Lippen öffneten sich, und einen Augenblick später stürzte aus der Höhle seines Mundes ein lautes Lachen auf mich. Und ich spürte eine feine Angst und Freude. Ein Flaum von Glückseligkeit erzitterte plötzlich in mir, und ein leichter, angenehmer Taumel, und tief in meinem Körper erwachten Bienenschwärme, und flinke Finker berührten mich überall, und ich wurde wie ein betender Derwisch hin und her geschüttelt und wußte nicht, was ich mit dieser wohltuenden Qual machen sollte, bis sich plötzlich mein Körper in zwei spaltete und eine fremde, anhaltende Stimme aus meinen Knien, meinen Achselhöhlen, meinem Gesäß hervorbrach, Ächzen und Stöhnen und schwindelerregendes Beben, und mein Vater hörte auf zu zittern und blickte mich ängstlich an, denn er spürte, daß sich etwas in mir ereignete, und auch als das Zucken nachließ, verriet ich ihm nicht, daß sich in seiner Gegenwart das große Wunder meiner Kindheit ereignete, als ich zum ersten Mal in meinem Leben lachte.

Und wir verstummten. Die Äste des Pistazienbaumes knarrten im Wind, und vom Dorf wehten ferne Stimmen der Freude zu uns herüber. Mein Vater sagte mir – verrate ihnen nie, daß du sprechen kannst. Nimm dich vor ihnen sehr in acht. Dann verstummte er wieder. Ab und zu sah er mich verwundert an. Er lag matt da, die Arme ausgestreckt, und ich spürte, wie die Reue und das Zögern in der Dunkelheit jenseits seines Körpers Form annahmen.

Ich konnte ihn nicht so lassen. Die Jämmerlichkeit begann bereits, zu ihm zurückzukehren, um ihn am Leben zu erhalten; um ihn mit grausamer Langsamkeit zu töten. Wie konnte ich zulassen, daß sie ihn verletzte, nachdem er mich mit einer solchen Freude berührt hatte. Nachdem er sich erlaubt hatte, mit mir zu lachen. Denn gegen diese Jämmerlichkeit führte ich Krieg. Sie ist es, die Scha'aban Ibn Scha'aban in seinem Zelt, auf seinem Bett, aufgebläht und stinkend von einer Leberentzündung tötete, und die Hyänen rissen schon an seinem Fleisch, als er noch am Leben war. Und die Jämmerlichkeit ist es, die uns alle tötet, die uns bis auf die Erde beugt und uns schon Hunderte von Jahren erdrückt, so daß wir sie »unser Schicksal« nennen; und sie ist es, die dreißigjährige Männer zu Greisen macht, und sie ist es, die Jungen nicht träumen läßt, was die Menschen überall auf der Welt träumen dürfen. Und darum kroch ich durch die Dunkelheit und trat auf spitze Steine und spannte das Seil, das um meinen Fuß gebunden war, so weit wie möglich, bis ich mich unter dem herabhängenden Strick befand, und ich schlug meine Arme um meine Beine und wölbte meinen Buckel.

Ich sah ihn mit meinem nach innen gekehrten Blick, durch die Ritzen meiner Arme und Beine hindurch, sein rundes Gesicht, das sich mir überrascht zuwandte. Und in meinem Buckel, auf den harten Saiten der Dunkelheit, die in ihm gespannt waren, begann der Todesbogen der rababa zu hüpfen. Weder Bosheit noch Hartherzigkeit. Er mußte einfach auf diese Weise sterben, so wie Scha'aban Ibn Scha'aban in der Haut des Löwen sterben mußte, so wie Uri heute durch meine Hand sterben wird.

Er schleppte sich zu mir, wobei seine Schritte auf den Steinen klopften, und setzte zögernd einen Fuß auf meinen Rücken, und ich härtete meinen Körper für ihn und taute mein Herz auf angesichts der neuen Liebe, die mich plötzlich für ihn erfüllte, und angesichts des Schmerzes unseres Abschieds, nachdem wir einander gerade zum ersten Mal begegnet waren, und ich rührte mich nicht, als er aufstöhnte und den Stamm meines Pistazienbaumes umklammerte und die ganze Last seines Körpers und seiner Schmach und seiner Verzweiflung auf den Staub meines Körpers legte.

Und plötzlich – ich dachte zuerst, es sei der Abendtau in meinem Nacken, und bis ich begriff, daß es Tränen waren, da erschütterte mich schon ein harter Stoß und warf mich zur Seite, und im Licht der leuchtenden Mondsichel sah ich die Gestalt des dicken Fisches lautlos zappeln und die funkelnden Pupillen, die aus den Augen traten, bis der große Körper auf einmal erstarrte und erschlaffte, als habe ihn endlich eine verborgene Hand losgelassen, und dann begann er sich sanft im Abendwind zu wiegen wie eine überreife und betrübte Frucht, und ein plötzlicher Gestank erfüllte die Luft.

Nie wieder habe ich gefühlt, was ich damals fühlte – bis zu diesem Morgen. Bis Uri kam und mir sagte, mein Sohn sei tot. Als sei das dünne Zelttuch mit einem Messer zerschnitten worden. Der durchsichtige Stoff, den ich über mich gespannt hatte, schrie kurz auf, und die Welt strömte hinein. Klein und zusammengekauert lag ich unter dem Pistazienbaum und wurde von einem einzigen erlöschenden Punkt, der in mir war, aufgesaugt. Hauchte mit rasenden Atemstößen des Schreckens Leben ein. Ich hatte ihn getötet. Ich – der keine Kraft im Körper hat, der an den Füßen gefesselt ist, ich, der fast stumm ist. Ich hatte ihn getötet. Einen Augenblick war es völlig dunkel. Schwarze und dichte Finsternis. Die Hand, die meinen Vater losgelassen hatte, wartete noch immer. Ließ ihre Nebelfinger um mich herum marschieren, tastete.

Und dann, kan-ja-ma-kan, stürzten die Schrecken ineinander. Die betrübte Frucht, die in dem nächtlichen Himmel über mir schwebte, die Freudenjauchzer, die vom Dorf heraufwehten, meine letzte Einsamkeit. Ein letzter Gnadenfunken entzündete sich in mir, um mir meinen Tod zu erleuchten, und ich stürzte

mich mit einem Wimmern auf ihn. Wie auf ein Stück Kohle
blies ich meine Angst auf ihn. Meine ganze Seele. Ich mußte
mich erlösen. Die Kohle glimmte ein wenig auf und rötete sich.
Wie ein zu früh Geborenes, dessen Stirn Dehejscha mit Öl
einreibt, bis sich die blauen Bäckchen plötzlich röten. Mit beiden
Händen zog und riß ich den endlosen, dornigen Faden aus
meinem Inneren. Ein siedender Schwall von Wörtern ergoß sich
auf meine Finger, ein schwaches Licht flackerte, flüsterte in mir,
und am Rande, in der Dunkelheit jenseits von mir, in den
düsteren Felsspalten, wurde mir, gleich jenem Fetus, Darios,
der griechische Mönch, mein Erlöser und Wohltäter, geboren.
Tuta tuta, chelset elchaduta.

15 Draußen ist es zu heiß und zu grell, und Chilmi und ich sind in die Höhle gegangen und liegen uns jetzt gegenüber, er auf seiner Matratze und ich an seiner Seite auf der Matte, und die Pistole liegt neben ihm, und wir sprechen nicht. Und das ist nicht mehr die gewöhnliche Müdigkeit. Es ist etwas anderes. Es ist wie Sehnsucht, aber nach nirgendwo und nach niemandem. Selbst wenn ich hier herauskommen sollte, wüßte ich nicht, wohin ich gehen sollte. Wie ist es möglich, mit Schosch weiter zu leben? Wie ist es möglich, Katzman weiter in die Augen zu sehen? Wie werde ich weiter in Tel Aviv leben und mich die ganze Zeit daran erinnern, daß so nah bei mir, hinter einem hautdünnen Vorhang, eine Million Menschen leben, die mich sehen müssen, auch wenn ihre Augen geschlossen sind. Sowohl in ihren Träumen als auch in ihren Lügen, in dem-Land-das-ich-mir-ersonnen-hab, wie Chilmi sagt.

Sogar Chilmi hilft mir nicht mehr. Er liegt zusammengekauert um seinen eisernen Kern, als fürchte er, daß ich ihn plötzlich anspringen und ihm diesen Kern nehmen könnte. Aber ich nicht. Ich nicht. Um so zu springen, ist große Verzweiflung oder große Hoffnung nötig, und ich habe keine von beiden. Und ich liege einfach da und warte, daß eine von beiden irgendwie kommen und mich füllen wird. Eine von beiden, oder etwas anderes. Wie ein Kranker, der darauf wartet, daß seine Kräfte allmählich wiederkehren. Aber auch wenn sie nicht wiederkehren – hat er keine Kraft mehr, es zu bedauern.

Und ich weiß nicht, wie ich mir Hoffnungen oder Verzweiflung schaffen soll. Dinge entstehen aus dem Nichts; Dinge, wie Chilmi sie macht. Ich kann solche Gefühle erst dann erkennen, wenn ich schon sehr sehr tief in ihnen stecke. So fühlte ich mich schrecklich glücklich und stark in den verrückten Nächten zwischen Neapel und Brindisi. Dort gab es so etwas wie Gerechtigkeit. Es ist schwer, das genau zu erklären. Ich erinnere mich nur an den Geschmack: Es war eine Wonne, von seinem starken Strom mitgerissen zu werden. Als sei ich ein verirrtes Flugzeug gewesen, das plötzlich von den Scheinwerfern seines Heimatflughafens umarmt wird. Der Tod kam sehr nahe ans Leben, berührte es fast, und ich atmete genußvoll die gestaute Luft dieses Zwischenbereichs. Das war vor einem Jahr. Erst vor einem Jahr, ehrlich. Im August '71. Nach einer Reise von zwei

Monaten durch Europa bereiteten Schosch und ich uns schon auf die Heimkehr vor. Ich wollte nicht so richtig zurück. Schosch wollte es sehr. Sie war damals am Institut mitten in der Therapie ihrer Jungen, und die Therapie war erfolgreich, und Schosch war erfolgreich, und sie hatte keine Geduld mehr zu bleiben. Aber ich hatte keinen wirklichen Grund zurückzukehren. In Israel erwarteten mich nur die Abiturprüfungen in der Abendschule und die aufreibende Suche nach einem neuen Job; und vielleicht war da noch etwas, ich bin mir nicht sicher, aber nach zwei Monaten mit Schosch mußte ich ein bißchen allein sein.

Nein, sie machte das wirklich gut. Ohne ihr Planen hätten wir nicht einmal die Hälfte gesehen. Und ohne ihre Selbstsicherheit wären wir nirgendwo hingekommen. Wirklich. Aber manchmal hörte ich aus ihrer Stimme eine leichte unverständliche Wut auf mich. Sie pflegte sich fürchterlich über meine Langsamkeit aufzuregen. Darüber, daß ich es nicht schaffte, alle möglichen Landschaften zu sehen, die im Fenster des Zuges vorbeiflogen. Oder daß ich einige Minuten vor einem Bild im Museum stehenblieb, während sie mit ihren Augen bereits die ganze Ausstellung fotografiert hatte. Und das waren alles Kleinigkeiten, wirklich, aber manchmal hörte ich eine leise und deutliche Stimme in mir, die sagte: »Ihr seid mitten im Leben.« Daß es nicht nur eine Generalprobe war, oder eine Möglichkeit, die sich vielleicht nicht verwirklichen würde. Das war schon das Leben.

Und vielleicht wollte ich darum so ungern zurück. Und dann geschah es, daß wir in Rom waren und hörten, daß es ein Erdbeben in Süditalien gegeben hatte und viele Dörfer zerstört worden waren und die Regierung um Unterstützung und Freiwillige bat und das Rote Kreuz eine Aktion startete, und ich war plötzlich Feuer und Flamme und schlug Schosch vor, für etwa eine Woche in den Süden zu fahren und erst danach zurückzukehren. Schosch war nicht einverstanden. Sie dachte, ich provozierte sie. Meinte, zu Hause warteten schon seit zwei Monaten zwei Jungen auf sie, die ihr wichtiger seien als ein paar unbekannte italienische Dörfer. Noch nie hatten wir eine Diskussion gehabt, in der es fast gar keine Berührungspunkte zwischen uns gab. Sie redete mit einer Wut, die mir ein wenig angst machte. Im Grunde war es eine Fortsetzung des vorigen Streits wegen des Gitarristen im Tunnel. Schosch sagte, daß ich überhaupt keine Ambitionen im Leben hätte, daß ich ein Nichtstuer sei. Daß mein wahrer, mein oberflächlicher und seichter Charakter sich ihr in den letzten Monaten mit »außergewöhnlicher Klarheit« gezeigt und sie sich nur die ganze Zeit zurückgehalten hätte, es mir zu sagen. Wir standen – ich erinnere mich genau – auf dem Rasen der Piazza Vittorio Emanuele, neben den weißen Statuen, die mit roten Aufschriften bekritzelt waren. Schosch brannte richtig, und ich schwieg und suchte eine Stelle, wo ich ein Wort einfügen konnte. Sie schrie, ich solle mich um mich selbst kümmern, bevor ich mich der verdammten Dörfer annehme; sagte, daß der Charme, den ich hätte, verginge, wenn er sich über einen größeren Zeitraum hinauszöge. Und vor allem: daß sie mir nicht glaubte, der schleimigen Menschenliebe nicht glaubte, die ich immer zu demonstrieren versuchte, vielleicht weil ich keinen Mut hätte, jemandem wirklich weh zu tun. Ein Tier wie dich gibt es nicht, sagte sie mir und korrigierte sich sofort: zumindest glaube ich nicht an ein Tier wie dich. Dann drehte sie sich um und ging.

So kam es, daß wir uns trennten. Sie fuhr ins Hotel um zu packen, und ich stand mitten in Rom, ohne Geld (denn die Geldbörse war immer bei ihr) und ohne mich an den Namen des Hotels zu erinnern. Zuerst wollte ich ihr nachrennen, aber dann beschloß ich, es nicht zu tun. Warum sollte ich? Dann hob ich die Augen und sah auf der anderen Straßenseite ein großes Krankenhaus, und schon wußte ich, was ich machen würde.

Ein junger Arzt übernahm mich von der Empfangsdame, die nicht verstand, was ich wollte. Er lief mit mir durch die Gänge und brachte mich zu einem kleinen Lastwagen, und wir fuhren los. Ich konnte kein Italienisch, und sein Englisch war grauenhaft, aber den ganzen Weg über erklärte er mir, ich sei genau im letzten Moment gekommen, und ich sagte ja ja und wußte nicht, wie recht er hatte, und er sprach von Ausrüstungen und Medikamenten, und ich verstand, daß wir zum Flugplatz fuhren, um dort Sachen auf- oder abzuladen. Ich hörte ihm nicht genau zu. Ich war zu verwirrt und nervös und versuchte das, was Schosch mir gesagt hatte, zu enträtseln. Noch nie hatte sie so zu mir gesprochen. Wir kamen zum Flugplatz. Jemand schaute kurz in meinen Rucksack und heftete ein Kärtchen daran. Es war schon Abend, und ich wollte schnell fertig werden und ins Hotel zurückkehren. Ein hochgewachsener Mann mit blondem Schnurrbart und merkwürdig hohen Schultern kam und bat mich, ihm zu folgen. Ich fühlte mich wie ein Paket von der Fundstelle. Um seinen Arm war ein Band des Roten Kreuzes gebunden. Er ging sehr schnell und ich nicht, und er drehte sich jeden Augenblick zu mir um und sagte etwas in einem sehr wütenden Italienisch, und wie sehr ich mich auch zu beeilen bemühte – er blieb immer in demselben Abstand vor mir. Also gut, wir kamen zu dem Minibus des Flughafens, und da saßen bereits einige junge Leute, und anscheinend hatte man nur auf mich gewartet, denn kaum war ich eingestiegen, raste der Minibus wie verrückt über die Flugbahnen. Ich sah mich um. Alle waren schrecklich nervös und warfen dauernd Blicke auf ihre Uhren und auf den Himmel. Der Schnurrbärtige war unser Fahrer, und er sah mich die ganze Zeit mit anklagenden Blicken im Spiegel an. Vielleicht, weil ich nicht interessiert genug aussah, oder weil ich keine Uhr trug. (Es gibt Leute, die das aufregt.) Der Abend war heiß und stickig, und ich war ziemlich hungrig und deprimiert. Auch die Leute um mich herum, die Männer des Roten Kreuzes und jene, die sich freiwillig, aus Liebe zu den Menschen, gemeldet hatten, sahen ungemütlich aus. Schließlich hielten wir am Rand einer Nebenlandebahn, und alle Mücken Roms kamen, um uns zu stechen. Ich dachte daran, daß ich schon in einer Stunde im Hotel sein würde. Warum so ein Haß in ihrer Stimme lag, als sie über meine Menschenliebe sprach. Mir war noch nie eingefallen, daß ich Menschenliebe hatte, wie sie sagte. Plötzlich erwachten alle. Von weitem näherte sich uns ein großes, schwerfälliges Flugzeug. Ich glaube, es war vom Typ »C-130«, aber ich kenne mich nicht so gut aus mit Flugzeugen. Auf einer Seite war ein rotes Kreuz gemalt. Die Landescheinwerfer wurden eingeschaltet, und die Leute auf dem Flugfeld winkten. Einige von ihnen hatten Bänder des Roten Kreuzes am Arm, und alle Kreuze kreuzten sich.

Und ich dachte, daß ich nicht so gelassen sein dürfte. Daß es irgendwo im Süden Menschen gab, die der ganzen Kraft bedurften, die ich aus mir herausholen konnte. Und ich versprach mir, mich anzustrengen, so gut ich konnte. Das Flugzeug landete, kehrte uns sein Hinterteil zu und öffnete es langsam. Der große Schnurrbärtige rief irgendeinen Befehl, und alle begannen zu rennen. Auch ich. Eine Welle angestauter Hitze schlug mir entgegen. Aus irgendeinem Grund schaltete die Maschine die Motoren nicht aus. Ich kämpfte mit den anderen gegen die heißen, trockenen Luftströme und den Lärm der Motoren, die mit voller Kraft heulten, und wir erreichten einen kleinen Landeplatz und stiegen ins Flugzeug. Alle schrien, als machte es ihnen Spaß. Mit meinen Augen suchte ich nach den Kisten mit der Ausrüstung, die wir abzuladen hatten. Innen war es ziemlich dunkel. Ich sah Leute angeschnallt auf ihren Plätzen sitzen. Sie machten freudige Gesten mit den Händen und riefen uns Dinge zu, die wir wegen des Lärms nicht verstanden. Plötzlich wurde es noch dunkler im Flugzeug. Irgendein Triebwerk kreischte mir direkt ins Ohr, und Dampf wurde über mir ausgestoßen, und bevor ich noch wußte, wie und was, kam jemand von hinten und drückte mich auf eine Bank aus Stoffriemen. Und einen Augenblick später hob das Flugzeug in Richtung Süden ab.

Gut, jetzt kann ich darüber lachen. Aber damals war ich ganz schön erschrocken. Ich wand mich in meinem Sicherheitsgurt und schrie vor Angst. Die Leute sahen mich erstaunt an. Ich verstummte. Kauerte mich niedergeschlagen und verzweifelt auf dem Sitz zusammen. Genauso hatte ich mich beim Militär gefühlt, wenn man mich von einem Ort zum anderen versetzte. Ich glaube, ich schlief ein. Das passiert mir manchmal in Situationen großer Spannung. Als ich aufwachte, spürte ich eine unerklärliche Erleichterung. Das ganze Flugzeug ächzte und bebte. Ich sah mir die Leute an. Die meisten waren Amerikaner, manche ziemlich alt. Einige schienen Studenten zu sein, und es gab zwei Mädchen. Drei Lampen spendeten schwaches Licht. Ich öffnete den Sicherheitsgurt und stellte mich auf die Bank. Im runden Fenster sah ich Dunkelheit. Das Flugzeug flog durch völlige Finsternis. Vielleicht über dem Meer. In der freien, weiten Luft. Irgend etwas in meinem Körper freute sich plötzlich. Etwas Kleines, Freches piepste in mir: Ich bin geflohen. Ich werde andere Menschen treffen. Etwas ist im Begriff, sich zu verändern.

Als ich mich wieder auf meinen Platz setzte, lächelte ich dem Jungen neben mir zu. Er lächelte zurück. Jemand öffnete eine Dose Bier, und sie gelangte auch zu mir. Ich glaube, es war das erste Mal in meinem Leben, daß mir Bier schmeckte. Jemand fragte mich, wie ich heiße, und einen Augenblick später rief mir ein anderer zu: »Hej, Uri.« Mir ging es schon besser. Wir flogen zweieinhalb Stunden. Ich stellte fest, daß die meisten Leute einander kannten. Sie erzählten sich zum Beispiel Horrorwitze um die Wette, und mir kamen fast die Tränen vor lauter Lachen, auch wenn ich das Englisch und den Humor nicht immer verstand. Die Älteren tauschten Erinnerungen von anderen Orten aus: Sie erzählten von Epidemien im Sudan und Erdbeben in der Türkei. Von dem Einsturz einer Mine in Rhodesien und Taifuns in Südamerika, von Überschwemmungen in Rumänien, von Flüchtlingslagern in Vietnam und von der Hungersnot in Nigeria; ein Priester war unter ihnen, der im Krankenhaus von Albert Schweitzer in Gabun gedient hatte, und eines der Mädchen war drei Jahre bei Schwester Theresa in Indien gewesen (in Kalkutta, glaube ich). Als sie hörten, ich sei aus Israel, meinten sie gleich: »Ah, Abbi Nathan!«, öffneten noch ein paar Dosen Bier und tranken auf sein Wohl und auch auf meins. Es war ein Treffen von Teilnehmern der Weltkatastrophen, und auch ich, auch ich war dort, lachend und erregt, und ich begriff noch nicht, daß dieses Kribbeln in meinem Magen die Glückseligkeit war, die unbedingt aus meinem Inneren heraussprudeln wollte und durch die ich mich erkennen würde.

Das ist wirklich eine Geschichte. Eine Geschichte, vor die man ein kan-ja-ma-kan setzen kann. Und komm her, Chilmi, und fang an, behutsam am Ende des Fadens zu ziehen, der aus mir herauskommt. Das ist eine Geschichte, die so geboren wurde, und es spielt gar keine Rolle, daß sie sich in Italien zugetragen hat, einem Land, von dem du noch nie im Leben gehört hast, und es spielt keine Rolle, daß ich von Dingen rede, die du nicht verstehst. Letzten Endes ist es die gleiche Geschichte. Eine Geschichte wie deine. Wie immer ist es nur die eine Geschichte, die alle erzählen. Hör zu. Ich werde meinen Kopf ein wenig an die kühle Wand der Höhle lehnen und tief Atem holen und leise sagen – kan-ja-ma-kan – – –

Wir flogen an einem schwülen Abend von Rom ab, und als wir auf einem improvisierten Flugplatz irgendwo zwischen Amalfi und Neapel landeten, begann dort bereits die zweite Phase jener verdammten Naturvorgänge, wie mir die Spezialisten erklärten. Starke Regenfälle überschwemmten das Gebiet, und es tobten heftige Winde. Ich hatte Rom in Jeans und einem T-Shirt mit der Aufschrift »Das grüne Dorf« verlassen. Auf dem Flugplatz warf mir jemand eine Decke über, damit ich nicht erfror. Um mich herum waren Leute, die mit riesigen, im Wind flatternden Zelten kämpften oder gegen den Wind gebeugt in alle Richtungen rannten und sich anschrien. Ich zitterte vor Kälte und Aufregung. Ich wußte noch nicht genau, wo ich war, aber ich war mir sicher, daß hier mein Platz war. Ich stellte mir vor, daß das Rütteln des Flugzeuges die Installation in meinem Inneren ein bißchen erschüttert hatte und sie zum ersten Mal in meinem Leben so war, wie sie sein mußte.

Damals hatte ich noch keine Worte, um zu sagen, was mit mir geschah. Erst einige Tage später begegnete ich Katzman. Er war es, der mir eines Nachts sagte, die Wahrheit, die in einer Idee oder einem Menschen steckt, oder die Wahrheit einer bestimmten Sachlage sei nicht nur ein Gleichnis der Übereinstimmung zwischen den Worten und der Wirklichkeit, sondern sie sei ein Trieb. So sagte er: ein Trieb, stark und voller Leben, der Schutz und Pflege brauche, in dem, wie in jedem anderen lebendigen Trieb, ziemlich viel Tyrannei stecke und der in seinem Drang zur Verwirklichung den Menschen brechen könne. Als er mir das sagte, dachte ich, daß es vielleicht dieser Trieb war und nicht der italienische Arzt aus dem Krankenhaus in Rom, der mich bis dorthin geworfen hatte. Und wie klar ist es jetzt: er war es, der mich auch hierhin geworfen hat. In die Höhle. Zu dem blauen Tunnel auf dem Augenlid. Zu allen Krügen und Töpfen, die hier auf einem Haufen liegen.

Dort, im Süden, war die Wahrheit in allem. Gehäutet, nackt auf der Erde. Die Flüchtlinge schliefen in den überschwemmten Feldern, stahlen einander die Lebensmittel, die wir austeilten, warfen die Malariatabletten, die wir ihnen gaben, über die Schulter, brüllten die ganze Zeit auf italienisch herum und paarten sich wie die Irren. Wir hatten schon aufgehört, uns darüber aufzuregen. Wir sahen grauenhafte Dinge und Dinge von großer Zärtlichkeit. Jede Handbewegung, die ein Mensch dort machte, war die erste und letzte Bewegung. Jeder Gesichtsausdruck war einmalig. Noch nie hatte ich gespürt, wie einmalig wir alle sind. Ich begann, etwas zu begreifen: Alles, was ich sehen werde, wenn ich diesen Ort verlassen habe, wird nur eine elende Nachahmung der wahren Sache sein. Dort begriff ich, daß von nun an der Mensch, jeder Mensch, in meinen Augen schwach und elend sein würde, und ich würde weder gut noch schlecht über ihn urteilen, ihn nur bemitleiden können. Ihn auch lieben können, natürlich, aber mitleidig.

Ich arbeitete dort unendlich viele Stunden, ohne schlafen zu wollen. Manchmal dachte ich an die Welt, der ich entrissen worden war. An Schosch dachte ich. Sie wurde immer verschwommener, und ich fürchtete mich davor. Ich erinnerte mich immer wieder daran, wie sehr ich sie liebte. Wie Gebete prägte ich mir die Dinge ein, die sie so gern über uns sagte. Die parallelen Linien der Entwicklung. Der innere Faden der Aufrichtigkeit, der in den Bezug der doppelten Decke gewebt ist. Sie hatte diese kleinen Parolen. Ab und zu pflegten mir Zweifel zu kommen. Es steckte eine Zufriedenheit in ihr, die etwas zu groß war für ihren Erfolg am Institut. Manchmal war es richtige Arroganz. Auf der Reise sprachen wir ein paarmal darüber. Sie klagte, daß ›ihre‹ Jungen sich ihr nicht gänzlich entschlüsselten. Daß sie nicht immer genau wisse, was sie in ihnen suche. Daß sie manchmal denke, sie kenne nicht einmal sich selbst sehr gut, und daher seien ihre Werkzeuge stumpf. Ich mochte nicht, wie sie von dem »Knacken des Rätsels des Mechanismus« bei den Jungen sprach. Es war auf der Reise, als sie mir sagte, die Erkenntnis sei nur das Wissen um die Grenze, die uns umgibt, und ähnliche Dinge. Sie sprach von der Freudlosigkeit am Jagen, davon, daß nur die gescheiterten Tiere uns zuteil würden. Da kam Fremdheit zwischen uns. Früher hatte ich mehr Geduld für ihr Herumphilosophieren, aber jetzt dachte ich, es sei schon an der Zeit, daß sie begänne, sich mehr mit mir zu freuen. Sie spürte sofort, wenn ich schlechtgelaunt war. Ich kann nichts vor ihr verbergen. Alles steht mir ins Gesicht geschrieben. Sie pflegte mir mit ihrem Finger auf die Nase zu tippen, mach dir keine Sorgen, mein Liebster, ich feile nur an Begriffen. Wenn ich glücklich bin, dann wirst auch du es gut haben. Aber einige Tage später redete sie schon wieder so. Sagte, sobald sie Dinge mit ihrem Bewußtsein oder durch ihre Handlungen begreife, Dinge wie Erfolg und sogar Dinge wie Liebe, seien sie schon wie tot in ihren Augen. Ich antwortete nicht. Je mehr sie an ihren Begriffen feilte, desto stärker spürte ich, daß wir von verschiedenen Dingen redeten. Daß es vielleicht besser für uns wäre, noch ein wenig im Nebel zu bleiben, zwischen den verschwommenen Begriffen.

Aber in Santa Anarella tat sie mir nicht mehr weh. Ich dachte an sie wie an eine Heldin aus einem Buch, das ich einmal gelesen hatte. Ich war in einer Welt, in der sich alle ihre Wünsche erfüllten: der Mensch zerlegte sich hier in seine allerkleinsten Teile. In alle nur möglichen Antworten. Die Freiwilligen, die aus aller Welt gekommen waren, gruben in den Trümmern und holten Leichen und Körperteile hervor. Sehr schnell hörte ich auf, zu starren und mich zu erbrechen. Zweimal am Tag hoben wir Massengräber aus und schütteten sie schnell wieder zu. Nachts machten uns die Hunde mit den Geräuschen ihrer mahlenden Kiefer verrückt. Ich verhielt mich mit einer Roheit, die nie in mir gewesen war, aber ich war auch schrecklich sanft und spürte das starke Bedürfnis zu weinen. Wirklich. Die Wahrheiten und die Liebe waren in diesem Notstandsgebiet die gesetzliche Währung. Man konnte sofort spüren, wann wir uns dem Rand der Katastrophe näherten. Denn dort kehrten die Menschen wieder zu sich selbst zurück.

Und in Santa Anarella strömte aus mir eine gewaltige Liebe zu den Menschen. Seitdem ist es mir nicht mehr gelungen, sie zu wiederholen, auch nicht das Glücksgefühl, das sie mir gab, aber ich kann nicht mehr aufhören, es weiter zu versuchen. So empfanden auch alle anderen, glaube ich. Es gab dort ein dichtes und starkes Netz, das uns alle in weitem Kreis um die Katastrophe herum zog. Diese zentrifugale Bewegung hatte eine seltsame Wirkung auf mich: Alle möglichen Eindrücke, die ich nicht in mir gekannt hatte, erwachten plötzlich und begannen aufzusteigen. Ich begegnete dort einem Schotten namens Wilkins, der mir sagte, daß ihm dieses Gefühl sehr vertraut sei, daß diese Eindrücke bei ihm aber zwischen den Katastrophen verblassen und versinken und er wieder als normaler Mensch funktionieren könne, das heißt, so dickhäutig wie nötig sei. Aber bei mir wurde anscheinend ein feines Gleichgewicht ins Wanken gebracht, und die Drüsen hören nicht auf, das süße Gefühl zu produzieren, das mich dort erfüllte. Schosch hätte darin meine erste Liebeserfahrung sehen können, die sie nachher in den Jungen suchte, doch sie sagte mir spöttisch (sie haßte alles, was mit Santa Anarella zusammenhing), sie habe noch nie davon gehört, daß diese Erfahrung die Liebe eines Menschen zu sich selbst sei.

Und dort begegnete ich Katzman. Paß auf, Chilmi, jetzt fange ich an. So etwas hast du vielleicht noch nicht gehört. Es lohnt sich zuzuhören. Dort begegnete ich ihm. Er gehörte zur Evakuierungsmannschaft und hatte seine Leute verloren. Er kam mir in einer der toten, seltsam und unangenehm stillen Straßen entgegen. Er glich einer Katze, die sich am Bein verletzt hat und es resigniert nachzieht. Er schaute mich an und sah, daß auch ich Israeli war, bestimmt wegen der Aufschrift auf dem T-Shirt. Wir sagten Schalom und wären fast weitergegangen, blieben aber doch stehen. Er war etwas kleiner als ich und schrecklich dünn. Ein einwöchiger Bart verschleierte das schmale weiße Gesicht; die Augen lagen weit auseinander, und es war fast unmöglich, in beide gleichzeitig zu sehen; das erweckte einen seltsamen Eindruck. Er schwankte ein wenig, da er schon einige Nächte lang nicht geschlafen hatte, und bevor wir noch einen Satz gesagt hatten, dachte ich mir – der wird immer ein Fremder sein. Ein Fremder zu Hause. Ein Fremder für seine Frau. Vielleicht wegen seines Ganges, der ihn von allem, was seinen Weg kreuzte, abschnitt. Er war damals achtunddreißig und schon sehr alt.

Ich lud ihn ein, sich unserem Team anzuschließen. Wir waren vier – zwei Engländer, Wilkins und ich. Unsere Aufgabe an jenem Tag war, die Trümmer der Dorfkirche zu beseitigen. Katzman meinte, ihm sei es egal, wer und was. Er kam mit uns, arbeitete wie ein Wahnsinniger und sagte den ganzen Tag kein Wort. Er schien sehr zu leiden, und ich wollte nicht in seine Seele eindringen und hielt Abstand.

An jenem Abend blieben wir am Lagerfeuer sitzen, nachdem die anderen schlafen gegangen waren. Hinter uns, in den Feldern, schliefen Hunderte von Flüchtlingen, und die ganze Zeit über spürte ich, wie die Erde schwer atmete. Katzman zeigte mit seinem Kinn auf die Aufschrift auf meinem T-Shirt, und wir lächelten.

»Die Wirklichkeit«, sagte er plötzlich ganz vorsichtig, »ist so zerbrechlich. Wie eine Eierschale.« Da erzählte ich ihm, wie ich von Rom hierhergekommen war.

Er sagte, noch immer in demselben bedächtigen und vorsichtigen Ton, als prüfe er, ob ich verstehe, was er meinte: »Alles ist zerbrechlich. Brüchig. Nicht nur die Materie. Auch die Überzeugungen. Die Werte. Du hast keine Ahnung, wie leicht sie zerbrechen können.« Ich verstand nicht so recht, warum er das sagte, aber ich schwieg. Wenn jemand so zu reden anfängt, ist das meistens ein Zeichen, daß er auf etwas anderes zu sprechen kommen will.

Und dann, ohne daß ich ihn darum gebeten hatte, begann er, mir jene Geschichte von dem Loch zu erzählen.

Das ist mir schon ein paarmal im Leben passiert. Menschen, die ich kaum kannte, die mich nicht kannten, luden plötzlich die ganze Last ihres Lebens auf mich ab. Die Erinnerungen, die Enttäuschungen, die größten Geheimnisse. Sogar mit Sussia war das so. Und auch mit Sinder, dem Lehrer im Internat, der mir eines Nachts verriet, er sei schon jahrelang in eine Frau verliebt, die gar nicht wisse, daß es ihn gibt. Schosch sagt, es sei eine Gabe Gottes, daß Menschen mir solches Vertrauen schenken, sich mir öffnen, sich offenbaren, wie man sagt. Aber ich weiß nicht immer, was ich mit so einer Gabe machen soll. So wie damals mit Katzman.

Kan-ja-ma-kan, pi kadim elsaman, und ich ganz und gar. In einem fernen Land, in Polen, auf dem Kontinent Europa, lebte Katzmans Großvater, und er war dort ein reicher Holzhändler, und dann brach der Krieg aus, und Katzmans Vater und Mutter versuchten soviel Geld aufzubringen wie sie konnten, und gaben es einer polnischen Bäuerin, damit sie sich in einem Loch unter ihrem verlassenen Kuhstall verstecken konnten. Katzman war damals ein Kind von sechs Jahren, Chilmi, und er und seine Eltern wohnten drei Jahre lang unter der Erde. Sie wuschen sich in dieser Zeit zweimal und stanken fürchterlich, aber am Ende gewöhnten sie sich daran. Katzmans Mutter war Geigerin im Warschauer Stadtorchester, und als der Krieg ausbrach, lag sie wegen Depressionsanfällen in einer Nervenheilanstalt. Sein Vater war Dozent für italienische und spanische Literatur an der Universität in Prag und an der Hochschule für Bildende Künste in Berlin und an anderen Orten, die ich vergessen habe, und Katzman kannte ihn kaum, denn er war immer auf Reisen. Als jener Krieg begann, verfaßte er gerade ein Buch über – – Katzman richtete sich ein wenig auf, holte tief Luft und sagte: »Paß auf, Uri: über-das-moralische-Gleichnis-zwischen-Ludovico-Ariosto-dem-Verfasser-des-Rasenden-Roland-und-Miguel-de-Cervantes-dem-Verfasser-des-Don-Quijote.« Er stieß Luft aus: »Na? Was meinst du?«

Ich sagte, von Don Quijote hätte ich gehört, aber nicht von dem anderen.

Katzman sah auf seine Fingerspitzen. Und dann zum Himmel, der bläulichschwarz war. Er sagte: »Willst du eine merkwürdige Geschichte hören?«

Er hätte mir nicht zu sagen brauchen, Chilmi, daß er diese Geschichte nur wenigen Menschen erzählt hatte. Ich sah es an seinen Schultern, die plötzlich ganz steif wurden. Auch du warst schrecklich angespannt, als du mir zum ersten Mal die Geschichte von deinem Jäger erzähltest, und du hast mich nicht einmal gewarnt, ob es kan oder ma kan war, und ich werde dir auch nichts über Katzmans Geschichte sagen, denn es spielt gar keine Rolle, denn selbst wenn du jetzt meine Gedanken über dich nicht hören kannst, so wirst du dennoch sofort unterscheiden können, ob es die Wahrheit oder eine schlechte Lüge ist, und es ist gut, daß wir beide schweigen und unseren eigenen Geschichten lauschen, denn manchmal stören die Worte nur, und es ist wirklich besser, sie mit grüner Farbe zu übermalen und nur dieser Farbe zu lauschen.

Die Schwester von Katzmans Mutter zog ihn bei sich zu Hause auf, da seine Mutter in der Anstalt war. Eines Nachts kam plötzlich sein Vater, lud ihn auf seine Schulter, während er noch schlief, hüllte ihn in eine Decke, und sie fuhren weg. Als Katzman aufwachte, sah er, daß auch seine Mutter mit ihnen im Auto saß. Es war das erste Mal, daß Katzman sie seit ihrer Einlieferung in die Anstalt sah. Sie gab ihm kein Zeichen, daß sie ihn kannte. Die drei schliefen einige Nächte auf abgelegenen Landgütern. Freunde des Vaters hatten die Fluchtroute für sie organisiert. Nach einer schweigsamen Fahrt von einer Woche erreichten sie die Wälder und trafen dort die Bäuerin. Die Freunde hatten ihnen versprochen, während des Krieges das Loch im Auge zu behalten. Aber keiner von ihnen tauchte in den drei Jahren je auf. Katzman sprach mit leiser und deutlicher Stimme. Er legte sich eine Decke um, und in der Dunkelheit wurde sein Gesicht so weiß wie ein in der Luft erstarrtes Blatt Papier. Bei der Flucht hatte Katzmans Vater das Manuskript seines Buches verloren. Er mußte schnell alles rekonstruieren, an was er sich noch erinnern konnte. Er hatte kein Papier, um alles aufzuzeichnen. Er hatte keine Feder, mit der er schreiben konnte. Darum begann er, das Wichtigste aus seiner Forschungsarbeit auswendig zu lernen und sich einzuprägen. Einzelheiten und Fakten und Quellennachweise und neue Entdeckungen, die er gemacht hatte. Katzman war sechs Jahre alt, als sie ins Loch hinunterstiegen, und die neue Nähe zu seinem Vater ängstigte ihn mehr als alles. Sogar noch mehr als seine fremde Mutter, die zusammengekauert auf der Decke lag und im Flüsterton vor sich hin murmelte und sich dabei wiegte, als betete sie. Er war allein mit zwei Fremden.

Katzman markierte mit seinem Finger eine Linie in der Erde und ließ ihn auf und ab marschieren. »Entlang dieser Linie pflegte mein Vater stundenlang auf und ab zu gehen«, sagte Katzman. »Ich kann mich noch an seine kleinen schnellen Schritte erinnern. Mutter lag hier. Genau hier. Ich lag da. Er machte mich wahnsinnig mit seinem nervösen Aufundabgehen. Er hatte schönes weißes Haar. Jedes Mal, wenn er sich umdrehte, flatterte es kurz in der Luft. Es war ziemlich dunkel dort unten, und manchmal beobachtete ich ihn mit halb geschlossenen Augen und sah nur den weißen Schimmer seiner Haare. Manchmal sprach er mit lauter Stimme und machte Gesten mit den Händen, als rede er vor Studenten. Mit meiner Mutter sprach er nicht. Ich glaube, daß sie schon lange vor dem Krieg nicht mehr richtig zusammenlebten.«

Plötzlich breitete sich ein seltsames Lächeln auf Katzmans Gesicht aus. Auch seine Stimme wurde wach: »Und irgendwann begriff mein Vater, daß er nicht die geringste Chance hatte, sich alles zu merken. Daß sein Gedächtnis zu schwach dafür war. Und daher beschloß er, mich zu benutzen. Mein leeres und reines Gedächtnis. Schön, nicht wahr?«

Damals wußte ich noch nicht, daß diese Stimme und dieses Lächeln das Zeichen einer nahenden Gefahr waren. Einer Verlegenheit, die ihn bissig werden ließ. Ich saß etwas unbeholfen da. Verstand nicht. Heute würde mich so etwas nicht so aufwühlen. Denn auch du hast das mit Jasdi gemacht, und mit mir. Das ist es, was Eltern immer machen, behauptet Schosch. Aber damals – damals konnte ich mich nicht rühren. Ich hörte nur zu. Katzman sagte: »Vater fing an, bei mir – oder auf mir, wie immer du es nennen willst – alles, was in seiner Erinnerung war, zu vermerken. Den ganzen Tag hämmerte er mir sein Buch ein. Ich lernte Dinge zu sagen, die ich nicht verstand. Komplizierte, völlig schleierhafte Worte. Dem Gehirn eines Kindes prägt sich alles mit Leichtigkeit ein, und ich hungerte nach neuen Dingen, nach Stoff, mit dem ich mich beschäftigen konnte. Mein Vater lud mich mit Wissen auf. Am Anfang war er gereizt und ungeduldig, und ich konnte mir nichts merken. Ich fürchtete mich vor ihm. Dann beruhigten wir uns. Er milderte seine Sturmangriffe auf mich, und ich gab mir mehr Mühe. Wir spürten, daß es nicht nur eine Abmachung zwischen uns war, sondern, vielleicht, eine gemeinsame Hoffnung. Etwas, das uns beiden geboren wurde an einem Ort, an dem nichts mehr geboren werden konnte. Es war ein gemeinsames Überlisten der ganzen beschissenen Welt.«

Katzman zog die Hand unter der Decke hervor und drehte die Kohlen mit einem Stock um. Rauch stieg auf und biß uns in die Augen. Er warf mir einen kurzen, prüfenden Blick zu. Weiter, sagte ich lautlos, weiter –

»Heute weiß ich, daß mein Vater bei unserer Begegnung genauso verlegen war wie ich. Er kannte keine Kinder und hatte keine Ahnung, wie er mit mir umgehen sollte. Ich machte es ihm nicht leicht. Ich schwieg die ganze Zeit. Ich wollte einem fremden Mann keine Hinweise geben. Später wurde es uns leichter miteinander. Einmal sang er mir ein Kinderlied vor, an das er sich erinnerte, um mich zu unterhalten. Er sang leise und blickte ab und zu nach hinten, um zu sehen, ob meine Mutter es hörte. Er schämte sich ein wenig vor ihr, glaube ich.« Katzman verstummte kurz. Das war der letzte Augenblick, mich zu entziehen. Mich zu entschuldigen und schlafen zu gehen. Ich wußte, daß es der letzte Augenblick war, und ich blieb. Wie immer blieb ich. Katzman erzählte: »Sein Gesicht veränderte sich. Es wurde weicher, je mehr er von der Last des Erinnerns ablud. Auch das endlose Aufundabgehen hörte auf. Wir hatten eine Ecke, die wir ›die Bibliothek‹ nannten, und dort lernten wir. Dort brachte er mir Lesen und Schreiben bei: wir schrieben die Buchstaben auf die Erde, und ich las sie vor. Manchmal war die ganze Höhle voll mit Wörtern. Er erfand ein kleines Spiel: er sagte ein langes Wort, und ich mußte zwischen den Buchstaben dieses Wortes auf der Erde hüpfen. Das war eine gute Turnübung. Aber die Hauptsache war Ariosts Legende.« Katzman kicherte: »In einem Alter, in dem die Kinder Schneewittchen und Rotkäppchen kennenlernen, verschlang ich Monster wie Jeronimo de Mondragon, der ›Die Kritik-des-menschlichen-Wahnsinns-und-dessen-positive-Eigenschaften‹ schrieb, die du bestimmt schon mehrmals gelesen hast.«

Ich sagte, ich habe sie nicht gelesen.

»Das hätte ich ahnen müssen«, sagte Katzman streng. »Was soll's, in einer Lage wie meiner kann sich der Mensch schwerlich Partner wählen, die seiner würdig sind –« Einen Augenblick lang sah ich ihn verständnislos an. Dann begriff ich, daß er nur Theater spielte. Aber mir war nicht nach Theater zumute.

Er sagte: »Ich wußte über den Krieg der Sarazenen gegen die Franzosen besser Bescheid als über den Krieg, in dem ich lebte, da er der Hintergrund für die Begegnung zwischen Ruggiero und Bradamante war, folgst du mir?«

Die Frage war wirklich am Platze, wie man sagt. Es war unmöglich, ihn zu verstehen. Ich wußte nicht, wann er mich verspottete und wann er sich selbst stichelte. Ich war mir nicht sicher, ob er nicht einfach verrückt war. Seine Stimme war eintönig, und sein Gesicht blieb die ganze Zeit starr. Und dazu saßen wir inmitten der phantastischsten Kulisse, und ab und zu hörten wir hysterische Schreie der Angst, oder das Weinen eines Kindes, oder das Entbrennen eines Traumes auf einem der Felder. Und mir gelang es nur, mit dem Kopf zu nicken. Erzähl, flüsterte ich, erzähl. Ich folge dir.

Er erzählte. Allmählich entstand eine Verbindung zwischen ihm und seinem Vater. Sie pflegten sich miteinander in Fragen und Antworten zu messen. Sich gegenseitig bis ins kleinste Detail über die Taten der Ritter, über die Zaubereien des Verfassers Ariosto zu prüfen. Miteinander in Gedichtversen zu reden, die Katzmans Vater aus dem Italienischen ins Polnische übersetzt hatte. Einer fing an und der andere setzte fort. Ohne zu merken, was mit ihnen geschah, versanken sie schnell in einer anderen Welt. Sie sprachen Ariostisch. Anstelle von Wörtern benutzten sie Namen und Verse und Aussprüche. Das waren Dinge, die für Katzman überhaupt keine Bedeutung hatten, aber allmählich füllten sie sich mit Leben, denn durch sie wußte er, daß sein Vater ihn liebte.

Katzman sah mich nicht mehr an. Auch seine Stimme konnte ich kaum noch hören. Es kommt ein Augenblick, Chilmi, wo die Frage, ob etwas wahr ist oder nicht, völlig unwichtig wird. Ich glaubte Katzmans Worten mit den Schweißtropfen, die mich unter den Knien juckten, und mit meinen Fäusten, die sich ballten. Avner war es, der mich gelehrt hatte, daß die Dinge, die die Menschen einander sagen, nicht wichtig seien; du weißt ja, daß man auch in der Babysprache alles sagen kann. Die Hauptsache ist die Wärme, die in den Worten liegt. Avner meint, daß zwischenmenschliche Beziehungen keine Sache der Vernunft sondern des Thermometers seien. Ich zum Beispiel lernte Avner erst kennen, als ich seine Gedichte las. Und selbst wenn ich sie nicht gänzlich verstand, wurden sie dennoch eine Art Botschafter zwischen uns, eine geheime Parole, die man nicht einmal erwähnen muß. Und deswegen wußte ich genau, was Katzman meinte, als er sagte, daß sein Vater und er eine Privatsprache hatten.

Und sie bauten sich eine Welt auf. Kan-ja-ma-kan. Mit ihnen im Loch lebten Ruggiero, der mutige Ritter, und der naive und abenteuerlustige Astolfo, der Träume über die Zaubereien des Himmels sponn, und der dann, hör gut zu, Chilmi, zum Mond flog, um den verlorenen Verstand des Helden Orlando, dessen Frau ihn betrogen hatte, zurückzuholen. Wie – – ich kann schon selbst die ganze Legende Ariosts erzählen; von den vielen Malen, die ich Katzman gezwungen hatte, sie mir zu erzählen.

Aber damals wußte ich noch nicht, daß sie auch zwischen ihm und mir eine Art Privatsprache sein würde. Ich fragte ihn: »Hast du versucht, dieses Thema ernsthaft zu studieren? Nachdem du dort herausgekommen bist, meine ich?«

Er sagte: »Nein. Ich kann nicht. Weißt du – der wichtigste Teil der Forschungsarbeit war der Vergleich mit Don Quijote. Nicht mal ihn kann ich lesen.«

Wieder lachte er verlegen. Da fiel mir auf, daß seine Oberlippe sich nicht bewegte. Auch das kam vom Loch: irgendeine

Erkältung, die vernachlässigt worden war und die Nerven angegriffen hatte. Er sagte: »Dort lernte ich auch, was ein Geheimnis ist. Mein Vater schlug vor, ich solle jeden Tag versuchen, ein Geheimnis zu wahren, das ich nicht einmal ihm verraten würde. Er war ein kluger Mann. Er wußte, daß mir durch das Geheimnis sogar die Wirklichkeit, in der wir lebten, ein bißchen logischer erscheinen würde. Er wollte mich schützen, damit ich dort unten nicht verrückt würde.«

»Und du hast dir Geheimnisse erfunden?«

»Jeden Tag. Und ich habe sie mir gemerkt.« Er lachte schnaubend: »Ich bin nicht sehr erwachsen geworden in dieser Sache. Ein Geheimnis schafft eine gewisse Spannung. Einen stets angespannten Muskel des Bewußtseins. Ich liebe das.«

»Und das – drei Jahre lang?«

»Fast drei Jahre. Meine Mutter siechte während der ganzen Zeit neben uns dahin. Sie spuckte Blut und zerkratzte sich mit den Fingernägeln. Wir konnten nichts machen. Wir fürchteten uns sehr. Wir schliefen ineinandergerollt. Eines Tages, ich weiß nicht einmal, wie lange nachdem wir in das Loch gestiegen waren, stellten wir fest, daß sie tot war. Einfach so. Das war eine große Erleichterung. Nicht nur, weil sie es uns schwergemacht hatte, sondern weil ich dadurch verstand, daß auch andere Mächte in dieses verborgene Loch kommen konnten, nicht nur die Bäuerin. Verstehst du?«

Er seufzte und streckte sich. Die Kohlen knisterten leise. Ab und zu riß der Wind eine rote Feuerlocke an sich. Ein Flugzeug brummte am Himmel. Auf einem fernen Feld pfiff jemand vor sich hin. So schnell legt die Unlogik die Haut unseres Lebens an. Die ganze Zeit waren wir von Mückenschwärmen umgeben, die uns nach dem Takt des Windes anflogen. Plötzlich kam eine anhaltende Hitzewelle.

Katzman sagte: »Ich habe diese Geschichte nur einem Menschen erzählt. Natürlich – einigen Leuten habe ich sie ganz oberflächlich erzählt, zum Beispiel wenn ich Eindruck schinden wollte. Aber so, wie heute nacht – nur meinem Adoptivvater im Kibbuz. Er war mir sehr lieb. Er starb. Auch mein Vater starb. Direkt nach dem Krieg.«

»Und das Buch«, fragte ich, »wurde es geschrieben?«

»Nein. Gegen Ende begann auch mein Vater ein bißchen

verrückt zu werden. Er fing an, sein Werk zu sabotieren. Ich konnte damals nicht wissen, was er tat. Ich spürte, daß die Fakten eine andere Auslegung bekamen. Daß Einzelheiten miteinander vertauscht wurden. Ein Wahnsinn war genau so gut wie ein anderer. Erst viele Jahre später begriff ich, was er dort getan hatte. Zum Beispiel erlaubte er Don Quijote, die Windmühlen zu besiegen. Aus eigener Verzweiflung rächte er sich an ihnen. Gerade den naiven, törichten Astolfo machte er zum Haupthelden des ›Rasenden Roland‹. Er wollte auf diese Art protestieren, verstehst du.«

»Nicht ganz.«

»Sieh mal, er glaubte, daß wir uns einfach selbst belügen. Es fällt uns leichter zu glauben, daß die Windmühlen, die wir bekämpfen müssen, die Mühlen des Unrechts, der Bosheit und der Tyrannei sind. Das ist eine konventionelle und bequeme Lüge. Diese Mühlen sind die bekannten und abgenutzten Schlüssel für unsere Moral. Die Menschheit bekämpft sie tatsächlich mit dieser oder jener Intensität, sie erzieht ihre Kinder, in ihnen den Feind zu sehen. Mit Freuden schickt sie ihre Don Quijotes aus, an ihren Flügeln getötet zu werden.« Katzman blies in seine Faust und sagte langsam, als entziffere er eine undeutliche Handschrift, die noch auf jener Erde geschrieben stand: »Wenn ich richtig verstehe, was mein Vater dachte, so müssen wir unsere tödlichsten Feinde in uns selbst suchen. Begreifst du?«

»Vielleicht.«

»Er wollte nur sagen, daß die wirklich gefährlichen Windmühlen heutzutage die Mühlen der Gerechtigkeit, die Mühlen der Logik, die Mühlen des fortschrittlichen politischen Systems sind. Das ganze Moralsystem, auf das wir so stolz sind.« Er redete jetzt richtig in die Faust hinein, und ich konnte kaum ein Wort verstehen: »Zu diesen Mühlen müssen wir nun Don Quijote und Astolfo schicken. Ich beneide sie nicht, Uri. Sie werden die einsamsten Menschen auf Erden sein. Alle werden sie bekämpfen. Denn wir, wir alle, sind Windmühlen.«

Dann entstand ein schwerer und tiefer Augenblick. Ich wartete mit geschlossenen, fest zusammengekniffenen Augen, daß die Logik seiner Worte ein wenig in mich einsänke. Aber Katzman verdarb alles: »Ich hatte wirklich eine merkwürdige Kindheit.« Er gähnte plötzlich grob und übertrieben laut. »Man hätte mich für das Radioprogramm ›Das Loch meines Vaters‹ aufnehmen sollen.« Und dann lachte er wieder.

Ich lachte nicht. Er hatte mir so harte Dinge gesagt, und schon beeilte er sich, sie mit einem Witz zurückzuziehen. Er hatte mich berührt und war zurückgeschreckt. Und jenseits seiner leisen, kalten Stimme und jenseits seiner vorsichtigen Bewegungen fühlte ich, daß er mich anflehte, und ich wußte nicht, um was er flehte. Die meisten Dinge, die er mir in jener Nacht erzählte, verstand ich nicht, aber das störte mich nicht. Als er später noch einmal über die zerbrechliche Eierschale sprach, fühlte ich, daß auch ich im Begriff war, aus meiner Schale auszubrechen. Das Merkwürdige war, daß ich in seiner Stimme Sehnsucht nach solch einer Eierschale hörte, auch das verstand ich nicht. Als er sagte, zwischen ihm und seinem Vater sei eine Liebe geboren worden, freute ich mich sehr, denn ich selbst war genau in demselben Augenblick in einer neuen Verliebtheit in die Welt und in mich selbst versunken. Im Morgengrauen schliefen wir in Militärdecken gehüllt ein. Am nächsten Tag bemühten wir uns, einander nicht in die Augen zu sehen. Das war etwas seltsam für mich, aber mir war klar, daß es so sein mußte. In der Mittagspause setzte ich mich abseits und schrieb auf dem einzigen Blatt Papier, das ich in der Umgebung finden konnte – einer zerrissenen Seite aus dem Neuen Testament, das ich unter den Trümmern entdeckt hatte –, ein paar Worte an Schosch. Es war das erste Mal, daß es mir gelang, etwas Positives für sie zu empfinden. Ich schrieb: Es gibt einen unteilbaren, vielleicht sogar instinktiven Kern der Liebe in jedem Menschen. Ich hatte mir die Worte nicht überlegt, bevor ich sie notierte, aber als ich sie geschrieben sah, wußte ich, daß es genau das war, was ich sagen wollte. Und wirklich, dieser kleine Satz hatte eine so herrische Wahrheit und einen so heftigen Drang zur Verwirklichung, daß er Schosch wie eine von Santa Anarella ausgeschickte Ohrfeige umwarf und sie mit Gewalt auf die Reise durch die Spiralen und Kreise schleuderte, auf ihre und unsere Katastrophenreise, und tuta tuta, aber das war noch nicht das Ende der Geschichte.

16 Der Jeep hielt neben den zwei Kommandowagen, und das Gekläffe der rasenden Hunde beruhigte sich ein wenig. Sie standen schnaubend da, wobei ihre Rippen abwechselnd hervortraten und einsanken, und sahen einander tückisch an. Katzman stieg aus dem Jeep und sah sich um. Es schien, als hätten sich bereits alle Dorfbewohner eingefunden. Eine stille und gespannte Menge. Die Alten saßen auf Baststühlen und schlummerten auf ihren Stöcken, als verdunsteten sie langsam zwischen den Falten ihrer Haut. Die kahlgeschorenen Kinder starrten ihn mit triumphierenden Blicken an. Schaffer kam auf ihn zu, rot und verschwitzt, mit ausgreifenden Schritten. Die Sonne brannte Katzman direkt in die Augen. Er schirmte sie mit der Hand ab und suchte den Hügel. Schaffer stöhnte ihm einen zornigen Gruß zu:

»Das ist ein richtiges Loch, Katzman.«

Katzman antwortete ihm mit zuckersüßem Lächeln: »Für dich – das Allerbeste.« Er wies mit dem Kopf zu den Dörflern hin, die wie eine versteinerte Vogelschar am Wegrand standen. »Ich sehe, sie wissen schon alles.«

Schaffer maß sie mit einem tödlichen Blick. »Was denn sonst? Sie sind nicht einmal zur Arbeit auf die Felder gegangen. Und wer gegangen ist, den hat man zurückgerufen. Er bietet ihnen Unterhaltung, Laniado. Komm.«

Als sie um die Fahrzeuge herumgingen, entdeckte Katzman seinen Carmel, den Uri am Morgen genommen hatte. Es war zu erkennen, daß er hastig geparkt worden war. Er stand quer in der Mitte des Pfades, und die Fenster waren geöffnet. Katzman ließ seinen Blick kurz auf dem Auto ruhen. Las darin die Spuren der tragischen, starrenden Verwaisung, welche die Katastrophe in den alltäglichen Gegenständen zurückläßt.

Schaffer sagte mit gedämpfter Stimme: »Er hat sich noch einmal mit uns in Verbindung gesetzt.«

Katzman blieb stehen und sah ihn erwartungsvoll an.

»Vor einer Stunde etwa. Sagte, wir sollen ja nicht wagen, zu stürmen. Dort seien bewaffnete und völlig verrückte Leute. Er wiederholte noch einmal sein – –« Schaffer suchte das passende Wort. Schließlich gab er auf: »seine Forderung, das Ultimatum.« Plötzlich fing Schaffer zu schreien an: »Was bildet sich dieser Irre ein, daß er uns alle schon seit drei Monaten verrückt macht mit seinen Philosophien und seiner linken Schöngeistigkeit und einen nicht arbeiten läßt, und jetzt, verdammte Scheiße, müssen wir auch noch für ihn sterben, und –«

Katzman streckte einen Finger aus und berührte seine Schulter, und Schaffer verstummte wie elektrisiert. Einen Augenblick stand er keuchend Katzman gegenüber. Dann zitierte er gehorsam den Rest der Mitteilung: »Er war wütend, daß du noch nicht da bist.« Katzman schüttelte sich und ging weiter. Einige Kinder in gestreifter Schuluniform gingen neben ihnen her und feuerten sich gegenseitig mit boshaftem Gekicher an. Katzman empfand Unbehagen, und Schaffer merkte es. Er drehte sich um und brüllte sie an. Die Jungen blieben stehen und grinsten. Auf einem der nahe liegenden Hügel strahlte ein Stück Blech grell glänzendes Licht aus. Katzman holte seine Sonnenbrille aus der Hemdtasche und setzte sie auf.

Sie begaben sich zu dem aus Tarnnetzen improvisierten Zelt. Soldaten bemühten sich, kleine Zelte aufzubauen, und sahen Katzman entgegen. Katzman besorgte einen fahrbaren Wassercontainer und einen Feldkocher. Neben einer Steinmauer stand ein Soldat und urinierte. Katzman rollte das Tarnnetz hoch und sah die restlichen Soldaten, die im vom Licht durchlöcherten Schatten lagen. Sie waren halb eingeschlafen. Schwere Kiefer mahlten Kaugummi, und grüne Fliegen wanderten ungestört auf ihren Lippen. Er dachte mit einer Spur von Neid über die Anpassungsfähigkeit der Soldaten nach: erst drei Stunden waren sie hier und schon wurden sie in den Staub des Ortes geworfen. Zu seinen Füßen lag ein langbeiniger Soldat mit einer über das Gesicht gezogenen Schirmmütze und hochgestrecktem Kinn. Katzman stieß leicht seine Schulter an, und der Soldat knurrte. Katzman stieß noch einmal. Der Soldat riß sich die Mütze mit einer streitsüchtigen Bewegung vom Gesicht. Als er Katzman erblickte, erhob er sich gemächlich, seine Lippen dabei in spöttischer Ergebenheit verziehend.

Katzman wartete, bis er aufgestanden war. »Setz dich«, befahl er ihm in einem giftigen Ton. »Alles setzen.« Mit einer Handbewegung forderte er auch Schaffer dazu auf und setzte sich dann selbst und lehnte sich an eine dünne runde Marmorstange, an deren Spitze das Netz befestigt war. »Jetzt erzählt mir mal, was los ist.«

Die Soldaten murmelten vor sich hin und siebten Erde durch ihre Finger. Schaffer rutschte wütend auf seinem Platz herum. Auf seinem riesigen, geröteten Gesicht quollen kleine, runde Schweißperlen.

Einer der Soldaten sagte: »Wir hätten heute morgen stürmen sollen. Gleich als wir ankamen. Jetzt ist es zu spät.«

Ein anderer Soldat, der, den Katzman mit einem Tritt geweckt hatte, murrte: »Das ist eine Sache für eine Sondereinheit. Was können wir – –« Katzman ließ ihn nicht ausreden und fragte Schaffer, ob die nötigen Verhöre im Dorf schon durchgeführt worden seien. Schaffer antwortete mit dumpfer Stimme, darauf bedacht, seine Ungeduld nicht zu verraten: Einige Dorfbewohner sind bereits verhört worden. Wir haben nicht genug Leute, die Arabisch können. Der Nachrichtenoffizier spricht gerade mit dem Muchtar. Ach ja: der Cafébesitzer sah Laniado um sechs Uhr morgens den Pfad zur Höhle hinauflaufen. Er sagt, er habe erschrocken und verwirrt ausgesehen. Behauptet auch, daß Chilmi, so heißt der Alte, verrückt sei. Daß er es schon immer gewesen sei. Schaffer kniff die Lippen zusammen.

Katzman fragte: »Wußte er etwas von Waffen?«

»Nein. Er meint, der Alte könne gar nicht schießen. Nur damit du's weißt: die meisten Leute im Dorf dachten, daß dieser Chilmi schon längst tot sei, weil man ihn schon seit einigen Monaten nicht mehr im Dorf gesehen hat.« Wieder verstummte er. Dann fiel ihm noch etwas ein: »Da ist auch ein kleines Mädchen, seine Enkelin, oder eine, die er für seine Enkelin hält – die Familienangelegenheiten sind dort schrecklich verworren – jedenfalls bringt sie ihm jeden Morgen Essen.«

»Hat jemand sie verhört?«

»Sie ist stumm. Was soll ich dir sagen, Katzman, die ganze Sache kommt mir etwas seltsam vor. Seine Familie zum Beispiel, sie behaupten – –«

Ein leichtes Räuspern war zu hören. Schaffer zog das Netz beiseite, und der Muchtar trat ein, verneigte sich grüßend nach allen Seiten, bis er Katzman erblickte und sich ganz aufrichtete. Er war sichtbar verlegen, weil er selbst die Sitzenden so hoch überragte. Nach ihm trat der Nachrichtenoffizier des Bezirks ein. Katzman forderte beide auf, sich zu setzen. Der Muchtar, der stark glänzte vor Schweiß, begann sofort, eine ängstliche

Rede zu halten. Katzman brachte ihn mit einem Kopfnicken zum Schweigen. Er sah den Nachrichtenoffizier an. Dieser schüttelte den Kopf. Er hatte nichts Neues vom Muchtar erfahren. In stammelndem Arabisch fragte Katzman: »Wer sind die Leute, die oben bei dem Alten sind?«

Der Muchtar breitete verzweifelt die Hände aus. Er wisse gar nicht, daß irgend jemand Chilmi besuche, außer einem kleinen Mädchen, Nadschach, die ihm aus lauter Mitleid Essen bringe. Katzman hörte nicht zu. Er betrachtete erstaunt die beiden schmalen Ströme, die an beiden Seiten der Nase des Muchtars herabflossen. Scheinbar war mit seinen Schweißdrüsen etwas nicht in Ordnung. Der Nachrichtenoffizier sagte: »Eine Sache ist klar – das sind keine Leute aus Andal. Der Muchtar hat Listen, und wir haben auch welche. Wir haben sie miteinander verglichen, sie stimmen.«

Katzman rümpfte die Nase. Wenn sich tatsächlich eine Terroristengruppe von außerhalb in der Höhle festgesetzt hatte und zufällig auf Uri gestoßen war, dann war die Lage komplizierter als er dachte. Er fragte: »Hat schon jemand den Pfad nach Spuren abgesucht?«

»Ich habe einen Soldaten bis zur Wegbiegung geschickt«, sagte Schaffer, »von dort an ist das Gebiet den Schüssen vom Hügel preisgegeben. Bis zur Biegung gibt es jedenfalls keine Spuren.«

»Vielleicht sind sie schon vor einigen Tagen hergekommen, und die Spuren sind mittlerweile verwischt.«

Der Nachrichtenoffizier sagte: »Ich habe in Dschuni Anweisung hinterlassen, die Befehlszentrale im Hauptquartier zu bitten, uns auch einen Späher zu schicken.« Er sah auf die Uhr. »Meiner Meinung nach hätte er schon hier sein müssen.«

Kein einziger Muskel rührte sich in Katzmans Gesicht, aber auch dafür war eine allerkleinste Anstrengung des Bewußtseins nötig. Schaffer spürte das. Ein leiser Verdacht stieg in ihm auf. Er fragte listig: »Was hat der General zu der Sache gesagt?«

»Der General«, sagte Katzman, »bat mich, dir seine Grüße auszurichten.«

Wieder waren nur die Fliegen zu hören. Die Hitze legte sich auf die Leute bis zum Ersticken. Zornig klopfte Schaffer zwei Steine gegeneinander. Sein Verdacht war richtig gewesen. Aus irgendeinem Grund hatte Katzman es vorgezogen, seine Vorgesetzten nicht über den Vorfall zu unterrichten. Schaffer konnte nicht verstehen, warum. Es war ein voreiliger Verstoß gegen die Regeln. Versuchte Katzman etwa, Laniado irgendwie stillschweigend aus der Affäre zu ziehen? Bei den vielen Zeugen war das eine unlogische Annahme. Schaffer empfand einen wachsenden Groll auf Katzman. Warum, zum Teufel, versteckte er sich im Schatten des Tarnnetzes weiter hinter seiner dunklen Sonnenbrille? Schaffer sagte: »Also was machen wir, Herr Kommandant?« Katzman merkte den leicht herausfordernden Ton, ging aber nicht darauf ein. Er entließ den Muchtar und sagte ihm, er sehe in ihm den Verantwortlichen für die Wahrung von Ruhe und Ordnung am Ort. Als erstes verlange er von ihm, die Menschenansammlung umgehend aufzulösen.

Der Muchtar verließ das Zelt. Dann wandte sich Katzman mit jenem Böses bergenden Lächeln an Schaffer: »Noch machen wir nichts. Wir warten.« Während der ganzen Zeit war sein Finger hinter seinem Rücken achtlos über die dünne glatte Marmorstange gefahren. Jetzt wurde er sich erst der fremdartigen Berührung bewußt. Er stand auf und sah sich die Stange an. Es war das Podest einer Statue, und die Statue selbst ragte über das Tarnnetz. Hastig, mit einer ihm unbegreiflichen Fieberhaftigkeit, dehnte er mit seinen Fingern die Löcher des Netzes aus. Er sah hin. Es war die kleine Statue eines Engels, und Katzman starrte sie lange an. Das Gesicht der Statue war zersprungen und zerlöchert, aber die Flügel waren unbeschädigt und ließen den Engel über dem Khakinetz, über dem ganzen staubigen Dorf schweben. Katzman berührte die Flügel und empfand eine leise Traurigkeit.

Schaffer sagte grob: »Gut, wenn du dich entschieden hast – –«

Katzman drehte sich überraschend schnell um. Es war wie der blitzschnelle Biß einer Schlange. Etwas Längliches, Breitbackiges, Krokodilhaftes zeichnete sich in seinem Gesicht ab: »Wenn ich mich entschieden habe, sag ich Ihnen Bescheid, Major.« Wieder berührte er die Statue mit seinem Finger, aber er fand jenes angenehme Gefühl nicht wieder.

Ein Soldat kam von draußen durch das Netz herein, der eine Kiste mit Getränken in den Armen trug. Schaffer öffnete die Flaschen der Reihe nach mit den Zähnen und rief müde Bewunderung hervor. Katzman trank den warmen, ekelhaften Saft. Er sah auf das arabische Etikett: »7 Up«. Die Geschäfte im Dorf florierten bereits. Ein blonder Hauptmann mit kindlichem Gesicht sah ins Zelt. Er murmelte Katzman einen Gruß zu und wies die Soldaten an, mit ihm zu kommen. Diese stöhnten kummervoll und erhoben sich, wie Wurzeln, die aus der Erde gerissen werden.

Als sie gegangen waren, sagte Katzman rasch, noch bevor Schaffer seinen Mund öffnen konnte: »Vergiß es.« Und damit war der Zorn – jedoch nicht Schaffers irritiertes Staunen –, der einen Augenblick lang zwischen den beiden aufgekommen war, verflogen, und sie setzten sich hin und besprachen die verschiedenen Aktionsmöglichkeiten.

Schaffer war während seines ganzen Militärdienstes fast ununterbrochen Katzmans Untergebener gewesen. Im Panzerkorps hatte er in seiner Kompanie gedient und dann, im Sechstagekrieg, hatten die beiden zusammen im Sinai gekämpft, an einem bestimmten Punkt sogar im selben Panzer, und der Panzer wurde getroffen. Katzman wurde weit hinausgeschleudert und kehrte sofort verwirrt und benommen zurück, um Schaffer aus dem Panzer herauszuholen. Schaffer vergaß das nicht. Er hatte neben dem herausgerissenen Panzerturm gelegen, war nahe daran gewesen, sich retten zu können, aber unfähig, sich zu rühren vor Schwäche und Schock. Noch nie hatte er eine solche Hilflosigkeit erlebt. Innen, unter ihm brannte es, und Schaffer roch den Geruch der Versengung. Da kam Katzman, langsam, mit weißem Gesicht und hinkenden Schritten, durchquerte auf seine schläfrige Art das Feuer, erreichte Schaffer und zog ihn an den Armen heraus. In seinen Augen war kein Leben, während er das tat, und Schaffer dachte dumpf, ein Toter sei gekommen, um ihn zu retten. Er selbst war ein Mann von überstürztem Mut, der sich wie ein Brand im Körper ausbreitete, und im Grunde seines Herzens wußte er, daß diese Art von Mut der Angst sehr nahe war. Aber Katzmans Verhalten in der Gefahr erstaunte ihn. Es schien, als flöße sie ihm eine innere Ruhe ein. Katzman sagte ihm einmal nach einer Verfolgungsjagd, an der sie teilgenommen hatten, für ihn liege in der Gefahr fast die Erfüllung eines Versprechens. Schaffer verstand das nicht. Katzman wagte nicht ihm zu sagen, was er wirklich empfand – daß er im Herzen der Gefahr umarmt und gewiegt werde; daß sie etwas beinah Mütterliches für ihn habe.

Für eine kurze Zeit waren sie getrennt. Schaffer verfaulte ein wenig in einem Krankenhaus, und Katzman wurde an die östliche Front versetzt, nahm dort an der Zerstörung Kalkiljas teil und wurde, als der Krieg zuende war, zu seiner Überraschung zum Verantwortlichen für das neu entstandene Flüchtlingslager in Sichem ernannt. Als Schaffer aus dem Krankenhaus entlassen wurde, war Katzman bereits Ausbilder in der Panzerkorps-Schule, und er brachte auch Schaffer dorthin; und als ihm das Amt in Dschuni angeboten wurde, bat er Schaffer, mit ihm zu kommen. Er verließ sich voll und ganz auf den bärenhaften, ewig mürrischen Major. Schaffer vermittelte zwischen ihm und den Soldaten und übersetzte seine – oft schleierhaften – Wünsche in die Sprache der Befehle und Taten. Und gestern, in dem Haus, in dem sich die Terroristen versteckt hatten, hatte ihn Schaffer vor dem sicheren Tod gerettet, kraft jener verborgenen Symmetrie.

Katzman sagte: »Ich möchte trotzdem, daß der Späher den Pfad hinaufgeht. Nur die ersten Meter nach der Biegung.« Schaffer kratzte sich herzhaft die Brust: »Ich habe ziemliche Angst, einen Soldaten dorthin zu schicken.« Er zögerte einen Augenblick, dann warf er rasch eine Frage ein: »Was ist los, Katzman? Erstattest du nicht Bericht über den Vorfall?«

»Einstweilen nicht.«

»Du mußt aber.«

»Ich muß nach meinem Ermessen handeln, Schaffer. Einstweilen erstatte ich nicht Bericht.«

»Das ist wegen Laniado, was?«

Das mikroskopische Zucken, das über Katzmans Gesicht huschte, entging Schaffers Augen nicht. Katzman antwortete beherrscht: »Nein. Es ist, weil ich glaube, daß wir die Sache allein durchführen können. Dann werden wir Zeit haben, Berichte zu erstatten.«

»Du machst einen Fehler, Katzman. Das ist kein gewöhnlicher Fall. Es kann sein, daß wir es hier mit erfahrenen Terroristen zu tun haben. Die überlegen sich, was sie tun. Das sieht nicht wie der gestrige Vorfall aus, drei hysterische Jungen, die in alle Richtungen schießen. Katzman, du mußt – –«

»Nein.«

Schaffer starrte ihn verblüfft an.

Katzman sagte: »Schick trotzdem einen Soldaten hinauf. Ich glaube, er wird keine – – eh – « Er zögerte einen Augenblick. Welches Recht hast du, solche Spiele zu spielen, fragte er sich. Nicht alle denken so krumm wie du. Vor allem Uri nicht. Und trotzdem – er war bereit, um sein Leben zu wetten, daß er recht hatte. Er fuhr fort: » – – ich glaube, er wird dort keine Probleme haben, der Soldat, der den Pfad hochgehen wird, meine ich.« In dem Moment, als er es laut ausgesprochen hatte, fühlte er sich noch sicherer in der seltsamen Vermutung, die in dem Augenblick, als er den Steinengel berührt hatte, dumpf in ihm aufgeschimmert war.

»Was – was bedeutet das, Katzman?!« Schaffer war nah an seinem Siedepunkt, der sowieso sehr niedrig war.

Katzman meinte beiläufig: »Kann sein, daß nur Laniado und der Alte oben sind.«

Schaffer betrachtete ihn, suchte Andeutungen eines Lächelns. Schließlich gab er auf: »Was bedeutet ›nur Laniado und der Alte‹? Laniado hat doch selbst gesagt – –«, er tastete in seinen großen Taschen nach dem zerknitterten Papier, »hör mal, Katzman, hier steht ausdrücklich – –« Einen Augenblick brach Katzman aus seiner scheinbaren Ruhe aus. Es lag beinahe Glut in seinen Augen: »Sag mal, Schaffer, hast du nie auf so einen Augenblick gewartet?«

»Was für einen Augenblick?« Schaffer hatte endlich das Stück Papier gefunden, wedelte es ziellos in der Luft und steckte es wieder in die Tasche. Er holte ein Päckchen Zigaretten heraus und kühlte seine Wut mit Feuer und Rauch.

»Auf den Augenblick, in dem hier so etwas geschieht.« Katzman zügelte sich. Zwang sich zur Mäßigung. Er legte die Fingerspitzen aneinander. Immer wenn er das tat, empfand er eine leise Freude, als füge er zwei Teile eines Puzzles zusammen. Seine Gesichtshaut straffte sich. Der Schatten seiner hohlen Wangen vertiefte sich.

Schaffer verschloß sich: »Versteh ich nicht, Herr Kommandant.« Er war nicht dumm, aber manchmal war Katzman richtig unfaßbar, um nicht zu sagen – irritierend; wieder war es dasselbe Spiel der vorsichtigen und ausgemachten Stichelei, die zwischen ihnen stattfand: die Bosheit von Katzmans schnellem Denken und sein zuckersüßes Lächeln, und demgegenüber – Schaffers sich allzu verschließendes Gesicht, und das fremde »Herr Kommandant« aus seinem Mund.

Katzman dachte: Das Tier, das sich in der Dunkelheit auf die Lauer legt. Die Millionen gebremster Wünsche, die zurückgedrängten Triebe. Er schloß seine Augen und spürte, wie der Staub dieser bitteren, stets in ihm lauernden Wahrheit in seinem Kopf aufwirbelte. All das, diese ganze lebende Materie kann nicht verlorengehen. Irgendwo speichert sich der Zorn. Die kleinen, hartnäckigen Tropfen des Gefühls der Ungerechtigkeit bilden allmählich Zapfen aus Stein. Katzman spürte diese haarfeinen Vorgänge, die in der Tiefe der Gedanken auf eindringliche und zerbrechliche Weise pochten, als würden sie sich mit unerträglicher Stärke in seinem Inneren vermehren und widerhallen. In jedem freien Willen, der gebremst wurde, deutete sich eine Drohung an. Mit jedem Beugen des Hauptes schwand die Energie, die für sein Wiederaufrichten erforderlich war. Katzman zählte sie im stillen. In den Adern der gezwungenen Mäßigkeit sammelte sich Gift. Einen Augenblick lang wurde wieder das Bild der ironischen Strohhüte auf die Leinwand seines zermarterten Hirns projiziert. Die Erniedrigung gibt dem Menschen die Möglichkeit, die Kraft zu sparen und zu speichern, die er für das Aufrechterhalten eines leeren Stolzes benötigt. Katzman pochte in seinem Inneren nach dem Atemrhythmus dieser Kraft. Er preßte die Augenlider zu. Man muß verrückt sein wie Uri, um einen Augenblick lang aus dem Leben herauszutreten und es von außen zu betrachten. Dann kann man sich erstaunt die Augen reiben: Wie ist uns das geschehen? Wie sind wir alle zu Geiseln geworden? Er löste die Fingerspitzen voneinander, und ein seidenes, durchsichtiges Gewebe spannte sich einen Augenblick zwischen ihnen. Er wollte nicht die Augen öffnen und den vor Ungeduld zappelnden Schaffer sehen. Er dachte: Wie ein legendäres, sphinxhaftes Ungeheuer, das jetzt vor unserer Stadt, vor uns allen steht und jeden verschlingt, der sein Rätsel nicht zu lösen vermag. Er hatte immer gemeint, daß es keine Lösung für dieses Rätsel gebe. Aber jetzt, schon seit einigen Augenblicken, regte sich in ihm der Gedanke: Wenn Uri tatsächlich getan hatte, was Katzman ahnte, dann hatte er einen möglichen Weg zur Lösung entdeckt.

Er sagte: »Es war doch abzusehen, daß so etwas einmal hier passieren würde. Einfach statistisch gesehen. Einer von einer Million mußte mit Krieg antworten, oder?«

Schaffer grinste verständnislos. »Mit Krieg antworten? Wovon sprichst du, Katzman? Das sind Terroristen dort oben. Das ist ein Erpressungsanschlag, wie es ihn schon mehrmals gegeben hat. Was bedeutet das, mit Krieg antworten?«

»Du hast recht. Ich dachte einfach – –« Er machte eine vage Geste mit der Hand. Doch im Inneren sagte er sich: Der Alte und Uri antworten mit Krieg. Ich weiß es. Sie bekämpfen mich. Sie sprechen zu mir in absoluten Werten. Das Militär muß aus allen Gebieten abziehen, wenn nicht – dann stirbt Uri. Sie verlangen Gerechtigkeit. Die Gerechtigkeit an sich, bevor sie verschwommen wird, bevor sie sich mit dem Leben vermengt.

Natürlich erinnerte er sich sofort an das Gespräch mit Uri in Santa Anarella. Er glaubte, was er damals gesagt hatte. Daß die wahre Gerechtigkeit eine Art Hormon sein müßte, das im Gehirn angesichts von Not oder Unrecht ausgeschieden wird. Aber Katzman hatte, wie immer, einen Mechanismus, der ihn vor den Schlußfolgerungen seiner Worte schützte, während Uri keinen solchen Mechanismus hatte. Daher konnte Katzman sich weiterhin verstellen und selbst täuschen bezüglich seiner heimlichen Einstellung zu den Geschehnissen, während Uri immer ein unerfahrener und lächerlicher Schauspieler blieb und sogar Wut erweckte mit seiner Umständlichkeit, mit seinem Stolpern über die durchsichtigen, für alle sichtbaren Fäden.

Das Verlustgefühl, das heute morgen in Dschuni in ihm aufgestiegen war, kehrte jetzt zurück. Vielleicht wegen des kleinen Engels. Von allen Seiten strömten Tatsachen und Gefühle und Erkenntnisse auf ihre Begegnung zu; in der Erwartung einer Klärung und Verwirklichung durch die Berührung mit ihm. Zum ersten Mal spürte Katzman, daß auch von Uri Gefahr ausging. Die Spannung, in der die beiden sich befanden, seitdem er ihn zu sich nach Dschuni geholt hatte, bekam plötzlich einen schmerzvollen Antrieb. Katzman wurde betrübt: er hatte – zum ersten Mal in seinem Leben – geglaubt, in Uri einen Freund gefunden zu haben, oder das, was die anderen mit solch einer Leichtigkeit als »Freund« bezeichnen. Es war überhaupt keine Logik in der instinktiven Zuneigung, die sich in Italien zwischen ihnen entwickelt hatte. Uri war auf wahrhaft unmögliche Weise anders als er, und trotzdem; und vielleicht – gerade deshalb. Er dachte: Uri erlaube ich, Verantwortung für mich zu fühlen. Nur ihm erlaube ich es. Und er ist doch nicht fähig, mich zu beschützen. Und trotzdem – es ist mir nicht unangenehm. Und jetzt werde ich ihn verlieren. Ein bitterer Widerwille überkam ihn kurz. Wütend verzog er die Lippen; er hätte sich fast entschlossen, von sich selbst abzuweichen und einmal für etwas, was ihm wirklich wichtig war, zu kämpfen.

Schaffer drückte seine Zigarette auf der Erde aus und schmatzte mit den Lippen. Katzman öffnete die Augen; er konnte sie kaum bis zu den Pupillen heben, füllte sich nur zur Hälfte mit einem Blick der Vernunft. Schaffer erhob sich und überragte ihn groß und breit: »Du kannst dich im Stabszelt ein wenig ausruhen. Sie sind gleich mit den Vorbereitungen fertig.« Dann ging er mit leicht gebeugtem Rücken, und die Hose ächzte von der Fülle seines Fleisches.

Katzman schloß die Augenlider. Fiel ohne Ende.

Er konnte nicht genau bestimmen, wann sein heimliches Verhältnis mit Schosch angefangen hatte, noch bevor sie sich mit dem von Schmerz verzerrten Satz preisgab, der sie beide so erschütterte. Was ihm mit ihr geschehen war, verstärkte das hartnäckige, angedeutete Gefühl, das immer tief in ihm saß, daß alle diese Dinge sich zuerst ereignen, heimlich, sich selbst erschöpfend, und erst danach vom Bewußtsein verdaut werden und sich dem Menschen auf dem Wege des jämmerlichen Rekonstruierens offenbaren.

Dann mußte er wieder auf ihrer Route entlanggehen, mit kleinen Schritten, mit seinen Ängsten und seinen Abneigungen, in denen keine Anmut war. Er mußte den ganzen langen Weg zurückgehen, der ihm eingraviert war, wie jene Fische, die sich ihren Weg flußaufwärts bahnen, anhand der Karte, die ihrem Hirn eingeprägt ist, wenn sie zum ersten Mal zu dem Ort zurückkehren, an dem sie geboren wurden.

Solche Liebesaffären waren nicht selten in Katzmans Leben, und er hatte schon längst aufgehört sich zu fragen, was an ihm war, das die Frauen scheinbar widerwillig zu ihm hinzog: mit solch einer resignierten Traurigkeit. Er konsumierte Frauen wie besessen, vielleicht um das Gefühl der tiefen Einsamkeit zu besänftigen, die sich ihm in einem Winkel seines Bewußtseins als riesige leere Zeltbahn darstellte, die im leisen nächtlichen Wind flatterte. Er selbst verliebte sich schnell auf seine lieblose Art. Frauen faszinierten ihn: außer denen, die an seinen Strand geschwemmt wurden, liebte und verließ Katzman jeden Tag einige Frauen, ohne sich ihnen je anvertraut zu haben. Soldatinnen, die an ihm vorbeigingen; junge Mädchen im Autobus; Frauen in Geschäften. In jeder Frau fand er etwas Liebenswertes. Selbst in den häßlichsten. Er konnte gänzlich gefangen sein von schön gewölbten Augenbrauen, von flüchtig und hilflos zuckenden Mädchenlippen. Immer gab es in ihnen, in allen, irgendeinen Teil, der seiner Liebe würdig war, seinem Erbarmen, der Güte, die ihn plötzlich überkam. Der angenehme Traum zerplatzte natürlich, sobald die Frau für ihn wirklicher wurde, das heißt: in dem Augenblick, in dem sie von dem kannibalischen Traumbild abwich, in das er sie getaucht hatte. Traurig trennte sich Katzman dann von einer kindlichen Fessel, die ihn erregte, von einem elfenbeinhaften Nacken. Wie jemand, der allmählich nüchtern wird, bemerkte er: über der Unterlippe, die in so bezaubernder Verlegenheit gebissen werden konnte, tauchte plötzlich auch eine Nase auf, wurden zu grobe Backenknochen oder ausdruckslose Augen sichtbar; wie lästige Verwandte einer wunderschönen Braut. Da er nicht sein Leben lang in ein perlenhaftes Ohr oder einen kecken Leberfleck am Hals verliebt sein konnte, pflegte Katzman sich als unverbesserlichen Romantiker zu beklagen. Damit entschuldigte er bequem seine kurzen Liebesaffären, in denen nie Liebe war; seine Einsamkeit, die ihn immer wieder auf eine zwanghafte Suche schickte.

Und er zog sie an und sie kamen zu ihm. Katzman war geübt genug, das Ereignis der ersten Begegnung zu spüren, lange bevor die Frau ihn überhaupt wahrgenommen hatte. Einige Tage lang glühte ein wilder und scharfer Funke der Begierde. Er tat keinen Schritt. Wartete mit erlernter Geduld, beinah lustlos, daß die Kühle der Erkenntnis auch in ihr Bewußtsein dringen würde. Dann beobachtete er sie erstaunt und ohne Freude über die Eroberung. Wie überwältigt sie war; wie sie zappelte. Mit den Flügeln schlug. Alle ihre einmaligen Kämpfe waren lediglich feste Wegweiser auf jener muschelförmigen und verschlungenen Strecke, an deren Ende er auf sie wartete, seine seltsamen Augen auf sie heftete und Mitleid empfand. Fast alle kamen auf diesem Weg zu ihm: ohne Freude. Etwas erschrokken und ausgehöhlt. Dieser Vorgang war in seinen Augen nichts anderes als eine umständliche Variante des ersehnten, unnachahmlichen Themas: der Augenblick des heftigen Aufflackerns.

Und daher war er so überrascht; daher war er so erregt und aufgebracht, als er herausfand: daß auch er diesmal irregeführt worden war: einer listigen Flamme war es gelungen, alle seine trainierten Wachtposten zu hintergehen und die schon seit langem eingebrannte Kruste auf seinem Kern der Liebe, wie Schosch es nannte, zu versengen. Die ganze Geschichte war schon in ihn eingraviert, und Katzman war nun derjenige, der wie ein irrtümlich-abgeschossener-Jagdfalke in den Windungen der Verwirklichung der Geschichte taumelte.

Wie war ihm das geschehen? Er war doch darauf abgerichtet, jede Frau in das Lackmuspapier seines Gehirns zu tauchen: Wird sie geeignet sein? Wird sie sich fangen lassen? Und mit Schosch war er so vorsichtig. In ihrer Gegenwart hielt er alle seine scharfsinnigen Worte und alle seine kühnen Blicke zurück, von denen er wußte, daß sie ihm bei den Frauen einen Weg bahnten und sie sein Aussehen vergessen ließen. In ihrer Nähe zügelte er alle seine Anspielungen. War sehr aufmerksam. Er war stolz, daß er sie sogar von seinen tückischen, instinktiven Gedanken befreien konnte. Uri war sein Freund, Schosch war nur eine gute Bekannte. Die Frau von Uri. Uri liebte er, Schosch mochte er, so gut er konnte. Als ihm deutlich wurde, was sich zwischen ihnen abspielte, spürte er Verzweiflung und Schwäche. Plötzlich begriff er wieder mit bedrückender Klarheit, was er sich selbst einmal gesagt hatte: daß er tatsächlich sehr erbärmlich und völlig hoffnungslos war. Er verabscheute sich mehr denn je.

Er war versessen darauf, Mängel an ihr zu finden: Ihr besorgter und energischer Umgang mit Uri, ihre pedantische Erziehung seines Geschmacks, seiner Bildung, erweckten in Katzman Widerwillen und Spott. Er witterte das Ende dieses Vorgangs. Einmal, in seiner Kindheit, hatte er gesehen, wie eine Maus Junge warf und sie dann liebevoll ableckte. Erst leckte sie den Mutterkuchen, der das Junge einhüllte, dann verschlang sie ihn mit Appetit. Dann begann sie, die Haut des Mäuschens zu lecken, wurde plötzlich sehr konzentriert, und da wußte Katzman schon.

Als Uri ihn zu einem Freund des Hauses machte, war Schosch mit der Behandlung von vier schwererziehbaren Jugendlichen am Institut von Professor Hillman beschäftigt. Mit zwei von ihnen hatte sie bereits gute Erfolge erzielt, und jetzt rang sie mit den anderen beiden. Manchmal ertönten die Stimmen der Jungen aus ihrem Zimmer, während sie die Aufnahmen niederschrieb, woraufhin Uri und Katzman einen Augenblick verstummten und den rauhen, brummenden Stimmen lauschten. Katzmans seismographischer Gewaltanzeiger schwankte dann hin und her.

Da, auf diesem Weg verirrte er sich zu ihr. Durch ihre Arbeit, die Neugier in ihm weckte. Mehr als Neugier: Spannung. Dumme Bosheit lag auf ihrem Tisch gehäuft: Drogenabhängige und Drogenhändler und kleine Diebe und grausame Halbstarke, und keiner von ihnen war älter als sechzehn Jahre. Schosch fühlte sich von seinem Interesse geschmeichelt. Sie beantwortete gern seine vielen fordernden Fragen. Sogar die Fotos zeigte sie ihm: Hier, der da, zum Beispiel, der seiner Schwester Säure ins Gesicht geworfen hat, wie eine gesträubte Katze sieht er auf dem Foto aus, das gemacht wurde, als er gerade zu uns kam. Aber hier schleicht sich bereits die Neugier in die verkrampften Gesichtszüge. Siehst du? Katzman hielt das Foto gegen das Licht und bog es ein wenig nach hinten. Schosch fragte – was suchst du? Katzman betrachtete sie nachdenklich, ein wenig besorgt, und sah die gefährliche Erregung des Künstlers, die in ihren Augen schimmerte, die Freude des allzu eifrigen Wissenschaftlers. Er sagte: »Ich suche dich. Deine Widerspiegelung in seinen Pupillen.« »Mich? Ich bin nur ein ganz unwichtiges Werkzeug. Mich wirst du nicht in ihm finden.« Aber vielleicht werde ich ihn in dir finden, überlegte er, die Tyrannei, die sich in dumpfe und zwanghafte Gewalt umsetzt. Und Schosch erzählte ihm von den Herausforderungen. Von dem vorsichtigen Tasten nach einer Öffnung in jedem der Jungen. Wie gut es ist, mit dir zu reden, sagte sie einmal überraschend, Uri ist so zurückhaltend meiner Arbeit gegenüber; das ist ein gefährlicher Satz, den sie da sagt, dachte Katzman. Nimm dich in acht. Paß auf. Aber Schosch sprach bereits von der

Phase, in der alle harten Schutzmauern der Jungen durchbrochen würden. Eine andere Wärme strömte aus ihren Worten. Im Geiste sah Katzman: die dünnen, ihr Körperinneres bedeckenden Wimpern, die sich voller Wonne bewegen, wenn die leichte Brise der treffenden Vermutung über sie weht. Die Freude am Jagen. Sie sagte: »Das ist der Augenblick der Veränderung. Eine Wirklichkeit entsteht aus der anderen, und ich, ich bin da, um es zu erkennen. Um es festzuhalten. Mich erregt das.« Da wußte er, daß sie einander sehr ähnlich waren. Eine Entscheidung wurde von ihm verlangt, aber er hatte nicht die Kraft.

Sie ahnte noch immer nichts. Hätte ihr jemand diese Möglichkeit angedeutet, wäre sie entsetzt gewesen. Ehebruch im allgemeinen, und an Uri besonders, wäre ja wie das Entfernen des Leims, der die Zellen ihres Körpers und ihrer Gedanken zusammenhält; wie das Auftrennen aller festen Fäden, mit denen sie auf so mutige und enge Weise genäht war. Und Katzman war nur ein guter Freund von Uri. Der einen manchmal aufregte mit seiner Lässigkeit, seinem grausamen Zynismus, der sich für stark hielt und im Grunde ein Kind war. Ein verlorenes und einsames Kind. Es war ihre Pflicht, ihm zu helfen; seine Einsamkeit zu mildern. Den scheinbar spontanen Prozeß seiner Freundschaft mit Uri zu unterstützen. Es geht den beiden ja so gut zusammen. Und natürlich: er ist sehr klug. Und scharfsinnig, und er ist so interessiert und weiß ihre Leistungen zu schätzen, die sie viel Mühe und Schweiß gekostet haben.

Und nach und nach verriet sie es ihm. Sie zerstört sie am Anfang, bis sie auf jenen Kern stößt, den Uri einmal so gut definiert hat, den Kern, der in jedem menschlichen Wesen, selbst dem niedrigsten, steckt, allein deshalb, weil es als menschlich definiert wird; und dieser Kern ist manchmal sehr verhüllt und verborgen und kann an den schwachen Spuren, die er in der Seele hinterläßt, entdeckt werden, und es ist am wirksamsten, ihn in der ersten Liebeserfahrung, wie sie es nennt, aufzuspüren. Und das kann die Liebe zur Mutter oder zu einem älteren Bruder sein, oder die Liebe zu einem Lehrer oder einem Filmstar und sogar die Liebe zu einem Welpen. Und sie habe schon einen Jungen gekannt, in dem sie, als er endlich durch ihre bohrenden Nachforschungen aufbrach, das Gefühl der Liebe und Sehnsucht für das Bild eines unbekannten Mädchens entdeckte, das er auf einer Pralinenschachtel gesehen und dem er in seiner Kindheit seine innersten Gefühle entgegengebracht hatte.

Da stürzt sie sich auf diesen Kern und bläst ihn von der Größe seiner Erbse so lange auf, bis er so groß wie die Erdkugel ist, und dann zeichnet sie seine Landkarten – die Ozeane der Einsamkeit, die begonnen haben, ihn zu bedecken, und den Eiskontinent, der an seinen Polen auf ihm knistert, und die grünen, verborgenen Täler; und sie bereitet eine Karte von Gefühlen für ihn vor und malt sie mit einer Fülle von Farben aus und stellt, nach Art der Heerführer, kleine Wortfähnchen auf und zeigt dem Jungen, wie sich verborgene Tunnel zwischen seinen scheinbar weit voneinander entfernten Seen ziehen und wo die schweren Einstürze sich ereignet haben und wo die Übergänge blockiert waren; wo ganze Erdteile eines Gefühls in den Abgrund gestürzt sind, und welches die unschuldig aussehenden Berge sind, aus denen die kochende Lava hervorbrechen wird. Und sie nimmt den Jungen an ihre kluge Hand und führt ihn auf seinen eigenen Weg und zeigt ihm deutlich, daß alle Brennpunkte seines Hasses sich auf einem bestimmten Breitengrad befinden und stellt ihm dar, wie er, ohne es zu merken, alle seine verletzten Ströme in ein Meer von gehetzter Erinnerung leitet.

Sie möchte betonen: alles wird mit Offenheit getan. Mit absoluter Ehrlichkeit. Nur wenn im Jungen die Freude des Touristen erwacht, führt sie ihn weiter. Und wie soll sie nicht erwachen. Wo sie ihn doch mit angenehmen Erinnerungen überhäuft, ihn in längst vergessenen Anblicken wiegt, in Namen, die ihm die Welt gab, als er noch mit ihr in Eintracht lebte. Ihn mit Sanftheit berührt. Und nie sagt sie – Liebe.

Und sie nimmt jedes Wort auf, das bei den Gesprächen gesagt wird, und notiert es und interpretiert. Alles kann von Bedeutung sein. Sogar sein Gesichtsausdruck. Eine flüchtige Grimasse der Neugier oder der Abneigung; ein zaghaftes Stammeln. Seine Hand ist wie ein sensibler Magnet: eine beiläufige Handbewegung, um sich den krustigen Kopf zu kratzen, zieht den eisernen Staub nach sich, der auch auf ihrem Grund liegt. Sofort wirbeln Funken von Erinnerungen und Anblicken in ihr auf. Leicht wie eine Feder. Schwerer wie Blei. Auch sie müssen natürlich notiert werden. Auch sie selbst muß sie gut kennen. Ihre Seele ist ihr Werkzeug, das ständig geschliffen werden muß.

Katzman möchte wissen, was während der Therapie in ihr erwacht. Sie ist ein wenig überrascht. Nur die Freude, die im Helfen liegt. Es gibt keine größere Genugtuung. Stell dir vor: mir wird ein Verbrecher gegeben, ein Mensch, der sich in einem Zustand der Fremdheit zu sich selbst und zu der Gesellschaft, in der er lebt, befindet, und ich gebe ihn der Gesellschaft als nutzbringenden Bürger zurück, als einen Menschen, der etwas mehr auf sich selbst achtet. Katzman errät: auch eine gewisse intellektuelle Genugtuung – die gelungene Lösung eines menschlichen Kreuzworträtsels? Schosch: Du versuchst, mich zu sticheln, und trotzdem – ich stimme mit dem Inhalt deiner Worte überein, nicht mit dem Ton. Richtig. Auch intellektuelle Freude. Denn es ist eine enorme Herausforderung, Katzi; Katzman: Und die Berührung mit jenem Kern – was immer der sein mag – der Liebe, ist so aufregend? Schosch: Interessant. Durchaus.

Und sie erzählt ihm nicht von dem Faden der süßen Bedrückung, der sich stark vom Nacken bis zum Hintern spannt und ihr ganzes Wesen konzentriert, wenn sie sich der Lösung nähert; aber er ist so oft bei ihr im Haus, daß er lernt, diese Vorgänge wahrzunehmen. Es sind glückliche Tage für sie. Immer stärker spürt sie das Flüstern ihres Körpers. Ihre Glieder schnuppern in der Luft wie Suchende, wie Sehnsüchtige. In jenen Tagen schrumpfen ihre Sinne zu Nadelköpfen auf ihrer Haut zusammen. Ihr Kopf ist ein Himmelszelt für Feuerfunken. Sogar die Sprache, in der sie die Zusammenfassungen der Gespräche schreibt, enthüllt ihre verborgensten Schichten. Katzman war ein naher Zeuge dessen, was in ihr vorging, als sie im Begriff war, das Rätsel des Kerns in dem Jungen vor Mordi zu lösen. Plötzlich begann sie, ihn an dem Vorgang mit einer Freigebigkeit zu beteiligen, die ihn überraschte. Nur den Namen des Jungen verriet sie ihm aus berufsethischen Gründen nicht.

Katzman wurde von einem fremden Abenteuer mitgerissen: Er sah auf konkreteste Weise, wie die Feindseligkeit des Jungen in Schosch hineinflatterte. Wie diese kühle Berührung sie aus einer halbdunklen Spalte, in der sie sich immer aufhält, herauszuholen schien. Dann kam die Phase des gegenseitigen Tastens. Das Experimentieren und die Irreführung. Die Roheit, der Schosch ausgesetzt wurde. Fast-Angst beschlich Katzman: wie groß der Haß war, der den Jungen erfüllte. Vorsicht jetzt, sagte Schosch, wir nähern uns. Sieh – mit knirschenden Zähnen beschützt er eine Erinnerung. Das ist ein eindeutiges Zeichen. Achte auf die Worte, die er hier benutzt. Katzman betrachtete sie. Sie berechnete ihre Schritte mit einer Überlegtheit, die er vorher nicht an ihr wahrgenommen hatte. Beinahe mit Bosheit. Und dabei hatte sie doch gute Absichten. Wir brauchen hier, bemerkte sie, eine raffinierte Kombination des Trojanischen Pferdes mit der Stanislawski-Methode. Taktik und Identifikation. Die »Erinnerung des Gefühls«, die die Bedrängnis des Jungen in mir selbst auslöst. Das nahende Zittern der Liebe. Katzman stellte fest, daß sie sich, ohne es zu merken, sogar die Gesten des Jungen aneignete. Seinen Gang. Sie wurde ganz gerade und straff, wie vor einer Explosion. Katzman war gespannt. Sie und der Junge, und auch er auf seine Art, waren nun miteinander verschlungen und steckten im Herzen des wahren Spiels, und die Gefahr tröpfelte wie Schmieröl auf die gespannten Nerven. Immer wieder spulte sie das Tonband zurück: Warum hat er mir das gesagt? Warum hat er ausgerechnet an dieser Stelle Worte benutzt, die er sonst für zerstörerische Erfahrungen aufhebt? Dabei klopfte sie mit dem Kugelschreiber auf den Tisch und murmelte vor sich hin wie ein Scharfschütze, der im Hinterhalt lauert: Komm. Komm. Hab keine Angst. Komm.

Und plötzlich – wurde alles wie durch den Prankenhieb einer Löwin zerschmettert. Das konnte sich wochenlang hinziehen, aber in Katzmans Augen wurde die letzte Phase wie ein Schlangenbiß beschleunigt. Noch einen Augenblick zappelte die Beute, dann war sie still. Erschlaffte. Wurde von den erfahrenen Krallen in alle ihre Glieder, in ihre Bereiche zerlegt. Eingeteilt, markiert, umzäunt, formuliert. Einen Augenblick berührte der Junge sein Inneres und fand dort Liebe. Er war fähig zu lieben. Rings um den in ihm verborgenen Kern schwebten schlummernd, wie die Ringe des Saturn, sanfte Erinnerungen, in denen keine Gefahr mehr lag. Sie zeigte sie ihm. Hier ging es dir gut. Versuch, dich zu erinnern. Versuch, es nachzuempfinden. Dieser Mann mochte dich. Er war ein Freund, und du hast es nicht gemerkt. Diese Frau auf dem Bild stillt das Baby. Sie möchte, daß es ihm gutgeht. Schließ jetzt die Augen und fühl dich gut. Langsam. Es eilt nicht.

Und Uri nahm an all dem keinen Anteil. Er war mit seinen Prüfungen beschäftigt und verschloß sich vor ihren Versuchen, ihn an den Erlebnissen, die sie durchmachte, zu beteiligen. Wenn sie sich zu dritt miteinander unterhielten, meistens in den späten Abendstunden, luden sich Schoschs und Katzmans Worte von selbst mit anderen, noch blinden Bedeutungen auf; mit Gesprächen und unterschwelligen Gesprächen. Leichte Ströme von Wortgefechten zwischen gesichtslosen Figuren, die ihr Inneres bevölkern. Besorgte Untertöne der Verwunderung: Was ist es?

Aber schon war es ersonnen. Schon war es wie eine Brandwunde in sie eingeprägt. Alles, was jetzt übrigblieb, war die langsame und schmerzhafte Heilung durch die Verwirklichung dessen, wozu sie gegen ihren Willen verurteilt waren; was sie zusammen darin gefangenhielt. Vielleicht würde der Schmerz auf diese Weise etwas nachlassen. Vielleicht würde das Feuer in den schwachen Atemstößen des Beischlafs, in den Bewegungen der zuckenden Körper abkühlen.

Nur daß mit ihr die Dinge anders verliefen. Obwohl – sie liefen immer in einer etwas anderen Form ab. Hier schlichen sich Echos um Echos ein, die nicht zum Schweigen gebracht werden konnten. Das gestohlene Wasser wurde abscheulich süß. Die schnellen Übergänge zwischen den Mosaikteilen ihres Lebens zu dritt erschöpften sie. In jener Zeit hielt er sich fast ständig in der Nähe von Uri oder Schosch oder von beiden auf. Und er konnte sich davon überzeugen, wie sehr er sich stets verstellte, mit den Bedeutungen der Worte jonglierte, ständig mit irgendeinem klugen Gegner hinter dem Rücken seiner Gesprächspartner focht.

Lügen sponnen Lügen. Er entdeckte, daß er auf seine Art noch immer das Gebot seines Vaters erfüllte und belanglose Geheimnisse wahrte. Ein kindlicher Drang wurde in ihm wach, diesen Spaß zum Äußersten zu treiben. Zu prüfen, wieweit es ihm gelingen würde. Enttäuscht mußte er feststellen, wie leicht es war, alle mit allem zu betrügen. Er begann, kleine Lügen in seine Lageberichte einzuflechten; verstrickte den Bürgermeister von Dschuni in ein Labyrinth von scheinbar logischen Widersprüchen, die er ihm freigiebig anbot; lernte es, bei seinen Gesprächen mit den Soldaten winzige Hohlräume zwischen den Worten auszunützen. Das Ende war, daß er für die anderen unklar und unfaßbar wurde und er selbst in einer schweren Bedrückung gefangen war, die er als raffinierten, persönlichen Witz anzusehen geneigt war.

Unter Katzmans labilem Zustand litt hauptsächlich Uri. Er verbrachte jeden Tag viele Stunden mit ihm, während er versuchte, sich seiner neuen Aufgabe anzupassen und ihr einen Inhalt zu geben innerhalb des Rahmens der Einschränkungen, den Katzman um ihn legte. Noch war ihm nicht aufgegangen, was Katzman ihm antat, als er ihn nach Dschuni brachte. In einem seiner Gespräche mit Schosch hatte Katzman es boshaft definiert: In Uri steckt eine Art Entschuldigung-für-sein-Dasein, die ihn überall überflüssig macht, aber in Dschuni schöpft er seine Überflüssigkeit regelrecht aus.

Katzman entfernte sich immer mehr von sich selbst. Er gab sich feierliche Versprechen und traf endgültige Entscheidungen und wußte, daß er sie nicht würde einhalten können. Daß ein starrer und tyrannischer Zauber als Köder zwischen den zwei Perlenreihen ihrer Milchzähne auf ihn wartete. Daß er dazu verurteilt war, ohne Liebe von dem Wirbel ihrer widersprüchlichen Strömungen mitgerissen zu werden. Einen Augenblick einen Sieg über sie zu erringen und zu wissen, daß er der Besiegte war.

Er verlor sich selbst. Er hatte immer geglaubt, daß diese Gefahr für ihn nicht bestand. Daß die Katze immer auf die Füße fällt und heilt. Aber anscheinend war er diesmal auf die Katze gefallen und hatte sich verletzt. Sein eigenes Ebenbild fand er jetzt in Schosch und nicht in sich selbst, als keime die Karikatur seines Samens in ihr und öffne ihm ungeheuerliche Blüten in spöttischem Überfluß. So schnell vollzogen sich die Veränderungen in ihr. Wo hatte sich all das versteckt, bis es sich zeigte und mit seinen Schattenflügeln über ihm schwebte.

Sie lernte eifrig. Anfangs schrieb sie ihm Liebesbriefe. Gequälte Briefe, schwer von Begierde. Drückte sie ihm in die Hand, wenn Uri für einen Augenblick den Raum verließ. Ein sinnliches Talent, das in ihr geschlummert hatte, kam plötzlich zum Vorschein. Sie blühte ununterbrochen. Sogar offizielle Schreiben, die sie in jener Zeit verfaßte, waren mit warmen, rötlichen Farben gefärbt.

Aber sie merkte sehr schnell, daß Katzman nicht damit zufrieden war, daß sie ihm von ihrer Liebe und Begierde schrieb. Vielleicht waren es zu ausdrückliche und krasse Worte für seine tierische Vorsichtigkeit. Dann begriff sie erstaunt: Es war ihre Liebe, die ihm angst machte, die Widerwillen in ihm hervorrief.

Er war sehr verängstigt. Bekämpfte sie mit aller Kraft und konnte doch nicht von ihr lassen. Er tröstete sich mit Überlegungen, die er einst verachtet hatte: daß er nun die unterste Stufe erreiche. Den Boden der Schändlichkeit, zu der er fähig sei. Er dachte viel darüber nach. Glaubte, daß er gerade hier, auf dem Grund seiner Lebenslüge, im Herzen des Märchens, endlich etwas Beständiges und Konkretes gefunden hatte, dem nichts folgen würde und von dem man wieder aufsteigen könnte. Und ist gar nicht wichtig, sagte er sich, daß dieses Etwas nichts anderes als Lüge und Jämmerlichkeit und Selbstekel ist. Auch sie können als Grundlage dienen, wenn man sie richtig zu benutzen versteht.

Aber Schosch ließ ihm keine Wahl. Sie riß ihn mit. Und er – wie ein müder Profi, der sich selbst verabscheute, konnte nur staunen, wie rasch sie in den Regeln des düsteren Spieles aufging. Er verehrte und verachtete sie zugleich, so wie er sich selbst verachtete. Manchmal fühlte er sich wie ein alter Meister, der einem Lehrling, der begabter war als er, das Handwerk beibrachte. Sie konkurrierten miteinander in einer Art von boshaftem und verzweifeltem Wettbewerb des Zuweitgehens. Entwickelten ein listiges System von Zeichen und Andeutungen, eine eigene Sprache, in der sie sich in Uris Gegenwart miteinander unterhalten konnten, ohne daß er irgend etwas merkte.

Katzman tat es aus Haß und aus dem zähneknirschenden Wunsch, nicht etwa Uri, sondern Schosch zu schlagen. Das, sich für ihn in ihrem uralten Gesicht, in ihrem neuen Aufblühen verwirklichte. Schosch tat es aus einer fremden, bösen Freude, die sich ihr in sich selbst offenbarte. In einer Art wildem und begeistertem Rennen bis ans Ende ihrer neuen Labyrinthe. Eines Tages hatte sie eine Idee, die einen leisen, tiefen Schauder in Katzman auslöste: ein Kuß auf Uris Nasenspitze, vor Katzmans

Augen, wenn sie und Uri schlafen gingen, sollte eine Einladung zur Liebe sein. Ein Signal, daß sie am nächsten Tag, wenn Uri in Dschuni war, auf ihn warten würde. So einfach und raffiniert, und Katzman wußte, daß er von ihr besiegt worden war. Und sie hatten doch solche Mittel gar nicht nötig. Uri drängte Katzman immer, zu Schosch zu fahren, »um einmal in drei Tagen eine anständige Mahlzeit zu essen und auf einem Zivilbett zu schlafen«, auch wenn er selbst in Dschuni blieb, um eine nächtliche Straßensperre zu beaufsichtigen. Katzman wußte: nicht so wollte ihn Schosch. Sie war bereit, ihn zu lieben. Seine stichelnden Waffen waren in ihren Augen nichts anderes als eine wenig überzeugende Täuschung. Die Angst vor der Liebe, die sie ihm schenken könnte, und vielleicht vor dem, was in seinem Inneren erwachen würde. Sie verstand nicht, warum er sein Talent zur Heimlichkeit, die raffinierten Masken, die er sich für die Welt gemacht hatte, nicht ausnutzte und mit ihr restlos in das gemeinsame Geheimnis tauchte. Sie stichelte ihn mit Dingen, die er ihr selbst gesagt hatte, und spielte auf etwas anderes, das in ihr selbst war, an – daß es ihnen in den Bereichen, in denen sie sich jetzt befanden, erlaubt sei, sich wenigstens der Gnade der Aufrichtigkeit zu erfreuen. Noch war sie damit beschäftigt, die Milchzähne der Bosheit und der Lüge aufzuspüren. Er wußte, was sie erwartete, und ließ sie nicht in sein Inneres kommen.

Weil es so war, berührte sie nur das, was er ihr zu berühren gestattete. Seinen aufreizenden Scharfsinn, seinen schneidenden Zynismus. Seine Bitterkeit. Nach und nach gestaltete und vervollkommnete sie die Eigenschaften, die in ihr waren, gegenüber denen in ihm. So wurde die Liebe, die nie geboren wurde, genommen. Übrig blieben nur gierige Leidenschaft und ein Gefühl der Versäumnis. Selbst wenn sie miteinander schliefen und scheinbar vergaßen, schlugen sie sich stets mit der Verzweiflung und der Lüge herum und mit dem Lächeln des Lammes.

Das Knirschen von Schritten war zu hören. Schaffer schob seinen Kopf unter das Tarnnetz. »Mittagessen, Katzman. Komm.« Katzman seufzte und erhob sich. Wartete, bis Schaffer gegangen war, dann öffnete er mit seinen Fingern ein weites Loch im Netz. Leichter Schimmel lag auf dem Gesicht des kleinen Engels. Er sah wie ein sehr müder kleiner Engel aus. Wie die Steinablagerung einer längst verflossenen Leidenschaft. Katzman wollte ihm etwas sagen. Dann zuckte er die Schultern. Ein andermal, vielleicht.

17 Im Zimmer ist es heiß und stickig. Könnte ich nur meine Kleider ablegen und an einen kühlen, schattigen Platz tauchen. Ohne Namen, ohne Gefühle, ohne dieses widerwärtige Band, das ich nun schon stundenlang wie einen Strick um mich wickle. Und ich habe bis jetzt soviel gesprochen und geschwiegen, daß ich bereits die drei leeren Kassetten, die noch übrig waren, aufgebraucht habe und jetzt wieder die erste Kassette überspielen muß, und es wäre interessant zu wissen, welche Dinge von der vorigen Aufnahme überleben und welche Wörter die magnetische Löschung überwinden werden: Haben Wörter wie »Mord« oder »Liebe« eine stärkere Lebenskraft als andere Wörter? Gibt es Namen, die nicht so leicht zu löschen sind, wie Schatten, die verschiedene Menschen werfen, unterschiedlich stark sind?

Und noch immer habe ich keine Antworten. Noch immer versuche ich, alle Hinweise und Wegzeichen und Körpersignale in mein Inneres aufzusaugen und sie zusammen in eine neue, wahre Antwort aufgehen zu lassen, oder besser: in eine verständliche Lüge, die, auch wenn sie mir nicht den Weg zurück zeigt, den Weg zu mir selbst, zu dem, was ich war, mir vielleicht ein wenig Ruhe geben wird. Verzeihung.

Und ich bin nicht bereit, uralte Flüche der Vererbung, oder dunkle Beklemmungen, oder das Gären faulender Seelenstoffe in die erwünschte Erklärung schleichen zu lassen. Das alles ist vielleicht für die Literatur gut, aber nicht für meinen Fall. Hier muß man wie ein scharfäugiger und wirksamer Detektiv vorgehen, muß die Ereignisse gut rekonstruieren, mit Genauigkeit das entlegene, verschlossene Zimmer in mir ausfindig machen, in dem der Trick des Austausches durch Doppelgänger durchgeführt wurde, und ich kam wieder aus dem Zimmer an die Luft der Welt, als hätte sich nichts verändert, mit der Katastrophe im Koffer; und man muß die Lügen wachsam verfolgen, die in Schrift und Gedanken sind, und mit großen Lichtstrahlen muß man den Platz beleuchten, an dem sich Schatten über Schatten neigt. Dann wird sich der Detektiv im karierten Jackett bücken und etwas Staub- und Rostbedecktes aus mir herausreißen und es mit seinem Taschenmesser ein wenig sauberkratzen: Hier ist der Schlüssel, den Sie suchten, meine Dame. Er hat die ganze Zeit in Ihnen gesteckt. Jetzt Mordi. Von ihm werde ich erzählen.

Drei Akten aus Pappe, und der Stern des Hillman-Instituts leuchtet darauf und weiter unten – Mordis Name in perligen Buchstaben. Und ich, schon wochenlang bin ich in dieser Folterzeremonie befangen: in jedem freien Augenblick, auch nach der Arbeit, immer wieder die Zusammenfassungen der Gespräche lesen, mich zu erinnern versuchen, was sich hinter den Trennwänden der Wörter, die ich aufstellte, verbirgt, den Weg zurück finden von seinem Tod bis zu dem Augenblick, in dem in mir der Entschluß reifte, in dem ich schon völlig in den Händen der Geschichte war und es nicht merkte. Immer wieder.

Die erste Akte interessiert mich nicht mehr: in ihr gibt es keine Überraschungen. Mordi öffnet kaum den Mund. Ist in völlige Apathie versunken. Reagiert nicht und antwortet nicht auf meine Fragen. Hat auch nicht vor, von den zusammensetzbaren Holzwürfeln, die ich auf den Tisch lege, oder von den einfachen Mosaikzeichnungen Gebrauch zu machen. Selbst die Ölfarben erwecken kein Interesse in ihm. Seine Hände sind stets an seinen Körper gepreßt, und er ist steif, und es liegt kein kindlicher Charme in seinem angespannten Sitzen, seiner Zunge, die ständig seine Zähne zählt; in seinem langsamen Wimpernzucken.

Er erweckt gar nicht den Wunsch, ihm zu helfen, aber er ruft auch keinen großen Widerstand oder Abscheu hervor. Auf den ersten, mit Schreibmaschine geschriebenen Seiten der Akte ist sein kurzer Lebenslauf zu finden. Hillman meinte zu mir, in seiner gesamten beruflichen Laufbahn sei er kaum je einem Jungen begegnet, dessen Willenskraft so degeneriert war; und ich verbesserte ihn und sagte – Lebenskraft. Mordi war eine wahre Herausforderung für die Auffassungen des Viktor Frankl, für die Geduld der Pfleger am Institut, bis er zu mir gebracht wurde. Wenn man ihn nicht gefüttert hätte, wäre er verhungert. Wenn man sich nicht bemüht hätte, ihm den Tag auszufüllen, hätte er die ganze Zeit auf seinem Bett gelegen und vor sich hin gestarrt. Er kam zu uns, weil er der Laufbursche einer Bande von halbwüchsigen Verbrechern war, die ihn als Ablenker und Köder benutzten. Einmal – so stand im Bericht – ließ er sich für sie von dem Dach eines Hauses zum obersten Stock herunter und öffnete ihnen die Tür. Das Haus hatte zwölf Stockwerke. Mordi war völlig angstlos, da er dem Leben keine Bedeutung beimaß.

Da, das war es, was meine Neugier am Anfang weckte. Katzman

verspottete mich deswegen. Das ist Avner, der dir im Blut steckt, sagte er, und seinetwegen fällt es dir leichter, die Menschen über eine literarische Eigenschaft zu erreichen, die du in ihnen ausfindig machst, durch die sie vielleicht nicht sehr genau beschrieben sind, die aber schön formuliert ist. Auch das ist ein Weg, Menschen zu erreichen, wenn ich sie nur erreichen kann, stichelte ich ihn, darauf anspielend, daß er dazu unfähig war; er lächelte siegesgewiß und meinte, daß dieser Weg nicht zuverlässig sein könne, da er im Grunde der eindimensionale Schlüssel sei, von dem wir gesprochen haben; und ich schnitt ihm das Wort ab und sagte, meiner Ansicht nach ist die ganze Gestalt des Menschen in seinen eindimensionalen Schlüssel eingeprägt; und Katzman hob die Hände, als gebe er auf und griff wieder tückisch an, da, jetzt redest du wie Avner, und er ist ja im Grunde dein eindimensionaler Schlüssel, und alles, was du mir jetzt antwortest, wird lediglich dazu führen, daß wir uns um unsere eigene Achse drehen.

Und Mordi kannte keine Angst. So wie er weder Liebe noch Hoffnung, noch Eifersucht kannte. Er war ein unbeschriebenes Blatt. Er wußte nicht, wer seine Eltern waren und brachte nie jemandem seine Gefühle entgegen. Die Liste der Anstalten, in denen er seine Kindheit verbracht hatte, war der detaillierteste Abschnitt in seiner Lebensgeschichte. Er wurde mit ungewöhnlicher Häufigkeit von einer Anstalt in die andere überwiesen. Als Grund wurde meistens »Mangelnde Anpassung«, manchmal auch »Überfüllung« angegeben.

»Mangelnde Anpassung« schrieben sie in vorsichtiger Sprache und meinten »Keine Existenz«. Von keinem der Orte, die er seit dem Säuglingsalter passiert hatte, blieb irgendein Eindruck an ihm haften. Er war eine völlig apathische Herausforderung an jeden guten Willen und jede edle Absicht. »Es entstand kein Kontakt mit ihm«, schrieb eine Frau aus Holon in einem rührenden Brief, der die Zeit seines Aufenthalts in ihrem Haus zusammenfaßte. »Es gibt keine Anzeichen von Gewalt«, notierte der Untersuchungsbeamte, der seine Leiche in der Küche der braunen Abteilung untersuchte. »Eine Verbindung zwischen der Therapie und seinem Tod wurde nicht nachgewiesen«, bestimmte er. Wird es mir gelingen, die Verbindung nachzuweisen?

Er saß in diesem Büro, hinter diesem Tisch, und mit leiser und dünner Stimme antwortete er auf meine Fragen, auf Hunderte von Überraschungen, die ich wie Ringe um ihn warf, und er wand sich auf seinem Stuhl, als ich in ihm wühlte, und seine Augen durchdrangen nicht die dunkle Kruste, die sie verschleierte, und ich kam ihm nicht näher als der Abstand dieses Tisches. Die ganze zweite Akte handelt davon. Kein Stern, sondern ein verlegenes Fragezeichen hätte auf dem Aktendeckel leuchten sollen. Die letzte Seite der Akte hätte sich ein wenig vom Tisch abheben, sich erstaunt krümmen sollen wegen der vielen Fragen, die ihre Blätter füllen. Und ich kann nicht sagen, daß er mir gegenüber feindselig oder störrisch war. Denn stets spürte ich in ihm einen gewissen ungeformten Wunsch, mir zu helfen, mich zu versöhnen. Wenn er gekonnt hätte, hätte er sich bestimmt Antworten ausgedacht, die mir gefallen würden. Aber er konnte nicht lügen.

Und so saß er mir gegenüber, ein fünfzehnjähriger Junge mit ungewöhnlich kleinem Kopf und braunem Haar, das über die dumpfen Augen fiel, und seine Zunge war das einzige Zeugnis der Not, in der er sich befand, und sie war wie ein gefangenes Nachttier in seinem Mund, zwischen den Zähnen hin und her laufend, sich windend, die Lippen benetzend, und einmal notierte ich in der dritten Akte: Mit so einer Zunge kann man auch ohne die Hilfe einer Feder Gedichte schreiben. Aber Mordi sagte mit ihr nur klare Wahrheiten: ja und nein; kenne ich nicht; erinnere ich nicht; du bist böse mit mir.

Wie kann man mit ihm böse sein. Nur bemitleiden kann man, aber auch Mitleid braucht eine Reaktion, so wie Wut einen Widerstand braucht, um zu entbrennen. Und es war, als legte Mordi eine glatte Fläche um sich und mich, auf der ich nicht gehen konnte, auf der es keinen einzigen vertrauten Stein gab, auf den ich meinen Fuß setzen konnte.

Und eine systematische und fortwährende Vereitlung all meiner Versuche; von allem, was ich gelernt und erfolgreich bei den Jungen vor ihm angewandt hatte. Nein, er hegt kein Mißtrauen gegen mich. Er stellt mich auch nicht auf eine Kraftprobe. Er läßt sich nicht zu all den Stimulationsspielen verlocken, die ich ihm vorsetze, selbst zu den Zeitschriften mit den hübschen Mädchen nicht, und auch nicht zu den Fotos von Fußballspielern.

Nie denkt er daran, zu mir ›Schalom‹ zu sagen, wenn ihn der
Pfleger nach dem Gespräch holt. Er wird auch keine Spur des
Erkennens zeigen, wenn er am nächsten Tag zu mir kommt.
Und ausgerechnet Anitschka gab mir den einzigen Hinweis. Die
kleine, flinke Anitschka war es, die mir einmal in einem Gespräch beiläufig von Mordis Schokoladensucht erzählte; daß er
ganze Tafeln bei jeder Gelegenheit verschlinge, klagte sie, und
das ausgezeichnete Essen des Instituts kaum anrühre. Und
schon am nächsten Morgen bekam ich von ihr die erste Ration
für die Therapie, und sie trug sie in ihr kleines Notizbuch ein,
das mit einer Schnur an ihrem Gürtel festgebunden war:
»›Sechs Tafeln bitterer Schokolade für S. Avidan-Laniado für
Behandlungszwecke.‹ Unterschreib bitte hier, hier und hier«,
und drückte mir heimlich eine weitere Tafel in die Hand, ohne
es aufzuschreiben, »aber das ist nur für dich, Schoschkele.« Und
hier war ein Sieg, eine Wende zu erwarten, so wie bei den drei
Jungen vor ihm. Die Hand sehnte sich bereits, noch vor dem
nächsten Gespräch das kurze Aufleuchten in seinen Augen zu
notieren, die Bewegung seiner Hand zu den dunklen Quadraten
hin, die ich nach reiflicher Überlegung hinterlistig arrangierte
(die Verpackung ein wenig heruntergekrempelt, das Silberpa-
pier zerrissen, so daß die Schokoladenspitze hervorlugte). Und
schon ging er in die Falle der Abmachung: sprichst du – bekommst du. Sprichst du mehr – bekommst du noch mehr. Und
schon schwirrten im Bauch meines Kugelschreibers Zwillings-
wörter wie Belohnung–Strafe, Nehmen–Geben, Anreiz–Reaktion herum; und ich nahm von neuem meine Hoffnung und
Aufmerksamkeit zusammen, denn manchmal kann auch ein
Stück Schokolade dazu dienen, seinen Fuß daraufzusetzen.

Es ist heiß hier. Direkt unerträglich. Und der Körper verstei-
nert sich. Juckt. Möchte mich von hier entfernen. Flüstert mir
zu: Komm, komm mit mir. Hier wird es zu gefährlich. Auch
poetische Gerechtigkeit kann sehr weh tun. Komm. Aber wenn
ich mich erhebe, wenn ich meine Beine strecke und im Zimmer
auf und ab gehe, dann nicht um zu flüchten, habe ich mir doch
auferlegt, hierzubleiben als stilles und ergebenes Ziel für das
Klopfen des tastenden Stockes einer alten Wahrheit, die mich
schon seit langem sucht, sondern ich werde mich erheben und
einem anderen Flüstern, einem fernen Flehen lauschen, das

jetzt in meinem Inneren zu hören ist, und vielleicht ist es jetzt an der Zeit, es zu tun, der Sache ins Auge zu sehen, und hier – nein; es ist da – hinter den zwei Bänden mit Artikeln über die Behandlung krimineller Jugendlicher verbirgt sich nun schon seit drei Monaten, seit Mordi tot ist, ein kleines, in dünnes Papier gewikkeltes Paket, in dem ein T-Shirt und eine kurze Hose sind. Seine Kleidungsstücke.

Leg es auf den Tisch. Gewöhn dich langsam daran. Inzwischen erzähl. Von dem bitteren Fehlschlag der Schokolade. Es stellt sich heraus, daß er tatsächlich enorme Mengen dieses bittersüßen Zeugs verschlingen kann, daß sogar sein Gesichtsausdruck sich einen Augenblick verändert, wenn er es in den Mund stopft. Wie schmutzig seine Finger sind, und was für riesige, klebrige Flecken er auf dem Tisch hinterläßt! Aber das sind auch die einzigen Veränderungen. Zum Sprechen ist er nicht bereit. Kann er nicht. Nein, er erinnert sich nicht an Naomi, seine Ausbilderin im Jugendheim. Weder an Frau Nardi aus Aschkelon noch an Tirza aus Holon. Er kann nicht erklären, was ein »Freund« ist. Was macht das Baby da auf dem Bild mit seiner Mutter? Ißt es sie? Nein, er weiß es nicht. Du bist böse mit mir.

Und er ist ein Junge, der nicht um mehr bitten kann. Er streckt seine Hand nicht nach dem Tisch aus. Nur wenn ich ihm einen Schokoladenriegel regelrecht in die Hand lege, wird er ihn in den Mund tun. Wenn ich es nicht mache, wird er sich nicht beklagen. Wird nicht einmal auf die offene Packung schauen. Es scheint, als entstehe nur durch die Berührung mit der Zunge die Verlockung.

Und die Gespräche drehen sich im Kreis. Ich selbst knabbere in zu großen Mengen an der Schokolade. Anitschka hat schon ein leichtes Staunen ausgedrückt: Die Küche wird das nicht verkraften, kichert sie, und du hast schon Pickelchen, Schoschkele. Und Mordi und ich, an beiden Seiten des Tisches, kauen und starren einander an. Etwas anderes ist hier nötig. Was ist es? Hillman schlägt mir einen ehrenhaften Rückzug vor, und ich lehne allzu zornig ab. Noch nicht. Es sind doch noch keine drei Monate vergangen, seitdem er mir in Behandlung gegeben wurde. Katzman spottet über mich: er spricht zum ersten Mal aus, was in meinem Inneren geflüstert wird – daß ich nicht imstande bin aufzugeben. Daß ich bis zu seinem letzten Blutstropfen kämpfen werde.

Und auf der anderen Seite meiner Zweifel wird Avner mit amüsiertem Interesse mitgerissen. Er, der nie zuhören kann, schärft seine Sinne für meine Geschichten über Mordi. »Hier haben wir einen Jungen vor uns, der sich freiwillig von der Welt abgeschnitten hat«, fängt er sich, wie es so seine Art ist, in einer literarischen, künstlichen Eigenschaft, »hier haben wir die reine ›heroische Verschlossenheit‹, und ehrlich gesagt verstehe ich gar nicht, warum man gegen jemanden vorgehen muß, der es zu solchen Leistungen in der Selbstgenügsamkeit gebracht hat. Im Mittelalter hätte man ihn doch zum Heiligen ernannt: Sankt Mordi.«

Und was war mit Uri? Uri zeigte keine sachliche Reaktion. Er wich nur aus und schreckte zurück, wenn ich ihm von Mordi erzählen wollte. Als spürte er, was geschehen würde. Nur einmal wich er von seinem hartnäckigen Schweigen ab und sagte mir, es sei viel Mut nötig, das zu machen, was ich mit den Jungen mache. Aber in Uris Sprache hat Mut eine andere Bedeutung als üblich. Ich versuchte, ihn in die Labyrinthe, in meine inneren Kämpfe zu ziehen, aber immer entzog er sich mir. Ich verstehe nichts von Psychologie, meinte er immer wieder, und dann pflegte ich wütend zu werden und ihm vorzuwerfen, daß er sich verstelle, daß er mir in den schweren Augenblicken nicht beistehe; und er schwieg, und wie immer in solchen Momenten verlor er die Sprache, und ich wußte, daß er mir die wahre Gnade erwies mit seinem Schweigen, dadurch, daß sein Auge auch dann klar blieb, wenn meines sich in der Hitze des Sturmangriffs trübte; dadurch, daß er mir nicht glaubte.

Uri bekämpft mich nie mit Wut. Seine Wut klappt er wie die scharfe Klinge eines Taschenmessers gegen sich selbst zusammen. Versinkt mit ihr und wird bedrückt. Ich habe sozusagen keinen Anteil am Kampf. Nur in seinem Inneren wird der Kampf ausgefochten. Besiegt er mich dort, dann kommt er, sich mit mir zu versöhnen; wird er besiegt – dann gibt er seinen Fehler zu. Und es ist sinnlos, sich mit ihm zu streiten und weitere Argumente anzuführen. Denn in seinem Inneren enthält er schon alles, was ich sagen könnte, und alles, was er antworten würde, und ich werde gedrosselt, gebremst angesichts seiner dumpf werdenden Stimme und Augen, und das ist nicht fair, erkläre ich ihm so nett wie möglich, die Partner müssen ihre Probleme untereinander klären, Meinungsverschiedenheiten zum Ausdruck bringen, das, was sie bedrückt, aus sich herauslassen und vor allem – absolut offen miteinander sein; und welch ein Glück, daß er meine Lügen nicht hört. Denn er ist schon weit von der Reichweite meiner Hand und meiner Sprache entfernt. Alle Zutaten wurden bereits in seinen Ofen geschoben, und uns beiden, ihm und mir, bleibt nichts anderes übrig, als die Beschaffenheit der Speise abzuwarten, die gut durchbacken im Feuer des inneren Gefühls, in der Wahrheit, die unverkennbar ist, aus dem Ofen kommen wird. Die Feuerprobe, die Uri vornimmt.

Und eine Art Rachsucht kommt zwischen uns. Kleine, giftige Bemerkungen: Uri leidet: ich rufe eine Bosheit in ihm hervor, die er nicht in sich gekannt hat. Er quält sich damit, wird aggressiv und gerät in Panik, wenn er die Dinge hört, die ich ihn zu sagen veranlasse. Nur in Katzmans Gegenwart beruhigt er sich und wird weich und sogar tolerant mir gegenüber. Jetzt braucht er Katzman als Vermittler zwischen uns. Eine Art Reigen findet zwischen uns dreien statt: drei Krieger, die drei Schilder vor ihre Körper halten. Die Fülle der Gleichzeitigkeit macht einen schwindelig: jeder von uns ist Mittel und Zweck in einem. Eine tödliche Waffe und eine lindernde Medizin.

Und Uri mehr als wir: sein blinder Gang dicht am Abgrund der Entdeckung der Wahrheit verwandelt ihn in einen gefährlichen Feind, aber auch in ein sehr elendes Opfer. Seine seelenruhige Unschuld erweckt abwechselnd Zorn und Neid in mir. Er ist lächerlich, so erbärmlich in seinem Verfehlen der wichtigsten Sache, die sich zwischen mir und Katzman abspielt; aber dadurch, daß er uns nicht davon abhält, es weiter zu tun, ruiniert er das Leben von uns allen. Seine Fragen sind nie die richtigen Fragen, und seine Wut verfehlt immer mein wahres, unerträgliches Verbrechen. Darf man diesen Gefühlsbrei Liebe nennen?

Was hört jetzt das Magnetband? Es hört ein pfeifendes Schneuzen der Nase. Das schwache Rascheln weichen Papiers. Nicht mehr. Was sieht jetzt die dicke Glasplatte auf dem Tisch? Sie sieht meine Ellbogen, die sich heben, und sie vermag nur die Bewegung meiner Finger zu ahnen, die die zwei Haarklammern an den Schläfen lockern. Was fühlt jetzt das kleine Paket in dem braunen Papier? Es fühlt meinen kleinen Seufzer der Erleichterung, nachdem ich – uff! – den fesselnden Druck von den Haarwurzeln genommen habe. So ist es besser.

Und hier nähere ich mich der Hauptsache. Dem Brennpunkt der Sache selbst. Wen warne ich davor? Mich selbst, anscheinend. Der Finger, der in der Akte blättert, zögert. Aber da ist nichts, wovor du dich fürchten mußt: die Akten werden nichts sagen. Die Polizeibeamten haben sie sorgfältig überprüft. Haben aufmerksam jedes Wort gelesen, und wenn sie etwas nicht verstanden haben, haben sie dich gebeten, es ihnen zu erklären. Und Hillman selbst hat die Akten studiert und nichts entdecken können. Wie konnte er auch. Er schrieb höchstens an den Seitenrand – »Zu malerischer Ausdruck, nicht präzise genug«. Oder: »Das ist doch ein wissenschaftliches Dokument und keine Poesie, bitte«. Abgesehen davon fand er nichts auszusetzen. Denn auch in der dritten Akte, im Herzen der Täuschung, fanden sich keine Anzeichen von Gewalt. Ein Wort berührte das nächste, ohne einen Hohlraum zu lassen. Nur waren alle Berichte in dieser, der letzten Akte, ausdrücklich zum Verdecken anstatt zum Aufdecken bestimmt; zur Irreführung waren sie bestimmt, und ich verfaßte sie zu Hause, nach der Arbeit, wurde von einer neuen, heimlichen Wonne des Schaffens gepackt, ersann mir einen anderen Mordi, einen wachen und zugänglichen Mordi, führte ihn auf mir wohl vertrauten Wegen, durch alle Phasen der Therapie hindurch, hauchte ihm anfangs ein wenig Feindseligkeit und Widerwillen gegen mich ein (»Plötzlich so eine Regression?!« wundert sich Hillman) und verringerte seinen Verdacht, und ich legte ihm neue Wörter in den Mund und flocht auch erste, zaghafte Gefühle in sein Inneres ein: »Und heute lächelte Mordi zum ersten Mal.« Wie schön. Und das ist erfrischend und aufregend. Avner sagt ja selbst – was bleibt uns anderes übrig als das zu schreiben, was wir nicht ändern können, und es stellt sich heraus, daß ich äußerst begabt dafür bin. Daß in mir eine große Sehnsucht danach ist. Und stundenlang sitze ich über die Seiten gebeugt, verbessere, versuche. Die Kraft der Wörter verändert sich völlig in dem Augenblick, in dem sie geschrieben werden. Nicht wie die gesprochenen Wörter, sondern wie eine Art von lebenden Geschöpfen, die durchsichtige Spinnweben aus meinem Inneren ziehen und die ganze Zeit neben mir her schweben. Gleichstarke Rivalen sind sie dem Schreibenden. Wie schwer ist der Kampf und wie groß die Verantwortung, und wie süß ist der Sieg von Zeit zu Zeit.

Und wenn ich aus meinem Zimmer komme und zu ihnen, zu Uri und Katzman gehe, bin ich aufgelöst und entwurzelt, achte darauf, die letzte Glut aus den Augen zu wischen, gerinne wieder für die Welt. Wie werde ich morgen dem schwachen, verblassenden Mordi begegnen, wo ich mich doch gerade erst von dem lebendigen Jungen getrennt habe, der sich funkensprühend an meiner Neugier wetzt, der sich Rinde um Rinde schält angesichts der Hitze, die von mir ausströmt.

Und die Tage und Wahrheiten vermischen sich. Wie schafft es Avner, das all die Jahre auszuhalten? In welchem Augenblick wird der müde, resignierte Entschluß gefaßt, die Welt nur mittels irgendwelcher literarischer Eigenschaften, die in ihr sind, zu berühren? Und was geschieht dann auf dem leeren, verlassenen Feld? Wie schnell schleichen sich die Grausamkeit und die tödliche Mechanik ein? Da, ich habe gemeint, indem ich mir einen neuen Mordi erfinde, beschütze ich meinen Patienten vor jenem Zynismus, den Katzman in mir entdeckte. Doch es stellte sich heraus, daß ich ihn gerade dadurch jenem mechanischen, wirksamen und widerwärtigen Mechanismus in mir preisgegeben habe, der nie aufgeben kann.

Ich werde von der Mechanik erzählen, Avner. Hörst du zu? Bist du wieder im Zimmer mit mir? Von der Mechanik werde ich sprechen, denn gerade aus dem Wunsch heraus, eine Expertin für Liebe zu sein, wurde ich eine geübte Technikerin des Mechanismus, der in mir, der in allen ist; eine Expertin für all jene gestaltlosen Tyrannen mit so aufregenden Namen wie »Leidenschaft«, »Begierde«, »Liebe«; Wörter für Dichter, wirklich. Aber ich bin diejenige, die weiß, Avner, denn ich wurde auf eine Reise in eine andere Welt mitgenommen, durch gebohrte Tunnel und dunkle Spalten tauchte ich in sie hinein, bis ich zu dem Stern kam, auf dem Wahrheit und Lüge nur zwei verschiedene Namen für ein und dieselbe Sache sind, und erst dort begriff ich, daß die schönen Namen, die wir jenen Mechanismen geben, die den Namen gleichen, die die Seemänner den nahenden Taifuns geben, »Michael« und »David« und so weiter, in der leisen Hoffnung, daß sich dadurch die in ihnen verborgene Gefahr verringere und an ihnen irgendein menschliches Etikett haftenbleibe, das sie verständlicher macht, aber mir, Avner, ist schon längst bekannt, daß sie, die Leidenschaften, die Liebe, uns nur in ihrem Inneren bergen, so wie alte Schlösser Bewohner bergen, die glauben, die ewigen Könige zu sein, und wie jämmerlich, wie unromantisch ist es, so zu denken, aber ich, Avner, ich habe das schon vor vielen Jahren erkannt, als in mir die Rätsel hinter der Glaswand zu flüstern begannen und keine Lösung auf dieser Seite der Wand fanden, und du bist wie ich, du bist wie ich, fleht Lea panisch, und ich werde in der Stille von kleinen Messern zerschnitten, die auf dieser Seite der Wand keinen Namen haben, und lausche ängstlich den versteckten Warnungen, die mit unbegreiflicher Kraft zu mir hinüberwehen durch die Ritzen der Reden von der Reinheit des Familienlebens und von der Bedeutung der Ehe, die der Schlüssel zu einem sicheren und fortwährenden Glück sei, und sogar von der Heiligkeit der Vereinigung, dem einen, mystisch-religiösen Begriff vielleicht, den du mit wahrer Ehrfurcht sagst, und deine Augen lächeln dann Lea an, und dein Finger wird zerstreuten Herzens zu ihren schlaffen Wangen ausgesandt, um dort vom Auge eine verborgene Linie zu ziehen wie der Faden der Aufrichtigkeit des Paares, der in das Futter der doppelten Decke gewebt ist. Und auch: die so aggressiven Funken, die hier in unserem Wohnzimmer sprühten, als einige von den Führern der Bewegung zusammenkamen, um sich mit dir, Avner, über die Affäre des hohen Beamten zu beraten, »jenes Mannes, der zum Sklaven seiner Triebe wurde«, wie du es nanntest, und ich kann mich noch immer an den Ton erinnern, der diese Worte, Sklave seiner Triebe, umfaßte, wie eine sterile Zange, mit welcher der Chirurg einen Tumor aus dem Leib entfernt und ihn seinen Assistenten zeigt.

Und in meinem Inneren die ganze Zeit das langsame Rühren, tiefe, ausholende Bewegungen, mit denen die Säfte der Erwartung zu einer Masse klebriger, honigsüßer Sehnsüchte geschlagen werden, und ich wühle wie irrsinnig in der feuchten, schweren Erde meiner Erinnerung, um allem, was in mir vorgeht, einen Namen zu geben, schreibe Entwürfe in mein Heft, in mein geheimes Tagebuch, auf das gänzlich zerritzte Schreibpult in der

Schule, für einen neuen und geheimen Namen für mich, denn Schosch wird nicht passen, wird nicht geeignet sein, denn Schosch ist so wie ich, und sie ist vom feinen Gewebe des Hauses, und hier ist kein Wort nötig, sondern, vielleicht – ein Wimmern oder Stöhnen, und wie wunderbar ist es, daß ich mich in jener Zeit mit den Gedichten eines gewissen Aviv Ras vertraut machte, der den Dingen Namen gab, der mich zu Wörtern knetete, eigentlich nicht zu Wörtern: zu zerschmetterten Silben, rußigen Buchstaben, Schrottwörtern, die von der Last der Leidenschaft erdrückt wurden, und sie alle sind in einen tödlichen Eisklumpen verschlungen, der wie eine Frostwunde in mich eingebrannt ist.

Genug, ich kann nicht zurück. Die Tyrannei, die uns von innen aufgezwungen wird, ist die schrecklichste. Du wirst sagen: Du versuchst, dich damit zu verteidigen. Zu rechtfertigen. Mag sein, Avner, mag sein. Ich habe dir gesagt, daß ich über keine einzige Erklärung verfüge, an die man reinen Herzens glauben kann. Man kann es so sehen: Irgend jemand in meinem Inneren sagte nachlässig, zerstreut: Der Mordi, der hat nie Liebe empfunden. Daher gibt es für dich keinen Weg, ihn zu erreichen. In den anderen Jungen hast du am Ende irgendeinen Pfosten aufgedeckt, an den du dich klammern konntest, aber hier spürst du, daß du keine Chance hast. Vielleicht versuchst du, ihn mit einer menschlichen Note zu berühren, die ihn faßbar machen würde. Und ein anderer in mir bemerkte leise: Das ist nicht fair. Ein so toter Junge. Nie wird er Liebe kennen. Hilf ihm. Und es wurden noch mehr Dinge geflüstert, aber noch erhellen sie nichts. Noch ist es die Schlußfolgerung eines Wahnsinnigen: B führt nicht zu C. Nur auf dem fernen, dunklen Stern am Ende der gebohrten Tunnel kann die erforderliche Verbindung gemacht werden. Aber kann man die Gleichzeitigkeit als helfenden Zeugen anführen?

Dir, Avner, kann ich das alles erzählen und du wirst mir vergeben. Aber nicht von Angesicht zu Angesicht und nicht mit zu ausdrücklichen Worten, sondern vielleicht in den Gedichten, die ich einmal schreiben werde, wenn ich den Mut aufbringe, Mut im Sinne Uris. Aber deutliche Dinge, so nehme ich an, werde ich dir nicht sagen. Wir zwei reden wenig miteinander. Die Dinge, die gesagt werden, sind meistens nicht so wichtig. Es stellt sich heraus, daß ausgerechnet die wiederholten Deklarationen von uns dreien über die absolute Offenherzigkeit, die bei uns zu Hause herrscht, eine wirksame Tarnung für leise und anhaltende Täuschungen darstellen, und wir beide, Avner, wir sind doch wie zwei disziplinierte Schauspieler in einem Theaterstück, das Lea jeden Augenblick mit ängstlicher Anstrengung schreibt, und nie werden wir sagen, was wir wirklich sagen sollten, denn in der vorsichtigen, gläsernen Atmosphäre unseres Hauses liegt etwas, das es unmöglich macht, einer Explosion von zu heftigen Gefühlen standzuhalten, und daher ist unser Haus so weich, und daher gibt es keinen zähnezeigenden Haß darin, und daher gibt es auch keine Liebe.

Hör mir zu, entzieh dich nicht, hör zu. Ich werde heute abend alles erzählen, obwohl es die Schatten sind, die du liebst, ich werde alles tun, um einen Augenblick die Schatten aufzulösen und das helle Neonlicht in alle Winkel und Spalten der Tunnel zu bringen, und sogar in das Halbdunkel hinter den Büchern auf dem Regal brachte ich es, denn ich, Avner, bin vor lauter Schweigen und stillen Irreführungen bereits, genau wie du, eine Expertin für Schatten geworden, und jetzt, als Malerin, weiß ich, daß auch sie verschiedene Schattierungen haben: der Schatten, den meine Hand auf das Papier wirft, ist nicht wie der Schatten, den der Aktendeckel an die Wand wirft, und der Schatten, den Katzman auf mich warf, ist anders als der, den Uri auf mich legte, und die Schatten zwischen dir und mir, es wird Zeit, daß ich es sage, bildeten sich gerade aus Dunkelheiten, die auf Dunkelheiten geworfen wurden, und aus dem Schweigen, das sich behutsam aufs Schweigen legte, aus stets-versiegelten Schubladen, und wenn es mir schon gelungen ist, dir das zu sagen, Avner, werde ich jetzt vielleicht zum ersten Mal wagen, mit dir über jenen Abend vor fast vier Jahren zu sprechen, als du plötzlich in mein Zimmer gestürzt bist und mich mit weit aufgerissenen Augen und einem verwundeten Lächeln gebeten hast, ich solle mir etwas, was du gerade geschrieben hast, anhören, und du hast noch ein witziges oder stichelndes Wort hinzugefügt, aber ich lauschte nicht dir, sondern dem heftigen Lärm, dem Tosen des Sturms, das durch das dünne Papier in meinem Ohr ausgelöst wurde, das in deiner Hand zitterte, und angsterfüllt sah ich, wie in mir feste Häuser durch die Kraft der Bewegung eines kleinen Muskels einstürzten, der auf deinem Kinn zu zucken begann.

Ich kann mich erinnern, ich hielt noch immer den Kugelschreiber in der Hand, und das Buch lag aufgeschlagen vor mir. Ich war damals Studentin. Ich glaube, ich bereitete mich an jenem Abend auf eine Prüfung in Kriminologie vor. Reg dich nicht darüber auf, daß mir diese kleinen Details einfallen. Noch verstand ich nicht, warum dein Kommen mich entsetzte. Vielleicht wegen deines Gesichts; vielleicht, weil du noch nie zuvor auf diese Art in mein Zimmer gestürzt warst. Du kamst sowieso sehr selten herein. Mein Bett war sehr zerwühlt, und überall lagen Kleider herum. Zwei Tage hatte ich dich nicht gesehen: gleich nach Chagais Beerdigung bist du verschwunden, und Lea und ich kehrten allein aus Nahalal zurück. Wie schwer es mir fällt, davon zu sprechen. Dein mit Bartstoppeln bedecktes Gesicht, das sich jeden Augenblick verzerrte, in dessen Zügen sich der Ausdruck von Grausamkeit und Leid abzeichnete, und der scharfe Schweißgeruch an dir, der du nie schwitzt; und ich erinnere mich, daß ich versuchte, die Katastrophe aufzuhalten, daß ich dir Kaffee anbot und dir vorschlug, dich zu duschen, und du hast mich mit einer Handbewegung aus dem Weg gefegt und hast deine Kehle geräuspert und begonnen, mir etwas vorzulesen, ich wußte noch nicht, was es war, eine Totenklage über Chagai oder ein Testament voller Selbstverachtung, ein Brief der Verleugnung von allem, was dir lieb und teuer war, und mehr als alles fürchtete ich – dumm wie ich war –, daß du gekommen warst, mich um Vergebung zu bitten, daß es eine Art von Bekenntnis oder Offenbarung zwischen dir und mir gab, und erst da begriff ich endlich, und in mir brachen Wörter aus wie – grausame Erziehung, Verlegenheit-die-sich-anstaut-bis-sie-tötet, schon wurde in mir ein Angstschrei mächtig, von dem ich glaubte, daß er schon längst verwelkt und gestorben sei, und du hast gebeugt vor mir gesessen, zitternd und wimmernd wie ein Kind, und bist in Weinen ausgebrochen, ich habe ihn in den Tod geschickt, sagtest du, und welches Recht habe ich, ihn mit Flüchen wie »Die Reinheit der Waffen« oder »Die Moral der Soldaten« zu vergiften, wie konnte ich es wagen, in seinen jungen Körper all diese Sprengkörper zu legen, die in seinem Inneren explodieren und ihn töten mußten, als sie einer bestimmten Realität ausgesetzt wurden, und in wie viele andere junge Menschen habe ich auf diese Weise Minen gelegt, mit guter Absicht, ohne über die Welt nachzudenken, in die ich sie hinaussandte, und sie tragen ihr Unglück in sich, als sei es ein Schlüsselwort, das der Hypnotiseur ihnen eingegeben hat.

Und ich, nein, nein, nein, schreie ich dich lautlos an, das darfst du nicht, das darfst du nicht, ich flehe dich an, bitte zeig niemandem, was du da geschrieben hast, und schon spüre ich, wie in mir alles zu Staub wird und aufwirbelt, die Muskeln, die sich um die alte Wunde zusammengezogen hatten, und die Lügen, die geronnen waren, und die metallenen Schichten, die sich seit damals gestählt hatten, seit jenem feierlichen Geburtstag, als ich eine erwachsene Fünfzehnjährige wurde, der man das letzte Geheimnis verraten darf, das wir vor dir bewahrt haben, meine Liebe; und schlummernde Echos jenes tierischen Schreis reihen sich leise und schnell aneinander, und schon beginnen sie, in langsamem Wahn um ihren Schwanz zu galoppieren, und in den Tunneln geht Licht an, und der Geruch von Rauch steigt in den Spalten auf, denn einen Augenblick lang kamen die alten Bewohner, die vor Jahren eilig von dort entfernt worden waren, um dort zu wohnen, und schon kochte man Angst und Schande in den verstaubten Töpfen, nur gelang es mir diesmal, aus der Verzweiflung, die sich in mir wie ein Kreisel drehte, meinem Inneren kühle Tropfen der Vernunft zu entziehen, die in eine Kälte der Angst gehüllt waren, die man irrtümlich für eine Kälte der Ruhe hätte halten können, du hast dich immer in ihr geirrt, und ich hielt dich mit starker Hand fern von mir und führte dich sicher an den Fallen vorbei, taub für deine wahre Stimme, die uns beide anflehte, dich nicht so zurückzulassen, aufgerissen und verwundet, während mein Mund dir Worte zeichnete, in denen keine dichterische Gerechtigkeit war, nur tote Logik, wie zum Beispiel – du hast nicht recht mit deiner Behauptung, daß du aufhören mußt, junge Menschen zur Menschenliebe und zum Streben nach Frieden zu erziehen, da du sie, deiner Ansicht nach, damit zu einem Tod durch Verlegenheit verurteilst, und ich, die vernünftige Schosch, die immer weiß, was sie sagen soll und in welchem Ton, behaupte weiter – du, Avner, du bist nicht einfach der Mann von der Straße, du bist doch fast ein Symbol für so viele, und allein für sie mußt du weiter erziehen, und allein für sie mußt du in deinem Inneren bessere Antworten finden als die, die versagt haben, und die ganze Zeit flüstere ich dir wortlos zu, daß du es nicht für sie tun sollst, sondern für mich, für dein egoistisches Kind, das dich nicht wieder von deinen dunklen Spalten abweichen lassen will, lassen kann, und die dir nicht erlauben wird, die gespannte Saite in jedem von uns und die stets gespannte Saite zwischen dir und mir offen zu überqueren.

Und das ist dein egoistisches Kind, das wußte, daß es aus Angst bis zu deinem letzten Blutstropfen kämpfen und nicht tun wird, was sie hätte tun müssen – dich vor der Lüge zu retten, ihr in deinem Mund zu lauschen, dich zu lehren, daß du ihr deinen Namen geben mußt, und als dein Kind dich wieder in sie hineinstieß, sagte es mit zuckersüßen Worten – war es Rache oder Boshaftigkeit? – auch in den widersprüchlichen Strömungen, Avner, und auch in den doppeldeutigen Botschaften, sind Informationen enthalten, die den Menschen auf sein Leben vorbereiten, und sie geben ihm die Möglichkeit zu wählen und sogar die Fertigkeit, ein wenig zu lügen, und auch das ist wichtig.

Ach, Avner, auch das andere Dunkle in meinem Inneren wird Uri mir verzeihen – falls er verzeihen wird. Erstaunlich einfache Schatten. Aber von dir erwarte ich mehr: daß du dir deine eigenen Lügen verzeihst und sie annimmst, denn dann wirst du mir vielleicht sagen können, was mir jetzt von einem Augenblick zum anderen klar wird, wie ein sich schärfendes Foto – daß im Herzen der Lüge, die in mir war, als ich den Jungen tötete und auch als ich mit Katzman in den düsteren und tyrannischen Schlössern war, daß gerade dort der eiserne Kern meiner Wahrheit lag, ein elender Kern, von Lügen zerfressen, aber ich kann ihn nicht leugnen, Avner, und vielleicht sind meine Lügen das einzige auf der Welt, was wirklich mein ist, und sie waren es, zu denen ich ständig strebte auf meine trügerische, verbrecherische Art, auf meiner Reise durch die Kreise und Spiralen, und daher, Avner, habe ich dir noch einige Dinge zu erzählen an diesem Abend, schöne und weniger schöne Dinge, von denen du noch nicht gehört hast, von dem Fisch werde ich dir erzählen und vielleicht von dem seltsamen Gedanken, der sich mir über dich und Lea aufdrängte, aber in diesem guten Augenblick, in dem ich plötzlich so unbeschwert und vergnügt bin, sage ich nur, daß ich von dir keine richtige Entschuldigung erwarte, sondern nur irgendein Zeichen der Bestätigung. Das erkennende Zwinkern zweier Spione im Feindesland. Nur das brauche ich, um stärker zu sein, um mit Bestimmtheit zu wissen, daß in dem einen oder anderen Märchen bereits eine neue Wahrheit entsteht, und wenn du das verstehen wirst, wenn du verzeihen oder zwinkern wirst, dann wirst du mit einem Schlag begreifen, was mir geschehen ist, als ich, indem ich mich auf den Jungen stürzte, den ich mir erfunden hatte, denjenigen im Stich ließ, der mir hier im Zimmer gegenübersaß und mich durch einen Schleier anstarrte, in den Augen eingenäht waren, während seine Zunge die ganze Zeit seine Zähne zählte.

So ließ ich ihn anscheinend im Stich. So lieferte ich ihn einem hinterlistigen Eindringling aus, einer fremden Schosch, die mit geübten Fingern auf seinen verborgensten Saiten zupfte, die hinter den Worten, im Schatten nachdenklichen Lächelns, in Nischen träger Seufzer zu ihm sprach. In der Glasplatte dieses Tisches begegnete ich ihr manchmal, wenn ich nicht aufpaßte; mein Blick entglitt dann meiner Kontrolle und fiel auf sie. Wie erschrak ich: dort waren die fiebernden Gesichtszüge einer unbekannten, sehr entschlossenen Frau, vage und tyrannisch, wie die Leidenschaft selbst. Ich flüchtete mich vor ihr zu der neuen Freundin in meinem geheimen Raum zwischen der Feder und dem Papier. Und sie – so reich und faszinierend, in tausend Schattierungen zerbrechend. Ihr öffnete sich sogar der Junge Mordi mit Neugier, von ihr ließ er sich auf seinen Weg zu sich selbst führen, den er verloren hatte. Wer ist sie? Warum klammere ich mich so an sie? Manchmal kann man irrtümlich meinen, daß sie diejenige sei, die im Brennpunkt dieser Behandlung stehe; daß ich diese ganze Lügenaktion nur durchführe, um sie – nicht Mordi – restlos zu verstehen.

Und so wie du, Avner, lerne ich, das Leben zu stehlen. Heimlich die Menschen um mich herum zu berauben. Von Sussia nehme ich ein Zögern; von Anitschka – ein Lächeln. Von Lea – die eiserne Babyhaftigkeit, aber nicht das Eisen. Selbst dir habe ich eine Bewegung gestohlen, kannst du erraten, welche? Und ich flicke Satzfetzen zusammen: von dir und von Katzman, vom alten Hillman, nähe ferne Stücke, reihe Kerne auf einen Tintenfaden, und so stellte ich mir beinah aus nichts eine neue Schosch zusammen, die mir sehr ähnelt und überhaupt nicht ähnlich ist. Finde Trost in ihr. Sehne mich sehr nach ihr.

Hier ist die Frau in meinem Zimmer, und hier ist die Frau in der Glasplatte, und es scheint, als sei die Vielfalt von Personen, die ein Mensch in sich birgt, grenzenlos. Eine von ihnen wird dir immer Obdach geben; dir helfen zu lügen; dir einen Weg zeigen, eine der markierten Grenzen in deinem Inneren zu stehlen. Nie lügst du wirklich: irgendwo in deinem Inneren bewahrst du dir immer eine Hoffnung.

Und hier, in meinem Zimmer – Bruchstücke von Hinweisen, die ich Mordi gebe. Lange, nachdenkliche Blicke. Ein zu langes Verweilen meiner Hand auf seiner Schulter. Kein Verlocken: ich möchte das betonen – kein Verlocken. Nur ein Staunen oder ein Vorschlag. Vielleicht gibt es einen anderen, einen uralten Weg, der darauf wartet, daß wir ihn gehen. Wer wird jetzt alle Wurzeln für mich binden, die sich brüllend ineinanderwinden?

Aber er, Mordi, bemerkt diese Hinweise gar nicht. Er ist nicht darin geübt, sie zu entschlüsseln, so wie ich nicht darin geübt bin, sie ihm zu vermitteln. Ein kompletter Analphabet ist er angesichts der Buchstaben, die jeder kennt. Halt. Ich habe eine Frage. Hast du hier, an diesem Punkt, innegehalten, um dir selbst volle und nüchterne Rechenschaft abzulegen über das, was in deinem Inneren ersonnen wurde, wie deine Worte es besagen? Was du im Begriff bist anzustellen? Nein. Ich sah nur das Endziel. Und sie? Ich bat – das heißt: ich wollte ihm Liebe einhauchen. Eine erste Liebeserfahrung. Es wurde doch alles mit guter Absicht getan, letzten Endes.

Natürlich. Weiter.

Ich möchte noch einmal betonen: die Liebe war nur ein Mittel. Mordi war das Ziel. Vielleicht hätte ich ahnen müssen, daß es Menschen gibt, die mit einer anderen Stärke als meiner lieben können. Zum Sterben lieben können. Wie hätte ich wissen sollen, daß ihm die Liebe das antun würde? Daher flehe ich immer wieder: unabsichtlich wurden die Dinge getan. Sogar mit solchen Sachen kann man fahrlässig sein. So schnell legt die Lüge die Hautfarbe der Wirklichkeit an. Man paßt einen Moment nicht auf, und schon ist man in ihr befangen, und was kann man da noch machen.

Und vielleicht wurde mir auf diese Weise, in dem Wissen, daß es keinen Weg zurück aus diesem Tunnel gibt, der mich und ihn in sich hineinsaugte, plötzlich klar, daß auch eine gewisse Wildheit von mir verlangt wird. Daß ich mich nur mit Hilfe dieser Wildheit im Herzen der schlüpfrigen Illusion, auf der wir zusammen gingen, mit ihm verständigen kann. Daß sich mir nur in seinem starren Körper, nur in seiner lebhaften Zunge, die Geheimnisse enträtseln würden.

Also suchte ich diese Wildheit in meinem Inneren. Als Werkzeug, meine ich. In jenen Tagen drohte ich mich zwischen den gefälschten Zusammenfassungen der Gespräche und den sinnlosen Gesprächen selbst abwechselnd zu verlieren und wiederzufinden. Kraftlos lief ich zwischen ihnen hin und her, unfähig anzuhalten, stieß an alle kühlen Wände meiner Angst, des Bewußtseins der Tat, die ich im Namen der Wissenschaft, im Namen der Menschenliebe beging, warf im Sturz die ganze Weisheit der sich Verteidigenden ab, an die ich mich stets gebunden hatte, wurde wie Alice in ein Land von grausamer Fremdheit gesogen, das eine andere Sprache und andere Dinge hatte, Dämmerungen, die sich in Finsternis verwandelten, bösartige Tiere, die in meinem Inneren hinter Bäumen hervorsahen, wandte mich wie im Gebet, wie in einem langen und tierischen Schrei, dem Hohlraum zu, der sich in mir öffnete, und diente ihm verzweifelt, denn vielleicht ist er mein Name, der bei diesem Sturz versengt wurde, mein Name, der in mich eingebrannt ist, der sich mir ausgerechnet auf diesem Weg offenbaren wollte.

18 Unten im Dorf herrscht schon reger Verkehr. Auf dem Weg von der Hauptstraße nach Andal sind Staubwolken zu sehen, und ich höre die näselnden Geräusche von Funkgeräten. Wenn ich aufstehe und bis zum Felsrand gehe, kann ich sehen, wie dort die Zelte aufgebaut werden, und es gibt einen fahrbaren Wassercontainer und hohe, zitternde Antennen. Und alles mir zu Ehren.

Was ist hier geschehen. Wie ein böser und falscher Traum. Ich will hier nicht sterben. Das hat doch alles als Märchen angefangen. Ein bißchen kindlicher Protest, ein bißchen Dummheit. Auch ein wenig Verzweiflung. Man paßt einen Augenblick nicht auf, und schon ist man umzingelt. Ich gehe rückwärts bis zum Zitronenbaum. Chilmi beobachtet mich mit Adleraugen. Das ist nicht mehr derselbe Chilmi. Er ist irgendwie hart geworden, gespannt wie eine Sprungfeder. Summt mit schrecklich dünner Stimme vor sich hin, gar nicht im Takt mit dem Orchester, das an seinem Hals hängt, und macht uns Kaffee, mischt die braunen Bohnen mit einem rußigen, alten Löffel, und die ganze Zeit liegt die Pistole auf seinem Mantel zwischen den Füßen. Angeschmiegt.

»Uri?«
»Was?«
»Gibt es viel Militär dort unten?«
»Nicht so viel.«
»Gleich wirst du noch einmal mit ihnen reden. Vielleicht haben sie nicht verstanden.«
»Sie nehmen dich nicht ernst. Mich auch nicht.«

Er wirft mir einen langen Blick zu. Sein Kopf bewegt sich im langsamen Takt auf und ab. Jetzt sehe ich, daß seine beiden Augen schrecklich rot sind. Als hätte er geweint.

»Aber was hätte ich machen sollen, Uri?«
»Etwas Logischeres verlangen. Daß Journalisten kommen, oder der General des –«
»Ich will keine Journalisten, ich kann nicht lesen.« Jetzt kommt er richtig in Wut. Sein winziger Körper bebt, und sein Gesicht verzerrt sich. Alle seine Furchen kreuzen sich: »Ich will nur, daß die Besatzungsarmee von hier abzieht. Ich will euch vergessen. Nichts von euch wissen. Ich dachte, wenigstens du verstehst mich.« Ich schaue ihn an und sehe ihn, wie er früher

einmal gewesen sein muß, zu Beginn des Jahrhunderts – ein gekränktes, kluges Kind, in seinen Buckel gekauert, alles in Punkte und Flecken zerlegend, und hätte man ihn im Geheimnis gelassen, wäre er vor Glück gestorben, aber nun sind Dinge geschehen, die ihn zwingen, zu den Menschen zurückzukehren, und hier hat er gar keine Chance mehr. Und das schlimmste ist, daß ich mich selbst noch nicht entschieden habe, mit wem ich gehen werde. Das ist immer so bei mir. Bis irgend etwas passiert, das für mich entscheidet. Und Chilmi windet sich vor mir, eine Hand rührt nervös mit dem Löffel in der machmasse, die andere wühlt unter seinem Mantel, was sucht er dort, holt sein zerknittertes, dreckiges mendil hervor, was ist mit ihm los, ich kann nicht mitansehen, wie er leidet. Jetzt breitet er das gelbe, scheußlich befleckte Tuch aus, und seine Finger tanzen auf dem, was darin versteckt ist, auf einem kleinen Kästchen, in dem vielleicht einmal Schnupftabak war, und jetzt liegen ein paar Rasierklingen und durchsichtiges, fest zusammengefaltetes Papier darin, und jetzt hat er es gefunden: »Sieh mal, Uri: die Identitätskarte, die ihr mir gegeben habt, huvija, huvija. Dieses blaue Papier ist mehr wert als ich. Es liegt schon fünf Jahre in diesem Tuch, neben meinem Herzen. Wenn mich einer eurer Soldaten ohne die huvija erwischt, bringt er mich sofort ins Gefängnis. Schukri Ibn Labib fuhr einmal nach El Kuds ohne seine huvija, und da kam eine Frau, eine Soldatin, und beleidigte ihn auf offener Straße und brachte ihn dann zur Polizei. Und es gab einen Alten in Dschuni, Saif a-Din a-Scha'abi, der einmal sagte, es gebe keine Männer mehr unter uns, nur Papiere seien übriggeblieben, und sieh mal, was ich mache, Uri, und strecke deine Hand nicht aus.«

Und er legt seinen Ausweis auf das kleine Feuer des Petroleumkochers, unter den finjan, und der blaue, elastische Einband beginnt sich zu krümmen und zu knistern, und ein Gestank von verbranntem Gummi strömt von ihm aus, und ich rühre mich nicht. Chilmi sitzt aufrecht und erschrocken da, versucht aber, gleichgültig zu wirken. Wie damals, als ich bemerkte, daß er die Aufschrift übermalt hatte. Warum habe ich ihn den Ausweis verbrennen lassen? Aber eigentlich – welche Rolle spielt das jetzt. Das sind nur meine verdammten Instinkte von den drei Monaten in der West Bank, und ihretwegen macht mir das, was er da getan hat, mehr Angst als alles andere, als seien die Dinge erst von diesem Augenblick an unwiderrufbar geworden; denn die huvija ist im Grunde eine Art Quittung, die sie bei sich tragen, um ihre Existenz nachzuweisen. Um nachzuweisen, daß sie wirklich sind. Und sie ist noch mehr – sie ist die schrecklich dünne, die papierdünne Grenze zwischen der Geduld des Militärs und den geschriebenen Gesetzen und Vorschriften und zwischen den Schlägen unter die Gürtellinie. Aber für Chilmi wird das nichts mehr ändern. Was kümmert es ihn. Er hat schon alles hinter sich. Vorsichtig schüttet er die gerösteten Bohnen in den michbasch und beginnt, sie zu zerkleinern.

»Bringst du mir ein wenig Wasser aus dem Eimer, Uri?«
»Gut.«

Ich stehe auf und hole es ihm. Das Wasser ist schmutzig. Schwarz. Nadschach bringt es ihm alle zwei bis drei Tage vom Brunnen im Dorf. Öfter schafft sie es nicht.

»Hilf mir, es in den finjan zu gießen. So – paß auf das Feuer auf.«

Und ich setze mich wieder, lege den Kopf in die Hände und weiß nicht mehr, ob ich lachen oder weinen soll. Ich kenne mich nicht. Weiß nicht, was ich will. Wie kann man achtundzwanzig Jahre alt werden und nichts über das Leben wissen. Keinerlei Erfahrung, keinerlei Weisheit oder Mut. Genau was Schosch mir bei jenem Streit in Rom gesagt hatte. Und auch jetzt, heute – wenn ich mich jetzt zwinge, mich einen Augenblick zu konzentrieren und logisch zu denken und zu vergessen, daß ich Teil des kan-ja-ma-kan bin, ist Santa Anarella das einzige, an das zu glauben mir gelingt, an dem ich mich festhalten kann. Es ist das deutliche Gefühl meiner Wahrheit, das ich dort hatte. Und ich höre nicht auf, mich nach jenem süßen Gefühl zu richten, so wie mein Großvater sich nach seiner reinen Angst richtete, als er unter dem Bett lag und betete, und so wie Chilmi sich nach dem lebenden Zeichen in Jasdis Gesicht richtete, und ich darf nicht einen Augenblick von jenem süßen Gefühl lassen, und ich muß mir immer wieder einschärfen, was ich dort hatte, und von den zerbrochenen und zerstreuten Teilen auch Katzman, den ich dort kennenlernte, rekonstruieren, diesen fremden Mann, der mich hier alleine sterben läßt und sich nicht einmal von Dschuni hierher bemüht, um mich vor mir selbst zu retten.

Wieviel er mir schuldig ist, das hat er mir selbst gesagt, und wie sehr er mich verletzt hat, und wie werden wir überhaupt die Kraft haben, das alles zu überstehen. Wie sind wir alle in Stücke zerfallen.

Katzman, Katzman. Ich kenne ihn erst seit einem Jahr, und schon spiegelt er sich in jedem meiner Gedanken und in jeder meiner Körperzellen wider. Und er ist so faszinierend und aufreizend und gefährlich und erbärmlich. Ich bemitleide Menschen wie ihn. Er ist so empfindlich. Jede Sache kann ihn verletzen. Er hat überhaupt keine Schutzmittel.

Erst seit einem Jahr. Auch er kam am Ende seiner Europareise nach Italien. Er sollte sein Amt in Dschuni antreten und wollte vorher noch ein wenig in der Welt herumreisen. Und wie er selbst erzählte, ging er gelangweilt und aggressiv und voller Giftigkeit in den Städten Europas herum, zwang sich aber trotzdem, bis zu dem geplanten Rückflugtermin im Ausland zu bleiben, um nicht zugeben zu müssen, daß es ihm auf der Reise schlechtgegangen ist (so ist er nun mal), und als er in Lugano war, hörte er von der Katastrophe und eilte erleichtert dorthin.

Als er »erleichtert« sagte, erzählte ich ihm von einer neuen, unbekannten Freude, von einer Art Kreativität, die ich gleich bei meiner Ankunft empfand. Aber er sagte, solche Gefühle seien ihm fremd. Er arbeitete wie ein Wahnsinniger in meiner Rettungsmannschaft und riskierte die ganze Zeit mit Begeisterung, mit einer Art von Selbstverachtung, sein Leben, und ich verstand nicht, was ihn so antrieb. Das ist doch das Gelobte Land, sagte er mir einmal und lachte, hier gibt es keinen Gott. Das war eine seltsame Bemerkung, denn Katzman war weder religiös noch antireligiös, und wieso sprach er plötzlich von Gott. Aber er erklärte mir, daß das nichts mit Religion zu tun habe, sondern mit einer Art persönlichem Glauben: »Wenn es sehr schlimm ist, wie hier in den Trümmern, den Massengräbern, fühle ich mich nicht betrogen, verstehst du?«

Nicht so richtig. Erst lange nachdem wir Italien verlassen hatten, erriet ich allmählich, was er meinte. Zu wissen, daß er jedem Ort, an den er kam, einen unsichtbaren Stempel aufdrückte, wie ein Mann, der das Bild seiner Geliebten in den Zimmern der Hotels, in denen er übernachtet, aufhängt, um die Fremdheit ein wenig zu zerstreuen. Dieser Stempel war nichts

Wirkliches, sondern eine Atmosphäre. Oder ein Gefühl. Er bemühte sich, überall wo er hinkam, das, was er »Glauben« nannte, zu beseitigen. Das Gelobte Land war für ihn immer frei von Versprechen oder von Erwartungen, die Menschen voneinander hatten, oder von der Illusion der Freundschaft. Ich spürte das auf die grausamste Weise in Dschuni. Hier sind wir keine Freunde, sagte er mir gleich am Anfang. Und einmal sagte er auch: Wenn etwas Gutes geschieht, wenn das Leben dem Menschen einen Gefallen tut – dann ist das unnatürlich. Die Enttäuschung ist das Natürliche, aber wer das Spiel kennt, wird niemals enttäuscht.

Und in solch einem Gelobten Land fühlte er sich wohl. So wohl, daß es richtig gefährlich für ihn wurde, denn manchmal konnte er seine Wachsamkeit verlieren und den Namen des Spiels, das er spielte, vergessen. So sah ich ihn einmal mit einem schmutzigen italienischen Baby auf dem Rücken mit wilden Sprüngen um den Essensstand galoppieren und lauthals lachen. So, glaube ich, erzählte er mir plötzlich auch die Geschichte von dem Loch.

Wegen jenes Babys, scheint mir, begann ich mißtrauisch zu werden. Er freute sich so über alle möglichen bösen und grausamen Taten unter den italienischen Flüchtlingen, daß es ihm eine Weile gelang, auch mich damit zu täuschen. Er kannte furchtbare Horrorwitze, und sogar über die Toten machte er sich lustig. Aber dann, einige Nächte nachdem ich begriffen hatte, daß sich in jedem Menschen jener Kern der Liebe befindet, verstand ich, daß Katzman gegen einen solchen Kern in sich ankämpfte, der ihn wie ein Tumor bedrückte. Ich hasse es, wie Schosch zu reden, aber ich glaube, daß ist die Wahrheit. Ich kann nicht von ihm sagen, daß er ein guter Mensch ist, denn das paßt überhaupt nicht zu Katzman, und das Wort »gut« hat viel von seiner Bedeutung verloren in den Jahren, in denen ich es kenne, aber in Katzman steckt von Natur aus eine Bedrücktheit, und es ist auch ein kindischer Kampf in ihm und vielleicht sogar Angst, diesem Stück Charakter zu erlauben, sich ihm zu zeigen. Gut, vielleicht übertreibe ich ein bißchen damit.

Aber trotzdem: ich erinnere mich, wie er an einem Abend, kurz nach dem täglichen Begräbnis, mit mir in dem Kreis um zwei sich schlagende Italiener stand. Die beiden kämpften um ein zurückgebliebenes Mädchen, das die ganze Zeit dastand und lachte. Ich konnte das wirklich nicht ertragen, aber ich war von Katzmans Gesichtsausdruck gefesselt. Er lächelte fast. Seine Augen, die meistens halbtot waren, leuchteten. Ich kann mich noch an die Bewegung seiner Kiefer erinnern: sie schlossen sich jeden Augenblick wie die Kiemen eines gefährlichen Fisches. Plötzlich spürte er, daß ich ihn ansah, und er ließ sein Gesicht starr werden. Er war wütend auf mich. Ging sofort weg. Erst nach ein paar Tagen war er bereit aufzutauen, und wir konnten uns auch diesem Vorfall nähern. Da hörte ich zum ersten Mal von dem »Grund«. Da, das ist das Land, nach dem er sich die ganze Zeit sehnt, und seinem ganzen Gerede darüber, daß er einen Ort ohne Versprechungen und ohne Freundschaft suche, glaube ich nicht. Er erklärte mir: Jene Männer, die sich neben uns schlugen, die uns noch wenige Minuten vorher geholfen hatten, ihre Toten zu begraben, jene Männer befanden sich bereits auf dem tiefsten Grund des Menschen. Man hätte meinen können, hoffen können, daß sie mit ihren Fingern bereits den Grund berührten und jetzt nur noch aufsteigen könnten. Und was tun sie? Streiten sich wie Tiere um ein zurückgebliebenes Mädchen. Es stellt sich heraus, daß sie dem wahren Grund nicht einmal nahegekommen sind. Wie weit ist der Weg, den wir zu gehen haben, Uri?

Und dann begriff ich plötzlich: Es ist nicht nötig, sich über die schiefen Dinge, die er sagt, aufzuregen; im Grunde sucht er Hoffnung. Wie einfach und überraschend. Eine kleine Hoffnung für sich selbst. Und er würde alles leugnen. Wie immer.

»Uri!«

»Eh? Was?«

»Das Wasser kocht, hörst du nicht?«

»Ich – – ich habe geträumt.«

Ich mache vorsichtig den Petroleumkocher aus und verbrenne mir wie immer die Finger. Chilmi schüttet langsam das Pulver der Kaffeebohnen in den finjan. Auch ein, zwei Pflanzenblätter, die an seiner Hand klebten, fallen hinein. Ma'alesch, macht nichts. Es ist sowieso alles so dreckig. Jetzt ertönt ein uraltes Flüstern, das ich so gern höre. Chilmi rührt langsam mit seinem trockenen Zweig, als musiziere er.

»Heute ist Donnerstag, Uri.«

»Na und?«

»Hast du vergessen? Gleich, wenn die Sonne untergegangen ist, bringen sie im Radio Kairo Um Kultum. Wir werden sie die ganze Nacht hören können.«

Was du nicht sagst. »Gut, wenn du willst.«

»Nur einmal im Monat, an einem Donnerstag, senden sie eine ganze Nacht lang ihre Lieder. Alle hören zu. Al-le. Elmuchit ila elchalidj, vom Ozean bis zum Persischen Golf.« Und er schenkt mir ein seltsames Lächeln, das völlig fehl am Platze ist, und singt mir sanft, sich hin und her wiegend, »radschuni eineik liajam elili raachu; alamuni elajam elili paatet, deine Augen bringen mir ferne Tage zurück; erinnern mich an vergangene Tage. Schön, nicht wahr?«

»Sehr schön. Ja. Ich bin nicht in der Stimmung dafür, Chilmi.«

»Hast du Angst?«

»Ja.«

»Aber warum, Uri? Alles wird gut sein. Es wird nur gut sein. Verlaß dich auf mich, Uri.«

Er gießt den Kaffee in hohe Becher aus Blech und sorgt dafür, daß jeder von uns die gleiche Menge dicken Schaum bekommt, und wir trinken vorsichtig. Das heißt – ich trinke, und er sieht mich mit einem seltsamen, besorgten Blick an. Mir ist das egal. Jetzt steht die Sonne schon am Rand des Himmels, und die Aufschrift an der Felswand, hinter Chilmis Rücken, strahlt mich in einem heiteren Grün an – Verräter, Verräter. Oben zieht eine Vogelschar in der schönen Form einer Pfeilspitze vorbei und stößt kleine Schreie aus. Ein ganz gewöhnlicher Vorabend. Man trinkt etwas, redet ein bißchen und schweigt ein bißchen, dann verabschiedet man sich, kommt mal vorbei, und dann geht man.

Katzmann flog eine Woche vor mir zurück, da sein Urlaub beendet war und man in Dschuni auf ihn wartete. In der letzten Nacht war er nervös und redete sehr viel. Zum ersten Mal erzählte er mir, daß er, als er sehr jung war, ein paar Monate lang mit einer Frau verheiratet war, die er nicht liebte. »Eine Ehe der Neugier« nannte er es. Ja, er wurde beinah geschwätzig in jener Nacht. Du sollst wissen, daß ich eine Menge Frauen hatte, sagte er. In seiner Stimme lag keine Arroganz. Es war ihm wirklich wichtig, daß ich es wußte. Es war wie ein Hinweis auf sich selbst, den er mir geben wollte. Er sagte: »Ich kann nicht verstehen, wie ihnen das jedesmal passiert. Ich bin häßlich, nein, versuch nicht, mich zu trösten, Dummkopf, ich lebe schon vierzig Jahre damit. Und ich zeige ihnen nie, daß ich sie will, und trotzdem – es ist immer die gleiche Geschichte. Sie versuchen, mich zu retten. Einige von ihnen haben mir das auch ausdrücklich gesagt. Immer ist Panik und Mitleid in ihnen. Und es sind verheiratete Frauen und sehr junge Mädchen und solche, die meine Mutter sein könnten. Sie versprechen mir keine Liebe, das ist es, was mich verrückt macht. Sie versprechen mir Vergebung. Begreifst du? Sie sind immer so versessen darauf, mir zu vergeben. Was wollen sie mir überhaupt vergeben? Und viele versprechen mir auch Gleichgewicht. Eine innere Ruhe. So sagen sie. Frauen haben einen allzu ausgeprägten Sinn für Symmetrie. Achte mal darauf, Uri.«

Dann fragte er mich über mich selbst aus. Ob ich vor Schosch irgendwelche Frauen gekannt hätte. Ich sprach mit ihm, ohne etwas zu verbergen. Sagte, daß ich vor Schosch mit keinem anderen Mädchen wirklich zusammengewesen sei. Erzählte ihm auch, daß ich beim Militär anderthalb Jahre Briefe mit einem Mädchen gewechselt habe, das ich nie gesehen hatte. Sie schrieb mir zuerst. Sagte, sie hätte mich an einer Haltestelle gesehen und meinen Namen auf einem Kuvert gefunden, das ich verloren hatte. So fing es an. Sie hatte einen Freund, der ihr aber erlaubte, mir zu schreiben. Ich erzählte Katzman, daß ich schrecklich verliebt in sie war, sie aber natürlich nicht bat, ihn zu verlassen. Alle Soldaten aus meiner Kompanie wußten von ihr. Sie pflegten mich auf der Schulter zu tragen, wenn ein Brief von ihr kam, und mich mit Gelächter und Applaus zum Briefkasten der Basis zu begleiten, wenn ich ihr eine Antwort schickte, und mir war das egal.

Nach anderthalb Jahren fand ich zufällig heraus, daß Ruthi, dieses Mädchen, in Wirklichkeit zwei von meiner Kompanie waren; einer von ihnen stellte seine Adresse zur Verfügung, und gemeinsam schrieben sie mir. Alle wußten Bescheid, außer mir. Ich erzählte Katzman alles. Am schlimmsten war, daß ich nicht aufhörte, sie zu lieben. Es war völlig unlogisch. Auch als ich aus dem Militär entlassen wurde und mich hier und da mit einem

Mädchen traf, konnte ich es nicht vermeiden, Vergleiche zwischen ihr und meiner ersten Liebe anzustellen. Eine Art Widerwillen ist mir seitdem geblieben. Ein leichtes Mißtrauen Frauen gegenüber. Vier Jahre brauchte ich, um darüber hinwegzukommen. Schosch war es, die mir darüber hinweghalf.

Wir sprachen viel in jener Nacht. Katzman schwatzte und lachte ein anderes, ein freies Lachen. Wir beide wußten, daß wir uns nicht trennen würden. Es ist merkwürdig, aber ich empfand auch ein wenig Verantwortung für ihn. Ich sage immer, daß er mir einen gehbaren Weg zeigte, aber in jener Nacht dachte ich, daß vielleicht auch ein bißchen von mir an ihm haftengeblieben ist. Damals sprachen wir über die Gerechtigkeit der Ohnmächtigen und über die Wahrheit, die nicht zu fassen ist. Wegen der Dinge, die er mir dort sagte, war ich später bereit, mit ihm nach Dschuni zu gehen. Denn in Santa Anarella glaubte ich ihm noch. Ich erinnere mich an fast alles, was er mir dort sagte, und ich erinnere mich an den Sonnenaufgang, der sehr merkwürdig war. Katzmann redete und redete und wurde gespannt wie eine Sprungfeder. Ich konnte diese Spannung kaum aushalten. Alle neuen Gefühle, die ganze Last seiner Worte fielen über mich her. Bei ihm war ich bereit, mich von vielen Geheimnissen zu trennen und einige Dinge, die ich immer verschwiegen hatte, laut auszusprechen, und auch er – das sah ich – kämpfte mit sich und beschloß, mir Vertrauen zu schenken.

Und so bin ich eigentlich hierhergekommen. Direkt von jener Nacht. A führt zu B, und B wird zu meinem Tod führen. Und es ist gar keine Logik dazwischen. Als Katzman mir jene Dinge sagte, verstand ich sie kaum; erst neun Monate später, in Dschuni, brachen sie aus mir heraus und begannen zu schreien. Er sprach in jener Nacht über die Gerechtigkeit. Er dachte viel über die Gerechtigkeit nach, da er wußte, daß er in seinem neuen Amt in Dschuni viel Ungerechtes würde tun müssen. Er meinte, Gerechtigkeit könne nicht nur eine gesellschaftliche oder moralische Norm sein, sondern sei eine Art Hormon, das bei verschiedenen Menschen unterschiedlich stark abgesondert werde. Etwas, das ein sensibles Gehirn angesichts des Unrechts produziere, genau so, wie es auf einen sexuellen Reiz reagiere. Als er das sagte, war mir, als nehme er die Masse meines ganzen Lebens in seine Hand. Es war schon kurz vor der Morgendämmerung, und ich wußte, daß Katzman erst jetzt wirklich zu mir zu sprechen begann. Daß er mich bis dahin, während all der gemeinsamen Wochen, nur vorsichtig geprüft hatte. Mich vorbereitet hatte.

Die Güte und die Aufrichtigkeit, sagte er mir, die gute und gerechte Tat, sind das raffinierteste moderne Protestmittel, das ich mir denken kann. Aber nur sehr starke – oder sehr verzweifelte – Menschen dürfen es benutzen. Es ist eine gefährliche Waffe für ihre Besitzer, Uri. Man muß vorsichtig mit ihr umgehen. Und ich erinnere mich: vom Feuer stieg Rauch auf und es knisterte, und wir hüllten uns in noch mehr Decken ein wegen des Rauchs und der Stechmücken, und nur unsere Gesichter schauten hervor. Katzman sprach von Menschen, die es zur Not, zum Unrecht und zur Katastrophe zieht, wie jene, die mit mir im Flugzeug hergekommen waren. Er sagte: sie sind regelrecht gezwungen, es zu tun, so wie ein Künstler gezwungen ist zu schaffen. Es ist eine Art Verbesserungsdrang. Ein feines, tiefes und wahres Gefühl für Symmetrie. Es ist einfach ein Kunstwerk, Uri.

Und ich erinnere mich noch: seine Stimme war völlig tonlos. Und sein Gesicht war weiß und reglos in der Dunkelheit wie eine Neonlampe in der Ferne. Ich fragte ihn, wie er vorhabe, sich in Dschuni zu verhalten, und er sagte, wenn er das nur wüßte. Er habe eine sehr ferne, aber sehr lebendige Erinnerung an das, was er dort gern fühlen würde. Einmal in seinem Leben hatte er bereits diesen künstlerischen Drang zur Verbesserung des Unrechts, das er selbst bewirkt hatte, verspürt. Das würde er in seinem Amt zu rekonstruieren versuchen. Ich wagte nicht zu fragen, welches Unrecht er getan hatte. Ich fürchtete seine Antwort. Er sagte bedächtig, als mache er sich selbst etwas klar: »Wer heute die absolute Gerechtigkeit sucht, lügt im Grunde seines Herzens. Zahlt Schweigegeld für die Tatenlosigkeit, für die ängstliche und verbrecherische Flucht vor der Entscheidung. Denn die Zustände in der Welt sind derart kompliziert, und wir Menschen sind derart kompliziert und widersprüchlich, daß der Begriff der Gerechtigkeit seine Bedeutung gänzlich verloren hat, denn wir alle haben recht und wir alle tun im gleichen Maße Unrecht. Im selben Augenblick.« Da fiel mir ein, daß Schosch einmal etwas sehr Ähnliches gesagt hatte, als sie über die

Gleichzeitigkeit sprach. Sie liebte dieses Wort: Irgendwo in seiner Persönlichkeit lügt man immer, und irgendwo anders ist man wahr. Und der Mensch muß sich jeden Augenblick von neuem entscheiden, wo er es vorzieht, sich zu ereignen. Ich konnte mich nicht zurückhalten und sagte es Katzman. Er sah mich ein wenig überrascht an, fragte, »Das hat sie gesagt?«, und ich hörte Anerkennung in seiner Stimme. Dann sagte er mir jene Sache mit dem einmaligen Menschen; wer wirklich jeden Augenblick diese schweren Entscheidungen treffe, sei der einmalige Mensch. Aber die meisten Menschen bemühen sich gar nicht. Sie haben Angst. Und du, fragte ich ihn, was bist du von all dem? Er sagte mit einem dünnen Lächeln: »Ich? Ich begnüge mich mit Beobachtungen. Ich bin ein Jäger solcher Veränderungen, in mir und in anderen. Ich kann sofort die Stelle ausfindig machen, an der eine Entscheidung von mir verlangt wird, eine Entscheidung darüber, was sich in mir und außerhalb von mir ereignet. Ich kann den exakten Augenblick spüren, in dem etwas träge wird und zu lügen beginnt. Meistens gibt es keinen Weg zurück von so einem Augenblick der Müdigkeit und Zerstreutheit.« Er verstummte, senkte einen Moment den Kopf, und dann dachte ich eine Sekunde lang, wegen der Dunkelheit, er sei verschwunden. Doch er tauchte wieder auf: »Aber paß auf, Uri: ich bin nur ein Zuschauer. Ich dokumentiere nur die Fälle, in denen Taten der Vernachlässigung und des Selbstbetrugs und der Verschleierung der Wahrheit begangen werden. Wirklich etwas zu tun, zu kämpfen, dazu habe ich kaum die Kraft.«

Damals glaubte ich ihm nicht. Ich war sicher, daß er das nur aus Bescheidenheit sagte. Ein Mann wie er kämpft bestimmt mit aller Kraft. Nicht wie ich, der immer nachgibt. Mann, ich war ganz verwirrt in jener Nacht. Katzman gab mir keine Sekunde Ruhe zwischen seinen Worten. Ich spürte, daß er die Bedrückung einer sehr langen Zeit in mein Inneres leerte. Ich bemitleidete ihn und liebte ihn, und ich wußte – wenn ich ihn auch nur ein klein wenig verstehen könnte, würde ich ihn schon ein bißchen von seinem Druck befreien. Er sagte: Die logischen Sammelbecken, Uri, sind voll von Argumenten, die nach beiden Seiten hin richtig sind. Alle haben recht; alle Menschen haben in einem gewissen Grad an einer bestimmten Stelle in ihrem Inneren und in ihrer persönlichen Geschichte und in ihrer Bedeutung recht. Die Wurzeln eines jeden Menschen auf der Welt berühren mit ihrer Spitze die allgemeine, äußerste Wahrheit. Das ist etwas, das an sich schon aus der Definition des Menschlichen hervorgeht, glaube ich: Die Existenz eines Menschen ist schon seine Gerechtigkeit. Verstehst du mich?

Was spielt das für eine Rolle, Katzman. Ich verzog mich in meine Decke. Nicht sein. Nicht stören. Auch Schosch wurde manchmal von solch einem Gefühlssturm ergriffen und von Gedanken und Erregung erfüllt. Daher wußte ich, daß ich mich jetzt nur zurückhalten mußte. Denn er schenkte mir sein ganzes Vertrauen.

Er sagte: »Und darum wird derjenige, der glaubt, in absoluter Gerechtigkeit handeln zu müssen, nichts tun. Die absolute Gerechtigkeit ist eine Erfindung von Ohnmächtigen, und sie ist nur für Philosophen gut, und es gibt sowieso keinen Weg zu beurteilen, wer recht hat und wer Unrecht tut, und daher, Uri, darf die Gerechtigkeit nur ein persönliches, ein ganz privates Gefühl sein, und wie ich schon sagte: ein Hormon, das mein Gehirn in Situationen absondert, in denen ich zwischen zwei Sorten von Gerechtigkeit zu wählen habe.« Und dann beugte er sich ein wenig vor, und sein längliches Gesicht leuchtete richtig in der Dunkelheit, als er mir sagte, daß die Gerechtigkeit, die aus der größeren Bedrückung hervorgehe, am Ende siegen werde.

Und dann kam der seltsamste Sonnenaufgang, den ich je im Leben gesehen habe: ein weiches und reumütiges Licht entzündete sich auf einmal in den verschiedenen Ecken des Himmels. Es war, als würden sich große und leuchtende Tropfen in der Luft über uns ausbreiten und sich zusammenballen, um ein heller Tag zu werden. Wir schwiegen und betrachteten den Himmel. Dort wurde ein kleiner und seltsamer Kampf gefochten. Zehn Minuten lang mischte jemand dort oben Farben und probierte verschiedene Formen von Licht und Dunkelheit aus. Am Ende waren wir diejenigen, die gewonnen hatten. Zum ersten Mal in dieser Nacht sahen wir einander ins Gesicht und schämten uns nicht. Wir lächelten.

Und jetzt, was ist jetzt, erst ein Jahr danach, und um mich herum im Kreis, der sich langsam und mit Gewalt zusammenzieht. Einen merkwürdigen Geschmack hat dieser Kaffee. Trink deinen Kaffee, Chilmi, warum trinkst du nicht, da, ich trinke alles aus, mit fast leerem Magen, und ich trinke trotzdem, ich trinke, um wach zu bleiben, um wieder Herr der Lage zu sein, wie man sagt, denn gleich geht die Sonne unter, und dann beginnt eine lange und harte Nacht, und wenn bloß alles schon vorbei wäre und ich zu Schosch zurückkehren könnte und wir irgendwie lernen würden zusammenzuleben, und vielleicht ist sie nicht schuldig, und Katzman ist auch nicht schuldig, und niemand ist im Grunde schuldig, außer mir vielleicht. Und auch ich beende jetzt meine Kämpfe. Denn ich bin offenbar nicht gut im Kämpfen, und sogar die-mir-eingeprägte-Kunst, wie Katzman sagt, kann ich nicht schaffen wie es sich gehört, denn mit einem wilden Schrei, mit einem schrecklichen Sprung, ohne mich überhaupt darauf vorbereitet zu haben, warf ich mich auf Chilmi, auf diesen Teufel, der eine zerdrückte schwarze Baskenmütze trägt und dessen Hals wie der Hals einer listigen Schildkröte hin und her wackelt, denn das ist meine einzige und letzte Chance, lebendig von hier herauszukommen, mich auf ihn zu stürzen, noch bevor ich Reue empfinden werde, aber nein, nein, denn er fliegt mit einer raschen Bewegung zur Seite und stellt sich sofort auf seine kurzen Beine und greift nach der Pistole, wirklich, wie flink er ist, und schon steht er über mir, und ich kann nur seine dünnen, nackten Beine in den Turnschuhen sehen, und ich hebe die Augen zu diesem fremden Mann, der da keucht und mit zwei stark zitternden Händen die Pistole auf mich richtet, daß sie ihm nur nicht losgeht, und: schieß schon, schieß, schreie ich auf arabisch, laß sehen, ob du mich tötest, genug, ich habe keine Kraft, die ganze Nacht zu warten, ich habe Angst, Chilmi, Angst. Und wie ein kleines Kind liege ich auf dem Rücken, zu seinen Füßen, weine ohne Tränen, mit einer seltsamen und fremden Stimme, bin sehr müde und sehe, wie wieder jemand am Himmel Farben für ein neues Bild mischt.

Chilmi, was ist mit Chilmi, er schießt nicht auf mich. Er tritt mich nicht. Steht nur über mir, gespannt und erregt, und die Pistole ist genau auf meinen Kopf gerichtet, und er murmelt die ganze Zeit vor sich hin, und die blaue Ader schwillt an wie verrückt, und es sieht aus wie ein Gebet, wie eine Beschwörung oder Verzauberung; er bringt mich zu der Stelle zurück, von der ich geflüchtet bin, bindet mir geschwind alle Schnüre um, die bei meinem falschen Sprung zerrissen sind, kan-ja-ma-kan, wie eine große Spinne umwebt er mich wieder, richtet die Spinnweben wieder her, die beschädigt wurden, und ich versuche nicht mehr, etwas zu sagen, zu tun, kauere mich nur zusammen, an der Stelle, auf die ich gefallen bin, einen merkwürdigen Geschmack hatte dieser Kaffee, ein bißchen säuerlich, vielleicht sollte ich versuchen, ein wenig zu schlafen. Ein wenig über mich und über das, was war, nachzudenken. Sie sagte, daß jeder Mensch einen Schlüssel habe, mit dem er ständig versuche, sich zu öffnen. Wo habe ich meinen verloren? Vergiß es. Schlaf.

Ehrlich, ich hatte einen ganzen Bund von Schlüsseln in Dschuni. Und es gab dort eine Menge Schlösser. Und ich erhielt von Katzman genau die richtige Aufgabe – den Schlössern Schlüssel anzupassen, und ich begegnete in meinem Inneren wieder dem süßen italienischen Gefühl, und kurze Zeit ging es mir gut. Ich hatte viele Pläne. Überall wo ich hinsah, war eine Veränderung nötig. Dort herrscht ein Besatzungszustand. Das sind Worte, die die Leute dahersagen, ohne irgend etwas zu verstehen und zu fühlen. Es ist wie eine Geschichte, bei der man sich, wenn man sie zu oft erzählt, nicht mehr sicher ist, ob sie wirklich geschehen ist. Und bevor ich nach Dschuni kam, war es auch für mich ein zusammengesetztes Wort: Besatzungszustand. Aber dort gibt es Straßensperren und Durchsuchungen an den Körpern von Männern und Frauen und Vorladungen zu Verhören mitten in der Nacht und administrative Festnahmen und Hausarrest und die Auflösung von Demonstrationen mit Gewalt, mit Gas, mit nächtlichen Sprengungen von Häusern, und Fahndungen von Haus zu Haus, und es gibt keinen einzigen Moment der Freundschaft. Als würden beide Völker einander nur ihre dunkle Seite zuwenden. Und am schlimmsten ist, daß alle diese Maßnahmen eine logische Rechtfertigung hatten. Die Sammelbecken waren voll von Argumenten, die nach beiden Seiten hin richtig waren: die Araber demonstrierten und wurden daher gewaltsam auseinandergetrieben. Einer warf eine Granate, und deswegen wurde eine Ausgangssperre über die ganze Nachbarschaft verhängt und Fahndungen von Haus zu Haus vorgenommen, und wenn es Fahndungen gibt, dann gibt es auch Schläge, und hier und da geht ein Fernseher kaputt, und Kinder in Pyjamas sehen dich schweigend an, und nackte Ehepaare zittern vor Angst in ihrem Bett, und wir hatten recht, und sie hatten recht, und wir sind wirklich eine recht aufgeklärte Besatzungsmacht, wie Katzman mir stets erklärt, und gerade weil wir ein so aufgeklärtes und moralisches Volk mit so vielen Idealen sind, verstehe ich nicht, was hier schon fünf Jahre lang vor sich geht.

Und die Einwohner kamen zu mir ins Büro im Gebäude der Militärverwaltung, um ihre Beschwerden vorzutragen, und sich ängstlich umzusehen, und es dauerte ziemlich lange, bis sie erkannten, daß ihnen niemand etwas antun würde, wenn sie zu mir kämen, und daß man sich auf mich verlassen könne, denn ich würde Himmel und Hölle in Bewegung setzen, damit das Militär einem Händler, dessen Auto beschädigt wurde, als einer unserer Jeeps bei einer Verfolgungsjagd wie irre durch die Straßen fuhr, den Schaden ersetzt, und es dauerte gar nicht lange, bis sie erkannten, daß ich im Grunde nichts machen kann, nur schreien und mich aufregen und mich totärgern, denn niemand in der Militärverwaltung nahm mich ernst, selbst Katzman nicht. Gleich in der ersten Woche erklärte er mir, Freunde, schön und gut, aber hier seien wir im Dienst, und daher hätten wir uns während der Arbeitszeit an die Arbeitsregeln zu halten, und das bedeute – keine Sonderbehandlung. Wenn meine Forderungen gerecht seien, würde er auf sie eingehen. Wenn nicht, dann nicht. Und ich war damit einverstanden, denn es hörte sich logisch und fair an, und erst lange danach begriff ich, daß er mich nur als eine Art Alibi für sich selbst nach Dschuni gebracht hatte und vielleicht sogar, um mich für irgendein mir nicht bekanntes Verbrechen zu bestrafen.

Und ich kam in sein Büro, um ihm zu sagen – Sieh mal, Katzman, ich habe mit eigenen Augen die blauen Flecke auf dem Bauch jenes Jungen gesehen, und das ist bestimmt nicht nur durch eine Verwarnung verursacht worden, und er antwortete mir darauf – eine große organisierte Terroristengruppe Gibrils ist hier bereits seit zwei Monaten aktiv, und wenn wir sie nicht schnell finden, wird sie uns finden, und dann steht es schlecht um uns, und noch schlechter um die Einwohner, und wer in einem Glashaus wohnt, soll keine Granaten auf eine Militärpatrouille werfen, und er hatte recht, und sie hatten recht, und ich pflegte mir an den Kopf zu fassen und zu spüren, daß ich gleich explodierte, daß irgend etwas in meinem Inneren hämmerte und heraus wollte. Und ich wußte bereits, was diese Bedrückung war, denn ich erinnerte mich, was Katzman selbst gesagt hatte, daß die Wahrheit, die unverkennbar ist, in ihrem Bestreben nach Wirklichkeit sogar den Menschen aufbrechen würde, und so geschah es in einem Augenblick der Verzweiflung, in einem Augenblick wütender Übereinstimmung mit allen Seiten, daß ich, verdammt nochmal, beschloß, von nun an nur noch auf die deutliche Stimme des Hormons in meinem Gehirn zu hören, die mir sagt, daß den Menschen hier ein großes Unrecht geschieht, und es ist mir egal, daß alles mit ihren Gewalttaten und mit ihrem anhaltenden Haß angefangen hat, und es ist mir egal, daß wir eine aufgeklärte Besatzungsmacht sind und es hier kaum sichtbare Zeichen von Gewalt gibt, all diese Argumente haben genügend Vertreter auf beiden Seiten, und daher halte ich mich von jetzt an nur an diese leise und deutliche Stimme und gehe mit ihr, blind für alle anderen Dinge, denn manchmal muß man ein bißchen blind sein, um etwas zu machen, und Avner hat einen guten Namen für diese Verschlossenheit, und in dem Moment, wo ich beschloß, so zu handeln, kamen mir die Worte, und ich wußte genau, was ich wollte, und ich erkannte mich wieder.

Dort, in Dschuni, begriff ich zum ersten Mal, daß die Bewegung des Unrechts ein wenig der Bewegung eines Rades gleicht. Das ist etwas, das man nur durch die Wunden der Reibung an diesem Rad verstehen kann. Es ist wie Lügenfangen: wenn man jemandem Unrecht tut, ist man selbst schon in der Bewegung des Rades gefangen. Als hätte man dem Unrecht dadurch einen Teil seiner selbst verkauft und sei von nun an überall, wo man hingeht, sein Bote. Das ist ein Abkommen, das einen lebenslänglich schädigt, selbst wenn es meistens keine äußeren Zeichen hinterläßt. Das waren die Dinge, deretwegen ich beschloß, allein in meinen Krieg zu ziehen, mit meiner ganzen Kraft.

Und daher schloß ich mich jedem Trupp an, der Verhaftungen oder Durchsuchungen durchführte, und verbrachte ganze Nächte an den Straßensperren, und ich errang sogar von Katzman die Genehmigung, bei allen Verhören von Minderjährigen anwesend zu sein und eine Soldatin zum Verhör von minderjährigen Mädchen zu schicken. Ich war noch nie so hartnäckig. Mir war alles egal: die Feindseligkeit der Soldaten in der Militärverwaltung, die Schläge, die ich einmal von Schaffer erhielt, und sogar der Spott von Katzman, der meinte, ich gehe wie ein positives Elektron in der Welt herum und schieße meine Ladung unterschiedslos in alle Richtungen. Hauptsache war zu versuchen, irgend etwas zu verändern. Winzige Errungenschaften. Der erstaunte Blick eines Alten, dessen zuckerkranken Sohn ich aus der Haftzelle befreit hatte; ein Laden, dem ich die Genehmigung zur Wiedereröffnung verschaffte. Die Erlaubnis für den Besuch eines Cousins aus Jordanien. Die Aufhebung der Anweisung, eine von Krankheit befallene Herde Ziegen zu vernichten, und sie statt dessen einen Monat lang in Quarantäne zu halten. Und jede Sache kostete mich viele Reibungen am Rad und viele Wunden. Aber es ging mir gut, denn ich kämpfte.

Vielleicht habe ich Schosch deswegen verloren. Ich war so sehr mit mir selbst beschäftigt, daß ich mich von ihr entfernte. Als ich nach Dschuni ging, war sie ganz in die Behandlung ihres vierten Jungen vertieft, über den ich bis vor drei Tagen nichts wußte. Sie hörte auf, mir von ihren Behandlungen zu erzählen. Ich wußte nur, daß es plötzlich, nach einer langen Zeit, in der sie keine Ergebnisse mit ihm erzielt hatte, einen großen Fortschritt gab und gleich danach eine totale Regression. Sie erwähnte ihn kaum noch zu Hause, und das war mir ganz recht, denn ich war irgendwie gegen die neuen Methoden in ihrem Institut, aber natürlich sagte ich ihr nichts. Welches Recht hatte ich denn.

Dummkopf. Dummkopf. Clownsmütze. Uri eltartur. Ich trug ihr und Katzman ständig meine Pläne vor, beschrieb ihnen die neue Glückseligkeit, das deutliche Gefühl jener Wahrheit. Und die beiden saßen mir gegenüber und sahen mich mit einer gewissen Traurigkeit an und sagten kaum ein Wort. Und ich wußte nicht, daß ihr Junge schon vor Liebe starb. Wie gelang es ihr, das zu verbergen? Ich hätte besser auf die Ritzen achten sollen, die sich in ihr Gesicht schlichen. In jenen Tagen wurde sie plötzlich von einem Verschönerungseifer befallen. Sie strich unser Zimmer mit weißer, greller Farbe an, die ich nicht mochte, aber ich schwieg, und sie begann, eine Menge Geld für neue Kleider auszugeben, für allen möglichen Zierat; sogar Lea fragte mich, was mit Schosch los sei, die sich doch sonst nicht so herausputze, und sie wisse nicht, von wem Schosch diese übertriebene Aufmerksamkeit für Äußerlichkeiten gelernt habe, und Schosch redete immer weiter über Schönheit, über die Übereinstimmung von Farben und Bewegungen, und Katzman pflegte sie darüber ein wenig auszulachen, und ich begriff nicht und spürte nicht, daß ich wie ein Dorn in ihrem Auge war, das nur reine Schönheit will.

Sie schien immer irgendwo anders zu sein. Weit weg von uns. Wenn ich von Dschuni und von jener Wahrheit und dem guten Gefühl, das sie mir gab, erzählte, stand sie plötzlich mittendrin erschrocken auf, verzeiht mir, daß ich euch einfach so verlasse, aber ich hatte einen furchtbaren Tag, und morgen erwartet mich noch ein viel schlimmerer, und gute Nacht, Uri; und Katzi, ich sehe dich bestimmt nächste Woche, wenn du zu uns kommst; und ich – ich wäre fast beleidigt gewesen, daß sie mittendrin aufstand und ging, nur daß sie plötzlich an der Schlafzimmertür stehenblieb und mir das alte Lächeln meiner Schosch schenkte und sich mir langsam näherte und mir vor Katzmans Augen und ohne jegliche Scham einen Kuß gab, direkt auf die Nase.

19 Jetzt mit Vorsicht, mit Klugheit; es ist wie eine durchsichtige Stickerei, und die dem Auge verborgenen Fäden verweben sich jetzt schnell miteinander; es scheint gar nicht mehr nötig zu sein, daß ich mich bemühe, sie schmerzvoll aus meinem Bauch, von dem Deckel meines leeren Auges zu ziehen, und es ist, als trennten sich alle lebenden Stoffe in ihre dünnsten Fäden auf, in Fasern der Erinnerung und in leise Wellenschläge der Sehnsucht, so die Weinlaube und so auch Um Kultum an meinem Hals und so die Strahlen der müden, roten Sonne, die sich jetzt über das ganze Himmelszelt verteilt, und so Uri der Junge, der langsam verblaßt vor Schwäche und Angst und wegen der einschläfernden Blätter des sachran, die ich ihm in den Kaffee gerieben habe, und so die Fetzen meiner huvija, die nicht gänzlich verbrannten, und die grüne Aufschrift, die an der Felswand blüht, und das Surren der Antennen, das von Andal aufsteigt, und was sind sie alle, nur der Stoff, der flach und platt wurde unter der Last seiner eigenen Bedrückung, bis er ganz dünn und schwach und locker war, vorhanden und nicht vorhanden, kan-ja-ma-kan, und Uri und ich, wir werden ihn gierig atmen wie eine Traumdroge und in ihm verdorrend und brennend in unser Inneres gehen, zu den Felsspalten, in denen die Rosenluft der Freiheit weht und die Zeit nicht mit der Uhr gemessen wird, da sie die Zeit des Herzens ist, und jenes flakkernde Zeichen in Uris durchsichtigem Gesicht, jene klaffende Wunde, den Biß der Wahrheit in das junge Fleisch, wird uns den dunklen Weg wie eine Laterne leuchten, und wer wird uns aufhalten können.

Und nur mit List. Mit der Vernunft des Besorgten. Jasdi wurde plötzlich mir und sich selbst gestohlen. Uri lasse ich mir nicht stehlen. Wer von einer Schlange gebissen wurde, der nimmt sich auch vor einem Schwanz in acht. Und daher legte ich einen Schlummer über ihn, und während er schläft, werde ich die elende Reue vernichten, die im Dunkeln, jenseits seines Körpers, entstanden ist, und vor dem Sonnenaufgang werde ich an ihm die Tat vollbringen, um die er mich seit dem Morgen wortlos gebeten hat, und er wird der glücklichste aller Menschen sein, der in seinem Traum getötet wird, und es ist gut.

Ich werde ihm den Weg weisen. Wie sehr er mich bekämpfte. In die felsige Erde meines alten Körpers wollte er die Samen seiner Gedanken legen. So naiv, eine Clownsmütze. Nächtelang pflegte er auf mich einzureden: Wir müssen den Haß und den Krieg bekämpfen, und wenn auch nur in unserem schmalen Bereich. Dem Bereich des einen Menschen. So sagte er mir. Und versprach auch: Gemeinsam können wir das große Rad des Unrechts zurückdrehen, oder zumindest seine Stacheln in unserem Fleisch stumpf machen. Wie mein Idiot deklamierte er damals, nur daß seine Worte den Worten Jasdis entgegengesetzt waren. Seine Augen pflegten plötzlich die Brillengläser auszufüllen, und seine Hand rupfte an seinen Bartstoppeln, und sein Adamsapfel hüpfte auf und ab. Und ich sagte ihm immer wieder, daß seine Worte sinnlos seien. Daß wir nur unser Fleisch verletzten und das Rad sich weiterdrehen würde. Daß seine Phantasien nur Öl auf dem Rad seien. Auch du, so flüsterte ich ihm mit meinem tiefen Stöhnen zu, auch du und auch mein Jasdi, ihr unterstützt die Lüge und das Unrecht. Denn sie lassen sich weder auf deinem Weg bekämpfen, Uri, noch auf dem Weg der umherziehenden Truppen, denn so berührt man sie und wird von ihnen verseucht. Und ich sage – flieh, Uri, leg deine Hände auf den brennenden Hieb in deinem Gesicht, und gehe wie ein Blinder, der in einem Sonnenstrahl gefangen ist, in das Land, das ich dir aussuchen werde, und laß dieses Rad sich immer wieder auf seiner Achse drehen, ohne Halt und ohne Richtung, bis die Speichen von der eigenen Bedrückung brechen und es wie wahnsinnig den letzten Abhang hinuntersaust und sich selbst und die, die damit fahren, überrollt.

Und komm jetzt mit mir, mein Mondkind, schönster aller Bastarde, du, der du so gut bist, daß, wenn ich dich auf eine Wunde lege, sie sofort heilt, laß deinen Kopf auf die Brust sinken und sieh mich nicht so an mit deinen angsterfüllten Augen, schenk mir Vertrauen, Uri: Ich werde dich den federleichten Gang lehren, der berührt und nicht berührt, ich werde dir zeigen, wie du auch auf Teig gehen kannst, ohne Spuren zu hinterlassen, wie es bei uns heißt, bis du begreifst, bis du aufhörst, mit mir zu kämpfen und dich von selbst wie ein durchsichtiger Faden in mein Gewebe einflechten wirst, denn du bist aus dem Stoff der Gedanken gemacht, mein Sohn.

Komm, mein Kind, sei es Uri oder Jasdi, mir ist es gleich, wer du bist, mir ist es gleich, wer ich bin, solange zwischen uns beiden diese Liebe wie das klopfende Herz eines Kükens flattert; solange deine Augen an mir haften und ein müdes Lächeln deinen Lippen entschlüpft und im Licht der Abenddämmerung an deinem Mund ein dünner Speichelfaden glitzert, der wie das Spinnengewebe einer alten Erinnerung ist, der stärkste und härteste Stoff, den es in diesem Augenblick in der Ritze zwischen Himmel und Erde gibt, und was sollen wir reden, wenn Um Kultum uns die Lieder der Liebenden und die Lieder der Traubenpflücker singt und der streichende Bogen des kanun Fäden des Kummers aus unserem Herzen zieht, und wenn die Sonne nur uns zu Ehren versinkt und der Himmel über uns langsam zusammenschrumpft wie von Feuer verzehrtes Papier, und deine Hand in meiner, und es ist gut.

Kan-ja-ma-kan, pi kadim elsaman, usalaf elasar valaavan, es war einmal, in sehr sehr fernen Tagen, nicht zu unseren Zeiten, ein ganzes Volk kann nicht in diese Spalten gehen, und daher hört niemand auf mich, nicht einmal in meinem Schafsdorf hier. Und daher hört niemand dir zu in deinem Land, in dem ewig angespannten militärischen Muskel, in dem du lebst. Auch drei Leute können nicht zusammen in die Spalten gehen, Uri. Diesen Weg wird nur einer gehen, und vielleicht geht ein Freund mit ihm. Denn Wahres wird nur an der Stelle zwischen dem Menschen und sich selbst und in seltenen Fällen zwischen zweien geschehen. Und wenn es drei sind, lügt bereits einer von ihnen und schließt die Augen, um den dritten nicht zu sehen. Aber wir, Uri, wir drei, wir werden es leicht haben, zusammen in die Spalten zu gehen, denn einer ist schon tot, und der zweite wird bald tot sein, und der dritte wurde womöglich nie geboren, erfand sich nur aus Märchen.

Und ich werde fest entschlossen sein, Uri, und nicht auf die Stimmen der Angst und des Mitleids hören, die in meinem Inneren schreien, und ich werde nicht in deine Augen blicken, die mich wie zwei erschrockene Tiere ankeuchen; bei uns sagt man – wer sich betrinken will, der soll nicht die Gläser zählen, und daher werde ich dich in mich hineingießen, als tränke ich eine Medizin, denn kan-ja-ma-kan, Uri, kan-ja-ma-kan, er hörte mir und meinen Geschichten nicht mehr zu und weigerte sich, mit mir nach unten ins Wadi zu kommen, um dort auf den Blättern des avarvad zu brennen und unsere Herzschläge zu zählen und mit unseren Fingern Schatten an den Felsen zu werfen: hier ist ein Kaninchen und hier ein Hund und hier eine fliegende Taube, und er wich mir aus, wenn ich wassertropfend aus meinem Faß stieg, und er kam nicht, mir meinen Mantel zu reichen, sondern saß zu Füßen des Zitronenbaums und legte sein Ohr an den Riesen-an-meinem-Hals, und er lauschte nicht den Liedern von Butter und Honig unserer Geliebten aus vergangenen Tagen, sondern den abgehackten, kalten Stimmen der Nachrichtensprecher, und seine Augen verschleierten sich und erstarrten, und seine Lippen formten die kühlen Worte, welche die Rezitatoren aus dem Radio ihm ins Ohr steckten, so wie er einst meine Worte in den Geschichten, die er liebte, zu wiederholen pflegte. Da glich er in meinen Augen dem Gebetsrufer aus Metall, den die Einwohner Dschunis in ihrer Moschee aufstellten, als die Juden ihnen den Strom, der durch Schnüre läuft, in die Stadt brachten; Nuri Elnawar erzählte mir davon und sagte, jetzt habe man Abu Amad kaum mehr nötig, um die Gläubigen fünfmal am Tag zum Gebet zu versammeln, da diese Metallvogelscheuche es besser mache als er und auch nicht mitten im Al-Fatiha heiser werde, so wie Abu Amad heiser wurde. Aber Nuri – es mag sein, daß er lügt.

Mit leeren Augen sah mich Jasdi an. Und er täuschte mir Umarmungen vor. Und es gab Tage, an denen er aus den Augen verschwand und begeistert und erregt zurückkehrte, und es war, als ströme von ihm der Geruch von Versengung aus, und wo war der Geruch von Salbei, den ich so liebte. Und einmal, während wir unser Abendmahl aßen und sich Ruhe über uns legte, und er mir wieder sagte – ja ba, wie gut du den burghul zu machen verstehst, da überkam mich eine seltsame Sehnsucht nach ihm, nach mir, und ich wollte ihn mit einer Geschichte, die er liebte, erfreuen, die ich ihm immer erzählte, wenn wir uns mit Zwiebeln und einer pita begnügen mußten, die Geschichte der Trauerfestmahle des Scha'aban Ibn Scha'aban, aber er brach plötzlich aus seiner Schale aus und stieß einen gebrochenen Schrei aus, wie lange, ja ba, wirst du noch so weiterträumen, und seine zitternde Hand stieß den Teller mit Weizenkörnern um, die auf seine Füße rollten, denn wir, ja ba, wir haben einen so großen Schlag erhalten, und die Fremden stehlen die Luft, die wir atmen, und mit ihren Blicken berauben sie uns der Schönheit unserer Aussichten, der reifen Felder und der Olivenbäume, und sie machen jetzt mit uns, was wir beide immer machten, wenn wir wie zwei umgedrehte Schildkröten auf dem Rücken unten am Wadi lagen und uns das von allen leere Dorf ausdachten, und nun saugen sie uns unser Leben und unseren Willen und unseren Stolz aus und verwandeln uns in ihrer Überheblichkeit in einen lästigen Gedanken, in die Schale eines Menschen, und nun werde ich dir erzählen, ja ba, an der Straßensperre von Dschuni, als die Leute im Morgengrauen zur Arbeit in den Häusern der Juden und auf deren Feldern und Baustellen fuhren und in die Krankenhäuser und Fabriken und in die Gaststätten und Plantagen und auf die Straßen der Städte und in die öffentlichen Parkanlagen und die Kibbuzim und zu den Tankstellen und Lebensmittelläden und in die Nähstuben und Schlachthäuser und in die Häfen und Lagerhäuser, hörst du mir zu, ja ba, gestern im Morgengrauen, als die Leute im Autobus fuhren, der von einem arabisch-israelischen Fahrer gefahren wird, so nennen sie sich, diese Hunde, die zu Sklaven der Katze wurden und auch lernten, Mäuse zu hassen und mit tödlicher Überheblichkeit auf uns herabzusehen, und uns jalla etla, weg von hier, zurufen und uns nicht in die Augen sehen, wenn sie uns das Wechselgeld in kleinen rosa Scheinen herausgeben, und hörst du zu, ja ba, gestern im Morgengrauen, an der Straßensperre von Dschuni, stiegen ihre Soldaten wie an jedem Tag in den Bus und befahlen allen Männern auszusteigen, um die huvija zu prüfen, und da war einer, Seif a-Din a-Scha'abi, ein alter Mann wie du, ja ba, ein höchst ehrwürdiger Mann, dessen Nachkommen zahlreich sind, der Dschuni seit der Besetzung nicht verlassen hatte, und niemand wußte, warum er an jenem Morgen mit den Arbeitern mitfuhr. Und als sich der junge Offizier an ihn wandte und ihm jalla, ensil zuschrie, da sagte Seif a-Din mit lauter und klarer Stimme, und es hörte ihn jener arabisch-israelische Fahrer und die Soldaten und der Offizier, und es hörten ihn alle unsere Schwestern, die Frauen im Autobus, und alle Männer, die ausgestiegen waren, da sagte er, ich chadrat eldabet, ich, Herr Offizier, werde mich nicht von hier wegrühren, denn Sie, chadrat eldabet, haben gesagt, alle Männer sollen aussteigen, nur daß bei uns, werter Herr Offizier, keine Männer übriggeblieben sind, nur ihre Schalen sind noch da, und ich kann mich noch an die Männer erinnern, die es zu meinen Zeiten gab, und jene waren von Fleisch und Blut und nicht aus dünnem Papier in hellblauem Einband, und während er noch mit dem Offizier redete, legte er die Pistole, die er in der Hand hielt, an seinen Kopf, und noch bevor ihn jemand aufhalten konnte, erschoß er sich und war tot. Und du, ja ba, wie kommt es, daß du dich nicht schämst, mir von der absoluten Freiheit zu reden, von der Rosenluft, die du einmal geatmet hast, als du wie ein Vogel über Andal flogst, und jetzt bist du ein Sklave unter Sklaven, der den Mann, der deine Mutter vergewaltigte, »Vater« nennt, und in meinen Augen, ja ba, ist die Tat von Seif a-Din a-Scha'abi größer als alle Geschichten über deinen Scha'aban Ibn Scha'aban, von dem niemand im Dorf je gehört hat.

Unter meinen Händen wuchs er heran und zwischen meinen Fingern zerrann er. In den Nächten stahl er sich von der Matte neben mir fort, und tagsüber schloß er sich den Jungen und Männern an, und bei seiner Rückkehr ging ein Geruch der Versengung von seinem Atemhauch aus, und es war nicht der Geruch von Zigaretten, die er zu rauchen gelernt hatte, und die er vor meinen Augen anzündete, eine Zigarette-am-Hintern-der-anderen, und ich wußte nichts und wollte nichts wissen, und einmal kam Schukri Ibn Labib zu mir, mein Feind in der Jugend und mein Freund im Alter, und er schleppte den Sack seiner alten Knochen meinen Hügel hinauf und setzte sich zu mir unter den Zitronenbaum und trank eine Tasse Kaffee mit mir und seufzte in alle vier Himmelsrichtungen und sagte, nicht gut ist die Sache, Chilmi.

Ein Bienenzüchter ist Schukri, und sein Honig ist noch besser als der Honig Hebrons, und seine Hände sind stets wie eine wunde Teigmasse von den Stichen, und seine Finger sind geschwollen und blutüberströmt von den Nadeln, die er in sie hineinsticht, um nicht zu lachen, und nach seinen Worten muß er sich nur noch drei Jahre zurückhalten, bis er sich zu dem Grad der Askese des Hassan Elbasri erhoben hat, der seiner Seele dreißig Jahre lang das Lachen vorenthielt. »Die Knaben, die ich im kutab unterrichte«, sagt er mir, »sind meinem Stock entgangen. Tage der Ausgelassenheit sind das, Chilmi. Du müßtest sie jetzt sehen: in Körpern gekleideter Haß. Wie verseucht sie alle sind.« Und er nickt mit seinem Pferdekopf und streicht sich mit den Händen über die langen, in den Mund hineingesogenen Wangen, und dann heftet er einen bohrenden Blick auf mich und sagt: »Auch dein Jasdi ist unter ihnen. Er geht ihnen nach, und sie machen mit ihm, was sie wollen. Und du weißt doch – wer Eulen folgt, der wird am Ende in Trümmern tappen.«

Schukri sprach weder zornig noch tadelnd, nur mit einer Müdigkeit, die ich nicht an ihm gekannt hatte. Ich betrachtete sein Gesicht, seine Hände, und überlegte, wie alt er wohl sei. Noch sehe ich ihn vor mir als lachenden Jungen, aus dessen Augen Katzen lugten. Noch erinnere ich mich, wie er mir Heuschrecken in den Mund stopfte, und wie ihn später, als er von der sa'avije, dem Zelt des Scheichs Salach Chamis, zurückkehrte, alle verspotteten, und nur ich stärkte seinen Mut. Und nun sind wir beide so alt.

Er erzählte mir alles, was ich nicht wissen wollte. Vor dem ich mein Leben lang ausgewichen war. Daß einer unserer Jungen, der Sohn des Ölhändlers Araf, bei einer Demonstration in Elchalil verletzt wurde. Ein Keulenschlag zerschmetterte seinen Kopf, und seitdem ist sein Verstand nicht wiedergekehrt. Und ein dreizehnjähriges Mädchen aus der Mädchenschule in Dschuni wurde verhaftet und eine ganze Nacht lang von Männern verhört, und ihrer Mutter wurde nicht erlaubt, mit ihr im Zimmer zu sein. Und Häuser wurden in Nablus und in Aricha und in Beit Sachur gesprengt, und Weideland und Kornfelder wurden enteignet – was bedeutete, daß sie gegen Bezahlung gestohlen wurden – und Familien wurden getrennt und Menschen auf die andere Seite des Flusses verbannt, und anderen wurde verboten, ihre Häuser zu verlassen.

So sprach er zu mir, bis ich ihn nicht mehr anhören konnte, und ich erhob meine Stimme gegen ihn, daß er wieder Jungenstreiche mache und ich gleich aus seinem Mund von Rache und Stolz hören werde, und all das, so erklärte ich ihm, werde bald aufhören, denn die Juden seien kein dummes Volk und hätten gewiß schon verstanden, daß auch der Eroberer erobert wird und das Unrecht auch am Schwanz Zähne hat; und Schukri erwiderte, das möge so sein, vielleicht schmerze es auch sie, aber uns schmerze es mehr, denn – wie das Sprichwort lautet – wer die Schläge erhält, gleicht nicht dem, der sie zählt, und so beharrten und argumentierten wir, an den Stamm des Zitronenbaumes gelehnt, zwei alte Männer in der Welt, ich schrie ihn an, daß die Juden unserer Geduld, die Berge spalten kann, nicht standhalten werden, und wenn wir nur klug vorgehen und uns vor ihnen zurückhalten, vor dem Strom, den sie uns bringen, und vor den Medikamenten, die sie uns verschreiben, und vor ihrem Gemüse, das wir auf unseren Märkten kaufen, und vor ihrem Geld, das sie uns für die beschlagnahmten Böden und für jede Tasse Kaffee, die sie bei Ajesch trinken, geben, vor dieser ganzen Anständigkeit, die in Gesetze und Vorschriften gepackt ist, all die giftigen Fäden, mit denen sie uns umwickeln, die viel tödlicher sind als der offene Haß, aber Schukri ächzte nur erstaunt, hob seine Hände zum Himmel und meinte, ich sei wie ein zerbrochener Krug, durch dessen Ritzen der Wind weht, und es sei tatsächlich wahr, was sie von mir im Dorf erzählen, daß ich nicht mehr höre, was mein Mund redet, alle wurden gestohlen, die Jungen, die Männer und die Alten, und nur ich webe mir noch Träume von Kriegen, die wie eine feine Stickerei gemacht sind, Kriege wie Schatten von Fingern, die über die Felsen tanzen, und obwohl er selbst nie mit Gewalt vorgehen würde, da er dazu nicht fähig sei, so könne er für meine Feigheit, meine Dummheit nur Verachtung empfinden, und ich sagte ihm flüsternd – sieh mal, mein Sohn Jasdi zum Beispiel, und da schäumte er plötzlich vor Wut und schnaufte wie ein Pferd und schrie, Jasdi sei schon längst nicht mehr mein Sohn, denn Söhne des Hasses und des Krieges seien sie nun alle, und wir haben sie verloren und sind allein geblieben, oh Chilmi, allein.

Kan-ja-ma-kan, wie hat sich das ganze Licht des Tages in meinem Inneren gesammelt, um wie glimmende Kohle in mir zu versinken, die ganze Nacht in den verschlungenen Felsspalten zu flackern, im Bauch des Berges, der auf meinem Rücken liegt; und sieh dir dieses letzte Licht an, Uri, und wie es meine Art ist in jeder Nacht vor Sonnenaufgang, wenn alle Dunkelheiten, die wie schwere Tropfen an meinen Zweigen hängen, wenn alle Schrecken meiner Träume und die abgeschnittene Hand auf dem gezackten Bild, die freundschaftlich auf der Schulter meines Sohnes liegt, und die betrübte und zu reife Frucht, wenn all das auf meinem alten Kürbiskopf lastet, der sich auf die Brust beugt, bis mein fadendünner Hals beinah zerreißt, dann, Uri, wenn die seidene Karte wieder von den vier Jungen in alle Ecken der Erde entrollt wird und jene Hand auf ihren Fingerspitzen geht und im Dunkeln nach mir tastet – stürze ich mich wieder mit neuer Kraft auf den eigenen Gnadenfunken, der in mir geblieben ist, auf die Erinnerung des vergangenen Tages, der im Bauch meines Berges versank und rosig auf die Bilderfetzen meiner Erinnerung schien und die Wangen all meiner Toten mit einer nächtlichen Jugendröte färbte, und ich blase meine ganze Seele, meine ganze Leidenschaft und Wut auf diese glimmende Kohle, und sie ist dann wie ein zu früh geborener Fetus, dessen Stirn Dehejscha mit Öl einreibt, bis sein blaues Gesichtchen rosig wird, bis in ihm eine neue Flamme auflodert, und ich blase weiter auf den Funken und spucke ihn an wie eine Katze und ächze wie ein brünstiger Stier, bis mir plötzlich die Kraft ausgeht und mein Bauch hohl ist und Schweißtropfen über meine Augen rinnen, und da zieht aus meinem Inneren der neue Tag herauf, mein Sohn, die Frucht meiner Lenden, um auf mich und auf die Weinlaube zu leuchten, auf mein Schafsdorf und auf die Skizze dieses ganzen Landes, die mit nachlässiger Hand gezeichnet wurde, und es ist gut.

Und sieh dir das erlöschende Licht an, Uri, streng deine Augen noch ein klein wenig an, bevor die Blüten der sachran-Pflanze mit ihrem gelben Glanz in deinen Spalten sprießen und dir das Antlitz der Träume erhellen. Hab keine Angst: nur Angenehmes ist im sachran. Und hätten wir alle Zeit der Welt, so würde ich jetzt Mehl zubereiten und es gut kneten und die Blätter des sachran hineinmahlen und den Brei in mein Tuch wickeln und es dir auf die Stirn legen, und dann wirst auch du den Geschmack eines wahrhaft ruhigen Traumes kennenlernen.

Aber laß mich dich einschläfern. Wiegenlieder kann ich nicht singen, und meine Stimme ist häßlicher als die Stimme des Esels. Nur summen kann ich, mit meinen Lieblingen, die an meinem Hals hängen, aber jetzt singt dort die alte Mutter, Um Kultum, und wenn ich mit ihr singe, werde ich weinen müssen, und darum laß mich dich mit einer Geschichte einschläfern, wie einst, in den Tagen deiner Kindheit.

Roll dich in deinen Körper zusammen, mein Mondkind, noch vor einem Augenblick erbebte dieser Körper von einem Schauder der Angst, der ihn durchfuhr, und du wolltest dich auf mich stürzen und mir das glänzende Eisenspielzeug nehmen, das ich gestern aus dem Kothaufen des eisernen Pferdes, das sich vor dem Eingang meiner Höhle entleerte, geholt habe, und einst, erinnere ich mich, legten sich zarte Kinder aus Bedrückung an denselben Platz, oder ängstliche, von der Leibessünde angeschwollene Mütter, und jetzt hat man begonnen, Spielzeuge hier hinzulegen, und sogar du, mein Sohn, wurdest einen Augenblick lang sehr eisern und hart, als du die Stricke meiner Liebe, die ich um deinen Körper band, zerreißen wolltest, und darum lieg jetzt ruhig, laß mich dich zudecken mit meinen durchsichtigen Decken, mit der seidenen Kraft, die wie immer über die vier Ecken der Welt ausgerollt wird, und schon zeichnet sich deine schwache Gestalt darin ab, und gleich wird die Karte dich berühren und ein Bild wird sich auf das andere legen, und du wirst keinen Schmerz kennen.

Lieg. Ich werde dich zudecken. Ich werde erzählen. Kan-ja-ma-kan. Es ist jetzt sehr schwer, sich zu erinnern, die Greise und die Säuglinge vermischen sich, und letzten Endes ähneln sie sich alle sehr. Nicht im Aussehen vielleicht, nicht in den Worten, sondern in dem schmerzhaften Faden, der ihre Bewegungen fesselt, Männer, Frauen und Babys, und nur wer stets aus dem Lärm herausgeworfen wurde, wer aus dem Gedächtnis herausgestoßen wurde, der hat sein eigenes Gesicht bewahrt, und jetzt, Uri, versuche ich, mich an das Gesicht der Frau aller Frauen zu erinnern, an Leila Salachs, deren kühnster und bohrendster Liebhaber ich war, und siehe da – es gelingt mir nicht, mich zu erinnern.

Was geschieht mit mir, Uri? Ich kann die Worte sagen, wie ich sie immer gesagt habe, aber ihre Schärfe ist verschwunden. Sie ergießen sich nicht mehr siedendheiß über meine Finger. Ist das ein Zeichen? Hör zu, schlaf nicht ein, du mußt das hören:

Denn sie war die schönste, die dreckigste, die unverschämteste Frau, die je auf den staubigen Pfaden Andals mit zigeunerhaft wiegenden Hüften geschritten ist, und sie verwirklichte sich nur in den Träumen der Männer und gerann nachts auf ihren Augenlidern, und Leben wurde ihr nur in den flüchtigen Augenblicken der mit einem Zucken hervorschießenden Phantasie gegeben, wenn sie die schnurrbärtigen Hexen in ihren Armen hielten und sie »mein Weib« nannten, nein, nein, Uri, das ist es nicht, was ich dir sagen will, eine Art Täuschung geschieht mir jetzt, denn nicht Leila Salach ist es gewesen, sondern vielleicht – nein, warum, hier muß es eine solche Frau gegeben haben, und sie liebte mich, weißt du, ich war der beste aller Liebhaber, aus deren Phantasie sie gestaltet wurde, und sie war die dunkelhäutige Frau, deren Augen wie die Augen einer Katze waren, und der Gott einen kleinen Feuerengel sandte, ihren Leib zu entfachen, und daher pflegte sie in ihn alles Holz zu werfen, das sie auf ihrem Wege fand, um den Brand zu nähren, der ihre Eingeweide biß, und unsere Männer warfen sich ihr zu Füßen und flehten sie an, sie endlich mit ihrer Flamme zu verbrennen, sie wie Kerzen zu schmelzen, und wem dies vergönnt war, der wurde von jenem Augenblick an wie die Kruste von vergossenem, erkaltetem Wachs, sein dünner Docht versengt und angeschwärzt bis an sein Lebensende, und hatte weder Interesse an Frauen noch Verlangen nach ihnen, und hörst du mir zu, Uri, glaubst du mir? Siehe, Schukri Ibn Labib sagt mir, auch das sei ein Märchen, daß es in unserem Dorf nie solch eine Frau gegeben habe, und die einzige Frau, die ihr ähnelt, ist vielleicht deine verrückte Mutter, Chilmi, die hier in Andal hurte, bis sie eines Tages verschwand und nicht mehr zurückkam; und ich bin nicht einmal gekränkt über die Dinge, die er sagt, und ich erkläre ihm, daß es bei uns eine solche Leila Salach gegeben hat; daß es nicht sein kann, daß es sie nicht gegeben hat, denn wir hätten keine Hoffnung, wenn nicht einst aus unseren kahlen Dünen solch ein scharfer Strahl der Lust hervorgeschossen wäre, und es gibt solche, die sagen, Uri, daß es ihre Begierde war, die Scha'aban Ibn Scha'aban seinen Tod brachte, und nicht die Leberentzündung und nicht die Hyänen, die schon an ihm nagten, als er noch am Leben war, und so zahlreich, sage ich dir, so zahlreich waren die Männer, die ihretwegen lebendig verschlungen wurden, die von den Zähnen der Lust und des Wahnsinns zerfressen wurden, und so geschah es auch mit meinem Vater Schafik Abu Scha'aban, dem das Leid, das sie ihm zufügte, Körper und Hand anschwellen ließ und ihn am Ende sogar in der Gestalt eines dicken Fisches, in der Gestalt einer zu reifen und betrübten Frucht ausstopfte, und was ist das, daß ich solchen Unsinn wie Melonenkerne aus meinem Inneren spucke, denn es ist die Angst und die Aufregung, Uri, die nun mit ihren schwingenden Messern die Seile der Erinnerung und den dünnen Faden, der noch immer den alten Kürbiskopf hält, zerschneiden, und alles wickelt sich jetzt in meinem Inneren zusammen, rollt mir im Bauch wie ein Knäuel aus einem stacheligen Strick, wie immer härter werdende Scherben aus buntem Glas, und vielleicht ist dies das Zeichen, Uri, daß ich immer wieder, zum fünften oder sechsten Mal in meinem Leben, zu meiner stummen Kindheit zurückkehre, und wieder habe ich den schweren und langwierigen Weg vor mir, und woher soll ich die Kraft nehmen, wieder daran zu spinnen, meinen Vater zu töten und mich mir selbst und meiner Mutter zu gebären, meine Söhne und meine Tage auszutragen und dich, lieg ruhig, mein Sohn, aus diesem Fieber berühren mich auch kühle Windstöße und mit ihrer Kraft werde ich noch ein paar deutliche Silben formen und dir eine Geschichte erzählen können:

Kan-ja-ma-kan, eines Tages kam ein kleiner, graugestrichener Lastwagen in unser Schafsdorf, und zwei Soldaten stiegen aus und kletterten auf meinen Hügel und fragten, ob ich Chilmi und der Vater von Jasdi sei und baten mich höflich, sie zu begleiten. Und ich legte nicht meinen Mantel ab und wickelte mir nicht die keffije um den Kopf, sondern erhob mich und ging wie ein Toter zwischen ihnen, und zum ersten Mal in meinem Leben fuhr ich in einem Auto, und zum ersten Mal in meinem Leben verließ ich Andal, das Dorf, in dem ich geboren wurde, und sie fuhren mit mir in die Stadt Dschuni, die ich nur aus den Geschichten von Nuri Elnawar und Schukri Ibn Labib kannte, doch ich sah nichts, denn die Angst blendete mein eines Auge, und Jasdi-Jasdi sangen die Räder des Autos, und mein-Sohn-mein-Sohn klopften die Schuhsohlen der Soldaten auf der Straße, und von allen Seiten berührte mich versengter Atem, und den Geruch von Salbei fand ich nicht darin, und die Soldaten nahmen meine Schale zum Haus des Militärgouverneurs von Dschuni und stellten mich in einen großen Raum, und dort standen schon viele Menschenschalen, so alte wie ich und jüngere als ich, Männer und Frauen, und die Last des Unglücks drückte auf ihre Augenlider.

Dann gab einer der Soldaten ein Zeichen, und Jungen und Mädchen betraten das Zimmer. In einer Reihe gingen sie wie müde, verwirrte Ameisen, und ihre Gesichter waren leer. Wie

Stoffpuppen waren sie. Und mein Jasdi war unter ihnen. Eine Welle der Freude durchlief mich: er lebt. Sie haben ihn nicht getötet. Der letzte, der kleinste von ihnen, trat ins Zimmer, stolperte hinter den anderen her und lehnte sich mit ihnen an die Wand. Und ich schwebte über Jasdis Gesicht und kreiste dort und flatterte wie ein angeschossener und kreischender Vogel, und schon sah ich, schon fiel ich wie ein Stein in meine Kreise, denn alle seine Gesichtszüge waren da und seine Handbewegung und der dünne Speichelfaden, doch ich erkannte ihn nicht wieder, denn in seinem Gesicht war nicht das lebendige Zeichen, und wie konnte ich wissen, daß es Jasdi war, und sein Geruch war wie der Geruch des Hasses, und durch das Mitleid hindurch, das ich für ihn, für seine ewige Verbannung empfand, spürte ich schon den neuen Abscheu, der in mir geboren wurde, wie es mit einer Katze geschieht, die ihr Junges von sich stößt, wenn der Geruch von Fremden an ihm haftet.

Da betrat ein älterer Offizier den Raum, dessen Gesicht grau und müde war. Vor zweieinhalb Jahren war es gewesen, und noch immer würge ich an den Dingen, die man uns dort sagte. Jene Jungen und Mädchen wurden vom Militär erwischt, als sie an einer Verschwörung gegen die Sicherheit und Ordnung teilnahmen. Der Mann sprach von Sprengstoffen und von irgendeiner Zeitung. Ich hörte ihm nicht mehr zu. Jasdis Kopf hing zwischen seinen Schultern, und seine dünnen Beine zappelten unter seinen Hosen. Jede andere Besatzungsmacht, sagte der Offizier, hätte sofort alle hinrichten lassen, aber wir sind keine gewöhnliche Besatzungsmacht. Er machte eine kurze Pause und blickte uns an. Ich dachte – sie sind doch schon tot, alle. Schukri hatte recht: Der Haß hat sie bereits geraubt. Sie sind alle wie in ihrem Ebenbild ausgestopft. Plötzlich stöhnte einer der Jungen und fiel zu Boden. Seine Eltern wollten zu ihm hin eilen, doch ein bewaffneter Soldat hielt sie zurück. Zwei Soldaten trugen ihn hinaus in ein anderes Zimmer. Ich sah mir die Eltern an. Sie standen wie lebende Grabsteine an ihrem eigenen Grab. Eine durchsichtige Eisschicht bildete sich auf ihnen, obwohl es sehr heiß im Zimmer war. Der müde Offizier wischte sich mit einem kleinen Tuch den Schweiß von der Stirn. Seine Handbewegungen waren klein und genau. Dann faltete er das Tuch viermal zusammen und steckte es in seine Hemdtasche. Wir alle beobachteten ängstlich sein Tun.

Jasdi lehnte an der Wand. Es sah aus, als schlafe er. Der Offizier sagte – das ist die erste und letzte Warnung. Wir geben euch jetzt eure Kinder zurück, denn unserer Ansicht nach habt ihr die Pflicht, für ihre Erziehung zu sorgen. Wir werden es nicht an eurer Stelle tun. Ihr werdet keine zweite Chance haben. Ihr könnt jetzt gehen.

Und wir fuhren mit dem Bus nach Andal zurück. Mein Körper war wie ein berstender Ofen, aber auf meinem Gesicht trug ich eine Maske. Den ganzen Weg über schwiegen wir. Was hätte ich ihm sagen können? Alle meine anderen Kinder hatte ich mit meinem Atemhauch getötet, als sie von der Brust ihrer Mutter entwöhnt waren. Nur ihn hatte ich für mich gerettet, und er war es, der mir das antat. Und auf dem Weg sah ich zum ersten Mal die Militärbasen und die Soldaten an den Straßensperren und die jungen Mädchensoldaten und die Panzer am Straßenrand und die großen gelben Schilder. Und auf der Bank vor uns saß einer der freigelassenen Jungen und redete auf seinen Vater ein. Die Worte strömten mechanisch und leer aus seinem Mund. Er sagte: Rache, und er sagte: die Pflicht zum Aufstand. Er erzählte von dem bewaffneten Widerstand und von symbolischen Taten, die man vollbringen müsse, und ich hörte ihm zu, und auch Jasdi lauschte; der Vater des Jungen schwieg. Trennte und entfernte sich von seinem Sohn, der nicht mehr sein Sohn war. Und der Junge sagte, daß unsere Jugend die Erniedrigung satt habe und auch mit dem »Sumud«, dem geduldigen Leiden, fertig sei, das nichts anderes als gut getarnte Feigheit sei, und darüber stimmte ich mit ihm im Grunde meines Herzens überein, und er erzählte, daß es heimliche Organisationen und Pläne gäbe, daß Waffen von jenseits des Flusses hierhergelangten und ausgebildete Kämpfer alle Sperren überwänden und heimlich in unsere Mitte aufgenommen würden; er redete, und Jasdis Lippen bewegten sich, als hätte er die Worte mit ihm einstudiert. Tyrannei muß mit Gewalt beantwortet werden. Die Eisenfaust wird die Faust aus Stahl treffen. Ein Licht leuchtete in Jasdis Augen auf. Ein weißes, aussätziges Licht. Vor zweieinhalb Jahren war das gewesen, und ich verlor ihn. Und darum jetzt Vorsicht, Klugheit, Vernunft des Besorgten.

20 Um sieben Uhr abends ölten die Soldaten ihre Waffen und füllten die Magazine mit Patronen auf. Katzman saß im Stabszelt an einem wackeligen Klapptisch und beobachtete, wie Schaffer und der Nachrichtenoffizier versuchten, ein rundliches und schlüpfriges Stück Pappe – die Skizze des »Höhlenhügels« – mit Stecknadeln am Zelttuch anzubringen. Im nahe liegenden Café wurde arabische Musik gespielt, die die Luft stickig, warm und schwer machte. Fliegen, deren Tageslauf durch die Hitze durcheinandergeraten war, surrten noch in der Dunkelheit, hingen in Trauben auf den Zeltplanen, den Tischen, dem in eine Ecke geworfenen Sturmgepäck. Ein Blatt Papier aus einem Heft lag vor Katzman. Er versuchte, etwas zu schreiben, aber das Schweigen der Soldaten draußen vor dem Zelt irritierte ihn. Schon fast eine Stunde lang wechselten sie kein Wort miteinander, beschäftigten sich nur träge mit den Vorbereitungen, und Katzman wußte, was dieses Schweigen zu bedeuten hatte.

Schaffer näherte sich ihm, blickte überrascht auf das Blatt Papier und war noch überraschter, als Katzman das Geschriebene mit der flachen Hand verdeckte.

Er lächelte: »Schreibst du Gedichte, Katzman?«

»Nein. Mein Testament. Deins auch, übrigens. Geh und hol die Soldaten.«

»Jawohl!«

Katzman lächelte. Faltete vorsichtig das Blatt zusammen. Es war kaum beschrieben. Nur das Datum stand darauf und eine Zeile. Ein Brief, der für Uri bestimmt war, und wenn sie hier herauskämen, würde er ihm den Brief geben und eine anhaltende Bedrückung loswerden. Ein Brief der Erklärung und vielleicht – der Rechtfertigung. »Ich verspüre das Bedürfnis, Dir zu erklären, warum ich Dich damals bat, zu mir nach Dschuni zu kommen.« Das waren die Früchte der letzten Stunde. Von allen Dingen, die zwischen ihnen waren, so spürte Katzman, war es gerade das, was eine umgehende Erklärung verlangte. Aber wie sollte er ihm das schreiben?

Die Soldaten betraten das Zelt, stießen einander an, setzten sich stöhnend auf die Erde, fluchten ohne Wut. Katzman stand mit dem Rücken zur Skizze. Er wartete, bis sie verstummten und begann zu reden. Wie gewöhnlich faßte er sich so kurz und knapp, daß es fast langweilig war. Seine Stimme war monoton, sein Gesicht verschlossen. Er erzählte ihnen nichts Neues. Sagte, daß die Ultimatumsfrist bei Sonnenaufgang ablaufe, das heiße, etwa um vier Uhr dreißig; daß bis jetzt zwei Mitteilungen von Laniado durchgegeben worden seien und dies die einzige Informationsquelle sei für das, was sich dort oben abspiele; daß man nicht mit Sicherheit wisse, wieviel Leute sich oben befänden – – – gut, Schaffer wird euch jetzt das Gebiet erklären.

Schaffer erhob sich. Er holte umständlich einen silbernen Kugelschreiber aus seiner Hemdtasche, zog die Teile auseinander, bis er einer langen Antenne glich. Die Soldaten grinsten. Schaffer hatte eine Schwäche für diese verspielten Hilfsinstrumente. Die dünne, silberne Spitze der Miene ruhte auf dem unteren Teil der Skizze. »Es gibt nur einen Weg nach oben«, sagte Schaffer, »und der ist ziemlich steil, die ersten Meter sind Kieselsteine, da muß man vorsichtig gehen. Hier fängt eine Steinmauer an, die immer niedriger wird, je weiter man hinaufgeht. Die letzten aus der Reihe legen sich auf sie. Von der Mauer aus kann man im Grunde den ganzen Hof überblicken. Alles klar?«

Die Soldaten nickten.

»Gut. Der Rest legt sich in einer Reihe bis zum Hofeingang flach. Hier werden wir uns möglicherweise im Gelände verteilen. Unser Nachrichtenoffizier glaubt, daß es hier vielleicht, nur vielleicht –« Schaffer warf dem jungen, dunkelhaarigen Nachrichtenoffizier einen kühlen und argwöhnischen Blick zu – »daß es hier vielleicht irgendeinen Strauch oder Baum gibt, der an der Wand der Höhle wächst und auf dem man bis über die Höhle klettern kann. Ich kann nur hoffen, daß du recht hast, Joni.«

Joni erklärte von seinem Platz aus: »Dieser Baum oder Strauch, was auch immer, ist nur eine Möglichkeit, die ihr in Erinnerung behalten sollt. Es ist keinesfalls hundert Prozent sicher. Das stumme Mädchen, die Enkelin des Alten, hat uns mit Zeichnungen das Gebiet erklärt. Hier, mitten in die Wand, zeichnete sie etwas ein, das nur irgendein Gewächs sein kann. Es kommt in allen Zeichnungen vor.«

»Behaltet es in Erinnerung«, murrte Schaffer. Er war nicht sehr erfreut, zu einer Operation aufzubrechen, die anhand der Zeichnungen eines kleinen stummen Mädchens geplant worden war und nach irgendwelchen verrückten und vagen Ideen, die Katzman sich in den Kopf gesetzt hatte. Er versuchte fortzusetzen: »Wenn es tatsächlich so einen Strauch gibt, dann klettern Natke, Esri und Gabi hinauf und legen sich --- uff, Katzman!«

Schaffer hielt es nicht aus. Es wurde ihm aufgetragen, einen Operationsplan zu präsentieren, an dessen Gelingen er nicht glaubte. Er starrte Katzman mit den Augen eines widerspenstigen Kindes an und verkniff widerwillig den Mund. Katzman erhob sich schnell und wies Schaffer an, sich zu setzen. Die Soldaten verfolgten aufmerksam, was zwischen den beiden vorging.

»Fragen?« sagte Katzman.

Die brachen wie komprimierter Dampf aus. Zweifel und Verlegenheit und Wut wurden ihm entgegengeschleudert. Es war unmöglich, auch nur ein einziges Wort in dem Stimmengewirr zu verstehen. Katzman hob die Hand und brachte die Stimmen zum Schweigen. Dann sagte er: »Uns allen ist klar, daß solch ein Plan scheitern muß. Es reicht, daß sie einen Beobachter auf dem Pfad lassen, der wie an einer Schießbude auf uns zielen kann.« Katzman machte eine Pause und legte die Fingerspitzen aneinander. Die Soldaten sahen, wie seine Gesichtshaut sich straffte und seine eingesunkenen Wangen sich noch mehr vertieften. Er sagte: »Der ganze Plan ist nur eine Alternative zu dem Hauptplan, der besagt, daß nur ich an der Sache teilnehme und ihr mich deckt. Er basiert auf der Annahme, daß wir alle uns irren. Daß nur ein Mann mit Laniado dort oben ist – der Alte.«

Er wartete, bis der erneute Sturm sich gelegt hatte. Das Zelt war zu eng, um die dampfende Erregung zu fassen. Katzman sagte: »Fragt mich nicht danach, denn ihr werdet keine Antwort bekommen. Ich habe alle Daten, die ihr kennt, überprüft und noch einige, die ihr nicht kennt, hinzugefügt, das wär's. Ich gehe vor euch den Pfad hinauf und rede mit dem Alten und hole Laniado heraus. Es wird keine Schießerei geben. Ihr folgt mir nur sicherheitshalber.«

Ein langgliedriger Soldat in dreckiger Uniform, derselbe, den Katzman unter dem Tarnnetz schlafend gefunden hatte, hob seine Hand. Katzman hörte ihm mit gelangweilter Miene zu. Der Soldat sagte: »Herr Kommandant, irgend etwas ist faul an der Sache. Es ist klar, daß es sich nicht um einen gewöhnlichen Erpressungsanschlag handelt, meiner Meinung nach –«

»Ich möchte das Wort Erpressungsanschlag hier nicht hören«, sagte Katzman streng. »Was hier geschieht, ist eine interne Auseinandersetzung zwischen – eh – dem Alten und Uri. Die ganze Sache mit dem Ultimatum ist nur ein Vorwand. Klar?« Er spürte, daß er sich sehr wenig überzeugend anhörte.

Der langgliedrige Soldat redete in demselben gleichgültigen, leicht provozierenden Ton weiter: »Meiner Meinung nach, und ich bin nicht der einzige, der so denkt, sollten Sie sich das Ganze noch mal genau überlegen, Herr Kommandant. Sich vielleicht mit jemandem beraten. Auf den Späher warten, den Joni herbestellt hat. Man kann nicht einfach hinaufge–«

Katzman unterbrach ihn wie ein weißer, giftiger Blitz: »Nur der Alte hält Laniado dort fest. Nur ein alter und verrückter Mann von über siebzig. Es ist fast sicher, daß er keine Waffe hat. Und wenn er eine hat – kann er sie nicht bedienen.«

Der Soldat hatte, während Katzman sprach, langsam und gehorsam genickt, griff aber sofort an: »Wie kann es sein, daß da nur ›ein alter Mann von über siebzig‹ ist? Laniado hat doch ausdrücklich gesagt, daß dort oben Leute sind und wir nicht wagen sollen, mit Gewalt vorzugehen, weil sie ihn dann töten werden?!« Die Soldaten brummten zustimmend. Ein rothaariger Soldat fügte leise hinzu: »Angenommen, er ist verrückt, der Alte, aber aus den Geschichten, die uns über ihn erzählt wurden, hört er sich recht hartnäckig an und weiß, was er will. Und ich bin schon lange in den Gebieten, Herr Kommandant, und von so etwas habe ich noch nie gehört. Und ich glaube, Sie auch nicht.«

Schaffer wartete zufrieden, bis die Wogen der Feindseligkeit, die an Katzman bisher nur geleckt hatten, beinah über ihm zusammenschlugen, und fügte dann seine eigene kleine Gnadenwelle hinzu: »Und angenommen, er hat keine Waffe, wie erklärst du dir dann, daß Laniado mit ihm gemeinsame Sache macht? Sieh mal – du weißt genau, daß ich nicht so verrückt nach Laniado bin, aber er ist trotzdem kein Vollidiot, und wenn er den Alten nicht gleich am Anfang, als die ganze Sache anfing, fertiggemacht hat, dann ist das ein Zeichen, daß er von ihm irgendwie bedroht wird, oder?« Schaffer sprühte vor lauter Klugheit und blickte mit Genugtuung um sich.

Katzman hörte zu. Er wußte, daß er ihnen nicht erklären konnte, was dort oben wirklich vor sich ging. Derart fein und versteckt waren die Dinge. Nicht einmal sich selbst konnte er sie klar formulieren, er fühlte nur, daß er sich nicht irrte. Daß es nur eine Erklärung für diesen Vorfall gab. Er betrachtete die aufgebrachten Soldaten, hörte aber nicht ihre Stimmen. Er wußte, daß sie sich fürchteten. Sie hatten seit gestern morgen nicht geschlafen, und der gefährliche Sturm auf das Haus in Dschuni zerrte an ihren Nerven. Sie hätten am Morgen Ausgang haben sollen, wurden jedoch hierher abkommandiert. Aber es war nicht der Mangel an Schlaf, sondern die tiefe Verlegenheit, die in ihnen ein Angstgefühl auslöste. Es schien, als sei etwas in den Spielregeln durcheinandergeraten. Dieser Chilmi erschien ihnen aus irgendeinem Grund wie einer, in dessen Hand es liegt, die Wirklichkeit nach seinem Willen zu gestalten. Katzman beschloß, daß es am dringendsten sei, diesen mystischen Eindruck zu löschen. Er sagte: »Joni, steh auf und erzähl den Jungens von dem Alten. Alles, was wir heute im Dorf über ihn erfahren haben.«

Der Nachrichtenoffizier, dunkelhäutig und etwas kahlköpfig, mit spitzem, entschlossenem Gesicht, erhob sich. Er sagte: »Es handelt sich um einen alten Mann von siebzig bis fünfundsiebzig Jahren. Er heißt Chilmi. Er hat keine Freunde im Dorf, außer einem anderen Alten, der auch ziemlich meschugge ist. Wir haben mit ihm gesprochen und nichts aus ihm herausholen können. Chilmi hat auch gar keine richtige Familie im Dorf. Das kleine Mädchen ist wie eine Enkelin für ihn. Keine richtige Enkelin. Auch der Sohn, den er hatte, war nicht——« Ein Krauskopf mit dicken Brillengläsern spähte herein.

»Ja, Amos?«

»Herr Kommandant, er ist am Apparat. Kommen Sie.«

Katzman bahnte sich einen Weg hinaus und folgte dem Funker in sein Zelt. Auf den Apparaten blinkten rote und grüne Lämpchen wie die Augen von Nachtfischen.

»Amos an Laniado.«

Eine kurze Störung, dann tauchte die Stimme Uris auf. Katzman bemerkte sofort, wie erschöpft er war.

»Hier Laniado. Wo ist Katzman, Amos? Hast du Katzman geholt?«

Katzman nahm den Hörer und drückte auf die schmetterlingsförmige Taste: »Hier spricht Katzman, hör mal, Uri –«

»Hör gut zu, Katzman«, Uri klang elend und hohl. »Er wird mich töten. Er ist völlig verrückt geworden in den letzten Stunden.«

»Ist er neben dir?«

»Ja. Er hört nicht auf, mit sich selbst zu reden. Die ganze Zeit hat er die Pistole auf mich gerichtet.«

»Und es ist ihm egal –« Katzman verstummte. Eine Pistole. Seine Augen begegneten Amos' Augen. Er sagte: »Ist es ihm egal, daß du mit uns sprichst?«

»Ihm ist alles egal. Er hat sich eine Sache in den Kopf gesetzt – daß er mich bei Sonnenaufgang töten muß. Er ist sicher, daß es zu meinem Besten ist, verstehst du? Der Rest ist völlig unwichtig. Ich habe ihm vorgeschlagen – Katzman?«

»Jch bin noch dran. Hör mal – ich habe vor, heraufzukommen und mit ihm zu reden.«

»Das ist genau das, was ich ihm vorhin vorgeschlagen habe. Warte mal kurz.«

Einen Augenblick herrschte Schweigen. Amos kritzelte Zeichnungen in das Eintragungsbuch, das vor ihm lag. Uris Stimme ertönte wieder, etwas frischer und deutlich überrascht: »Er ist tatsächlich einverstanden, hör mal – er erinnert sich an dich von damals, als wir beide ins Dorf kamen.«

Katzman fragte erstaunt: »Er ist einverstanden? Einfach so? Ohne – –«

Uri sagte ungeduldig: »Ja, du verstehst gar nicht – es ist ihm egal, ob du dasein wirst oder nicht. Er muß mich nur töten, kapierst du jetzt?«

Katzman bemerkte den neuen Ton, der jetzt in Uris Stimme gekommen war. Eine Art wütender Verachtung. Er fragte: »Wann soll ich hinaufkommen?«

Uri redete mit Chilmi, ohne den Finger von der Taste zu nehmen. Katzman konnte die krächzende, gebrochene Stimme des Alten hören. Im Hintergrund spielte ein Radiosender. In Katzman keimte eine Idee. Diese Musik könnte beim Einsatz des Deckungstrupps behilflich sein. Uri fragte etwas, und der Alte antwortete. Katzman bemerkte, daß in der Stimme des Alten keine Spannung lag, als begreife er gar nicht, in welcher

Lage er sich befand. Das erleichterte ein wenig den Plan, den Katzman ausführen wollte, machte aber auch die Reaktionen des Alten unvorhersehbar.

»Um Mitternacht«, sagte Uri. Katzman und Amos warfen einen Blick auf ihre Uhren. Noch vier Stunden.

»Geht es nicht etwas frü-« Ein langes und leises Knattern, wie das Schnurren einer satten Katze, unterbrach Katzmans Frage. Uri hatte das Funkgerät ausgeschaltet. Vielleicht hatte Chilmi es ihm befohlen. Katzman verließ Amos und kehrte ins Stabszelt zurück, wobei er darauf achtete, ein verschlossenes Gesicht zu bewahren, trotz der großen Erleichterung, die er empfand.

»Er zog den Jungen allein auf, ohne Frau, bis dieser sich mit ein paar anderen von der Bande aus Andal der Fatach anschloß, und gestern wurde er in Dschuni getötet.« Katzman bückte sich und trat ein. Sofort spürte er die schwere Bedrückung im Zelt. Sein Seismograph zitterte ein wenig. Der Nachrichtenoffizier sagte: »Und das ist alles, was uns über ihn bekannt ist. Wir hatten nur ein paar Stunden Zeit, die Leute zu verhören, und es sind keine weiteren Arabisch-Übersetzer vom Hauptquartier gekommen.« Er sah Katzman anklagend an.

Katzman betrachtete die kleine Gruppe von Soldaten. Jetzt begriff er seinen Fehler: er hatte ihnen die Angst vor Chilmi nehmen wollen, jedoch genau das Gegenteil erreicht. Die Verbindung zwischen dem Alten und dem Jungen, der gestern in Dschuni umgekommen war, hatte den Alten wieder in ein rächendes Wesen von uralter Macht verwandelt.

Der Soldat mit den langen Gliedern durchbrach die Stille: »Ein seltsamer Mann, der Alte. Hört sich eigentlich gar nicht so verrückt an.«

Der rothaarige Soldat fügte hinzu: »Herr Kommandant, es sieht immer weniger nach einem gewöhnlichen Fall von Anschlag und Sturmangriff aus. Das ist keine Sache, die man mit einem Sturmangriff und ein paar Schüssen erledigen kann. Und trotz allem, was Sie gesagt haben, hab ich den Eindruck, daß wir darauf zusteuern.« Die Soldaten nickten und murrten, sahen Katzman dabei nicht an.

Katzman sagte langsam: »Ich habe mit Laniado gesprochen. Wie ich's mir gedacht habe – nur der Alte ist bei ihm dort oben. Und er ist einverstanden, daß ich hinaufkomme, allein, um Mitternacht. Fragen?«

Schaffer schnellte auf: »So einfach?« Und Katzman entgegnete mit zurückhaltender Wut: »So einfach, das heißt: nicht so einfach, denn der Alte hat doch eine Pistole, aber davon abgesehen, so einfach.« Aber auch ihn begann plötzlich diese Einfachheit zu stören, der er keine Aufmerksamkeit mehr geschenkt hatte, seit er aus dem Zelt des Funkers gekommen war.

Schaffer brauste auf: »Das ist eine Falle, Katzman. Sie locken dich in einen Hinterhalt. Du bist ein höherer Trumpf als Laniado, hör auf mich, Katzman –«

Katzman, der dicht neben ihm stand, sagte kalt: »Ich habe dich gehört, Major. Jetzt nimm die Soldaten und verhänge eine kleine Ausgangssperre im Dorf, bis morgen früh um sechs. Entlassen.«

Die Soldaten erhoben sich, über den jähen Umschwung überrascht. Katzman und Schaffer standen einander noch immer gesträubt und keuchend gegenüber. Katzman sagte langsam: »Von jetzt an gehen wir diesen Fall wie einen polizeilichen Fall an, denn er ist genau das. Das ist überhaupt keine militärische Angelegenheit, und von dem dummen Ultimatum will ich nichts mehr hören, weder von dir noch von irgendeinem anderen. Ich habe vor, die Sache alleine zu lösen, zwischen mir und Laniado. Hast du mich verstanden, Schaffer?«

Schaffer nickte stumm; seine gewaltigen Kinnladen schlossen sich fest, als versuchten sie, bestimmte Worte daran zu hindern, die Sperre der sich öffnenden Lippen zu durchbrechen. Katzman fügte hinzu: »Geh jetzt und verhäng die Ausgangssperre. Aber leise. Ohne Lautsprecher. Geht von Haus zu Haus. Damit der da oben nichts merkt und sich nicht aufzuregen beginnt.« Schaffer nickte stumm. Drehte sich um und wollte gehen, als Katzman ihn an der Schulter packte: »Sag auch dem vom Café, er soll sein Radio lauter stellen.«

»Was? Noch lauter?«

»So laut wie möglich. Das kann euch helfen, wenn ihr den Kiesweg hochgeht. Siehst du, Schaffer? Ich denke weiterhin an alle Möglichkeiten.«

»Die Musik wird uns noch wahnsinnig machen, bis wir hinaufgehen.« Schaffer bückte sich und ging hinaus zu dem Lärm der Grillen und Antennen. Katzman eilte zum kleinen Tisch. Die Dinge, die er Uri schreiben wollte, hatten ihn während der ganzen Lagebesprechung wie eine zu volle Blase bedrückt. Es war ihm wichtig, sie klar zu formulieren, bevor er Uri oben begegnen würde. Er wußte mit Sicherheit, daß er durch das, was er zu Papier brächte, sich selbst besser verstehen, sich selbst ein wenig erträglicher sein würde.

Aber als er vor dem fast leeren Blatt Papier saß, sank seine Stimmung erneut. Einen Augenblick lang nagte er an seinem Kugelschreiber, zeichnete Linien auf den zerritzten Tisch, trommelte mit seinem Finger gegen den Mund. Dann beschloß er, Kapitelüberschriften zu Hilfe zu nehmen, wie er es zu tun pflegte, wenn er Berichte abfaßte. Er notierte auf eine Ecke des Blattes in winzigen Buchstaben: Kalkilja; die Kolonnen; Dajan; Sichem.

Er rückte die große Feldlampe auf dem Tisch zurecht und legte stürmisch los: »Alles fing in Kalkilja an. Innerhalb eines Tages zerstörten wir die ganze Stadt. Wir ließen keinen Stein auf dem anderen. Wir schossen mit allen Waffen, auch als kein einziges Haus mehr stand.« Er hielt an und las. Das war nicht schlecht, aber damit hatte er nicht gesagt, was er empfunden hatte, als die Häuser hinter der Kanone seines Tanks zu Staub aufflogen. Darin steckte schon eine gewisse Lüge. Katzman zürnte: selbst solch ein Brief entkam nicht seinem inneren Aussatz. Er schrieb mit Anstrengung weiter: »Am Abend hörten wir mit der Schießerei auf, und die Einwohner begannen, die Stadt zu verlassen. Es waren einige Tausend. Sie nahmen alles, was ganz geblieben war, luden es auf Esel oder auf den Rücken und gingen los.« Er erinnerte sich wieder an die endlose Kolonne, die aus der zertrümmerten Stadt auszog. Er müßte auch über die heitere Buntheit der Kleider und Gegenstände schreiben, die in so krassem Gegensatz zu der ganzen Situation und dem Gesichtsausdruck der Menschen stand. Katzman fühlte, daß er die Hauptsache verfehlte. Er fügte hinzu: »Greise und Verwundete blieben zurück, um in der Stadt zu sterben. Ich fand dort einen kranken Jungen mit hohem Fieber, den man in der Eile des Aufbruchs vergessen hatte, und ich jagte mit dem Jeep der Kolonne nach und fand seine Eltern.« Wie dumm es war, das zu erwähnen. Als wollte er sich in Uris Augen reinigen. Aber es war nicht passend, in solch einem Brief viel auszustreichen. Katzman wollte Uri schreiben, wie er, gleich nachdem die Einwohner in einem elenden Marsch die Stadt zu verlassen begannen, zusammen mit ein paar anderen Offizieren versucht hatte, sie aufzuhalten. Die Offiziere liefen zur Spitze der Kolonne und riefen auf arabisch, daß es für die Einwohner besser wäre, in ihrer Stadt zu bleiben; daß es keinen Sinn hätte, in ein anderes Flüchtlingslager zu wandern; daß man ihnen nichts mehr antun würde. Die entwurzelten Einwohner blickten sie ausdruckslos, sogar ohne Haß, an und zogen weiter. Es war ein paradoxer Anblick: die Armee, die gerade erst die Stadt zerstört hatte, flehte die Einwohner an dazubleiben, aus Mitleid mit ihnen. Vielleicht auch: aus Reue und aus der Ernüchterung über das, was man ihnen angetan hatte. Die Menschen gingen weiter. Katzman schrieb nicht über all diese Dinge. Das Bewußtsein vom Verfehlen seiner ursprünglichen Absicht wuchs. Vielleicht sollte er an einem ganz anderen Punkt ansetzen.

Eines Abends, nachdem die drei sich geduscht, gegessen und sich ein wenig ausgeruht hatten, schlug Schosch vor, »Scrabble« zu spielen. Es war ein angenehmer Abend. Uri hatte gerade seine letzte Prüfung geschrieben und Schosch hatte einen Sieg mit einem weiteren Jungen errungen, und nur Katzman war etwas angespannt wegen des Vorschlags, den er Uri machen wollte, und weil er nicht wußte, wie er ihn vortragen sollte. Sonnenblumenkerne und Kekse wurden gebracht, dann klappte man das Spielbrett auf dem Tisch auf, verteilte die Buchstaben, und Stille trat ein. Katzman erinnerte sich: Er berechnete seine Schritte; wartete, bis er alle Buchstaben, die er für sein Wort benötigte, zusammen hatte, und sagte dann wie nebenbei zu Uri: »Vielleicht kommst du nach Dschuni, um mit mir zusammenzuarbeiten, jetzt, wo du mit dem Lernen fertig bist?«, und er beeilte sich hinzuzufügen: »Das ist nur so eine Idee, die mir gerade gekommen ist, aber warum eigentlich nicht?« und legte die Buchstaben des Wortes »Chance« aufs Brett.

Schosch rückte sie automatisch so dicht aneinander, daß kein Hohlraum zwischen ihnen blieb. Katzman beobachtete ihre tüchtigen, etwas mürrischen Hände. So reinigte sie sich auch nach dem Liebesakt. Uri starrte ihn noch immer überrascht an und grinste verständnislos. Katzman sah, wie Schoschs Lippen sich spannten und blaß wurden. Sie verstand genau die Bedeutung von Katzmans Vorschlag und hatte vor, dagegen zu kämpfen.

Schließlich sagte Uri: »Ich verstehe nicht. Erklär mir, was du meinst.« Rasch legte Schosch mit einem harten Klopfen, wie jemand, der einen Stempel auf ein Urteil drückt, fünf Buchstaben senkrecht an das »e« in »Chance«.

»Gefahr«, las Uri. »Erklär, Katzman.«

»Gefahr«, wiederholte Schosch mit Betonung und sah Katzman bedeutungsvoll an.

Uri zählte die Punkte, wobei sich seine Lippen bewegten. Elf, verkündete er schließlich und notierte die Zahl in seiner großen, krummen Handschrift. »Jetzt bin ich an der Reihe, laßt mich in Ruhe nachdenken und drängt mich nicht immer.«

Katzman vertiefte sich in die Holzbuchstaben in seiner Hand und wich Schoschs fordernden, zornerfüllten Blicken aus. Er hatte geahnt, daß sie so reagieren würde. Auch sie brauchte Uri als eine Art Faden, der den Boden berührt. Katzman sprach leise: »In Santa Anarella haben wir viel über diese Dinge geredet, Uri. Du hast mir dort gesagt, daß jeder in seinem eigenen schmalen Bereich kämpfen muß. Wir beide haben seither nicht viel getan. Du weißt, daß ich auch darum nach Dschuni gegangen bin, um in meinem Bereich zu kämpfen. Jetzt möchte ich, daß du mit mir dorthin kommst. Was hältst du davon?« Schosch betrachtete ihn mit einer Verblüffung, die sie nicht zu verbergen versuchte. In ihren Augen sah er, daß sie glaubte, er lüge. Er selbst war sich nicht sicher über seinen Wunsch. Zwar wollte er Uri unbedingt in Dschuni haben, aber nicht nur deswegen hatte er ihn gebeten, dorthin zu kommen. Was war es? In Schoschs Augen las Katzman eine mögliche Antwort, die ihn überraschte: innerhalb des trügerischen Gewebes ihrer gegenseitigen Lügen, und jeder in seinem eigenen schmalen Lügenbereich, war ein gewisser Vorteil für denjenigen zu erwarten, der sich in Uris Nähe aufhielt.

Das Licht der Feldlampe zitterte und verdunkelte sich ein wenig. Katzman gab ihr einen Schlag auf die Seite, und das Licht erwachte und schien wieder beständig aufs Papier. Es war leichter, Gefühle und Wahrheiten mit Hilfe von Holzbuchstaben und einzelnen Wörtern auszudrücken. Sätze, die mit der Hand geschrieben wurden, hatten die Eigenart, sich irgendwo zu verstreuen und die Bedeutung zu verfehlen, den lebendigen Gedanken, der sie gebar.

Katzman schrieb: »Irgendeiner aus den hohen Rängen bereute anscheinend den Befehl, Kalkilja bombardiert zu haben. Der Außenminister, der die Stadt besuchte, war erschüttert. Er bat darum, sich persönlich mit jedem einzelnen der Kommandeure, die an der Bombardierung teilgenommen hatten, zu unterhalten. Es sollte ein klärendes Gespräch sein, aber es geschah etwas Seltsames und – –«

Und was? Und Grausames. Und Peinliches. Und Entblößtes wie eine Wunde. Katzmann schrieb: »und Eigenartiges mit ihm.«

Der einäugige Mann mit dem Puppengesicht und der hohlen Stimme fragte Katzman, warum er weiter geschossen hätte, auch als es nicht mehr nötig war. Katzman stellte erstaunt fest, daß weder ein Tadel noch eine Anklage in der Frage lag, nur eine tiefe Neugier. Katzman war müde vom Kämpfen, von der Atmosphäre des Todes, die alles einhüllte; von der schmerzhaften Ernüchterung, die dem Rausch der Zerstörung folgte. Er stieß die Wahrheit aus seinem Inneren hervor als sei sie ein Kern, der seine Kehle würgte. Er sagte dem Minister, daß er mit der aggressiven Bombardierung den Schmerz lindern wollte, der in ihm war und noch immer in ihm sei. Der Minister fragte, was Katzman damit meinte. Katzman sagte: »Diesen Krieg. Das ganze Zerstören. Das Morden. Ich konnte nicht mehr.« Er erwartete nicht, daß seine Worte verstanden würden, da sie nur eine vage Formulierung seiner Bisse ins eigene Fleisch waren. Aber irgend etwas sickerte trotzdem ein. Katzman rüttelte sich wach und schrieb auf das Blatt Papier vor ihm: »Dajan fragte mich sehr interessiert nach der Bombardierung aus. Ich sagte ihm, daß die Schießerei mich erleichtert hätte, da sie ein Protest war.« Da, dachte Katzman, jetzt geht es langsam.

»Spiel schon«, sagte Schosch zornig.

Uri betrachtete seine Buchstaben. Es fiel ihm schwer, sich auf das Spiel zu konzentrieren und gleichzeitig das Angebot zu verdauen. Er suchte die Spur eines Lächelns in Katzmans Gesicht, und fand sie nicht. Im Gegenteil: er sah eine gespannte Finsterkeit.

»Spiel schon«, fuhr Schosch ihn füsternd, flehend an.

Uri erwachte aus seinem Starren. Wie einem Befehl folgend legte er die Buchstaben an. Ein glückseliges Lächeln leuchtete in seinem Gesicht auf, das sowohl Schosch als auch Katzman Schmerz bereitete. Er setzte die Buchstaben an das »n« der Katzmanschen Chance: »Sehnen«, sagte er, »nicht schlecht, oder?«

Katzman rieb sein Kinn und murmelte zustimmend. Mit berechnender List hatte er alle Saiten in Uri angeschlagen. Als er ihn an Italien erinnerte, konnte er regelrecht sehen, wie die Erinnerung in seinem Gehirn aufwirbelte: die Wellen jenes süßen Gefühls, von dem Uri ihm erzählt hatte, und die Wahrheit, die unverkennbar war, und die Kunst, die ihm eingeprägt war. Katzman sagte: »Ich habe schreckliche Buchstaben heute.« In Wirklichkeit waren es sehr gute, aber genau wie Schosch hatte auch er schon gemerkt, was sich zwischen ihnen auf dem Brett abspielte. Er fuhr mit seinen Augen über die Holzbuchstaben, auf den Worten schreitend wie jemand, der auf einer sehr wackeligen Brücke geht. Einen Augenblick tat es ihm leid, daß sie nicht mit Karten statt mit Buchstaben spielten. König. Dame. Bube. Oder noch besser: Dame, Bube und Joker.

Schosch betrachtete mit starrem Gesicht die Buchstaben in ihrer Hand. Dann setzte sie an Uris Sehnen fünf Buchstaben an. »Listig«, sagte sie tonlos.

»Listiger als alle Tiere auf dem Feld«, sagte Katzman und legte das Wort »Schale«.

Uri erinnerte sich und lächelte: »Die zerbrechliche Schale, erinnerst du dich? Plötzlich kehrt alles wieder. Jetzt kommst du und nimmst mich einfach, holst mich aus meinem Haus, von meiner Frau –«

»– aus meiner ›Schale‹«, scherzte Schosch säuerlich.

»Ah, an diese Bedeutung habe ich nicht gedacht, sehr schön, Schosch, sehr schön«, sagte Katzman und biß vorsichtig in einen Keks.

Uri fragte: »Wie lange willst du mich dort haben?«

»Solange du willst. Nicht mehr als neun Monate, denn ich bleibe auch nicht länger, aber komm, sagen wir, für ein halbes Jahr. Am Anfang zur Probe, und wenn es dir gefällt – dann bleibst du. Übrigens – du wirst keine Uniform tragen müssen.

Ich sehe eine ausgesprochene Zivilaufgabe für dich vor. Etwas, für das du sehr geeignet bist, es hat mit der Bevölkerung zu tun, die Behandlung – –«

»Ein Gedanke, der mir gerade eingefallen ist«, zitierte Schosch leise.

Uri breitete seine Arme zwischen ihnen aus. Er begann zu begreifen, daß Katzman nicht spaßte: »Ich verstehe wirklich nicht, Katzman, wozu brauchst du mich dort?«

Um auf mich aufzupassen, dachte Katzman, um zwischen mir und dem süßen Gefühl, das mir verlorengegangen ist, zu vermitteln. »Es ist hart und beschissen dort, Uri. Das weißt du. Man muß dort mit Bosheit und ohne Logik vorgehen, manchmal Häuser von unschuldigen Menschen sprengen und Kinder verhaften, kurz – über Menschen herrschen, die einen nicht wollen. Bevor ich dorthin kam, hatte ich Pläne. Vor drei Monaten wollte ich noch die Welt verbessern.« Er verstummte und sah Uri flehend an: »Ich schaffe es nicht, auch nur irgend etwas von all dem, was ich vorhatte, zu tun. Das muß ich zugeben. Dort ist alles so kompliziert. Eine Menge widersprüchlicher Faktoren und eine Menge Stimmen, auf die man hören muß, und ich schummele, Uri, ich spiele das Spiel, das man von mir zu spielen erwartet.« Und im Inneren dachte er: Und darum brauche ich einen Souffleur, der mich leise an meine Zeilen erinnert, die ich vergessen habe.

Schosch sagte mit harter Stimme: »Ich sehe nicht, was Uri dort tun könnte.« Auch sie hob nicht die Augen, um Katzman anzusehen. Sie suchte sich neue Buchstaben aus dem Haufen heraus und kehrte jedes Hölzchen, das sie nahm, wie einen Stein um, unter dem es von scheußlichem Ungeziefer wimmelte. Sie überlegte kurz und legte das Wort »Gefecht«.

»Als Vertreter der Bevölkerung. Einwohneroffizier oder etwas Ähnliches.«

»Gibt es so einen Posten überhaupt?« fragte Uri.

»Nein, aber wir werden ihn erfinden. Das war eine meiner Ideen, bevor ich mein Amt antrat. Sie haben sich verpflichtet, sie anzunehmen. Hör mal – ich habe auch Offiziere aus dem Panzerkorps mitgenommen, was nicht so üblich ist. Sie werden schon einverstanden sein. Wir werden jeden Tag gemeinsam nach Hause fahren können.«

Das Wort »nach Hause« ließ Schosch auffahren. Das Blut schoß ihr ins Gesicht. Sie sagte zornig: »Das ist Unsinn. Unsinn. Ich begreife dich nicht, Katzman. Überleg mal einen Augenblick, was du ihm da vorschlägst.«

Katzman trommelte mit seinem Finger auf das Wort, das sie ihm vorhin hingeworfen hatte. Listig. Er überlegte, welches Wort er ansetzen sollte.

Der hochmütige, spöttische Minister schien plötzlich vor Katzmans Augen aufzubrechen. Er begann ihn fordernd auszufragen: wie war dieser Schmerz beschaffen, der Katzman dazu trieb, aus Protest gegen die Grausamkeit ausgerechnet mit Grausamkeit vorzugehen; erfolgte daraufhin eine Erleichterung, und worin bestand diese Erleichterung? Fühlte er, daß er sich auf irgendeinem Wege gereinigt hatte, oder versank er noch mehr in Bedrückung? Sein eines Auge funkelte stark, während er sprach, und ließ Katzman nicht in die Kissen der Dumpfheit zurückfallen. Es schien, als sei er sicher, daß Katzman genau verstand, wovon er sprach. Katzman schrieb: »Immer wieder sagte ich ihm die gleichen Dinge. Daß ich mit allen Waffen schoß, um zu protestieren. Ich empfand damals weder Freude noch Schadenfreude, noch Haß gegenüber den Einwohnern. Nur Mitleid mit ihnen und mit uns. Darum schoß ich. Aber Dajan wartete scheinbar auf eine andere Antwort. Oder vielleicht erklärte ich mich nicht gut genug. Auch mit Dir konnte ich nie richtig darüber sprechen.« Vielleicht mache ich es jetzt, dachte er.

Sogar durch den Schleier der Müdigkeit hindurch empfand Katzman Sympathie für den brennenden Mann, der ihn so fieberhaft ausfragte. Dajan war in seinen Augen wie ein eingesperrter Wolf, der jeden Augenblick mit einer zwanghaften Bewegung die Ecken seines Käfigs prüfte. Sein ganzes Leben war eine nervöse Folge dieser Bewegung. In seiner Jugend hatte er sein Leben auf den Schlachtfeldern riskiert und wußte nicht, was es war, das ihn so antrieb. Später betrog er ständig seine Frau vor aller Augen und verstieß gegen die Staatsgesetze, indem er in antike Gräber stieg und sie plünderte, und auch das reichte ihm nicht. Irgend etwas fehlte noch: die Antwort auf eine quälende Frage, die sein Leben vergiftete und seiner Vernunft spottete. Dann stieg er rasch zur politischen Spitze auf und eroberte sie, so wie er vorher die militärische erobert hatte; er wurde sehr reich und noch versessener auf Reichtum; schließlich brachte ihn seine erbitterte Suche sogar zu den verminten Dschungeln Vietnams, aber noch immer wußte er nicht, was Katzman bereits in dem Augenblick begriff, in dem er die Ähnlichkeit zwischen sich und ihm spürte: daß der Käfig, in dem er gefangen war, aus dem elastischsten Material gebaut war, das es gab. Daß er sich endlos dehnen konnte, da er weder Wände noch Dach hatte. Und auch keinen Boden. Ein Mensch konnte sein Leben lang darin hausen, ohne ihn je wirklich zu berühren. Ohne sich durch diese Berührung zu erkennen, und er war dazu verurteilt, sein Leben lang auf Jagd zu gehen und andere auf dem Weg zu töten und nie seine kühle Grenze zu erreichen. Nun wußte Katzman, daß auch sein verrücktes Beschießen der Stadt eine Art flehendes Schnuppern in den Ecken seines eigenen Käfigs war. Die Sehnsucht nach der Berührung mit dem Metall irgendeines Käfigs, der ihm befehlen würde – halt. Jetzt kehr zu dir zurück. Die Suche ist zuende. Eine starke Hand schien Katzman zu packen und ihn auf die Beine zu stellen. Er sagte dem Minister, er habe eine Bitte an ihn. Der Mann hörte ihn an, eine Ader pochte an seinem Hals. Er war offensichtlich beeindruckt von der zurückgehaltenen Aggressivität, die in Katzman steckte. Katzman schrieb in seinem Brief: »Ich sagte ihm, daß die Flüchtlinge aus Kalkilja nach Sichem zögen und jemand sich um sie kümmern müsse. Das war im Juni, und es war sehr heiß, und Fliegen und Krankheiten usw., und niemand hatte einen Nerv für sie. Er fragte, warum ich mich freiwillig dazu meldete, denn uns beiden war klar, daß es eine sehr undankbare Aufgabe war. Und ich sagte nur, daß ich es tun müsse, einfach müsse. Und ich keine bessere Erklärung hätte. Aber Dir, Uri, möchte ich es jetzt sagen, und es ist mir wichtig, daß Du es weißt. Ich wollte den –« Er suchte das passende Wort: »den Mechanismus, nein; die Folgen, die krassesten Ausdrücke des Unrechts und des Leids berühren. Des Leids, das ich selbst bewirkt hatte. Wie um mich zu kasteien, wie um –« Er schrieb hastig, wie jemand, der einen äußerst unangenehmen Satz ausstößt: »mich selbst zu erkennen.« Wieder hielt er an. Man muß sehr genau sein mit der Formulierung. Denn hier war er zur Hauptsache gelangt. Wenn es ihm gelingen würde, Uri zu erklären, was er in Sichem und Kalkilja empfunden hatte, würde er vielleicht davon befreit sein, ihm mit umständlicher Verlegenheit zu sagen, warum er ihn so sehr in Dschuni gebraucht hatte.

Uri sagte: »Jetzt spiel endlich, Katzman.«

Katzman setzte seine Buchstaben an: »Ende«.

»Deins und meins«, sagte Schosch lautlos.

Uri war an der Reihe und legte das Wort »einigen«.

Schosch warf ihm einen tödlichen Blick zu. »Einigen? Auf keinen Fall.« Und um es zu verdeutlichen, setzte sie ein P vor Uris Wort. »Peinigen«.

Uri sagte: »Ich muß ein wenig über dein Angebot nachdenken. Es ist ganz schön beängstigend. Ich habe gar keine Erfahrung in solchen Dingen.«

»Du hast eine herrliche Erfahrung«, entgegnete Katzman und legte sein Wort aus.

»Du Schlingel«, lachte Uri, »du hast mir das Feld besetzt. Was hast du geschrieben?«

Schosch seufzte und las: »›Verborgen‹. Ein schönes Wort.«

Uri zählte die Punkte zusammen. Dann multiplizierte er sie mit drei. »Dreißig, Katzman. Du hast das rote Feld mit dem dreifachen Wortwert erwischt. Alle Achtung.«

Er schrieb die Punkte auf, wobei seine Zunge in der Freude des Wettkampfes über den kaputten Zahn fuhr.

Katzman dachte daran, daß jedes Wort zwischen ihnen dreifach war. Die einfachen Buchstaben aus Holz. Geheimnisse über Geheimnisse. Er hatte bereits die Freude an seiner Freundschaft mit Uri verloren. Nur ein hartnäckiger Zwang war geblieben, ihn weiter in seiner Nähe zu behalten. Vielleicht, um erlöst zu werden. Vielleicht war es auch etwas anderes, etwas sehr Boshaftes. Und auch Schosch war schon von jener doppelten Traurigkeit befallen. Er betrachtete das verwüstete Schlachtfeld ihres Gesichts.

»Was schaut ihr mich so an, ihr zwei?«

»Was sagst du zu Katzmans Angebot?«

»Du tust ja eh, was du willst.«

»Du hörst dich nicht sehr zufrieden an.«

Mit einer jähen und erschrockenen Handbewegung schlug Schosch auf das Spielbrett. »He!« sagte Uri erstaunt, sah sie an, sah auf das Brett, versuchte, die durcheinandergeratenen Buchstaben wieder auf ihren Platz zu tun. Einen Augenblick formen seine schönen, blassen Finger gefährliche Zusammensetzungen, Wörter von tödlicher Wahrheit, stumme Schreie der Verzweiflung, seine Finger wissen bereits alles, denken Katzman und Schosch, dann ziehen sich die Finger vom Spielbrett zurück, geschlagen, verletzt, fallen wie tot auf seine Knie. Eine neue Stille tritt ein.

Katzman schreibt jetzt mit Fieberhaftigkeit. Die Worte ergießen sich aus dem Kugelschreiber. Daß nur keiner hereinkommt und ihn stört: »Und dort, Uri, erwachte etwas in mir. Du hast es in Italien in Dir erkannt, und ich habe es in Sichem erkannt. Für mich war Italien nur eine Nachahmung, nur eine blasse Rekonstruktion dessen, was mir in Sichem geschah. Plötzlich überkam mich dort der Wunsch, Gutes zu tun. Du hast in Santa Anarella von einer neuen Freude gesprochen. Bei mir war es keine Freude. Vielleicht kann man es Leidenschaft nennen. Es quälte mich, wie nur die Leidenschaft zu quälen vermag. Die äußere Geschichte hast du bereits von mir gehört – innerhalb von wenigen Tagen organisierte ich das größte Flüchtlingslager in Sichem. Ich drückte mindestens eine Woche lang kein Auge zu. Ich war so erregt, Uri. So lebendig. Ich brachte Lebensmittel und Medikamente dorthin und spürte sofort die potentielle Führerschaft aus der vor Angst und Verzweiflung betäubten Masse auf und erhielt auch Hilfe von den Einwohnern Sichems, hauptsächlich von den gebildeten, wohlhabenden Christen, und ich fühlte mich sehr gut, all das zu machen –«

Plötzlich teilte sich die schwere Luft über Katzman. Irgend jemand im Café hatte das Radio lauter gestellt, und die Musik drang nun durch alle Vorhänge und Zeltplanen ein. Eine näselnde Männerstimme heulte zu den Klängen einer süßlichen, klebrigen Melodie. Katzman hielt sich die Ohren zu und wartete, bis sich der Lärm, der sich in seinem Kopf erhoben hatte, legen würde.

Dann stürmte er wieder los: »– und seit damals habe ich mich nie wieder so gefühlt. Ich freute mich auf das Amt in Dschuni, das man mir angeboten hatte, denn ich hoffte, mich dort wiederzufinden. In Italien hatte ich Dich gefunden, und Du hast mir, ohne es überhaupt zu wissen, ein wenig Hoffnung gemacht.« Warum schreibe ich ihm das alles? »– Aber als ich dann nach

Dschuni kam, ging alles in die Brüche. Das ist eine Sache von chemischen Prozessen, Uri, Hoffnungen versauern schnell. Die Säuren in der Luft enthalten sogar Eisen, und kleine Träume sind aus schrecklich weichem Stoff gemacht. Sie haben nicht die geringste Chance. Und dann – dann hörst du sogar in deinem Inneren, daß man dich ›Lügner‹ nennt.«

Er hielt an. Sah überrascht, was er geschrieben hatte. Nicht das war es, was er sagen wollte. Warum hatte er sich zu solch einer emotionalen Beichte hinreißen lassen. Er zwang sich zu vergessen, daß noch ein anderer außer ihm den Brief lesen würde. Mit vor Anstrengung zusammengekniffenen Augen schrieb er: »Und ich brachte Dich dorthin, um Dich anzustecken. Und um Dich zu besiegen und zu sehen, wie Du zerbrichst und Deinen Fehler zugibst und die Lüge, die Du bist, und aufhörst, so zu lächeln, und ich, Uri – –«

Schaffer sah ins Zelt und schrie, um die laute Musik zu übertönen: »Volle Sperre, Katzman!« Katzman erschrak und schüttelte sich. Schaffer sah erstaunt in sein gequältes, verwirrtes Gesicht. Etwas geschah mit Katzman. Man sollte ihn im Auge behalten. Gestern, in jenem Haus in Dschuni, machte er einen Fehler, der ihn fast das Leben kostete.

»Das Abendbrot wird zubereitet, Katzman.«

»Ich komme gleich.«

Noch einen Augenblick allein sein. Auf dem Spielbrett wimmelte es von giftigen Wortschlangen. Es war, als betrachteten die drei die Welt durch einen Wassertropfen. Die Buchstaben wurden flach. Ausdrücke zerflossen und krümmten sich vor Schmerz. Stockenden Herzens wußten Katzman und Schosch, daß die Dinge von nun an nicht mehr so sein würden, wie sie waren. Katzman sah Schosch an. Las in ihrem Gehirn, das offen vor ihm lag, ihren Abschied von sich selbst. Hier, ihr jungenhafter Mann, von dem sie sich nicht mehr sicher war, ob sie ihn wollte; ob sie seiner würdig war. Und da, der fremde Mann mit dem weißen Gesicht, der faulende Mann, der ihr die Kraft, ihr Inneres aussaugte –

Katzman betrachtet erstaunt das Blatt Papier. Wann hatte er es geschafft, es mit dichtgedrängten Buchstaben zu füllen? Er beginnt zu lesen, und sein Gesicht verschließt sich vor Abscheu. Dann ein Augenblick des Zögerns. Zum ersten Mal seit langer

Zeit erringt Katzman einen Sieg über sich selbst. Er zerreißt nicht das Blatt. Er faltet es viermal und schreibt darauf »an Uri«. Als er es in die hintere Hosentasche steckt, stößt er auf ein hartes Papier. Er holt es heraus und betrachtet es einen Moment lang verständnislos: eine orangefarbene Karte und darauf der Stempel des Roten Kreuzes und das Abzeichen des Flughafens in Rom. Er zerknüllt die Karte und steckt sie wieder in die Tasche. Dann macht er die Lampe aus und geht aus dem Zelt.

21 Und es ist schon Nacht. Die Uhr sagt es zwar peinlich genau, aber das ist jetzt nicht wichtig. Es ist eine andere Stunde in einer anderen Zeit. Es ist eine Qualität, die nicht einmal ›Opus‹ mir bieten kann. Nur in einem bestimmten seelischen Zustand können die Menschen sich in dieser Zeit aufhalten, und meistens ist in ihr nur für einen Menschen Platz. Und trotzdem würde ich gerne auch Uri und Katzman hineinschmuggeln. Mich bei dem Wächter mit dem zornigen Gesicht, der am Eingangstor dieses Zeittunnels steht, damit herausreden, daß wir drei eigentlich nur einer sind, ein Tier mit drei Köpfen, und er wird sich auf seine Zehenspitzen stellen, um besser sehen zu können, und uns mit ausgestrecktem Finger zählen, was Sie da sagten, stimmt nicht, meine Dame, Köpfe um Köpfe schauen aus jedem von Ihnen hervor. Sie dürfen nicht vorbei.

Und ich möchte zumindest wissen, was die beiden, Uri und Katzman, jetzt, in diesem Augenblick, machen. Welche Leidenschaften oder Gefühlsstürme sie jetzt bewohnen. Ob sie die abgebrannten Zündhölzer aneinandergelegt haben, die jeder von ihnen die ganze Zeit in seiner Tasche versteckt, und irgendeine Flamme der Wahrheit sich entzündet hat? Wie gern ich jetzt mit ihnen zusammen wäre, vielleicht um ihnen zu helfen, dieser neuen Wahrheit ins Auge zu sehen, die wie ein großer Schatten über ihnen ragt. Werden wir überhaupt je zurückkehren können zu dem, was wir waren, bevor wir in diesem Wirbel gefangen wurden? Und welche von allen Gestalten Schoschs, die sich in mir vermengten, werde ich wählen, um an sie zu glauben und sie ins Herz zu schließen (darf ich zwei nehmen, mein Herr? – wenn du ein sehr böses Mädchen bist, wirst du alle nehmen müssen!)? Werde ich je wissen, wer das ist, der mit meinem Mund sagt – ich. Ich glaube nicht. Ich nehme an, daß ich weiterhin so tun werde, als wüßte ich es. Daß ich weiterhin Reisen in den Kreisen und Spiralen unternehmen werde, so wie alle es tun: denn ein Mensch kann sich von innen fühlen, aber um sich zu erkennen, muß er etwas tun, muß er sehen, wie die Dinge, die aus seinem Inneren hervorgehen, zu Gegenständen und Wörtern gerinnen, und nur durch sie wird er sich selbst erkennen. Wie erbärmlich das ist: alles geht durch alles hindurch, um schließlich in den Kreisen und Spiralen zu sich selbst zurückzukehren und zurückzublicken: nur das? wie sinnlos.

Und dafür bauen Menschen Häuser und andere schreiben Bücher und gebären ein Kind und schauen ihm jeden Augenblick ins Gesicht, um besser sehen zu können, und machen lange Reisen um die Welt, nur um dadurch die Bewegung des Embryos zu wiederholen, das sich in den Schwanz beißt.

Und ich hätte gerne gewußt, wie lang der Weg noch ist, den ich zu gehen habe, bis ich mich selbst in dem Biß fühlen und mich beruhigen kann. Denn ich mußte einen Menschen töten, um etwas von mir selbst zu erraten; nur daß ich plötzlich, auf dem Höhepunkt des sich rundenden Weges, erschrocken bemerkte, daß meine Bewegung sehr schnell und fieberhaft wurde, als sei nur die Bewegung übriggeblieben und ich selbst schon genommen worden, und als ich erwachte, als ich mich rasch zusammenzog und mich wieder in meine Haut und meine Gesichtszüge zurückrief, in meine private Lebensgeschichte, die Hoffnungen-für-die-Zukunft, die man auf mich setzte, und die erwarteten Ergebnisse der Dinge, die ich in meinem Leben tat, bis zu dem Augenblick, als ich von mir selbst losgelöst wurde, als irgendein Boshafter mir schnell die Zeichnung des Bodens unter den Füßen wegzog, und da – war Mordi schon tot.

»War Mordi schon tot«; »und seitdem trennen sie sich nicht«. Wieviel in dem kleinen Schatten zwischen zwei Worten liegen kann. Und ich möchte jetzt von einem neuen Schatten erzählen. Von einem wunderbaren, schattigen Gewebe, von Avner, der Gedichte schreibt.

Avner ist Dichter, und auch das ist ja eine der ›lebensnotwendigen Absurditäten‹, mit denen er spielt. Denn siehe da, in seinen Zeitungsartikeln und in den Manifesten, die er unter seinen Pfadfindern verteilt, und in seinen Ansprachen sagt er immer Dinge, die wie Nägel glänzenden Lichtes sind. Wohlerwogene Worte, die klare Sicherheit ausstrahlen, und in seinem Mund ist kein Platz für Zweifel, und da gibt es kein Innehalten, um Fehler zu bedauern, sondern es muß weitergetrottet werden. Und zuviel ist uns verlorengegangen in den Falten der Bedeutungen, erklärt er mir, und im Dämmerlicht müder Ideen. Und jetzt wird von uns, von den Männern des Wortes, verlangt, gerade die abgedroschensten Parolen zu sagen und sie mit einer neuen, modernen Bedeutung zu laden, und daher, Schosch, sage ich »Pioniergeist«, sage ich »Persönliches Beispiel« und

»Erziehung zu Werten« und auch »Israelischkeit und Menschlichkeit«, und ich werde nicht aufhören, Schoschik, an den Haarschöpfen zu rütteln, die schon längst kahl geworden sind, und ich werde alle zwingen, sich die Schändlichkeit anzusehen, die hier verübt wurde, die gesellschaftlichen Kluften, die, weiß der Teufel wie, entstanden sind, und die Gier nach Macht und die Korruption der Machthaber, das Schtetl, das wir uns wieder errichtet haben, und in dem wir eine Generation, die keine Werte und keinen Wert hat, großgezogen haben, eine Herde von digitalen Jugendlichen, unserer eigener Hände bedauerliche Tat, aber ich werde nicht zulassen, daß sie dasitzen und trauern, denn das hätten sie sehr gern, sondern ich werde sie in den Hintern treten, damit sie sich erheben und weitermachen und zu verbessern versuchen und stets glauben.

Und er schreibt Gedichte. Seit sechzehn Jahren verbirgt er sich hinter einem Decknamen, und nur sehr wenige wissen um sein Geheimnis. Nur wir und sein Verleger. Und jetzt auch Katzman. Gedichte schreibt er. Klare Sonette mit regelmäßigem Rhythmus. Vierzehn Strophen mit regelmäßigem Reim und in ihnen: tausend Zungen kitzeln Wortnabel, so schrieb er einmal, Zeilen, von Zorn zerrissen, von Verzweiflung erdrückt. Dunkle, wilde Worte, abrupte und völlig unerklärliche Silben stöhnen einander zu. Und Lea sagt, sie verstehe gar nicht, was er da schreibe. Wieso habe ich es nicht geahnt: erst als ich fünfzehn wurde, haben sie es mir verraten. Als eine Art Geburtstagsgeschenk zu meiner besiegelten Reife. Ich hätte es erraten müssen, denn ich habe ihn doch stets beobachtet. Verwirrten Blickes pflegte er aus seinem Zimmer zu kommen und mit seinen Fäusten die glühende Asche auszudrücken, die aus Nachlässigkeit noch immer in seinen Augen brannte, sich genüßlich zu strecken, und sein großer Körper flüsterte plötzlich. Und ich begriff nicht, daß es nicht in der Kraft der Artikel, der Reden, seines Sich-Einspannens für Taten und Vorbilder lag, seine grauen Wangen so zu kneifen.

Beruhig dich. Wieder entflammst du. Elf Jahre sind seither vergangen. Und dir sind schon härtere und seltsamere Dinge geschehen als jene Entdeckung, die dich gewaltsam aufbrach und dich auf eine erschrockene und überstürzte Reise sandte, eine Reise der Rekonstruktion deiner selbst, so wie du hättest sein sollen, und der Festigung der Nähte, die so leicht in dir reißen, und des schnellen und wirksamen Abdichtens aller Lücken in deinem Körper, damit die Lüge nicht hervorschaut, und die leise Melodie des Staunens, die sich dir einprägt und dich nach ihrem Takt bewegt – wie geschah es, was geschah –, und dagegen das metallene und rhythmische Bellen eines Lautsprechers, der dir eingepflanzt ist und befiehlt – nichts ist geschehen, mach weiter, mach weiter, und eine Art tückischer Humor, den du entwickelst, der nichts anderes als ein Buckliger auf sehr langen Beinen ist, und nur mit seiner Hilfe ist es dir möglich, die gewaltigen Hohlräume zu überbrücken, die sich zwischen den einzelnen winzigen Korpuskeln deiner Wahrheit erstrecken, die in dieser von Lügen verpesteten Galaxie schweben, in der Eltern ihre Kinder töten, indem sie mit einem leichtherzigen Lächeln gestehen, daß sie nicht die Menschen seien, die sie zu sein behaupteten, und das bedeutet, daß auch du nicht mehr das bist, was du zu sein meintest, daß auch dir eine kühle und grausame Stimme hörbar wird, die sagt, geh aus deinem Land und deiner Heimat und sei eine Fremde, wie alle es sind, und versuche, mit dem Faden deiner Bewegung in der Welt deine Risse zu nähen und glaube an den Moment, in dem die Namen, die du den Stürmen anheftest, dir irgendeine Gewalt über sie geben, und lerne zu lachen, wenn es schmerzt, und zu zittern statt zu weinen und Minen der Freundlichkeit und Sympathie um die Brennpunkte der Angst zu legen, die ständig in dir brodeln, und wirf dich auf einen Wirbel von Taten, um irgendeine Erklärung zu geben für den Rauch, der aus deinem Körper strömt und dein Gesicht rußig macht, und damit man auch von dir sagen kann, ah, was für ein Bulldozer die Tochter der Avidans doch ist, und das ist kein Wunder, meine Herrschaften, denn wer, wenn nicht sie, und beruhige dich, beruhige dich, Schosch, leg die Hand auf das Paket in dem dünnen braunen Papier und versuch zu sehen, was dir von der amüsanteren, etwas märchenhaften Seite aus geschehen ist, denn auch das ist eine der modernen Künste der Lüge, die Kunst der Gleichzeitigkeit, die verpflichtet, daß es eine amüsante und eine leidige Seite gibt und eine Seite, die man mit wohlformulierten Argumenten rechtfertigen kann, auch bei den schmerzlichsten Dingen und auch bei grauenhaften Taten, damit wir wissen können, daß wir die Wahrheit sagen, während an dieser oder jener Stelle in unserem Körper irgend jemand lügt, daß ein Ereignis stets der Tarnung eines anderen Ereignisses und ein Mensch einem anderen Menschen als Werkzeug dient und es nichts an und für sich gibt, und daher wurde das Begehren, das Katzman galt, manchmal Uri zuteil, und Sehnsüchte, die Uri in mir erweckte, wurden böswillig in meine Gespräche mit Mordi übertragen und auf ihrem Wege von seiner nervösen Zunge entziffert, und vielleicht sollte hier erwähnt werden, daß Avner einmal ein erstaunlich schönes Sonett über Judas Ischarioth schrieb, der Jesus küßte, um den Priestern anzudeuten, daß dies der Mann sei, den sie kreuzigen sollten, und ich selber lernte, wie man den Kuß in ein Instrument verwandelt, oh, die verdammte Gleichzeitigkeit, die nie bereit ist, uns unsere Ehrlichkeit zu einem ganz geringen Preis abzukaufen, die sich uns immer im richtigen Augenblick offenbart, um uns mit Tücke einen ehrenhaften Ausweg aus uns selbst anzubieten, und die uns einen Weg zeigt, auf dem wir uns mit größerer Leichtigkeit ereignen können, nie anhalten und leiden müssen, nie sein müssen. Wie groß ist die Angst vor einem momentanen Anhalten. Da, ich habe gewagt, es zu tun. Jetzt werde ich bestraft: von allen Seiten beginnt mein Leben in mich hineinzuströmen.

Was hört jetzt das Magnetband? Es hört das Rascheln von Papier und ein leichtes Reißen. Was sieht jetzt Viktor Frankl? Er sieht, wie ein Paar kurze Hosen auf dem Tisch ausgebreitet werden, und er sieht Spiderman, der ihn vom zerknitterten T-Shirt aus anspringt, seinen rot und grün leuchtenden Helm und sein entschlossenes Gesicht, mit dem er losstürmt, um eine neue gerechte Tat zu vollbringen. Habe ich ein leichtes Zucken des Wiedererkennens über Ihre hohe Stirn huschen sehen, Herr Frankl? Sie kennen Spiderman sehr gut. Sie erinnern sich genau, wie ich ihn in einer Woche wahnsinniger Liebe mit eishackenden Bewegungen von Mordis kindlichem Körper schälte, hier, auf dem prächtigen Teppich, wie ich mit ihm in die Schatten zwischen den zwei Quadraten in seiner Tagesordnung tauchte, mich ihm mit einem erstickten Schrei öffnete, so wie der Tunnel sich der Lokomotive öffnet, die ganze Zeit wissend, daß es keine Erklärung gab für das, was ich tat, außer, wenn ein großes Verlangen eine Erklärung sein könnte, außer, wenn ein

Wimmern eine Erklärung sein könnte, und in einem Winkel meiner Gedanken erinnerte ich mich an die Dinge, die Avner immer sagt, daß man, um an Gott zu glauben, irgendeinen Sprung über die Wirklichkeit hinaus machen müsse, da es keine logischen Zwischenstufen zwischen der Welt und dem Glauben gebe, und hier in meinem angenehmen und behaglichen Büro lernte ich, daß man einen solchen Sprung auch machen muß, um an die Wirklichkeit zu glauben, und daß auch der Mensch, so wie Gott, eine einsame Insel von wahnsinnigen Schlußfolgerungen ist und man den Weg zurück zu dem großen Märchen, in dem alle leben, nicht rekonstruieren kann, und ich selbst spürte, wie von einem bestimmten Augenblick des Begreifens an der Körper zu einem riesigen Fühler wird, der ängstlich und flehend zittert, der fieberhaft die Grenzen sucht, die bei seiner Berührung zerfließen, und die Begierden, die jeden Augenblick aus diesem Fühler geboren werden, lassen ihm Flügel, die nicht seine sind, wachsen, und jeder Flügel zerrt ihn in eine andere Richtung, und er wird zusehends hin und her gerissen, und so flatterte ich zwischen Katzman und Uri, ich, ein riesiger Schmetterling, der keine Gedichte schreiben wird, in meinem Flug den toten Jungen überquerend, der hinter dem Tisch in meinem Büro auf mich wartete und ich schloß mit Gewalt meine Augen, und aus dem gelben Glitzer, der dort unter dem Druck von Sussias Fingern entstand, zeichnete ich mir neue Bilder auf dem unbeschriebenen Blatt von Mordis Körper und sah erstaunt, wie sich in ihm die Signale entschlüsselten, wie sich plötzlich Bergketten und Hügel und Täler abzeichneten, und während der ganzen Zeit konsumierte er mich so wie er die Schokolade konsumierte, und seine Augen waren ausdruckslos aufgerissen während des Aktes, und nur ein kurzes, verwirrtes Wimmern bewies ihn, und sein Körper erhitzte sich im Nu zu einer Feuersäule, die uns beide verzehrte, und hätte ich nur einen Augenblick innegehalten, um hinzusehen und zuzuhören, so hätte ich merken können, daß sich trotzdem etwas in ihm ereignete, und es besteht kein Zweifel, daß sich etwas ereignete und ich es nicht bemerkte, und auf eine harte und grausame Weise erfuhr ich es, denn nach einer Woche, als ich erschrocken auf der Insel der wahnsinnigen Schlußfolgerungen erwachte und er mir zur gewohnten Stunde zum Gespräch gebracht wurde und ich mich nicht erhob und meine Hand nicht auf seine hochschreckende Schulter legte und Spiderman nicht von seinem Körper schälte und nicht mit einem flüsternden Schrei, wie im Gebet, dem Hohlraum diente, den er in mich bohrte, sondern ihm sagte, von nun an, Mordi, werden wir fortsetzen, was wir gestern unterbrochen haben, und versuchen, das hübsche Puzzle, das hier liegt, zu vervollständigen, und ich wagte nicht einmal, ihm in die Augen zu sehen; und danach, nach einer fürchterlichen Stunde des Schweigens, sah ich ihn zur Tür gehen und übergab ihn dem Pfleger, und so war es auch mit den weiteren vier Gesprächen, bei denen ich fast alles aus meinem Gedächtnis tilgte, was auf dem Teppich gestöhnt und gewimmert worden war, und er fragte nichts, er war ein Junge, der nicht um mehr bat, nur daß sein Blick sich ein wenig trübte und seine Zunge wie ein an die Felsen geschmetterter Fisch zappelte und gegen die Zähne schlug, und als ich am Morgen ins Institut kam, hatte der Arzt schon seinen Tod durch Ersticken mit Gas festgestellt und vermerkt, daß keine Zeichen von Gewalt gefunden wurden, was bedeutete, daß es kein Mord war.

Riech mal. Leichter, verfliegender Schweißgeruch. Schimmelige Dichte. Das ist doch der heimliche Schimmel der Sehnsucht. Ein Jungenhemd, nicht mehr. Und du hast ihn gern gemocht, auf deine Art. Einen Augenblick, als er gesträubt in dich kam und du ein Nadelkopf der Wonne wurdest, wußtest du, daß du ausgerechnet durch ihn den eisernen Kern im Herzen deines Märchens berührst, und daher, Schosch, sollst du dich nicht schämen, du bist doch schon jenseits aller Scham, Katzman sagte bereits, dort, wo wir zwei uns befinden, Schosch, dürfen wir uns der Gnade der Aufrichtigkeit und der Vergebung unserer selbst erfreuen, und daher erheb dich jetzt und tu einfach, was du schon minutenlang, und vielleicht schon wochenlang tun möchtest, seit irgend jemand – du weißt nicht wer – dieses kleine Paket vor den Eingang deines Büros gelegt hat, und weil niemand hier ist und auch niemand kommen wird, kannst du jetzt deine Bluse ausziehen, den würgenden Rollkragen aufrollen und ganz schnell – wo ist hier der Ärmel und wo der Ausschnitt – in das kleine, schimmelige Hemd schlüpfen, und ziehen Sie nicht so die Augenbrauen hoch, Herr Frankl, auch dies ist ein Weg, den Mitmenschen in seinem Inneren kennenzulernen, besonders wenn es diesen Mitmenschen nicht mehr gibt und nur seine Hülle zurückgeblieben ist, und fürchten Sie sich nicht so, mein Herr, ich lege es gleich ab, es ist nur ein grausamer und häßlicher Spaß, mit dem ich mir selbst weh tue, denn man soll, man muß ein wenig vertieren im Leid, denn in einem Leid ohne Vertierung, einem Leid, das in Akten und Tonbändern und Sitzungen (zwei Löffel Zucker für mich) festgehalten wird, steckt eine böse Fälschung, und wenn es Ihnen jetzt schwerfällt, mich anzusehen, dann schließen Sie einfach die Augen.

Sehr schön. So wird es auch mir leichterfallen, fortzufahren. Von Avner sprach ich, von Avner, der Gedichte unter einem fremden Namen schreibt. Mit außergewöhnlicher Verschämtheit verrieten sie es mir. Eine Art Einweihungszeremonie bereiteten sie mir vor, als ich fünfzehn wurde. Sussia schickten sie zu einer seiner sonderbaren Versammlungen, und die zwei schlossen sich in Avners Zimmer ein und blieben eine Weile dort, und dann kam Lea heraus und bat mich einzutreten, und die beiden kicherten und verwickelten sich in ihrer Sprache, und du bist schon ein erwachsenes Mädchen, und man kann sich wirklich in allem auf dich verlassen, und ich schaute mich um und sah, daß das Zimmer sehr aufgeräumt war, eine weiße Tischdecke auf dem runden Tisch in der Ecke und blütenweiße Narzissen, und na, Leale, sag du's ihr, und Avner, also wirklich, ich hole nicht für dich die Kastanien aus dem Feuer, haha, und ach, unser vernünftiges Mädchen, du wirst doch nicht böse sein, daß wir uns bis jetzt erlaubt haben, ein einziges kleines Geheimnis vor dir zu verbergen, wirklich, denn – wie soll man das sagen – vielleicht sagst du es ihr endlich, Avner, und wenn du nicht dazu fähig bist, dann werde ich für dich die Arbeit machen, wie immer, haha, denn sieh mal, Schosch, du hast drei Stiefbrüder, drei uneheliche Kinder deines Vaters, und er möchte, daß du sie jetzt offiziell kennenlernst, aber was ist denn, Schoschi, sieh mal, wie blaß sie plötzlich ist, erschrick nicht so, das war doch nur ein Scherz, meine Liebe, wie konntest du dir so etwas überhaupt vorstellen, das ist fast beleidigend für uns, das sind keine wirklichen Kinder, Schosch, nur die da, die drei auf dem Tisch, die sind von deinem Vater, das heißt, er hat sie geschrieben.

Jetzt zwinge dich, ohne Aufregung und ohne Widerwillen die

ganze Kette von Gefühlen aufzuzeigen: versuch, alle jene Flügel einzuziehen, die ganz plötzlich aufwallen und dich in Stücke reißen können. Sag der Reihe nach: Schmach und Feindseligkeit und eine neue und schmerzhafte Fremdheit. Etwas, das du für immer verloren hast, und demgegenüber – ein häßlicher, bezaubernder Bastard, der dir in den Schoß geworfen wurde, und wie, wir, wir haben ihn doch gelernt, ich meine, dich gelernt, ein Gedicht haben wir in der Schule gelernt, und ich kaufte auch den letzten Band, und du hast mich sogar nach ihm gefragt, und er ist immer neben meinem Bett, und wie – –

Und du kannst auch seinen anderen, dir unbekannten Stolz aufzeigen, den neuen Glanz in seinen Augen, und Lea, die zufrieden lächelt, denn du hast keine Ahnung, meine Liebe, du hast wirklich keine Ahnung, wie schwer es uns fiel, dieses Geheimnis vor dir zu wahren, wie sehr wir dich daran beteiligen wollten, aber es gab verschiedene Gründe, aus denen wir beschlossen, daß es besser sei, noch ein wenig zu warten, und vor allem – um es dir nicht schwerzumachen, denn du kennst ja diese Gedichte, die nicht so leicht zu verdauen sind, und vielleicht gibt es auch Leute, die sich freuen würden, auf die scheinbaren Widersprüche zwischen Avner dem Dichter und Avner, der allen bekannt ist, hinzuweisen, obwohl das natürlich völliger Unsinn ist und Avner nur vorzieht anonym zu bleiben, weil seine Gedichte eine sehr persönliche Note haben, wie du vielleicht selbst bemerkt hast, und du hast wirklich keine Ahnung, wie wir uns freuten, daß du von dir aus, ohne daß du von etwas wußtest, diese Gedichte mochtest, auch wenn Avner weiß, was ich meinerseits denke, daß man über diese Themen in einem einfacheren und besseren Hebräisch schreiben könnte, Bialik hat es getan und Schlonsky und Penn, aber das ist jetzt unwichtig, wirklich, ach, Mädchen, wie erleichtert wir plötzlich sind, und du kannst dir gar nicht vorstellen, wirklich, wie schwer es uns fiel, sogar eine so kleine Sache vor dir zu verbergen, und wie gut, daß es von nun an kein einziges Geheimnis mehr zwischen uns geben wird, und was stehst du da und grinst, Avner, und ich grinse gar nicht, mir macht es nur Spaß zu sehen, wie überrascht sie ist, und ich schlage vor, daß wir jetzt alle irgendwo feiern gehen, was meinst du, Schoschik?

Nur daß Schoschik verloren und verzweifelt dastand, auf den

geliebten, den fremden Namen auf den Umschlägen der dünnen
Bände, auf die erstaunlich einfachen Worte starrte, von innen
mit roher Hand geschlagen und umgerührt wurde, als würde
dort etwas fieberhaft anschwellen und keuchen, Zeilen, an die
sie sich aus den Gedichten jenes Fremden erinnert, und ganze
Gedichte, die sie auswendig lernte, die sie mit wilder und brennender Wonne in ihr geheimes Heft abschrieb, da niemand ihr
je solche Dinge über sie geflüstert hatte; und all diese beginnen
jetzt ängstlich in ihrem Inneren zu kreisen, wirbeln Staub auf,
suchen den Ausgang, wollen umgehend fliehen, denn sie dürfen
nicht mehr dort bleiben, nicht dort. Schnell.

Wieso erriet ich es nicht? Er pflegte doch immer zu sagen, die
Lebensfreude befinde sich nur in dem, was man in einem Gedicht ausdrücken kann. Weder die Geschehnisse selbst seien
wichtig noch die Tatsachen als solche, sondern nur das, was sich
durch sie beschreiben läßt, nur das Pochen der Erfahrung, das
sie in uns erwecken. Die dichterische Gerechtigkeit, die anordnete, ihnen eine momentane Existenz in uns zu geben. Und was
war mit den Dutzenden von Gedichtbänden, die er sich kaufte,
und mit seiner offenen Vorliebe für die jungen Dichter, die er
unter seinen Zöglingen entdeckte, und seine Annäherung – die
damals erst begann – an einen jungen Mann, der so naive
Gedichte schrieb, Chagai Sturzer hieß er; und was war mit den
allzu begeisterten Diskussionen mit Lea über den Lyrikunterricht in den Schulen; und was war mit der außergewöhnlichen
Neugier, mit der er mich über sein Buch, das ich ahnungslos
gekauft hatte, ausfragte, und wie war es, als sich hier, in unserem Haus, in dem Schweigen zwischen seiner Pfeife und seinen
Augen und hinter seiner grauen Strickweste, solche Gedichte
entzündeten.

Hör jetzt nicht auf. Mach weiter. Es wird weh tun, aber du
mußt weitermachen. Erzähl vom Fisch. Vom ersten Gedicht.
Preß deine Fäuste nicht so fest an die Augen. Alle deine Bewegungen sind dir wie eine Melodie eingeprägt. Und Schosch ist
wie ich, wie ich, sagt Lea mit einer seltsamen Härte in ihrer
Stimme, und so fängt sie auch Avner mit lächelnder Bosheit in
die goldenen Käfige entkräftender Anbetung ein und tötet ihn
mit Definitionen, und Avner, erklärt sie, geduldig mit dem Kopf
nickend, hat sehr viel Charme, und daher verzeiht man ihm

alles, und nur gut, daß es jemanden gibt, der im Hintergrund für alles sorgt, wirklich, und ich kann ihr »wirklich« nicht mehr ertragen, aber warum sprichst du jetzt von ihr, wo das Band doch gleich zuende ist, laß sie, erzähl von jenem Schrei, der alle durchsichtigen Fäden im Haus zerriß, oder erzähl von dem Fisch, von der Kieme, die in ihm pulsiert, doch nein, vorher muß ich sagen, muß ich einen so einfachen, nun so verständlichen Widerspruch lösen, und der Mensch muß wirklich eine sehr lange Reise machen, um schließlich etwas über sich selbst zu erfahren, denn er, Avner, wollte sich von ihr, von Lea fangen lassen. Selbst wenn sie weder Interesse und noch Begierde in einem Mann wie ihm zu erwecken vermochte; denn sein ganzes Leben fängt er sich in Zäune, die er sich fieberhaft errichtet, und sogar im Herzen der Lüge, in den Sonetten, die er schreibt, gestattet er sich nicht die Aufrichtigkeit und die Vergebung, und er gibt der Lüge nicht seinen Namen, und auch von Lea, auch von ihr ließ er sich einfangen und nähte ihr seine Begierde mit Eisenfäden an den Leib, und ich sah Frauen, die ihm feuchte Blicke zuwarfen, und auch Lea pflegte mit einem heimlichen Lächeln darauf hinzuweisen, hast du gesehen, wie sie dich anstarrte, und deine Journalistin hat schon wieder angerufen und um ein Interview gebettelt, und wie jene unverschämte Gymnasiastin sich dir den ganzen Abend an den Hals warf; und er sagt – nein, das habe ich nicht gesehen, warum hast du es mir nicht schon früher gesagt, und sie lachen liebevoll, und liebevoll streicht er mit einem weichen Finger über ihr Gesicht, das so früh faltig geworden ist, und ich weiß, daß in seinem Mund und seinem Finger Wahrheit ist, so wie er auch nicht lügt, wenn er sagt »Die Notwendigkeit eines neuen zionistischen Vorbilds«, oder noch besser: wenn er sich zwingt, daran zu glauben.

Denn er tut alles mit einer enormen Inbrunst, indem er sich ganz und gar auf die Tat wirft, und es gibt einen bestimmten Grad in der Kenntnis der Spielregeln, so sagte er mir einmal, an dem man sich entscheiden muß, ob man diesen oder jenen Weg wählt, und jene Kreuzung hat nur zwei Wege, und hoffentlich erreichst du sie nie, aber solltest du sie doch erreichen, so merke dir, daß es überhaupt nicht wichtig ist, welche Richtung du einschlägst, daß es auf keinem der beiden Wege Freude gibt, und bevor der Mensch nicht an das Ende der ganzen menschlichen Geschichte gelangt, werden wir wahrscheinlich nicht wissen, welcher von beiden Wegen der bessere ist, aber auf dem Weg, den ich gewählt habe, Schoschik, kann man zumindest segensreiche Augenblicke der süßen Illusion finden und ein plötzlich aufleuchtendes Herz und momentane Wärme, so sagt er und schreitet dorthin, und Zweifel haben keinen Platz, um unter seinen sicheren, alles mitreißenden Schritten zu wachsen, aber nachts, in meinem Bett, wenn meine Finger sich an den Zeilen seiner Gedichte versündigen, finde ich in ihnen nur das Zersetzte und Verlorene, den Fluch, der in den Schatten weht, alle Eisenfäden, die nicht restlos geschmolzen sind. Und dort kenne ich den fremden Mann, den Untertanen, der erbarmungslos verfolgt wird in einem leeren Königreich.

Aber jetzt höre ich ein schwaches Klopfen an der Tür, vielleicht haben mich meine Ohren getäuscht. Bestimmt haben sie mich getäuscht. Denn wer würde jetzt schon hierherkommen? Aber im Grunde – man kann das gleich nachprüfen: jeden Augenblick wird doch hier die Wirklichkeit eingefangen, und es gibt Unterlagen und Aufnahmen, und alles ist übersichtlich und geordnet, und man kann das Band zurückspulen und es abhören. Und da, wieder ein Klopfen, und diesmal scheint es tatsächlich aus der Richtung der Tür zu kommen, aber ich werde es aus dem Geschehen löschen und seinem älteren Bruder auf dem Band lauschen, dem schwachen Echo, das festgehalten wurde, und was entdecke ich, daß ich nachlässig war, daß ich gescheitert bin, daß ich schon minutenlang – und vielleicht den ganzen Abend – kein Wort gesagt habe und höchstens die kreisförmige Bewegung des Bandes in meinem Gehirn nachgeahmt habe und nur auf dem Blatt meiner Gedanken die Dinge lautlos eingraviert habe, und da, im Herzen der tiefen, erstaunlichen Stille, da ist es, das schwache Klopfen, das von dem Gerät aufgenommen wurde, und das bedeutet, daß jemand hinter der Tür steht. Und gleich danach ein mehrmaliges heftiges Klopfen an meine Tür und ein undeutliches Geflüster, und eine vertraute Stimme – das ist nicht möglich – fragt ängstlich: Schosch? Schoschik? Und ich werde von Freude und Trauer erfüllt und drehe mich auf meinem Stuhl um und rufe »Herein«, und als sich die Tür öffnet, steht dort Avner und hinter ihm, verschämt wie ein großer Schatten, Sussia.

22

Und das ist wohl das Ende, denn was ist geblieben, er und ich sind wie zwei nervöse und angeschwollene Nachtvögel mit roten Augen, und hier wird nur entschieden, wer mehr Angst hat, und da Chilmi schon völlig verrückt ist, zittert und weint und mir Geschichten erzählt, die ich nicht mehr verstehe, und mir Dinge über mich verrät, von denen ich nichts weiß, denn sie sind mir nicht geschehen, und scharfe Kreise seines Geruchs uns mit schneller und erstickender Bewegung umwirbeln, bis man meinen könnte, daß auch sein Geruch eine Waffe sei, die er gegen mich anwendet, und da ich jeden Augenblick einschlafe und nicht weiß warum, und voller Angst aufwache und ihn sehe, wie er mit seinem Radio in Zwitschertönen singt und vor sich hin kichert, und man gar nichts hören kann, weil unten in Andal irgendeiner verrückt geworden ist und schon fast eine Stunde lang Um Kultum mit voller Lautstärke spielt, und ich verstehe nicht, warum Katzman ihm nicht das Radio abstellt, er haßt doch diese Musik, und weil und weil und weil, wie in einer geometrischen Beweisführung, und das Ergebnis ist, daß Chilmi in diesem Kampf der Schwachen gewinnt, denn er ist eine Art Tyrann, der aus Angst gemacht ist, und er ist derjenige, der sich jeden Augenblick besorgt über mich beugt, um zu sehen, wie es mir geht, und mich mit irgendeiner Geschichte überrollt und mich Jasdi nennt und zu mir »mein Sohn, mein Sohn« mit solch einer Liebe sagt, daß es viel besser zu mir paßte, Jasdi zu sein als Uri.

Denn wer war Uri? Nur ein Märchen, das andere erfunden haben, und nur manchmal, wenn die Märchen einander berührten, kam ein Funke Leben in ihn, aber dadurch kann man auch nicht wissen, wer Uri war und wem er treu war und warum er tat, was er tat, und ob er in seinem Leben einmalig war, wie er es unbedingt sein wollte, und jetzt – nur Müdigkeit ist Uri, und ein hohler Kopf ist Uri. Nur eine Büchse für die Lügen der anderen und für den Wahnsinn Chilmis, und ich bin Jasdi für ihn, und ich bin auch Darios, sein Erlöser und Wohltäter, und ich bin sogar jener Jäger, und gleich, im Licht des Mondes, wird er mich bestimmt an der Hand nehmen und mich zum Wasser hinunterführen, ins Dickicht.

Und er ist sehr aktiv. Ich schaffe es kaum, seinen ganzen Wanderungen im Hof zu folgen. Er zündet den Petroleumkocher an und holt einen Krug Wasser aus der Höhle und bewegt sich die ganze Zeit mit kleinen tänzelnden Bewegungen, mit einer krankhaften Freude, und immer mit der Pistole in der Hand.

Und er kommt und stellt sich neben mich, alle Muskeln hüpfen ihm im Gesicht, und im Licht des Petroleumkochers sehe ich auch sein Auge, das rot-weiße, und er sieht mich mit einem schrecklichen Lächeln an und sagt, es gebe eine Geschichte, die er mir noch nicht erzählt habe, und das sei die Geschichte von Leila Salach und von der gezeichneten Seidenkarte, und derweilen stöbert seine Hand im Mantel und sucht dort etwas, hundert geheime Taschen sind darin eingenäht, und in jeder steckt eine Überraschung oder eine zerdrückte Pflanze, und jetzt sieht es aus, als suche er dort die Geschichte von Leila Salach, doch nein, nein, er holt nur eine kleine Blechbüchse heraus, und als er sie öffnet, verbreitet sich ein Mandelgeruch in der Luft, kämpft mit all den anderen Gerüchen, die sich hier ansammeln, und ich erinnere mich an den Geruch von damals, von meinem vorigen Besuch bei Chilmi, und weiß schon, daß er sich jetzt rasieren wird, und mir wird schlecht von dieser Feierlichkeit.

Zyanidpulver ist in der Büchse, und Chilmi schmiert es auf sein Gesicht, und mir kommt so ein verrückter Gedanke, daß er vielleicht versuchen wird, es zu schlucken, und das wär's dann, aber das hat er gar nicht vor, er will sich wirklich mit diesem Pulver rasieren, wie alle Alten hier. Vorsichtig schmiert er das Gift um seine Lippen, dann steckt er wieder eine Hand in die Tasche, und die Hand windet sich dort ein wenig, und die Pistole ist die ganze Zeit in seiner anderen Hand, so schnell ist sie Teil seines Körpers geworden, wirklich, und nun hat er gefunden, was er suchte, und holt ein Stück Pappe hervor und öffnet es vorsichtig und nimmt einen Faden heraus. Nur einen Faden. Nicht um zu sticken, nicht um zu binden. Nur um sich zu rasieren. Ich sehe fasziniert zu, liege zusammengekauert auf dem Boden, kann nicht einmal aufstehen. Sehe, wie er die Pistole zwischen die Knie steckt und den Faden ins siedende Wasser auf dem Kocher taucht und ihn vor sein Gesicht spannt und ihn mit beiden Händen über Wangen und Kinn führt, Wunder über Wunder.

»Uri?«

»Was? Ich hör dich nicht, red lauter!«
»Bist du noch nicht müde?«
»Nein. Das hast du schon gefragt.«
»Schlaf, schlaf. Das ist besser für dich.«
»Nein.«
»Vielleicht sagst du deinem Freund, er soll kommen?«
»Warum willst du ihn hier haben?«
»Damit du dich nicht so fürchtest.«
»Wir haben ihm doch gesagt, daß er kommen soll.«
»Haben wir? Ich vergesse. Vergesse alles.«

Ich verstehe ihn nicht. Bestimmt ist hier irgendeine Falle für Katzman. Und ich bin es, der ihn hineinlockt. Jemand könnte vielleicht denken, daß ich mich an ihm rächen will. Aber dieser Jemand weiß nicht, daß ich kaum noch Kraft habe. Weder um mich zu rächen, noch um zu verzeihen. Nur um zu schlafen. Nicht zu sein. Nach einer Woche aufzuwachen und zu sehen, daß alles in Ordnung ist. Ich lege die Hände auf die Ohren wegen des schrecklichen Lärms und rolle mich, so dicht es geht, in mich zusammen, und es gibt keinen Uri. Schluß.

Ich wäre bereit gewesen, ihm alles zu verzeihen, nur nicht den Esel. Das war wirklich keine große Sache, aber es hat mir schließlich die Augen geöffnet. Denn was war es, letzten Endes: der Kadaver eines Esels. Im Elsa'adije-Viertel wurde ein Stein auf eine motorisierte Patrouille geworfen, und ein Reservist wurde dabei am Kopf verletzt, und die Soldaten schossen auf den, der geworfen hatte, und der entkam. Aber die Schüsse töteten einen Esel.

Kan-ja-ma-kan, einen großen, herrlichen Esel. Mit weißem Bauch und starken grauen Beinen. Sogar im Grünen Dorf hatten wir keine so schönen Esel. Und ich kannte ihn ganz genau: der Länge und Breite nach. Vor zehn Tagen starb er, und drei Tage lang lag er in der Gasse, bis ich erfuhr, daß Katzman den Einwohnern befohlen hatte, ihn dort liegenzulassen, bis sie denjenigen, der den Stein geworfen hatte, ausliefern würden.

Und sie kamen zu mir, drei Vertreter der Einwohner Elsa'adijes. Drei alte Männer, in warme Wollanzüge gekleidet und mit keffije und festlicher Kordel um den Kopf. Sie baten mich, etwas zu tun. Also gut, ich fuhr mit ihnen im Jeep zu der Gasse, und schon von weitem begann ich, an dem Gestank zu würgen, bis ich mich fast übergab, aber ich beherrschte mich, ihretwegen. Er lag dort, ganz angeschwollen, aber noch schön und stolz, seine grauen Beine etwas in die Luft gehoben und den Kopf nach hinten gestreckt, direkt in meine Richtung, und ein Auge war ausgeflossen.

Und um mich herum standen schon die Einwohner des Viertels, und sie redeten alle auf einmal und baten mich, etwas zu tun und schnell, und die Frauen hielten ihre Babys hoch und schrien, und bei dem Lärm konnte man sein eigenes Wort nicht verstehen. Und man konnte nicht atmen wegen des Gestanks, und ich hielt es nicht mehr aus und hielt mir ein Taschentuch vor die Nase und sagte – gut, ihr könnt den Esel wegschaffen. Es war mir ganz egal, daß ich, als ich nach Dschuni kam, Katzman das Versprechen gegeben hatte, nichts in der Stadt zu unternehmen, ohne mich vorher mit ihm zu beraten, denn auch er hatte sein Versprechen gebrochen, und daher sagte ich mit erstickter Stimme, sie sollten den Esel aus der Gasse entfernen und ich sei verantwortlich für das, was danach geschehen würde.

Da wurde es auf einmal still. Sie grinsten verlegen und sahen mir nicht in die Augen, und in den letzten Reihen fing allerlei Gemurmel und Gerede an, und ich stand da und begriff nicht, was los war, bis einer der drei Alten mir stammelnd erklärte, chawadscha hat nicht verstanden, nicht das ist es, um was wir chawadscha gebeten haben, er soll nur den Colonel bitten, uns zu erlauben, den Esel fortzuschaffen, und wenn er es erlaubt, werden wir sofort tun, was chawadscha sagt.

Sie warteten besorgt auf meine Antwort – die dunkelhäutigen Frauen mit den Amuletten auf der Stirn und die schönen wilden Kinder und hinter ihnen der Esel mit seinem herausquellenden Auge, das mich direkt ansah, und mein erster Gedanke war, zum Jeep zurückzugehen und sollen sie doch alle ersticken. Aber dann erinnerte ich mich, daß ich nicht gegen sie kämpfte, und ich atmete tief den Gestank ein und die Wut und stieg in den Jeep und betrachtete sie, die bunte, verlegene Menge und die zwei Reihen brauner Häuser an beiden Seiten der Gasse, und ich entschied mich.

Und es begannen die Tage des Esels.

Wer hätte geglaubt, daß ich das war. Daß es derselbe war, der nun hier liegt, mit der Wange auf der Erde, und die kleinsten

Gräser riecht, und der aussieht wie die Hülle eines Käfers, der in der Sonne ausgetrocknet ist. Ich hatte sehr viel Kraft in jenen Tagen, vor einer Woche ungefähr, vor Millionen von Jahren, im kan-ja-ma-kan, und ich raste damals von der Gasse zur Militärverwaltung und wieder zurück, jagte die Biegung der Hauptstraße entlang, brauste mit quietschenden Reifen um den verstopften Brunnen und das kleine Podest des Polizisten Abu Meruan herum, drückte Kartoffelkisten vor den Ladentüren platt, verscheuchte Ziegen und Hühner und erschreckte die Jungen, die Tabletts mit Teegläsern auf dem Kopf trugen, flog wie die grünen Fliegen auf die Gasse zu, landete in ihr, schaltete den Motor aus und sah hin.

Die Luft war schon schwer und wässerig vor lauter Gestank, und am Anfang saß ich mit einem in ein Taschentuch gewickelten Stück Seife vor der Nase da. Der Kadaver öffnete sich gänzlich, und die Eingeweide fielen in den Staub, und ich zwang mich hinzusehen. Und die Vögel flogen langsam am Himmel über mir, in weiten Kreisen weiser Geduld, und ich wartete, daß sie beschließen würden, herunterzukommen, und auch als sie herunterkamen, hörte ich nicht auf hinzusehen.

Tag für Tag. Die Einwohner des Viertels und der Gasse hatten sich bereits an mich gewöhnt und hörten auf, sich jedesmal, wenn ich kam, um den Jeep zu drängen, und sie versuchten nicht mehr, mit mir zu reden, denn sie sahen, daß ich nicht antwortete. Aber auch an den Esel hatten sie sich gewöhnt. Da, jetzt gingen die Frauen mit ihren Babys auf den Armen schon dicht am Esel vorbei, manchmal verdeckten sie dem Baby die Nase mit einem Zipfel der keffije und manchmal auch nicht, und die Kinder spielten wieder auf der Gasse ihr Spiel mit den Stöcken, und ihr Geschrei dämpfte ein wenig den Gestank, und ich sah weiter auf den Kadaver, denn ich hatte beschlossen, so lange dortzubleiben, bis ich verstanden hätte. Ich hörte auf, mit Katzman darüber zu sprechen, da er gar nicht bereit war, mich anzuhören, und deswegen sprach ich mit ihm auch nicht über andere Dinge. Ich fuhr einige Tage lang nicht nach Hause und rief Schosch nicht einmal an. Ich war irgendwie besessen. Den Esel zu sehen. Eines Tages, vor Sonnenuntergang, kam ein Mann im Unterhemd mit einem Sack in der Hand. Er begann, neben dem Esel Mehl zu sieben. Mehl, um pitas zu backen.

Danach führte eine Frau einen alten Mann aus dem Haus und setzte ihn auf einen Schemel. Einige Minuten später gesellten sich noch drei Alte zu ihm. Einer von ihnen rauchte eine nargile, und ich konnte sogar das Blubbern des Wassers im Gefäß hören. Im leichten Abendwind wehte das weiße Pulver aus dem Mehlsieb, das der Mann im Unterhemd in den Händen hielt, davon und landete sanft auf dem Kopf des Kadavers. Einer der Alten drehte sich eine Zigarette und klebte sie langsam mit der Zunge zu. Zwei kleine Mädchen in Schuluniform hüpften direkt am Esel vorbei. Da ließ ich den Jeep an und raste zurück, und den ganzen Weg über sah ich nichts vor meinen Augen, und ich stürzte in die Verwaltung, und wo ist Katzman, schrie ich schon im Gang, wo bist du, verdammter Bastard, der mich hierhergebracht hat? Was machst du, sag mir, was machst du?

Sogar jetzt kommt noch das Echo der Wut in mir hoch, sogar jetzt, wo es gar nicht mehr wichtig ist. Wo eigentlich alle tot sind. Ich betrat sein Zimmer, ohne anzuklopfen, und stand zitternd vor Wut und rot und schwitzend vor ihm, und den Esel, Katzman, den Esel schaffst du weg.

Katzman trat hinter dem Schreibtisch hervor und stand mit leicht eingezogenen Schultern vor mir, als fürchtete er, ich würde ihn schlagen oder so, und sagte mir – der Esel bleibt dort. Einer meiner Soldaten wurde in der Gasse verwundet, und vor zwei Monaten geschah an derselben Stelle etwas Ähnliches, und sie sind nicht bereit, den Mann preiszugeben, der den Stein geworfen hat, obwohl wir sicher sind, daß sie wissen, wer es ist, und daher – sollen sie ein wenig daran würgen.

Und ich zwang mich, leise zu sprechen, selbst wenn ich ihn nicht mehr ausstehen konnte vor lauter Haß und Schmach, und ich sagte langsam, daß es keine Kollektivstrafe mehr gäbe und erinnerte ihn, daß es eine Anordnung Dajans sei, den er so schätze, nicht alle für das zu bestrafen, was ein einzelner tut, und ich flehte ihn sogar an, den Esel fortzuschaffen, nur weil ich, Uri, ihn darum bitte und ich nie mehr um etwas bitten würde.

Und Katzman begann, im Zimmer um mich herum zu gehen und zu reden, und ich wußte, daß ich keine Chance hatte, denn es war logisch, was er mir sagte, und das ist immer das Problem, und er sprach von Zuckerbrot und Peitsche, und von Nehmen-

und-Geben, und ich sagte mir die ganze Zeit im stillen – der Gestank, der Gestank, und Katzman spürte, daß ich versuchte, mich in mich selbst zurückzuziehen und vor ihm zu fliehen, und darum redete und redete er, und beinah wäre es ihm gelungen.

Nur daß es mir dann, mit einer letzten verzweifelten Anstrengung, gelang, den Geruch regelrecht in meinen Nasenlöchern zu entfachen, und ich war vor Katzman gerettet und erstickte plötzlich vor heller Wut und schrie ihn an, ho, Katzman, schrie ich und sagte Katzman wie einen Fluch, das ist doch reine Quälerei, und genügt es dir nicht, daß sie uns die ganze Zeit sehen und hören müssen und bei uns arbeiten müssen und ihr Gehalt in unserem Geld bekommen müssen und uns in allem gehorchen müssen, müssen sie uns auch jeden Augenblick, mit jedem Atemzug atmen, und ich sage dir, Katzman, aus meiner einwöchigen Erfahrung, daß der Gestank eine eigene, unverkennbare Wahrheit hat, und er manchmal stärker ist als jede Gerechtigkeit und Logik.

Und Katzman stand blaß vor mir und sagte folgendes: »Der Esel bleibt, und du, raus mit dir, raus.« Und plötzlich schrie er mit verletzter und schrecklicher Stimme: »Geh mir aus den Augen, verschwinde!«

Und ich drehte mich um wie erstarrt und ging zum Parkplatz im Hof, ohne irgend etwas zu fühlen, nicht einmal Schmach, und wartete dort still auf das erste Fahrzeug, das nach Tel Aviv fuhr, und den ganzen Weg über sagte ich mir auf vernünftige und erwachsene Weise, daß jetzt Schluß sei, daß ich Dschuni und Katzman verlasse und zu Schosch zurückkehre und versuchen werde, uns beide zusammen zu finden, und wie ich mich freute, daß sie wirklich schon zu Hause auf mich wartete, und ich wollte sie in die Arme nehmen und sie um Verzeihung bitten, wenn ich sie im letzten Jahr, da ich ja nicht so richtig bei ihr gewesen war, mit irgend etwas verletzt hatte, aber sie streckte ihre Hand aus und bremste mich und sagte mit seltsamer Stimme, ich solle in ihr Zimmer kommen, da sie mir einige Dinge zu sagen hätte und es wirklich Zeit sei, offen und ehrlich miteinander zu reden, und wir gingen in ihr Zimmer, und ich wartete, daß sie zu reden anfing, denn ich wollte das alles schon hinter mir haben, damit wir beginnen könnten, so zu leben, wie wir es einst wollten, und sie legte die Beine übereinander, und ihre Finger begannen zu zittern, und hör zu, Uri, sagte sie, es gibt einige Dinge, die du wissen mußt, und tuta, tuta, chelset elchaduta.

23 Katzman trat aus dem Zelt, sah auf den Mond, sah auf seine Uhr. Elf. Das Zeltlager war völlig dunkel, aber die laute Musik steckte ihre Finger in alle Ritzen der Finsternis, und es gab keine Zuflucht in der Nacht, und es gab keine Intimität der Nacht. Die Soldaten dösten auf Militärdecken unter dem Tarnnetz, bedeckten ihre Köpfe mit Mänteln wegen des Lärms. Katzman ging langsam durch das kleine Lager, die Hände in den Hosentaschen.

Nur über dem Stabszelt spannte sich ein dünner Lichtfaden. Katzman näherte sich leise dem Zelt und spähte hinein. Schaffer saß am Tisch, den Rücken dem Eingang zugekehrt, und spielte mit einer Streichholzschachtel. Das Licht der Feldlampe war gedämpft, aber das schien Schaffer offensichtlich nichts auszumachen. Die kleine Schachtel wurde mit einem gezielten Daumenstoß vom Tisch hochgeschossen und durfte nur auf ihre schmale Kante fallen. Schaffer war Experte darin.

Katzman betrachtete den breiten Rücken, den Spalt des Hinterns, der aus der Hose hervorsah, den glatten, reglosen Nacken. Auf dem Tisch lag ein Taschenbuch mit zerfleddertem Einband. Bestimmt etwas von Alistair MacLean. Mit ausdrucksloser Miene beobachtete Katzman die Schachtel, die rhythmisch über Schaffers Schulter schoß. Beide, sowohl Schaffer als auch die Schachtel, hatten etwas Bedrücktes und Besiegtes an sich. Schaffer sah wie der müde, aber hartnäckige Dompteur eines kleinen, dumpfen Tieres aus, das wieder einmal nicht imstande war, ihn zufriedenzustellen. Es fiel immer wieder flach auf den Tisch.

Katzman ließ die Zeltplane los und ging. Aus irgendeinem Grund war ihm, als habe er in einen sehr persönlichen Moment hineingesehen. Er dachte daran, daß Schaffer in seinem Leben viel kühnere Taten vollbracht hatte als die Helden der Bücher, die er bewunderte. Er ist ein Mensch, der dazu verurteilt ist, jenseits seines Traumes zu leben. Vielleicht ist es das, was uns allen hier geschehen ist, und daher haben wir nichts, worauf wir hoffend unsere Blicke richten können. Katzman ging zu seinem Jeep, setzte sich hinein und legte seinen Kopf auf die Eisenkante des Sitzes. Er sehnte sich nach einem Bett. Nach einem traumlosen Schlaf. Mit leiser Stimme sagte er, als versuche er etwas: Wir haben deine Forderung akzeptiert, Chilmi. Ich freue mich, dir mitteilen zu können, daß unsere Soldaten in wenigen Stunden geordnet aus den großen Städten abziehen werden.

Er kicherte müde. Versuchte, sich in seiner Phantasie die Räumung auszumalen. Tausende von Fasern, die ausgerissen werden. Kolonnen von Fahrzeugen und Zivilisten und Militärs. Dann stellte er sich die umgekehrte Bewegung vor: die Araber legen ihre Werkzeuge nieder und kehren in ihre Städte zurück. Und ein Gefühl der Erleichterung breitet sich aus. Man zieht ab. Trennt sich endlich voneinander. Nur daß man nicht wissen kann, wie viele Generationen bei uns und bei ihnen noch beschädigte und verseuchte Kinder zur Welt bringen werden.

Sein Kopf lag auf der Lehne, seine Augen waren geschwollen und entzündet, seine Ohren gellten vom Heulen des arabischen Orchesters; die Stimme einer gewissen Sahir, der ägyptischen Rundfunkansagerin, erweckte in Katzman wieder das uralte Gefühl, daß das menschliche Bewußtsein nichts anderes als ein wundersamer Schwamm sei. Gewaltige Märchen, verwickelte Lügen und unerträgliches Unrecht werden von ihm verschluckt, ohne eine Spur zu hinterlassen. Alles wird mit Leichtigkeit aufgesaugt. Macht einen raschen Anpassungsprozeß durch und wird dann wieder in Form einer neuen Wahrheit ausgestoßen. Da, auch in seinem eigenen Leben hatte es meistens sinnlose Situationen gegeben und Menschen, in denen er in der Regel weder Logik noch Wahrheit vorfand, und trotzdem benutzten alle weiterhin Logik und Wahrheit als konventionelle Maßstäbe und gaben vor zu verstehen, wovon sie sprachen, wenn sie diese Namen auf vertraute Weise nannten.

Es war heiß im Jeep, aber draußen lauerten die Mücken. Das Kartenfach war geöffnet. Katzman streckte seine Hand aus, stöberte darin, fand ein Päckchen Zigaretten und Streichhölzer. Er zündete sich eine Zigarette an; stieß den Rauch aus, hustete und spuckte. Er hatte seit Monaten nicht mehr geraucht, und seine Lungen brannten. Aber der Rauch würde die Mücken verjagen. Daher rauchte er vorsichtig weiter, hielt die Zigarette mit ungeübten Fingern.

Ein Kreis des weichen Lichtes beleuchtete seinen Bereich. Einmal hatte er mit Uri über die Zerbrechlichkeit des Lebens gesprochen. Situationen, die äußerst stabil erschienen, zerbröckelten bei der Berührung mit der Wirklichkeit. So war es mit den standfesten Häusern, die in Italien einstürzten, und so war es mit den Panzern im Krieg. Und was war mit seiner ersten Ehe, die – wie er anfangs glaubte – auf Liebe basierte? Und was war mit Wörtern wie – Werte und Überzeugungen? Er stieß dichte Rauchringe aus. Als ihn vor einem Augenblick die Streichholzflamme geblendet hatte, war in seinem Inneren eine flüchtige und tiefe Erkenntnis aufgeleuchtet: siehe da, dieser unmögliche Abend, sein Sitzen hier, gegenüber der Höhle eines verrückten alten Arabers, der Uri als Geisel hält, genau so wie andere ähnliche Dinge in seinem Leben – seine geheimen Begierden, seine verborgenen Ängste, von denen er niemandem erzählen würde, seine Phantasien, seine heimlichen Abenteuer mit verheirateten Frauen, die Stimme seines Vaters, als er ihm die Legende von Ariost einprägte, all diese Dinge, die wie ein blasser Traum waren, der die Wirklichkeit berührte und nicht berührte, stellten sich im Laufe der Jahre in den Wechselfällen des Menschen und der Zeit als äußerst beständig heraus. Nie würden sie sich von ihm trennen, auch nicht dann, wenn die konkreten, hellen, scheinbar logischeren Schalen seines Lebens austrocknen und von ihm abfallen würden. Diese verborgenen Dinge würde er stets in seinem Inneren finden, und sie würden ihm sogar gestatten, sie heimlich, sehnsüchtig zu berühren, wenn er sich in großer Not befände, und nur in ihnen würde er seine Wahrheit finden, die unverkennbar ist.

Und eine Glückseligkeit, klein wie ein Fischlein, schimmerte plötzlich in ihm auf. Wie klar es war: all diese Dinge sind sein wahrer, sein einziger Besitz. Jetzt hörte Katzman nicht einmal mehr die aggressive Musik, die seine Nacht aushöhlte. Im Gegenteil: seine Gedanken wurden ein weiches und besänftigendes Murmeln. Alles um ihn herum verwandelte sich in ein Gemurmel: das Geflüster in den Häusern des Dorfes, die angedeutete Anwesenheit der Vergangenheit, die über die Höcker der Hügel fuhr; und sogar – die Gefahr, die ihre Glieder für ihn streckte, oben, bei Chilmi.

Und man muß vorsichtig sein, dachte er. Muß diesen Besitz mit Klugheit hüten. Er erinnerte sich an Uris erfundenes Mädchen. Ruthi hieß sie, und einmal erzählte ihm Uri, daß er ihr gegenüber seltsame und unlogische Schuldgefühle empfinde. So: hätte er nicht so sehr darauf beharrt, immer mehr über sie zu wissen, hätte er sie nicht zu sehr in eine Ecke der Wirklichkeit gedrängt, dann hätte er sie nicht getötet. Das Mädchen war in Katzmans Augen wie jene uralten und feinen Höhlenmalereien, die sich blitzschnell zersetzten, sobald sie der Luft und den Lampen der Forscher ausgesetzt wurden.

Er streckte seine Arme, berührte die über das Eisengerüst des Jeeps gespannte Plane und warf ärgerlich die Zigarette fort. Er hätte sich nicht so hoch aufgerichtet, wenn er sich nicht plötzlich an den Gedanken geklammert hätte, daß er sich in dieser Nacht mehr denn je dem Bereich seiner Sehnsüchte nähern würde. Der kühlen Berührung mit einer symmetrischen Linie: heute nacht, das wußte er plötzlich mit Bestimmtheit, würde Uri ihm sagen, daß er über ihn und Schosch Bescheid wisse. Daß er es immer gewußt und zu schweigen vorgezogen habe, so wie er niemandem im Grünen Dorf verraten hatte, daß er vier Tage lang im Hungerstreik war.

Aber vielleicht hatte er erst vor drei Tagen, in seinem Gespräch mit Schosch, davon erfahren. Rasch überflog Katzman die Tage. Uris Wutausbrüche. Seine eigene irrsinnige Nervosität. Die ganze Farce mit dem Esel. Es gab Augenblicke, in denen Katzman den Verdacht hatte, daß der tote Esel nur ein Vorwand für Uri war, um sich in einem Nervenkrieg mit ihm zu schlagen. Auch seine eigenen Reaktionen entsprangen nicht direkt dem Thema ihrer Diskussionen. Ob Uri das wußte?

Jetzt wurde Katzman sehr angespannt. Einerseits überflutete ihn jener ständige und nagende Hunger nach einem Augenblick der Wahrheit und des Mit-sich-selbst-restlos-aufrichtig-Seins, ohne die Konsequenzen seiner Aufrichtigkeit zu berücksichtigen, und das war der sehnlichste Augenblick, der mit nichts zu vergleichen war, in dem man für eine Sünde, die man begangen hatte, bestraft wurde und den Schmerz empfand, der einem zustand; und andererseits wurden in ihm alle heimlichen Geschöpfe alarmiert, die stets in seinem Inneren nisteten – all seine Fertigkeiten, seine erstaunlich gezähmten Triebe, das oberste Gebot, das allen seinen Bewegungen eingeprägt war: die Wahrheit ist das letzte Mittel, das man anwenden kann; nur eine Giftpille, die man benutzt, wenn alle Festungen erobert und die geheimen Fluchttunnel versperrt sind. Ob er das wußte?

Katzman erstarrte und verfolgte die Jagd, die jetzt in seinem

Inneren stattfand: die stückweisen Lügen, die er stets zur Irreführung auf seine Spuren gestreut hatte, bewegten sich langsam aufeinander zu. Er beobachtete sie wie hypnotisiert; erst jetzt begriff er, daß auch in ihnen seine Berührung versunken war. Seine persönliche Handschrift. Er drückte seine Zigarette aus und zündete sich hastig eine neue an. Uri wußte das. Kein Zweifel, daß er es wußte. Katzman beugte sich zur Windschutzscheibe des Jeeps vor und starrte auf den kleinen Lichtkreis, der dort wie eine Spiegelung glühte. Jede listige Wende, die er in seinem Leben gemacht hatte, bewahrte den Niederschlag seines Stoffes, den versteckten Kode seiner Ganzheit, so wie sein Samen alle seine Eigenschaften enthielt. Auch an seinen Lügen würde man ihn erkennen. Er kicherte lautlos. Er hatte sich stets bemüht, der Wahrheit auszuweichen; der Wahrheit, der er soviel Kraft beimaß. An deren Macht er glaubte, als sei sie ein angsteinflößender Aberglaube, und er pflegte zwischen ihr und sich mit Lügen und List und Schweigen zu vermitteln. Und darum war er dazu verurteilt, die Dinge, die ihm teuer waren, heimlich zu lieben und zu wahren, als verstecke er sie vor sich selbst, um sie nicht seinem tödlichen, verhaßten Bewußtsein preiszugeben.

Wie Uri, zum Beispiel.

Jetzt schlich sich das Gefühl des baldigen Verlusts vom Magen bis zur Kehle hinauf. Wieder war er gescheitert. Mit seinen eigenen Händen hatte er es verdorben, wie immer. Kleine, bittere Bäche, die sich feine Bahnen in seine fernen Bereiche geritzt hatten, fanden einander plötzlich und schlugen brausende Wellen. Wieder war es die vertraute, die erwartete Niederlage, die ihn tröstend in die Arme schloß: Hier ist dein Platz, das wußtest du doch. Hier brauchst du dich nicht zu verstellen; denn wie treue und geduldige Verwandte warten hier, Seite an Seite, alle deine anderen Niederlagen auf dich, dein ganzes falsches, sinnloses, liebloses Leben, das du als das halb-wissenschaftliche-Abenteuer eines neugierigen Bewußtseins zu leben versuchst; als eine amüsante Kette von Kuriositäten und Mißverständnissen-die-in-der-Natur-des-Menschen-liegen, und verbietest dir, für irgend etwas in der Welt zu kämpfen, denn du fühlst nur zu gut, daß in dir nicht wirklich genug steckt, um zu kämpfen, und es war nur ein verwirrter Uri nötig, um dir zu zeigen, wie sehr du sogar dich selbst belügst, den einen, von dem du meintest, ihn nie belügen zu können; und es genügte Uris abgebrochener Zahn und sein Lächeln und sein tiefes und lebendiges Zuhören, um dir zu betonen, wie sehr du dich verstellst und hoffnungslos bist und daher – ohne nichts bist. Ein kühler Strahl bohrte sich in Katzmans angespannten Schichten und verletzte sie. Dunkel erinnerte er sich an einen Satz, den Schosch einmal zitiert hatte, als sie von einem Treffen mit der Familie eines ihrer Jungen zurückkehrte. Es war, so schien ihm, der erste Satz aus einem Buch, das auch Katzman gelesen hatte: Alle glücklichen Familien gleichen einander, jede unglückliche Familie ist auf ihre Weise unglücklich. Er hätte das auch von Erfolg und Mißerfolg sagen können. Wenn er Erfolg hatte, so war das nur eine tote Schale für ihn. Nur ein hohles Wesen, durch dessen bloße Berührung man sich selbst fremd wurde. Alle beschrieben ihre Erfolge mit den gleichen abgedroschenen Worten. Aber der Mißerfolg war persönlich. War intim und wurde nur in der Sprache eines einzigen Menschen in der Welt entschlüsselt. Katzman legte die Fingerspitzen aneinander. Seit den Morgenstunden hatte er einige Dinge über sich selbst erfahren. Dieser erschöpfende Tag war sozusagen nichts anderes als eine Reise durch Rätsel, die er nacheinander zu lösen hatte, um am Ende zur endgültigen Antwort zu gelangen.

Jemand näherte sich dem Jeep. Katzman schaltete die Scheinwerfer ein und fing ein großes, mürrisches Tier in ihrem Lichtkegel. Er machte das Licht aus. Schaffer kam und lehnte sich mit einer typisch israelischen Geste an den Jeep – die Hände am Wagendach und die Stirn auf den Händen. Katzman roch den säuerlichen Geruch der Militärsalbe gegen Mücken, den Schaffer ausströmte.

»Katzman«, sagte Schaffer, »ich habe beschlossen, mit dir zusammen hinaufzugehen.«

Katzman lachte. Das hatte er seit der Lagebesprechung erwartet. »Nicht nötig. Ich komme allein zurecht. Außerdem – du weißt ja – Agenten sterben einsam – –«

Sie lächelten. Die einzige Sorte Literatur, die Schaffer las, waren Thriller, und vor allem die Bücher von Alistair MacLean. Katzman hatte für ihn das Buch ›Agenten sterben einsam‹ entdeckt, in dem einer der Helden Schaffer hieß.

Doch Schaffer ließ nicht locker: »Das ist eine Falle, Katzman. Laniado sprach mit einem Messer an der Kehle. Du gehst in dieser ganzen Sache sehr unüberlegt vor, übertrieben sicher. Du machst einen Fehler, Katzman.«

Katzman erinnerte sich an die ferne gestrige Nacht. Er war ohne zu überlegen in das dunkle Haus gerannt, und beinah hätte ihn der Junge erschossen. Was hatte ihn plötzlich ins Feuer gedrängt? Was trieb ihn jetzt dazu, hinaufzugehen? Er sagte: »Mich erwartet dort keine Gefahr, Schaffer.« Jedenfalls nicht von Chilmi, dachte er. »Und ich gehe mit einer Pistole im Gurt und einer Pistole unter der Achselhöhle nach oben, wie im Film, und ihr steigt gleich nach mir hinauf, und alles wird in Ordnung gehen. Komm, laß uns nicht mehr darüber reden, gut?«

Schaffer schwieg. Dann schäumte er minutenlang vor Wut. Ergoß seinen Zorn auf die Araber, auf das Dorf, auf diese verdammte Musik, auf die Mücken, die nicht die Anweisungen auf den Flaschen mit der Mückensalbe lasen. Katzman hörte genußvoll zu. Schaffers Argumente waren stets einfach und leicht zu widerlegen und anzugreifen, und er pflegte sie mit einer inneren Überzeugung auszustoßen, die Neid erweckte. Jetzt beschrieb er Katzman, was er Chilmi antun würde, wenn er ihm begegnete. Schaffer war kein Sadist, aber seine Natur hatte ihn dazu ausgebildet, ein Feind zu sein, und an diesen Orten war das eine wichtige Eigenschaft.

Katzman provozierte ihn: »Laß den Alten. Was würdest du mit Laniado machen?«

Schaffer fuhr sich mit seiner fleischigen, schnellen Zunge über die Lippen: »Die sind am schlimmsten. Diese Kommunisten und Schöngeister und all die Kinder, die zwischen unseren Beinen Gewissensspiele spielen, und sie haben nur Glück, daß wir auf sie aufpassen und sie am Ende aus allen Schwierigkeiten, in die sie hineingeraten, herausholen.«

Katzman sagte: »Hör auf. Uri ist kein Kommunist.« Er erinnerte sich, daß Uri ihm einmal erzählt hatte, zu Hause habe man ihn dazu erzogen, Araber zu hassen. Sein Vater hatte sogar irgendein Gebet zur Vernichtung aller Araber verfaßt. Uri gestand, er erinnere sich bis heute an die starke Verlockung, die in jenen Haßparolen steckte. Er selbst sei von ihnen manchmal ganz berauscht gewesen. So ein mitreißender Rhythmus war in den Worten und der Melodie des Gebets, und Uri pflegte eine erschreckende Wildheit in sich zu entdecken. Wie sehr er sich deswegen schämte.

Schaffer sagte: »Jedenfalls – denen sollte man die Eier abschneiden.«

Und in wundersamem Einklang erzitterte plötzlich die Luft um sie her, und sie brauchten einige Sekunden, um zu begreifen, daß es der Klang der Stille war, denn plötzlich erschien der arme Ajesch am Eingang des Cafés, in einen gestreiften Schlafanzug gekleidet und mit einem festlichen roten tarbusch auf dem Kopf, stampfte mit den Füßen und wedelte mit den Händen in die schwere Finsternis und schrie, jetzt sei es genug, er werde noch wahnsinnig von dem Lärm und er könne nicht mehr, und die Soldaten sollten ruhig kommen und ihn umbringen, wenn sie wollten, aber so werde er wenigstens ein wenig Ruhe haben, und mit wütendem Gemurmel verschwand er wieder im Café und schloß die klapprige Tür hinter sich, und gesegnete Stille trat ein.

Katzman und Schaffer brachen in Lachen aus.

»Hör auf mich, Katzman –« Schaffer versuchte Katzmans Welle der Fröhlichkeit einzufangen und sie auszunutzen.

»Ich sagte – genug.« Katzman zerdrückte die Zigarette an der Seite des Jeeps und stieg aus. Sie begaben sich zum Stabszelt und nahmen ein Sturmgepäck und Magazine. Ein paar Soldaten kamen und sahen zu. Schaffer plagte sich, bis er die Ausrüstung den spärlichen Ausmaßen von Katzmans Gestalt angepaßt hatte. Er steckte ihm zwei Mullbinden in die Tasche. Dann half er ihm, die Magazine mit Patronen zu füllen und schob ihm die heimliche kleine Pistole in den Gurt unter der Achselhöhle. Sie arbeiteten schnell und wortlos. Die Soldaten schwiegen.

Dann verglichen sie ihre Uhren. Es war zehn Minuten vor Mitternacht. Katzman sagte: »Punkt Mitternacht bin ich oben. Ihr geht dann los und bezieht Stellung wie vereinbart. Nur wenn Schüsse fallen, schießt ihr. Ansonsten wartet ihr auf meinen Befehl. Aber es werden keine Schüsse fallen. Verstanden, Schaffer?«

Schaffer sagte: »Verstanden.«

»Gut«, sagte Katzman, »dann begleite mich noch ein Stück.«

Die Soldaten traten auseinander, als sie vorbeigingen, und die beiden schritten um das Zeltlager. Neben dem Tarnnetz blieb Katzman einen Augenblick stehen. Aber es hatte keinen Sinn, hineinzugehen und den Engel noch einmal zu berühren. Solche Gefühle waren von Natur aus einmalig. Sie stellten sich neben den verlassenen Carmel und urinierten. Warmer Dampf stieg von der Erde auf.

Katzman sagte: »Ich verlasse das Militär.«

Schaffer schwieg.

Katzman fühlte sich ein wenig gekränkt. Schaffers Schweigen war eindeutig. Auch er dachte, daß Katzman aus diesem Spiel heraus müsse. Selbst das Militär, sein Lebensinhalt, war ein Mißerfolg.

»Wenn die Sache hier vorbei ist, löse ich den Vertrag und gehe für immer.«

Endlich sagte Schaffer mit milden Worten: »Man soll solche Entscheidungen nicht unter Druck treffen, Katzman. Entscheide, wenn du zurückkommst.«

»Nein. Ich habe mich schon entschieden.« Er empfand Erleichterung.

Schaffer reichte Katzman seine Zigarette. Sie knöpften sich die Hose zu. Katzman erinnerte sich: »Weißt du, heute ist mein Geburtstag.« Schaffer wurde etwas verlegen angesichts dieser intimen Offenbarung, die ihm wie ein fremdes Baby in die Arme geworfen wurde. Dann stieß er aus: »Bis hundertundzwanzig«, und fühlte, daß er davongekommen war.

Vielleicht gab es noch mehr zu sagen, aber es war nicht nötig. Katzman warf den brennenden Zigarettenstummel weg. Schaffer trat ihn fest aus. Dabei schien sich etwas zwischen ihnen zu übertragen. Katzman sagte, »Ich bin weg«, und ging.

Schaffer beobachtete, wie er auf seine nachlässige, geschlagene Art wegging. Er wartete, bis die Konturen seiner Silhouette in der Dunkelheit verschwunden waren. Blieb noch eine Weile stehen und lauschte dem Klang von Katzmans Schritten auf dem Kies. Dann kehrte er zum kleinen Zeltlager zurück und stellte fest, daß die Soldaten schon im Stabszelt auf ihn warteten.

24 Und hier, mein Uri, kommen wir zum Ende des Weges, dessen Route uns eingeprägt wurde wie ein Brandzeichen auf dem Rücken des Stiers, vor vielen Tagen, als du in meine Höhle kamst, und es tut mir leid, daß ich dich kaum gekannt habe und ich nicht weiß, wer dein Vater und wer dein Großvater ist, und ob du je eine Frau geliebt hast, und ob du schon einmal von der Liebe enttäuscht worden bist, und vielleicht ist es besser so, denn es ist eine gewisse Fremdheit nötig, um eine Tat wie unsere durchzuführen, so wie ich viel Liebe brauche, um dich in die Spalten der blendenden Angst zu führen, die meine Schenkel und Arme erzittern läßt.

Und daher werden wir es nicht verderben und jetzt nicht über diesen Augenblick und über diese Pistole sprechen, und während du noch neben der Steinmauer auf dem Rücken liegst und ich rasiert und weichgesichtig bin und meinen Körper mit zerdrückten Zitronenblättern abreibe, werde ich dir ohne Stimme und ohne Worte die letzte Geschichte erzählen, wie sich die Dinge ereigneten und wie sie sich hätten ereignen können, denn schon sehe ich, daß deine Angst sogar den Schlaf übermannt, den ich dir mit den Blättern des sachran eingeflößt habe, und jetzt möchte ich die Stacheln stumpf machen und dich, deinen Kopf und deinen Körper in die Wonne meiner Geschichten tauchen, vor diesem Stück Mond.

Kan-ja-ma-kan, er war der breite und leuchtende Mann mit dem hellen, schimmernden Gesicht und dem feinen jasminweißen Haar, der mich unten im Wadi fand, mit einem Seil an den Stamm des Pistazienbaums gebunden, während eine traurige und zu reife Frucht die Schwaden ihres Gestanks über mir verbreitete, und ich lag auf der Seite, von den Messern der Angst zerschnitten, an der Stelle, wo mich sein letzter Tritt hingeworfen hatte, bevor er seine Seele aushauchte, und die ganze Zeit zog aus dem Dorf das Knallen von Schüssen zu mir herüber und der Klang des saarid, jenes glockenhafte Zungentrillern der Frauen, die sich über die Verlobung meiner Schwester Na'ima freuten, und der Duft des Fleisches, das dort gebraten wurde, und das Jaulen der rasenden Hunde, und ich hörte seine Schritte, als er sich mir von hinten näherte, und ich wälzte mich vor Angst auf dem Boden wie eine Schlange, die ihre Haut abwirft, bis er kam und sich über mich beugte, jener große

Mann mit dem runden Bart, und ein Messer blitzte in seiner Hand, und ich schloß schon erleichtert die Augen, nur daß sich der Druck des Seiles um meinen Hals lockerte und das Geräusch des Losbindens zu hören war, und plötzlich flatterten seine Finger auf den Wunden meines Halses und auf meiner Schulter, und ich öffnete meine erschrockenen Augen, denn sehr bitter war mir seine warme Berührung, die schnell in meinem ganzen Körper keimte und sproß, denn wer konnte auf die Dauer eine solche Bedrückung ertragen, und dann sah ich vor meinen Augen sein vor Kummer verzerrtes Gesicht und seine vor Zorn geröteten Augen, und er ächzte und knirschte mit den Zähnen und rollte das Seil von meinem Körper, wobei sich mir seine kleine runde Glatze zeigte, und die ganze Zeit über war ich bereit, ihm zu entschlüpfen, sobald er das Seil von mir nehmen würde, doch da hörte ich, wie er zu sich sagte, mein Kind, mein Kind, warum tun sie dir das immer wieder an, und er berührte meine Stirn mit seinen Händen, und da kam eine große und zornige Welle der Sanftheit, die mich auf ihrem Rücken trug und alle bunten Glasscherben in mir durcheinanderschlug, und ein leiser und breiter Fluß von Honig begann auf meine Wunden zu strömen und überflutete mein Herz, und ich war süß wie das Wasser, das in Krügen aufbewahrt wird in der ›Nacht der Nächte‹, in der sich die Tore des Himmels öffnen.

Sieben Jahre war ich mit ihm zusammen. Und vielleicht nur sieben Herzschläge. Wer weiß. Schukri Ibn Labib meint, daß es einen solchen Mann nicht gegeben habe auf den Hügeln um uns herum, daß ich ihn mir nur in meinem Herzen ersonnen hätte. Und ich sage – es gab ihn wohl. Wie kann es sein, daß es ihn nicht gab; und welche Hoffnung haben wir, wenn nicht einst aus dieser dürren Erde ein Strahl seiner Güte und Liebe hervorgeschossen wäre, und was macht es schon, wenn niemand außer mir ihn kannte. Und auch ich weiß nicht: vielleicht war er ein griechischer Mönch, der kam, um in der Wüste in Abgeschiedenheit zu leben, da er nicht seine Liebe zu den Menschen durch seine Begegnung mit ihnen verderben wollte. Und vielleicht war er nur einer von den heimlichen Verrückten. Und er pflegte in den Nächten herumzugehen und heimlich die Fallen der Jäger zu öffnen, um die Füchse und Schleichkatzen und Ratten und Hasen zu befreien, und liebevoll nahm er ihr Kratzen und Beißen an, denn nicht mit ihnen führte er Krieg, und er salbte ihre Wunden mit heilenden Pflanzen, die seine einzigen Freunde waren, und dann ließ er sie laufen.

Und vielleicht war er, in seinen anderen Tagen, der reiche, wundersame Mann, von dem mir einmal Nuri Elnawar erzählte, der während des ersten großen Krieges in der Welt mit all seinem Geld ein gewaltiges Flugzeug kaufte und einen Stamm von Zigeunern darin versammelte, und auch einige von Nuris Freunden waren unter ihnen, die in den Tagen des Krieges kein Stück Land fanden, auf das sie beide Füße gleichzeitig setzen konnten, und er flog mit ihnen über die verwundeten Länder und die roten Schlachtfelder und die verbrannten Felder, und überall, wo das Flugzeug landete, gaben die Zigeuner ihre Auftritte vor Militärbasen und vor Zivilisten, ließen einen Bären in einem Kleid tanzen oder verheirateten eine Ziege mit einem Affen oder prophezeiten die gute Zukunft, und mit ihrem Geld kauften sie Benzin für den Bauch des Flugzeugs, um weiterziehen zu können, denn das war ihr ganzes Leben, und um die Wahrheit zu sagen, ich weiß nicht, wer mein Darios war, denn er hat mir nie von sich erzählt, und nur von mir wollte er hören, und er formte mir mein Leid zu weichen und wohlklingenden Worten, zu Worten des Gebetes, während er mich in eine Wanne mit Benzin und danach in eine Wanne mit Alkohol tauchte, um meinem Körper den Fluch des Gestanks zu nehmen, und er flüsterte mir ins Ohr, während er mir gekochte Bohnen zwischen die Zehen steckte, um den Schimmel des Ekzems zu heilen, fürchte dich nicht vor denen, die den Körper töten, die Seele werden sie nicht töten können, und ich verstand nicht, was er mir sagte und gab mich nur ganz und gar jener weichen Stimme und jener Berührung hin.

Und was für ein Schweigen. Und was für ein Leid in seinen Augen, daß er mich nicht gleich durch die Berührung seiner Hand zu heilen vermochte oder mir nicht mit dem Atemhauch seiner Nase eine neue Haut anlegen konnte. Und was für Dinge, die er sich zuflüsterte über die Dunkelheit jenseits von ihm, und was für Bitten an mich, als er dachte, daß ich schliefe und nichts hörte, ich solle zu den Menschen gehen und sie lehren zu lieben und mit all meiner Kraft und meiner Weisheit die Hand bekämpfen, die um uns herum auf Fingerspitzen geht, und was für eine Liebe, die in mir geboren wurde.

Sieben Herzschläge. Unter seinen Händen wuchs ich heran und wurde zum Menschen; und von ihm lernte ich alles, was ich zu lernen hatte, und seit damals schärfte ich mir mein Leben lang ein, was ich in jenem aufleuchtenden und verlöschenden Augenblick erkannte, als er mich am Fuß des Pistazienbaums mit seiner Hand berührte und mich zum freiesten aller Menschen machte, und ich erinnere mich nicht mehr an seine Stimme und erinnere mich nicht mehr, welche Form sein Mund und seine Lippen hatten, aber alle seine Worte sind Buchstabe für Buchstabe in mich eingeprägt, und ich lese sie immer wieder, so wie der fallende Stein seinen Fall liest.

Kan-ja-ma-kan, und bis mir mein Jasdi geboren wurde, Honig auf Butter, wußte ich nicht, wie ich die Dinge deuten sollte, die er mir eingeschärft hatte, und ich wollte nur wie er vor den Menschen fliehen, damit der Haß mich nicht zum Vergnügen ausfülle und ich nicht mehr kämpfen könne, und ich versteckte mich in Höhlen und Felsspalten vor ihnen, und ich wanderte in den Wadis und schlief in den leeren Hütten der Wächter, aber sie verfolgten mich überallhin, denn auch in meinen Träumen sah ich die Jungen vor mir, die meinen Körper mit Zucker beschmierten und mich neben den Bienenkörben von Vater Schukris festbanden, und ich sah die Mädchen, die sich zu mir hin stahlen, während ich schlief, um mich mit ihren Nadeln zu stechen, und ich hörte meine großen Brüder lachen und sagen – dieser Chilmi ist ein kompletter Idiot, sein eines Ohr ist aus Teig und das andere aus Schlamm, und ich hörte meine Mutter schreien, nehmt-ihn-schon-aus-der-Küche-damit-sein-Gestank-nicht-die-Suppe-verdirbt, und im Traum spürte ich die geschwollene, hüpfende Hand meines-Vaters-der-nicht-mein-Vater-war.

Es gelang mir nicht, ihnen auszuweichen, und zu schwach war ich, Jasdi, mein Sohn, um von hier zu fliehen, aus dem Schafsdorf und der Zeichnung dieses trägen Landes. Aber eines Nachts, kan-ja-ma-kan, als ich von weitem, von meinem Versteck aus, das Feuer betrachtete, das die Beduinenhirten angezündet hatten, sah ich, wie das Feuer die Zipfel ihrer Jacken bewegte und sie ein wenig in der Luft schweben ließ, und im Nu durchfuhr ein Gedanke mein Herz, und ich wußte, was ich zu tun hatte. So einfach war es: Wenn Rauch leichter ist als Luft und er daher nach oben strebt, dann gilt das auch für den Dampf des heißen Wassers, der vom Kessel hochsteigt, und dann gilt das auch für all den Stoff, der sich in Gedanken und Überlegungen auflöst, der frei ist, und ich behielt diese Sache für mich.

Und in jenen Tagen, Uri, erzählte man sich in unserem Dorf von einer alten Frau, deren Name Arissa war und die in den Tagen der großen Heuschreckenschwärme Säcke mit diesen Tieren füllte und ihnen die Flügel ausriß, und als der Hunger sie bis zum Wahnsinn plagte, verschloß sich Arissa in ihrem Haus, schmierte ihren ganzen Körper mit Honig ein und klebte die durchsichtigen Flügel auf ihre Haut, und so stieg sie, nackt und glitzernd, auf einen der Bäume und hob ihre Hände zum Himmel und flog davon.

Kan-ja-ma-kan, ob es so war oder nicht, ich hatte nicht genügend Heuschrecken, und Vögel zu fangen hatte noch nie mein Herz erfreut, und daher begann ich, die Rauchkringel aus den Lagerfeuern und die Dampfsäulen aus dem Kessel in Tonkrüge und in Schüsseln, in Flaschen und Schläuche aus Ziegenhaut einzufangen, und ich versiegelte und verkorkte sie und bewahrte sie in der Tiefe meiner Höhle und sandte heimlich die kleinsten Strahlen meiner Gedanken zu ihnen aus, und die Bastarde, die auf meinem Hof aufwuchsen, pflegten mich zu überlisten, leise zu kommen und Löcher in die Krüge zu bohren und die Korken aus den Flaschen zu ziehen und die Schläuche aus Ziegenhaut aufzutrennen, und ich pflegte meine Stimme gegen sie zu erheben und meine Gefäße wieder mit dem fliegenden Stoff zu füllen und in den Nächten neben ihnen zu schlafen und den Tisch mit meinen Mahlzeiten neben sie zu stellen und sie gut zu behüten und dem Rascheln, das sich in ihnen sammelte, dem Leben, das dort keimte, zu lauschen. Bis ich eines Tages wußte, daß die Stunde gekommen war, daß ich alles hatte, was ich brauchte, um von hier fortzufliegen, und ich ging hinunter ins Dorf und lieh mir von Nuri dem Zigeuner eine große Schubkarre aus Eisen und belud sie heimlich mit allem, was ich benötigte, und auch viele Seile tat ich hinein, und ich blieb keinen einzigen Augenblick stehen, um mich umzusehen, und ich verabschiedete mich weder von meinem Hof, noch von meinem Teich, noch von meinem Zitronenbaum und auch nicht von meinen Frauen und Kindern, denn Jasdi und Nadschach waren damals noch nicht geboren, und ich stieg die verborgenen Pfade zum Pistazienbaum im Wadi hinab, und im Dämmerlicht, mein schlafender, mein wacher Sohn, band ich die verschlossenen Tonkrüge an meine Beine, und unter meinen Armen hielt ich die kleinen Gefäße und auch den ibrik aus Kupfer, und an mein Gesäß hängte ich den großen Lederschlauch, der von erlesenem Flugstoff aufgebläht war, und so kroch ich den Baumstamm hinauf und zog mich an den Ästen hoch und hielt keinen einzigen Augenblick an, um auszuruhen und neuen Atem zu schöpfen, bis ich auf dem höchsten Ast stand und höher war als je zuvor, und ich sah das schmale Flüßchen des Wadis vor mir und den Rauch, der aus den Häusern des Dorfes aufstieg, sah das ganze Land, und ich schloß meine Augen und versicherte mir, daß ich nur so endlich verstehen würde, was Darios mir durch die Berührung meines Fleisches unter diesem Baum gesagt hatte, und ich breitete sofort meine Arme aus und flog mit einem Schrei in die Luft, und einen Augenblick später zerbrachen alle meine Knochen, zugleich mit den Flaschen und Krügen, und ein schrecklicher Trompetenlaut ertönte von meinem Gesäß, als dort der große Lederschlauch zerriß, der von erlesenem Flugstoff aufgebläht war.

Kan-ja-ma-kan, und erst als mein Sohn Jasdi mir geboren wurde, enträtselten sich mir endlich die Worte meines Darios, meines Erlösers und Wohltäters, weil ich im lebendigen Zeichen in seinem Gesicht den Weg las, den ich zu gehen hatte, und dieses Zeichen war für uns beide wie das Flackern einer Laterne, die dem Verirrten winkt, und ich führte dich, mein Sohn, auf den Spuren ihres Lichts und brachte dir bei, dich von den Leuten fernzuhalten und die Menschen zu lieben und immer gut und verschwiegen zu sein. Und ich gebar dich jeden Tag von neuem, ein naives Kind, das weder Böses ahnen und noch Unrecht kennen würde, um auf diese Weise jene listige Hand zu bekämpfen, und auch wenn die Dinge und die Absichten ein wenig durcheinandergerieten, so bist du nun doch zu mir zurückgekehrt, hast dich wie eine Wunderflocke aus den weichen Daunen des Märchens verwirklicht, und ich werde dich wieder zum Licht der Laterne führen.

Schläfst du, Uri? Hörst du? Da sind ferne Schritte, die sich uns nähern. Vielleicht ist es dein Freund, der lieblose, bittere

Mann, der nun kommt. Er hat nur seinen Fuß auf den Pfad gesetzt und schon höre ich ihn, nur daß seine Schritte sehr seltsam sind. Schleppend und verloren sind sie. Schlaf nicht, mein Uri, er wird gleich kommen. Nur ein paar Minuten braucht er, um diesen Pfad zu besteigen und sich mit ihm zu winden, bis er meinen Hof betritt, und dann werden wir reden. Und inzwischen sieh mich an, die alte Zwiebel, die ich bin, mit Jasdis Pistole in meiner Hand lauere ich am Eingang, sollte dein Freund versuchen, uns zu überlisten und dich mir zu stehlen. Sein Gang gefällt mir nicht. Hör zu. Haben wir noch genug Zeit? Willst du es hören?

Ich werde es erzählen; genauso haben sich die Dinge zugetragen:

Kan-ja-ma-kan, pi kadim alsa'aman, es war einmal, vor vielen Jahren, vor mehr als fünfzig Jahren, an einem Morgen so weiß wie Jasmin, da kam ein gewisser Mamduch el-Saharani nach Andal, der eine und einzige von den Leuten im Dorf, der nach Amman gefahren war, um Wissen zu kaufen, und danach in andere Erdteile zog, damit er eines Tages in einem sehr langen und roten Auto hierher zurückkehren konnte, vor seinen Augen eine grüne Brille, um sich vor unserer harten Sonne zu schützen, und noch am selben Tag bat er alle unsere Männer und Jungen, sich am nächsten Morgen bei Sonnenaufgang auf dem großen Platz einzufinden, und eine Stunde vor Morgendämmerung weckte mich Darios und flößte mir ein wenig Rosensaft ein, den er selbst zubereitet hatte und den wir nur an Feiertagen tranken, und kleidete mich in einen neuen weißen Mantel und führte mich von seiner Hütte am Ausgang des Wadis auf den Fuchspfaden bis zum Hügel des Kahlen Issa, der den Platz überblickt, und den ganzen Weg über brannten seine Augen, und seine Hand war wie eine Zange auf meiner Schulter, und er murmelte seine Verse vor sich hin und nannte mich Hirte, der Hirte, und blickte mich stolz und ängstlich an.

Wir erreichten jenen Hügel und stiegen hinauf, und mein Darios wies mir den Weg und führte mich zu einem gewaltigen Felsen und befahl mir, dort zu warten und nicht hinter dem Felsen hervorzukommen, sondern dort liegenzubleiben, bis das Zeichen käme. Und ich verstand nicht, von welchem Zeichen er sprach, und warum er jeden Augenblick meine Stirn berührte und meine Fingerspitzen küßte, und weswegen von ihm ein so schwerer Abschiedsschmerz ausströmte, da er mich doch nur für einige Minuten verlassen würde, aber mein Darios antwortete nicht auf meine Fragen und verzog plötzlich seinen Mund, und ich sah, wie seine weiße, am Rand bestickte Robe sich auf seinem Rücken wie ein Zelt ausbreitete, als er zwischen den Felsen ging und sprach, bis er den Platz erreicht hatte, bis er verschluckt wurde von der Menge der Männer und Jungen, die sich dort versammelt hatte.

Und dort warteten alle auf Mamduch el-Saharani; ah, ich werde diesen Augenblick nie vergessen: eine rote Krawatte leuchtete an seiner Kehle, und gelbe Schuhe glänzten an seinen Füßen, und vier zarte Knaben mit weißen Gesichtern und weißen Haaren standen hinter ihm, ihre Hände auf der Brust verschränkt und ihre Augen auf ihn gerichtet. Und ich lugte von meinem Versteck hinter dem Felsen hervor und sah, wie er die Hand hob, und hörte die Stille, die sich über alle legte, und ich spitzte noch mehr meine Ohren und lauschte den Wundern, die Mamduch el-Saharanis Zunge im Herzen des Platzes gebar, an einem Morgen so weiß wie Jasmin, vor über fünfzig Jahren.

Er erzählte ihnen von den Städten, in denen er gelebt hatte und in denen es gepflasterte Straßen gibt, und von dem Stromtier, das durch Schnüre läuft, und von Menschen, in denen kein Leben ist und die Cinema genannt werden, und vom Meer erzählte er, und von einem Apparat, der die Flüsse seinem Willen beugt und Wasserhahn heißt, und er redete von Häusern höher als Bäume und von Straßen, in denen Tausende von Autos fahren, und seine Stimme rollte über sie hinweg, und seine Hände flatterten aufgeregt, bis er plötzlich begriff, daß sie gar nicht imstande waren, ihn wirklich zu verstehen, denn sie kannten nicht den Stoff, aus dem man Träume macht, und hatten nie in Kothaufen gewühlt und nie den Seelengesprächen der Babys in den Wiegen zugehört und nie hinter Mauern den Geheimnissen gelauscht, die mit einer Grimasse ausgestoßen wurden, und sie begriffen nicht, daß er nichts anderes als ein Zauberer von Worten war, der ihnen eine schönere Welt ersann, und die Verlegenheit machte sie zornig und kraftvoll.

Und Mamduch el-Saharani, der Arme, sah, wie weit sie von ihm entfernt waren, und er konnte nicht ahnen, daß es einen gab, der ihn verstand, der ihn und seine rote Krawatte liebte und die weite Handbewegung, die sagte – die Welt, und daher beschloß er, daß nun genug der Worte sei, und er steckte zwei Finger in den Mund, und sofort peitschte ein schmetternder Pfiff durch die Luft über mir, und gleich darauf sah ich, wie von der fernen Hauptstraße, die nach Dschuni führt, eine Art rola auf uns zu galoppierte, in Rauch und Staubwolken gehüllt, ein riesiges, knochiges, langfüßiges Metallungeheuer, und auf seinem Höcker ritt der mutigste seiner Art, halb Mann, halb Teufel, sein Kopf unnatürlich groß und rot und rund, und hinter der donnernden rola fuhr ein kleiner gelber Lastwagen, der auf seiner offenen Ladefläche einige graue und angeschwollene Säcke trug, in denen ein graues Pulver war, und vor Mamduchs gebieterischer Hand verstummte die rola, und der Fahrer stieg aus und nahm seinen Kopf vom Kopf, und ein ängstliches Brummen stieg von der Menge auf, und nur die Vernünftigen unter ihnen begriffen, daß es ein roter Hut aus Metall war, und der gelbe Lastwagen zog einen eleganten Kreis und blieb vor Mamduch stehen, und in meinen Augen glich er einem kleinen und gefährlichen Tier, das seinem Dompteur zu Füßen liegt.

Da erhob Mamduch wieder seine Stimme und begann, den Männern und Jungen Andals von dem Reichtum zu erzählen, zu dem sie gelangen könnten, wenn sie die Zwiebel- und Tabakfelder verließen und mit ihm kämen, eine ehrenhafte Männerarbeit zu verrichten, in den Bauch der Erde zu hauen und zu bohren und ihr das schwarze Blut, das sich Öl nennt, abzuzapfen, und er schnalzte mit den Fingern, und der Lastwagenfahrer reichte ihm eilig ein großes, mit rotem Leder bezogenes Rohr, und Mamduch zog daraus eine Schriftrolle aus Seide hervor und gab den vier weißen Knaben einen Wink mit den Augen, und diese ergriffen die Ecken der Rolle und begannen, sie auszubreiten, und Mamduch erklärte uns, dem ganzen gewaltigen Publikum, das sich dort eingefunden hatte, daß dies eine geheime und wertvolle Karte sei, von einem Deutschen gezeichnet, der sich einmal vor vielen Jahren mit einer Gesandtschaft von Jägern in Andal aufgehalten hatte, und der aufgrund seiner Messungen und Beobachtungen mit absoluter Sicherheit bestimmte, daß sich genau hier, zwischen dem Hügel des Kahlen Issa und dem Hügel des Nasenlosen Ismail, ein schwarzes und brodelndes

Meer von Öl befände, und wer es erreichte, würde sultanhaften Reichtum erlangen, und Mamduch redete fließend weiter, und die vier zarten gesichtslosen Knaben breiteten die Karte immer weiter aus und entfernten sich immer mehr voneinander, und eine Zauberei wurde mit ihnen gemacht, denn die Karte zog sich immer weiter aus, und einige Augenblicke später stand schon der eine Knabe jenseits der Männermenge und der zweite Knabe jenseits des Eisenungeheuers, und die beiden anderen Knaben standen hinter den zwei Hügeln, und die Karte nahm kein Ende und wurde weiter von ihren weichen Händen ausgerollt, und ich sah, wie ein Schatten über der gesamten Menge ruhte, als die Karte sie bedeckte, und ich sah, wie die Knaben sich immer weiter voneinander entfernten, Hügel erklommen und Hänge hinunterstiegen, und durch die durchsichtige Seidenhaut hindurch, auf der rote Pfeile und leuchtende Sterne gezeichnet waren, sah ich auch, wie Mamduch el-Saharani mit der Freude des Künstlers zu sich selbst sprach und lächelte, und mit großem Staunen bemerkte ich, daß auch ich mich bereits unter der dünnen Seidenhaut befand und trotzdem über sie hinweg blicken und sehen konnte, wie die Knaben in die vier Himmelsrichtungen verschwanden, wie sich plötzlich auf der Karte das Schattenbild des Eisenungeheuers wie ein Schimmelfleck abzeichnete und gleich darauf die Zeichnung das Eisenungeheuer auf dem Platz berührte, und dann, kan-ja-ma-kan, wie weiteten sich meine Augen vor Staunen, als ich auf der luftigen Seidenleinwand das Bild meines ganzen Schafsdorfes entdeckte, den Wasserbrunnen und die Höhlen, in denen einst die Beduinen wohnten, und den Pistazienbaum unten im Wadi und die Tabakfelder, und ich rieb meine Augen mit den Fäusten, und trotzdem verschwand dieser Anblick nicht, und jetzt sah ich sogar noch deutlicher Mamduchs gezeichnete Gestalt und die kleine runde Glatze meines Erlösers und Wohltäters, und alle, alle, all die Männer und Jungen, die ich kannte, meinen Bruder Nimer und meine Schwester Na'ima und meine Schwester Widad und den Alten Naif und Schukri Ibn Labib als kleinen Jungen und als sehr alten Mann und sogar den Zigeuner Nuri, der noch nicht ins Dorf gekommen war, und den Affen auf seiner Schulter, und ich blickte angsterfüllt nach oben und sah über mir das Seidengewölbe, das mir mit dem Flattern seiner weichen Ränder freundlich bedeutete, daß ich mich nicht zu fürchten brauchte, und während es sanft auf mich herabsank, las ich darin den Anblick meiner eigenen Gestalt, die dort eingezeichnet war, und die ganze Geschichte, die wie ein stacheliges Seil in mir zusammengelegt war, meine Geburt, und was meiner Geburt vorangegangen war, meine Mutter, die vor dem Karakal stöhnt, und der Wind, der die Zeichnungen des Löwen im Sand an sich reißt, und der abgeschnittene Arm, der freundschaftlich auf der Schulter meines Sohnes liegt, und die betrübte Frucht und den ängstlichen Jungen, den die Bedrückung vor den Eingang meiner Höhle legte, und die eiserne Pistole, die ich jetzt in der Hand halte; und der durchsichtige Mantel berührte fast meinen Kopf und nahm mich beinah von mir selbst fort, und da warf plötzlich einer aus der Männermenge den Stummel seiner Zigarette mit einem geübten Schnippen der Finger fort, und ich meinte, daß Darios der Mann war, denn einen flüchtigen Augenblick lang glaubte ich zu sehen, wie seine gezeichnete Gestalt versengt wurde, als der brennende Funke sie streifte, und einen Moment erstarrte unser ganzes kleines Tal und hing in der Form eines Regenbogens mit dem Zigarettenstummel in der Luft, und gleich darauf leuchtete unser Platz von einem großen Licht, und von den achtundfünfzig Männern und Jungen, und von dem gelben Lastwagen, der mit grauem Pulver beladen war, und von Mamduch el-Saharani und seiner roten Krawatte und auch von meinem Darios, meinem Erlöser und Wohltäter, blieb nichts übrig, nicht einmal ein Fetzen Stoff oder ein Stück Zahn, und nur die Eisenmaschine blieb dort zurück, verrußt, die Füße zum Himmel erhoben, und das alles sah ich bereits mit dem umgekehrten Blick des Vogels, weil eine gewaltsame und entschiedene Hand mich aus meinem Buckel holte und mich aus meinem Versteck hinter dem gewaltigen Felsen zum Himmel empor schoß, hoch über die Wipfel der beiden verstaubten Johannisbrotbäume auf dem Platz, über die braunen Hügel, über das schmale Wadi, über die Wüste, über mein Schafsdorf, das die ganze Zeit unter mir mit flüsternder Stimme gärte, als die seidene Karte sich darauf senkte und es berührte und bei der Berührung sofort zerschmolz, und die Karte zeichnete in ihrem Tode die Gassen des Dorfes, wie sie für die Trauergelage meines Scha'aban hätten sein sollen, und für die mächtigen, klugen

Menschen, die Menschen, die den Mut und die Liebe und das Erbarmen und die Begierde kennen, und ich flog über alles hinweg und labte mich an den Anblicken, und so scharf war damals mein Auge, daß ich sogar die Spalte im Pistazienbaum und die eisernen Spuren erkennen konnte, die meine Träume auf dem Boden meines Fasses hinterlassen würden, und so lernte ich die Weisheit des Fliegens während siebenundsiebzig Jahren und saugte begierig die Rosenluft der Freiheit ein, und es gibt nichts Besseres als sie, und unter mir waren alle Frauen und Mädchen des Dorfes, und sie liefen stumm durch die Gassen und konnten das Unglück noch nicht entziffern, das ihren Männern und Söhnen geschehen war, und sie hoben ihre Augen und sahen mich, den kleinen, buckligen Gottesengel, den Engel, dessen Glied vor Angst und Wonne aufgerichtet war, und er faltete seine unsichtbaren Flügel in seinen Buckelkasten, aus dem er sie nie wieder herausnehmen würde, und er schwebte sanft über die zu ihm erhobenen Hände der Frauen, über ihre schweigend ausgebreiteten Schürzen, segelte durch die Straßen des Dorfes wie ein uralter und stiller Vogel und flog unversehrt durch die Lehmdecke, direkt in das warme, bezogene Bett der Leila Salach, der schönsten, der dreckigsten, der gierigsten aller Frauen, kan-ja-ma-kan, die stöhnte, als die geschliffene Schneide, die schnellste und stärkste, die sie je gekannt hatte, in ihren Körper stach.

Tuta tuta, chelset elchaduta.

25 Wir haben uns Sorgen gemacht, erklärt Avner und kommt herein. »Lea war es, die sich schrecklich sorgte«, verdeutlicht Sussia, und ich rieche schon, daß beide ein wenig angetrunken sind, und du hast getrunken, stichle ich Avner mit Mutters Stimme, und ich glaube nicht der Härte, die in meiner Stimme ist.

Sie stehen wie zwei große, verschämte Kinder da, und im gedämpften Licht der Lampe bemerke ich plötzlich, daß sie einander ein wenig ähneln. Nicht im Aussehen, natürlich, auch nicht in ihren Bewegungen, sondern, vielleicht, durch eine Saite, die in beiden schmerzhaft gespannt ist. Aber nun sehen sie mich, und ihre Augen weiten sich, und Avners Lippen verziehen sich, und Sussias Hände pressen sich fest gegeneinander. Egal. Ich habe keine Kraft, mich zu verstellen. Nicht vor ihnen. An dem Platz, an dem wir uns befinden, dürfen wir uns der Gnade der Aufrichtigkeit und der Vergebung erfreuen.

Schweigend mustern sie mich. Mein Gesicht, mein zerzaustes Haar. Noch nie haben sie mich so aufgelöst gesehen. Sie staunen über einen gewissen Ausdruck, der anscheinend in meinem Gesicht liegt, schrecken ein wenig vor dem entschlossenen Spiderman zurück, der ihnen ins Auge springt. Sussia bemerkt meine hingeworfene Bluse; er hebt sie behutsam auf und legt sie auf den Tisch, als legte er Blumen auf ein Grab.

Und die kleine Lampe mißhandelt die Schatten der beiden. Einen Augenblick sind sie zwei gekräuselte Stiere an der Wand, im nächsten Augenblick zwei spitz zulaufende Auberginen. Und der Geruch von Brandy verdichtet sich vor mir.

Avner stolpert und setzt sich hinter den Tisch. Was ist los, Schoschik, rülpst er müde, und als ich nicht antworte, hebt er erstaunt die Hand und sagt: Zuerst verschwindet Uri, und jetzt – was für ein Geheimnis verbirgst du vor uns, zwischen uns hat es doch nie Geheimnisse gegeben, du konntest immer kommen und uns alles sagen, und sag etwas, Schosch.

Ich werde es sagen. Wenn ich es jetzt nicht sage, dann habe ich mich hier vergebens mit einem solchen Schmerz festgenagelt. Ich werde es sagen.

»In Ordnung, Avner. Ich werde es dir erzählen. Es ist an der Zeit, daß ich es dir erzähle. Es ist jener Junge, der Junge, den ich behandelt habe.«

»Der gestorben ist? Der sich umgebracht hat? Wie heißt er noch?«

»Mordi heißt er.«

»Aber das war doch vor langer Zeit, vor fast einem Jahr, oder?«

»Vor drei Monaten. Sussia, du kannst dir von dort einen Stuhl holen und dich setzen.«

»Vor drei Monaten. Ich war sicher, daß schon ein Jahr vergangen ist.«

»Ich habe euch nicht alles über diese Angelegenheit erzählt. Setz dich endlich, Sussia.«

»Was bedeutet das?«

»Ich habe ihn getötet.«

»Red nicht so. Sussia. Setz dich endlich!«

Er richtet sich einen Augenblick auf. Seine Augen flackern auf und erlöschen wieder. Nun ist der bekannte, widerliche Verlauf zu erwarten: Avner flieht.

»Ich habe ihn getötet«, spricht er mir mit hoher, gekünstelter Stimme nach und zeichnet ein flüchtiges, amüsiertes Lächeln auf seine Lippen: »Pff!« Er formt seine Finger zu einer Pistole und richtet sie auf mich. »Wie einfach und kristallklar. So richtig die Sprache der Bibel, Schoschik, wie ›Mein Sohn Absalom! Mein Sohn, mein Sohn Absalom!‹. Und ich sage, Schosch, daß die Rückkehr zu antiken Stilen nicht immer gelungen ist, und wir dabei manchmal als Verlierer herauskommen.« Und er steht auf und tritt ans Fenster und schiebt den Vorhang beiseite und schaut hinaus. Dann holt er die Pfeife und eine Schachtel Streichhölzer aus der Tasche und entfacht mit Hilfe von zwei aneinanderliegenden Zündhölzern eine Flamme. »Und vielleicht – vielleicht sollte man diese Gedrängtheit des Stils bedauern, denn heute haben die Menschen überhaupt vergessen, wie man redet, sie geben allerhöchstens eine abgehackte und flüchtige Information weiter. Knappheit, das ist das Zauberwort der Digitalgeneration. Und was sie tun, ist tatsächlich nur komprimieren, abkürzen, rationalisieren, mit ihrem eigenen Mund das letzte Recht verlieren, das uns geblieben ist: das zu beschreiben, was – –«

»Ich habe ihn getötet, Vater.«

Und er war gefangen. Als sei ihm eine Harpune in den Rükken gestoßen worden, die ihn an das Fenster heftete. Jetzt windet er sich, atmet schwer, wird rückwärts zu mir hingezogen, zu dem Jäger, der ihn offenbar erlegt hat, nicht mit den Worten »ich habe ihn getötet«, sondern, vielleicht, mit einem anderen Wort, das schon seit vielen Jahren nicht mehr zwischen uns gesagt worden ist, und er zappelt wie gebrochen und zieht mit dem Fuß einen Stuhl heran und sinkt darauf nieder. Blässe ist in seinem Gesicht und eine ungesunde Röte auf seiner rechten Wange und auf der Nasenspitze, und ein paar Bartstoppeln, die er nicht abrasiert hat, schimmern an seinem schlaffen Hals.

»Du hörst nicht zu, Avner. Du hörst nie zu.«

Als ich zwölf war, habe ich ihn kennengelernt. Es war in einem Autobus, und mir gegenüber saß ein alter Mann, unrasiert und übelriechend, von einer Menge praller Körbe umgeben, und in dem Korb, der an seinem Bein lehnte, lag ein in Zeitungspapier verpackter Fisch, und ich, die alles liest, auf was mein Auge fällt, sammelte mit schielenden Augen Buchstaben, und noch verstand ich nicht, was es war, aber eine seltsame Sehnsucht kam in mir auf, feucht und dunkel und heiß, eine flüsternde Stimme der Wonne, und ich fügte mich ihr, als hätte ich gewußt, daß sie noch einmal in mir aufkommen würde, und ich blickte auf die mit Blut und Fischschuppen befleckte Zeitung, und schon bei der ersten Zeile des Gedichts wußte ich, daß ich nie mehr so sein würde, wie ich war, daß ein großes Versprechen oder eine grausame Drohung dort, zu meinen Füßen, für mich verborgen lag, und ich beugte mich ein wenig vor, um besser sehen zu können, und dort brüllten Wortfragmente Gefahr, und wilde Buchstaben standen auf ihren Hinterbeinen, und die Muskeln ihrer Schenkel zitterten vor Anstrengung, und in meinem Inneren konnte ich die schwingende Peitsche eines verborgenen Dompteurs fühlen, den grausamen Zauber, der von ihm ausging, und plötzlich deutete sich unter dem dreckigen, halb durchsichtigen Papier eine leichte, kaum merkbare Bewegung an, und ich sah, daß der Fisch lebte, und sein ganzes Leben reichte nur aus, ein einziges Mal seine Kiemen zu bewegen, und sein Auge trat angestrengt hervor, und ich beugte mich noch tiefer zu seinem in Algen gewickelten Meeresgeruch, zu seinem Leben, das mit einem Zucken in das Gedicht geleert wurde, und im Autobus, im Herzen des hellen Tel Aviver Tages, erzitterte in mir der lyrische Schlüssel, und das war – damals wußte ich es noch nicht – sein Gedicht.

»Warum sagst du das?«

»Denn durch mich ist er tot. Ich, eh – ich habe ihn auf eine Weise behandelt, die er nicht verkraften konnte. Verstehst du?«

»Du quälst dich selbst. Und uns auch, und wenn wir deinen Gedankengängen folgen, werden wir zu dem Schluß kommen, daß wir alle töten.« Jetzt bricht er im Sturm aus seiner Verlegenheit aus, und Sussia steht am Fenster und wendet ihm seinen traurigen und langsamen Ochsenkopf zu. »In solchen Dingen, Schoschik, darf man nicht zu klug sein; man darf nicht bis zum Ende nachforschen. Man muß immer ein wenig blind sein und darf nicht alles sehen, denn sonst, wirklich, sind wir alle Mörder, sind wir große Schufte.«

»Vielleicht hast du recht. Aber nicht in diesem Fall. Hier ist – mir zumindest – die Verbindung zwischen mir und seinem Tod ganz klar.« Avner legt seine Hand an den Mund. Überlegt vorsichtig. Er ist ein wenig verängstigt. Meine Ruhe erweckt eine Befürchtung in ihm. Sussia kommt und setzt sich. Zieht einen Bleistift aus dem Federständer und zeichnet auf dem braunen Papier einen Rhombus mit einem Schwanz. Ich merke, daß das Tonbandgerät noch immer eingeschaltet ist. Sussia zieht eine dünne Linie von dem Drachen nach unten zum Boden, wo er versucht, einen kleinen Jungen zu gestalten, doch diese Aufgabe erfordert eine gewisse Anstrengung, und seine Hand, mit der er die Stuhllehne umarmt, wird zum Einsatz gerufen, das Papier festzuhalten, aber auch damit scheint es nicht genug zu sein, und er muß seine große rosa Zunge zu Hilfe nehmen, die sich mit konzentrierter Anstrengung zwischen die Zähne schiebt.

»Angenommen, du hast recht«, sagt Avner, »nur einmal angenommen; weiß die Polizei davon? Nein! Und sie haben doch untersucht und untersucht, und jener grobe Offizier, ich mußte alle meine Beziehungen einschalten, damit man ihn durch Buchman ersetzt, und nach alldem hat dich die Polizei von jeglichem Verdacht gesäubert, und du beschuldigst dich immer noch?«

»Ich habe ihn getötet.«

Sussia vertieft sich in die Zeichnung. Es ist ihm bereits gelungen, ein kleines Würstchen zu gestalten, in dem vier Nägel stecken – ein Junge, der mit erhobenen Händen rennt –, und ein größeres Würstchen – die Mutter oder der Vater des kleinen Würstchens –, das es besorgt aus der Ferne beobachtet.

»Sind das seine Kleidungsstücke?«

»Ja. Deine Polizei weiß zum Beispiel nichts von ihnen.«

»Das ist noch kein Beweis. Es ist auch nicht meine Sache, was du anziehst.« Und plötzlich schlägt er mit der Hand auf den Tisch und läßt Sussia vom Stuhl hochfahren und köpft dabei eine Gurke mit Hut, die sich gerade auf dem braunen Papier abzuzeichnen begonnen hat, und wir können nicht anders als Verbrechen zu begehen, Schoschik, sagt er mit einem raschen Flüstern, wir können uns nur bemühen, das Unrecht zu verringern, vergebender zu sein, zu lieben, was weiß ich? – – Und hier, ohne eine Warnung, bricht ein trübes, schrilles Lachen aus seinem Mund heraus, das schließlich von einem langen Würgen und Husten gekreuzt und unterbrochen wird, und Sussia und ich starren ihn mit erschrockenen Augen an.

Avner schüttelt den Kopf. Legt die Pfeife in den Glasaschenbecher, tastet mit der Hand über den Tisch, zieht ein hellblaues Papiertaschentuch aus der kleinen Schachtel neben mir, schüttelt es in der Luft und schneuzt sich geräuschlos die Nase.

»Wasser, Vater?«

»Nein, ich bin in Ordnung. Alles ist in Ordnung.« Seine Stimme klingt durch seine Finger hindurch etwas verzerrt. »Ich bin in Ordnung. Verzeiht mir. Mich belustigte nur plötzlich, was du da sagtest. Du bist doch erwachsen und klug genug, um zu wissen, wann ich lüge. Ich kann weder vergeben noch lieben. Das ist eine ziemlich harte Erkenntnis, das kannst du dir denken. Man entdeckt es im Alter von vierzig-fünfundvierzig, bei einer der Routineuntersuchungen. Und man ist nicht einmal so entsetzt über die Ergebnisse. Aber es ist so. Ich kann nicht lieben. Deine Mutter liebe ich natürlich, und dich, selbstverständlich, aber lieben, Schosch – –« Wieder schneuzt er sich die Nase und sagt währenddessen, daß ich ihm im Grunde noch immer nichts erklärt hätte.

»Jener Junge hat sich anscheinend in mich verliebt.«

»Das ist doch ausgezeichnet. Dann hast du, wie mir scheint, mit der Liebe gearbeitet, oder? Ich mache natürlich nur Spaß.«

»Hör zu: ich habe ihn dazu gebracht, daß er mich liebt, und

349

dann erschrak ich furchtbar und brach die Sache ab. Und er verkraftete das nicht.«

»Er war sehr jung, siebzehn, sagtest du?«

»Kaum fünfzehn. Ich war seine erste Liebe, und er war ganz benommen.«

»Und was sagte Uri dazu?«

»Uri wußte nichts.«

»Ich verstehe.«

Und wieder breitet sich ein Schweigen zwischen uns aus. Wenigstens müssen wir nicht alles laut aussprechen. In dem Augenblick, in dem irgendeine Ähnlichkeit zwischen uns offen zum Vorschein kommt, lesen wir bereits die gegenseitigen Gedanken.

»Du hast dich in letzter Zeit verändert. Ich habe in dir eine gewisse Angst gespürt. Eine Bitterkeit. Du bist immer irgendwo anders –«

Ich glaube ihm nicht. *Er* ist derjenige, der immer irgendwo anders ist. Er nimmt kaum jemanden wahr.

»– Aber ich habe es nicht gewagt, mich einzumischen. Du bist immer so verschlossen, löst deine Probleme immer allein. Weißt du, ich habe dich stets um deine Seelenruhe beneidet, ich habe oft zu Lea gesagt: Schosch –«

»Ich weiß, was du ihr gesagt hast. Das ist beinahe eine Beleidigung.«

»Eine Beleidigung? Ich verlasse mich doch deswegen so auf dich. Ich muß dich nicht daran erinnern, was ich deiner Vernunft schuldig bin. Das ist keine Beleidigung, Schoschik.«

Ich weiß, daß es nicht seine Absicht war, mich zu beleidigen. Daß er sich nicht nur auf mich verläßt, sondern mich auch als eine Art kühlen Pol braucht, nach dem er sich richten kann, wenn er sich verirrt. Und hätte er zugelassen, daß wir uns einfach einander anvertrauten, wäre nicht geschehen, was geschehen ist, als Lea und er mir ohne Warnung das Geheimnis seiner Dichtung ins Gesicht schleuderten, denn da erhoben sich Wonnen und Geheimnisse in mir und ergriffen die Flucht, schlugen gegen meine Mauern und suchten nach einer Öffnung ins Freie. Und während der ganzen Zeit redeten er und Lea auf mich ein, und ich blickte auf ihre sich bewegenden Lippen und hörte nicht ihre Stimmen, denn es galt, sich zu beeilen und die Gefangenen in mir zu befreien und schnell die Risse zu nähen und danach sofort anzufangen, wieder aufzubauen, zu formulieren, ein ruhiges und hohles Lächeln einzuüben, auf die anderen zu stoßen, die keinen Verdacht schöpften, und die ganze Zeit gesträubt und vorsichtig zu sein, und wer, wer würde mir den schnellen Weg zeigen, diese ganze faulende Bedrückung aus meinem Inneren auszustoßen, diesen ganzen Dreck, den ich irrtümlich, unabsichtlich in mein Inneres aufgenommen hatte, und mir gegenüber – die erstaunten, die zögernden, die erschrockenen Gesichter von Avner und Lea, die ich nie mehr um Hilfe bitten kann, die sich gar nicht vorstellen können, was sie mir angetan haben, die zurückschrecken, als die Qual, die in mir entbrennt, mich zwingt, eine Öffnung aufzureißen, aber nicht zu ihnen hinaus, sondern in mein Inneres, in einen sehr langen und hohlen Tunnel, der scheinbar schon immer dort gewartet hatte, zur Tarnung mit etwas Reisig bedeckt, und er trennt sich an den markierten Nähten auf, spaltet sich vor meinem tiefen, heiseren Schrei, das ist gar nicht meine Stimme, das ist irgendein Stier, der in mir brüllt, der in Labyrinthen gefangen ist, das ist irgendein Baby, das in mir seinen letzten Schrei ausstößt, und im Inneren schwillt alles an und keucht, die Augen treten hervor, und Übelkeit kommt auf, und der Tunnel bohrt sich immer weiter, hat bereits die Grenze meines bebenden Körpers überquert, galoppiert schon lechzend zu dem dunklen Stern, auf dem die Wahrheit und die Lüge nur zwei verschiedene Namen für ein und dieselbe Sache sind, und alle werden in den Tunnel gerissen, alle Dinge, von denen ich mir eingebildet hatte, daß sie meine, daß sie unsere wären, die Sätze, die sich mir eingeprägt hatten, und das stille Lächeln und die friedlichen Sabbatausflüge und sein liebevoller Finger auf ihrer zerknitterten Wange und seine ruhige Liebe für uns beide und die Liebe und Hoffnung, die aus jedem seiner Artikel und jeder seiner Ansprachen und jedem seiner Gespräche mit seinen Zöglingen lächeln, und auch dies: unsere abgedroschenen häuslichen Sticheleien, die gar nicht auf seine bittere Kraft hindeuten, und die Geschichten vor dem Schlafengehen und Geburtstagsgeschenke unter dem Kopfkissen und die Gerichte unserer guten Küche, und sie alle ziehen sich nach innen, in die Dunkelheit zurück, und der starke Wind, der dort weht, stillt sie, und bei ihrem panischen Aufbruch reißen sie Fetzen von mir ab, während sich Schollen meines Fleisches noch an ihre Wurzeln klammern, und nichts bleibt von mir übrig, und das bißchen, was bleibt, ist nur das Verlangen weiterzuschreien, mit der ganzen Kraft der Angst in mir, auch wenn sich meine Stimme schon in Heiserkeit verloren hat, auch wenn ich nur noch wie eine Schlange flüstern kann und verletzt und voller Haß unflätige Flüche ausstoße, die ich noch nie laut gesagt habe, vor denen sich Avner und Lea entsetzt verschließen, und ich zittere noch stundenlang weiter, presse die Fäuste an den widerspenstigen Mund, aus dem sich solch ein brennender Haß ergießt, wie ein kaputter Wasserhahn, dessen Fluß nicht aufhört, bis das ganze dunkle Wasser aus dem Sammelbecken abgeflossen ist, und Löcher bohren sich durch die Wände von Avners Zimmer, das ich nicht zu verlassen bereit bin, und Löcher bohren sich in Avner und Lea, und Lea weint und schreit im anderen Zimmer, noch nie waren bei uns solche Laute zu hören, und Avner kreist ängstlich um mich, als sei ich ein klaffendes und gefährliches Loch, in das er hineinfallen, in das er hineingesogen werden könnte mitsamt allen anderen Dingen, die mir teuer sind, die in Eile von den Wänden des Hauses gerissen werden, bis nichts mehr von mir übrigbleibt, nur ein kleines Häufchen Sätze auf dem Boden, das man mit einer zögernden Hand auflesen und ins Bett legen und zudecken kann, und dann kann man die Fenster öffnen, um das Haus von diesem widerlichen Taifun zu lüften, der uns befallen hat, und alle Augenblicke in das kindliche Gesicht schauen, das sich allmählich beruhigt und in dem wieder unsere Züge, unsere persönliche Handschrift zu erkennen sind, und am Morgen kann man viel schweigen und muß nichts erwähnen, und dein Ei ist fertig, meine Liebe, und die Liebe kommt, heiser, so verschämt, läßt sich zu einem befreienden Ausbruch reuigen Weinens verlocken, und verzeiht, Vater-Mutter, was mir gestern geschehen ist, ich weiß wirklich nicht, wieso ich plötzlich so – und macht nichts, Kind, es ist nicht nötig, das zu erklären, und wir haben doch gesehen, daß in dir aus irgendeinem Grund ein großes Leid oder eine plötzliche Angst geweckt wurde, die du selbst vielleicht gar nicht verstehst, und das sind meistens Dinge, die zu fein und zu zart sind, um sie zu verstehen, und wir wollen nur, daß du weißt, daß wir immer bei dir sein werden, um dir zu helfen, und es hat wirklich keinen Sinn, noch weiter darüber zu reden, und ich muß sagen, daß sie ihr Wort hielten, und einige Wochen lang beherrschte sich Lea heldenhaft, bis sie einmal, in einem scheinbar anderen Zusammenhang, zu mir sagte, daß man auch während eines großen Leidens nicht zum Tier werden müsse, und ich wußte, daß mir nicht vergeben war.

Und ich wurde noch einmal in diesen gewaltsamen Wirbel geschleudert, als Avner in meinem Zimmer saß und mir mit gebrochener Stimme etwas vorlas, von dem ich nicht wußte, ob es ein Klagelied oder ein eindringlicher Essay war, weil hier wieder die wilden Worte waren und der Wind der tödlichen Verzweiflung, der in allen seinen Sonetten weht, und der gleiche hypnotisierende Rhythmus wie der Takt einer Uhr, und ich hörte zu und konnte es nicht glauben, Fetzen, Fetzen, flüsterte Avner, man kann junge und empfindsame Menschen nicht länger so zerreißen; man kann sie nicht von Geburt an mit erhabenen menschlichen Werten füttern und ihnen gleichzeitig befehlen zu töten, auch wenn es für ein gerechtes Ziel ist, und ich war damit beschäftigt, mich vor ihm zusammenzuziehen und alle Stürme, die in mir losbrachen, zu bändigen, und du darfst nicht, flehte ich ihn an, du darfst das nicht sagen, doch Avner sagte, daß er nicht mehr weitermachen könne, daß er wohl wisse, daß wir keine Wahl hätten und daß nicht wir die Kriege wollten, und sogar dieser Buckel, den wir seit dem Sechstagekrieg tragen müssen, uns aufgezwungen worden sei, aber wie ist es möglich, schluchzte, jammerte er, und sein Mund war zu einer häßlichen Wunde verzogen, wie ist es möglich, daß ein ganzes Volk, ein nach allgemeiner Ansicht aufgeklärtes Volk, sich selbst dazu bringt, eine so komplizierte Operation an seinem Körper vornehmen zu lassen und daß es lernt, gut in einem Vakuum von Moral zu leben; und wie werde ich selbst jetzt, nach Chagai, die jungen Leute dazu erziehen, die Menschen zu lieben und zu ehren und ständig Zweifel zu hegen, all diese Werte, die Bausteine der Kultur und der Moral, wenn ich sie dadurch nicht richtig für ihr Leben vorbereite, sondern im Gegenteil – ihnen Schaden zufüge, sie in einen Sog von entgegengesetzten Strömungen und widersprüchlichen Forderungen werfe und ihnen keine Werte gebe, sondern einen Fluch, denn wer nach den Parolen leben möchte, die ich immer wieder sage, ist zu einem Tod durch

Verlegenheit verurteilt oder wird aus der Gesellschaft, in der wir leben, ausgespien, der Gesellschaft, die das Spiel der heroischen Verschlossenheit so gut zu spielen gelernt hat, und ich, Schosch, habe mehr schuld als alle, denn ich half ihnen zu lügen und formulierte ihnen die Bequemlichkeit und erhob mich nicht, um ihnen meine Meinung über sie ins Gesicht zu spucken, sondern ich selbst merkte nicht, was hier vorgeht, und ein Junge mußte sterben, damit ich endlich aufwachen und sehen konnte, daß ich die Empfindsamen zum Tode verurteilte und die anderen mich als eine Art Feigenblatt für ihre Lügen benutzten, und was ist das alles, Schosch, was ist diese Welt, in der wir leben, dieses Land und seine Leute und der Traum, den wir hatten, als hätte das alles ein schwermütiger und gequälter russischer Dramatiker geschrieben, und wie tragisch ist es, daß er gerade von uns verlangt, Eroberer und Mörder zu sein, und wer weiß, wie viele Generationen wir diese Plage noch mit uns herumtragen werden, und die Pistole, die im ersten Akt – sagen wir in der Zeit der ersten Besiedlungen – auf der Bühne unseres Schauspiels auftauchte, schießt jetzt auf uns, und da ist schon das Rauschen des fallenden Vorhangs, das wir hören, und da ist kein Applaus.

Kein Rauschen; ein hastiges Rascheln und Trampeln draußen in den Büschen und eine seltsame, erstickte Stimme, die von dort kommt. Avner legt einen Finger an seine Lippen, und Sussia springt überraschend leicht und geräuschlos von seinem Stuhl auf: plötzlich sind sie ein eingeübtes Team. Sie verteilen sich vor dem Vorhang und tasten mit ihren Händen nach den Fenstergriffen. Da: wir haben es wieder gehört, direkt an meinem Fenster, und danach ein heftiges Klopfen an die Scheibe. Irgend jemand lauert dort. Irgend jemand hat mir den ganzen Abend nachspioniert. Ich sehe Avner an. Er ist ganz konzentriert. Spielt den Panther. Jetzt zieht er auf einmal den Vorhang an sich, und im selben Augenblick reißt Sussia das große, auf einer Achse bewegliche Fenster nach innen auf, und nun sind unmenschliche Schreie zu hören, und ich weiß sofort, daß es der Unbekannte ist, der das Paket mit Mordis Kleidungsstücken vor den Eingang meines Büros gelegt hat, und daß er es war, der der Wahrheit am nächsten kam, sogar noch näher als der junge, überhebliche Polizeibeamte, und er war es, der die Wahrheit mit einer unflätigen Aufschrift in die Toilette der braunen Abteilung kritzelte, und endlich wird es herauskommen, und was für eine Rolle spielt es, vielleicht werde ich einen Augenblick lang erleichtert sein, und draußen findet ein mächtiger Kampf statt, ein schreckliches Kreischen ist zu hören und ein gewaltsames und unerklärliches Flattern, und Sussia ächzt und flucht auf russisch, sein eines Bein hier, das andere aus dem Fenster, in den Büschen, und einen Augenblick später kehrt er zu uns zurück und verbirgt irgend etwas in den Armen, und lachend wirft er eine Mischung von Wut und Schrecken und fliegenden Federn in den Raum, einen Gänserich, der uns alle mit gewaltigem Zorn beschimpft.

Nun lachen wir sehr. Stehen um den wütenden, aufgelösten, schnaubenden Sigmund, dessen orangefarbener Schnabel in einem törichten Ausdruck der Drohung aufgerissen ist, und ein dringendes Bedürfnis nach Sauberkeit zwingt ihn, ausgerechnet jetzt, inmitten der Gefahr, seinen Hals nach hinten zu drehen und die zerzausten Schwanzfedern wieder in Ordnung zu bringen.

Ich stelle die Anwesenden einander vor. Avner verbeugt sich leicht. Sussia reibt seine Stirn. Sigmund schnaubt, stößt ein kurzes Schnattern aus. Ohne auf die Gefühle des Gänserichs Rücksicht zu nehmen, erzählt Sussia, in Rußland hätten sie solche da gegessen, nur daß sie dort größer waren und rote Beine hatten, nicht wie der da.

Sigmund trippelt mit der Miene eines verarmten Adligen rückwärts bis zum Bücherregal; von dort aus prüft er seine schwierige Lage im Zimmer. Sein Hals hüpft wie eine Sprungfeder, während er unsere Bewegungen verfolgt. Avner setzt sich wieder. Sussia plagt sich mit dem Fenster, das sich nicht schließen läßt. Avner fragt, ob, wie soll man das sagen, ob die Tatsache, daß Uri plötzlich beschloß, nach Dschuni zu gehen, in irgendeiner Weise mit dem – eh – Vorfall zusammenhängt?

In irgendeiner Weise.

»Aber du sagtest doch, daß er nichts davon wußte?«

»Das ist zu kompliziert zu erklären. Ich habe mich in der letzten Zeit ein wenig von ihm entfernt. Und Katzman hat ihn beeinflußt, und – –«

»Katzman? Ein bekannter Name.«

»Natürlich. Uri hat dir mindestens zehntausendmal von ihm

erzählt. Du solltest dir merken, was die Leute dir erzählen, Avner.«

»Ah, du kennst mich doch. Zum Glück rettet mich Lea meistens in solchen Situationen.«

Und dabei fällt sein Auge auf das braune Papier unter seinen Händen, und er betrachtet eingehend die zwei Würstchen und den Drachen, der sich über ihnen erhebt, und seine Hand greift nach dem Bleistift, der dort liegt.

»Dann ist Katzman also ein Freund von Uri?«

»Von Uri und von mir. Er ist der Militärgouverneur von Dschuni. Er war es, der –«

»Ah, natürlich, ich habe ihn einmal bei uns gesehen. So dünn, blaß. Ich erinnere mich. Die ganze Zeit machte er giftige Bemerkungen und meinte, sie wären witzig. J–a, Katzman.« Er murmelt weiter »Katzman, Katzman«, während der Bleistift über Sussias elendem, vor Angst zusammenschrumpfenden Kunstwerk schwebt, und er scheint mit äußerster Konzentration zu überlegen, wie er es verbessern könnte, aber ich lese ihn sogar über sein Gesicht hinaus und sehe, wie er in sich hineintaucht, eine Art matter und lästiger Glanz hat in seinen Tiefen aufgeleuchtet, als ich Katzmans Namen sagte. Hier ist eine Information, die von Avner verlangt, daß er sie entschlüsselt, und er geht auf diesen Glanz ein, taucht zu ihm, dreht einen großen Stein um und sieht unter ihm die schwarzen Algen und die flüchtenden Meerestiere; ich kann sehen, wie er unter Wasser die Stirn ein wenig runzelt. Er legt den Stein wieder an seinen Platz. Genau an denselben Platz, damit niemand merken soll, daß hier etwas verrückt wurde. Da, jetzt taucht er mit Hilfe seiner Flossen auf und kehrt zu mir zurück, um seine Vermutung zu bestätigen, sagt mit schräger Stimme: »Auch du hast nicht wenig von ihm geredet.«

»Richtig.«

»Mir scheint, du warst recht begeistert von ihm.«

»Richtig.«

»Ich verstehe.«

Natürlich versteht er. Schon weiß er alles. Das Böse und Abscheuliche in allen möglichen Kombinationen der Wirklichkeit ist ihm immer verständlich. Er ist geübt, darauf zu lauern, der widerwärtige und ärgerlich rechthaberische Fisch der Finsternis, der er ist. Jetzt zeichnet er murmelnd einen dünnen Schnurrbart auf das Gesicht von Mutter Würstchen. Setzt ihr einen kecken Sombrero und eine runde Brille auf, und ich verabscheue ihn in diesem Augenblick so sehr und werde von Selbstmitleid und von einer wahren Sehnsucht nach Uri ergriffen, nach seinem watschelnden Gang, nach seinen schönen, braunen Zehen in den Sandalen, nach dem Hemd, das immer aus der Hose rutscht. Nach Uris Lächeln und dem abgebrochenen Vorderzahn, und oh, Avner, stöhne ich plötzlich, es ist alles so unwirklich.

Auch er seufzt. Sein verletzter, hängender Mund wird einen Augenblick von einem rötlichen Licht beleuchtet, als er sich den Hals mit der Hand, welche die Pfeife hält, kratzt. »Dir ist ja meine Meinung über die Wirklichkeit bekannt«, sagt er lächelnd, »was ist in diesem Zimmer wirklich?« Er zieht mit seiner Hand eine Linie über uns alle – über Sussia, der noch immer mit dem widerspenstigen Fenster kämpft, über Spiderman auf Mordis Hemd, über den Gänserich, der uns von seinem Platz aus mit verächtlichem Blick ansieht. »Was ist wirklich daran, daß du einen Jungen durch Liebe getötet hast, und was ist wirklich an nuklearen Waffen oder am Eheleben, und welche Beziehung zwischen zwei Menschen wird überhaupt die Prüfung der Logik bestehen? Erzähl mir bloß nicht von der Wirklichkeit, Schoschik, genug damit.«

Sussia hat das Fenster besiegt und kehrt zu uns zurück. »Wirklich – schmirklich«, murrt er, »komm nach Hause, sonst macht Lea sich Sorgen.« Avner und ich sehen ihn äußerst konzentriert an. Die Stille wird plötzlich dicht wie eine Rauchwolke. Da, das ist der Augenblick zu fragen.

»Sussia – –« frage ich, »du bist doch –«

»Sussia hat mich auf dem Weg hierher daran erinnert, wie er dich immer auf seinem Fahrrad zur Schule brachte –« Wie sich Avner beeilt, den Keim zu ersticken, den ich an der Oberfläche des Gesprächs wachsen ließ, und Sussia strahlt, seine Ohren erröten, sein Adamsapfel hüpft, bevor er zu reden beginnt, bevor er mir mit absolut ursprünglicher Erregung erzählt, wie ich auf dem Gepäckträger gesessen habe, mich unter seinem großen Regenmantel versteckte und nur meine dünnen Beine wie zwei Schwänzchen in Schuhen hervorsahen, und wir drei lachen, und

Sussia schließt wieder seinen Mund bis zur Nase, erregt und zufrieden, daß er uns Freude bereitet hat, bläst sich in die Hände, zieht seine Hosen hoch, und Avner macht es ihm nicht leicht, nimmt ihm nicht das Zepter der peinlichen Aufmerksamkeit aus der Hand, sitzt einfach da, mit der Pfeife in der Hand, und sieht ihn mit scheinbarem Wohlwollen an und spießt ihn auf diese Weise auf den Pfahl, der er selbst ist, bis er offenbar die Freude an der Strafe, die er ihm auferlegt hat, voll ausgeschöpft hat – und vielleicht wollte er damit mich bestrafen, weil ich versucht habe, eine vereinbarte Grenzlinie zu überschreiten –, und nun kommt er ihm mit der Geübtheit einer erfahrenen Gastgeberin zu Hilfe. »Und an was hast du mich noch erinnert, Sussia? Daß du, Schoschik, einmal sagtest, du magst nur mit Jungen spielen, denn die Mädchen sind aus Geheimnissen gemacht.« Und er wird von einer kleinen Welle des Vergnügens und Lachens durchflutet. »Und Lea hat es sogar in dein Buch der Weisheiten eingetragen. Du warst damals erst fünf Jahre alt, stell dir vor, und es hörte sich so poetisch an, und im Grunde wolltest du sagen, daß die Mädchen Geheimnisse machen. Ah, Schosch, du hast reizende Fehler gemacht.«

»Bis heute«, sage ich, auf die Lippe beißend.

Jetzt ist das Geräusch des Entkorkens zu hören und ein Blubbern und Schlucken. Sussia wischt sich den Mund, gibt die Flasche an Avner weiter. Avner trinkt in langen Schlucken, mit geschlossenen Augen. Noch nie habe ich bemerkt, wie groß der Genuß ist, den er daraus schöpft. Danach hält er mir die Flasche hin: Koste mal. Das ist gut. Nein? Schade. Du weißt nicht, was du versäumst. Er gibt Sussia die Flasche zurück.

Dann sagt er: »Es ist angenehm in dem Zimmer. Ich war noch nie hier.«

»Richtig.«

»Und es ist sehr gut, daß wir so reden.«

»Richtig. Wir haben schon lange nicht geredet.«

»Gut, du weißt doch, wir beide sind kalte und schweigsame Fische.«

»Wenn du meinst.«

Und Schweigen. Sein Blick wandert durchs Zimmer. Er will etwas sagen, überlegt es sich anders, sieht mich an und lächelt:

»Du bist so erwachsen, Schosch. Manchmal fühle ich nicht, daß es einen Altersunterschied zwischen uns gibt.«
»Avner –«
»Ja?«
»Ist egal.«
Ich warf ihn wieder in die Lüge zurück, und seitdem kann ich ihm nicht verzeihen, daß er so gut gelogen hat. Daß er so schnell wieder Argumente und phantastische Formulierungen für neue Hoffnungen zu finden verstand. Jetzt hätte ich ihm sagen sollen, was ich entdeckt habe – daß die Wahrheit des einzelnen eine Lüge ist, aber sie ist auch die einzige Sache, der man seinen Namen geben kann und dabei nicht lügt, und sie ist unsere einzige Schöpfung, die Kunst, die uns allen eingeprägt ist. Aber Avner hat nicht einmal seinem neuen, dem vierten Band mit Sonetten, den er nach vierjährigem Schweigen geschrieben hat, seinen wahren Namen gegeben. Und dort, wo er sich befindet, wäre es ihm doch erlaubt gewesen, sich zumindest der Gnaden der Aufrichtigkeit zu erfreuen.
»Es ist wirklich egal, Avner.«
»Wenn du meinst.«
»Na, kommt ihr?«
»Nur noch einen Augenblick, Sussia.«
Nur einen Augenblick. Ich brauche nur kurz. Nur einen Augenblick den Kopf auf die kalte Glasplatte des Tisches legen und einen verwöhnten, fernen Laut ausstoßen, deine erwachende Freude spüren, Sussia, denn wie einst, wie ein Baby, lade ich dich ein, zu kommen und meinen müden, angespannten Körper zu beruhigen, und Avner lächelt, und Sussia kichert, wie angenehm, wie angenehm, etwas weiter links, Sussia, und ein leichter Duft von Parfum und ein leichter Geruch von Brandy, und in dem ziemlich dunklen Zimmer wirken seine Hände wie ruhige Zelte, schwingen vornehm wie die Ohren der großen Elefanten, gleiten ins Wasser, zu meinem Hals und tiefer, formen mein Fleisch, reiben, verwöhnen, und er macht mich heil, auf seine Art, mit seinem Erbarmen, wie man eine kaputte Puppe heil macht, eine Puppe, die etwas verbrochen hat, und ich übertrage seine dunkle Wärme, sein jahrelanges Schweigen in mein Inneres, möchte Weisheit und Leid von ihm lernen, und mein Auge ist zu meinem Auge in der Glasplatte geöffnet, und ich projiziere

den schnellen Film meiner Genesung hinein. Etwas in mir verschließt sich immer mehr. Ich werde aufstehen und hinausgehen, werde meine Aufgaben unter den Menschen fortsetzen und anscheinend vergessen und Erfolge ernten und Schwüre brechen und fachmännisch lügen, und so, wie soll man das sagen, gewöhnt man sich und lernt, ohne Spuren zu töten und ohne Flecken zu lieben und Unrecht zu tun, ohne viel zu leiden. Die Salonkunst des Mittelalters ersteht wieder auf. Und in meinem geöffneten Auge im Glas ist keine Angst und keine Schuld mehr, es ist völlig rein und sieht mich mit klarer und sachlicher Erwartung an, und wie ist es zu erklären, daß plötzlich aus dem dicken, kühlen Glas eine Träne quillt, die in der Spiegelung meines Auges gedämpft wird.

Und wir können schon gehen, Avner. Wo sind die Papiertaschentücher, Sussia? Hier. Schön. Alles ist in Ordnung. Geht bitte einen Augenblick auf den Gang, ich ziehe mich nur um. Geht, geht. Keine Sorge. Nu!?

Und allein. Und in dem letzten Augenblick der Einsamkeit ersticke ich den wilden, brennenden Wunsch, der plötzlich in mir erwacht, den Wunsch zu fliehen; die Wartenden draußen zu hintergehen und aus dem großen Fenster zu steigen und über die Felder und Zäune und Straßen und Militärbasen zu laufen, über die Scham und die Reue und die Bosheit hinweg, zu Uri. Überallhin zu laufen, wo immer er sich jetzt befindet, zu dem so-ein-Tier-gibt-es-nicht, zu weich und klar ist der kurze Name, Uri werde ich ihn rufen, und er ist heilend, ich muß ihn nur berühren, und schon wird meinem Inneren das böse Blut abgezapft.

Und ich lege den Spiderman ab und ziehe meinen Pullover an – einen Augenblick! Ich komme schon! – und kämme mich vor dem Bild Viktor Frankls, der sich noch immer nicht erholt hat von all dem, was seine Augen heute abend hier gesehen haben, und ich rolle Mordis Sachen in das braune Papier, für das man einmal wegen Sussias Kunstwerk, das darauf verewigt ist, Millionen zahlen wird, und mit großer Sorgfalt stecke ich das kleine Paket hinter die beiden Bücher auf dem Regal und stelle sie wieder an ihren Platz. Niemand wird merken, daß hier etwas verrückt worden ist.

Noch einen Blick werfen, die Akten schön ordnen, das arme

Tonband aus der Steckdose ziehen. Die Kassetten aufeinanderlegen, die Tränenspuren von der Glasplatte wischen. Jetzt mit zwei aufrechten Daumen über den engen Schottenrock streichen. Gegangen.

He, sagt Avner, nachdem ich abgeschlossen habe, was ist mit dem Gänserich?

Der soll die ganze Nacht nach einem Sinn suchen, antworte ich.

Und wir gehen zusammen durch den langen Korridor, in dem es keinen einzigen geraden Winkel gibt, und wir drei sind wie gefesselt von der sehr leisen Melodie, die aus versteckten Lautsprechern kommt, und vor der Biegung, bevor die Vorhalle zum Eingang und das Büdchen des Wächters Jankele und das Ausgangstor vor unseren Augen auftauchen, hält mich Sussia plötzlich an, kichert, er plant etwas, bittet mich, die Augen zu schließen, und als ich mich ihm füge und ihm einen fernen Mädchenkopf hinhalte, drückt er leicht mit seinen Daumen auf meine Augen und entzündet in mir ein gelbes Glitzern.

26

»Halt. Stehenbleiben.«

Katzman blieb auf der Stelle stehen. Wartete. Der Alte kam aus dem Hof, wankte auf seinen dünnen Beinen und hielt mit beiden Händen eine Pistole. Im Mondlicht gelang es Katzman, die große Aufschrift zu lesen, die sich über die Hügelwand zu seiner Rechten zog, und er lächelte bei der Erinnerung an die Zeichnung des stummen Mädchens.

»Warte dort. Rühr dich nicht.«

Anfangs waren es die Ringe des säuerlichen Geruchs, die sich um Katzman legten. Danach näherte sich ihm der Mann selbst: erstaunlich klein, sehr erregt, mit dünner, hastiger Stimme vor sich hin summend. Er ging um Katzman herum, betrachtete ihn mit hühnerhaft zur Seite geneigtem Kopf, als studiere er eine seltsame Skulptur, in der keinerlei Gefahr steckt. Katzman stand aufrecht, dachte darüber nach, wie der Alte die Pistole hielt: als hätte er sein Leben lang Western gesehen. Vielleicht war es ein natürliches Talent des Menschen, eine Pistole in der Hand zu halten.

Das geschäftige Summen hinter seinem Rücken hörte keinen Augenblick auf, auch als Katzman plötzlich spürte, wie eine flinke, kräftige Hand an seinem Gurt rüttelte und seine Pistole herausriß. Gleich darauf war ein fernes Klirren zu hören, als die Pistole die Hügelwand traf und den Pfad hinabfiel.

»Jetzt komm herein. Tfadal.«

Katzman schritt vorsichtig, versuchte, so viele Details wie möglich zu registrieren. Aus Versehen stieß er an einen kleinen Hocker und erschrak. Chilmis Stimme drängte in seinem Rükken. Jetzt hörte er auf zu summen und argumentierte hitzig, fieberhaft mit sich selbst. Es war heiß. Katzman schwitzte von dem schnellen Aufstieg auf dem Pfad, und der Schweiß erzeugte Jucken auf seinem Gesicht, doch er fürchtete sich, die Hand zu heben und ihn abzuwischen. Wo war Uri?

»Geh hier entlang. So.«

Katzman wandte sich zu der Laube. Trockene Zweige streiften seine Stirn. Nun bemerkte er das große Faß. Den Haufen, der dort lag und sich bei seinem Kommen ein wenig aufrichtete.

»Katzman?«

»Uri?«

»Jallah, ruch, noch, noch.«

Was hatte Uri? Seine Stimme klang fremd und leblos. Chilmi ging um Katzman herum, bückte sich zu Uri und half ihm auf die Beine. Uri stöhnte ein wenig, es schien, als könnten seine Füße ihn nicht tragen. Katzman sah die beiden vor sich, wie sie einander stützten und wankten. Er hätte sich von hinten auf Chilmi stürzen können. Er stürzte sich nicht. Gehorsam schritt er hinter ihnen her. Dabei prüfte er sich. Noch immer spürte er nicht den gesegneten Nebel, der ihn in solchen Augenblicken der Gefahr einhüllte. Aber vielleicht war hier eine Gefahr, vor der er sich nicht zu schützen wußte. Das Stück Mond schien wieder auf sein Gesicht, was bedeutete, daß sie schon aus dem Schatten der Laube herausgetreten waren.

»Über die Mauer.«

»Wohin?«

»Dorthin. Jalla, etla.«

Als hätte er alles geplant. Katzman will Uri helfen, doch Uri scheint ihn nicht zu beachten. Sie steigen über die niedrige Mauer und gehen zum breiten Felsvorsprung hinunter. Unten, im Dorf, sieht Katzman die roten Punkte, die in der Dunkelheit schweben. Augen von Fischen der Tiefe. Uri und er sehen einander noch immer nicht an.

»Jetzt setzt euch.«

Katzman wirft Uri einen fragenden Blick zu. Uri läßt sich fallen. Müde. Resigniert. Aus seinen Bewegungen kann Katzman sehen, wie Uri Chilmi ergeben ist. Er setzt sich neben Uri auf den warmen Felsen. Chilmi sitzt über ihnen, auf der Mauer, seine kurzen Beine in den Turnschuhen baumeln hin und her.

Und Schweigen.

Zum ersten Mal, seitdem er sich auf den Weg gemacht hat, spürt Katzman, wie heiß und undurchlässig die Nacht ist und wie sie ihn in eine dunstige Dichte hüllt und schwer auf seinen Handbewegungen und Augenlidern lastet. Vielleicht ist das die schwerste Strafe, die Chilmi uns auferlegen konnte, überlegt Katzman müde, zusammenzusitzen, Uri und ich, und zu schweigen und alle Dinge, die zwischen uns sind, bis zum Ersticken aufwirbeln zu lassen. Und jetzt habe ich Angst. Zum ersten Mal seit Uri heute morgen aus Dschuni geflohen ist, habe ich Angst. Warum sagt Chilmi nicht irgend etwas. Ein Wort. Einen Fluch.

Das ist doch, als sei man in einer Falle innerhalb einer Falle gefangen. Uris Schweigen in Chilmis Schweigen.

Katzman wirft einen Blick nach hinten, errät den Abhang. Er preßt seinen Arm an die Brust und fühlt die Kühle des Metalls. Wenn der Alte jetzt beschließt, auf ihn zu schießen, wird er es nicht schaffen zu handeln. In den letzten Minuten wurde Katzmans Sicherheit bezüglich der Dinge, die noch geschehen würden, zusehends erschüttert. Als würde er von seinem Inneren heimtückisch verraten. So berührte ihn zum Beispiel einen Augenblick lang jener peinliche Anflug von Sehnsucht, der mittags in Uri erzittert war, als er zum ersten Mal die Pistole in der Nische sah. Er wollte, daß es Chilmi gelänge.

Er mußte feststellen, daß eine gewisse Anstrengung nötig war, um so zu handeln, wie er es unten geplant hatte. Ohne sein Gesicht von dem Teufel-im-glänzenden-Mantel, der auf dem Zaun wippte, abzuwenden, sagt Katzman vorsichtig auf hebräisch, ohne seiner Stimme Betonung zu geben, ohne ein Fragezeichen zu setzen: »Ist-nur-der-Alte-hier.«

Seine Augen sind auf Chilmi fixiert, aber Chilmi reagiert nicht. Zwar hat er Katzmans Stimme mit interessierter Miene, mit geneigtem Kopf gelauscht, aber darüber hinaus hat er nichts getan. Schön. Nur daß auch Uri schweigt. Katzman hört seinen schweren, rasenden Atem, mehr nicht. Er versucht es noch einmal.

»Nur-der-Alte-ist-hier-nicht-wahr.«

Und Uri zwängt seine Atemzüge in die Worte, flüstert mit hörbarer Anstrengung: »Nur der Alte.«

Jetzt ist es Katzman, der riskiert, der die Situation mit einer festen Stimme diktiert, die nicht am Platz ist: »Du-hast-gelogen.«

»Du auch.«

Katzman verstummt. Vom Dorf steigt das Surren der Antennen auf. In ein bis zwei Minuten werden die Soldaten den Pfad hinaufsteigen. Am Himmel brummt ein fernes Flugzeug. Katzman hebt die Augen. Die Sterne werden zwischen den großen Brocken der Finsternis zerdrückt. Und wieder, mit Vorsicht: »Kann-er-schießen.«

Chilmi hustet. Der Pistolenlauf zeichnet einen kleinen Bogen auf Katzmans Körper und ruft ein bogenförmiges Echo der

Angst hervor. Und trotzdem – Chilmi läßt Katzman sprechen. Warum höhlt gerade diese Großzügigkeit Katzman aus und macht ihn in seinen eigenen Augen lächerlich, völlig unwichtig bei dem, was hier zwischen Uri und Chilmi vorgeht. Katzman sieht verstohlen zur Seite. Uri sitzt noch immer in derselben Haltung, gebeugt, seine Arme umschlingen die Beine, sein Kinn ruht auf den Knien. Er starrt geradeaus.

»Hab keine Angst, Katzman. Er wird nicht auf dich schießen. Er will mich.«

»Versteht-er-Hebräisch.«

Uri lächelt matt: »Er versteht alles, was wir sagen. Nur die Sprache kann er nicht.«

Katzman nickt langsam, versteht aber nicht. Jetzt nimmt er Chilmis seltsamen Geruch wahr, der den Duft der Zitrone, mit der er sich eingerieben hat, durchdringt. Er erinnert sich, daß er von Uri etwas darüber gehört hat. Eine Mücke landet auf seinem Handrücken, und Katzman läßt sich von ihr stechen. Statt sich-selbst-zu-kneifen. Er fährt mit der Zunge über seine Oberlippe, schmeckt die salzige, feuchte Haut. Es ist scheinbar eine helle Nacht, doch die Hitze ist wie ein schwerer Nebel ausgebreitet. Katzman rückt auf seinem Platz hin und her. Wird zwischen dem Schweigen der beiden eingeklemmt. Auch hier, am Rand des Felsvorsprungs, wo sie wie die drei letzten Menschen auf Erden sind, hat sich ein Faden eines Bündnisses zwischen den beiden anderen gespannt.

»Uri, ich bin gekommen, um dir zu helfen, du hast mich doch gebeten –«

»Zu helfen gegen wen?« Uris Worten gelingt es kaum, sich aus der Stille und der Dunkelheit zu einer Gesamtheit von Worten zu kristallisieren.

»Ich bin hier, um dich lebend herauszuholen.«

»Ich bin nicht mehr sicher, ob ich das will.« Uri kichert matt: »Ich weiß gar nichts mehr, Katzman. Alles, was ich verstehe, ist schon tot.«

Hat Katzman ihre Stimme in seiner gehört? Oder war es vielleicht nur das zufällige Fragment eines Zitats? Und trotzdem: was ist jener durchsichtige und schlüpfrige Glanz, der in der Dunkelheit zwischen Uri und ihm jeden Augenblick von neuem entsteht und verlöscht? Ein stiller Tanz von Schatten, die sich aus Dunkelheiten bilden. Täuscht Uri ihn mit seinem Schweigen, mit seinen Andeutungen? Der Mückenstich auf Katzmans Handrücken zieht immer weitere Kreise des Juckens. Schweiß sammelt sich auf seinen Augenbrauen. »Ich bin schon ein bißchen weit weg von alldem, Katzman, weit weg auch von dir. Du wirst nicht mehr verstehen.«

Ich werde verstehen, ich werde verstehen. Katzman möchte Uri anflehen, ihn mitzunehmen. Ihn nicht hier mit sich selbst allein zu lassen; mit sich selbst, der allwissend ist, der ständig plant, der auch jetzt auf den geeigneten Augenblick lauert, sich auf Chilmi zu stürzen.

Uri erklärt in Ruhe. Jetzt ist auch seine Stimme weiß und tonlos: »Du selbst hast es mir erklärt. Es ist einfach eine Bedrückung, Katzman, die mich mit einer stärkeren Stimme als andere Stimmen ruft. Und es steckt so ein Zwang in ihr, Katzman. Wie ein Verlangen nach jemandem. Nach einer Frau, sagen wir. Ja.«

Er täuscht wirklich, denkt Katzman niedergeschlagen, er redet zu mir in Worten, die ich ihr gegeben habe, und die sie an ihn weitergegeben hat. Man kann seinen Worten nicht mehr trauen und muß hinter sie sehen. Dieselben Schlüssel öffnen jetzt noch eine Tür.

Unten im Dorf war das Geräusch des Waffenladens zu hören. Anscheinend machten sie sich jetzt auf den Weg. Hunde begannen plötzlich zu bellen, und ein Schakal antwortete ihnen jenseits des Hügels. Vielleicht war es auch eine Hyäne. Ein Gedanke stieg auf und fiel wie ein rauchender Funke in Katzmans Gehirn und versengte alle erschrockenen Gedanken, die sich entlang der Spur seines Verlöschens angesammelt hatten: Vielleicht ist es wirklich eine Falle. Aber eine andere als die, auf die ich mich vorbereitet habe. Nicht von Terroristen, sondern von den beiden. Und wenn ich beschließe, Chilmi anzugreifen, werde ich mich dann überhaupt auf Uri verlassen können? Ich weiß es nicht. Ich weiß es nicht.

»Du«, wendet er sich plötzlich wütend, in einem Universitätsarabisch, an Chilmi: »du hättest etwas Einfacheres verlangen sollen, chadscha basita, so machst du es uns sehr schwer ––« Und während er noch spricht, merkt er bereits, wie dumm er sich anhört; wie unangebracht es ist, sich so an Chilmi zu wenden, mit Worten logischer, derart jämmerlicher Verhandlung.

Chilmi erwacht. Richtet den Pistolenlauf wieder auf, der eingeschlafen war: »Eh? Was hast du gesagt?«

Katzman macht seine Stimme weicher: »Deine Forderung ist unlogisch. Musch ma'akula. Wir sind bereit, dich anzuhören, dir etwas zu geben, vielleicht, aber nicht, eh – –«

Er verstummt, geschlagen. Selbst eine so kleine, notwendige Lüge wagt er nicht mehr in Uris Gegenwart zu sagen. Chilmi schiebt sein Kinn mit einer raschen Bewegung von rechts nach links und schaltet dadurch das Radio ein. Weiche, träge Klänge strömen in die erstarrte Nacht. Wickeln sich wie Honigfäden um alles, was noch scharf und hell und offen ist. Uri mischt sich plötzlich mit einer seltsamen, von Trauer durchdrungenen Sanftheit ein: »Es hat keinen Sinn, Katzman.« Einen Augenblick freut sich Katzman über die Weichheit in seiner Stimme, bis er begreift, das sie für Chilmi bestimmt ist. Denn Uri hat arabisch gesprochen. Und auf arabisch setzt er nun fort: »Du mußt verstehen, Katzman. Es hat keinen Sinn, ihn zu überreden. Sein ganzes Leben ist er vor uns geflohen. Vor solchen wie wir. Und er hat nie gekämpft. Er denkt, wer gegen etwas kämpft, der wird am Ende dessen Sklave. Denn um zu kämpfen, muß es Berührungspunkte mit der Phantasie geben, verstehst du?«

Chilmi lächelt Uri zu, als bestätige er seine Worte, und Katzman erschaudert beim Anblick der tierischen, wahnsinnigen Liebe, die sich in seinem einen Auge entzündet. Katzman härtet seine Angst zu Wut: »Du beschuldigst mich die ganze Zeit, daß ich lüge, stimmt's? Daß ich der Botschafter eines Volkes von Lügnern bin. Aber auch er –« Katzman zeigt mit dem Kopf auf ihn, »– und alle, die mit ihm hier leben, lügen. Hör mal: um eine so große Lüge am Leben zu halten, sind zwei Seiten nötig«, er wirft einen erschrockenen Blick auf Uri, aber es scheint, als habe dieser den versteckten, an ihn gerichteten Vorwurf nicht wahrgenommen: »Und ich verachte sie, hörst du, die Million, oder vielleicht anderthalb Millionen von Menschen, die unter einer Herrschaft leben, die sie nicht wollen, und trotzdem schweigen.« Er stößt die Worte mit einem Haß, mit einem seltsamen Schmerz aus. Nicht deswegen quält er sich jetzt. Es ist ein Betrug, den er hier begeht. Noch eine Welle der Selbstverachtung, die zu falschen Worten gerinnt: »Einmal im Monat vielleicht gibt es einen Anschlag: ein paar vor Angst wahnsinnige

Jungen legen Sprengkörper und laufen davon. Oder sie schießen auf eine Schulklasse. Nur verachten kann man sie.« Sein ganzer Körper ist jetzt ein summender Bienenschwarm. Saatkörner quälend scharfer Gefühle ziehen sich für Augenblicke zusammen und zerschmettern wieder. Wann wird er so verzweifelt sein, daß er die Wahrheit gesteht und vielleicht Uris Vergebung erhält. Der elende Spieler in ihm versucht noch, ein Lächeln von Uri zu gewinnen, als er hinzufügt: »Die werden nie die Rosenluft Astolfos atmen.« Und grinst flehend.

Uri antwortet ihm. Sein Mund haucht luftige, blasse Worte aus: »Sie hat den Jungen getötet, weißt du.«

Katzman dreht sich blitzschnell zu ihm um: »Welchen Jungen?«

»Ihren Jungen. Mordi hieß er. Wir hörten manchmal seine Stimme vom Tonband in ihrem Zimmer, erinnerst du dich?«

Katzman nickt schwach. Das ist es also. Uri murmelt weiter: »Er hat sich ihretwegen umgebracht, und sie hat niemandem erzählt, was wirklich geschah. Sie hat mit ihm geschlafen. Stell dir vor. Ein fünfzehnjähriger Junge. Und auch noch halb zurückgeblieben.« Uri redet weiter. Ohne Schmerz und ohne Wut. Katzman hört nicht mehr zu. Zuerst würgte er mit seinem ganzen Körper an der Neuigkeit, die Uri in ihn gepflanzt hatte. Dann spürte er, wie er gänzlich um den Fetus erstarrte, der in sein Inneres gelegt worden war. Erst jetzt ahnte er die Tiefe ihres Geheimnisses und ihrer Lüge und ihres Leids. Den dürren Landstrich, zu dem sie ihre zwanghaften Wanderungen und Laufereien getrieben hatten. Und er war es, der ihr den Weg gezeigt hatte.

Uri sagte: »Sie erzählte mir, sie habe in den letzten Monaten viel über sich selbst gelernt: daß sie ganz normal weiterleben könne, auch nachdem ihr das geschehen ist. Sie sagte mir, du wirst staunen, aber im Gehirn gibt es Verdauungssäfte, die so scharf sind, daß sie alles zersetzen können.« Er drehte sich ein wenig, bis er mit verschränkten Beinen Katzman gegenübersaß. Seine Brillengläser funkelten. Chilmi war jetzt bereits wie von der Dunkelheit verschluckt. Nur das eisige Aufblitzen seiner Pistole und das Schimmern des Mondes auf den Blumen seines Mantels waren hin und wieder zu sehen; und seine Stimme, die sich selbst Geschichten vortrug, und die Fäden jener Melodie.

Uri sah Katzman an und sprach durch ihn hindurch: »Als ich diese Woche vor dir floh, traf ich sie zu Hause an. Sie erzählte mir alles. Dieser Junge, sie war seine erste Liebeserfahrung.« Er stieß ein kurzes, vages Kichern aus, wobei seine Zunge sich über den kaputten Vorderzahn bog. Katzman war nur noch ein immer schwächer werdendes Spiegelbild.

Chilmi redete von der Höhe der Mauer aus. Wie ein kühler Windstoß befreiten sich ein paar Worte aus dem breiigen, fiebernden Schwall seiner Phantasien und fielen auf die beiden zu seinen Füßen Sitzenden: »– – wir hätten schweigen sollen, uns zurückziehen. Jeder in sein Haus und sein Dorf und sein Schweigen, und warten.«

»Und dann?« fragte Katzman schwach, der seine Frage wie einen verklingenden Rauchring an Uri aussendete.

»Dann«, sagte Chilmi, »dann hätte euch Angst befallen. Dann wärt ihr vielleicht mit Gewalt gegen uns vorgegangen. Überleg einmal: eine Million Menschen, die euch überhaupt nicht berühren. Wachsendes, in sich gekehrtes Schweigen. Massenhungerstreiks. Ausgangssperre aus freiem Willen. Am Anfang würdet ihr vielleicht auf uns schießen, aber auch in denen, die töten, entstehen Sprünge. Ihr seid nicht aus einem sehr festen Stoff gemacht.« Und wieder ergoß sich die Kette seiner Worte in ein wirres und stammelndes Gemurmel.

»Und dann«, sagte Uri, »dann fragte ich sie, wie sie eine so große Sache so lange vor mir verbergen konnte. Und sie sagte, weißt du, was sie sagte?«

Katzman schüttelt verneinend den Kopf. Er weiß.

»Daß sie nicht nur das vor mir verbarg. Daß es noch mehr Dinge gab. Daß sie nicht nur jenen Jungen hatte, sondern auch andere. Hörst du, Katzman, diese Frau, meine Frau, an die ich so geglaubt habe. Nicht nur den Jungen. Mit wem war ich die ganze Zeit zusammen, Katzman, wie kann man nur so blind sein.«

Katzman senkt seinen Kopf und wartet schmerzvoll auf Uris letzten Hieb auf seinen Nacken. Aber Uri verweilt. Quält ihn. Und in dem von Traurigkeit durchtränkten Schweigen begreift Katzman plötzlich etwas über sich selbst: daß die Lügen kleine Magnetsplitter sind, die aus der Wahrheit ausgestoßen werden und Stücke von ihrem Fleisch reißen und sich mit ihnen bedekken, bis sie genau wie die Wahrheit aussehen und man sich nicht mehr erinnern kann, was jene Stücke zusammenhält.

»Aber das alles hat keine Chance«, hebt Chilmi plötzlich seine Stimme, und sein kleiner Körper härtet sich ein wenig, »Wahnträume einer alten Zwiebel. Und daher habe ich beschlossen – –« und verklingt wieder zu einem babyhaften, krächzenden Geschwätz. Katzman ist schwindlig. Ihm ist, als fechte er in einem simultanen Kampf. Er sagt hastig, bittet flehend: »Nein, nein, glaub nicht, Uri, wirklich –« Und Uri hebt langsam die Augen zu Katzman und sieht ihn mit jenem Lächeln an. Und Katzman ist entsetzt, und feine Strahlen der Übelkeit kommen in ihm hoch, denn alle Gesichtszüge Uris sind darin, und alle Linien des Lächelns sind auf sein Gesicht gezeichnet, aber das ist nicht mehr das Lächeln des Lammes, sondern eine listige und boshafte Maske, ein leiser Fluch, den er gegen ihn ausstößt, weil er keine Kraft hat, die Worte zu sagen.

Und er hört nicht auf zu lächeln, wie eine grausame Todesschale, und Katzman kann sich nicht losreißen von diesem Gesicht, das er selbst angerichtet hat, von seinem schwersten Verbrechen, und in seinem Inneren kämpft jemand, um das Pflichtgefühl aufzuwiegeln, das ihn hierhergebracht hat, und den Glanz der Bosheit, der in dem gläsernen Clownslächeln liegt, ein wenig zu verschleiern, und jetzt müßte er sich auf Uri werfen und mit ihm hinter den Felsvorsprung rollen und sich im Schatten verstecken, bis Schaffer mit seinen Männern den Hof umzingelt hätte, denn es ist klar, daß es keinen anderen Weg gibt, diese erstarrte Falle zu durchbrechen, diese Halluzination, in der er gefangen ist, aber wie wird er sich auf Uri werfen können, wie wird er überhaupt wagen, ihn und sein wölfisches Lächeln zu berühren, und um Katzman schlagen von allen Seiten Türen zu, und seine Schlüssel werden ihm ins Gesicht geworfen, und die Nacht klammert sich plötzlich panisch an seinen Körper, und Brocken von Dunkelheit wirbeln nun in ihm auf, doch in diesem Augenblick ist ein ganz feines Geräusch von Schritten auf dem Pfad zu hören, und Katzman hat es gehört, und er sieht, daß auch Chilmi es gehört hat, und nun muß schnell gehandelt werden, und welchen Sinn hat es eigentlich, und er schlingt seine Hände um die Schultern, und seine Finger tasten langsam über den Lederriemen und die Schnalle, bis sie den rauhen Griff unter der Achselhöhle fühlen, und schnell, schnell, denn plötzlich richtet Chilmi sich auf, und der Pistolenlauf erwacht zum Leben und zittert von weitem gegen Uris Gesicht, zeichnet dort Bilder eines Augenblicks, Zaubereien und Märchen, und sein Gemurmel wird heftiger und wilder, und schnell, jetzt sich ein wenig zur Seite neigen, um die Pistole aus der Schnalle zu befreien, er bewegt sich so langsam, von dem starren Riß in Uris Gesicht hypnotisiert, und sieht daher nicht, daß Chilmi die Pistole bereits auf Uris Herz gerichtet hat und bereits beide Augen geschlossen hat; und daher hört er auch nicht das feine Wimmern, das durch Chilmis Kopf rast, etwas in der Babysprache, das nicht übersetzbar ist, das nur ein Pochen ist, das ein Mann zu sich selbst spricht, und mit Mühe kann man darin das Echo eines Flehens hören – nicht wieder Jasdi, und mit großen Qualen drückt Chilmi mit all seiner Kraft auf den Abzug und schießt auf Katzman.

Katzman schafft es noch, ein wenig zu springen, zu zucken. Dann, in sehr fernen Tiefen, von einem vergessenen und ersehnten Grund, gelingt es ihm, ein weiches und überraschtes Lächeln aufzubringen. Eine Art Versprechen an Uri. Erstaunt betrachtet er seine Hand, die noch unter dem Hemd zuckt wie ein Herz, das aus dem Brustkäfig ausgebrochen ist, und vielleicht – wie ein Herz, das anklopft, um hineingelassen zu werden. Dann fällt er langsam, ohne Schmerzen, ohne zu begreifen, schlägt mit dem Kopf gegen den Felsen, und seine Augen sehen Uri mit toter Liebe an.

Und dieser seltsame Lärm hinten im Hof. Leuchtraketen schießen in den Himmel und zersprengen die Brocken der Dunkelheit. Uri hebt die Augen. Seine Brillengläser sind beschlagen. Er nimmt sie mit langsamen, luftigen Bewegungen ab und putzt sie mit dem Hemdzipfel. Er setzt sie wieder auf. Einen Augenblick zögert seine Hand. Dies ist der letzte Augenblick der Hoffnung. Vielleicht hatte er nur einen bösen Traum. Aber als seine Brille wieder auf der Nase sitzt, sieht er den Soldaten, der Chilmi von hinten mit dem Kolben des »Usi« auf den Kopf haut und ihm die Pistole aus der Hand schlägt. Und er sieht Schaffer, der über die Mauer springt und neben ihm landet und Katzman mit versteinerter Verblüffung ansieht und dann Uri anstarrt und seinen Kopf langsam und entschieden schüttelt.

Jetzt gellen alle Funkgeräte im Hof und auf dem Pfad, und hastige Schritte und Rufe und Befehle. Einige Soldaten umzingeln Chilmi und richten ihn auf, und zwei andere helfen auch Uri auf die Beine, und sie sagen nichts, und er geht zwischen ihnen, stößt gegen sie, und als sie den Pfad hinuntersteigen, kommt bereits jemand mit einer Tragbahre herauf, und weit entfernt, in der Stadt Jerusalem, hebt ein Hubschrauber ab, und der Finger des Navigators tastet zwischen den kleinen Quadraten auf der Militärkarte, die vor ihm liegt, und sucht Andal.

9. 5. 82

HANSER

»Halte inne und bestaune diese Wunder«

Pinchas Sadeh hat in der vorliegenden Sammlung fast 400 Geschichten, Märchen und Legenden aus nahezu allen Ländern in denen Juden gelebt haben, zusammengestellt. Kurdistan und Tunesien, der Jemen und Syrien, Osteuropa, Deutschland und Italien sind die Schauplätze und die Motive sind teilweise so alt wie die Bücher Mose. Einen breiten Raum nehmen die Märchen der Juden aus dem Orient ein, die häufig mündlich überliefert und erst in jüngster Zeit aufgezeichnet wurden.

Pinchas Sadeh
König Salomons Honigurteil
Aus dem Hebräischen
von Wolfgang Lotz
528 Seiten. 102 Abb.

Gerhard Konzelmann im dtv

Der Nil
Heiliger Strom unter Sonnenbarke, Kreuz und Halbmond

Die bewegte Geschichte der Länder am Nil von den Pharaonen bis zu Mubarak und den westpolitischen Machtblöcken der Gegenwart – geschrieben von dem exzellenten Nahostkenner Gerhard Konzelmann. Er macht die politische Brisanz vielfältiger kultureller Brüche aus rund 5000 Jahren deutlich. dtv 10432

Jerusalem
4000 Jahre Kampf um eine heilige Stadt

Konzelmann erzählt detailliert und kenntnisreich die viertausendjährige Geschichte dieser Stadt, die sowohl für Juden wie für Mohammedaner und Christen die »heilige Stadt« ist. Ein wichtiges Buch für jeden, der den Ursprüngen des unversöhnlichen Streites um Jerusalem nachgehen möchte.
dtv 10738

Der unheilige Krieg
Krisenherde im Nahen Osten

Ein Versuch, das für den westlichen Beobachter schier unentwirrbare Knäuel verschiedener Einflüsse und Strömungen im libanesischen Bürgerkrieg zu entwirren und durch geschichtliche Rückblicke die Ursachen des Konflikts aufzudecken. dtv 10846

Die islamische Herausforderung

Der Ruf »Allah ist über allem!« hat eine ungeheure Aufbruchstimmung unter allen Völkern des Islams bewirkt, die die Rettung der Welt zum Ziel hat. Der allumfassende Anspruch und die Kompromißlosigkeit dieser Religion geben der neuen islamischen Bewegung ihre Kraft. Konzelmann vermittelt das Wissen, das zum Verständnis der islamischen Revolution nötig ist, mit der das Abendland sich die nächsten Jahrzehnte wird auseinandersetzen müssen.
dtv 10873

Schalom Ben-Chorin im dtv

Die Heimkehr
Jesus, Paulus und Maria
in jüdischer Sicht

Mit dieser Triologie will Schalom Ben-Chorin die tragenden Gestalten des neuen Testaments sozusagen ins Judentum heimholen und damit einen Beitrag zum »Abbau der Fremdheit zwischen Juden und Christen durch den lebendigen Dialog« leisten.
Kassettenausgabe in drei Bänden dtv 5996
Auch einzeln lieferbar:

Bruder Jesus
Der Nazarener in jüdischer Sicht
dtv 1253

Paulus
Der Völkerapostel in jüdischer Sicht
dtv 1550

Mutter Mirjam
Maria in jüdischer Sicht
dtv 1784

Jugend an der Isar

Ben-Chorins Schulzeit in München das Engagement in der jüdischen Jugendbewegung, die Begegnung und Auseinandersetzung mit Martin Buber und dessen Werk, und seine Liebe zur Dichtung seiner Zeit. dtv 10937

Ich lebe in Jerusalem

Ben-Chorin, 1935 von München nach Jerusalem emigriert, schildert in seinen Erinnerungen das Wachsen und Werden dieser berühmten Stadt. dtv 10938

Zwischen neuen und verlorenen Orten
Beiträge zum Verhältnis von Deutschen und Juden

»Unwissenheit erzeugt Mißtrauen, Mißtrauen erzeugt Haß, Haß erzeugt Gewalttaten. Wir alle müssen die Kettenreaktion beim untersten Glied abbauen.
Christen müssen mehr von Juden und umgekehrt Juden von Christen mehr wissen, damit die Fremdheit verschwindet.« dtv 10982

Der Engel mit der Fahne
Geschichten aus Israel

Gemütvolle Geschichten aus einem halben Jahrhundert »zwischen den Welten«, zwischen der Vaterstadt München und dem Jerusalem von heute, zwischen Christentum und Judesein. dtv 11087